国家社科基金
GUOJIA SHEKE JIJIN HOUQI ZIZHU XIANGMU
后期资助项目

中国当代股市小说史

A History of Contemporary Chinese Stock Market Fiction

邱绍雄　著

中国社会科学出版社

图书在版编目(CIP)数据

中国当代股市小说史/邱绍雄著. —北京：中国社会科学出版社，
2018.10

ISBN 978-7-5203-3186-9

Ⅰ.①中…　Ⅱ.①邱…　Ⅲ.①小说研究—中国—当代　Ⅳ.①I207.42

中国版本图书馆 CIP 数据核字(2018)第 214243 号

出　版　人　赵剑英
责任编辑　熊　瑞
责任校对　冯英爽
责任印制　王　超

出　　　版　中国社会科学出版社
社　　　址　北京鼓楼西大街甲 158 号
邮　　　编　100720
网　　　址　http://www.csspw.cn
发　行　部　010-84083685
门　市　部　010-84029450
经　　　销　新华书店及其他书店

印刷装订　北京君升印刷有限公司
版　　　次　2018 年 10 月第 1 版
印　　　次　2018 年 10 月第 1 次印刷

开　　　本　710×1000　1/16
印　　　张　21.25
插　　　页　2
字　　　数　381 千字
定　　　价　89.00 元

国家社科基金后期资助项目

出 版 说 明

后期资助项目是国家社科基金设立的一类重要项目，旨在鼓励广大社科研究者潜心治学，支持基础研究多出优秀成果。它是经过严格评审，从接近完成的科研成果中遴选立项的。为扩大后期资助项目的影响，更好地推动学术发展，促进成果转化，全国哲学社会科学工作办公室按照"统一设计、统一标识、统一版式、形成系列"的总体要求，组织出版国家社科基金后期资助项目成果。

全国哲学社会科学工作办公室

序　言

　　《中国当代股市小说史》旨在探寻中国当代股市小说发展的历史线索，探索中国当代股市小说发展的特征和规律，探讨中国当代股市小说的思想意义和文化价值，挖掘中国当代股市小说创作的艺术特色和成就。

　　股市小说是指以股市参与者为主人公、以股市生活为主要表现内容的小说。中国当代股市小说是瞬息万变的中国股市留下的真实"痕迹"，是原生态地保留中国市场文化最丰富的矿藏，从小说这个角度表现了中国当代社会的发展和文化的嬗变。

　　中国当代股市小说的萌芽生长像任何生命一样，是一个动态的历史过程。它从萌芽到成长、成熟乃至新变的历史不长，从数量来看，它在中国当代小说中所占的比重也不大，但它是中国当代小说中与中国当代经济社会发展联系最紧密的部分，是与中国当代文化嬗变最相关的部分，是表现中国市场文化成长最充分的部分。它在某种程度上可以说是当代中国社会的一个"文化模本"，是整个中国社会市场化转型的文化模本。

　　中国当代社会一切变化的背后都有一个共同的身影——市场。中国改革开放以来社会所发生的种种变化，在股民身上表现得最为充分，股民的体验最为真切。当股市与市场经济相伴而来，炒股发财一时间成了股民们狂热的梦想，股市成为市场交易的顶级战场，股市生活则成为中国当代小说创作中最受青睐、最为集中的题材之一。股市小说所提供的种种生存表象基本涵盖了这个时代最本质的市场特征，并构成了20世纪90年代以来的文化景观最具特色的一面，因此《中国当代股市小说史》在众多文学史、小说史中有其独特价值。《中国当代股市小说史》在某种意义上可以说是中国当代社会市场化转型的历史，是中国当代社会从计划经济走向市场经济的历史，是中国当代文化发展嬗变的历史，是中国当代百姓心灵欲望变化的历史，是当代中国人生活方式变化的历史。

　　《中国当代股市小说史》以中国当代股市小说的发展历史为研究对象，探讨和阐述中国当代股市小说这一文学现象的产生、发展的历史及其一般规律。它探索一种小说史新的撰写方式，在内容和体例上有自己的特色和创新。全书除序言外共分四章，分别论述中国当代股市小说的萌芽、成长、成熟、新变四个时期。每章分为六节。第一节研究本期中国当代股市小说成长的股市社会背景，分析本期中国股市发展的大事概要和阶段性特征。厘清中国当代股市诞生、发展、繁荣的历史脉络，把握中国股市的"中国特色"。中国股市的发展在某种程度上决定了中国股市小说的发展，这是中国当代股市小说发展的重要规律，所以《中国股市小说史》首先要探寻中国股市发展的历史线索，分析中国股市发展对中国当代股市小说创新发展的影响，从中国股市的发展中寻找中国当代股市小说创新发展的原因。随着股市的发展，在不同的发展时期，中国当代股市小说中的人物形象和思想内容都有很大的演变和发展。第二节论述本期中国当代股市小说的创作成就和嬗变轨迹，探寻中国当代股市小说发展的历史线索。以时间先后为序，描摹本期股市小说的概貌，分析它们的相互关系以及与前后期股市小说的联系。中国社会政治经济政策和思想文化的发展在某种程度上左右着中国股市的发展，对中国股市小说的发展有直接的影响，这是中国当代股市小说发展的又一个重要规律，所以《中国当代股市小说史》要分析中国社会近 30 年来政治经济和思想文化的发展。中国当代股市小说是中国当代文学特别是中国当代小说的一个部分、一个分支，它的发展变化与整个中国当代文学特别是中国当代小说的发展变化有密切的联系，所以《中国当代股市小说史》要把握中国当代文学特别是中国当代小说发展的概貌和规律，努力在整个中国当代小说发展的大背景下来分析、研究中国当代股市小说的发展和变化。第三节论述本期中国当代股市小说的开拓、继承和创新发展，总结本期股市小说在思想内容上的特色与形象塑造上的成就。在比较中研究和把握中国当代股市小说的概貌、特征和发展规律；聚焦中国当代股市小说中某一类股市参与者形象的演变史，挖掘某一类股市参与者形象，如散户、庄家、资本运作高手、资本英雄等形象的文化价值。第四节论述本期股市小说的代表作家和作品。分析这些代表本期股市小说创作成就的作家作品在思想内容和艺术上的特色与价值。第五节论述本期股市小说在艺术上的探索，总结股市小说艺术创新的脉络和规律。第六节论述本期中国当代股市小说与中国文化嬗变的联系。从本期中国当代股市小说的具体描写出发，分析小说中的"股市生活"所表现出来的有中国特色的市场文化精神，展现中国当代股市小说的文化精神和思想魅力。

"一个时代的文化总是最大量、最集中、最具体地反映在这个时代的文学作品中，以至成为历史学家研究文化史的重要资料来源之一。"① 在当代文学与文化研究之间有待挖掘的空白之地中，中国当代股市小说算得上是最值得开垦的一片沃土，因为无论作品自身还是它的生产方式都打上了市场经济社会里最显性的文化印记。

中国当代股市小说的作者大多数是"股市中人"，一般都有在股市中搏杀多年的经历。他们是在股市中"讨"了多年生活之后，在对中国股市有了丰富的生活积累之后，在对自己的股市生活有了深刻的文化审美认识之后，才拿起手中的笔"宣泄"自己在股市中的苦和乐。出自这些"股民"作家之手的中国当代股市小说绝少编造痕迹，为 20 世纪 90 年代以来中国当代社会的变迁留下了一幅幅生动而鲜活的写真，荟萃了众多股市参与者的真实生命体验。它在文化上反映了中国当代社会的变化和价值颠覆与重构的现状，真真切切地触摸到了时代血脉的收缩和偾张，使人性的善恶多了一个淋漓尽致挥洒的舞台。它聚焦股市生活，书写资本神话，诠释市场精神和财富意义，写出了一个时代的兴趣所在，在当代中国构建新的经济秩序、财富伦理和市场信仰，成为"市场化文学时代"中的一道独特的亮丽风景。

---

① 狄其骢等：《文艺学新论》，山东教育出版社 1986 年版，第 133 页。

目　　录

第一章 中国当代股市小说的萌芽期（1991—1998）：以散户股民为主要描写对象的时期

第一节 萌芽期中国当代股市小说萌芽的股市社会背景

一 萌芽期中国股市发展的大事概要

证券的产生起初是出于融资和分散风险的需要。1602 年，荷兰东印度公司成立，因为经营需要巨额资金，因为经营有巨大的风险，于是便有人提议众人合伙投资，即使遭遇不测，也不至于万劫不复，于是它成了世界上第一家股份有限公司。股票创立的初衷不是用来投机或冒险，恰恰是为了降低风险。这便是股票诞生的思想基础。为解决股份流通的问题，同年在荷兰的阿姆斯特丹成立了世界上第一个股票交易所，从此股票市场正式登上世界历史舞台。1724 年，巴黎证券交易所成立。1773 年，英国证券交易所成立。1792 年，纽约证券交易所成立。1879 年，东京证券交易所成立。它彻底颠覆了过去仅依靠储蓄和举债的资本积累方式，能够在短期内迅速募集起巨额的资金，为人类从农业文明迈向工业文明奠定了资金基础。19 世纪 60 年代以后，股份有限公司逐步确立起在工业领域的统治地位，成为最主要的企业组织形式。假如将西方国家比喻成航天飞机，那么，股票市场提供的资金便是航空燃料，为经济的腾飞提供源源不断的动力。

回顾中国五千年的历史，传统社会以自给自足的农业经济为主，商业行为受到限制，商人地位低下。明末清初，在一些高风险、高收益行业，商人们采取"招商集资、合股经营"的经营方式，参与者之间签订的契约是中国历史上股票的雏形。中国真正的证券市场诞生于鸦片战争以后。

在 19 世纪 60 年代至 90 年代，中国出现了一轮"实业兴国"的高潮。这些人以曾国藩、左宗棠、李鸿章、张之洞等为代表，历史称他们为"洋务派"。1872 年（清同治十一年），李鸿章创办招商局，因航运需要巨额资金，官府无力承办，于是便效仿西方股份制企业，向民间发行股票，以"招商集股"方式筹集资金，这是中国历史上最早的股票。它不仅带动一批股份制企业的兴起，还促使股票市场的自然形成。19 世纪 70 年代至 90 年代，中国股份制企业达数十家。1918 年 6 月，北京证券交易所开业。1920 年，上海证券物品交易所得到批准成立。此后不久，上海便出现了70 多家交易所，到 1921 年，交易所数量高达 200 多家，高居世界第一。1921 年，在股票市场达到巅峰后，市场投机的神话终于破灭，股价一泻千里，交易所纷纷倒闭，最后活下来的只有 6 家。大批投机者倾家荡产，跳楼自杀成为常见的解脱方式。这可能是中国历史上最早的"股灾"。随着抗日战争的爆发，曾经是远东金融中心的上海陷入沉寂和萧条。中华人民共和国成立后，政府迅速取缔了证券市场。从此，喧嚣浮华的股市在中国大陆消失，直到 1990 年上海证券交易所设立，时隔整整 41 年。

中国当代股市的萌芽生长是一个艰难的生命诞生过程。①

1984 年 11 月 18 日，经中国人民银行上海市分行批准，上海飞乐音响公司成立，并向社会发行每股面值 50 元的股票 1 万股，筹集了 50 万元资本。这是我国改革开放以来发行的第一只上市股票。飞乐音响成为上海市第一家股份制企业，其股票成为我国改革开放新时期第一只真正意义上的股票。虽然有资料显示深宝安和北京天桥成立股份制企业更早，但论发行股票，飞乐在先。以此为标志，中国当代股市开始了自己的萌芽。

1985 年 1 月上海延中实业有限公司成立，并全部以股票形式向社会筹资，成为第一家公开向社会发行股票的集体所有制企业，全流通股票。

1986 年在长江三峡国家体改委召开的一个相关会议上，美国诺贝尔经济学奖获得者詹姆斯·托宾先生就明确建议中国 20 年内别搞股票市场，可以先搞 20 年股份经济，理由是中国不具备搞股票市场的市场经济基础。

1986 年 9 月 26 日，中国当代第一家代理和转让股票的证券公司——中国工商银行上海信托投资公司静安证券业务部——宣告营业。同月，飞乐音响实现了柜台交易流通。当年 11 月，邓小平把一张面值 50 元的飞乐音响股票作为礼物赠送给美国纽约证券交易所董事长约翰·凡尔霖。

---

① 本书中国股市指中国内地股市，不包括香港、澳门和台湾地区的股市。

1987 年 5 月，深圳市发展银行首次向社会公开发行股票，成为深圳第一股。同年 9 月 27 日深圳第一家证券公司——深圳特区证券公司——成立。随后万科、金田、安达、原野等也陆续发行股票并上柜交易，构成"老五家"。

1989 年，深发展派息分红，中国股市的第一波牛市狂潮由此引爆。中国首任证监会主席刘鸿儒在《百年潮》杂志上撰文回忆此轮牛市："在炒买股票高潮的 6 月，每天约有 2000 多人站在证券公司门前围观或私下交易。因为没有交易所，没有电脑设备，转户也比较慢，所以围观的人非常多，可以说一夜间出现了拥有几十万元上百万元身价的富翁。"

一直处于自发状态的中国股市一夜之间突然狂热起来。上海、深圳的几个证券交易窗口前人山人海，场面一片混乱。由于没有规范的过户机制，有的人会毁约，结果导致争执甚至打架斗殴。优厚的分红派息方案以及发行数额供不应求，盲目抢购之风盛行，交易场所人山人海，甚至要出动警察维持秩序。当时深圳仅有 5 只股票上市，但涨幅却很惊人。1990 年 5 月至 6 月的一个月中，这 5 只股票涨幅分别是：深发展 100%，万科 380%，原野 210%，金田 140%，安达 380%。

股票热引起了全社会的关注。之后就出现了"匿名信事件"，这封由中央有关领导批转，悄悄在高层传阅的信认为，股票市场是资本主义的东西，关得越早越好，早关早主动，还认为深圳资本主义泛滥，党政干部通通烂掉了，再发展下去要造成严重的社会问题。为了堵住"深圳党政干部被股票一网打尽"的责难狂潮，深圳市委、市政府在 1990 年 10 月做出决定，党政干部不得买卖股票。之后，中纪委也发出通知，规定处级以上领导干部不得买卖股票。

关于股票市场要不要继续试验，这时各方面特别是高层领导看法不一致。"搞股票市场就是搞私有化"的论调甚嚣尘上。有的明确提出来要求停止试验，认为社会主义国家不允许资本市场的存在。来自社会各界的分歧也很大，政府主管部门的看法也不一致，中国萌芽状态的股票市场处于危急关头。这时，党中央总书记江泽民同志说："股票市场的试点应该保留下来，改革试验继续进行，暂不扩大。"① 一锤定音，就这样，中国改革的试验田——股市被保留了下来。

1990 年 12 月 1 日，深圳证券交易所试营业，成为改革开放后中国第一家运作的证券交易所。同年 12 月 19 日，上海证券交易所开业。时任上

---

① 刘鸿儒口述，南焱采访整理：《首任主席的难题》，《中国经济周刊》2010 年第 49 期。

海市市长的朱镕基同志在浦江饭店敲响上证所开业的第一声锣。通常，业内将这一天定为中国股市正式建立之日。1991年7月3日，深圳证券交易所正式开业。股票集中交易市场正式宣布成立，中国股市由此第一次具备了资源配置的功能。

以1990年12月深圳证券交易所试营业、上海证券交易所开业为标志，中国股市完成了自己艰难的出土面世，在姓"资"与姓"社"的争论氛围下，中国股市小心翼翼地开始了自己的生命旅程。

在这个阶段股市能否长期存在仍然受到所有制问题的困扰，姓"资"还是姓"社"，成为影响股市存活最重要的话题。1992年2月，邓小平同志在南方谈话中明确指出：

> 社会主义的本质，是解放生产力，发展生产力，消灭剥削，消除两极分化，最终达到共同富裕。证券、股市，这些东西究竟好不好，有没有危险，是不是资本主义独有的东西，社会主义能不能用，允许看，但要坚决地试。看对了，搞一两年对了，放开；错了，纠正，关了就是了。关，也可以快关，也可以慢关，也可以留一点尾巴。怕什么，坚持这种态度就不要紧，就不会犯大错误。

邓小平同志的南方谈话，不仅给"股票市场到底姓'社'、姓'资'"的争论画上了一个句号，而且极大地促进了当代中国证券市场的发展。1992年，党的十四大确定中国经济体制改革的目标是"建立社会主义市场经济体制"，股份制成为国有企业改革的方向，更多的国有企业实行股份制改造并开始在资本市场发行上市。

1992年8月10日，深圳发售1992年新股认购抽签表，发生了震惊全国的"8·10事件"。深圳证券交易所发行500万张新股认购抽签表，中签率约10%。消息一经公布，很多人从四面八方涌向深圳，广州至深圳的火车票很快售完；外地打到深圳的长途电话严重堵塞；深圳邮局的包裹里满是一捆一捆的身份证。8月8日，数十万人提前在深圳303个发售点通宵排队，每个发售点都是人潮汹涌，围得里三层外三层，没人愿意错过发财的机会。排队者不分男女老少、已婚未婚，前心贴后背地紧紧挤在一起长达10小时。至8月9日晚9时，500万张新股认购抽签表全部发行完毕。但是，营私舞弊暗中套购认购表的行为被许多群众发现。发售网点前炒卖认购表现象猖獗，100元一张的表已炒到300元至500元。银行此时发布公告，将收购表回收期限延长到8月11日。许多人觉得这其中有诈，因为大量认购表走后门后，购买者来不及找那么多身份证或还没有脱手卖掉。8月10日晚11时，深圳市市长助理出面宣布了市政府的五项通告，决定再增发50万张认购表以缓解购买压力，但是人们仍不散去。午夜12时，警察与示威者开始发生冲突。

"8·10事件"之后三天，上证指数暴跌400余点，与同年5月25日的1420点相比，净跌640点。"8·10事件"促使国务院证券委员会和中国证券监督管理委员会迅速成立。

1992年10月12日，国务院证券委员会中国证券监督管理委员会（简称中国证监会）的成立，结束了上海、深圳地方政府作为证券市场主要监管者的时代。以证监会成立为标志，股市成为中国金融系统中的独立一极，中国股市制度建设步入快车道。

在1991年推出B股以后，1993年6月19日，中国证监会、上海证交所、深圳证交所与香港证监会、香港联交所签订了五方监管合作备忘录，内地企业境外上市的大门由此打开。青岛啤酒成为中国内地首家H股的上市公司。上海石化成为内地第一家股票同时在香港、纽约、上海三地上市的企业。山东华能发电股份有限公司以美国纽约证券交易所为第一上市地挂牌上市，从而拉开了中国企业进入全球最大资本市场的序幕。

证监会成立后，中国股市加快了自己制度化建设的进程。1993年4月22日，《股票发行与交易管理暂行条例》正式颁布实施。同年7月7日，国务院证券委员会发布《证券交易所管理暂行办法》。股票发行试点正式由上海、深圳推广至全国，打开了资本市场进一步发展的空间。由于尚未形成完善的供求机制和市场监控机制，高速发展的股市当时出现了许多问题，股市价格暴涨暴跌，投资者尚未树立正确的投资理念，投机之风盛行，黑市行为大量滋生，打压整顿股市因此成为政府宏观调控的内容之一。

1993年8月18日，新股认购由购买申请表方式改为与存款挂钩方式，后来改为全额预交款方式。此后相当长的一段时间里，全国有许多认购专业户提着装满钞票的箱子，乘飞机飞来飞去认购新股，认购后转让存单套现。

1993年8月20日，第一只投资基金——淄博基金上市。

1994年7月29日，中国股市暴跌，上证跌到325.89点，指数跌去近八成。7月30日，中国证监会发布三大救市政策，引发三大政策救市行情。三大政策出台后，股市上最火的股票就是1994年得益于浦东开发的两桥一嘴（外高桥、金桥、陆家嘴），号称"浦东概念股"，此轮炒作首开中国股市概念股、题材股炒作的先河。

中国股市 1995 年 1 月 1 日起实行 T+1（当日买进的股票要到下一个交易日才能卖出）交易制度。

这时中国股市出现了一批股市庄家、"股市大鳄"。德隆系的唐万新在一级半市场上淘金，他总是抢在第一时间飞到准备发行新股的公司所在地，然后雇用大量民工认购新股中签表，等新股上市后转手卖掉。做一级半市场，他前后一共赚了七八个亿。

1995 年 2 月 23 日发生了"3·27 国债期货"事件。它对中国股市冲击巨大，冲击不只是体现在弄垮了一个证券龙头企业上，还意外地引发了中国股市的一轮井喷行情。当年 5 月 17 日，证监会下发紧急通知，宣布从 18 日起在全国范围内暂停国债期货交易试点。开市仅 2 年 6 个月的国债期货无奈地画上了句号，中国内地第一个金融期货品种宣告夭折。18 日，股市突然人气沸腾，巨量暴涨。

中国股市经历了从 1993 年至 1995 年的 3 年大熊，大多数股票价格下跌了 80%—90%。进入 1996 年后，由于降息导致了投资者对于货币政策松动的预期，从而揭开了一轮声势浩大的大牛市。1996 年 4 月 1 日到 12 月 12 日，上证综指上涨了 124%，深成指上涨了 346%，涨幅达 5 倍以上的股票超过百只。从 10 月起，管理层连续发出十二道金牌，但这些都没能阻止住大盘的升势，行情仍节节攀高。到了 1996 年的 12 月，深成指和年初相比涨幅达到 3 倍以上，涨幅居全球股市之冠，股市陷入极度狂热之中。1996 年 12 月 16 日，一篇题为《正确认识当前股票市场》的特约评论员文章在当天的《人民日报》头版发表。文章称，1996 年 4 月 1 日至 12 月 9 日，上证指数暴涨 120%，深成指暴涨 340%。这是不正常的和非理性的。文章进一步指出中国股市存在的诸多问题：

> 机构大户操纵市场，一些资金大户利用股市飙升和散户跟风，频频坐庄，轮番炒作。这些大户多属国有企业，凭借其地位、关系，呼风唤雨，牟取暴利。它们一掷亿金，不计风险，成则腰缠万贯，败则贻害国家。这可说是国有企业机制转变时期中国股票市场的一种特有现象。

正是因为《人民日报》是党中央机关报，有权威，于是，一场"十二道金牌"打不下的股市之火瞬间被浇灭。当日开盘 4 分钟内，两市 499 只股票，除 6 只停牌外，几乎全部跌停。随后，大盘几乎连续三天跌停。

为了监管证券市场，这期间证监会恢复了涨跌停板制度，股票和基金一天内上涨或者下跌不能超过 10%。

1996 年，证监会坚决果断地处理了"长虹事件"、"华天事件"、"琼民源事件"、"红小豆、玉米事件"等 90 多起违法违规案件。同时证监会果断改革新股发行方式，将以往向各省下达发行额度，改为向各省下达上市家数，一大批大型国有企业实现上市。

当时中国的资本市场比较单一，只有国企才可以上市，由于当时对民营企业上市没有政策，所以民营企业是不让上市的。1996 年年初，证监会试着让希望集团等三家民营企业上市，1997 年又增加了一批民营企业上市，后来就慢慢放开。

1997 年爆发了亚洲金融危机。同年 2 月 19 日，一代伟人邓小平逝世。2 月 20 日，沪深两市大盘几乎开在跌停板上。股市先跌后涨，从最低点 870 点上涨 5.39%。

1997 年 9 月，中共十五大指出，"股份制是公有制的一个特殊形式"，至此，股市的地位在中国得到正式确立。这一政策明确了证券市场的合法地位和重要作用。

1997 年年底，《证券投资基金管理暂行办法》作为首部针对基金业的全国性法规正式出台，中国基金业掀开了规范发展的篇章。开放式基金的诞生标志着我国基金行业逐渐走向成熟。社保基金、保险资金、企业年金陆续成为基金公司的重要机构客户。

从 1998 年开始，中国开始正式启用法律法规手段规范管理股票市场。这时政策介入股市调控的密度和力度是空前的。证监会清理整顿场外非法股票交易市场、证券机构、期货市场、证券交易中心、证券投资基金等，尤其是关闭了牵扯到 340 万股民、520 家企业的 41 个非法股票交易场所，有效抑制住市场潜在风险的扩大。1998 年 4 月起建立了全国集中统一的证券监管体制，国务院确定中国证监会作为国务院直属单位，成为全国证券期货市场的主管部门，同时其职能得到了加强。

二　萌芽期中国股市发展的阶段性特征

从 1985 年的横空出世到 1998 年的具备一定的规模，中国当代股市至此已经走过了十多年的生命历程，初步形成了自己的"中国特色"。

散户是中国股市这个时期最庞大、最有影响的群体。

这个时期我国股市投资者结构特色鲜明，一方面是短期投机者众多，只有少数长期投资者；另一方面，分散的个人投资者众多，缺少投资机构。当时我国股票市场投资者以散户为主，他们缺乏投资知识，短期投资理念强，自我保护意识和能力较差。大多数个人投资者盲目跟风，具有很明显的"羊群效应"，增强了股市的投机性和风险性。

脱胎于计划经济的中国股市，不仅没有为投资者进行必要的制度设计与制度保护，而且计划经济的思维模式使得投资者被冠以投机取巧的"投机者"之名，投资者（尤其是中小投资者）在意识上也不自觉地认同了自己的低微形象。

股市规模小，容易暴涨暴跌，容易暴冷暴热，说明中国股市在萌芽期就有一个显著特点：投机性大。

在中国当代股市创建初期，由于上市公司的数量少，规模小，在国民经济中所占份额不大，股指的暴涨暴跌并不反映国民经济的整体状况，而主要是反映市场的投机程度。1991年8月17日，深圳证券交易所为刺激市场，早已经放开了涨跌停限制。1992年5月21日，随着上证所取消涨跌停限制，股指更是一路狂涨，大盘直接跳空高开在1260.32点，较前一天涨幅高达104.27%。沪指当天从616点蹿至1265点，仅仅3天，又登顶1420点，股票价格一飞冲天，暴涨570%。其中，5只新股市价面值竟狂升2500%甚至3000%。当代中国人第一次领略了资本市场的魅力，都为之惊叹。

中国股市的初始制度安排，是为国有企业的脱贫解困筹集资金，重融资而轻投资是其基本的功能定位，国有企业将融资风险转嫁到股市，优质上市公司匮乏，使投资者失去了价值投资的土壤，短线投机性炒作成为一种合乎理性的选择，投资文化失去了生存的土壤，投机文化成为主流。股市投资者（尤其是中小投资者）利益保护机制缺失，损害了投资者的投资利益和投资信心，导致投资者投资理念与投资行为扭曲。投资者关注股票价差收益而忽视上市公司红利配送；投资者主导趋势为短线炒作而不是长线投资。

中国股市的高风险通常表现为系统风险支配的股价指数的暴涨暴跌和股市运行的大起大落。

中国股市初始阶段的这个特点使得萌芽期中国当代股市小说中的股市参与者形象有一个共同的标志：投机者而不是投资者。

初步形成政策市，股市受政策影响大。政府对股市的调控力度大，而且很频繁。

所谓政策市是指受政府政策左右影响很大的股市。中国股市是中国改革开放的产物。中国的改革开放是在中国政府的政策主导和控制下进行的，股市作为改革开放的一部分，必然与整个改革开放一样，都受中国政府的政策主导、调整和控制。

中国股市是在传统的计划经济体制上发展起来的，这和西方股市的发展起源截然不同。无论是在上市公司的指标配给，还是股票额度的计划安排，政府及其监管部门都发挥了重要作用，因此中国股市具有强烈的行政化色彩。行政机制通过行政权力使上市股票成为一种稀缺资源，政府作为国有资产所有者和社会管理者的角色混淆，为有些质量差的公司，甚至有些资不抵债的国有企业上市融资提供了可能。这导致股市的优胜劣汰机制、公正博弈规则和监管秩序一直未能有效建立。政策成为影响中国股市价格涨跌的重要因素。

上市公司存在较多较大的问题，上市融资"脱困"，弄虚作假上市的企业越来越多。

这个时期中国上市公司发布虚假信息的情况非常严重，所谓证券市场"假账满天飞"。政府为了帮助国有企业脱贫解困，帮助一些亏损的国有企业上市，以便筹集资金为相关企业进行技术改造。在这种情况下，处于亏损中的国有企业为满足上市条件骗取上市资格，虚构利润就成了他们的不二选择。

海南民源现代农业发展股份有限公司（简称"琼民源"）1996 年年度报告和补充报告所称年实现利润 5.7 亿元，资本金共计增加 6.57 亿元的内容严重失实。其中 5.4 亿元利润是虚构的。"琼民源"在未取得土地使用权的情况下，通过关联公司及其他人签订的未经国家有关部门批准的合作建房、权益转让的无效合同是编造的。6.57 亿的资本金是"琼民源"在未取得土地使用权、未经国家有关部门批准和确认的情况下编造的。"琼民源"的控股股东联手在"琼民源"公布 1996 年中期公报利好消息之前大量买进"琼民源"的股票，1997 年 3 月前又大量抛出，获取暴利。1997 年 2 月 27 日，"琼民源"因业绩造假被停牌。该股从 1996 年 2 月 5 日到 1997 年 2 月 27 日的一年多时间里，股价由最低 1.55 元（复权后），直冲至最高 26.4 元。以收盘价计算的最大涨幅达到 1528%。

深圳发展银行于 1996 年 3 月至 1997 年 4 月长达一年多的时间里，先后动用 3.11 亿元巨额资金直接炒作本公司股票，非法获利 9034 万元，这一行为违反了《中华人民共和国商业银行法》关于商业银行不得从事本公司股票买卖的规定。

股市制度建设不规范、不健全，政府对股市的管理处在不断积累经验、不断完善的过程中。

只有国有企业可以发行股票，妨碍了资源在全社会范围的有效配置；公有股份不能流通，与资源的有效配置相矛盾；发行的"额度制"事实上是把发行股票当成一种利益在各地各部门之间进行分配，不仅不符合资源有效配置的要求，而且明显违反了资本市场的常识和普遍原则；发行价格的确定与资源有效配置的定价原则背道而驰；长期坚持的"短缺"发行方式保证了"卖方的"发行市场，扭曲了资源配置和有效定价的机制。

庄家与中国股市相伴而生。

在中国股市创建初期，机构大户操纵市场是一个突出问题。股民追"庄"成风。所谓"庄"，就是指有实力操纵某一只股票的机构大户。所谓"股不在好，有庄则灵"曾经成为人们的口头禅，典型地表现出我国股市的投机性质。

1994年1月，上证指数从800点一路下滑的背景下，界龙实业却逆势而上，连拉32根阳线，后来庄家以连续暴跌方式出货，套住无数跟庄者，制造了一起庄股经典战役。

股市是中国社会主义市场经济的试验田，与中国经济社会改革紧密相连。

中国当代股市的发育、发展，是中国经济从计划经济体制逐渐向市场经济体制转型过程中最为重要的成就之一。

中国的股市不同于西方发达国家的股市。西方发达国家的股市，是遵循股市发展的自然规律，在市场经济的土壤里，自然生成的"天然产品"。而中国的股市，则是在中国经济体制转轨时期，在以社会主义公有制经济为主体，同时探讨公有制经济多种实现形式的土壤里，在既要学习借鉴西方发达国家股市发展的经验，又要考虑中国国情、遵循中国经济发展的自然规律，"摸着石头过河"的过程中催生的"人工产品"。这就决定了中国股市是有中国特色的股市。

西方国家在资本主义生产方式的基础上，为适应社会化生产和规模经营的需要，企业的资本组织形式逐步从独资、合伙发展到股份公司，经历了一个漫长而渐进的过程。建立在股份制度自然演化基础之上的西方国家股市的产生、发展、成熟过程，也必然表现为一个瓜熟蒂落的自然成长历程。在中国，股市是国有企业股份制改革的产物。中国改革前企业的资本组织形式几乎是单一的国家所有、国有独资的形式。经过中华人民共和国成立初期对独资、合伙甚至是股份制的旧官僚企业、民族资本家企业的社会主义改造和1949年以来30多年的国家投资、国家重建，到20世纪80

年代，中国已经形成了覆盖各个领域的庞大的国有企业体系。处于改革开放前沿阵地的经济特区先行尝试了股份制改革，并在较短的时间内取得了成功。随后，在地方政府以及中央政府的大力推广下，股份制改革被推到了中国整个社会经济体制改革的前台，股市成为国人关注的焦点。

股市姓"社"姓"资"的争论一直伴随着中国股市艰难的萌芽、生长。中国股市在萌芽期发展速度相对较慢。

我国股票市场是伴随着我国经济体制由计划经济向市场经济转变过程而建立和发展起来的新兴加转轨市场。人们的思维方式、行为习惯无不受到计划经济的强烈束缚，股票市场发展理念、运行模式以及监管手段无不打上计划经济的烙印。从"股份制是私有化"的政治观点之争，到中国的资本市场是否像"老鼠会和赌场"的文化歧见，风风雨雨始终与中国资本市场的高速扩容相伴随。

20世纪80年代的中国，主流意识形态对于股市具有很强的敌意，所以才有股市"姓社姓资"的争论，而当时的经济政治体制（行政计划的公有制）是排斥股市的。只是出于"白猫黑猫"的实用主义，才对股市"不争论，大胆试"。

1997年中共十五大报告明确指出了"股份制是现代企业制度的一种资本组织形式"，这充分表明时至1997年，对于大力推行股份制、发展股票市场，已经得到了包括中央领导在内的各界人士的一致认同和高度重视；同时也标志着中国股市发展的政策基调，已经从"坚决试"转变为"大力发展"。

中国当代股市小说源于这种具有鲜明中国特色的股市生活，是原生态地保留中国股市生命痕迹的丰富矿藏。

第二节　萌芽期中国当代股市小说的创作成就与嬗变轨迹

一　萌芽期中国当代股市小说的创作成就

中国当代股市小说的开拓者是专业作家钟道新。

钟道新的《股票市场的迷走神经》①是中国当代最早以股市生活为题材的中篇小说。小说描写中国当代第一代散户股民常锐曲折的成长道路，

① 钟道新：《股票市场的迷走神经》，《当代》1991年第6期。

同时表现了中国股市这一"新生儿"艰难降生的历程。中国当代股市在初创时期的发展过程及其特点是小说表现的重点，也是其突出价值。

毕淑敏的中篇小说《原始股》① 是中国当代股市小说第二部重要的作品。小说描写股票刚刚出现在当代中国人生活中的时候大家对它不同的态度及其变化。它通过某国家机关内部一场购买原始股的风波，表现了人们对金钱的渴望，形象地表现了横空出世的股市对中国当代社会、对当代中国人生活的冲击和影响。

林坚于 1994 年推出的《股市大炒家》② 是中国当代第一部股市长篇小说。小说塑造了当时的股市英雄形象——股市大炒家梁栋，表现了当时中国人炒股的特点，表现了初起的股市给人们生活带来的变化，表现了具有时代特色的价值观念。小说的价值和特色在于塑造了中国当代第一代股市庄家的雏形，在于准确表现了中国当代股市初起时的特点。

李其纲的《股潮》③ 塑造了中国当代股市初起时的第一代散户股民形象。小说起名为《股潮》，股潮实际上是人潮，是由人的心灵构成的欲望之潮。小说勾勒出了一幅幅股市淘金者拼搏的图画，表现了当代中国人一种新的生活，一种新的欲望，一种新的念想。

瓜子是中国当代第一个出版系列股市长篇小说的作家。他分别于 1997 年 6 月和 1998 年 3 月在海天出版社出版了股市长篇小说《股城风流》及续篇《股市大枭》。

《股城风流》从股民这个角度表现了中国当代股市的成长。小说描写郭维维炒股发家的历史，塑造了中国当代股市小说中的第一批股市庄家形象。比《股市大炒家》中的股市庄家形象成熟一些，丰满一些，但仍然是股市庄家的雏形。小说描写股市新人的成长，描写他们由非股民到股民的人生变化过程，描写他们从不炒股到遨游股海的人生变化轨迹。打工女青年金凤巧遇股票大王郭维维，涉足股市，又在券商孙妮娜和股评家华卫的帮助下，成长为深圳股评界一颗耀眼的新星。描写股市新人的成长从此成为中国当代股市小说的一个永恒的"主题"，一个悠久的传统。小说表现了当代中国人在股市中的茁壮成长，从而表现了当代中国人生活的变化，表现了中国文化中出现的新观念、新思想。小说描写中国当代股市萌芽时的模样，十分珍贵，表现股市对中国社会和百姓生活的影响，表现了

---

① 毕淑敏：《原始股》，《青年文学》1993 年第 5 期。
② 林坚：《股市大炒家》，上海文艺出版社 1994 年版。
③ 李其纲：《股潮》，上海文艺出版社 1996 年版。

当时股民对股市的认识和他们的炒股艺术。

《股市大枭》通过描写一个公司上市的过程来反映 1996 年前后的中国当代股市生活。小说描写中国当代股市初创时期的"股市强人",表现他们如何在股市"兴风作浪",在他们身上可以发现后来中国当代股市小说中"股市高手""股市英雄"的基因。小说表现了中国大陆股市萌芽期监管部门对股市的监管,这是中国当代股市小说中出现的第一代股市监管者形象。

沈乔生是中国当代第二位出版系列股市长篇小说的作家,也是目前中国当代股市小说创作时间跨度最长的作家之一。沈乔生 1997 年出版了自己的第一部股市长篇小说《股民日记》①。小说描写股市里一些非常有特色的散户股民形象,塑造了周欢这个股市庄家形象,表现股市在当时人们的生活中留下的浓重"烙印"。

应建中是中国当代第三位出版系列股市长篇小说的作家,也是描写散户股民的高手。1998 年 12 月他在上海人民出版社出版了股市长篇小说《股海中的红男绿女》,小说以描写上海散户股民为特色,塑造了一批比较成熟的散户股民形象,是中国当代股市小说萌芽期股市小说创作艺术上最成熟的作家之一。

二　萌芽期中国当代股市小说的嬗变轨迹

中国当代小说是随着中华人民共和国的成立而产生的,它的发展可以大致分为四个阶段。第一阶段为中华人民共和国成立初期的 30 年,1949 年至 1979 年这一阶段是现实主义一统天下,革命斗争历史小说、农村题材小说、工业题材小说的创作都得以兴盛。第二阶段是 1979 年至 1989 年,这 10 年间现实主义复归、深化、升华与现实主义小说的崛起,形成了多元美学原则并立的局面。伤痕小说、反思小说、改革小说、军事题材小说、历史小说、乡土小说与风俗画小说都很有影响。同时,随着西方现代主义文艺思潮的引进,先锋派中青年作家群也纷纷兴起探索性小说。第三阶段是 1990 年至 1999 年,这一阶段的小说出现了一种被文坛更为关注的"世纪末"现象。这一阶段的小说创作,多以"新"吸引眼球,如新女性小说、新历史小说、新现实主义冲击波、新生代小说等,都产生过很大的影响。第四阶段是 2000 年至今,这一阶段的小说创作成为大众传媒时代的文化生产行为,小说传播的网络化、电子化、快餐化成为主要的特征,官场小说、后历史小说、文化休闲小说极为畅销,小说创作者队伍年

---

① 沈乔生:《股民日记》,春风文艺出版社 1997 年版。

龄层次不一，水平相差很大，众声喧哗，仅从表面的繁荣而言，这一时期可谓达到了空前盛况。

证券交易是一种买卖行为，股民实际上是商人的一种。自从人类社会出现了私有制和社会分工之后，人类的商品交换和买卖活动就成了人类社会的基本活动。进行买卖活动的"市场"本应是一个蕴含着巨大言说价值和丰富言说可能的话语场，然而反映市场生活的小说创作却长期被边缘化。在中国传统文化中，一直存在着重义轻利、重农轻商的思想观念；文人墨客往往以言义为荣、言利为耻；塑造商人形象的小说作品无法登上大雅之堂。

中国当代股市小说是中国当代小说的重要组成部分，它的萌芽成长与中国当代小说有密切的联系。20世纪80年代的中国当代小说受当时政治转型期的时代精神和现实主义文学主潮的影响，其内容和主题大多是表现政治与道德层面的内容，如"伤痕文学"、"反思文学"、"改革文学"、"知青文学"等覆盖文坛的文学现象，都反映了政治和道德的主题。进入20世纪90年代的中国当代小说有一个重要变化，以经济建设为中心继续成为中国社会发展的主潮，同时精神文明建设也受到前所未有的高度重视，成为社会综合发展的一部分。作为社会生活的形象反映，20世纪90年代中国当代小说最突出的变化是更多地表现经济、文化方面的内容和主题。以市场经济及其状态下的人生和社会变化为内容的经济小说空前增多。中国当代股市小说正是在中国当代小说的历史变化中横空出世的。

20世纪90年代，中国思想文化界呈现出"去政治化"的趋势，知识分子对社会、文化问题的热情逐渐冷却下来，宏大叙事和公共生活开始淡出新一代作家的视野，对个人感受、个体欲望的强调逐渐成为主流，于是真切、泼辣的个人化生存和日常生活便浮出水面，为中国当代股市小说的出现做了思想准备。随着改革开放的深入，随着社会主义市场经济体制的出现和初步形成，中国当代小说正在经历着位移与嬗变，以市场生活为题材的小说正在迅速发展，是中国当代小说作家在社会的转型过程中试图寻找一种诠释人自身存在的意义与价值的最根本的人本主义精神的反映。伴随着市场经济体制的孕育、建立和发展，在全新的社会文化价值体系下，商人形象得到社会前所未有的关注。商人、商业及商业文化成为中国当代小说独立的审美对象，塑造了一大批丰满鲜活的崇尚财富、敢于逐利的商人形象，充分肯定并热情赞扬人们的商业抉择和财富欲望，诗性弘扬了现代商业精神和经济理念。商业文明成为当代中国最活跃、最重要的人文景观，商业中国成为当代小说无法回避的现实存在。与社会转型和股民群体的崛起相伴随，中国当代股市小说创作萌芽生长。中国当代股市小说是中国当代小说的一个组成部分，作为一种文化现象，与社会文化变迁密切相关，更与商业社会里小说自身的发展变化脉息相连。文化精神成为 20 世纪 90 年代中国当代小说新的生长点。

在中国当代小说发展的这种背景中，中国当代股市小说在 20 世纪 90 年代初开始萌芽，与中国当代股市相伴而生。但它的诞生和发展不可能与中国当代股市的诞生和发展完全同步，待中国当代股市有了一定的规模和社会影响之后，待中国当代股市有了一定的文化积淀之后，待股市参与者对中国股市、对自己的股市生活有了一定的审美认识之后，以股市参与者为主人公、以股市生活为主要表现内容的中国当代股市小说才有可能萌芽、生长。

中国当代股市小说的萌芽期时间跨度比较长，从 1991 年到 1998 年，经历了将近 10 年时间，说明中国当代股市小说的萌芽生长比较艰难。

中国当代股市小说萌芽期作品数量相对较少，越早作品越稀少，越往后发展越快，创作越繁荣。1991 年出现了中国当代股市小说的开山之作——专业作家钟道新的中篇小说《股票市场的迷走神经》，1992 年没有出现股市中篇、长篇小说，1993 年和 1994 年每年都只出现了一部股市小说，一直到 1997 年，中国当代股市小说的创作才有一些变化，一年出现了两部股市小说，这种现象在萌芽期后的中国当代股市小说中已经不再存在。在中国当代股市小说的成熟期，一年创作出版的股市长篇小说有十余部。

萌芽期中国当代股市小说中的股市人物形象不丰富，反映股市生活的面不广。萌芽期的中国当代股市小说主要表现股市参与者之一——散户股民——的生活，描写得最多的是散户股民生活，塑造得最好的也是散户股民形象。萌芽期中国当代股市小说也描写了股市另外一个重要的参与者——股市庄家，但相对于同一个时期的散户股民形象来说，相对于萌芽期以后的股市庄家形象来说，这个时期的股市庄家形象不成熟、不丰满，只是股市庄家形象的雏形。操盘手、股评家形象在萌芽期的中国当代股市小说中只是偶尔现身，不仅数量非常少，而且就形象的成熟程度来说只能说是雏形的雏形。股市的其他参与者诸如基金经理、资本运作高手、资本英雄等在中国股市的这个阶段没有出现，或者只是偶尔现身，因此在萌芽期中国当代股市小说中难觅其踪影。

萌芽期中国当代股市小说注重表现股市新人的成长，而且作为中国当代股市小说的一个优良传统贯穿于中国当代股市小说的始终。

中国当代股市的萌芽和成长在萌芽期的中国当代股市小说中得到了准确、全面的表现。中国当代股市初创时的模样是萌芽期中国当代股市小说描写的一个重点，在萌芽期后的中国当代股市小说中中国当代股市的发展变化一直受到关注和重视。

塑造当代中国第一代散户股民形象，塑造当代中国第一代股市庄家的雏形，塑造当代中国第一代操盘手、股评家雏形的雏形，初步表现当代中国第一代股市新人的成长，表现中国股市萌芽生长的过程，是中国当代股市小说在萌芽期的开拓与创新。这些股市参与者形象在后来的中国当代股市小说中苗壮成长。

以散户股民为自己的主要描写对象，这是中国当代股市小说萌芽期的标志，是我们把这个时段的股市小说确定为萌芽期的依据。

萌芽期的中国当代股市小说的开拓创新令人瞩目。塑造当代中国第一代股民形象，主要是散户股民形象。这是萌芽期中国当代股市小说的主要内容和突出贡献。中国当代股市小说中最早出现的股民形象就是散户股民。当时这些并不很成熟的散户股民成为萌芽期中国当代股市小说描写的最主要对象，成为中国当代股市小说萌芽期的主角。钟道新的《股票市场的迷走神经》中的常锐、刘科，李其纲的《股潮》中的董吉、关阿姨、国社平、成婷、黑蛋，都是形象生动的散户股民形象。毕淑敏的《原始股》表现刚刚问世的股票对人们生活产生的冲击，表现人们对股票这个新鲜玩意由陌生、好奇到逐渐接受的过程。这些散户股民形象的世俗情怀和物质主义，表现了20世纪90年代以来中国社会世俗化特征的显豁、厚利主义的勃兴。这些散户股民形象具有顽强的生命力，具有良好的成长性，在后来中国当代股市小说的发展中绵延不绝，越来越丰富，越来越深刻，贯穿在中国当代股市小说发展的全过程。

塑造股市庄家形象是萌芽期中国当代股市小说的又一个重要内容。

股市庄家是萌芽期中国当代股市小说表现的重要对象，这一时期出现了股市庄家形象的雏形。这些股市庄家雏形特色鲜明。首先，这些股市庄家在股市坐庄的能耐有限，与他们的后来者——成长期中国当代股市小说中的股市庄家形象相比较，中国当代股市小说中最早的所谓股市大炒家、股市大枭形象还只是一些股市的草莽英雄，是大巫面前的小巫；其次，与同时期的散户股民形象相比较，萌芽期股市庄家形象数量少，《股市大炒家》中的作家梁栋，《股城风流》中的股票大王郭维维，《股市大枭》中的"股市强人"王小虎，《股民日记》中的周欢，是萌芽期中国当代股市小说中分量排在第二位的股市参与者群体；再次，萌芽期中国当代股市小说对这些股市庄家形象没有精雕细刻，都只作了轮廓式的描写。这是与这个阶段中国股市发展的实际相吻合的。后来随着股市庄家在中国股市的能耐日益增强，在社会上的影响日益扩大，股市庄家形象在中国当代股市小说中的分量越来越重。

中国当代股市小说中的股市庄家形象有非常好的成长性，有十分旺盛的生命力。它在中国当代股市小说的成长期取代了散户股民形象，成为中国当代股市小说的主角，后来一部分股市庄家形象演变为股市资本运作高手，接着进一步演变为资本英雄，成为中国当代股市小说表现的最重要的角色。

操盘手、股评家等股市参与者形象登上了萌芽期中国当代股市小说的舞台。《股潮》中的杨慧是中国当代股市小说中第一个操盘手形象，《股市大亨》第一次描写中国股市监管部门对股市的监管，《股城风流》中的华卫是中国当代股市小说中第一个股评家形象。这些形象在这个时期的股市小说中都显得比较单薄，准确地说只能算是操盘手、监管者、股评家雏形的雏形，但他们在萌芽期中国当代股市小说中就能崭露头角，说明他们在中国股市所有参与者中间的重要性非同一般。在中国当代股市小说后来的发展中这些股市参与者的形象越来越丰满。

描写初创时期的中国当代股市。

中国当代股市的萌芽、生长是萌芽期中国当代股市小说表现的重要内容。描写中国当代股市在初创时期的发展过程及特点，是萌芽期中国当代股市小说的突出价值，非常珍贵。《股票市场的迷走神经》描写中国当代股市的建立；《股市大炒家》准确表现中国当代股市初创时的特点，当时炒股有很多规矩和限制，干部炒股受到限制，股民不仅炒股，而且炒内部募集股的集资收据，这些都是后来的中国股市里见不到的现象。《股城风流》描写中国当代股市萌芽时的模样，十分鲜见，《股市大亨》表现股市对中国当代社会的影响。

上海是近现代以来中国商品经济最为繁荣、商业文化最为发达的城市，20世纪90年代以来，其血脉深处潜隐的市场基因被市场经济迅速激活。广东深圳地处改革开放前沿，商业发达，也是对外交流最为频繁、接受新思想最为快捷的地区之一。同时，上海、深圳是中国仅有的两个证券交易所的开设地，萌芽期的中国当代股市小说主要出自生活在这两个城市的作者之手。

萌芽期的中国股市小说数量不多，反映的股市生活内容涉及面不广，但非常集中，而且具有非常好的成长性。

萌芽期的中国当代股市小说丰富了中国当代小说的人物形象画廊。中华人民共和国成立以来30年内的中国当代小说创作，多在军人、农民、工人、知识分子、小市民等几大类型的人物形象塑造方面努力，中国当代股市小说创作为中国当代小说创作开辟了新领域，贡献了新内容和新形象。

萌芽期的中国当代股市小说推动和深化了新时期"改革小说"的创作，反映中国共产党十一届三中全会以来所进行的社会改革，并且以这一改革对旧的社会结构、社会生活方式与社会心理所带来的强烈冲击为基本主题是改革小说的基本特征。它重在表现改革过程中进取与保守的矛盾，塑造改革英雄人物，高扬积极进取的战斗精神，从历史文化角度观照社会现实。萌芽期中国当代股市小说在一定意义上有着"改革小说"的上述特征，所以，它也可以看作是新时期以来"改革小说"的推动者和深化者。

这个时期包括股民在内的商人阶层作为新的社会群体迅速崛起并开始拥有较为强势的社会话语权。对此，作家邱华栋指出：

> 中国社会变革进入到了"利益分化期"，因而，出现了快速的社会分层与贫富分化以及城市新人类、白领、新市民的崛起。中国社会现实的矛盾也将日益突出，而这一时期又是中国社会改革进程中较长的一段。如此纷繁复杂的、比巴尔扎克时代还丰富十倍的社会现实，已经让越来越多的作家无法回避了。也就是说，我们的作家从来没有面对过如此难以确定与认识的社会状况和丰富的写作资源。[①]

正是在这样的社会文化语境中，原来在小说场域中处于边缘位置的股市小说创作，因其与市场和市井的天然联系，因其坚持讲述"股民话语"的艺术自主原则，当然更因股民阶层兴起导致的经济权力对社会"贱商心理"的转向和小说表达"给力"的积极介入，从而前所未有地获得了小说场域中的"行动者"本应拥有的自由、自主的话语权力和表征空间，作品出版盛况空前。评论家朱向前早在市场经济建立之初的1993年就预言：

> 毫无疑问，全面走向市场的中国当代社会必将急遽改变我国的传统文学生态环境和价值取向。质言之，文学作品的商品属性将得到前所未有的正视、重视乃至一段时间内过分的夸大与强调。大部分文学生产力将逐渐从政治辐射下走出而卷入经济轨道运作，其意识形态色

彩会日渐淡化而商业气息将愈加浓厚。①

　　萌芽期中国当代股市小说丰富了中国当代小说的文化内涵，对于当代中国人身处股市中的人性人情的书写是丰富而深刻的。它关注市场经济启动后中国社会各阶层的生存状态，侧重反映中国 20 世纪 90 年代面临的经济问题。中国当代股市小说的现实主义有着自己独特的风貌，表现的内容是新鲜的，是过去的生活中很少见的，表现当代中国人因为生活中有了股市这个新玩意而出现的新变化。

第三节　萌芽期中国当代股市小说的开拓与创新

一　散户股民形象成为中国当代股市小说萌芽期的主角

　　散户股民形象是中国当代股市小说中第一个成熟的股市参与者形象。
　　散户股民是相对机构投资者而言的，因此又叫个人投资者，是通过证券公司为自己购买证券进行投资的人，是那些在股市中投入资金量较小的个人投资者。他们只能为自己服务，没有任何中介职能。在中国，散户股民主要由在读学生、工薪阶层、下岗工人、退休人士以及一些有一定资本的个体户组成。
　　在股市上庄家和散户是一对联系非常紧密的概念。对于散户股民和股市庄家的区别，有人做过这样的总结：庄家用几个亿、十几个亿做一只股票，散户用十万、几十万做十几只股票；庄家做一只股票要用上一年甚至几年，散户做一只股票只做几周甚至几天；庄家一年做一两只股就大功告成，散户一年做几十只股、上百只股还心有不甘；庄家喜欢集中资金打歼灭战，做一个成一个；散户喜欢买多只个股作分散投资，有的赚，有的赔，最终没赚多少；庄家在炒作一只股票前，对该股的基本面、技术面要作长时间的详细调查、分析，制订了周密的计划后才敢慢慢行动；散户看着电脑屏幕，三五分钟即可决定买卖；庄家特别喜欢一些较冷门的个股，将其由冷炒热赚钱；散户总喜欢一些当前最热门的个股，由热握冷而赔钱；庄家虽然有资金、信息等众多优势，但仍然不敢对技术理论掉以轻心，道琼斯理论、趋势理论、江恩法则等基础理论早已烂熟于胸；散户连

---

① 朱向前：《1993：卷入市场以后的文学流变——从"王朔现象"说开去》，《当代文学研究资料与信息》1993 年第 2 期。

K线理论都没能很好地掌握，就开始宣扬技术无用论；庄家总是非常重视散户，经常到散户中去倾听他们的心声，了解他们的动向，做到知己知彼；散户总是对庄家的行动和变化不屑一顾；庄家做完一只股票后就休假去了；散户做完一只股票没赚多少，还得做，绝不休息；庄家年复一年地做个股赚钱；散户年复一年地看着指数上涨赔钱。

股市是中国社会主义市场经济建设的成果，是中国社会市场化的标志之一。股市的运行极大地推进了中国当代社会的市场化进程，它不仅改变了当代中国人的生活状态，更改变了当代中国人的价值观念与行为方式，叱咤股市的成功人士成为大众偶像。在当代中国，生活的万花筒因为股票元素的加入更加精彩。市场繁荣是中国建立社会主义市场经济体制的必然结果，市场化是中国当代社会转型期必然要出现的现象，因此市场精神和交易意识的茁壮成长是当代中国文化发展的一个趋势。世纪之交的中国散户股民有一些典型特征，素描像应该是这样画的：年龄45岁，原为某国企职工，炒股本来是一个兴趣，下岗之后却成为一个职业，炒股资金2万元，是多年的工作积蓄，每天的交易时间，他一定在证券公司的营业部里，一杯茶一张报纸，如果旁边正巧有人在谈论某只股票，他一定会竖起耳朵细心打探，同时会分析一下盘面走势，有主意了就去柜台下单，有时候去营业部并不是为了交易股票，跟一群人聊聊天也可以打发时间。在股市上，不难看到茶饭不思、不休不眠、面无血色、精神颓废的股民。无论股票是跌或是涨，都会引起重大的经济利益变化，而经济利益的突变又可诱发心理危机，从而引起失眠、焦虑等多种心理问题，有些人还可能出现自杀倾向。这是当代中国股市、股民的真实世相。

这是萌芽期中国当代股市小说与股市联系最密切的一点。散户股民是这个时期中国股市的主角，这使得萌芽期中国当代股市小说形成了自己标志性的特征——以散户股民为主要描写对象。散户股民形象成为中国当代股市小说萌芽期的主角，出现了大量描写散户股民生活的作品。

在散户、庄家、操盘手、股评家、基金经理等诸多股市参与者中，只有散户股民形象最受萌芽期中国当代股市小说的青睐，丰满成熟，一枝独秀；股市庄家形象这时只是雏形；操盘手、股评家形象这时还只是雏形的雏形，基金经理、资本运作高手在这个阶段的股市还没有出现，因此在萌芽期的中国当代股市小说中还看不到他们的踪影。

股市是中国当代社会的新成员、新角色，股市的加入使当代中国社会发生了很多新变化。这些新变化其实很多表现在老百姓身上，也就是表现在散户股民身上。

中国股市中的散户股民群体，由于其文化差异、年龄差异、专业技能差异以及行为差异较大，整体素质普遍不高，但大胆追求金钱与富足、甘愿为之辛苦奔走是其共同特征。散户的投资行为往往是追涨杀跌和非理性炒作，羊群效应（从众交易行为）与噪声交易（主观判断交易）者居大多数，其投资收益充满了不确定性与不可预期性。

专业作家钟道新1981年开始文学创作，是中国当代股市小说的开拓者。他于1991年发表的《股票市场的迷走神经》是中国当代第一部以股市生活为题材的中篇小说。

小说表现中国当代第一代散户股民的成长，是中国当代股市小说萌芽期的重要作品。小说的主人公常锐是中国第一代散户股民的代表，表现了一种百折不挠的奋斗精神。常锐与郭夏是一对夫妻。丈夫常锐是一个银行家的儿子，毕业于北京大学物理系，现在在S市保险公司当一个小职员。他想起自己是北京大学物理系毕业生，到了S市只是在保险公司当一个小小的职员，心有不甘，但去开公司做买卖吧，没有资本不说，主要是没有背景，弄得一副灰溜溜的样子。"他对股票是有相当研究的。这和他的家庭是分不开的：他的父亲常老先生以一个普通人的儿子，在上海的证券市场上买到了一个席位，而后用了十年时间，成为上海或者说是远东有名的证券经纪人。这是他整个家族的骄傲。""几十年来，时尚变过来又变过去，可记录在常氏家族遗传密码上的进取心却没有变：它只是潜伏着、等待着、渴望着。"常锐对炒股有一种先天的嗜好，继承了父亲身上经纪人的某些特质，进入北大后对"股票"非常痴迷，翻阅了大量有关"证券"的书籍资料，获得了一定的经济学知识。妻子郭夏是S大学法律系的讲师，同时兼任夜校的老师，每个星期要去上三个晚上的课，非常累，每堂课只能挣40元钱，而这笔钱对这个家庭来说是重要的，因为从北京调到S市后，他们用分期付款的方式买下这幢房子，连本带利压得他们够呛。郭夏的父亲郭天谷离休前是C省财政厅的副厅长，以前是十级干部，离休后变成九级，可每个月的工资总数不过300元，而在S市即使是饭店洗碗的女工，每月也赚400块钱。

常锐是中国当代小说中一个特色鲜明的、富有文化含量的新人物。常锐炒股一下子赚了20万。"郭天谷惊讶了：二十万，这几乎是厅局地市师级干部两辈子的工资。"赚了钱的常锐花20万买了一幢带花园的两层小楼。常锐的朋友刘科是外贸局的一个科长，买股票赚了钱。刘科调入新成立的S市证券交易管理委员会，他告诉常锐京港房地产公司在S市发行股票已经得到中国人民银行签发的正式文件。常锐倾其所有，还向银行贷款了 20 万元买京港房地产公司尚未上市的股票。刘科借常锐的户头也买了 10 万元。"京港房地产公司的股票虽然没有正式上市，但是在 S 市股票市场中却成了抢手货。其价格以令人难以置信的速度，在一个星期内奇迹般地翻了十番。"常锐家的保姆康定见好就收，赚了五倍的钱。后来，京港房地产公司的上市批文被发现是伪造的，被 S 市政府予以取缔。常锐大亏，只得卖掉房子还贷款，但他仍对中国股市充满信心，对自己在股市上的成功充满期待："咱们的本钱不是还在吗？大浪淘沙，可淘不掉真正的股票经纪人。""勇气是我固有的。我敢预言：我将和 S 市的股票市场一起成熟、一起发展。"他对股市的热爱和期待溢于言表，是一个高智能的新兴冒险家，他赢过，资产很快达到四五十万，从而在 S 市股市创建初期靠炒股暴富起来，正如股市没有永远的"熊市"和"牛市"一样，股市中也没有"常胜将军"。尽管他经济学知识丰厚，尽管"在他的血液中，父亲的因子占绝对的统治地位"，尽管他很自信，但依然败走麦城。因听信不确定的"内部消息"而导致血本无归，被迫拍卖房产，但他并不气馁，他并没有灰心，他仍然伺机东山再起。小说塑造了一位敢于接受新的经济事物、永不言败、百折不挠的股市平民英雄形象。

这是中国当代社会中出现的一个新的人物形象。随着社会转型初见端倪和市场经济开始运作，此时的中国当代作家们已经从中国社会改革开放中寻找到了新的创作热点。在小说中，钟道新巧妙地借用了生理学上的"迷走神经"这一专业术语，表达了他对新生的股票市场失控状态的认识和把握。作者重视、钟爱股市这个当代中国社会中的新生事物，真实表现了炒股赚钱发财对人们的金钱欲望的刺激、初创的不完善的股市交易体制等新的社会生活内容。

股市加速了当代中国社会的世俗化进程，因为股市每天都在普及着商品精神和买卖交易意识。在股市的深刻影响下，整个社会成员更加关注自我的现实利益和世俗幸福。散户股民最为典型地表现了中国当代社会的这种变化。他们由衷热爱世俗生活，与那些致力于思索社会问题和探寻人生价值的知识精英形象不同，他们尽量回避形而上的思考，而将股海搏击作为自己生活的主要内容。散户股民大多出身中国社会的底层，品尝过生活的艰辛与人生的屈辱，没有任何的政治资源或社会资源，盼望自己能够在政策允许下发家致富，因此不惜铤而走险，投身股市。卑微的社会地位，简陋的生存环境迫使他们近乎自发地投入风险与机遇共存的股市中，追求实现自我的财富梦想，创造暴发者的人生传奇。他们梦想通过股海搏击，一方面改善自己及家人的生存条件，另一方面提升自己的社会地位。他们是中国股市里的大多数，是中国股市生存发展的基础。这是中国当代股市小说萌芽期以散户股民而不是以别的股市参与者为主要描写对象的原因和理由。

钟道新笔下的人物，敢于冒险，又有着现代的知识结构和管理能力，毫不掩饰地追求金钱、权力而又廉洁、节制、自律，对世俗的享乐充满热情而又不放弃理想和操守。钟道新以冷静、客观的理性精神对现代商业、政治伦理的发现、认同和提炼，不仅表明当代作家面对股市的生活样式和生命形态由原先的困惑、敌视和拒斥已发展为包容认同和驾轻就熟，也显示了作家对国民心理的重塑再造的努力达到了一个新的高度。在新旧文化的转型期，面对商业大潮冲击下人欲的横流、人性的迷乱和道德的失范，那些富有良知、充满忧患意识和使命感的作家都用自己的笔殚精竭虑，为恢复和重建社会尤其是人的行为、道德的秩序而努力。钟道新的股市小说不仅以大的时空跨度，追逐权力、金钱的生存图示，独特的生命感悟等满足读者的好奇心和审美需求，更为难能可贵的是还发现、展示了具有时代特色的市场精神。尤其是与一般人将商业活动仅仅归结为追求金钱不同，钟道新笔下的新型人物将商业活动当作自己安身立命、实现人生价值的终身事业。从而将挣钱这种被传统观念视为不是十分体面的世俗行为赋予了一种神圣色彩。这与马克斯·韦伯所阐释的资本主义背景下的新教伦理有异曲同工之妙——马克斯·韦伯认为，资本主义精神不是贪得无厌和金钱欲，而是个人把努力增加自己的资本并以此为目的的活动视为一种尽职尽责的行动，把赚钱当作一种目的、当作一种职业责任而被看作一种美德和能力的表现。钟道新小说中所体现的观念不仅与西方现代文明有了精神上的勾连，而且对市场经济背景下构建新的价值观念、行为准则和伦理操守有着建设性的意义。

毕淑敏的《原始股》描写职工内部股的认购，部机关的全体职工在买不买原始股前的各种形态，对股票这种新鲜事物表现出一定的迷惘。小说表现刚刚问世的股票对当代中国人生活产生的冲击，表现处于社会转型期当代中国人对横空出世的股票这个新鲜玩意的陌生、好奇和逐渐接受的过程。这是作品的独特价值所在。

毕淑敏是一位具有独特个性，以芸芸众生为关注对象的当代女作家。1969年2月，她应征入伍离开北京，来到西藏阿里地区，从事卫生兵工作，直到1980年才返回北京，在一家工厂当医生。35岁正式开始写作。转业回城之后的毕淑敏，因从事医生职业而有机会观察各种各样的人，她的创作始终面向现实人生，从生活里汲取营养。

　　小说以主人公沈展平购买"原始股"和社会各类型人物的联系，描画出一幅当代中国人心灵的图案。沈展平经济专业研究生毕业后，留在北京城里的某部机关工作。因为出生在贫穷的农村，父亲又得了重病，沈展平经济上很困难。部里得到了下属公司的进贡——原始股："部属的一家很有实力的公司承建了这座宏大工程，决定采用股份制的方法集资，每股1元，溢价发行，每股实收人民币1.5元。除了向他们本公司的员工们发行这种股票，还将一部分原始股像贡品似的呈送北京部里。均分到每人头上，可购买2000股，共需现金人民币3000元整。"部里每位干部可自由购买2000股。"沈展平在辉煌的国家机构里搞学问，但他不甘心受穷。现在，组织上把一个集体致富的机会推到大家面前。"沈展平想买股票，但缺钱。他请部里的女同事安琪娘扮作自己的未婚妻，称要结婚，找京城里的老乡——军长奶奶借钱，其实是借钱买股。同事吕不离声称自己不买股，愿意把自己两千股的购买权无偿让给沈展平。互不相识的同事乔致高通过安琪娘向沈展平转让自己两千股的购买权，不过需要每股多出一元转让费。为了买原始股，沈展平找在京城做工的老乡借钱，老乡愿意借钱，但索要高息。沈展平想方设法借到了钱，好不容易买了六千股原始股。但后来吕不离和乔致高都后悔了，找沈展平要回股票购买权。吕不离读大学的女儿说："这是一个机遇。我父亲在完全不懂这个机遇的价值时，将它拱手相送于您。"乔致高说："沈展平，我改变主意了。这是你委托安琪娘交给我的2000元人民币，现在完璧归赵。购股权我收回，这是3000元人民币，为股票本金，也一并给你。""大家都是拿低薪的阶层，属于在贫困线上徘徊的人，都有脱贫致富的愿望。现在好容易逢到这样一个天上掉馅饼的机会，因我蒙昧无知，几乎阴差阳错地弄丢了。"沈展平不遗余力处心积虑地借债买股，就是要用智慧换来家人以及自己的幸福。"这是投机，勇敢地投入一次机会。"面对反悔的吕不离父女他无话可说，对先前赚了自己的钱的乔致高，沈展平非常气愤："你拿4000元来，我就把认股权再卖给你。""那2000元我并不是凭空要的。那共计5000元的款项，我筹措得太艰难了！"小说描写横空出世的股票打乱了人们平静的生活，表现股票刚出现在人们生活中的时候大家对它不同的态度及其变化，值得玩味。

　　小说表现了当代中国人生活的变化。商潮的冲击膨胀了人们的物质欲念，发财成了众所欣羡的事情。平凡而普通的人们虽苦无发财的门径，但对金钱的渴望却随着新的贫富差距的拉大而有增无减。钱规定着人们的生活状态，也拉大了人们之间的距离。"只有借钱的时候，你才知道朋友是多么的少！"小说一开始就这样规定了主人公沈展平所生活的人情环境。小说中出现的人物可谓形形色色：有身居要职并颇有影响力的栾德司长，有几乎被人遗忘的军长奶奶，有大机关的甜美女职员安琪娘，有不善钻营的老知识分子吕不离，还有从山村走来的打工仔电娃子等，所有这些人与沈展平的借钱与用钱皆有关联。他们对于钱的观念也在这关联中暴露出来。栾司长因地位的缘故，当然隐而不露，但他却是小说中最大的得利者；电娃子对高利息天真直率的索取已显示出农民对于金钱的原始追求；吕不离原来并无太多的金钱欲求，但在女儿的鼓动下，也开始希望起一笔额外的进项；安琪娘的仗义，显示出女人的温柔，但并不等于她不重视钱；唯一对钱无所用心的是军长奶奶，她不懂得钱能生钱的道理，她的钱只为道义与责任而付出，但军长奶奶将在她的小院中终老而去，她对于钱的古典信条也将随着她的故去而消失。金钱悄然侵占着中国人心灵的领地，即将扮演起对人的主宰角色。

股市是改革开放的晴雨表，作家选择这一颇具诱惑力的题材，描写社会转型中的普遍心态和矛盾。小说以沈展平筹措资金购买股票为中心，引出栾德司长、大学生吕犀、农村打工仔电娃子对待钱的心态，构成了一个多侧面、立体化的社会背景。小说所构筑的社会背景是多侧面的，立体的。由栾德司长引向了社会的权力阶层，由吕不离的女儿吕犀引出对当代大学生风貌的描绘，从电娃子又见走进城市的农村打工仔。这些外围背景的渲染与围绕沈展平筹措资金购买原始股而展开的中心事件的描述相得益彰，充分揭示出整个时代喧嚣浮躁的心态。作者对生活矛盾的感受是敏锐的，在赋予小说人物非定见性的同时也使小说更接近生活的实感。小说表现的重心转向了对整个社会形态的把握。无论工人、农民还是知识分子和机关干部，在享受改革开放、体制转轨带来的历时优越性的同时，必须经受各种矛盾和碰撞随机生成的共时性困窘。

沈展平作为一个社会转型期的市场经济新生儿，他有公平竞争的权利。他不会为了原始股、为了金钱失去作为一个人、一个知识分子的良知与尊严。在物欲横流的世界里，面对现代生命所处的失重状态的尴尬与困境，毕淑敏依然以人性透视为圆心，以社会参与为半径，描绘了一个富有人道、责任的别样人文世界。市场经济的冲击使人的价值再次受到贬抑，而物的价值得到张扬，在物面前人的灵魂又一次受到了侵蚀。小说表现了人们在欲望与金钱面前不择手段，揭示出人的价值失落的种种丑态，诉说着生命被异化的痛感体验，将它上升到文化生存的高度，肯定人的价值，倡导美好人性。作者的视角贴近生活底部，敏锐地捕捉人们灵魂的悸动、挣扎和闪光。她的创作正是人类普遍存在的探寻自身意识的反映，尤其是转折时期当代中国人心理要求的反映，这使其作品带上了浓厚的理性意味。

毕淑敏及其股市小说创作在中国当代文坛上具有独特的意义和价值。感受着时代文学话语的变迁，为当代中国人寻觅灵魂的栖息地是毕淑敏小说创作所独具的文化意义。表现时代价值观变迁的不可逆转性与坚守生存尊严的价值与不易。英雄崇拜的集体无意识、现代知识分子以天下为己任的自我文化认知与时代文学话语变迁中的生存体验共同促成了毕淑敏在小说人物塑造中的艺术选择。小说是欲望生活中卑微灵魂的救赎者，表现欲望——现代生活的迷茫，欲望化叙事背景下的灵魂拷问。

小说以主题的深刻性、现实性、社会性和反映面的广度、深度和厚度获得了夺人心魄、荡涤心灵的艺术魅力。作者凭借那颗智慧和善良的心，那种时刻关注社会的使命感和责任感，成就了这篇饱含作者深沉的思索、直面当前社会弊端的小说。小说紧紧围绕"原始股"这一现代社会市场经济条件下的产物作为缘起，以主人公沈展平购买"原始股"和社会各类型人物的联系，描画出一幅当代国人心灵的图案。毕淑敏提出的严峻的社会问题是隐藏在粉墨登场的各类人物背后的，是有机地融进完美自然的艺术形式之中的。

李其纲的《股潮》的独特价值在于它形象地表现了普通中国人——说他们普通是因为他们穷，是因为他们想改变自己的穷，是因为他们没有太多的改变穷的途径和方法——从非股民到股民的心路历程，表现了他们不懂股市而又义无反顾地进入股市的现实原因和驱动力。小说中的散户股民在当时的中国人中间有很强的代表性。可以这样说，许许多多的普通中国人就是因为这个，就是这样走到股市中去的。这是萌芽期的中国当代股市小说表现股市生活的一个突出成就。

小说的主人公董吉是一位小有成就的作家，妻子秦玫是大学历史系老师。因为穷，因为向往富裕，他们对自己的生活现状不满。董吉所在的文化局效益不好，秦玫所在的 F 大学历史系效益更差，夫妻两人的月工资加在一起不到 1000 元，这点钱支付了电费、水费、房费、煤气费之后，买菜都要精打细算。"每月都得由妻子把他赚得的'小稿费'贴补进去方勉强能够维持。而家中添点大点的物件，诸如冰箱、彩电之类的东西，就得依仗他所写的长篇纪实文学之类的'大稿费'了。"董吉为了赚钱，为了脱贫致富，想做钢材生意，却被当年崇拜自己的文学青年汪吾生要了，被排除在生意圈外。他接着凑钱开户进入股市，视炒股为唯一的发财之路：

秦玫说："一定要到股市去吗？"董吉很低沉地答道："这对我很重要。对我们家很重要。"

"我从《钱商》里还悟到一点，得让钱活起来，鸡生蛋，蛋再生鸡，或者说，让资本增值。而让资本增值的最便捷的途径莫过于炒股。若要富，需炒股！"

董吉又想明白了一些东西。……作为文人，他只剩下一条路了：炒股！不是像以前那样炒股，而是要全心全意炒股，认认真真炒股，拿出大学做学问的劲头把股市搞懂，搞精，搞明白。……末了，很坚定，又很悲壮地说："这是我们唯一的发财之路。"

小说形象地表现了当代中国人价值观念的变化，这一切是以中国当代社会变化为基础的，或者说这一切变化都可以从中国当代社会中找到根据或者理由。

初进股市的董吉并不十分了解股市。不了解股市但盼望从股市里赚钱，从股市里发财，这是中国散户股民的共同特点。

自从进了股市，董吉就失去了平静的生活，因为手里有了股票，心里就有了牵挂：

这一夜，董吉的睡梦里整个就是双鹿驰骋的天下，一会儿双鹿涨到 28 元，一会儿双鹿又只剩下 5 元。双鹿或上或下，纵横驰骋，董吉则云里雾里，忽喜忽悲。

手里有了股票，生活也许就有了新的希望，有了新的期盼，有了新的刺激：

这种磅礴万里、气吞万象的飙升让董吉激动不已。一个人有再多的委屈或愤懑，缠绵或哀怨，都会在这种飙升面前统统丢弃。董吉甚至想，他进入股市以来的所有岁月，不，他自从踏上社会以来的所有岁月，似乎是等待这一刻，这一刻的辉煌与壮丽！这一刻的火山熔岩般的喷发！董吉想，这绝不是一个钱的问题，而是确实在这种飙升中存在着的一种让生命升华、让能量散发、让人荡气回肠的美感形式。也许，这就是股市魅惑着所有与它接触过的人的奥秘所在。几乎可以这么说，所有与股市接触过的人，他或她此生此世可能也就和股市结下不解之缘，再也难以逃脱股市内在的火山般的力量，即使成为庞贝古城也在所不惜。

董吉的心理活动典型地表现了股市对当代普通中国人心灵的冲击。好多人就是这样被股市征服，好多人就是这样被股市套牢，好多人就是这样被股市毁灭。

小说描写散户股民群体，塑造散户股民群像。小说中像董吉这样的散户股民还有很多，个个都有一本难念的股市经。关阿姨一家的股市生活在当时中国股市的散户中有一定的代表性。她儿子前几年辞职卖水产，赚了一点钱，但后来这点钱投到股市里，折腾了没几回，就全部亏掉了。因为儿子的钱在股市都亏掉了，为了给孙子凑医药费，关阿姨把自己的股票割在地板价上。因为受不了亏钱的刺激，关阿姨的心脏病发了，丢掉了自己的性命。工人国社平的炒股生活在工人中间有代表性。这些工人没有多少钱，他们努力想在股市里赚一点钱：

> 国社平是车间里众工友们凑款组成的炒股"联合舰队"的代理人。他分内的那份活由工友们分担去，而他则成了常驻股市代表。无论盈亏，他都比别人多占5%的份额。

美女成婷因为出身贫寒，因为需要钱照顾自己下岗的哥哥，因为需要钱救助自己得了重病的妈妈和妹妹，因为自己也想过富足的生活，她背弃了自己的恋人汪吾生，与台商洪老板"闪婚"。炒股对她来说很重要，因为太重，重得她不能承受，重得使她铤而走险，使她惨败而归：

> 他在我身上连本带利，房子啦，首饰啦，加在一块毛估估300万，我用剩下的100万炒股，只要赚到300万，我就什么都不欠他，就两清了。

"她为什么、又是如何用她的自由换来了金钱，她又是如何在焦急地企盼着再用金钱去赎回自由。"

黑蛋是一个在股市赚了钱的散户。在得到了30万元的房屋拆迁补偿费之后，他没有用这笔钱去买新房子，而是用这笔钱买了股票，房子先在近郊农民那儿租借一间。他用这笔钱在股市屡战屡胜，赚了不少钱。

　　小说表现中国当代社会生活的变化。生活改变着人，股市改变着人。在市场经济大潮的迅猛冲击下，当代中国人的价值观与生活方式都发生了深刻变化。小说形象地表现了当代中国人在商品世界的巨大压力下所面临的精神性生存的困惑与突围。

　　在小说中，李其纲关注、探寻和表现股市对当代中国人人伦关系和价值观念的影响，当代中国人生活的真实面貌、行为依据、人际关系的变化都能从股市中找到答案。

　　股市时时刻刻都在强化当代中国人的金钱意识。金钱在人们的社会交往中起着越来越重要的作用，它似乎无所不在地影响甚至控制着股民的生活与交际。这里以货币的数量作为划分拥有者或支配者等级与身份的唯一标准：大厅里是怀揣几千至几万元的散户，10万以上的进中户室，50万以上的进大户室，150万以上的进超大户室，资金上亿的主力机构则占据着神秘的专用套间。即使在同一间大户室，人的身份与尊严也以钱画线。草莽英雄的座位成了"皇帝的龙椅"，经常空着却不许他人坐，有人守护着。这除了草莽英雄资本实力雄厚的因素之外，还由于他拥有股市赚钱的信息资源——跟着他买进抛出的人都赢了。这是中国当代社会千差万别的人群社会分层化和随处可见的金钱崇拜的一个缩影。

　　股市播散着市场经济的买卖精神，使当代中国人的欲望结构中的金钱物质因素日益抬升与激荡，使社会原有的人际关系及情感纽带加速分化瓦解与组合重建。小说着力刻画的正是这一历史时段的现实图景。当董吉决意下海经商时，一边筛选着一张张名片，一边感叹书到用时方恨少，懊悔没有多结识一些厂长、经理们。这意味着在环境的压迫与诱使下，人的社会角色变动与欲望目标转换势必造成新旧人际关系网的交替。社会的细胞——家庭——深刻地反映着这种分化组合和金钱的颠覆性。多少对夫妻，多少个曾经幸福的家庭，在金钱的刺激、诱惑中，在生存状态、价值观念的激变中，正在分崩离析，重新组合，呈现一片令人眼花缭乱的景观。小说具体描绘了董吉、汪吾生、戈乔等几个家庭危机的产生和破裂的过程，通过夫妻关系的历时性对比与观照，暗示出这些变化来源于金钱因素强有力的渗入和干扰。董吉股市被套牢，显得很落魄，妻子秦玫离开大学进入商界后却位高薪厚，于是，她的桑塔纳，从不当着他的面开出去，她在家中和公司分别备下了两套不同的化妆品。在家中，她用的最好的只是永芳，在公司，她才用伊丽莎白·雅顿。秦玫两面人式的苦心遮盖，无助于消除两人经济地位落差的事实，也无法治愈历来当家庭主角的丈夫受到打击的自尊心，而改变连锁着的这一切的初始动因，正是轿车、高级化妆品、名牌服装、星级宾馆等所表征的物质力量与货币关系。

小说形象地表现了知识分子涉足股海商潮的心路历程。在社会转型时期，人们意识和观念上的矛盾和冲突越来越多，越来越激烈：过去拥有现在丢掉的是否全无价值？现在追求而尚未达到的目标又是否真有意义？董吉夫妇在大学效益不好的压力和商界招聘广告的诱惑下，一起感叹："还是很久很久以前的日子好。"两人办离婚时董吉又提议："要不，我们退回去，退回到昨天的生存方式。"然而，理性前瞻成为在现实中挣扎的矛盾心态的另一个支撑点。董吉明白："我们就只能向前走了"，"她和他都是不可能再回到昨天的那种生活中去了"。这与其说是出于理性和无奈，不如说是对明天机会与利益的一种信心。对现实中金钱关系的洞察与表现并不意味着对其负面价值的首肯，恰恰相反，只有具有批判的眼光与精神，才能穿透社会的浮表看到商品经济下人性的弱点与金钱关系的本质。

金钱的魔力，是文学世界中的老生常谈，从莎士比亚开始，到巴尔扎克、司汤达、德莱塞，一直到中国的《子夜》，是一个永不过时的主题。古今中外许多有成就的作家都试图通过金钱这面镜子照射出人类灵魂深处的隐秘世界。《股潮》对这一古老的主题作了全新的诠释。处于转型时期的当代中国社会，正经历着前所未有的深刻变化，把握这种变化趋势，并对其瞬息万变的生活状态作同步的、具有洞察力的描写，对作家无疑是一种严峻的挑战。

小说对股市的气氛和股民心态的描写是相当真实的。许多有着不同的性格、爱好和经历的人们，为了一个共同的目标——孔方兄——走到一起来，在这里，无论作家、博士、工程师、退休工人、家庭妇女，他们都有一个共同的称号：股民。股市为人们提供了一个貌似平等的人生拼搏的舞台，在这里，你可以一夜之间成为巨富，也可以在一夜之间沦为乞丐，关键在于能否抓住机会，当然还有运气。无论是留洋归来的神秘女操盘手，被台商豢养起来的"金丝雀"，还是大学老师，杂志社的编辑，退了休的老太太，集资炒股的"联合舰队"代表，都在股市里快乐或者痛苦着。从丰富多彩的散户股民形象中可以看出作者对股市生活的深入浸泡和体验。

小说写出了生存竞争的残酷，写出了人性的弱点，更写出了变革时期特有价值的移位和价值观念的转变。大学时代的郝兰箔和秦玫在讨论择偶标准时曾真诚地相信：一首戴望舒的《雨巷》，要抵十个局长，一百个局长。遗憾的是，这种价值观念和梦想到了后来竟是如此不堪一击。中国人对金钱和物质的渴望经过30年的理性压抑之后，以更大的能量释放出来。

"向钱看"几乎成了这个时代的代名词，当年将文学当作出人头地敲门砖的人们，现在纷纷投向孔方兄的怀抱，或经商，或炒股，当起总经理、董事长之类。这种价值的移位和价值观念的巨大变化有其合理性。在长期遭受贫困的折磨、政治运动的折腾、乌托邦理想破产之后，在社会给人们提供了更多的选择的时候，在贫富悬殊日益加大、整个社会沉浸在享乐消费的狂潮之时，谁都不愿意继续保持那种清教徒式的生活方式和精神至上的价值观念。

小说对变幻莫测的股市有深刻的了解和把握，枯燥无味的股价数字和冷冰冰的股市波动曲线于是充满了生命的律动。作者以诗人的激情和哲学家的眼光打量、描绘股市，小说中的股市实际上是作为现代生活的一种象征出现的。作者对股市的把握别具匠心，不仅写出了人性的弱点，如贪婪和恐惧，交易场上的罪恶和不公正，如尔虞我诈，大鱼吃小鱼，而且上升到现代商品社会中人和股海的搏斗，也就是人和命运的搏斗这样的哲学高度。

小说对待股市的态度是积极和肯定的。在小说的尾声作者曾这样表示：股票交易在中国虽然刚刚起步，但已显示巨大的不可抗拒的魅力，这与改革开放以来社会的发展，人的观念的更新是吻合的，股市制造的神话消解着几千年来形成的小农意识。现代人的生命激情通过股票交易的形式得到高能量释放。

股民是凭借股票交易谋利的社会成员，追求投资利润乃中外一切股民的存在基础，以最少的成本获取最大的利润、以尽可能多地占有金钱为人生幸福更是股民的价值追求。为此，股民的炒股求利首先且必须成为股市小说结构故事的"恒定因素"，一部中国股市小说发展史，实际上也就是股民炒股求利行为的审美演绎史。它是股民争取生存自由的告白，是对股民"炒股求利"行为的正当性与尊严感的精彩诠释。

股市作为当代中国社会的新成员，它的诞生、发展、繁荣对中国社会的影响是不可小视的。股市改变着我们已经习惯了的生活，改变了我们祖祖辈辈流传下来的传统。股市是浓缩的人生，一个人长达几十年的人生遭遇和体验，在股市里会浓缩在短短的四五年牛熊循环涨跌之中。所有的人都不得不从旧生活形态里走出来，主动或被动地参与改变自己的过程，这为文学提供了"罕见的、令人激动不已的生活宝藏"[1]，当然也为股市小说提供了前所未有的话语空间。

---

[1] 杨匡汉、孟繁华：《共和国文学五十年》，中国社会科学出版社1998年版，第286页。

　　处于转型时期的中国社会，正经历着前所未有的深刻变化，把握这种趋势，并对其瞬息万变的生活状态作同步的、具有洞察力的描写，对作家来说无疑是一种严峻的挑战。中国当代股市小说触摸股民的灵魂，为我们提供了一面镜子，有助于我们认识我们自以为并不陌生的自己。它从经济视角去审视人生，从社会经济关系和个人经济行为中表现人生和人性的丰富性，它所展示的是一种更贴近人的生存状态。

　　小说表现股市所特有的生存环境与生活方式，股民在股市所面临的精神性生存的困惑与突围。股市是市场经济发育程度和涨落走向的晴雨表，它不仅敏感于政治、经济、社会心理的细微变化，而且直接牵动千万股民的喜怒哀乐，影响、改变并塑造着当代中国人的生活方式、欲望结构和价值观念。股市点化的是市场经济的精髓，它将一切复杂的关系简化为跳动起伏的指数，简化为多方与空方两家之争，简化为金钱货币关系，成为一架巨大的旋转中的"万花筒"。股市使人的欲望结构中的金钱物质因素日益抬升与激荡，使社会原有的人际关系及情感纽带加速分化瓦解与组合重建。小说刻画的正是这一"历史时段"的现实图景，提供了现代股市生活与心态的出色画卷。小说表现了知识分子涉足商海股潮的心路历程，充满批判意识与人文关怀，扯去了人际关系中温情脉脉的面纱，显露出金钱价值观冷冰冰的面孔。

　　股市小说有其特定的表现对象。李其纲的股市小说将多样化的诗性语言与股市的生活节律、色彩交融合一。采用多样化和零散化的叙事方式对应股市生活的现代特点，显然是追求"有意味的形式"的另一种尝试。洗练、明快的叙事语言节奏，是与股市生活节律达成的"默契"，诗意地描写股市的现实空间与心理空间。

二　股市庄家和操盘手等股市参与者形象登上了股市小说的舞台

　　萌芽期中国当代股市小说中的所谓股市大炒家、股市大枭大多数还只是一些股市的草莽英雄。深圳得改革开放风气之先，是中国当代股市最活跃的地方，也是中国当代股市小说出产最早最多的地方之一。

　　《股市大炒家》中的主人公作家梁栋是当时股市里的一位炒家。一位广告公司的经理曾经帮助过梁栋，找梁栋借了两万元钱，因为没有钱还，恳求梁栋同意他用一千股面值两万元的"深发展"股票抵账。梁栋夫妻当时心里很不情愿，碍于情面，勉强接受。谁知没过多久，股票大涨，此时一千股"深发展"值五万五千元。公司经理想找梁栋要回股票，梁栋不同意，经理竟然给他下跪。股市钱生钱的巨大魅力吸引梁栋全身心投入炒股。他从广告公司辞职，专门炒股。妻子挪用公司的资金给他作炒股本钱，他又从银行贷了款，炒股赚了150万元，成了当时股市里一名众人瞩目的大炒家。为了让熊气弥漫的深圳股市起死回生，他联合众多大炒家救市。当上海股市陷入困境时，他义无反顾，组织人马杀入上海，给上海股市送去暖暖春意。

作者林坚的创作意图非常明确，因为他知道，"股票以势不可当的力量介入深圳人的生活，从中又酿出许多悲欢离合的故事"。小说敏锐地从股市这个新颖的视角观察和分析中国社会的变化，这种变化是一个社会最重要的变化，因为它是人的变化，是人心的变化。

小说描写当时的中国股市英雄，虽说他们的能量还不大，但他们思想观念上的新是当时我们这个社会稀罕的，值得珍视的。

瓜子是当代中国第一位出版系列股市长篇小说的作家。

他的《股城风流》中，深圳打工女青年金凤巧遇股票大王郭维维，涉足股市，又在券商孙妮娜和股评家华卫的帮助下，成长为深圳股评界一颗耀眼的新星。孙妮娜是一位干部子女，偷偷爱上了父亲的警卫员——金武。父亲一纸命令，金武解甲归田。孙妮娜现在是深圳一个证券经营部的总经理。金凤的家在广州县郊的一个农场，母亲是广州知青，很早就去世了，父亲是退伍军人，就是孙妮娜曾经的恋人金武。金凤从农村来到城里打工，举步维艰。郭维维爱她，教她炒股。后来郭维维遭劫遇害，郭维维的弟弟和母亲借口金凤借了郭维维的巨款炒股无休无止地勒索她，幸好同乡王月兰等人相救。金凤后来师从股评家华卫，走红股评界，炒股赚了钱，与在父亲创办的牧场里打工的青年刘伟雄结婚。与金凤反目的王月兰勾引刘伟雄，金凤家庭生活不美满，但在股评界日益走红。

小说描写郭维维炒股发家的历史，塑造了当时的股市庄家形象。

郭维维那时拿着家里分给他的一点点钱，自己办了一个货栈，每天起早摸黑地经营，慢慢积累了一笔钱：

> 深圳发行第一家股票时，他用一半的钱买了几千股股票。没想到不到两年，手头股票的市价打了几个滚。他来兴趣了，干脆将货栈卖掉，全心扑入股市，当起了职业炒家。

他用股票作抵押，向银行借贷了上百万的资金，以加大股票投资——"干脆一古脑地将资金尽数买入，拿着股票又到第二家银行抵押贷款，拿出资金还是照买。"郭维维抛出股票，还清了银行贷款，净赚200多万股。不久郭维维卖掉大部分股票，携着巨资，带着几个朋友，悄然来到上海。请上海的朋友按超过市价价格 20% 的价格帮助收购"豫园商场"和"电真空"两只股票。

这些股市庄家表现出敢闯、敢干、敢冒风险的精神特质，同时对自己充满期待，有强烈的社会责任感。他们都是用实际行动来改写命运的财富追求者形象。他们不断地改变活法，不断地自我选择、自我设计，使生命在行动中变得愈加鲜活灵动。尽管他们的行动带有浓厚的功利目的和个人倾向，但也不能就此否认他们内心深处自我肯定、实现自我价值的愿望。应该说，中国当代股市小说让我们看到了当代中国人身上人性的亮点和某些积极的文化人格。一种追逐现世快乐的世俗哲学开始流行起来。

《股市大鳄》是《股城风流》的续篇。小说清晰地展示了世界股市和中国股市数百年来发展的历史轮廓，充分显示了股份制这一现代企业制度的旺盛生命力，深刻剖析了股市对于国民经济的利弊，无情揭露了股市中损害广大中、小股民利益的种种违规违法分子的丑恶嘴脸。

小说描写中国当代股市初创时期的"股市强人"，表现他们如何在股市"兴风作浪"。

小说的主角王小虎是京城的高干子弟，出任"香港（中国）环球投资发展集团公司"的副总裁，用金子做名片。他是一个经过专业训练、有一定的权势、能够呼风唤雨的人物。他与不法券商孙妮娜、伪劣股评家牛大烈、无良大炒家华卫、被诱上"贼船"的上市公司向阳精工公司董事长吴刚等人互相勾结，狼狈为奸，利用各种欺诈手段，挪用国家资金和股民保证金大肆进行疯狂的投机炒作，危害国家和广大股民的利益，最后落得可悲可耻的下场。善良、诚实、正义的券商金凤与他们一伙进行了有理、有节、有勇、有智的斗争，并运用法律手段，对垂涎她美色多时的王小虎给予迎头痛击，维护了自己的尊严。

孙妮娜是中国当代股市小说中出现的第一个券商形象。她是干部子女，具有丰富的关系资源，她的公司是深圳的老牌券商之一，成为向阳精工的上市推荐人。向阳精工的董事长吴刚为公司上市殚精竭虑。王小虎是股市庄家，利用内幕消息携 3 亿元巨资和孙妮娜等合伙炒作向阳精工。吴刚在股市上孤注一掷，他从银行贷款 8000 万元，打进了在孙妮娜营业部开的户头，按照王小虎的炒作方案，作为第二梯队的预备资金。

小说在中国当代股市小说中第一次描写一次大的股市坐庄炒作。与郭维维坐庄小打小闹不同，王小虎坐庄，与券商、上市公司、股评家等多方面"合作"，弄虚作假，欺骗、诱导散户股民，以达到自己赚大钱的目的。此后中国当代股市小说描写的庄家坐庄的模式基本没有超出这个范围，只是过程更加复杂，规模更大。

瓜子股市小说中的股市人物形象有很多是第一次在中国当代股市小说中出现。孙妮娜是中国当代股市小说中的第一个券商形象。华卫是中国当代股市小说中第一个股评家形象，华卫从农村回城后又读大学，学了几年金融管理，毕业后分配到深圳一家银行工作，现在成了股评家。"华卫由于名气大了，有一些机构开始找他代理操盘，充当'杀手'。条件是，盈利，他提成利润的百分之十五，亏了他不用赔，账上记着。华卫不再上班，专心干起了专职股评和'职业杀手'。"只是这些形象都比较单薄，只能说是这些形象的雏形，或者说是雏形的雏形。

中国当代股市小说是 20 世纪 90 年代市场经济勃兴以来、新的市民阶层兴起之后产生的文学现象。上海是近现代以来中国商品经济最为繁荣、市场文化最为发达的城市，20 世纪 90 年代以来，其血脉深处潜隐的市场基因被市场经济迅速激活。广东地处改革开放前沿，商业发达，也是对外交流最为频繁，接受新思想最为快捷的地区之一。萌芽期中国当代股市小说主要产生在上海和深圳是顺理成章的。

《股潮》中的杨慧是中国当代股市小说中第一个操盘手形象。长岛集团下属的财务咨询公司经理杨慧在海外待了十多年，有在美国证券界工作的经验，现在为长岛集团操盘，进行股票投资。作为一个机构的操盘手，杨慧是优秀的。"一个优秀的主力机构的操盘者，永远也不要忘记观察、思考绝大多数的股民们在想些什么、做些什么。"杨慧炒作股票"爱使"，但当自己童年时的恩人关阿姨向她打听股市信息时，她似乎只能滴水不漏。小说表现了杨慧的灵魂在亲情与操盘手纪律之间的颤抖，表现了她的犹豫、无奈和痛苦，表现了两种文化的冲突。"杨慧不知说什么好，望着那双慈祥的眼睛，望着那颗童年时代看熟的美人痣，望着那曾拎回百罐千罐啤酒而今隐隐爬上一层褐色老年斑的手，杨慧差不多要脱口而出：'你就买 100 股'爱使'吧！'杨慧计算过，按照'爱使'现在的股价 19.80 元，被'延中'带动的收购板块一旦整体向上突破，其理论涨幅起码要翻一番，达到 40 元左右。但她忍住了。公司铁的纪律、商业秘密在市场经济中的巨大价值使她缄默不语。"杨慧对自己在股市的发展"胸有成竹"："我想办一个投资咨询公司，向欧美市场推介中国 B 股。这是第一步。在中国 A、B 股市场并轨并向国外开放时，我再想组织一个基金组织，那是第二步。"杨慧是时代新人形象，有知识，有才干，有抱负，有追求，有品行，守规矩，是新时代的弄潮儿。

三　描写中国当代股市初创时期的模样

描写中国当代股市在初创时期的发展过程及其特点，这是萌芽期中国当代股市小说表现的重要内容和突出价值。

《股票市场的迷走神经》（钟道新著）描写中国当代股市的创建。

小说描写了S市股市在方市长和董一坚持不懈的努力下由不成熟逐步走向成熟的过程。

S市方市长与自己的心腹智囊、市政府政策研究室副主任董一筹划在S市建立一个真正的股票市场。他们认为："企业没有活力，其主要原因就是资金不足。而解决的最好办法就是成立一个真正的股票市场。""用股票市场来吸取全市、以至全国的闲散资金是一个好办法。"S市1985年就有股票市场，可是一直是不死不活的。方市长和董一通过努力，使S市股票市场正式成立。"上市的股票一共是四种。""在这四家企业中，数开发银行的资金最为雄厚。它原来是由几家城市信用社组成的，早在一九八五年就发行了股票，筹集了大约一亿资金。不过那时没有股票市场，所有的股票都是通过内部途径流动的。"股市一下子火爆起来。"S市股票市场以令人难以想象的程度繁荣起来：大学教授，政府高级、中级和低级官员，一般工人，个体户，以至于保姆都参加到股票生意中去了。""买卖股票已经由少数人的行为演化成一场人民战争。""这是一个深刻的变化：S市的股民的投资行为已经从部分投资，也就是用自己的余钱，过渡到全额投资，也就是用自己全部的钱，进一步到了借贷投资的阶段。"中国当代股市就是这样开始了自己艰难的生命历程。但是当时政府对股票市场的监管没有经验，方市长与手下商量："能不能找一个美国的、一个日本的、一个香港的证券专家来这做顾问？对于如何管理股票市场，咱们是一点经验也没有。"作品中S市新生的股票市场，本来应该按日本顾问小岛所提出的建议和步骤来发展，但由于多方面受制于权力的遥控，并不能按正常股票市场的客观发展规律来运行，结果呈现的自然是一种不正常的失控状态。政府从股市诞生之日起就十分重视对股市的监管，"政府再度收缩上下限的区间，作出委托买卖股票的价格不得高于或低于上一个营业日的百分之五的决定"。"在市政府发表了不许党政官员利用职务之便买卖股票的文件之后，相当不景气的股票市场更是雪上加霜。往日拥来拥去的人潮，已不复见。"表现了中国当代股市萌芽生长时的不规范，不成熟。

《股市大炒家》准确表现了中国当代股市初创时的特点。

当时炒股有很多规矩和限制，干部炒股受到限制。"不准党政机关干部以及证券管理人员和从业人员买卖股票。"买卖股票非常不方便，股民要到交易大厅去排队买卖股票。股民不仅炒股，而且炒内部募集股的集资收据。"一些内部募集股的集资收据也给炒得很热。"新股发行手段很落后，炒家收购大量身份证，排队买表买新股。但当时炒股赚钱似乎不难，"现在的情形是只要有胆量买，就能赚到钱"。

在这个时期，即使是股市大炒家，他们炒股的手段也是很简单的："这样的股民沙龙，谁也不敢等闲视之。小郭刚接触这个沙龙的时候，梁栋就有意思让他常去打探动静，并且答应每个月给他一千元活动经费。"与中国当代股市小说中后来的股市庄家形象相比较，这时候的股市庄家的手段和能耐十分有限。

《股城风流》描写中国当代股市萌芽时的模样，十分珍贵：

> 1990 年初的时候，深圳股市总共只有三个证券交易点：园岭的深圳证券公司，红岭的中行证券部和人民路的国投证券部。当时深圳证券交易所还没成立，三个证券部的股票交易是各自独立的，因而各个证券部的股票行情不尽相同。同是一只股票，三个地方可以有三个不同的收市价。因此一些聪明的炒家专门雇了一些马仔分布各点，互相用手机联系，哪儿股票价格高就在哪儿抛出，同时又在价格低的地方吃回来。光吃这种差价，那时也赚了不少钱。少得可怜的网点，狭窄的交易场所，加上落后的手工操作，使得众多的股民每天一大早就拥在证券部门前等候，铁闸门一打开，人们马上就像幼儿园的小孩在冬天里玩挤墙角的游戏一样，往柜台前拼命挤。那里证券登记公司也没成立，股民买的股票，需要券商到该股票的公司去更名登记，过户所需时间较长，要一到两周。于是那些不易买到股票的股民就开始私下交易。股票那里还是有纸化，人们一手交钱一手交货，再加一张身份证复印件，完事。跟炒邮票差不多。张三名下的股票卖给李四，李四转眼就倒给了王五，王五接着又卖给孙六，孙六一会儿又抛给陈七，击鼓传花。人们白天炒完了，觉得还不过瘾，夜晚又接着来，他们自动聚集在园岭证券部门前那块狭小的空地上，借着周围店铺的灯光继续交易。就像个大集市，看上去挺热闹，实际上是乱而无序。形成了场内场外两种股票价格。这既影响了国家交易税的收纳，又留下了诱发犯罪的种种隐患。市政府为此专门发了通告，禁止场外私下交易，并限定日期登记过户。后来证券部慢慢多了一些，又成立了证券

交易所和登记公司，统一了全市的股票交易，但是，股票价格还是每天暴涨不止。

小说全方位地反映了深圳股市成长发展的历程，生动真实地描绘了对股市有较大影响的各种理论和几次重大事件。如"大暑大寒论"、"三波见天价论"、"发展银行个人股东集会事件"、"8·10抢购风波"、"恶炒宝安转债事件"、"苏三山信息欺诈事件"等。

瓜子的《股市大枭》描写中国股市萌芽期监管部门对股市的监管。

从1996年7月起，证监会就已连发了数个通知文件，不准联手造市，不准信融扩张，不准过度投机等，查明王小虎动用大量的扶贫工程的银行贷款非法炒作股票，除了建议香港（中国）环球投资发展集团公司将他副总裁一职撤掉以外，还将他列入中国证券市场永远禁入者的名单中。向阳精工停牌三天后得以复牌继续交易，对于参与过度炒作的前五名成交机构大户给予严重警告并记录在案，这是中国证监会对市场过度投机第一次使用停牌示警，向阳精工的股价一下就蔫了下来。

李其纲的《股潮》描写当时证券公司营业部买卖股票速度很慢："你单子递进去后，小姐给楼上的小姐打电话，楼上的小姐再打在电脑上，然后再给场子里的红马甲小姐报过去，红马甲小姐再报给场子里给你排队，这一折腾起码要五分钟。要是碰上'起蓬头'或是大牛市，那就更没准了。场子里的跑道得先让证券公司自营用，接下来是大户，接下来是中户，再接下来才是散户。"

股市已经成为20世纪90年代中国最为重要的人文景观之一。通过对市场审美品格的立体呈现，萌芽期中国当代股市小说为我们制造了一种身临其境的感觉，淋漓尽致地展现了股市参与者人物内心的婆娑物欲。在股市这个合法化与技巧化的"赌场"内，即便是一个凡夫俗子，心中那点点滴滴不甘蛰伏的情绪也能够充分地展现、扩张，甚至变形，为20世纪90年代以来中国社会的变迁留下了一幅幅生动而鲜活的写真。中国当代股市小说对转型期的中国社会有着深切的关注。以当下生活为背景，具有鲜明时代特征是中国当代股市小说的本质特征。

股市兴起于中国由计划经济体制向市场经济体制迈进的社会转型期，相对于20世纪80年代社会浓厚的政治化色彩，它更多地承袭了现代市场文明轻松、活跃的一面，显示出极强的包容性，谁都可以在自由平等的市场竞争中改变自己的身份，实现自己的人生价值。在萌芽期中国当代股市小说作家笔下，20世纪90年代股市的开放化、自由化特征得到了形象化的描绘。从本质上来讲，股市是一个充分世俗化、欲望化的生存空间。它不可避免地携带着市场文明发展进程中滋生出来的种种丑恶：对金钱的顶礼膜拜，对堕落腐朽的迎合屈从，对信仰道德的调侃反讽，对庄严神圣的自觉放弃等。股市空间因此呈现出复杂多变的面孔：它时而是高度丰富的物质世界，时而是极其贫乏的精神荒漠，时而是生命力勃发的家园，时而是欲望泛滥的场所。

第四节　萌芽期中国当代股市小说的代表作家及其作品

一　应健中：描写散户股民的高手

上海是中国与股市联系历史最悠久的城市，中国当代股市小说萌芽期的优秀作品很多出自上海作家之手。应健中是这些上海作家的代表之一。应健中毕业于华东政法学院法律专业，是一位执业律师，1986 年开始介入处于初创时期的中国股市，参与柜台交易。1991 年起开始撰写市场评论文章，曾在多家报刊上开辟专栏，主编《1997 年中国股市投资手册》。1991 年至 1997 年期间担任上海《壹周投资》杂志主编，1992 年至 1993年期间兼任上海证券交易所仲裁委员会委员，担任过三峡证券有限责任公司上海总部总经理。应健中长期参与中国证券市场，经历过股市中许多惊心动魄的大事件，具有深厚的股市生活积累，从不同的角度来透视中国股市，创作了系列股市小说。

应健中对自己炒股和创作股市小说的经历有细致而深刻的表述。应健中在《与沪深股市同行，幸矣！》[①] 中说：

> 我开始买股票是在 1986 年，那时出于好奇，买了点延中实业原始股，当年我在一所非著名学校当教师，不坐班，上完课就到西康路101 号去看看写在黑板上的股票行情，其实也没啥看的，天天就是那个价。那时的股票是一张张纸，股票背面还盖着自己的印章，有空时拿出来数数感觉很好。那时每个股东还有一个"息折卡"，每年凭"息折卡"领取红利，那时的股票不是靠炒的，每年的红利只要比银行利息高就很知足了，这种感觉现在的股民绝对体会不到。

---

① 应健中：《与沪深股市同行，幸矣！》，载《上海证券报》2010 年 12 月 18 日。

　　1989 年末，深圳股票开始炒起来了，等深圳股票炒翻天了，一大批炒手开始光顾上海，顿时股票成了稀缺商品，那个著名的豫园商城，100 元的面值炒到了 10000 元，那时场外交易十分活跃，上海滩上西康路 101 号门口、人民广场边上万国黄浦门口，到半夜都有人扎堆聊股票。

　　1986 年我也从黑市上购买没有上市的国债，凭我的经济学知识，收益可以比银行同期利率高出 3 至 5 倍，如果说当时赫赫有名的杨百万是做头道生意的，我大概是从做第三道生意的人手中买下国库券的。那时到西康路 101 号门口找一个"打桩模子"，说好券种和价格，然后到周围居民楼里找一个角落，钱券两讫，这种感觉，现在回想起来像做贼。

　　就这样我成了沪深股市最早的股民。

　　1990 年 12 月 19 日那天，上海证券交易所成立，当开盘锣声敲响之后，实际上是一种打闷包的交易，身在场外的投资者都无法知道现在交易的价格是多少，记得那天交易结束后，我骑着自行车赶到西康路 101 号，也不知道当天的股票收盘价格是多少，过了一会，在门口贴了一张 8 个股票的收盘价，顿时人们围拢过来，拿出纸和笔，记下几个不寻常的数字。

　　原来一直在市场的外面看股市，到 1998 年，我加盟了当时的三峡证券公司，担任上海总部总经理。从那时起，我就站在市场里面看股市了，我切身的感受是，两个不同的角度看出来的股市是有差别的。站在外面看市场思维停留在政策面、消息面、技术面……之上；而站在里面看市场则更多地关注大资金运作、股票如何包装上市、如何与市场各类人士打交道、如何维持一家公司的正常运转……站在市场外面看市场，可以是一个人的战斗；而在市场内看市场，则是大兵团作战，更多地要去平衡各种关系。现在跳出这个圈子再来想许多问题，就更能想明白许多问题。

　　从 1998 年到 2005 年的 8 年时间中，我经历了一家证券公司从兴到衰的全过程，期间，作为分管公司法律事务的副总裁，我天天接触一大堆破事，忙于斡旋、忙于出庭，以期化腐朽为神奇，而所见所闻业内人士的贪婪和恐惧，所见人性之弱点和卑微，远超常人的想象。

　　在当代中国，优秀的股市小说就是由有这样经历的作家写出来的；股市小说写得好的作者一般是炒过股的，这是股市小说创作的"铁门槛"；

股市小说写得最好的是同时具有股民和作家两种身份和经历的人。商品经济的冲击，使得人们不再去空谈理想，而是转向务实和求实，人生价值观由此出现了混乱和失落，许多有知识、有文化的人士投身商海，在商品大潮中搏击，并取得了成功。在这样的社会背景下，作家头上的炫目光环逐渐褪去，他们必须以一个经济人的面貌走向社会，必须以自己的产品去换取报酬，作家不再是社会上最令人羡慕的职业。为了适应市场经济大潮的冲击，作家们开始寻找新的方式适应市场经济要求。一部分作家顺应商品经济大潮的洗礼，主动走向市场。作家中离开小说写作而进行商业活动的不乏其人。这些作家下海原因很多，有的是为生活所迫；有的是觉得自己的劳动价值没有得到应有的尊重，想寻找另一方面的价值；有的是用商业补贴文学；有的则认为作家应有自己除写作以外的职业。这种深入商海的经验，这种文人下海的特殊经历给这些有着文学才华和文学成就、热爱文学的人提供了深厚的生活积淀。当他们静下心来可以不受其他因素干扰而安心写作的时候，他们为这个文学走向市场、文人下海的时代写下了厚重的作品。这种源于市场经济的价值观念、生存方式的变化，真正的作家绝对不会对此无动于衷，必将以他们特有的方式对此有一个具有真正文学意义的交代。他们没有固守文学阵地，仍然追求文学的崇高，以一种坚定自信的姿态捍卫着一种神圣的价值观，以具有燃烧性和震撼力的语言和思想，显示出在商品经济大潮下中国当代小说的独创性魅力。

应健中股市小说的突出价值是表现了股市给当代中国人生活带来的新变化。

《股海中的红男绿女》集中笔墨描写上海某证券营业部一个大户室中的六位股民，塑造散户股民形象。股民的股市生活是一种典型的市场化生存。应健中的股市小说对股民的市场化生存有形象的把握和描绘。女股民郑淑敏 1992 年与老公离婚，用分到的夫妻共同财产买了 400 张股票认购证，中签以后，买下一批又一批新股票，大赚特赚，一下身价陡涨 200 万元。后来她带着 200 万元资金走进了大户室，一度把一级市场上赢得的收益翻了一番。她像一部炒作机器，每天跑进跑出，随着进出频率加快，透支额越来越大，她账上的资金迅速减少。要不是在 700 点位上果断斩仓，捂股到现在的话，连 50 万元的本钱也没有了。经过 3 年牛市熊市来回几个折腾，现在 200 万元身价已在对折的基础上又打了个对折。想到这些，郑淑敏真有点后怕。小说表现了散户股民的风险生存。

姚鲁生是上海最早的一批股民。他原来在一家工厂当搬运工。早在20 世纪 70 年代末，他就辞职做个体户，先做地摊生意，从平脚裤、打火机、洋泡泡卖起，后来倒卖电影票、邮票。1986 年开始，姚鲁生开始倒国库券。由于有这段炒手经历，他做起股票来最大的本事就是割肉。按他的观点，抛股票就要像倒电影票一样，割肉要快。电影开场前半小时，哪怕 1 元 1 张也要出手，否则一文不值，这叫停损。作为上海滩上的第一代股民，姚鲁生 1992 年买认购证时买了 2 本。当时黑市上将连号的 100 份认购证统称为"一本"，黑市价炒到 50 万元。他就是靠这 100 万元起家炒股票的。姚鲁生做股票是与他的好友金庆丰合伙的。他俩合伙倒腾各种生意已有十多年了，从来没红过脸。姚鲁生自己有 100 万元，金庆丰投进 100 万元。双方君子协定，这 200 万元的资金由姚鲁生操作，盈亏平分。200 万元资金是当初 1200 点时筹集的，如今在 560 多点时，资金卡上只剩 120 万元了。股市改变了股民的生活，因此也改变了股民的心灵，使人们的心中多了那么多欲望，多了那么多牵挂，也多了那么多折磨。

单丽蓉原为纺织厂女工。在澳大利亚干了两年名为读书、实为打工的生活后，带着花花绿绿的纸头回到上海，换成人民币，值 40 万元。她买的中百一店股票，到 1993 年几乎拦腰一刀了，在澳大利亚拼死拼活赚来的钱一半付之东流。在股市上呛了几口水之后，单丽蓉发现在股市真正赚钱的不是靠看盘炒股票，只有介入庄家这个圈子的人才能赚大钱，于是她想方设法进入了证券公司。几年下来，摸到了不少赚钱的门道。

秦贵良人称"老宁波"，他在 1985 年西康路 101 号柜台交易时就开始做股票，起步做股票时就有 50 万元资金。5 年前退休，天天到营业部报到，是个死多头，每一个高点都被套牢。到 1989 年时，股市开始成为社会生活热点，愿意搭船赚钱的人相当多，这给"老宁波"又增加了一条加快致富的道路。他将愿搭船者分两种：一种是代理操作；另一种是成立一个"大船队"，每份为 1 万元，一年大家结一次账。早期市场上股票是稀有资源。凡是代理操作的，如买到的股票是强势的，一涨，老秦就告诉人家，股票实在难买，未成交，结果盈利差价都进了"老宁波"腰包，而且本钱也不要；如买进股票不涨，则马上告诉人家已经成交，当然盈利和套牢都是人家的，这给"老宁波"带来了成倍的盈利机会。他的"大船队"约有 600 多万元资金，参加者有自家的兄弟姐妹、远方亲戚、周围邻居以及厂里的同事。几年下来，盈利每年分红都分掉了，现在这么一套只剩 60% 了。市场一好，要求参加的人就多了起来，而市场一跌都要求退出。股市是当代中国人实现自己发财梦想的一个新途径，对许多普通人来说，这几乎是唯一有可能发大财的途径。发财是一个人正当合理的要求。所谓全民炒股，也就是说，大家都变成了投资者和所有者。资本的社会化是现代社会发展一个非常健康的方向。股市创造的神话使平民也能成就梦想。

在中国当代股市小说中抓住股市给自己带来的市场机会赚钱发财、开创自己事业的人不在少数。刘嫣红 30 多岁，在大户室中，她是最有钱的。她在日本待了 5 年，靠什么赚那么多钱，没人敢问。她炒股非常会动脑筋：

> 在中国做股票，要立于不败之地，靠什么？刘嫣红悟出一个道理：靠关系，这一点"中国特色"绝对不会错。打那以后，刘小姐开始广交朋友。……比如上市公司董事会秘书啦、证券公司的分析人员啦、证券报刊的记者啦。凡是有这样的朋友到上海，陪吃、陪玩、陪逛街，全是刘小姐买单。一年下来，着实开销不少，但这种开销一把行情做下来全赚回来了，就权当作手续费报销了。

郁俊良每晚 10 点左右有一项必做的功课：打开电脑，进入"海融资讯"系统的窗口，去寻找沪深两地交易所的最新市场信息。这项工作每天雷打不动，不做完晚上睡不好觉。郁俊良和柳昙敏两位大户与营业部主任章经理合伙打新股，找营业部 1∶5 透支，赚了钱之后一起分红。在申购新股时，这些大户们千方百计减少竞争对手，以提高自己的中签率，玩出了不少花样。资本的想象空间确实大得惊人。促使人们进行交易的最直接的原因就是赚钱，同时交易是一项令人着迷的智力游戏，交易容易吸引那些喜欢冒险的人。交易本身的乐趣和赚钱的诱惑，激起了交易者战胜市场的斗志。股市是市场经济发育程度和涨落走向的晴雨表，它不仅敏感于政治、经济、社会心理的细微变化，而且直接牵动千万股民的喜怒哀乐。股市影响、改变并塑造着人们的生活方式、欲望结构和价值观念。这是当代中国社会千差万别的人群社会分层化和随处可见的金钱崇拜的一个缩影。

应健中的股市小说对股市生活作逼真和同步地仿写，建构故事框架的要素是股票的交易活动，交易的盈亏成败影响到人物的生存命运。千方百计发狠赚钱成为萌芽期中国当代股市小说勾勒股市舞台上的"成功人物"的基本模式。股民凭借学识、勇气，把握住了与社会变革相伴随的赚钱机遇，开始积极认同金钱崇拜与实利原则，抒发金钱满足的即时渴望成为中国当代股市小说表达当下生存态度的核心主题。小说中刘诚松是一位上海滩的老股民，他个人资金最多时有 800 多万元。1986 年他就开始买股票了。开始做的时候，本钱就有几十万元钱，后来和股市中一些大户、中户们捆在一起组建了个大"船队"，资金最多时有 6000 多万元。有钱的时候，刘诚松把钱看得很淡。"当初，在买1992年认购证时，郑淑敏什么也不懂，是在刘诚松帮助下，买了400张，而且是将离婚时分得的财产全部扑进去的。在这400张中，有200张是刘诚松以平价让给她的，当时黑市已经炒起来了。100张认购证认购四批股票，仅半年直接收益就是50万元。当时刘诚松的这200张认购证平价给郑淑敏，无疑是送了100万元给她。"刘诚松炒股，赌性很重，结果最后输得一无所有。"当刘诚松透支比例达到1∶3时，杀进来的一支大主力以一种超常规的出货方式，从17元一路杀到7元，仅3天时间将抢反弹的人统统套得死光光。当郑淑敏逃出'死要死'时，打扫战场只剩下50万元，而刘诚松还在抢反弹，等到券商强制平仓之时，刘诚松已被'斩'得体无完肤，总结账800多万元全部'打穿'，还倒欠券商8.8万元。从此以后，刘诚松变成彻底的'无产者'。当时证券商老总还算有点'人道主义'，尽管自己也已亏进8万多元，但看在几年来刘诚松已为券商创造了200多万元佣金，券商最后给了他2万元'生活费'，算是补偿。一则可以打发刘诚松离开大户室，二则也好堵堵嘴，生怕事情闹大，打起官司来，券商连带承担'挪用公款'的责任。"刘诚松带着这2万元钱，从此跳出股海，凭着会开汽车的手艺，进入一家出租汽车公司，成了一名"的士"司机。以交易为生者喜欢把钱都拿去冒险，放弃了当前的安逸，转而选择了不确定的未来。小说描写股市交易中人的精神、情操和理想，成为中国当代小说中一道亮丽的风景。通过买卖交易赚钱养家糊口是股民获得生活生存资源的主要方式。通过买卖交易成就一番事业是股民实现人生价值的主要途径。股市如同一台大戏，这里没有对错、没有善恶、没有忠奸，只有利益。各位演员都在为自己争取最大利益。这是一种新的生活，也是一种新的机会和考验。对于广大散户股民而言，投入股市的钱都是与身家性命攸关的养命钱，一旦满仓被套，巨大的心理压力造成难以排解的忧虑焦躁情绪，伤心伤身。所有的股民在股市投入的是真金白银，揣着的是颗惴惴不安的心，短则几月，长则十几年在股海中沉浮。股民想炒股赚钱就注定了要受股市的煎熬。这种煎熬像是一个既有形又无形的场，这个场具有超常的无形的能量，这种能量能够牢牢地吸住投身其中的人。在股市上，许多投资者常常处于一种"套牢态"之中。这种心态让股市外的强人进入股市后变成弱者，让好性情的人逐渐游走于"贪、怕、悔、怨、痴、狂、急、缓"等心态误区里，让本来生活比较轻松洒脱的人变成赌徒，吸食毒品一般离不开股市，天天盯盘看涨跌红绿变换。

　　小说描写市场经济开始运行以后，在商品观念冲击下社会人生观、价值观的嬗变。小说中的股民形象显得更鲜活生猛，鲜活是因为里面充满着人性，充满人内质里强烈的欲望，当这种欲望被推到股市里面的时候，又往往会被迅速地放大几百倍。20 世纪 80 年代后期尤其是 90 年代以来，市场经济的确立和发展引发了中国社会和文化整体上的世俗化转型。在这一转型时期，中国当代股市小说从中国的市场化的进程中获得了发展和繁荣的契机，逐渐成为文坛上非常重要的叙事潮流。

　　应健中的股市小说立足于日常生存来审视股民生活，属意于构建一种日常化的生存哲学。小说中的股民形象作为时代精神的载体，从不同的维度映射出了转型期的时代精神特征。因为股市的繁荣使当代中国社会出现了新的需要，给人们带来了新的实现人生梦想的机会。社会的变化产生了新的需要，新的需要带来了新的机会，整个社会因此充满活力。股民演绎着激动人心的发财赚钱故事，弘扬独立自主的人生价值。在当代中国走向市场经济的历史征程中，股民敢于张扬自己的个体价值和物质欲望，敢于追求致富理想，具有文化上的新意。中国社会和文化的世俗化转型这一特定的历史语境，市场经济体制下市民阶层的崛起和多层次扩展，为中国当代股市小说提供了新的叙事资源，是中国当代股市小说萌芽生长和兴盛的直接原因。

　　萌芽期中国当代股市小说塑造的散户股民形象有特殊的文化价值，表现了正在形成中的股市参与者群体在生活方式、思维模式、价值理想、生存心态等方面的变化，表现了在传统信念与市场理想的矛盾冲突中对市场价值观念的认同，反映了市场经济初期中国社会特殊的文化境况，对当代中国人复杂心态的表现，揭示出市场经济大潮日益渗透进中国当代人的意识层面，与原有的观念形态造成的冲击与碰撞，引起的矛盾与挣扎。

　　表现中国普通百姓生活的变化，表现中国普通百姓因为生活中有了股市而发生的变化是应健中股市小说创作的独特价值。小说演绎着令人炫目的股市博弈、财富传奇和欲望故事，展现股市中灵与肉的冲撞，诗意弘扬了现代市场精神和经济理性。把股民与股市文化作为独立的审美对象进行表现，在"经济"透视镜下重审人与人的关系、重新诠释人性本身，着力于新型市场精神的构建和现代市场理性的彰显，在当代文学话语系统中逐渐呈现出独立的姿态，表现出别具一格的审美品质与文化价值。

二　沈乔生：创作时间跨度最长的系列股市小说作家

　　沈乔生是一个非常有思想的股市小说作家。作为一个作家，他思想敏锐，牢牢把握中国当代社会变化这根主线，有意识地把股市作为自己观察、了解中国当代社会变化的窗口，把自己从这个窗口捕捉到的有意味、有价值的东西用小说的形式表现出来，几十年持之以恒，沈乔生因此成为目前我国创作股市小说时间跨度最长的作家。沈乔生1997年出版股市长篇小说《股民日记》，1999年出版股市长篇小说《就赌这一次》，2009年出版股市长篇小说《枭雄》。

沈乔生的《股民日记》塑造了一些非常有特色的散户股民形象。作者在《从〈股民日记〉到〈就赌这一次〉》① 一文中自述自己的股市小说创作：

> 可以说，一个偶然的机会，把我和股票联系起来。于是，就有了长篇小说《股民日记》，接而有了《就赌这一次》。刚开始，股票是一个美妙的现代神话。我进入二级市场，天天买进卖出，非常痴迷。后来我基本不做股了，就有反省。股市是中国大地上的新事物，仿佛是战场，是炼狱，是怪兽。人性本来就有贪婪、邪恶的一面，一般情况下，他还遮掩着，羞羞答答。可是到股市上来，到和股市相关的场合来，就极大地暴露出来了，何等地犬牙交错，惊心动魄！然而股市还是要存在，人性表现出的一切，无论有多邪恶，都同它发展无关。同样，人们也可以在这个场所磨炼自己，看清自己，提高控制自身的能力。从这个角度看，又可以说股市是一个学校。

> 《股民日记》的主人公是一个名字叫陶的男青年，他热爱书法，在鸡鸣寺的地摊卖字画。然而，当他的胃中因缺少红烧肉而冒酸水的时候，他还是跟随一个富姐丽尼，当了她的操盘手。问题的关键是，他根本不知道他自己同她有没有爱情，或者说，他不明白，他同她那种富有创造力的性爱算不算爱情。实际生活中，我也常常见到不知该如何解释自己生活的年轻人。丽尼掌握陶，同时又被一个叫周欢的男人所掌握。那个周欢强壮、勇武、谙熟商场和情场，是一个富有魅力的男人，又是恐怖的影子。这是现代都市一种特殊的三角关系。陶越来越不甘于这种生活，他出逃了，同他一起出逃的是农村来的姑娘翠玲，那是一个没有被都市虚荣污染的女孩子。出逃的理由是找她的情哥。我觉得我作小说是有点残酷的，我不给陶美满的结果。他替翠玲找情哥只是一个借口，是为了能更多地同她在一起，这个借口连他自己都没意识到。而当他们真的产生恋情时，情哥却找到了，陶不得不

---

① 沈乔生：《中华读书报》1999年8月4日，《我有话说》。

沮丧回归，而这时丽尼也莫名其妙地死了。陶想弄清死因，却没有任何证据，在强大的无所不能的周欢面前，他是多么绝望和无能。不过，我还是给了陶希望，由此他懂得了人和金钱的关系，人的本质是什么，而金钱的作用和破坏力是怎样纠缠在一起的。经过了一段依附的曲折，陶人格的再次独立将有力得多。

这部小说，我在艺术上作了一些探索，除了陶的日记为主之外，我还揉进了编者的议论，揉进了散文、短评、短篇小说。短篇小说的题目叫《特种疗养院》。一些在股市上惨败的人被送进来，他们心灵受了伤，而这里的股市是特制的，是只涨不跌的，如果一定要跌，也会搞得非常艺术。一位沙先生，看清这点，策划了反叛，整个社会都非常震惊，疗养院的人全都逃出去，完成一次胜利大逃亡。可不久，他们一个接一个，全都乖乖地回来了。

沈乔生的股市小说创作以描写散户股民的生活为创作的重点，塑造了特色鲜明的散户股民形象。

小说中夏坚是一个历史学家的儿子，想炒股赚钱后一心做学问，完成父亲的遗愿。"贫穷给他的印象太深刻太可怕了。父亲受穷他不能受穷，父亲没有赶上时代，他赶上了。"他对父亲的在天之灵说："我不能重蹈你的覆辙，我必须赚钱，赚钱，到不愁钱、不可能再为缺钱痛苦的时候，我一定拿起笔，把你留下的遗著写完。"这其实是很多贫穷的普通人心中共同的愿望，它不断地膨胀着，特别是生活中有了股市的时候，特别是当自己身在股市的时候。夏坚在股市曾经辉煌过，但最终失败了。他炒邮票、炒股赚了40万。他向证券公司透支，40万的本钱在股市里做到70万，80万，100万。但好景不长，他几天就被打穿了，自己的40万一分不剩，还欠证券公司几万元。他又找朋友借了3万元扳本："从这匹黑马上跳下来，又骑上另一匹黑马，据说他资金已经扩大了好几倍了。""现在不一样，是扳本的时候了！是赚回我的40万，是重新夺回做人的尊严！这个时候能有一点松弛吗，有一块钱也要买成股票，让它翻番，再翻番！"夏坚听信股评家的话，以为自己重仓的界龙股票会涨到45元，所以即使手上的界龙已经赚了很多钱，仍然不抛，等界龙大跳水后亏得一塌糊涂，亏得一无所有，他不再涉足股市，闭门不出，可能是做学问去了。夏坚是一个重钱重利，赌性特大的股民。股市参与者是一群"俗人"，具有强烈的世俗欲望。面对日益商品化的现实，他们果断地抛弃了传统中国人的清高、自守，坦言自己对欲望的执着追求，着迷似的拥抱物质世界，梦想着一夜间改变自己的贫民形象，确立新的生存地位。它表明了股民对利益原则的认同，又标志着商品经济下一种新型的价值观的确立。

老赵似乎是一个股市的智者。他很有钱，有一个出租车队，还做汽车生意。他拿800万来炒股，"他买股也不像有些人犹犹豫豫，战战兢兢，他一买就是几十万股，简直就是坐庄，而且也不见他怎么研究，他总是挑龙头买，挑强庄买，每买必赚"。他炒股的心态极好，轻松、不贪，也不急不躁，因此躲过界龙跳水一劫。

他的和尚买卖股票的故事包含了许多股市哲理：

> 一天，庙里来了许多炒股的，在菩萨面前烧了好多香，苦苦哀求，要菩萨保佑他们脱苦海。老和尚心善，问是怎么回事。香客们说，股票大跌，我们深度套牢，赔进许多钱，不知怎么才能脱离苦海。老和尚心想股票真是个坏东西，害了这么多人，我佛慈悲，以救人为怀，快把那些人救出来吧。于是他就倾庙中所有的香火钱，买进股票。好多日子过去了，香客们又来庙里烧香，一个个都情绪激动，眼里放出狼一般的光亮，求股票快涨多涨。老和尚不明白，怎么股票又成好东西了？既然善男信女都要股票，那赶快卖给他们吧，于是来到股票市场，把所有股票都卖个精光。这么有了几个来回，庙里的钱越来越多，而香客手中的钱却越来越少了。

以做善事的心态来炒股，不汲汲于利，反而容易获利，其中的奥妙值得股民好好琢磨。

福建人陈坚是个股市技术派。他自己没有钱，用两个女人的钱在股市炒作，心情浮躁。除了技术分析，他什么都不相信。每天晚上他都要做功课，画一张又一张的图表，不到夜深不会睡觉。他心态出奇的浮躁，一套就像猴子掉进了陷阱，又咬绳索又蹦蹿，没办法只好割肉。有阅历的人说，看来他玩的不是自己的钱，不然套住就套住，何必心态这么坏。也有人说，这个福建人可惜了，只懂技术面不懂政策面、消息面，他怎么会不输？陈坚后来透支炒界龙大亏，为了躲债，东躲西藏，最后跳塔自杀。

瓶子夫妻是一对夫妻股民。他们炒股赌性很大，抵押房屋弄钱炒股。

> 瓶子说要是那时把别的股票统统卖掉，再把家中的钱也拿来，都买进界龙，那该多好啊，一天就赚2万多元！……人啊，其实就

那么简单,股票涨了他就笑,股票跌了他就愁。涨了,他恨自己为什么没有多买一些,全部买成股票才好,账上还有一点钱都觉得没用在刀刃上。跌了,他后悔不迭,恨不得一股都不要,说我昨天怎么就会发昏?

沈乔生笔下的股民形象不管是散户还是庄家都有一个共同的特征:赌性大。股票因其具有价格的易变性、价格变化的难以预测性、交易的便利性以及易保管性等性质,极易成为投机——特别是大众投机的对象。股票的易投机性在任何国家,任何股票市场上都是相同的,股票市场的投机性常常高于其他市场的现象在各国也是普遍存在的。对股票市场投资者的准确称呼应为股东而不是股民,一字之差,谬之千里,对投资者的轻视和贬低由此而来。在中国当代股市创建时期,由于上市公司问题太多,上市后经营效益逐年下降,甚至出现严重亏损,导致投资者只能通过频繁换手来减少持股风险。投机者非常清楚自己想要获得的收益和为此所必须付出的代价,因而他们总是理智地、深思熟虑地对各种可能的选择机会权衡比较,力图寻求以最小的代价去获得自身的最大经济利益。在我国股票市场的前期,制度的不规范等诸多原因的存在,造就了一大批的暴发户。这些事例对以后股票市场的参与者带来了不小的影响。让后来的人产生了思维定式,认为股票能让别人一夜暴富当然也能让自己一夜暴富。这正是人贪婪本性在股市中的体现。我国大多数投机者不是为了赚钱而来,而是为了发财致富,甚至是为了暴富而进入股市的。因此,他们在炒股过程中,往往追求赚大钱,既不分大势的强弱,也不论股价的高低,买进股票就想赚30%甚至50%,有的人甚至想着翻番。股市投机者中普遍存在羊群效应。股价受社会、心理、投资者潮流和时尚等方面的广泛影响。投机者在进行投机的时候,更多地受到外界的影响,盲目跟风,对市场的判断缺乏自我的认真分析。这样会因为某一些偶然因素,引发众多散户的盲目跟风和仿效,增强市场的投机性。

小说塑造了在中国当代股市小说萌芽期较为丰满的股市庄家形象。35岁的丽亚过去与股市炒家周欢在南方一起做生意,赚了一些钱,现在回南京炒股。丽亚曾经的同居男友周欢通过自己现在的妻子的叔叔的关系,挪用了一大笔公款炒汇,一夜亏了300万,现在他必须去赢回来,他没有第二条路。周欢要丽亚挪借60万元钱给他扳本。周欢在外汇期货上成功扳本。周欢赌赢了,不但把公款的漏洞堵上,而且还上了借丽亚的60万,太阳泳池也重新回到他的手中。丽亚在股市亏了钱,又想从周欢妻子手中夺回周欢，被周欢设计把12万余款骗走，丽亚醉酒"自溺"身亡。在她死的前一天，她把12万转到一个公司的账上，而她自己的账上只有几百元了。这个公司账户现在由周欢掌管。周欢迎来了大牛市，资金翻倍增长。

小说中的周欢是一个股市庄家。早些年他在南方混过，1992年上海发行股票认购证，他一下买了300张，赚了不少钱，从此就和股票结了缘。后来他参与炒作华东电脑，赌性很大，谁都不清楚他究竟向证券公司透支了多少钱，只知道他和坐庄机构用的是希特勒集团军的进攻方法，七位数八位数一起垒到了盘子上，上来就给人一种压倒一切的气势。华东电脑一下子打飞了，从20元开盘跳到30元，引来无数的跟风盘，无数人的头脑胀昏了。就在跟风的散户纷纷往里扑的时候，周欢神不知鬼不觉地撤出来了，跟风者的狂热掩盖了他的诡秘行为。当天上午开盘，他的集束炸弹打进，下午开始就悄悄撤离，一直到第二天上午全部胜利逃脱，此后华东电脑就一路狂跌，一直跌倒18元才止步。有人说周欢一下赚了200万元，也有人说赚了400万元，这成了周欢炒股的一个经典战例。作为一个股市庄家，他赌性大，痴迷一种机会与风险同在的新生活。

证券交易是现代社会中最活跃也最富挑战性和风险意识的经济活动，而这种风险意识是与追逐经济利益效用最大化联系在一起的，是一种典型的现代性伦理取向。在中国当代股市小说的市场叙事话语中，股市博弈竞争是小说表现最多的景观。在一场场博弈过程中，展现的不仅仅是商品和财富交换，它更是一场场人生博弈的过程，充满了经济与伦理、理性与感性、金钱与人性的价值伦理冲突。生活于商品经济条件下的个人，比以往任何时候都不可能单独满足自己的全部欲望。他必须从别人那里直接或间接地寻求实现自我利益的工具和手段，由此造成了人与人之间的博弈关系。小说通过对股市博弈中的人生百态，讲述了一场疯狂与理智的角逐，一场充塞着黑幕、罪恶，没有规则的博弈游戏，一场显现人性的最深处而同时又扭曲、撕裂人性的赌博。每个来这里的人都把自己辛苦赚的钱投入到股市中，目的都是为了看到股票的上涨。在股票行情的一起一落中，作为一个世俗人的本能欲望和世俗渴求在最少限制的宽松环境里自由排释。小说解剖一个非理性民族的嗜赌和投机，记录下噩梦般的股市颠覆。从一个成长中青年的视角，以旁观者的身份目睹了股市崩盘带来的噩梦，他试图用爱来挽救诸如清纯、正直和美好时，金钱已将每颗心颠簸得支离破碎、无法操作。小说通过股市涨涨跌跌异常热闹的表象，反映股市内在的剧烈冲突，表现股市人"人格"裂变。中国大多数企业的目的是上市，从投资者口袋里圈钱，而不是给投资者带来财富。中国文化中有不断颠覆和推倒重来的因素，因此，中国经济中的企业通常非常短命。在我国很难找到几个百年老店。长期投资是与中国实际不相称的，风险非常大。投机是在这个信用文化缺失的市场上实现"收益最大化"的较为可行的方法。在这个意义上讲，中国股市更适合投机，中国更有可能出现超级的投机家，而不是超级的投资家。正是由于不能形成正确的投资理念，所以我国的股市投机盛行，而价值投资理念难以确立其主导地位。其实股市不同于赌场，尽管其中存在一些投机行为，但体现更多的是投资者的专业水平及判断力与预测力，而赌场中存在很大的作弊行为与运气的成分。相比之下，股市具有很大规律性，赌场中的输赢多凭的是运气。

沈乔生阐述自己对这些股市生活的把握："要有思想，有审视自己'创作原料'的新思想、新角度。如果一个作家，或者一个地区的创作思想保守，视野狭隘，那就很难产生高质量、新意识的作品。作家写作，说到底是一次次的精神还乡。"[①] 他的股市小说表现股市在当时人们的生活中留下的浓重"烙印"，交易生存，买卖为生成为很多人生活的常态，投资或者投机成为生活的主要内容：

> 现在我们这些人也只有一个主题：股票。它是我们这一段生命的主宰，我们的呼吸、吃饭、排泄、睡觉，全都和它有关，它比我们每一个人都要深刻、复杂。它的灵魂比我们大家加起来还要大。

20世纪90年代是中国开放多变的时代。股票、期货、博彩等已成为生活不可或缺的一个部分，人性中的"赌"性在浮躁不定的人心里渐隐渐现。

沈乔生的股市小说不是用粗线条勾勒股民形象，描写的笔触已经深入到股民的精神层面。他对中国股市和股市参与者都有清醒的认识和把握，笔下人物形象特色鲜明，这些形象及其特色都能从当时的股市中找到依据和理由。小说表现股民激烈的生存博弈，表现个体生命在交易生活中对金钱、物质、地位、性的追逐，将股市参与者动荡的生存状态淋漓尽致地展现出来。小说反映生存于市场的人们精神、肉体上的痛苦和迷惘，对现代化的追求与向往，观念上的更新与改革，是具有强烈现代精神和鲜明时代特色的文化美学。

---

① 陆梅：《沈乔生：让灵魂回家》，《文学报》2007年3月19日。

第五节　萌芽期中国当代股市小说
艺术上的探索

中华人民共和国成立之后，中国小说延续着文艺的"工农兵"发展方向，战争、农村小说创作繁盛。从创作主体的角度来看，中国作家内心深处那种无法释怀的乡土情结使他们对农业文明、乡土记忆有着与生俱来、难以割舍的依恋。市场在其视野内则是一个污秽冷漠、纸醉金迷的病态空间，这使得他们往往缺乏一种自觉的、真正意义上的"市场意识"。

20世纪90年代，随着社会主义市场经济建设的推进，中国的市场才真正地开始繁荣起来，中国当代文学相应地也开始摆脱乡土文学强有力的挤压和制约，以崭新的艺术姿态和文学品质成为20世纪末文坛上的一枝奇葩。与20世纪80年代的形式变革和语言狂欢不同，20世纪90年代的中国小说家们更注重人物形象的塑造和人物类型的探索。改革开放以来中国小说题材的总体倾向是走向多元。

20世纪90年代中国小说的一个显著特点是呈现热点迭出和不断转移的波浪形发展形态。商业浪潮再一次以如此迅猛的势头席卷全国，社会意识处于剧烈震荡的状态，社会转型刚刚开始起步，人们普遍产生一种从未有过的精神困惑和迷惘，不知道生活会发生什么样的变化，不知道自己该如何对待改革开放中出现的令人眼花缭乱的新现象和新问题，更不知道处在这么一个迷惘的时刻自己是否能够将心中的迷惘表述清楚。作家对生活中的变化感觉迷惘，他们不愿看到20世纪80年代文学在经济上无忧无虑的状态就这样迅速消失，但他们又欢迎20世纪90年代文学在艺术上相对更加自由的状况越趋明朗。在时代发生重大变化之际，人们在原有秩序中形成的理想、价值和道德被变化了的现实击碎了。

股市小说是根据小说题材来做的分类，其创作再现了新中国证券市场风起云涌的历史和几代股民的心灵史。20世纪90年代中期以来，随着我国政治条件、文化氛围的进一步宽松化、开放化，文坛进入了一个充分个性化的时代，保持了百花齐放式的创作多样化局面和相对较高的思想艺术水准。

萌芽期中国当代股市小说开启了20世纪90年代末期的市场书写，是20世纪中国小说发展过程中极为重要的一环。通过对中国当代股市小说历时演变和横向比较的考察，着力探讨中国当代股市小说的艺术创新，剖析其艺术经验，把握其审美价值，从学理层面完成对中国当代股市小说艺术创新的探索。观照中国当代股市小说的人物形象与场景描写，观察中国当下最具现代意味的股市空间带给中国民众的现实生活的冲击和精神世界的印痕，梳理中国当代股市小说的艺术探索及其发展脉络，总结中国当代股市小说的文学史意义，以期获得对中国当代文学史上这一新兴文学现象的一种宏观认知。

一　踏准时代节拍，敏锐把握当下社会生活的新变化

从小说创作的角度看，急剧变化的社会现实为作家们提供了广阔的创作天地和一种全新的视角。萌芽期中国当代股市小说作家最值得赞美的一点是与时代同步，对当下生活变化十分敏锐，时代感和介入意识很强，小说创作紧贴社会发展的脉搏，从而踏准了时代的节拍，激起了最大多数普通老百姓的心理共振。

股市是当代中国经济最重要的市场，它联系千家万户，与最急切脱贫致富的那个人群联系在一起。股民是中国当今最富有冒险精神的一群人。他们多为有志者，不那么安于现状，汇集了立志改善个人现状、立志走出生活困境的当代中国人。他们所面对的股市新环境激活了他们的思想和肌体，以"敢为天下先"、"敢闯敢冒"、敢于打破常规为世人所瞩目。描写股市生活，无疑可以展示当代中国最富有活力的现实侧面，触及当下时代最敏感的话题。

萌芽期中国当代股市小说艺术上最大的成就是对于当代中国市场风景的发现。在萌芽期中国当代股市小说作家的笔下，股市风景开始成为一种独立的客体，成为小说表现的对象。钟道新是一位有社会责任感和文化使命感的作家。他以敏锐的眼光感受和理解现实生活的变化，关注改革开放发展的进程。他的《股票市场的迷走神经》以小说的形式去反映中国当时最刺激人们的神经也最令人不解的证券交易活动。小说的意义首先在于题材，表现正在试验探索的股市交易、股票市场，有开创之功。反映改革开放中的经济生活是文学创作义不容辞的责任。小说塑造的散户股民常锐出身于"玩票"世家，是一个高智能的新兴冒险家，是萌芽期中国当代股市小说作家对中国当代社会脉动准确感知和对社会肌理深刻洞察的结果。从创作主体角度而言，萌芽期中国当代股市小说作家不仅感奋于现实生活的变化，而且甘愿做历史的"书记员"，希望用手中的笔描绘和刻画股民的生存状态和生命样态。股民形象的塑造有开创意义，既表明中国股市小说作家直面现实、秉笔直书的勇气与自信，彰显了强烈的时代使命感和历史责任感，同时丰富了新时期以来中国当代小说人物形象谱系。钟道

新的股市小说创作对社会新生事物高度敏感，对时代发展步伐快速追踪。经济改革与商品大潮的冲击，是近几十年来席卷中华大地的"主旋律"，钟道新的股市小说先人一步，牢牢抓住了这一中心主题。

萌芽期中国当代股市小说发现了新的写作视角和视域，描写股市生活，塑造股市人物，充满了对资本空间的关切和对市场文化的探讨。女作家毕淑敏的小说创作始终面向现实人生，丰富的人生经历为她从事小说创作提供了丰富的素材和广阔的人文关怀视野，使她能站在一个关注生命、关注社会的角度上去阐释人生，探索人的价值和意义。她的《原始股》忠实地记录股市的原生形态，以其敏感而理性的笔触揭示了金钱利益对知识和权力的冲击，追求小说表现生活的现实性、真实性，塑造真实而又典型的艺术形象，富于探索精神，反映了她的小说创作紧跟时代步伐、迅速表现生活变化的价值选择。

萌芽期中国当代股市小说成为 20 世纪 90 年代当代文坛上一个引人注目的新的创作现象。

二 追求艺术真实，准确表现初创时期中国股市的人文景观

萌芽期中国当代股市小说对中国股市初创这一"历史时段"股市图景的刻画是准确的。处于转型时期的当代中国社会正经历着前所未有的深刻变化，把握这种趋势，并对其瞬息万变的生活状态作同步的、具有洞察力的描写，对中国当代股市小说作家无疑是一个严峻的挑战。

萌芽期中国当代股市小说最突出的特点在于它以股市参与者的欲望和生存为出发点，对初创时期中国股市人文景观做了现时态的描述。这是 20 世纪 90 年代市场经济大潮中涌现出来的真实图景。这种描述是真实的、新鲜的，既让我们感受到现代市场文明锐不可当的冲击力量，又捕捉到股市参与者在欲望寻找和意义追寻中的股市体验。

萌芽期中国当代股市小说经过对股市生活的重构，使之成为"艺术的自然"。股市小说所叙述的故事，已不仅仅是本原意义上的故事，而是与市场经济发展相一致、借以传达主体思想意味的形式。股市小说一般都具有一个极具生活感性状态的故事，这个故事与生活实际保持着相当近的距离。股市小说借股市生活题材来展开故事叙述，从而将它们对人类股市生存状态的终极思考赋予一个感性的外在形象。

萌芽期中国当代股市小说表现了股民身上人性的亮点和某些积极的文化人格。股民欲望的膨胀、奋斗的艰辛、抗争的尴尬以及由此带来的精神的萎靡共同构筑了一幅令人炫目的股市生存景观。对股市生存状态把握的

准确程度，是衡量中国当代股市小说成功与否的标准。股市是一架巨大的旋转中的"万花筒"，不断地拆散和拼接出丰富绚丽、变幻莫测的生活色彩。改革开放之后，股市成为中国经济社会的晴雨表，折射出中国经济由计划向市场过渡的整个过程。股市起伏跌宕，股民群体演绎的传奇故事层出不穷，为中国小说创作提供了取之不尽的鲜活素材。股民是一群现代化潮流中的弄潮儿，具有极强的应变能力和生存能力。他们像一群孤独的流浪者苦苦挣扎于现实与欲望的对立冲突中，在无奈和自嘲中完成了对生存观念的选择。在萌芽期中国当代股市小说作家笔下，生活已不像过去那样惊心动魄，或者伟大，或者轰轰烈烈，而是平静下来，自由了，离散了，人的生存本真化、私人化、商品化了。那些粗俗、原始的欲望更加肆无忌惮、明目张胆了。自由、人格尊严、理想幸福完全成为金钱的附属品，人与人之间只剩下了欲望的对抗和交换。萌芽于20世纪90年代的中国当代股市小说与20世纪90年代以前的小说相比，人物形象的形而上特征渐趋弱化，甚至淡薄于无，与之相对应的是世俗化特征和物化精神明显增强。这表明20世纪90年代以来中国社会世俗化特征的显豁、厚利主义和消费主义的泛滥。萌芽期中国当代股市小说因此逐渐摆脱传统观念的束缚，最大限度地逼近形而下的日常经验，呈现出多元化的创作格局。股市不仅仅是人类的生活和工作的环境，更象征着一种文化样式、一种生存方式。有别于以往中国当代小说家的批判态度和意识形态话语写作，萌芽期中国当代股市小说作家明确地将"股市"作为一个特定的审美对象纳入其小说叙事中，利用对股市空间的全面考察，来凸显20世纪90年代中国文化变化的某些特质。

萌芽期中国当代股市小说作家描写了股民勃勃向上的欲望，不是以居高临下的态度来批判股民道德的沦丧，也不是用悲天悯人的情怀来慨叹人性的迷失，而是从容地承认世俗欲望的合理内涵，用事实来昭示一个不断向物质利益倾斜的市场新人类的形成。

萌芽期中国当代股市小说不仅仅是简单地记录中国当代经济社会的变化，更重要的是将笔触深入社会的灵魂。在从计划经济向市场经济转型这个特定时期，在股市这个特定领域中的人们趋同的思想观念、文化活动铸塑形成了独特的股市文化个性。作为中国当代社会的新角色的股市生活给了作家丰富的资源和创作灵感，以批判眼光审视市场大潮中社会各阶层的人性与命运，描写当代中国社会变迁及中国社会各阶层的命运重组，因此一部中国当代股市小说发展史在某些程度上就是中国市场精神的成长史。

　　股市交易活动、投资者的生存境况和心理裂变开始生动地呈现在读者面前。李其纲的《股潮》提供了股市生活与心态的出色画卷，投射着作者审视现实的主体意识与情感。小说表现了知识分子涉足商海股潮的心路历程，具有浓烈的批判意识与人文关怀，表现股民所特有的生存环境与生活方式。

　　市场经济的启动，商品法则的弥散，使人的欲望结构中的金钱物质因素日益抬升与激荡，使社会原有的人际关系及情感纽带加速分化瓦解与组合重建。李其纲的小说显示了将多样化的诗性语言与现代都市的生活节律、色彩交融合一的探求和努力。小说洗练、明快的叙事语言节奏，可以看作与股市生活节律达成的"默契"，诗意地描写股市生活的现实空间与心理空间。作者对股市生活的深入的浸泡和体验，写出了股市生存竞争的严酷，写出了人性的弱点，更写出了变革时期特有价值的移位和价值观念的转变。

　　萌芽期中国当代股市小说塑造的股市参与者形象主要是散户股民，股市庄家、机构操盘手、股评家、券商等形象还只是雏形，或者是雏形的雏形，这是与初创阶段中国股市的发展状况相吻合的，表现了一种追求艺术真实的精神。这是中国当代小说中一组崭新的人物形象，这些人物形象既有共同的经济品格，又有不同的音容笑貌、禀赋品行，以及在股市环境里不同的心态和生存方式。把关注股市、经济与关怀人情、人文结合起来是萌芽期中国当代股市小说的思想精华。从个体价值的角度为股市生存做了明确的阐释。

　　萌芽期中国当代股市小说表现了股市参与者对市场文明的憧憬与追求，表现了股市为当代中国带来的新变化，表现了当代中国人在市场经济年代的理想、焦虑、困惑和奋斗。在当代社会中，股市是最具有现代意味的空间，因为股市可以看作资本的虚拟运作。它在本质上是一个"合法化"的公共场域。股市一方面提供给现代人们合法化的投资空间，但另一方面它又刺激了人对金钱最强烈的欲望。中国当代股市小说就是对这一现代空间上现代人性的文学表达。

　　对生存状态的关注和对终极意义的探寻是文学的永恒母题。中国当代股市小说作为一种新的小说形态，既不能离开特定经济形态的规约，又不能脱离小说自身发展的独特规律。小说创作作为一种审美创造活动，其独特之处在于对现实生活进行审美的把握和反映，通过艺术的表现手法传达出供人们鉴赏的审美观照对象，对其中人们的思想情感和心理状态进行艺术的传达。

三　敏锐把握现实股市生活，但缺乏深层次的思考和丰富表现

萌芽期中国当代股市小说就如同中国市场经济一样仍然处于摸索探寻的初级阶段，相当多的作家还缺乏对市场以及市场经济价值体系理论上的准备，没有一个统一的价值标准来把握和处理股市生活题材，由此导致了萌芽期中国当代股市小说在创作质量上良莠不齐。作品数量不多，没有给中国当代小说人物画廊留下多少典型的人物形象和优秀的传世之作，在思想内涵和艺术创作上有明显的不足。由于缺乏积淀，萌芽期中国当代股市小说艺术上存在着不足，稚嫩、直白，思想大于形象。

萌芽期中国当代股市小说作家对股市生活缺乏深层次的思考。萌芽期中国当代股市小说很多作品有一个通病：缺乏思想深度，人物淹没在故事中，大多热衷于讲故事，忽视人物形象的塑造。随着中国当代股市小说的不断增加、作者群的扩大、读者品位的提高，股市小说单靠猎奇是远远不够的。如果不能超越单纯的实用性，写出更有文学性、思想性的作品，其价值和社会影响始终是有限的。生活是创作的源泉，优秀的小说作品是反映现实生活的一种最直观的影像。只有客观地凌驾在生活之上的小说作品，才会给一个时代以鲜明的烙印。

萌芽期中国当代股市小说就叙事领域而言尚不够宏阔，"身边"故事或"小叙事"较多，反映市场改革开放宏阔历程、艰难拼搏和壮美图景的"宏大叙事"较少，能够产生具有思想和审美穿透力的扛鼎之作更是匮乏。相当多的作品缺乏一种囊括"国事家事天下事"的宏伟与深刻，在股市这样一个心理比较浮躁的场域里，作家尤其需要对文学事业的定力。

萌芽期中国当代股市小说对股市生活缺乏丰富表现。小说中的股市参与者形象都显得比较单薄，大部分小说对他们的描写也是粗线条的简单的勾勒，离成熟和丰满还有不短的距离，这是萌芽期中国当代股市小说在股市人物形象塑造上的普遍特点。

把艰涩的证券专业理论融会在引人入胜的小说情节当中一直是中国当代股市小说的一种艺术追求。但有的作者把股市小说写成了另类股市教科书。小说创作与作家的经历有关。大部分专业作家不熟悉股市生活，因此表现股市生活有困难。有股市生活经历的股市专业人员文学功底不够，小说人物刻画很难深刻。这些非文学专业的作者一味追求真实，痴迷于经验，使其股市小说忽略作品思想性和文学性的提升。作品有很强的纪实色彩，突出实战性。艺术的难题不是如何发现作为表现对象的股市生活的特点，而是如何寻找到具有"股市味"的独到的叙事手段与方式。既是股

市生活内容向艺术形式渗透、积淀、内化与转换的结果，更是作家自觉追求小说文体意识的显现。

股市小说创作有自己的特殊性，熟悉股市生活是股市小说创作的"铁门槛"；具有深厚的文学功底是股市小说作者的不可缺少的"看家本领"。也就是说，股市小说创作不仅要求作者有深厚的文学修养，更重要的是熟悉股市生活，两者缺一不可。不熟悉股市生活的作家没有真正深入到股市生活中去，与证券市场有一定的隔膜，写不"真"股市小说；证券业内人士熟悉股市生活，如果没有深厚的文学功底，写不"好"股市小说。在股市小说创作上，与纯作家相比，有着良好文字功底和文学修养的证券业内人士也许更具优势。他们需要在操作实务与股市小说艺术性之间寻求一个最佳的结合点。

萌芽期中国的股市小说需要超越以揭示股市内幕、介绍操作技巧为主的功利层面，步入一个更加成熟的发展阶段。

20世纪80年代末，中国小说已形成以加强故事性和写生活琐事为特征的艺术思潮。萌芽期中国当代股市小说以叙述为主的表现方式取代了过去以描写为主的表现方式，形象地刻画出了股民多种色调的精神世界。小说语言的生活化、口语化，作品的实录性质和亲历色彩，十分有亲和力，对读者产生了极大的吸引力，有着特殊的社会意义和美学价值。

第六节　萌芽期中国当代股市小说 表现的中国文化嬗变

文化是社会群体特别是民族之间相互区别的重要标志。传统文化是在长期的历史发展过程中形成和发展起来的、保留在每个民族中具有稳定形态的文化。它负载着一个民族的价值取向，影响着一个民族的行为方式和生活方式，聚拢着一个民族自我认同的凝聚力。中国传统文化源远流长、博大精深，是一个颇具特色的价值体系。以"仁"为核心的仁爱精神，以"义"为信仰的伦理道德，以"礼"为内容的礼仪规范，以"智"为对象的价值取向，以"信"为标尺的基本道德，"天人合一"的和谐思想，"中庸之道"的处世之道，心怀天下、厚德载物的社会责任感，重义轻利的奉献精神等，构成了中国传统文化的核心和精髓。它伴随着中华民族跨越历史几千年，成为中华民族思想宝库中的经典。

现代化转型是近代100多年以来中国社会变迁的主要脉络。中国传统文化现代化的过程，就是不断由封闭保守、自大自负走向开放、多元、自觉、融合的过程。传统文化必须自觉"剔除"自身体系中的不合理成分，以及不能适应市场经济发展需要的糟粕性内容，"挖掘"自身的文化内核和精华，进而填充和融合符合时代要求、适应时代进步的市场文化。这种"剔除"—"挖掘"—"融合"的过程正是传统文化走向现代化的过程。

股市是当今中国最大的市场课堂，是中国市场精神的培育基地。股市带给人们的不只是金钱和刺激，不只是机会和风险，还带来了新思想、新观念、新知识和新规则。股市参与者是一个冲破了计划经济长期培育出来的体制化心理和思维方式束缚的社会群体。中国当代股市小说深刻传达了股民精神天地里蕴含的丰富的思想文化内涵。它不是外在地、猎奇地表现股民的悲欢离合，而是将笔墨的核心对准人、人性及其精神特质，探究股民的文化精神，使之展示多元化的文化人格。承续中国文学对于"民族灵魂的发现与重铸"的启蒙现代性精神，使之与民族文化传统的知识谱系、精神原则产生意义关联和有机转换，表达了市场经济时代的人们对于当今和未来社会的市场竞争秩序、竞争品格的热情想象与美好期盼。

中国传统文化是建立在自然经济基础上的农耕文化，这决定了它在本质上必然与我们正在建立和发展的市场经济相对立。中国传统文化的落后因素使传统中国人养成迟缓、安土重迁、目光短浅、竞争意识薄弱、家族观念浓厚等习惯。市场经济的大潮在中国大地上不可遏止地奔腾开来，中国人的价值观和社会心态的嬗变重新进入复苏阶段，一个与市场经济相适应的新的价值体系和社会心态开始孕育生长。

中国当代股市小说使自己跻身推动历史发展的时代先锋的行列，将股市参与者这群搅动市场经济春潮的人们纳入自己的笔端，勾勒股民这个群体的精神风貌，起到了重塑社会市场价值观的作用。从文化传统和现实语境中挖掘与现代市场文化意识相通的思想资源，从股民群体中发现"英雄"，领悟他们对于市场文化品格嬗变的深刻认识。充分肯定股民的人生追求及其推动社会进步的重要意义，充分认识股民价值观所蕴含的历史进步性。

一　富裕成为人们的共同追求

股市刺激着当代中国人的金钱欲望。中国传统文化的缺点之一是重道德而轻事功，因此传统中国人对待金钱的态度是不成熟的，甚至是幼稚的。在过去很长一段岁月里，中国人崇拜理想，推崇精神，安于清贫，甚至以穷为荣，贫穷代表革命是那个时代的共同信念。古老中国的主流话语对金钱富裕有着太多的排斥与贬损，传统中国人尽管十分爱钱，但是总又讳莫如深。只强调集体的利益，而忽视个人的合理利益，曾是过去一个时期里社会主导价值观念的一个重要特征。在一个以义至上的社会中，"义"等同于道德的同时，"利"也就成了不道德；求义成为善，求利便成了恶，买卖求利者以独特的谋生方式所孕育的"求利"的价值观被全面否定。这种传统伦理精神是一种历经几千年、植根于中国人心中的深层次心理积淀。在"欲"和"利"这个任何人都回避不了的问题上，中国传统的主体文化形成了一个基本统一的态度和观念，即抑制自己的欲望，不要追求物质财富。这种"轻欲"、轻物质利益的价值取向有利于维护社会秩序，有利于保持社会的静态稳定，但不利于激活作为生产力主要因素的人的活力和创造力，使得传统中国人形成了偏执义理一端的人格缺陷，缺乏进取心和创造力。

在对股民群体高度聚焦的过程中，中国当代股市小说不仅编造了一个又一个暴富的股市神话，有意或无意地将股民个人命运与奋斗故事榜样化，并且营造了一种以社会地位和财富作为成功的重要衡量标准的价值取向；在对成功股民的崇拜、对股市生活的向往中，社会开始自觉或不自觉地认同并接受这一价值取向。人们利落地从既往的道德理性和价值体系中挣脱出来并迅速转向对物质利益的狂热追求。一时间，尽可能多地占有物质财富成为整个社会普遍的价值趋向，昨日还被视为圣洁的精神文化和人格操守，不得不从人们的主流意识倾向中黯然退位，取而代之的是市场社会中最具强权地位的物质话语。

当代中国人对金钱物质的渴望经过 30 年的理性压抑之后，以更大的能量释放出来。"向钱看"几乎成了这个时代的代名词。这种价值的移位和价值观念的巨大变化有其合理性。

股民是凭借股票交易谋利，并在本质上以谋利为价值归属的社会群体。大胆地追求金钱、追求欲望的满足是股民最突出的性格特征。张扬重个人利益的价值观，摆脱"财富即罪恶"的传统文化观念的束缚，坚信财富意味着尊严和自由，将对金钱的把持和占有作为最重要的人生目标。股民以个人为核心、以财富为价值目标，较之以宗法为核心、以虚伪的道德荣誉为目标不失为一种历史的进步。这样的阐释超越了通常的对金钱罪恶的谴责和道德化评价，上升到价值的冲突及其生存方式的差异。

中国当代股市小说讲述了一个个来自底层社会的股市奇才创造财富神话的当代传奇，将先哲大师对金钱罪恶的诅咒转奏为迷人的金钱畅想曲。

千方百计发狠赚钱成为中国当代股市小说勾勒股市舞台上的"成功人物"的基本模式。

林坚《股市大炒家》的主人公作家梁栋是当时股市里的一位英雄。有人找梁栋借了 2 万元钱，因为没有钱还，恳求梁栋同意他用市值 2 万元的 1000 股"深发展"股票抵账。梁栋夫妻碍于情面，勉强接受。谁知没过多久，股票大涨，此时 1000 股"深发展"股票竟然值 5.5 万元，远超原来的 2 万元。股市钱生钱的巨大魅力吸引着梁栋。此后他专门炒股，赚了 150 万元。小说表现了具有时代特色的价值观念，表现中国社会里已经变得非常浓烈的金钱意识，钱已经成为许多人生活的中心："股票以它特有的无法替代的魅力，诱惑着千万男女为它发疯发狂为它歌为它泣。股票是一种欲望，因为它可以钱生钱，钱生钱。""我们从来没有像现在这样渴望和热爱钱，也从来没有像现在这样恨它怨它。曾几何时，视金钱如粪土的清高情怀似烟幻化。钱是什么？我们知道，我们又不知道。钱，是一个迷人的诱惑。钱生钱，更是一个挡不住的诱惑。"小说敏锐地从股市这个新颖的视角观察和分析中国社会的变化，这种变化是一个社会最重要的变化，因为它是人的变化，是人心的变化。中国社会需要成功和发财的故事，因为老百姓希望圆这样一个梦，因为现在这是一个全民的梦。在股市的深刻影响下，社会成员更加关注自我的现实利益和世俗幸福。

市场经济的理论基础就是通过人的欲望不断膨胀来追求财富增长而成为社会经济发展的动力源。人类活动的目的是富裕，是进步而不是贫穷，也不是愚昧落后。为了让人们敢富、能富、想富、求富，就必须在社会上重新树立崇富的价值观。崇尚财富，把利己、赚钱当作一份事业，当作应履行的伦理义务。财富会改造一个人，如同繁荣会改变一个民族一样；财富的本质是人类精神，人类正是通过创造财富来定义自己和确证自己，人们合理地追求财富的过程，就是人的自我解放的过程。

社会像是一个大公司，人人都在想钱，人人都在赚钱，一切向钱看。人们的价值观念更趋于务实，注重物质利益自然成为人们日常生活中的一种必然追求。不仅不再忌讳谈金钱，而且还能进一步正视金钱的作用，这是改革开放以来人们价值观念和社会心态中的一种进步。更为可贵的是，在肯定金钱应有作用的同时，相当多的人并没有将金钱的作用夸大化和偏颇化。股市放大了人们心中的欲望，股民搏击股海、赚钱发财的"重利"行为及其弘扬重利重欲的价值观，突破轻利抑欲的传统观念。在市场化的社会中，人性欲望往往成为社会生活的主导性因素。股市充分搅动并释放了沉浸于人们心灵深处的原始欲求。市场经济张扬个体主义精神、肯定人性自由，中国社会被压抑了几千年的"欲求"获得了前所未有的释放机遇。中国当代股市小说至少在以下一点上如实地反映了这个时代的一个主题，那就是"人欲横流"。勾勒现代人在物欲世界和精神空间里的逡巡与逃避、失落和抗争，成为中国当代股市小说的自觉追求。

人类的谋利冲动与人类文明史一样古老，它几乎存在于尘世中所有时代、所有国家的所有个人身上。靠勤奋拼搏"挣"钱、靠公平交易"赚"钱，靠合理的、对社会有益的方式获利，是市场精神的精髓。

二　商品意识逐渐成为社会的流行意识

从自给自足的小农经济体制和大一统的中央集权意志出发，中国古代社会的封建帝王大都坚持实施重农抑商的政策，"重本抑末"、"重农抑商"一直是中国古代社会占主导地位的经济思想和经济政策，是中国民众普遍的文化心理，认为农业是"本"，商业是"末"，反对舍本逐末。

中国古代精英最大的梦想是"学而优则仕"，经商被视为不劳而获的行为，历来受到社会歧视。在传统中国，加在商人头上的罪名不胜枚举，无商不奸、唯利是图、见利忘义等，即便中华人民共和国成立后，许多正常的商业行为还被视为投机倒把而受到严厉打击。股票，这字眼在早年中国人的眼里，等同于洪水猛兽。年轻一代是从茅盾的长篇小说《子夜》中认知股票的，它是冒险家尔虞我诈豪赌的筹码，"血腥的华尔街"，"黑色的星期一"，股票又成了资本主义的专利，是资本家榨取劳动人民血汗的搅拌器。中国人视"股"如虎，谈"股"色变。

拥有几千年抑商传统的中国社会步入了声势浩大的市场化进程中，其涉及的人口之多，范围之广，程度之深，影响之大，堪称是 20 世纪的一场革命。市场化进程使人们置身于一个连空气都弥漫着商业气息的氛围中，社会已进入以消费为主导的商业时代。中国当代文化因此有一条明显的嬗变轨迹——从轻商、贱商走向重商、崇商。

当传统自然经济社会内部逐渐勃发与自身对立的对商业、金融业的经济要求时，股民买卖求利的人生选择便具有了十分重要的社会意义与文化价值。在这种对传统的精神反叛中，买卖求利的思想深入民众意识之中，进而演变为中华大地的社会风习，造就了逸出中华文化常规的另一种极其复杂、庞大、神秘、精微的文明传统。

从耻于言商、耻于言利到全民经商、追逐金钱，精英主义的文化崇拜转向了实用主义的拜金，当代中国人正在把财富拥有者看作这一时代最具光彩的英雄。政治、意识形态至高无上的中心地位逐步削弱，经济活动与财富在社会中的地位和重要性迅速增强。市场受到前所未有的重视，商品意识逐渐成为社会的主流意识，市场交易活动前所未有地渗透到了社会的每一个角落。股票、期货等成为生活不可或缺的一个部分。

中国当代股市小说表现股市时时刻刻都在强化着当代中国人的商品买卖意识。在毕淑敏的《原始股》中，沈展平不遗余力想方设法四处借债买股，就是想抓住难得的机会赚钱，脱贫致富。"这是投机，勇敢地投入一次机会。"所有的人都把自己的经济利益看得很重，都希望在市场交易中获得经济利益，都害怕在市场交易中失去机会，都害怕在市场交易中遭受损失，为此不惜反悔，不惜撕破脸皮。

证券交易是最能体现商业精神的市场活动。股民作为一个新兴社会阶层的代表，他们往往有着明显的共同特征。许多有着不同的性格、爱好和经历的人们，为了一个共同的目标——孔方兄——一起走到股市中来了，在这里，他们有一个共同的称号：股民。股市为人们提供了一个貌似平等的人生拼搏的舞台，在这里，你可以一夜之间成为巨富，也可以在一夜之间沦为乞丐，关键在于能否抓住机会，当然还有运气。

三 买卖交易成为生活的主色调和兴奋点

传统的中国人的生存方式是一种道德化生存，重道德，重人伦秩序，轻利益，轻欲望满足。与那些致力于思索社会问题与探寻人生价值的知识精英形象不同，股民尽量回避形而上的思考，而将股海搏击作为自己生活的主要内容。以买卖为生，生活市场化和市场的空间性的泛化，无孔不入地、无所不至地渗入当代中国人生活的各个方面。

股市是市场经济发育程度的标识，它不仅敏感于政治、经济、社会心理的细微变化，而且直接牵动千万股民的喜怒哀乐。当股潮激荡于中国时，它像具有巨大吸附力的黑洞和充满神秘诱惑力的暗箱将无数人席卷进去，影响、改变并塑造着当代人的生活方式、欲望结构和价值观念。股市充分搅动并释放了沉浸于人们心灵深处的原始欲求。中国当代股市小说至少在以下一点上如实地反映了这个时代的一个主题，那就是"买卖兴隆"。勾勒现代人在市场波浪中的沉浮，成为中国当代股市小说的独特价值。

买进卖出、患得患失成为股民生活的主要内容，成为股民生存的常态。随着股市的诞生和成长，我们生活中出现了一批以炒股为生的人。沈乔生的《股民日记》表现股市在当时人们的生活中留下的浓重"烙印"："日复一日，周复一周，年复一年。我们的投资或者说是投机、赌博，说什么都可以，就是这样平淡而正常地进行，和日出而作、日落而归的农民没有一点区别。"股市使得人们心中有了更多利益得失的考虑，有了更多赚钱的欲望和算计。

股市改变了股民的生活，因此也改变了股民的心灵，使人们的心中多了那么多欲望，多了那么多牵挂，也多了那么多折磨。对买卖交易成功的期盼、风险的畏惧、失败的懊悔左右着股民的心态情绪，成为股民朝思暮想的主要内容。

通过买卖交易赚钱养家糊口是股民获得生活生存资源的主要方式。用钱挣钱，股市给渴望发财的人们提供了这样的机会和可能。由于传统信仰和组织纽带对人束缚力量的减弱，使得当代中国人获得前所未有的活动空间。炒股不要求你有很多钱，也不要求有了不起的知识，非要学上三年五载才能买股票，不必看老板脸色，不要定时上下班，不用在办公室尔虞我诈。股市给了所有人一个用小钱就可能用钱挣钱谋生的场所。这是许多股民在股市心力交瘁、头破血流依然像飞蛾一样扑向它的最主要原因：人活在世上不能没钱，人活在世上，都希望能够不违法、不损人地赚钱。《股潮》的主人公董吉视炒股为唯一的发财之路："我从《钱商》里还悟到一点，得让钱活起来，鸡生蛋，蛋再生鸡，或者说，让资本增值。而让资本增值的最便捷的途径莫过于炒股。若要富，需炒股！"

股市的出现使得金钱的算计、赚钱亏钱的考量在当代中国人生活中越来越多，越来越重要。股市时时刻刻都在强化着当代中国人的交换意识、金钱算计和买卖精神。

这个时代是一个市场交易高度发达的时代，是社会的市场化进程高歌猛进的时代。股市演绎着市场经济的精髓，它将一切复杂的关系简化为跳动起伏的指数，简化为金钱货币关系，简化为买卖关系。股市的运行极大地推进了中国当代社会的市场化进程，它不仅彻底改变了当代中国人的生活状态，更改变了当代中国人的价值观念与行为方式，叱咤股市的成功人士成为大众偶像。市场精神和交易意识的茁壮成长成为当代中国文化发展的一个趋势。

四　新旧生活冲突带来的价值多元化

从非市场化到市场化，从农业社会到商业社会，这场伟大的社会变革不仅在很大程度上改变了当代中国人的生活状态，更改变了当代中国人的价值观念与行为方式，市场意识逐渐成为中国当代社会的主要话语，积累财富成为当代中国人的共同追求，市场化成为当今时代的表征并引领了文化层面的深刻变革。它不仅引起了人们的生产方式、生活方式和思维方式的深刻变革，而且引起人们价值观念的更新与转型。

价值和是非在这样的时代已很难有一个统一的标准，从一元到多元，很难被说出个是非所以然来。《原始股》中像沈展平这样的青年知识分子如果在过去或许会被斥为不择手段或贪心不足，他对军长奶奶的欺骗，他在吕不离还未明了原始股的价值时趁机取得其股票拥有权，都算不得很"仁义"，但面对他贫困山区病弱的双亲，人们又似乎可以原谅他对金钱的那份极端的攫取欲。

价值的相对主义体现在日常生活之中，便是关于什么是好、什么是善、什么是正当这一系列有关价值的核心标准的模糊和不确定。法律和道德法则对于许多人来说，只是外在的、强制性的规范，而不是自觉的、天经地义的良知。一方面它们几乎无所不在；另一方面，很多规范却形同虚设，并不为社会公众所真正信仰，这表现在只要缺乏有效的行政权力的监视，人们便会毫无顾忌地违法，并不因此而自责，并不因此承担相应的道德责任和良知义务。

随着中国当代社会的日益市场化，主导中国社会几千年的"贱商"、"轻利"传统观念日益动摇，一种新鲜而充满活力的经济因素注入社会肌体中，社会的自然经济结构开始分解，催动了市场意识的举国苏醒和重利思潮的迅速漫延。20世纪90年代，中国社会心理结构出现了许多变化，一些人出现了信仰真空，一切向钱看，个人私欲膨胀，把金钱财富当作衡量一切价值的标准，一部分人甚至产生了不择手段追求暴富的心态。随着经济发展和社会财富的快速增长，个人私欲也以更快的速度膨胀，对财富的追逐成为一种广泛存在的社会现象。

李其纲的《股潮》形象地表现了当代中国人价值观念的变化，深刻地表现了当代中国人在商品世界的巨大压力下所面临的精神性生存的困惑与突围。这一切是以中国当代社会变化为基础的。小说形象地表现了社会转型期主流价值观念的转变。大学时代的郝兰箔和秦玫在讨论择偶标准时曾真诚地相信：一首戴望舒的《雨巷》，要抵十个局长，一百个局长。当代中国人生活在新旧道德的历史嬗变期，承受着新旧道德冲突，一面被新生活诱惑，一面又被旧心态所禁锢，陷入无法回避的道德困境。在利益多元和价值观念多样化的大背景下，人们不再相信有一个适合于一切人的恒定的标准，常常陷入自相矛盾的窘境。新的人生选择，表现当代中国人人生观、价值观的变化。生活改变着人，股市改变着人："很显然，在成婷以前的印象中，董吉是一个很纯粹的文人，与'钱'交往的方式，或者说获得的钱的途径，除了工资和稿费再没有其他方式了。……但这样一个董吉显然已经消失了。"小说表现了金钱的诱惑和商品经济的丛林法则，显示出无比强悍的力量，它不仅足以解构多年的夫妻感情，而且足以建构新的价值观念。

"物欲横流"已成为一种广泛的社会现象。市场行为的某些"病态"特征和扭曲现象，表现了市场主体的价值观念的混乱、道德水准的下降、伦理规范的丧失。在市场经济中缺乏起码的道德规范的制约，缺乏必须共同遵守的价值标准的引导，导致文化失范，人们的行为及价值观念由于缺乏明确的准则而陷入混乱无常状态。市场经济的一些价值观念，如果离开了正确的价值定向，"功利观念"可能走向以追求个人或小集团利益为目标的狭隘功利主义；"效率观念"可能形成以追求金钱为唯一目的、"一切向钱看"的拜金主义；"竞争观念"可能导致尔虞我诈、弱肉强食的局面。在由社会主义计划经济向社会主义市场经济转轨过程的初期，市场经济本身内蕴的一些负面文化特征日益凸显出来。个人主义、拜金主义、享乐主义等腐朽的价值观念滋生蔓延，唯利是图、见利忘义等没落的伦理道德观沉渣泛起。这些不良的文化因素明显成为市场经济发展的精神障碍。

当代中国走向市场经济，是一场影响中国历史进程的空前伟大的变革。这场变革极大地震荡、改变了每一个中国人的命运和精神世界，并剔腐砺新地重新构建民族的人文精神。

五　市场化生存与市场意识的滋长

中国当代股市小说描写古老的中华民族在新的时代一种新的生活，挖掘潜藏于民族血液中的市场因子，从特定的角度表现了一个古老民族文化精神密码的转换过程，其文化意义极为深广。

当代中国人的生活方式发生了一个非常重要的变化，就是由群体化的生存方式向个体化的生存方式的转变。群体化的生活方式在中国延续了几千年，从家族式的群体，到单位式的群体。自主性是市场化生存的突出特点，依赖性是传统或群体化生存的突出特点。生活市场化正成为当代中国人的重要生存状态。股市生存是一种典型的市场化生存。市场化生存是一种自主生存，是一种动态生存，是一种竞争生存。以交易为生是一种自由度很高的职业，选择什么品种进行交易，交易者有非常大的选择余地。无论是商品、房地产、期货，还是股票、证券、外汇，或者是新开发的金融衍生产品，只要存在投资或投机的价值，就会有大量的交易者汇集过来。

股市是中国当代社会市场化的产物，同时又是中国当代社会市场化的助推器。股市使当代中国人更多、更普遍、更深入地了解市场交易的奥秘，使当代中国人生活中有了更多的机会、风险、变数和刺激，使当代中国人心中有了更多的欲望和煎熬。

因为股市的出现，当代中国人生活中出现了更多的机会——更多赚钱的机会、更多改变自己生活和命运的机会。《股潮》表现了当时的人们喜爱股市这个"新玩意"的理由："这就是股市了。股市让人与人之间的距离近了，平等了。它提供了共同的机遇，就看你会不会捕捉它。当你面对显示屏时，所有的人都站立在一条起跑线上。"小说中的黑蛋是一个普通的股民，在得到了30万元的房屋拆迁补偿费之后，他没有用这笔钱去买新房子，而是用这笔钱买了股票，房子先在近郊农民那儿租借一间。他用这笔30万元的房屋拆迁补偿费在股市炒作，赚了不少钱。他没有关系，没有门路，他发财靠的是股市提供的新机遇。

中国传统的经济形态是农耕经济，农业给古老的中华民族提供了基本的衣食之源，因此，农业是中国传统文化最深厚的经济基础。长期以来，由于绝大部分人口都集中在地理环境相对优越的中原、东南农耕区域，养成了中国人安土重迁、安分守己、乐天知命的民族性格，并由此培养了中华民族对乡土的眷恋和对故国的深切情怀，增强了民族凝聚力，但同时，由于长期的农耕生活和对土地的过分依赖，又限制了中国人的视野，影响了中国人开放和竞争意识的成长，因而缺少逐利时必备的精明果敢与勇于竞争的精神。

相对于现金来说，股票最大的特点是它的"活"，是它的变化。它可能变多，也可能变少；它可能给持有它的人带来莫大的利益，也可能给持有它的人带来灭顶之灾。股票就是这么一个新玩意，股票就是这么一个怪东西。说它怪，是因为它究竟是好是坏一时还不是那么确定。放弃它可能是放弃了一个发财的机会，追求它可能是在追求一份灾难。我们传统中国人习惯了泾渭分明，习惯了吹糠马上见米，因为不知道股票从魔瓶中出来以后是个什么模样，会如何变化，因此把握不准自己是该追求它还是远离它，不知道怎么对待这个好坏一时难以分得清楚的新家伙。中国当代股市小说表现因为股市的出现当代中国人的生活出现了更多变数，更多不确定性，这种动态生存培育着当代中国人的变化思维。在毕淑敏的《原始股》中，对于过惯了传统生活的人们来说，股票是一个新玩意，也是一个新考验，"股票是装在魔瓶中的怪物"。"这份贡品是西洋景的，让吃惯了老祖宗传统的部的职员们，一时判断不出是酸是甜。"这就是股票，这就是市场，与我们习惯了的农耕生活迥然相异。应健中《股海中的红男绿女》

中的刘诚松是一位上海滩的老股民，1986 年就开始买股票了，个人资金最多时有 800 多万元。他炒股赌性很大，大额透支，大主力超常规出货，仅 3 天时间将抢反弹的人统统套得死光光，等到券商强制平仓之时，刘诚松的 800 多万元全部"打穿"，还倒欠券商 8.8 万元，变成彻底的"无产者"。股票给当代中国人的生活带来了更多不确定性，与我们习惯了的农耕生活迥然相异，它需要我们用发展变化的眼光看待生活，看待人生，看待市场机会，破除一成不变的思维定式。

六　世俗化成为文化嬗变的主潮

在股市的深刻影响下，社会成员更加关注自我的现实利益和世俗幸福。他们由衷热爱世俗生活，与那些致力于思索社会问题与探寻人生价值的知识精英形象不同，他们尽量回避形而上的思考，而将股海搏击作为自己生活的主要内容。中国当代股市小说编造了一个又一个暴富的股市神话，将成功股民个人奋斗故事榜样化，营造了一种以社会地位和财富作为成功唯一衡量标准的价值取向；在对成功股民的崇拜、对股市生活的向往中，社会开始自觉或不自觉地认同并接受这一价值取向。社会弥漫着实用主义和实利主义，只重实用和实利，生活变成赤裸裸的一件功利的事情。人们的功利观念被大大强化了，义利并重的价值取向正在逐步取代重义轻利的倾向，人们改变了视金钱为"鄙欲"、视钱财为"不义"的观念，在付出劳动的同时期望占有更多的财富。平等与竞争观念深入人心，时间与效率观念得到充分重视，人生价值和评价标准趋于实用化、功利化，人生价值目标和价值体验趋于短期化、感性化，以致社会上一切事情都以功利的眼光加以评价，金钱成为衡量人与事物的唯一尺度，世俗化成为中国当代社会发展变化的一个显著特征。

在价值取向上，从注重理想向强调实际的方向发展，从注重义务向强调权利的方向演变，从注重集体向强调个体的方向转化，是中国当代社会心理嬗变的主要趋势与特征。世俗化充分地肯定了人们的现世追求、物质享受，表现出强调个体、现实、利益的价值取向，经济因素在社会生活中的分量明显增加，人们普遍注重个人利益，追求现世享受，围绕利益的算计、争斗成为生活的重要内容。人们考量生活和行动的重心，不再是衡量其有何终极性意义，而是作为达到特定世俗目的的手段是否有效和合理。人的精神生活不再追求超越的意义，达到上帝的彼岸，或成为现世的道德圣人，而是看其在现实生活中占有了多少资本和资源。

散户股民大多出身中国社会的底层，品尝过生活的艰辛，没有任何特殊的政治资源或社会资源，盼望自己能够在政策允许下发家致富，因此不惜铤而走险，投身股市。他们日复一日、年复一年地在股市泥沼里摸爬滚打，除少部分人外，多数人是屡战屡败，屡败屡战，亏损累累，但仍然痴心不改，股心不移。卑微的社会地位和卑陋的生存环境以及由此产生的强烈的改变现状的愿望迫使他们近乎自发地投入风险与机遇共存的股市中，追求实现自我的财富梦想，期望创造爆发者的人生传奇。梦想通过炒股赚钱，一方面改善自我及家人的生存条件，另一方面提升自我的社会地位。

"商业社会"是世俗型社会，它常常跟金钱崇拜、物质利益至上的观念联系在一起，它代表了一个新的社会形态、一种新的价值取向。

越来越多的人卷入世俗化的文化浪潮，极为有力地取代了原有的主流文化，并把主流意识形态加以稀释和筛选，造成崇高与理想的失落。对物质的享受和追逐在世界观、人生价值观中占据了主导性地位，形成重物质利益、轻精神追求的观念。社会流行炫耀型、崇洋型和攀比型生活方式，它逐渐成为一些当代中国人的生活态度和人生处世哲学。在一个充分世俗化的时代，金钱无处不在、无往不胜。金钱的作用已经超越了它的本质定义，作为一种独立存在，它的盈亏变化无不关乎股民的生存与生命，关乎股民人性的提升与沉沦；金钱已经变成了目的本身。当代中国的世俗化是个人自我迷恋的世俗。人们不仅失去了对于彼岸、来世的信仰，同时也失去了对公共世界的信仰，回到了身体化的个人自我。世俗化的社会对人的诱惑力就在于鼓励人自由进取、弘扬人性和自我实现、放纵人的意志和欲望。权力和金钱成为世俗社会的核心价值。不是追求真理，而是追求金钱数量，这成为世俗社会的价值核心。大多数人的日常生活满足，似乎越来越取决于其物质占有的丰富程度。随之而来的是见利忘义，见钱眼开，要钱可以不要脸，甚至要钱不要命的金本位价值观在社会上弥漫，越富越光荣的观念逐渐深入人心。其负面作用是社会的一些领域和一些地方道德失范，是非、善恶、美丑界限混淆，拜金主义、享乐主义、极端个人主义有所滋长，见利忘义、损公肥私行为时有发生，不讲信用、欺骗欺诈成为社会公害，以权谋私、腐化堕落现象严重存在。

在应健中的《股海中的红男绿女》中，买进卖出、患得患失成为股民生活的主要内容，成为股民生活的常态。股市就像一个无形的巨大磁铁魔石，将股民的心牢牢吸住。股市里的交易人生有了更多的精彩，使得人们心中有了更多利益得失的考虑，有了更多赚钱的欲望和算计。对买卖交易成功的期盼、风险的畏惧、失败的懊悔左右着股民的心态情绪，成为股民朝思暮想的主要内容。价值是一种选择取向，反映了人类的需求、欲望，以及实现这种需求、欲望的方式和态度。社会心理作为对于社会生活的认识、情感和意向的一种表达，一方面，它是社会变迁的"风向标"，另一方面，它是时代精神的"晴雨表"。世俗化充分地肯定了现世追求、物质享受、大众生活，表现出强调个体、现实、利益的价值取向，从而为市场经济、民主政治、社会参与等进行着社会心理上的准备。这是世俗化的"光明面相"。但是，作为现代化悖论性质的一种表现，如果缺乏崭新的价值观念和行动规范作出及时而强有力的引导，世俗化就会表现出它的"阴暗面相"，当世俗化变得偏激化，将会造成对人文精神的巨大冲击，更为甚者将会导致对于精神世界终极价值的严重削弱甚至消解。如果人们对于生活意义、社会理想、人类幸福等这类问题都丧失了兴趣，不再追问，那就可能在市场与商品的大潮中沦为经济动物。

第二章 中国当代股市小说的成长期 (1999—2004):以股市庄家 为主要描写对象的时期

第一节 成长期中国当代股市小说成长的 股市社会背景

一 成长期中国股市发展的大事概要

1999年,一批批困难企业开始纷纷上市融资"脱困",弄虚作假上市的企业越来越多。5月中旬,国务院批准了证监会《关于进一步推进和规范证券市场发展若干政策的请示》的报告。报告提出了六条解决资本市场问题的措施,由此引发了著名的"5·19"井喷行情。短短一个半月,股指上涨70%。

1999年7月1日,《中华人民共和国证券法》正式施行,这是中国证券业的第一部大法,初步形成了证券市场法律法规体系。以中国证券业的第一部大法《中华人民共和国证券法》的正式施行为标志,中国股市进入法治化建设轨道。

1999年后,中国股市迎来以网络为首的高科技风暴。

2000年前后,中国股市连续爆出惊天大案。亿安科技案、中科系案让市场人士对题材股、重组股的信心丧失殆尽;接踵而至的银广夏案、蓝田案,又将市场人士对绩优股、蓝筹股的信心彻底击溃。

《财经》杂志2000年10月号发表的《基金黑幕——关于基金行为的研究报告解析》,通过跟踪1999年8月9日至2000年4月28日期间,国内十家基金管理公司管理的22只证券投资基金在上海证券市场上大宗股票交易的记录,得出了证券投资基金有大量违规、违法操作的结论。

2000年、2001年两年时间里,中科系、银广夏、东方电子、亿安科技等多个庄股或覆灭，或被查，意味着一种股市操作模式的终结。

2000 年 10 月 12 日，中国证监会发布《开放式证券投资基金试点办法》，积极推动保险资金、社保基金入市，使其尽早成为证券市场主要的机构投资者。

以 1999 年 7 月《中华人民共和国证券法》的颁布实施为标志，中国股市步入了以"规范与发展"为主题的新的发展阶段。到 2001 年年底，中国证券期货市场初步形成了以《中华人民共和国公司法》、《中华人民共和国证券法》为核心，以行政法规为补充，以部门规章为主体的系统的证券期货市场法律法规体系。

这期间中国股市爆发两大上市公司造假丑闻，一是银广夏，二是蓝田股份。这两起恶性造假案间接引发了中国 A 股四年的熊市。《财经》杂志 2001 年 7 月刊发《银广夏陷阱》。这篇报道以海关数据为证据，无可辩驳地揭穿了银广夏财务造假丑闻。银广夏的麻黄草神话破灭了。9 月 10 日，银广夏开始连续 15 个跌停板，跌幅达 79%。蓝田股份自 1996 年上市以来，以五年间股本扩张了 360% 的骄人业绩，创造了中国股市的神话。到了 2001 年，蓝田股份仍在继续它的神话。在中央财经大学研究所工作的刘姝威 2001 年 10 月给《金融内参》撰写了一篇 600 字的短文，标题是《应立即停止对蓝田股份发放贷款》。该文本来只供小范围参阅，但很快导致银行停止向蓝田公司发放贷款。蓝田公司高管马上找到刘姝威，指责她"把蓝田搞死了"，并在 11 月以名誉侵权为由把她告上法庭。刘姝威较真了。她不顾利益集团的要挟甚至恐吓，一方面与法院交涉，另一方面写出了长达两万字的"蓝田之谜"分析报告，发给全国百余家媒体。2002 年 1 月 12 日，蓝田股份发布公告：因涉嫌提供虚假财务信息，公司 10 名主要管理人员被拘传。2003 年 5 月 23 日，上交所通知蓝田股票终止上市。2008 年 10 月，蓝田老总瞿兆玉因行贿罪被判处 3 年有期徒刑，缓刑 4 年。协助蓝田股份上市的农业部官员孙鹤龄因受贿罪和滥用职权罪被判处 8 年有期徒刑。

2001 年年初，著名经济学家、国务院发展研究中心研究员吴敬琏在接受央视《经济半小时》访问时，对当时 A 股市场的各种不规范进行了严厉抨击。该番言论后被称为"股市赌场论"，并由此引发了一场"中国股市应该何去何从"的大讨论。

随后，吴敬琏的观点得到了另一位经济学家、时任中金公司研究部总经理许小年的拥护和支持。2001 年 9 月，许小年一篇题为"终场拉开序幕——调整中的 A 股市场"的研究报告抛出了"千点论"。

吴敬琏的"股市赌场论"和许小年的"千点论"引起四面讨伐，也曾一度被市场嗤之以鼻。孰料一语成谶，就在这场大争论之后没过多久，中国股市便进入了4年多漫长的熊市。"5·19"行情过后，股指就从2245点一路下跌到998点，"千点论"成为现实。

2001年的中国股市爆发了最为惊心动魄的"国有股减持"事件。在中国证券市场创立时的20世纪90年代初期，为了避免"私有化"、"国有资产流失"等非议，采取"国有资产形成的股份不上市流通，增量募集股份流通"的股权分置模式，成了避免"走私有化道路"的必然选择。当时中国股市的最大特色就是存在大量低成本的不流通的国有股与法人股，当然，它们也不能说完全不流通，但其主要交易方式是协议转让，价格也较二级市场上流通的社会公众股低得多，一般只比每股净资产值略高一些。这些股票的流通问题一直是中国股市上的一柄悬剑。2001年6月12日，为完善社会保障体制、开拓社会保障资金新的筹资渠道，支持国有企业的改革和发展，国务院发布了《国务院减持国有股筹集社会保障资金管理暂行办法》。原来基本不流通的国有股与法人股现在按流通股价格减持，价格偏离太多。6月14日，上证指数见顶2245点，随即以急跌方式，展开了1994年以来最大规模的一次下调。2001年10月19日，沪指跌穿1600点，50多只股票跌停。当年80%的投资者被套牢，基金净值缩水40%。

2002年6月初，上证指数再次跌破1500点整数关口。6月23日，国务院决定对国内上市公司停止执行利用证券市场减持国有股的规定，并不再出台具体实施办法。当天，沪深股指分别上涨9.25%和9.34%，近900只股票涨停。至此，沸沸扬扬的"国有股减持"终于画上了句号。

2003年《中华人民共和国证券投资基金法》颁布，大力倡导价值投资理念，市场走出了一波反弹行情。

2003年年底至2004年上半年，南方、闽发、"德隆系"等证券公司长期积累的问题和风险集中爆发，是中国股票市场运行中不健康因素的集中反应。

2004年1月，国务院发布《国务院关于推进资本市场改革开放和稳定发展的若干意见》（简称"国九条"），表明了政府推进资本市场改革发展的决心，以促使资本市场的运行更加符合市场化规律。

2004年，中国证监会出台《证券公司综合治理工作方案》，在让一批资不抵债的机构按照市场规律退出市场的同时，全面建立全行业的分类管理制度、风险监控机制、客户资金托管制度和信息披露制度。经过3年的努力，券商综合治理取得成功，中国证券行业获得新生。

2004 年 6 月，腾讯在香港上市，从上市时的 3 元多涨到 2007 年的 70 多元，成为中国第一高价网络股。

二　成长期中国股市发展的阶段性特征

中国股市中的庄家规模越来越大，具有的能量越来越大，释放的风险也越来越大。

1999 年到 2004 年这 6 年间，中国证券市场出现了吕梁的"中科系"、周正毅的"农凯系"和唐氏兄弟的"德隆系"等操纵市场的超级庄家，证券监管部门采取了"雷霆手段"予以查处。

中科创业的前身为深圳康达尔（集团）股份有限公司，1994 年在深交所挂牌上市。深圳英特泰负责人朱焕良在 1998 年年初介入康达尔股票，介入价位在每股 9 元左右。1998 年一年里，康达尔的股价疯狂下跌，使其深套其中，朱焕良于是想找上市公司配合，并在 1998 年 11 月找到在业内运作股票颇有名气的分析师吕梁帮其解套。吕梁在同意帮助朱焕良解套后，用先利诱后挟逼的办法，控制了康达尔公司的董事长。把公司改名为中科创业，改造为"高科技＋金融"的新型企业，并借此进行利润包装。同时岁宝热电、莱钢股份、中西药业、鲁银投资和胜利股份等上市公司均被吕梁纳入"中科系"。吕梁进驻后，康达尔股价便一路上涨，到 2000 年 2 月，股价一度上涨到 80 元以上。

"中科创业"事件爆发的导火线燃于 2000 年 12 月 25 日中科创业股票的"大跳水"。此后的 10 个交易日中，中科创业股票一连 10 个跌停板。直至 2001 年 1 月 11 日，中科创业市值的 2/3 化为泡影。

作为东方电子 1997 年初上市时的主承销商和上市推荐人，从 1999 年开始，中经开和关联机构分别成为东方电子的第四大股东和第八大股东。后来中经开增持为第三大股东。从 2000 年中报之时，中经开似乎从东方电子的前十大股东中全身而退，取而代之的是景宏基金和景福基金。这两只基金是大成基金管理公司旗下的两员大将，而中经开正是大成基金管理公司的发起人之一，同时也是景宏基金的上市推荐人和发起人之一。东方电子的流通股本从最初的 1700 万股扩张到 6 亿股，这是中国股市成长最疯狂的一只庄股。东方电子大跳水的导火索是 2001 年它开始毫不客气地圈钱 15 亿元。东方电子的崩盘，是大庄股"惯性思维"的大破坏——一家公司靠一个概念支撑股价年年上涨的时代已经结束。

2001 年 8 月，东方电子因受到证监会调查暴跌。其复权价到过 330 元，前后有 60 倍的涨幅。东方电子炒自己的股票，通过虚假业绩推高股价，把炒股收入 17 亿元做成主营业务收入。2002 年 6 月 7 日，中经开关门。它曾经是 "3·27 国债期货事件" 的赢家，这时被认为是银广夏和东方电子的庄家——通过和上市公司大股东的配合，操纵股价。

2003 年 6 月 20 日，百科药业崩盘，半年后，庄家朱耀民被捕。朱耀民鼎盛时期同时操控 6509 个股票账户、涉及资金近 50 亿元。朱耀明先因贷款诈骗罪、对公司人员行贿罪、违法发放贷款罪被判处有期徒刑 9 年，后来主动交代操纵股价罪行，请求一并处罚。最后获刑 14 年，被判终身不得炒股。他还操纵了凯诺科技、爱使股份、南方建材等股票。

2003 年 6 月 7 日，徐工科技开始 8 个跌停，因坐庄徐工科技的上海首富周正毅被香港廉政公署调查和搜查。2008 年 9 月，上海地方检察院正式批准逮捕周正毅，罪名是 "涉嫌虚报注册资本" 和 "操纵证券交易价格"。

上市公司违规违法现象严重。

上市公司违规违法行为主要有信息披露违规违法、内幕交易、市场操纵等。

银广夏案在中国股市发展史上是一件影响深远的上市公司违规违法大案。

银广夏是 1999 年、2000 年的第一大牛股，一年上涨 440%。银广夏的上涨来源于 "公司造假 + 庄家炒作"。银广夏从 1999 年开始在市场上散布的 "利润神话" 全系子虚乌有的编造，其出口额据公司自称在 2000 年达 1.8 亿马克，而事实上仅为 3 万美元；据称其签下 60 亿元合同的德国买家为一家百年老店，但事实上是注册资金仅 5 万马克的小型贸易公司；其称可出口创汇、创利的 "超临界萃取产品"，在产量和价格上均被专家证实不具可能性。

银广夏公司通过伪造购销合同、伪造出口报关单、虚开增值税专用发票、伪造免税文件和伪造金融票据等手段，虚构主营业务收入，虚构巨额利润 7.45 亿元，同时，深圳中天勤会计师事务所及其签字注册会计师违反有关法律法规，为银广夏公司出具了严重失实的审计报告。造假被揭露后银广夏又 "创造" 了 15 个跌停的超级纪录！让银广夏的股价直接从 30 元下跌到五六元左右，跌幅高达 80%。

资本运作在中国开始出现，中国资本市场出现了一批资本运作高手。

2002 年 11 月，新疆德隆董事局主席唐万里当选中华全国工商业联合会副主席。"德隆系" 控股、参股企业 200 家左右，其中上市公司 5 家；"德隆系" 控制和关联的金融机构有 7 家证券公司、3 家信托投资公司、两家租赁公司、4 家城市商业银行、两家保险公司。"德隆系"的大量资金来源于银行贷款。当时在"德隆系"相关券商进行委托理财的上市公司已近 10 家，涉及金额 10 亿元左右。"德隆系"大跳水，200 多亿元市值灰飞烟灭。从"德隆系"旗下的上百家关联企业，再到陕国投、渝开发、上工股份、亚星客车、交大科技等一串上市公司，正在中国资本市场上崩塌的"德隆系"，就像一个巨大的黑洞，无情地吞噬着"任何接近它的物质"。更为严重的是，上海、湖南、新疆等地的众多银行曾对"德隆系"公司发放过大量信贷资金，随着"德隆系"的崩盘，这些信贷资金将陷入难以收回的境地。"德隆系"总负债高达 570 亿元，其中金融领域负债 340 亿元，实业负债 230 亿元。

2004 年 12 月 17 日，唐万新回国被捕。2006 年 4 月 29 日，武汉法院一审宣判：操纵股价、挪用上市公司 500 多亿元的唐万新被判处有期徒刑 8 年，其个人被处以罚金 40 万元，德隆国际、新疆德隆分别被处以罚金 50 亿元。

2004 年 10 月，"2004 胡润百富榜"推出，黄光裕以 105 亿元身家首次成为中国首富。国美电器借壳海外上市，将 65% 的股权转让给外资公司"海洋城"，但该比例超过了法规规定的外资占股上限。黄光裕通过张玉栋与郭京毅熟识后，以重金令郭京毅出手相助，为其资本腾挪扫清了障碍。这个复杂的资产收购关系是国美电器创始人黄光裕通过股权倒手实现的，因为中国鹏润、海洋城、国美电器三家公司的控股股东均为黄光裕本人，相当于黄光裕把自己的 100% 持股的"海洋城"卖给了自己控股的中国鹏润。国美电器实现借壳上市的信息披露后，复牌交易的中国鹏润引发了投资者的追捧，股价在一天内实现了 116% 的涨幅，收市价达到 0.32 港币。这些资本运作高手的操作令人眼花缭乱。

证券公司综合治理成效明显。

2003 年底至 2004 年上半年，南方、闽发、"德隆系"等证券公司长期积累的问题和风险集中爆发。汉唐、闽发、大鹏等靠坐庄为生的券商，资金链断裂后难以为继，或被接管，或被清盘。

2004 年 1 月 2 日，南方证券因坐庄哈医药等股票巨亏而被行政接管。导致南方证券爆发危机的直接原因是坐庄哈飞和哈药等股票的资金链断裂，而根本原因则是中国证券行业普遍存在的草莽文化。南方证券公司除了本部之外还有多个经营实体，一方面大量吸纳"双哈"股票达到高度控盘，另一方面通过挪用客户保证金、许诺收益的违规代客理财、国债欠库等手段融资，做大投资杠杆。

2004 年 6 月，华夏证券的一系列不良数字被曝光：挪用客户保证金

16 亿元、自营投资累计亏损达 17.9 亿元、国债欠库约 10 亿元，另外还有 10 多亿的经营性亏损。

每家券商背后都牵扯着一家或几家上市公司。当时的市场已经闻券商而色变。

2003 年，券商综合治理行动启动，证券市场开始深刻地"拨乱反正"和制度重构，从根本上消除了证券业的行业性风险。

政府开始发展、培育机构投资者和证券投资基金。

从 1990 年到 1997 年，中国股市机构投资者处于萌芽状态。这个时期的机构投资者以证券公司为主，虽然市场上也有一些基金，但并不是真正意义上的证券投资基金，其规模较小，投资偏于保守。这些"老基金"在 1996 年后逐渐处于边缘地带。

从 1998 年到 2005 年，是中国股市市场调整和机构更替阶段。1998 年 3 月 23 日，第一批证券投资基金启动。2002 年 12 月，合格境外机构投资者制度（Qualified Foreign Institutional Investors，QFII）引入中国资本市场。2004 年 10 月，经国务院批准，中国保险监督管理委员会、中国证券监督管理委员会联合发布并实施《保险机构投资者股票投资管理暂行办法》。这标志着我国保险资金首次获准直接投资股票市场。

这个时期，随着股市规模的日益扩大，公募、私募等各类基金出现，机构投资者得到大力培养。私募基金规模和影响也日益扩大。1997 年，机构投资者大力培育后，上市公司（尤其是国企和央企）和机构投资者（尤其是社保基金）共同成为股票市场中的强势群体。

由于机构投资者的不断壮大，中国股市因此发生了一系列深刻的变化。机构投资者实力雄厚，技术力量强，他们不但能够提供长期稳定的资金，而且众多的机构投资者的出现可以避免机构和散户之间的博弈，而机构之间的博弈更有利于市场的稳定。

中国股市开始迷信"题材"。

这个时期中国股市开始热衷于借题材、借概念炒作。无论有无实质性内容支撑，庄家只要找到题材，就会借题发挥，借以打开人们的想象空间，从而抬高股价，大炒特炒，以至"市盈率"变成了"市梦率"。股价与企业的实际业绩几乎脱钩，致使一些 ST（公司经营连续二年亏损，特别处理）、＊ST（公司经营连续三年亏损，退市预警）公司的股价大大高出绩优股、蓝筹股股价。

1999 年后，中国股市迎来了以网络为首的高科技风暴。当年最火的"网络股三驾马车"分别是上海梅林、综艺股份、海虹控股。在 2000 年，

"上海梅林"以连续 6 个涨停板打破沉默；不久深市的 "ST 海虹"更是以 30 多个涨停板从 18.76 元涨到 83.18 元，涨幅达 343%；"综艺股份"连续 7 个涨停板，两个月内股价上升了 300%。

2000 年 4 月 16 日，新浪网在美国纳斯达克市场上市，随后，搜狐、网易等网络股陆续上市。随着美国网络股泡沫破灭，这些股 2001 年跌到 1 元以下，但是 2002 年到 2003 年又暴涨，网易涨幅超过 100 倍。

社会对股市的价值和意义、作用，对资本市场与国民经济发展的联系给予日益科学的评价。

2004 年 1 月 31 日，《国务院关于推进资本市场改革开放和稳定发展的若干意见》出台，史称资本市场"国九条"，它开宗明义地提出："大力发展资本市场是一项重要的战略任务，对实现本世纪头二十年国民经济翻两番的战略目标，具有战略意义。"从国家发展战略的高度重新定位资本市场的作用和功能，超越了过去十几年短期实用的认识。它的颁布不仅确立了证券市场的重要地位，而且为证券市场注入了强劲的发展动力。市场化、规范化、国际化是中国资本市场发展的大势。

第二节　成长期中国当代股市小说的创作成就与嬗变轨迹

一　成长期中国当代股市小说的创作成就

老莫的《股神》[①] 塑造了股市庄家的形象，描写龙在田和雷鸣豫两位"股神"、两位庄家的争斗。

上海知名作家俞天白是中国股市里最早的股民之一，其股票投资的成就及影响不亚于其文学成就。他的股市长篇小说《大赢家——一个职业炒手的炒股笔记》[②] 形象地表现了股市对当代普通中国人生活的影响，通过股市这个窗口表现了中国人灵魂的时代颤动。小说的主人公曾经海是中国散户股民形象的精神标本。

1999 年 4 月，沈乔生出版了自己第二部股市长篇小说《就赌这一次》。[③] 小说塑造了黄大鲸这个股市庄家的形象，描写蓝玉这个散户股

①　老莫：《股神》，百花文艺出版社 1999 年版。
②　俞天白：《大赢家——一个职业炒手的炒股笔记》，作家出版社 1999 年版。
③　沈乔生：《就赌这一次》，春风文艺出版社 1999 年版。

民的生活。10 年后的 2009 年沈乔生出版了自己的第三部股市长篇小说
《枭雄》。①

张华林的《金漩涡》② 描写了散户股民中的奋斗者、胜利者，表现股
市给人们提供了新的出路、新的机会、新的谋生方式。

时隔近两年之后，应健中出版了第二部股市长篇小说《股市中的悲
欢离合》③。小说描写证券公司与机构联合坐庄，描写股市中的散户股民，
表现了当时政府对股市的调控，表现了中国股市的成长。神州证券公司上
海总部的老总强慕杰、洪湖集团老总柳浩军都是在股市上呼风唤雨的庄
家，而住进"神牛花苑"的散户股民个个都身手不凡。

《股海沉浮》④ 是一部股市短篇小说集，小说以描写散户股民为主，
表现股市新人的成长。

张成是中国当代第四位出版系列股市长篇小说的作家。他的《金叉：
股市操盘手》⑤ 专门描写股市的操盘手，描写股市中庄家机构之间的残酷
搏杀，塑造了一批股市英雄形象。

2002 年一年有三部股市长篇小说问世。

张成的《金雾：庄家龙虎斗》⑥ 描写股市中的庄家，拥有大笔资金的
机构在股市中的呼风唤雨。小说表现了在股市坐庄的机构大户与证券公司
的关系，表现了股市庄家的操盘技巧。

容嵩的《股惑》⑦ 描写政府官员、公司高管、机构资金围绕一家上市
公司的股权展开的幕后活动和交易，是资本运作的雏形。小说从文化层面
表现了股市对社会的影响。

郭雪波的《红绿盘》⑧ 的特色和价值在写散户，写散户炒股的心理活
动，非常细腻、真实。小说的主人公葛锐勇炒股的心理活动可以说是散户
股市心理活动的标本。

老奇的《天尽头》⑨ 以一家全国闻名的上市公司与超级庄家的阴谋为
背景，讲述超级庄家华尔投资公司与面临破产的金通股份联合坐庄、操纵

① 沈乔生：《枭雄》，上海文艺出版社 2009 年版。
② 张华林：《金漩涡》，花山文艺出版社 1999 年版。
③ 应健中：《股市中的悲欢离合》，上海人民出版社 2000 年版。
④ 上海证券报文学工作室编著：《股海沉浮》，上海远东出版社 2000 年版。
⑤ 张成：《金叉：股市操盘手》，上海人民出版社 2001 年版。
⑥ 张成：《金雾：庄家龙虎斗》，作家出版社 2002 年版。
⑦ 容嵩：《股惑》，时代文艺出版社 2002 年版。
⑧ 郭雪波：《红绿盘》，群众出版社 2002 年版。
⑨ 老奇：《天尽头》，中国青年出版社 2003 年版。

股价的故事。揭露股市黑幕，鞭挞股市庄家的为非作歹。

《金圈》① 是张成继《金叉：股市操盘手》、《金雾：庄家龙虎斗》之后创作的又一部股市长篇小说。某地一个企业内定为新一年度的上市公司，一切工作准备就绪，但态势逆转，上市额度被本地另一企业悄然夺去。小说围绕郭副市长伙同赵建昌收购两家上市公司的中心事件展开，描写了股海的波谲云诡。

矫健既是知名作家，又是股市高手。他的人生经历和知识结构在中国当代股市小说作家中具有相当的代表性。他创作出版了系列股市长篇小说，2003 年出版股市长篇小说《金融街》②，2007 年出版了股市长篇小说《换位游戏》③。《金融街》塑造了一个散户出身的股市庄家形象，描写企业上市，描写实业家兼并上市公司。

张泽的《扭曲的 K 线》④ 的特色在描写主力资金与上市公司的勾结联系上，京城权贵资本势力介入股市炒作。小说中的股民韩杨是一位医学博士，他的"股市生物理论"在认识股市上有新意，他把股价的波动看成股市生命运动的一个外在表现。

2004 年是中国当代股市小说的丰收年，一年有 7 部股市长篇小说诞生。

李唯的《坐庄》⑤ 集中笔墨描写股市中的庄家，表现中国股市中的操纵与反操纵、监管与反监管。小说描写股市中庄家坐庄的秘密，描写监管部门与不法庄家的斗法。

岳明的《别跟我坐庄》⑥ 的描写对象非常独特，是一个证券公司的营业部。小说对一个证券公司营业部内部有哪些矛盾和经营上有哪些困难都有充分表现，这是其他股市小说较少涉及的内容。

丁力是中国当代创作出版股市长篇小说最多的作家之一。《涨停板，跌停板》⑦ 是他的一系列股市长篇小说中的第一部。小说描写股市里的资本运作。何开镰收购家乡的上市公司"湘锆锶"，后来又以停产、停止供应矿石逼下游冶炼企业与之"整合"，零成本收购冶炼厂，是高岩这个资

① 张成：《金圈》，上海人民出版社 2003 年版。
② 矫健：《金融街》，山东文艺出版社 2003 年版。
③ 矫健：《换位游戏》，江苏文艺出版社 2007 年版。
④ 张泽：《扭曲的 K 线》，花城出版社 2003 年版。
⑤ 李唯：《坐庄》，中国青年出版社 2004 年版。
⑥ 岳明：《别跟我坐庄》，民族出版社 2004 年版。
⑦ 丁力：《涨停板，跌停板》，群众出版社 2004 年版。

本运作高手发现和捕捉到了这些资本运作的机会。

乔峰的《时光倒流》① 描写私募基金在股市坐庄的过程。"我"在一家大型证券公司负责研究发展中心工作，和朋友注册了一家投资公司"新阜康投资发展有限公司"，与民营企业的董事长万华、个人大户周敏、国营企业的总经理吴仁几个人合伙坐庄，选择 B 城控投作为炒作对象，又与 B 城控股总经理张恒、董事会秘书熊超、董事长刘云年沟通配合，操纵股价，但最后坐庄失败。

雾满拦江的《大商圈·资本巨鳄》② 刻画了一批活跃在当代中国资本市场上的布衣英雄，描写这些资本强人以其过人的胆略及智慧进行资本运作的故事，表现人们在资本狂潮席卷之下的贪婪性恐慌，以及这种恐慌带来的心理裂变。

杜卫东的《右边一步是地狱》③ 描写了散户股民。画家许非同在一所大学美术系任教，他生活的变化源于妻子辛怡炒股。许非同夫妇进入股市的过程和他们的炒股生活在中国散户股民中有一定代表性，他们的热望、他们的执着、他们的痛苦都是相同的。

潘伟君的《大上海的梦想岁月：一个操盘手的传奇》④ 专门描写股市职业操盘手，主要表现康立操盘的技巧，他对盘面的分析和对市场心理的把握非常准确，由此确定的操盘策略也是成功的。这是本小说的精华。

二　成长期中国当代股市小说的嬗变轨迹

20 世纪 90 年代，中国当代小说被快速地卷入了市场化经济大潮之中，告别了以往的"经典化"写作，逐步走上了"市场化"之路。这种小说创作趋势不断延伸，进入 21 世纪，中国当代小说已经完全走入市场化运行的轨道。小说的存在方式、生产方式、传播消费方式等较之 20 世纪发生了明显的转变。20 世纪以来，中国文学一直处于社会的中心地位，20 世纪 90 年代中期开始出现了文学"边缘化"和"个人化写作"现象。小说内容从对公众题材的宏大叙事，转向个人题材的小我表现，出现了写作群体的多元化，写作文本形式的多元化。随着电子数字等科学技术的发展，新媒介的出现，这一时期，出现了异彩纷呈的文本样式，如电视小说、摄影小说、网络小说、手机（短信）小说、图说形态的小说等。中

---

①　乔峰：《时光倒流》，华艺出版社 2004 年版。
②　雾满拦江：《大商圈·资本巨鳄》，花城出版社 2004 年版。
③　杜卫东：《右边一步是地狱》，作家出版社 2004 年版。
④　潘伟君：《大上海的梦想岁月：一个操盘手的传奇》，重庆出版社 2004 年版。

国自古以来的"文以载道"的文学观念，使中国小说体现出强烈的主流政治意识和功利性。从 20 世纪 90 年代末到 21 世纪最初的 10 年，中国小说观念有了新的变化，平民化、庸常化和娱乐性更为鲜明。传媒方式嬗变促成文学存在形态多样化，新媒介带来的创作主体的泛化，全民文化素质的提升以及"快餐式消费"带来阅读变化。贴近民众日常生活，更加平民化、生活化，是 21 世纪中国小说发展的趋势性方向。

在中国当代小说发展的大背景下，中国当代股市小说进入成长期后创作数量激增，随着股市的发展，股市小说的创作日趋繁荣。中国当代股市小说作家队伍特色基本形成，中国当代股市小说的优秀作者一般具有两个普遍特征，一是亲自炒过股，品尝过炒股的酸甜苦辣，二是具有很深厚的文学修养。优秀的中国当代股市小说作者同时兼有股民和作家两种身份，同时具备财经证券和文化文学两方面的知识功底、生活积累。随着计算机的普及和现代科技的突飞猛进，网络传媒极大地改变了人们的生活方式，网络文学成为新生股市小说的摇篮。2000 年以来，很多股市小说都在网站公开，广为流传，赢得了众多读者，正是网络传播的新媒介催化了中国当代股市小说的迅速发展。

成长期中国当代股市小说在内容上承前启后，承接萌芽期中国当代股市小说的传统，散户股民形象日益丰富多彩，股市庄家雏形成长为成熟的股市庄家形象，成为成长期中国当代股市小说描写的主要对象，取代散户股民形象成为成长期中国当代股市小说的主角；出现了专门描写操盘手形象的作品，标志着成长期中国当代股市小说在散户、庄家之外已经出现了专门描写一类股市参与者的作品；一些在萌芽期中国当代股市小说中没有出现的股市新人物、新形象开始在成长期的中国当代股市小说中出现；资本运作或者资本运作雏形成为成长期中国当代股市小说表现的新内容；对不断变化成长的中国股市的描写日益深刻与丰富。中国当代股市小说在成长期这些扎扎实实的"成长"，形成了自己鲜明的特色和独特价值。

成长期中国当代股市小说的继承与发展是显著而具体的。

股市庄家形象取代散户股民形象成为成长期中国当代股市小说的主角。

股市庄家是萌芽期中国当代股市小说表现的重要对象之一，出现了股市庄家形象的雏形，如《股市大炒家》中的作家梁栋，《股城风流》中的股票大王郭维维，《股市大枭》中的"股市强人"王小虎，《股民日记》中的周欢，是萌芽期中国当代股市小说中就成熟程度和重要性来说仅次于散户股民形象的股市参与者群体。

成长期中国当代股市小说中的股市庄家形象异彩纷呈。《股神》中的雷鸣豫、龙在田，《就赌这一次》中的黄大鲸，《股市中的悲欢离合》中的强幕杰、柳浩军，《金雾：庄家龙虎斗》中的金董事长，《扭曲的 K 线》中的叶澜、郑蓉，《金融街》中的崔翰洋、黄旭，《坐庄》中的丰信东、薛淑玉、肖可雄，《时光倒流》中的私募基金公司，都是在股市呼风唤雨的股市庄家。

与萌芽期中国当代股市小说中的股市庄家形象相比较，成长期中国当代股市小说中的股市庄家形象有很大的发展变化。首先，这些庄家形象成熟深刻，充分表现了这个时期股市庄家的"风采"，不再是雏形；其次，庄家形象队伍更加庞大，远远超过了同时期的散户股民形象队伍；再次，小说对股市庄家形象的描写不仅精雕细刻，而且浓墨重彩，不同于萌芽期的轮廓式描写。

成长期中国当代股市小说中股市庄家形象的这些发展变化是与这个阶段中国股市发展的实际相吻合的。这个阶段中国股市中的庄家规模越来越大，具有的能量越来越大，释放的风险也越来越大。后来随着股市庄家在中国股市的实力日益增强，在社会上的影响日益扩大，股市庄家形象在中国当代股市小说中的分量越来越重。

初级阶段的资本运作成为成长期中国当代股市小说表现的新内容。

从股市庄家中成长或者分化出来的资本运作高手，是中国当代股市小说成长期出现的新形象。《股惑》中的方山股份有限公司的董事长秦枫、省国际信托投资有限公司总经理欧峻、市国资局局长孙大魁，《涨停板，跌停板》中的何开镰、石学刚和高岩，《大商圈——资本巨鳄》中的陈昭河、骆子宾、杜景伤、姜平，他们既是资本运作高手，也是股市庄家，是过去纯粹的股市庄家在今天的发展和变化。

成长期中国当代股市小说的这个创新发展源于中国股市这个阶段资本运作开始出现，中国资本市场出现了一批资本运作高手。

中国当代股市小说成长期出现了专门描写操盘手形象的作品，标志着中国当代股市小说在散户、庄家形象之外出现了专门描写一类股市参与者形象的作品。张成的《金叉：股市操盘手》专门描写股市的操盘手，描写股市中机构之间的残酷搏杀。潘伟君的《大上海的梦想岁月：一个操盘手的传奇》塑造了一个股市职业操盘手形象。

成长期中国当代股市小说中的散户股民形象更加丰富多彩。

散户股民形象在中国当代股市小说的萌芽期就已经成熟，曾经是萌芽期中国当代股市小说的主角。《股票市场的迷走神经》中的常锐、刘科，《股潮》中的董吉、关阿姨、国社平、成婷、黑蛋都是形象生动的散户股民。进入中国当代股市小说成长期后，散户股民形象队伍在中国当代股市小说中已经不及庄家形象队伍庞大，已经不再是中国当代股市小说的主角，但是与萌芽期的散户股民形象相比较，成长期的散户股民形象更加丰富多彩，更加丰满深刻。辞去公职当职业股民的曾经海（《大赢家——一个职业炒手的炒股笔记》）、因炒股亏钱自杀的张文强（《金叉：股市操盘手》）、财政厅的副处长许多谋、出家人吴弘川（《股惑》）、从部队退役的军官葛锐勇（《红绿盘》）、大学美术教师许非同和他的妻子辛怡（《右边一步是地狱》）都是个性鲜明的散户股民形象。

　　成长期的中国当代股市小说对不断变化成长的中国股市的描写日益深刻与丰富。

第三节　成长期中国当代股市小说的继承与发展

一　股市庄家形象取代散户股民形象成为成长期中国当代股市小说的主角

　　在中国当代股市小说的成长期出现了一系列股市庄家形象，这些形象的出现标志着中国当代股市小说中股市庄家形象的成熟。这些股市庄家形象取代散户股民形象成为中国当代股市小说的主角，成为成长期中国当代股市小说描写的主要对象。中国当代股市小说的这一变化和发展源于这个时期中国股市的变化和发展，这个时期中国股市庄家规模越来越大、活动越来越活跃、社会影响越来越广。

　　股市庄家是高度控制上市公司二级市场流通筹码的机构或大户。股市庄家在股市坐庄的套路基本上是一致的。首先是挖空心思，炮制题材。对操纵市场者来说，所谓的题材就是他们事先设计好的一场诱导中小投资者跟风上当的骗局和事先掘好的一口陷阱，是一朵绚丽多彩的罂粟花。其次是与上市公司联络，互相利用，结成荣辱与共、休戚相关的命运共同体和利益共同体，这是部分上市公司为股市庄家鞍前马后、唯命是从的根本原因。再次是内幕交易，暗箱操作，利用内幕消息在二级市场上赚取非法利润。

　　成为中国当代股市小说主角的股市庄家形象丰富、深刻，充分表现了这个时期的中国股市中的庄家这个社会新群体的群体特征。

　　这个时期，中国股市庄家层出不穷，他们在中国这个不成熟、不完善的股市肆意妄为，兴风作浪，不断制造惊天大案，社会危害很大。这是成长期中国当代股市小说以股市庄家为主要描写对象的社会原因。

　　老莫的《股神》中的雷鸣豫、龙在田是中国当代股市小说首先出现的完整意义上成熟的股市庄家形象。小说的作者老莫在自序中说："作为一名在证券业摸爬滚打过多年的业者，我试着在这里以其自己所见所闻道出那些鲜为人知的幕后故事。"

　　小说主要描写龙在田和雷鸣豫两位"股神"、两位股市庄家的争斗。

　　雷鸣豫是得利集团的董事长，他的父亲是银行行长。雷鸣豫在短短的5年多时间里，把一个小咨询公司发展到有20多亿总资产、10亿净资产的规模。凭借强大的经济实力，雷鸣豫在股市坐庄。他坐庄炒作0014，得利集团获得的净利润有4000多万元，而其个人收入也有近1000万元。雷鸣豫正着手对自己的公司进行股份制改造，公开募股，然后策划上市。小说描写雷鸣豫坐庄长江化纤的操作过程：

　　　　主业这一块是争取在12月31日之前把公司的积压产品都由得利买过去，当然也只是形式上买，实际上还在库里不动，至多换个库而已；另一部分则将在报表出来以后用现金方式打到账上来，作为投资收益。

　　　　让长江公司把那笔卖积压品的应收账款转为股票投资，转到股票账户上去，由得利公司代客理财，届时得利将在年报截止的5月1日之前，一次性地划4000万到长江化纤公司的账上。

　　中国股市庄家坐庄的"套路"几乎是相同的——弄虚作假，欺骗股民。股市庄家先瞄准一家上市公司，瞄准一只股票，然后设法与这家上市公司"合作"，联合"操作"这只股票。控制、包装上市公司的业绩，为打压吸筹，拉高出货服务。同时筹集坐庄资金，吸引散户股民跟风，把不知内幕的散户股民玩弄于股掌之间。

　　龙在田是一家证券类报纸的编辑，后来离开报社，从事证券咨询业务，在股市坐庄：

　　　　我们这家咨询公司在注册时还要包括代客理财，财务顾问，中介经纪，证券投资等功能。那么，在此前提下，我还想请元总能提供一笔自营盘给我，用我的60%股权做抵押，如果不能战胜指数，我愿意受任何处分。如果能战胜指数，利润部分我要分三成。这笔资金可以分三次到位，比如第一个月到位三千万，如果做到了战胜指数 30% 以上，就可以追加第二笔，补到一个亿，再进行一个月，如果还能有如此成绩就可以考虑给我补足到三个亿。

作为在风高浪疾的股市坐庄的人，股市庄家一般都有非同一般的股市功夫。龙在田推出了自己独特的股市禅易功：

> 我们只看到股份制与股票是经济的晴雨表，是经济生活中的一个重要内容，但却很少有人去想到，决定市场涨跌的除去经济周期与供求关系这些表面的经济学因素之外，真正起作用的就是场内场外的投资者的心态。

龙在田对竞争对手的心理把握得很准确，操盘时胸有成竹，招招见血，同时他对股民心理的把握非常独特：

> 平时别说有钱人买个房子买个车，没钱人买个冰箱彩电，就是那些主妇买斤鱼，买根香菜都要走几个摊档比比看看，最后还要让小贩饶上一个半个的，可是唯独在这股市上，一掷千金，动不动就是半生或者一生的积蓄，却常常连眼都不眨就投了进来，而无论是进出，常常都是看别人如何操作，听别人如何讲话，全不想自己做点真实的功夫，那么，不赚他们的钱还赚谁的呢？

身在股海，龙在田对炒股有自己丰富、深刻的体会，形成了自己独特的股市功夫。

《就赌这一次》中的黄大鲸是一个非常有特色的股市庄家形象。他的特色在于他在股市的能耐很大，而且心狠手辣。

作者沈乔生在《从〈股民日记〉到〈就赌这一次〉》[①] 一文中自述自己的股市小说创作：

> 《就赌这一次》，可以说是《股民日记》的姊妹篇。但它的故事性要强得多，展开的层面也丰富些。可以这么说，不懂股票的人看《股民日记》可能会有一些困难，但不懂股票的人看《就赌这一次》，

---

① 沈乔生：《我有话说》，《中华读书报》1999 年 8 月 4 日。

不会有任何困难。女主人公蓝玉是个独身的女人，各方面都出众，她为了在股市上更快地崛起，跟随超级大户黄大鲸，严重透支，心存侥幸，就赌这一次。黄大鲸通过她蒙骗散户，也是赌一次。蓝玉的情人李兆民为了她，挪用公款，是为爱情赌一次。情人的儿子为了复仇，为了自己事业的发展，绑架蓝玉的女儿，也下狠心，就赌这一次。所有的赌，都赌到一起来了。在这小说中，我还写了另一种力量，那就是对人类明天的关心。李兆民出狱后，苦难磨炼了他，内心的感情升华了，他把所有的生命力都投入植树造林之中。蓝玉也受了感染，他们营造了一片绿色，这不仅是对生存环境的改变，更是人类希望的颜色。

黄大鲸的能耐表现在一是他炒股的设备先进；二是经验丰富；三是资金充足；四是盟友众多。这是中国股市庄家在股市兴风作浪的"资本"。黄大鲸把自己坐庄的绝密消息告诉自己心爱的女人、散户蓝玉，让她在股市赚钱。炒西藏明珠，炒张家界，蓝玉都大赚了一笔。同在一个大户室的股友见蓝玉认识著名大庄家黄大鲸，见她炒股赚了钱，都跟着她操作，逼她说出黄大鲸坐庄的秘密。这显然不利于黄大鲸坐庄。黄大鲸于是设下圈套，又透露消息要蓝玉买"苏物贸"，黄大鲸的朋友、证券公司张经理主动为蓝玉透支100万。谁知蓝玉透支买进后，"苏物贸"股价不涨反而大跌，蓝玉被证券公司强行平仓，一次亏损了70万，她的股票账户上只剩下1400元。跟着她操作亏了钱的股友也都埋怨她。这时黄大鲸提出要蓝玉当自己的操盘手，操作1000万元资金，赢利部分她可得15%。蓝玉恨黄大鲸给她下套，拒绝了黄大鲸。黄大鲸曾经被一个老女人勾引，他的感情维系也从此错位，他有着怪癖：与猎犬恶搏，爱比自己年纪大的女人——这些扭曲的心态与他股场上的翻云覆雨相得益彰。也正因为如此，蓝玉在他的精心操作下最后还是为他所用。但蓝玉的倔强与高傲使两人貌合神离，矛盾重重。自以为无所不能、自以为可以在股市为所欲为的黄大鲸最终在股海中翻了船。

沈乔生股市小说描写的侧重点是人性的纠结，在他笔下，生活的美好和残酷交织在一起，人性中的温情与阴暗相互浸润渗透。他小说的理想指向中国古典美学意味的"灵性"，他对灵性的强调，在主客观上都有着反抗异化和保持心灵之路畅通的良苦用意。

应健中2000年出版了自己的第二部股市长篇小说《股市中的悲欢离合》，他在前言中阐述了自己的创作意图："用文学作品的方式去记载中国历史上改革带来的证券市场十年辉煌的历史。"

神州证券公司上海总部老总强慕杰与洪湖集团老总柳浩军是互相勾结、互相利用的股市庄家。

强慕杰是神州证券公司上海总部总经理。这家证券公司注册了一家房产公司，开发出"神牛花苑"。在经营上，神州证券公司有自己的一套。神州证券公司上海总部老总强慕杰与洪湖集团老总柳浩军合作坐庄"北方牧业"：

　　　　方案一：洪湖集团委托神州证券公司进行资产管理，神州证券公司愿提供年收益12%的回报，并给以个人0.5个百分点的奖励。
　　　　方案二：双方合作做股票，神州证券公司愿1：1配资金，利益大家共享，当然风险也各自承担一半。
　　　　方案三：神州证券公司愿作洪湖集团的财务顾问，为洪湖集团发行股票出力。

柳浩军对此不仅很有兴趣，而且很有信心："我和强总拟定的方案开始实施了，目标是'北方牧业'，这个股票计划做到30元左右。神州证券公司去搞定这家上市公司，大家联手做上去。上市公司届时会推出高比例送股和资本公积金转增股本方案。我们呢，做得好，能顺利出来就出来，出不来就做控股收购题材。"两家商量的结果是选择方案二，双方合作坐庄。强慕杰和柳浩军他们个人先买好股票，然后通知操作小组，动用公家的资金不断地买，他们拿的是地板价。神州证券公司在与洪湖集团联合坐庄中有自己的小九九——利用洪湖集团的资金为自己解套，玩了一出"空手套白狼"的把戏。1995年，神州证券公司套在"北方牧业"上——均价就在十四五元——出不来。现在让洪湖集团买，1.6亿元资金可买1500万股以上，神州证券公司的1.6亿元只不过对倒换仓而已，然后把股价做上去，神州证券公司不仅自己被套的筹码可以解套了，洪湖集团的盈利大家还可以分。这次坐庄比较顺利，柳浩军的洪湖集团账面利润已达70%，而强慕杰1995年套在"北方牧业"上的2亿元资金现在都解套了，还能赚得20%以上。此外还有一个6000多万元的暗仓，盈利40%以上。至于强慕杰和闻黎瑛个人的跟庄，盈利更大。强慕杰和闻黎瑛狼狈为奸，生活上腐化堕落，工作上结党营私，利用手中的职权搞了许多阴谋和阳谋，大发不义之财；国有企业老总柳浩军发财心切，动用公司资金违规炒股，收受贿赂，最后身败名裂，银铛入狱。

张成先后在美资、合资、股份制企业工作,并担任总裁助理、部门经理、副董事长等重要职务。他的《金雾:庄家龙虎斗》描写股市中的庄家,通过坐庄、撤庄、抢庄、逐庄、联庄等一系列惊心动魄的情节,生动地再现了股市的变幻莫测、波谲云诡;揭露了股市庄家与上市公司联手操纵股市的违规行径。

由于巨额利润的诱惑,在中国股市中市场操纵是股市运行中的常见现象,这大大增强了中国股市的投机性。小说的特色在于表现股市庄家之间的争斗。金氏集团的金董事长和鑫融投资公司董事长、总经理严振明是互相争斗的股市庄家。拥有大笔资金的机构在股市中有呼风唤雨的能力。沈强所在的公司实力雄厚,在股市坐庄 0051 股票,但公司总部人事变动,命令他中止坐庄,出货还贷。天信证券公司上海营业总部总经理黄立恒联系其他机构接沈强的庄盘。严振明的鑫融投资公司准备接庄,但在实际操作中有人暗中抢庄,严振明的公司未接到筹码。金董事长的金氏集团抢庄成功,马上与 0051 股票上市公司联系,联手炒作 0051 股票。他们与上市公司“合作”公布假消息,操纵股价,把其他的 0051 庄家震了出去,控盘成功,被震得在地板价割肉的庄家和散户都痛不欲生,发疯的发疯,跳楼的跳楼。

小说描写在股市坐庄的机构大户与证券公司的关系。

鑫融投资公司董事长、总经理严振明在证券公司开户坐庄,向证券公司提出一些条件要求:第一,要提供一条专用跑道,其他跑道也应有优先使用权;第二,要借些 A 字头账户;第三是返佣,按成交量,返还已被证券公司扣下的佣金。证券公司对机构大户也提出了自己的要求:一旦给你融资就要锁定你的账户,做指定交易;签署抛单,一旦账户出现可能打穿的风险时,有权强行平仓;无特殊情况,资金许进不许出,利息照算。

小说表现了股市庄家的操盘技巧。金氏集团抢庄成功之后,金氏集团的余小姐马上提出操作建议:“因为有机构抢了不少筹码,他们在暗中也窥视我们的动作,伺机行动。所以我们不妨休整一下,像消逝了一样,让他们摸不着头绪。另外,股价不上去,也使上市公司着急,有利于我们与那企业的谈判。”金氏集团的操盘手苏敏也提出了操盘思路:“一个股票,筹码集中在两家机构手里也是件麻烦事,我们拔高他出货,我们砸盘他吸筹,震仓他不理睬,不好办。”建议公司用市场外的手段,用协议转让的方式,让另外的股市庄家也赚些离场。金董事长则对自己的竞争对手的底细摸得很清楚,有的放矢,招招见血。这些股市庄家有胆有识,有勇有谋,对证券市场的内幕和诀窍很熟悉,对竞争对手的底细和心态很了解,对自己很有信心。

《金圈》是张成继《金叉：股市操盘手》、《金雾：庄家龙虎斗》之后创作的又一部股市长篇小说。小说描写了企业为了争夺上市指标而展开的较量。某地一家企业被内定为新一年度的上市公司，一切工作准备就绪，但态势逆转，上市额度被本地另一企业暗中悄然夺去。于是买壳上市、兼并随之产生；收购、反收购紧张地展开了。小说围绕郭副市长伙同赵建昌收购两家上市公司的中心事件展开，描写了股海的波谲云诡。小说中裘云、赵建昌、郭彬、余玉倩、苏丽君等人物性格刻画得栩栩如生，他们的命运与股市的跌宕起伏息息相关，从而全方位地折射出我国股市的现状与发展趋势。如果《金叉：股市操盘手》暴露了我国股市初创时期有人违规操作的不法情况，那么，《金圈》则从更加深刻的层面上揭示了银行、证券公司、政府机关与上市公司的种种纠葛。

在股市中，人们通过股票买进卖出、利用股价的涨跌差价获得利益，一般是以另一些人的失利为条件的，似乎有些"损人利己"。但是，只要主体的这种获利行为自觉地遵守了规则，就是合乎伦理原则的，也就是对他人财产权利的尊重。因为股市的合理规则是建立在保护人们财产权利的原则基础上的，人们遵守了规则，也就体现了对所有人财产权利的尊重。同时，尽管在股市中总会有人得利有人受损，但是，在规范的股市中，每个人都有同样的机会和权利去获利，也同样可能失利，因此，只要人们遵守了规则，也就是尊重了他人公平地利用财产去获利的机会。中国股市里的庄家最需要尊重和遵守这些股市伦理。

2002 年，中国股市出现了三个大案：银广夏、中科创业和蓝田股份在股市弄虚作假，操纵市场，非法获利。2003 年，对银广夏和中科创业陆续进行审判，与此同时揭露上市公司黑幕和超级庄家阴谋的股市小说《天尽头》问世了。小说中的超级庄家、华尔投资公司的幕后策划人郑久刚不同于当代中国的一般商人和一般企业家，在他的心灵世界里已经没有了正义和良知，仅存的人性也常常被实施阴谋的快感所扭曲。为了赚钱而实施阴谋，通过实施阴谋而获得暴利已经成为他生活中必不可少的人生乐趣。在他眼里，赚钱是外在的物质目标，而阴谋成功后的快感则是他内心世界的精神享受。因此，他能凭着自己的高智商，寻找出体制的漏洞，并创造出新的违法手段，从而制造了震惊中国的超级股市阴谋。然而，任何一个阴谋，如果没有一个或数个合作者，便无法得逞。于是，郑久刚挖空心思找到了一个根本瞧不起他，但不得不与他共同制造阴谋的合作者——赫赫有名的上市公司、金通股份公司董事长姜镇平。姜镇平原来是做餐饮酒店业的，4 年前开始转为养殖业为主，在西南他的家乡收购了十几万亩的山地和湖泊，专门养殖山龟和水鱼，还在东北种植了几万亩紫灵芝。姜镇平是改革开放后的第一代成功的企业家，历史和个人经历确实给了他超乎常人的能力，但同时也给了他好大喜功的人性弱点。他性格中的浪漫成分，扩大了这种弱点，使他走入了人生的险境。由于姜镇平深感自己年龄不饶人，为在有生之年使金通公司有更大的发展，他冒险加大投资，不幸遭遇市场的突然变化，造成巨额亏空，面临破产。银洋科技的副总裁郑久刚看中了金通股份，与它联合坐庄："像金通股份这样有点实在良好资产的不是很多，既有良好资产，又没钱花的公司也不是很多。金通几乎是身无分文！这恰恰是我们坐庄所需要的。"面对郑久刚的利诱，姜镇平终于屈服了，成了郑久刚制造的超级股市阴谋的合作者。金通发布了一个激动人心的消息，使得它立刻成为股市上引人注目的黑马——关于龟血中含治癌物质，已得到加拿大有关研究机构的初步确认。公司计划下一步与外资合作。小说中年轻的财经记者瑞雪，曾经因揭露股市大鳄——银洋科技——的违法操作而把其副总裁郑久刚送进监狱，在郑久刚被判无罪出狱后，她又敏锐地发现了郑久刚的新阴谋，因此遭到郑久刚的嫉恨。郑久刚巧施计谋想迫使瑞雪出局，但爱上瑞雪的姜镇平却不配合，终于使瑞雪有机会找到揭露他们阴谋的证据。瑞雪那自尊、独立的品格和自然、清新的境界，代表了一代年轻人的人生态度。尤其是当她的正义和良知与人民的利益和意志联系在一起时，这个人物则更对读者产生了震撼的力量。作者在重笔描写瑞雪与恶势力抗争的成熟过程时，也刻画了她的弱点和局限性怎样使她的命运曲折突变的过程。郑久刚的坐庄计划如果全部完成，他们将从股市获利近 20 亿。但阴谋被揭露，郑久刚逃往美国，在这个世界永远地消失了。金通股份连续十几个跌停。金通股份董事局主席姜镇平畏罪自杀。金通股份也在这个世界上永远消失了。

　　张泽的《扭曲的 K 线》的特色在描写主力资金与上市公司的勾结上。

　　小说作者张泽是医学博士，做过科研，后来又去了企业，任一家国有大型医药公司的副总。

　　小说的主人公叶澜曾是期货市场庄家势力的代表人物之一。失败后到美国成了一家海外投资机构的资金管理者。他的后台老板郑蓉是红色资本家的女儿，资金实力雄厚，人脉关系也同样深厚。

　　郑蓉支持并左右着的叶澜可以动用的资金达到 200 亿以上，因此这些机构在股市上的影响力很大。叶澜到江浙联合机构主力，在市场上统一行动。

　　小说描写京城权贵资本势力介入股市炒作。他们指使琼海实业这家上市公司的老总余昌辉在公司业绩上造假，以配合主力炒作。资产重组和市场拓展几乎是同时进行的。先是对大量不良资产的剥离，由此也净化了琼海实业的资本构成；接下来是一些重要资产的重新评估，尤其是对土地资源的评估，并因此而增加了好几个亿的资本公积金；随后进行资产重组行动，那个大型拟建项目使用权的转让，一张转让协议，几十个亿的交易，凭空就增加了5亿多的利润。那幢早已荒废的琼海大厦的顺利封顶以及对那一家具有相当潜力的京城通讯公司的兼并，是这些资产重组行动取得圆满成功的标志。这批权贵资本主要是依靠在资本市场圈钱来生存的。

　　小说揭露了上市公司违规造假、券商机构尔虞我诈、庄家和上市公司间黑手联合的种种违规行径，并对我国证券市场的功能、定位、出路和发展等提出了反思。这个时期中国股市作假泛滥、信用沦丧。一方面是以"包装"为名弄虚作假，拼凑虚假条件欺诈上市；另一方面是一些公司上市后通过各种手段炮制虚假利润，欺骗股民，大肆圈钱。与欺诈相连，黑庄横行，兴风作浪，内幕操作，合谋作弊。这些庄家利用自己的控制力，联合一些利益相关者，借助媒体发布虚假信息，通过大量的买进卖出，恣意操控股票价格。特别严重的是，我国股市这些败德现象并非只是个别公司的孤立行为，而往往是上市公司、庄家、证券商、中介评估机构、传媒，甚至某些政府部门合谋的结果，这些与股市相关的利益集团都试图从上市公司中牟取一份暴利或超额利润。说到底，这些利益集团就是合谋利用股市这个合法的市场平台，以非正当的手段引诱广大中小股民上当受骗，把成千上万的中小股民的血汗钱攫进自己的钱袋。

　　医学博士韩扬在学术发展和实业投资的美梦破裂后，选择证券市场作为实现其人生理想的地方，却在一次政策性的股市大调整中，因为失误而被重仓套在一只著名老庄股上。海外机构代理人叶澜挟巨资潜回国内，通过与一批券商机构的联盟及与另一批券商机构间的殊死搏斗，最终成功地发动了新的行情，韩扬也因此获利出局并淡出股市，开始其人生之路的新探索。

　　李唯的《坐庄》的特色在于表现中国股市庄家与股市监管者的斗争。

　　小说一方面描写一些不守法的庄家，他们勾结上市公司大股东，在股市兴风作浪，利用各种手段操纵股价，牟取暴利；另一方面描写中国股市监管部门查处违规操作，打击黑幕交易，制止恶意炒作。

　　粤兴证券公司在股市坐庄被套，公司总经理丰信东在万般无奈的时候向大家下跪，寻求挽救公司的计策。刚进公司的操盘手肖可雄通过公司美

女曲艾艾找到股市高手刘直荀求救。刘直荀为粤兴公司出了一手"高招":

> 你们不是还有一个亿的后备资金吗,按正常思维,你们应该继续把这一个亿再投进去,把这只股票再往高拉起来,引诱股民跟进。当股民大量跟进,这只股票价格拉到最高位的时候,你们猛的出货,住下打压,把股民全部套住,然后你们解套,赚钱,常规思维是这样的。但现在你们把八个多亿都扔进去了股民还不跟进,说明股民已经对庄家的这套手法看破了,极为谨慎小心,都在持币观望,这时候就必须采取逆向思维了,这一个亿,你们不要再往股市里投,想着把这只通达橡胶股再往高拉,而是用这一个亿把这家上市公司积压的橡胶轮胎全部买下来,然后秘密拉到海外去全部填海。

为了造假,粤兴证券公司把 640 多万从另外的渠道给一家公司打过来,这家公司再原封不动地给他们打回去,再出具一张购买他们汽车轮胎的单据发票,在银行也留下了给他们的汇款记录。粤兴公司为此付出了 20 万的手续费。

恒海证券公司做庄 0038 股票,已投入 8 亿多元,股价仍未上涨,公司派王庆祥来找同学肖可雄向粤兴证券公司借 5000 万,三天算半年甚至一年两年的利息。肖可雄认为这是一个跟庄赚钱的好机会,于是鼓动粤兴证券公司出资与恒海证券公司合伙炒作 0038,要接任的总经理薛淑玉立下字据,如果炒作成功,公司要奖给他 1000 万。在坐庄 0038 的关键时刻,肖可雄被拘留了。肖可雄出来后被薛淑玉等逼着炒 0038,把股价从十几块炒到 60 块,引来潮水般的跟风盘,后一路狂跌至 2.71 元。薛淑玉在炒作完成后,送巨款给神秘领导,但不肯兑现自己的承诺,不肯给肖可雄 1000 万,只肯给 10 万,立了字据也不算数,不怕他去告。肖可雄为了报复薛淑玉,决定和曲艾艾合作,引诱薛淑玉同意出资一亿元炒作洪利公司股票 0056。薛淑玉挡不住挣大钱的诱惑,认可了肖可雄的操盘计划,被肖可雄牵着拉着,一步一步地走向布满鲜花的陷阱。肖可雄其实是要用公司的一个亿帮坐庄的洪利公司解套,个人私下从洪利公司得 1000 万元好处费。因为被证管机关盯着,薛淑玉炒作 0056 半途而废,公司亏损过亿。肖可雄与曲艾艾联手告发薛淑玉,薛淑玉自杀,肖可雄又利用曲艾艾,当上了公司总经理。

小说描写监管部门与不法庄家的斗法。市证券管理局王局长和刘娅紧盯着粤兴证券公司,要揭穿粤兴公司的骗局。肖可雄在大学时曾与刘娅恋爱同居，后抛弃刘娅与丁晓蕊热恋，薛淑玉总经理为阻止刘娅继续深查，指使肖可雄与刘娅"破镜重圆"。王局长的妻子在百货公司上班，粤兴证券公司为了讨好王局长与她签了100多万元的采购合同，现在以毁约要挟王局长放弃查案。为赶走刘娅，薛淑玉再次逼肖可雄与刘娅幽会，然后通知肖可雄的妻子到现场"捉奸"。

在这个阶段的中国股市里，证券公司和中介服务机构违规违法非常普遍。有的证券机构违规参与坐庄、操纵股价；部分券商纵容客户透支，挪用客户保证金，违规自营和混合操作，严重扰乱交易秩序。与股票市场相关的会计师事务所、律师事务所、审计师事务所和资产评估事务所等中介服务机构，为了牟取私利，违背职业道德，为企业做假账，提供虚假证明。中介服务机构的诚信缺失对股票市场和投资者信心的打击往往是致命的，远远大于上市公司违规违法，因为他们本来是保护股票市场秩序和投资者权益的重要屏障。证券交易商在经营过程中更是重大户轻散户，甚至不惜损害广大中小股民的利益去迎合少数大户的利益。这种不公平不公正的股市运行机制，不仅损害了广大中小股民的利益，而且为那些股市中的强势集团违规作弊、弄虚作假创造了条件，助长了股市的不正之风。

小说在股市人物形象塑造上取得较大成绩。主人公肖可雄的性格鲜明复杂。他既聪明、果断、敢作敢为，又自私、冷酷无情、唯利是图。从财经学院研究生毕业后，分配到粤兴证券公司工作，他的理想是当操盘手。他第一天到公司报到，就因涉嫌嫖娼被公安抓走，朋友张大江出于义气顶替肖可雄受罚，让肖可雄保住了工作，逃过一劫。张大江在股市的"投入"越来越大，因此在股市的赌性也越来越大，期望值越来越高。他做生意赚的400多万元，全套在股市里，找肖可雄问股市消息，肖可雄不肯明言自己在炒作0038。张大江套在股票上的400万，割肉出来还剩200多万，后来全部在0038上亏掉。肖可雄为了诱导股民跟风，劝张大江买0038，心想张大江等亲戚朋友的亏损可以从薛淑玉允诺给自己的1000万炒作分成中得到补偿，不想薛淑玉食言，只给了他10万。张大江要自杀，被肖可雄救下。得知肖可雄是0038的幕后庄家，张大江赶走肖可雄，自己远走高飞。"在股市里，我是彻底寒心了也彻底明白了。"小说着力刻画了肖可雄这个年轻的"金融骄子"较为丰满的人物形象，在利欲的驱使下，为达到目的而不择手段，最终成为命运双刃剑的牺牲品，具有一定的艺术感染力和警示意义。

股市坐庄这浑水不是那么好蹚的。风林乳品厂厂长老娄用2800万元参与粤兴证券公司坐庄的通达橡胶炒作，才两天的时间亏得就只剩六七万了。跳楼自杀前，老娄总结自己的教训：过去家里穷，想吃烧鸡根本买不起，"现在我有钱了，烧鸡想吃就吃，可心大了，心野了，老也不满足，有了钱还想更多的钱，结果……所以说这人呐，人不能贪呐！"股市放大了人性中的恶，放大了人的贪婪和恐惧。粤兴证券公司的曲艾艾是一个很有特色的人物。"曲艾艾的背景很深，联系很广，公司的许多大客户，几亿几亿的融资都是她拉来的。"

小说由两条主要情节线构成。一是以肖可雄为主角的某家证券公司，在股市运作过程中，勾结股东暗箱操作，利用各种手段拉高股价又打压股价，从而坑害股民，牟取暴利；二是以王局长为首的证管局，在对证券公司实行监管的同时，查处违规操作、打击黑幕交易、清除恶意炒作。

小说以独特的视角和敏锐的洞察力，对中国证券业的内幕进行了挖掘，深刻地揭示了当今证券业内出现的非法操作、非法洗钱和违法竞争等扰乱国家金融秩序的丑恶行径。以敏锐的艺术嗅觉，瞄准证券市场"庄家"幕后操盘的黑幕故事，表现了证券监管人员与不法之徒进行的艰难曲折的斗争。大胆地触及人在金钱面前所表现出来的人性的变异、扭曲以及沉沦和贪欲。没有流于炒股事件的表现，更没有简单地罗列侦察与反侦察的表面过程，而是注重深刻剖析人物的命运。

岳明的《别跟着我坐庄》的描写对象非常独特，是一家证券公司的营业部。主人公于和平是永宏证券公司中北路营业部新上任的主持工作的常务副总。小说对一家证券公司营业部内部有哪些矛盾和经营上有哪些困难都有充分表现，这是其他股市小说较少涉及的内容。

小说以证券营业部为背景，描写一个个在欲望中挣扎的灵魂，刻画一系列性格鲜明的人物形象，演绎了一连串跌宕起伏的情节：因欲念驱使卷款而逃的客户部经理在惊恐中亡命天涯；不愿任人鱼肉的小股民怀揣利刃一门心思地搜寻坐老鼠庄的超级大户；承受和发泄着爱和恨的营业部主管应付着周围的各种明枪暗箭；一场世纪性的电脑病毒一时间导致了整个交易系统的瘫痪，愤怒的客户几乎要把营业部砸烂；在股票蹦极式的涨跌当中，人内心的贪婪与疯狂暴露无遗；别有用心的律师在证券公司营业部陷入极端的困境时，以一种近乎敲诈的方式为自己的当事人讨回一份特殊的利益；执法机关以一种公平而不留情面的方式突然出现在营业部电脑前；女明星在股票的涨跌中极喜极悲；一个大姐大式的神秘人物暗中操纵着营业部的一切；还有一心向上爬的营业部副总、不满的电脑高手……围绕着营业部在短短的十几天里所发生的一系列惊心动魄的故事，一直不为外人所知的股市内幕展现在大家面前。股市是莫测的，于是股市中的人心人性就更加让人难以捉摸了。

如果说，诚信主要是对股市主体行为的伦理要求的话，那么，公平公正则主要是证券市场各种制度安排的伦理尺度。只有在公平公正的制度环境中，才能形成健全的市场竞争机制，激励市场主体的交易积极性，才能维护市场秩序，实现市场机制对资源配置的作用。

股市作为市场经济的一个重要组成部分，它的存在和发展是为了完善整个市场经济体系，是为所有市场交易主体服务的，应该为所有具备资质的市场主体提供均等的融资和投资的机会。股市交易的制度和规则，包括市场准入、市场交易、市场监管等制度，都应该正当合理，对所有市场主体一视同仁，不歧视，不偏私。

乔峰的《时光倒流》描写私募基金在股市坐庄的过程。"我"在一家大型证券公司负责研究发展中心工作，和朋友注册了一家投资公司"新阜康投资发展有限公司"，与民营企业的董事长万华、个人大户周敏、国营企业的总经理吴仁合伙，选择 B 城控投作为炒作对象，又与 B 城控股总经理张恒、董事会秘书熊超、董事长刘云年沟通配合，共同坐庄，但最后坐庄失败。作为国企的总经理吴仁在合作的过程中要悔约，要中途退出；作为知情人熊超和拥有大资金的朋友合作，建老鼠仓。他们坐庄失败一是因为大市不好，二是因为资产重组未能如愿。

小说平实描述了当时的股市生态，对投资者极富启迪意义。股市庄家策划并实施了一个完整的坐庄方案。在整个操作过程中，市场主力，股评家，资金贩子，上市公司管理人员，上演了一幕幕相互配合与冲突的悲喜剧，老鼠仓，金融骗子，做局资产重组，主力操控盘面及一般散户难得一见的龙虎榜等各色光怪陆离的股市现象渐次展现。这一切构成了 20 世纪末中国证券市场的"江湖"图景。然而，策划的缜密与宏大，并不能挽救这只私募基金最后的命运，这是 20 世纪 90 年代中国股市庄家最通常的结局。

坐庄的过程复杂多变且充满凶险。由上市公司 B 城控股发布一则公告，宣布和 P 大合作的制药项目即将正式投产，让 B 城控股更深入地挖掘一下 P 大概念。因为如果放任股价下滑，庄家已经过高的负债，会使自己越来越多地暴露在风险之中；如果此时出手托市，则又会增加债务的比重，这也许是一种饮鸩止渴的行动。潜在的导火索就是为配合绿神公司的收购而增加持仓所借的近 2 亿的短期融资。解决的办法就是找到一个新的有实力的合作伙伴，由这家新来的投资方买入相当数量的股票，原来的庄家就可以相应地减持同样数量的筹码，而同时维持盘面股价的相对稳定。

上市公司 B 城控股董事会秘书熊超利用他所处的特殊位置,为个人捞好处。他和那家建老鼠仓的民营企业有私下里的协议,他会在建老鼠仓的赢利里占一定的比例。他还怕砸盘,因为一砸盘,他的老鼠仓就会暴露出问题,B 城控股的人就会注意到,即便他在公司还能待下去,现有的位置肯定是保不住了。庄家发现老鼠仓后,处理起来干净利落。调出 800 万的资金,帮熊超的朋友支付银行贷款,但这笔钱不是借给他的,而是从他的手上将他所持有的 B 城控股股票全数接收过来,拒绝此外的所有方案。这一场交易,达到了三赢的结果:熊超保住了他的位置;熊超的朋友在银行面前维持了信用且经济上没有任何损失;庄家如愿拿到了一部分低价筹码,接过来熊超的老鼠仓。

中国当代股市小说以文学的名义在商业的世界里喷洒"杀虫剂",杀死那些利用权钱恃强凌弱、违反契约投机钻营、靠不公平竞争破坏市场法则的"寄生虫",净化民族的市场精神园地,弘扬公平正义。现代的股票市场究其本质无非是全社会集资,把资金交予最有能力的职业经理人,为国民不断创造财富;职业经理人负担了信托责任,受到法律和政府的严格监督。中国是人情大国,关系、人脉几乎就是中国人的立身之本,股市中的内幕交易、操纵股价皆是这一古老命题的重新演绎。中国当代股市小说中负面的庄家形象居多。

二　描写初级阶段的资本运作

这个时期的中国股市有很大的发展变化。资本运作在中国开始出现,中国资本市场出现了一批资本运作高手。与中国股市这些新的变化相适应,中国当代股市小说也有很多创新发展,描写初级阶段的资本运作是中国当代股市小说在成长期的新内容。

资本运作与股市庄家在股市坐庄有联系,但不完全相同。资本运作比股市坐庄过程更复杂,涉及的范围更广。发行股票、发行债券、配股、增发新股、转让股权、派送红股、转增股本、股权回购,企业的合并、托管、收购、兼并、分立以及风险投资,资产重组,对企业的资产进行剥离、置换、出售、转让,以实现资本增值。实业投资、上市融资、企业内部业务重组,收购兼并、企业持股联盟以及企业对外的风险投资和金融投资等都是资本运作的内容。

资本是能够带来价值增值的,资本运作的生命在于运动。实现资本增值,是资本运作的本质要求,是资本的内在特征。资本的流动与重组的目的是实现资本增值的最大化。资本运作风险与利益并存，任何投资活动都是某种风险的资本投入。

成长期中国当代股市小说中的资本运作高手形象只能说是资本运作高手的雏形。资本运作高手形象的来龙去脉，他们独特的价值和意义都值得我们关注、探究。

容嵩的《股惑》描写政府官员、公司高管、机构资金围绕方山股份展开幕后的活动和交易，是资本运作的雏形。上市公司方山股份有限公司的董事长秦枫、省国际信托投资有限公司总经理欧峻、副省长卞发亮、财政厅马厅长、市国资局局长孙大魁都参与了方山股份的炒作，或跟庄，或插手国有股转让，最后都深受其苦。

国资局是上市公司方山股份的第一大股东，持有方山股份的国有股高达5800万股。但从公司股票上市那年起一直拖欠着方山股份公司四五千万元的巨款。副省长卞发亮的一位亲戚的亲戚是个民营企业家，希望以最低价购买方山股份中省国资局拥有的那一部分股权。市国资局局长孙大魁早在一个半月以前，就与河南的民营企业"大发集团"就方山股份的国有股股权转让达成了初步的协议。"大发集团"的董事长郑大发为此向孙大魁承诺："我打算付给您相当总价款百分之五的劳务费。""我那边保证，在最低的价位及时通知你吃进股票，在我们撤庄以前通知你在高位卖出股票，总之，保证你赚够百分之八十的利润。"孙大魁以最快的速度，把自己所有可以动用的存款大约30万元，包括大发集团存在他名下的20万元，几乎全部转移到了夫人的股票账户上，买入方山股份。方山股份有限公司的董事长秦枫调集资金，在11块多的价位上，利用七八个账户，吃进了自己公司二级市场的股票80万股！"如果这八十万股'方山股份'能在20元以上的价位顺顺当当地抛出去，那样，他就可以赚七八百万，他还稀罕继续坐在那个董事长的位子上吗？""为了狠狠地捞一把，他又一次挪用了公司的短期贷款资金，在十四元上下增加买进'方山股份'三十万股。"这些人在方山股份股权转让上的阴谋被揭露，股价下跌。如果算上手续费，孙大魁这两万股股票赔进去一万多元，接受大发集团的那20万元贿赂只能尽快退回去。秦枫"割肉"出局，一下子亏损了200万元，后逃亡国外，被国际刑警抓获。副省长卞发亮被立案审查。

在方城这个有着千年历史的城市里，围绕着方山股份的涨跌和重组，社会上的各种人物都登台表演且暴露出了自己的嘴脸：方山股份的董事长秦枫大量挪用公款，与券商勾结，坐庄炒作公司二级市场股票；方山股份的第一大股东代表、市国资局局长孙大魁利用国有股份转让之机，收取巨额贿赂；主管工业和证券市场的副省长卞发亮则是以自己手中的权力为资本，猎色敛财，钱色双收。

由于这些人物在股票市场上兴风作浪，给散户投资者带来了不可避免的损害。小说中证券营业部八号大户室的四名投资者悲惨的遭遇便是一个令人触目惊心的缩影：林家驹跳楼自杀；牛千万精神失常、疯疯癫癫；胡玫赔了身子又折财，心灰意冷出走新疆；许多谋看破红尘，几乎要遁入空门……当然，卞发亮、秦枫、孙大魁一伙贪官污吏最终也免不了受到法律的惩罚。小说批判中国股票市场的腐败之风和内幕交易，揭露中国股市现存的种种弊端，耐人寻味。

小说把批判的笔触直指人性中的丑和恶。改革开放，市场经济，人们从不讲效益、不讲金钱的误区中走出来。然而，一部分人又步入了另一个金钱至上、金钱万能、钱能通神的误区。为了赚钱，可以不要人格、国格，出卖肉体灵魂，可以尔虞我诈、欺行霸市。有了钱，便为所欲为，为富不仁，甚至胡作非为。金钱真是一个妖魔，它可以使这些平日道貌岸然的善男信女们脱去各种华丽光鲜的外衣，赤裸裸地、疯狂地、不顾一切地去追求它。金钱才是他们心中的神灵。《股惑》实际上是钱之惑、利之惑。金钱、利欲这个魔鬼，一旦和人性中的丑与恶联姻，便会生出种种怪胎，成为社会的一大祸害。批判中国股市的腐败之风，揭露中国股市现存的种种弊端，是《股惑》耐人寻味之处。它在呼唤一个有秩序的、规范化的、公平竞争的股市的降临，呼唤一个文明社会的到来。

丁力的《涨停板，跌停板》是中国当代股市小说中第一部真正意义上描写资本运作的作品。

几个有着不同身份、不同经历、不同年龄，却为着同一个目标来深圳打拼的湖南老乡，带着对故乡的眷顾，带着对财富的渴求，在收购兼并国营锆锶矿的资本运作中，翻手为云，覆手为雨，将这家上市公司的股票弄得几涨几跌。涨跌的背后，展示了他们各自的人格魅力、商海谋略、为人之道。

何开镰、石学刚和高岩三人是老乡，又同在深圳创业。何开镰来深圳先是替香港老板打工，后来自己当老板，开办塑胶厂，买身份证参与新股抽签赚了几十万元，在深圳成立了康大实业公司，生意越做越大。石学刚与老婆以做小生意起家，现在在深圳开了两间咖啡屋。高岩是金融专业的研究生，在深圳一家证券公司任职。高岩建议有一定经济实力的何开镰搞资本运作："你用康大实业的名义贷款，我给你担保，私下再签个协议，你把贷款所得全部资金以保证金的形式全权委托我们理财，固定回报率百分之十二，你们一点儿风险没有，因为贷款是我担保。"因为有正规的审计报告和证券公司做担保，银行很顺利地给康大实业放贷 2500 万，但这些钱只是在康大实业的账上走了一圈儿，马上就进了高岩的证券公司，证券公司与康大实业委托理财合同在贷款协议之前就签好了。何开镰赚委托理财收益与银行贷款利息的差价。这钱赚得没有一点风险，而且因为运作的资金数量并不小，所以何开镰所得不菲。高岩接着又建议何开镰收购家乡的上市公司"湘锆锶"：

> 花三千万收购"湘锆锶"，然后再让它花五千万把深圳这个"高科技企业"买过去，这样你事实上等于收两千万把原来的企业卖了，但是一反一复你还是控股那家上市公司，且不说两次"资产重组"我们可以配合二级市场赚个几千万，就是将来上市公司实在被掏空了，三千万法人股也很难说一文不值，就是真的一文不值，不也是早就回本了吗？

在收购前，为了保密，何开镰瞒住所有人，偷偷吸纳"湘锆锶"的股票。何开镰与上市公司锆锶矿所属政府谈判，达成了初步协议。新组建的"湘南锆锶矿股份有限公司"三大主要股东是：深圳康大实业、湘南市国资办和银行下属的资产管理公司。锆锶矿欠银行的利息全免，本金债转股，康大实业以 3000 万的总价从湘南市国资办购买总共占"湘锆锶"51% 的法人股，然后当地银行再向新组建的湘锆锶股份有限公司新增贷款 3000 万。这总共 6000 万的新增资金除作为锆锶股份有限公司更新设备的资金和流动资金外，还抽出大约 1500 万投资湘南市的市政建设。

为了收购能够成功，何开镰送给湘南市市长胡良清的个人礼物是让他在现价马上吃进"湘锆锶"。何开镰告诉胡良清这个消息的时候，"湘锆锶"的股价是每股 7 元，现在已经是每股 9 元了。如果胡良清的老婆买了 10 万股，已经合法而没有任何政治风险地赚了 20 万。

高岩知道何开镰资本运作的进度后马上跟进，在低价位大量购买"湘锆锶"股票；在何开镰的收购完成时又在相对高位大量抛售"湘锆锶"股票，使"湘锆锶"由天天涨停变为天天跌停，使何开镰无法出货，因此无钱履行收购上市公司"湘锆锶"的付款合同，被迫向石学刚借款，这样何开镰的康大实业就被石学刚控股 51%。

达成又一个新的收购协议之后，为了对付砸盘的高岩，石学刚与何开镰一起去证券公司交涉，证券公司当即对高岩作停职处理，停止了对

"湘锆锶"的"围剿"。当"湘锆锶"重组成功的消息公布之后,"湘锆锶"马上天天涨停板。等到康大实业拥有的"湘锆锶"股票在高位全部出完的时候,康大实业公司不仅还清了证券公司的透资款和利息,而且公司账户上马上就有了将近4000万的现金。"但是,何开镰知道,这些钱已经不是他何开镰自己的了,而是康大实业的。从理论上说,是康大实业的就说明差不多有一半是他何开镰的,因为他占康大实业百分之四十九的股份。但事实上这些钱他一分也动不了,康大现在是真正意义上的有限责任公司了,不是以前的私营企业。"正是石学刚对康大的收购,促成了康大对"湘锆锶"的成功收购,两次收购使康大实业从二级市场上全身而退,同时使何开镰的个人资产不但没有减少,反而增加了。

不久,又是高岩这个资本运作高手发现和捕捉到了新的资本运作的机会:

> 这些天我仔细研究了财务资料和国际、国内特种材料的行情与价格。我发现一个问题:我们辛辛苦苦把矿石从地底下挖上来,先是破碎,后是手选,再粉碎,浮选,得到的精矿卖到株洲,他们与其他廉价的金属合在一起,加工成特种材料,价格马上就翻了一百倍,结果他们把肉吃了,我们总是啃骨头。

他们以停产、停止供应矿石逼下游冶炼企业与之"整合",零成本收购冶炼厂。小说中的三次收购活动就是三次成功的资本运作。

中国当代股市小说描写资本运作,在内容和思想观念上具有开拓性。对于传统中国人来说,资本运作是一种新的本领,一种新的功夫,充满文化上的新意。由计划经济转向市场经济,由农业文明转向工业文明,这绝不仅仅是经济形态的转型,同时也是政治、思想、道德、文化的革命。它是一次具有历史意义的跨越。这种跨越是曲折的、漫长的、痛苦的,但也是深远的、壮阔的、伟大的。小说以中国市场经济的兴起、工业化和城市化的进程为大背景,揭示人们追求财富的梦想、享受现代生活的欲望,形象地表现了人际关系的金钱和物化烙印。

雾满拦江的《大商圈——资本巨鳄》刻画了一批活跃在当代中国资本市场上的资本运作高手,描写这些资本强人以其过人的胆略及智慧进行资本运作的故事。与《涨停板、跌停板》中的资本运作比较,这里的资本运作规模更大。

小说描写资本时代的一批布衣英雄,以其过人的胆略及智慧进行资本运作的故事，故事推进更侧重于"资本人"的情感心理，以及"资本人"所面临的情感煎熬与悲欢，从侧面反映在资本狂潮席卷之下人们的情感与贪婪性恐慌，以及这种恐慌为主人公带来的心理裂变。

陈昭河从一介平民百姓奋斗起家，执掌南江集团数百亿资产，成为业界赫赫有名的资本巨鳄。

陈昭河的父亲是小学教师，家境普通。他8岁就开始做生意，历尽磨难与屈辱，终于在34岁那年铸成大器，借助资本市场的辅翼，他执掌成江市靠铁锤起家的长华汽车制造厂，又历经10年打造，使这家负债累累、风雨飘摇的小作坊一跃成为挟有资产总额高达数百亿元、旗下显性公司数十家、隐性控股公司多达数千家的南江集团。

陈昭河果断选择了在美国纳斯达克上市，收购了一家壳资源之后，通过在股市上的圈钱迅速完成了对长华汽造的初期原始积累。在此之后，陈昭河聘请国际知名的美国汽车设计专家斯耐尔·巴布对长华轿车进行了重新设计，一举打开了销售市场。当年长华汽造亏损7亿元，现在陈昭河把南江扩张成了几百亿资产的大型集团公司。

陈昭河因为不规范的资本运作引来众多诟病，在案发前夕携妻带子逃亡出国。陈昭河早就防着这一天，他事先把老婆和孩子送到了美国，又通过港市转移了一笔资金过去，据说这笔钱有42亿。陈昭河有这个本事，一边替南江融资，一边捎带搞点小运作，那些资产估计不会少于几个亿。陈昭河逃了，他或许永远也没有机会回来对质了，那42亿也就永远栽到了他的身上。

骆子宾原来是证券晚报的编辑，私募基金经理。对国内资本市场颇有研究的骆子宾苦心钻营，终于投靠到资本巨鳄、南江集团董事长陈昭河的旗下，得到陈昭河的赏识，进入南江集团成为一名财务顾问，一心想坐享优薪厚利，过纸醉金迷的日子。不料，陈昭河因为不规范的资本运作引来众多诟病，在案发前夕携妻带子逃亡出国，并将其情妇苏妍冰遗弃在国内。与此同时，骆子宾也获知了曾经在他最落魄时支持他的女友秦迪的死亡消息，一时之间痛伤于心。为了回报亡逝女友的情义，骆子宾决意拼力一搏，利用自己洞悉资本运作秘密的优势和智慧，抓住南江集团巨变的机会，放弃了南江集团财务顾问的职位，选择了与陈昭河的情妇苏妍冰共同逃亡。骆子宾苦心孤诣，偕同苏妍冰混入正在全力以赴准备借壳上市的启江红黄蓝科技实业集团公司，并运用权谋之术将苏妍冰安插在公司董事长姜平的身边，同时借助苏妍冰的影响力全面接收南江集团流失的潜在资源，以此为基础成立了"新南江"，等待一搏。其实，骆子宾的女友秦迪并没有死,反而因受骆子宾的影响对资本运作产生了浓厚的兴趣,成功地介入了资本市场,并在骆子宾全面行动的前夕与骆子宾重逢,引发了骆子宾与苏妍冰的情感危机。红黄蓝科技公司在资本运作的最关键一步因为资金链断裂而陷入死局,窥伺已久的骆子宾抓住时机,适时介入,运用自己过人的智慧化解了死局,最终替他的"新南江"从资本市场上赚取了上亿元的厚利。

"新南江"挂牌还不到一个月,返港未归的叶永平在骆子宾的授意下,与符连双在美国注册了一家外资公司,然后通过这家空壳公司公然介入了国家明令限制民企进入的产业区域,介入新闻出版业、烟草行业,以及石油化工等国家重点掌控的行业,赚取了空前的巨额利润。

杜景伤是广州东联账务顾问,冒险推动红黄蓝科技借壳黄海渔场,终于在骆子宾的协助下获得成功。

姜平是红黄蓝科技实业有限公司董事长,两手空空,效法陈昭河在资本市场上空手套白狼。姜平注册红黄蓝科技这家企业的目的,只不过为了做一个漂漂亮亮的壳子用来套上市公司,目的是从股市中圈钱,所以公司既无管理也无经营。最后因为得到了杜景伤、骆子宾的支持而成功。

当年黄海渔业上市,上级要求职工响应号召,积极申购原始股,可是大家对公司上市都不理解,认为这是乱摊派集资,纷纷找到渔场场长鲁铖成哭诉家贫,不肯申购。鲁铖成心软,就自己筹了一笔款把那些不肯申购的原始股份全部买了下来。后来原始股上市,那些人又后悔了,找到鲁铖成大吵大闹,鲁铖成居然又按着最初的分配指标把原始股如数返还了。仅这一项返退,就让鲁铖成损失了 2000 万,这还不把银行的利息计算在内。

上市公司黄海渔场董事长鲁铖成在公司上市之后也有难处,难就难在这从股市募集的 4 亿元难花出去,因为这钱必须花得让股民们满意,花出更多的钱来。资本运作高手杜景伤给鲁铖成出主意:

> 老鲁你与其天天为这点钱花不出去而头疼,还不如让一家高科技背景的民企借你的壳上市,高科技可是个好的炒作题材啊,然后你先用这四个亿买自己的股票囤积起来,等壳资源释放出来,你那四个亿就会变成十个亿、二十个亿,甚至四十个亿。而这四十个亿才真正是你自己的四十个亿,再没人有权要求你为这四十个亿的花销提供账目报表。

骆子宾已经成功说服了姜平,答应将黄海渔场的壳给他一半,现在骆子宾已经不再是一个与这起借壳上市毫无关系的局外人了。骆子宾也已经成功说服了鲁铖成，让这位实业家明白了资本运作必须推动下去的道理。由黄海渔场出资2亿，1亿收购红黄蓝，1亿用以支付"新南江"的咨询及服务费用，而后"新南江"将这1亿借给红黄蓝，再行收购黄海渔场47％的股权，作为回报，"新南江"将支付鲁铖成个人五个点。

　　小说中的资本运作花样繁多，令人眼花缭乱，是中国当代社会出现的新事物。小说描写这种资本运作新生活，塑造资本运作高手新形象，表现了中国当代股市小说厚重的文化价值。站在世纪之交市场化大趋势的制高点上，充分认识市场对于中国现代化建设的重要意义，用小说的形式给予正面的表述。以敏锐的眼光、清醒的头脑，对能够将国家民族从落后愚昧的农业文明引领至先进、现代的市场文明，给予本质的正面表现，表现市场文明在当代中国的价值。

三　操盘手形象闪亮登场

　　中国当代股市小说在成长期出现了专门描写操盘手形象的作品，标志着中国当代股市小说在散户、庄家形象之外出现了专门描写一类股市参与者形象的作品。中国当代股市小说除了专门描写散户和庄家的作品之外，首先出现的是专门描写操盘手形象的作品。

　　操盘手是职业交易员，是金融证券期货市场中为投资大户、投资机构服务的，接受雇佣方计划指令进行买卖操作的人。操盘手是为别人炒股的人。他们往往是交易员出身，对盘面把握得很好，能够根据客户的要求掌握开仓平仓的时机，熟练把握建立和抛出筹码的技巧，利用资金优势在一定程度上控制盘面的发展，他们能发现盘面上每个细微的变化，从而减少风险的发生。

　　操盘手是随着股市的开启而走进中国人生活的。优秀的操盘手有信心，但不自高自大，精神自由但又遵守纪律，对市场充满了敬畏之心，随时随地听从市场的召唤，绝不会对市场说三道四，幻想着市场会听从自己的意愿。建仓，吸筹，拔高，回档，出货，清仓——是一个操盘手的日常工作。由于动辄就要操纵上亿元的资金，压力很大，作为操盘手需要的更多的是细心，因为委托方不仅要求达到每个项目的利润最大化，还要求做到每个阶段利润的最大化。严格意义上说，操盘手是一个大项目的具体执行者，而且是一个不折不扣的落实人。在执行过程中不得有任何思想的干扰或影响对该项目的执行。操盘其实是一件非常具有艺术性的工作，因为金融市场并不存在诸如物理与数学之类的真理，交易的艺术成分远远超过科学。守口如瓶是一个职业操盘手最起码的素质。一个好的操盘手必定有良好的悟性。证券市场走势变幻莫测,没有人会给你提供一套有效的分析方法,一切都只能靠自己摸索总结。必须有良好的心态和严格的自律性。证券市场时时刻刻充满着各种各样的诱惑,人性也有各种各样的弱点,只有保持一颗平常心,才能抵挡市场的诱惑,才能克服人性的弱点。操盘手这些明显的特性,已使它远远超越了一种职业名称。

《金叉:股市操盘手》的编辑者说:"我们之所以选择这个题材,原因在于当今社会中,股市已成为万众瞩目的焦点。"小说的主人公、宏光证券公司总经理助理程兴章是一个操盘手,是一个偶像式的股市英雄。作为一个机构的操盘手,程兴章负责证券公司自营业务,坐庄 0068 股票,赢利 5000 万元。他恪守职业道德,自己不跟庄做股票。散户李丽娟炒股得到程兴章的指点,她在 0068 股票的炒作上转亏为盈,赚了 20 多万,她要拿 5 万元感谢程兴章,被程兴章拒绝。在市道清淡之时,几家机构联合做一波行情。程兴章离家为联合体操盘,引起妻子误会,其妻兄炒股失误,自杀。妻子因此与程兴章离婚。

小说突出表现了程兴章作为一个操盘手对盘面的分析能力和操控能力,对股市走势的预测能力。程兴章对中国股市有正确的认识和充分的了解。股市中,主力机构之间的搏杀十分残酷。宏光证券公司总经理胡志刚为了救自己来不及抛的老鼠仓,支开程兴章,继续炒作 0068,程兴章因不满胡志刚的所为而辞职。结果胡志刚被金峰实业公司金董事长狙击,宏光证券公司因此亏了 1.1 亿。不仅将程兴章辛苦赚来的 5000 多万赔进去,还贴上 6000 多万。而股市对手借助银行催金董事长还贷款,釜底抽薪,迫使金董事长从股市出局,金董事长此次坐庄也不完满。

潘伟君的《大上海的梦想岁月:一个操盘手的传奇》专门描写股市职业操盘手。职业操盘手是中国当代社会新出现的一种职业,是一个令人向往的神秘职业。

作者潘伟君在前言中说自己的创作动机:

> 让读者真正了解市场主力的艰苦运作过程,了解运作中的每一个重要细节、"项目"运作的缘由、运作过程中每一次的幸运和无奈,了解主力与市场进行心理战的全过程。这是一个真正不为外人所知的神秘世界。

小说的主人公康立从 20 世纪 90 年代初就涉足中国股市。康立自己炒股赚了钱，投入本金 1 万，赚了 20 万，"那可是我们全家五十多年的工资收入啊"。6 年后，康立当上了一名职业操盘手。康立所在的公司实力雄厚，决定介入资本市场，由康立操盘。康立炒基金，这是其他股市小说较少涉及的内容。

小说表现操盘手康立的操盘技巧，他对盘面的分析和对市场心理的把握非常准确，由此确定的操盘策略也是成功的。这是本小说的精华。小说表现中国股市初期的疯狂、平静，股民的痴醉、神秘，人与人之间形形色色的关系。小说除了曲折离奇的情节以外，还有大量的盘中实战描述，尤其体现在具体价位的拉升和打压以及伴随着出现的心理变化和市场反应等方面，让你真正了解资本运作中的每一个重要细节。

四　散户股民形象日趋丰富多彩

生活有多丰富多彩，股市就有多丰富多彩；股市有多丰富多彩，散户股民就有多丰富多彩；散户股民有多丰富多彩，中国当代股市小说中的散户股民形象就有多丰富多彩。成长期中国当代股市小说中的散户股民形象以丰富多彩为特色。

散户股民形象在中国当代股市小说的萌芽期就已经成熟，曾经是萌芽期中国当代股市小说的主角。进入中国当代股市小说成长期后，散户股民形象队伍在中国当代股市小说中已经不及庄家形象队伍庞大，已经不再是中国当代股市小说的主角，但是与萌芽期的散户股民形象比较，成长期的散户股民形象更加丰富多彩。

曾经海（俞天白《大赢家——一个职业炒手的炒股笔记》）是中国散户股民的精神标本；在股市收获了金钱又收获了爱情的赵秋生（张华林《金漩涡》）是散户股民中的胜利者、成功者；炒股欲罢不能的丁晓蕊（李唯《坐庄》）、因炒股亏钱自杀的张文强（张成《金叉：股市操盘手》）、大学美术教师许非同和他因炒股失败自杀的妻子辛怡（杜卫东《右边一步是地狱》）是散户股民中的失败者；舞蹈演员蓝玉（沈乔生《就赌这一次》）、财政厅的副处长许多谋、出家人吴弘川（容嵩《股惑》），从部队退役的军官葛锐勇（郭雪波《红绿盘》）是散户股民中的智者。

张华林的《金漩涡》描写散户股民中的奋斗者、胜利者。小说的主人公赵秋生出身农村，大学毕业后，分到武汉，辞职下海，走投无路，万般无奈的他只得以炒股为生，但炒股他又缺少本钱。从朋友的账户上把3500 元资金抽出来，自立门户，赵秋生才名副其实地成了股市里一个小小的股民。他凭自己的炒股本领，得到下岗女工马莲的信任，代她炒股，获利不菲。陈光是一个房产商,用 2500 万贷款委托他人投资股市。陈光通过自己的大学同学找到在证券公司营业部工作的同学之妹杨文汇,杨文汇把赵秋生介绍给陈光。赵秋生代陈光理财,炒股赚了很多钱。当陈光的 2500 万变成 8000 万的时候,陈光结束了与赵秋生的合作。赵秋生获得赢利部分 10% 的佣金。赵秋生离开曾经给他很大帮助的马莲,与杨文汇走到一起。在股市,曾经穷愁潦倒的他收获了金钱,也收获了爱情,最后他离开了股市。这是一首股市胜利者的欢歌。小说表现了股市给人们提供了新的出路、新的机会、新的谋生方式。

马长旺的《股市英雄》塑造了一个股市英雄式的散户股民形象。"我"的本钱不多,不可能在股市呼风唤雨,但具有独特的市场眼光。"我"大学毕业进了银行机关,银行分了任务,要大家推销股票认购证。"我"买了 200 本股票认购证。捂着认购证不放,竟然"捂"成了百万富翁。赚钱之后,严格执行"投资三分法"。将 100 多万资金分为 3 份,40 万资金仍然买作股票留在股市,第二份 40 万资金留在股市账户作预备资金,第三份 40 万资金则存进银行。在充满风险的股市稳稳当当地赚钱。

与庄家相比,散户们在资金实力、心理素质、操盘艺术上要弱很多,《金叉:股市操盘手》中散户张文强因炒股大亏而自杀了:

> 下午,大盘依然缓缓上行,他总指望大盘会回档,但大盘我行我素,就是不遂他的愿,一股劲地往上行。股友们劝他快进,说过了此村无此店,大盘还要涨,他受不了朋友的怂恿,脑子一热,全线冲了进去。大盘却是缓缓上行,他打入的股票亦在上涨,他既感到些许欣慰,又有几分不满足。他见股友中一些人又去透支打入,亦不免心动,思忖,要想扳回前面的损失,再赚大钱,靠自己这些本钱太少了。……他也激动起来,以为只要买入,就能赚钱,便迅即填了一份买单,透支买入一只股价为十几元的八千股股票,既不考虑利息,更忘了风险。……原来是他误写了,多填了一个零,八千股变成八万股。他吓了一跳,本想平仓走掉多余的筹码,谁知该股票狠蹿起来,不到两分钟,居然涨了三毛钱,他不由得一阵惊喜!股友们也道:"这股票很不错,放它一两天,肯定会涨两三元的。"他一贪心,便取消了平仓的念头,心想,二三元一股,七万股就能赚十几二十万,不仅将前面输的补回来,还可赚二三倍钱。然而,尾市股市却回档了。

不到两分钟，张文强所有的资产化为乌有了。他被平仓了，连扳本的机会也没有了。万般无奈，他选择了自杀。

中国股票市场的超常规发展，孕育了独特的市场特征，即高投机性与高风险性。尽管从全球股票市场看，投机和风险与股票市场如影随形，但中国股票市场的投机和风险表现得更为强烈、持续和非理性。股票投资是一种风险性投资，诸多因素会导致股票价格出现波动，引发投资风险。

李唯的《坐庄》描写充满诱惑和血腥的股市如何扭曲人性。曲艾艾为了报复肖可雄，借给肖可雄的妻子丁晓蕊 20 万炒股。丁晓蕊加上肖可雄的 10 万存款，炒 0038，赚了 12 万。肖可雄对不知股市风险却开始迷恋股市的妻子丁晓蕊说："正因为你开始赚了点钱，你尝到一点甜头你就欲罢不能，这就更危险！"丁晓蕊根本听不进丈夫的规劝，又找曲艾艾借了 10 万，总共投入 50 万炒 0038，一下子就亏干净了。这时她一心只想扳本，"在股市上栽得头破血流，甚至可以说，把丈夫、家庭也都赔进去了的丁晓蕊……但她心里很清楚，作为一名银行职员，要在短期内赚到这一大笔钱，惟有到股市上再去赌一把"。身为银行职员的丁晓蕊利用单位管理上的漏洞，把某单位 500 万元存款转入自己的股票账户，炒 0056，亏得只剩 27 万，最后被判死刑。这是一个被股市毁灭了的生灵。

杜卫东的《右边一步是地狱》中画家许非同在一所大学美术系任教，他本是一个很敬业的老师。他们一家人生活的变化源于妻子辛怡炒股：

> 五年前，妻子辛怡受朋友"蛊惑"进入股市。恰逢牛市，不会炒股的妻子竟小有赢利。与银行日益缩水的利息相比，股市的获利空间实在诱人，资金一个月翻一番绝非"天方夜谭"。于是许非同也动了心，让妻子把他十几年作画辛辛苦苦赚下的几十万陆续投入股市。没想到，从此便屡买屡赔。股市上恶庄设套，机构作局，中小散户犹如面对饿鲸之口，一不留神就成了庄家机构的"小菜儿"。近一年来，许非同的几十万资金已"缩水"四成。起初，许非同不过问股市之事，一切由妻子辛怡做主。后来，见妻子被越套越深，对他的建议一概充耳不闻，便也亲自操盘。无奈心态已坏，每每是股票买入就跌，抛出就涨。而且，一旦沉溺股市，便如染上了赌瘾，整日在家看着盘面股票跌势不止而愁眉不展，真应了市井流传的一句俗话：男人不能炒股，女人不能做鸡。眼看着大学的同学或举办画展，或出版画册，最次的也评上了副教授或者副编审，惟独自己还是个讲师，每天在无所事事地消耗生命更是心急如焚，身体状况也大不如以前。

　　许非同夫妇进入股市的过程和他们的炒股生活在股民中有一定代表性,他们的热望、他们的执着、他们的痛苦都是相同的。许非同因为妻子的原因也与股市结下了不解之缘:"这两年沉湎股票致使业务荒疏,几近被人淡忘,他痛苦得常常如百爪挠心,夜不能寐,而又无法摆脱股票的困扰进入正常的创作状态。""这次不准,他寄希望下一次;下一次不准,他又寄予再下一次。"因为炒股,夫妻感情也受到影响:"可是自从炒股以后,他们更多地关注起神鬼莫测的股市,感情渐渐疏淡。"许非同的红颜知己柯小雨为了帮许非同夫妇解套,找天平律师事务所头牌律师金戈探听股市内幕消息。股市强人金戈出身贫寒,其父之死与许非同任副乡长的父亲催交税款有关。金戈大学毕业后当了律师,赚了大钱。他要报复许非同,金戈的同居女友柯小雨爱许非同也是原因之一。金戈为了报仇,先让许非同夫妇尝两次甜头,后设陷阱,诱使辛怡全仓凤凰科技。急于解套的辛怡先后挪用公司400万元公款买凤凰科技,想在股市翻身,但凤凰科技跌了70%,她没有翻身之日,最终选择自杀。"你不是说凤凰科技一个月能翻一番吗?我只是想挪用一个月,赚了钱就把公款还上。""我所以选择死,因为这是我目前惟一可以选择的结局。我谁都不怨,如果要怨的话,只怨我自己的贪心。"临死前辛怡给丈夫留言:"我真的很对不起你,把你辛辛苦苦攒下的几十万血汗钱全部赔于股市。"

　　金戈炒股有不同的套路,"他进入股市已三年多,虽有几条消息渠道,但都是间接的,准确率要打折扣,买的股票有涨有跌"。商业银行女行长之子犯强奸罪,省国资局副局长汪海出面找结交黑白两道的金戈为之摆平。金戈由此找到了一条炒股的"歪门邪道":"汪海是国资局局长,如果这条渠道打通了,那简直就是开采到了一座金矿。因为国资局是许多上市公司的大股东,和一些上市公司的老总以及庄家极熟,对一些上市公司股票的走势心知肚明。"由汪海提供股票内幕消息,金戈投资操盘,获利后两人五五分成。几只股票做下来,双方各有了几百万的进账。金戈又找商行张行长贷款1000万炒消息股。这样"合作",这样利用内幕消息炒股,"一两个月,利润翻几倍,贩毒和倒卖军火,也不会有这么高的利润回报吧?"金戈叫人绑架汪海的同居女友菲菲,获得赎款500万元。因为金戈知道汪海和自己合作炒股,空手套白狼,一下子能够得到两三千万,心理不平衡。最后金戈因为和派出所韩副所长私放强奸罪犯、巨额贿赂、违规贷款、绑架勒索、与汪海利用内幕消息炒股等罪行被揭露,被逮捕。

　　《右边一步是地狱》的作者杜卫东在后记中阐述自己的创作意图:

　　反映股市的文学作品已然不少，但基本上都是反映庄家与机构之间的尔虞我诈，从一个普通股民的视角来描写股市的作品还不多见。中国有八千万股民，涉及的人口两三个亿。中国的股市对中国经济的发展功不可没，没有他们的参与，中国的股市一天也存在不了。而他们作为一个弱势群体，有着太多惨痛的经历，由于信息来源不对等，加上庄家做套，机构设局，他们有如案上鱼肉，一个个赔得惨不忍睹，遍体鳞伤。作为一个庞大的人群，他们的喜怒哀乐，从一个独特的视角折射出了社会在转型期所经历的无序与阵痛，应该有一部描写他们心路历程的文学作品。

　　小说以股市为人生舞台，描写许非同、柯小雨、辛怡以及金戈和汪海等人的不同命运走向，展示了美好怎样被冷酷的现实撕碎，罪恶如何在生活中滋生。作家在讲述股市人群的悲欢离合时，尽可能张大触角，以图涵纳广阔的社会内容。股市是一个被叙写的实体，但它同时是人物活动、演出的舞台。确切地说是一个特殊魔化的舞场，凡沾上这个舞场的人，都会身不由己、难以自控。而杜卫东的这部作品，则通过对人物命运的演绎和多侧面生活场景的展示，向现实存在发出质疑与拷问。小说中辛怡之死、柯小雨之遁、许非同之怒，以及汪海的迷失、金戈的被捕，无论在艺术逻辑上和生活逻辑上，都有足够的依据。

　　沈乔生《就赌这一次》的主人公蓝玉是一名舞蹈演员，与前夫莫小飞离婚后，独自带着女儿英聪生活。蓝玉炒股，业绩不错，升到大户室。后来蓝玉被证券公司强行平仓，亏损 70 万，她的账户只剩下 1400 元钱。她想出高息找人借钱炒股，但是没人肯借。她的当小官的知己李兆民挪用 15 万元公款借给她炒股，事发后李兆民被判刑 5 年，本金及赢利被追缴。困境中的蓝玉想自杀，被朋友救下。她潜心研究股市，去黄大鲸处当操盘手，操作很成功。李兆民的儿子李天逸恨蓝玉，与蓝玉的女儿英聪相恋，谎称绑架英聪，要蓝玉出 150 万元赎金。事发后李天逸被判刑，李兆民负伤。蓝玉刺伤黄大鲸，与李兆民结合，离开股市，定居乡间。女儿英聪大学毕业后同样迷恋股市，想找母亲借 15 万炒股，母亲知道股市的风险，不肯借，更主要的是不想让女儿进入股市，女儿苦苦哀求，并发誓："就赌这一次。"因为放心不下女儿，已经远离股市的蓝玉又不得不在股市门口徘徊。

　　蓝玉，一个早年以舞蹈为生的女人，从散户室成功操作走进大户室的女人。她偶然间走进了黄大鲸的生活，蓝玉在他的精心操作下为他所用。

但蓝玉的倔强与高傲使两人貌合神离，矛盾重重。在蓝玉的影响下，女儿英聪也最终陷进了股市，尤其是小说结尾英聪几近歇斯底里地找她筹钱的情形几乎与当年她走投无路时如出一辙，股市让蓝玉欲罢不能。

小说形象地表现了当代中国人在"现实"与"欲望"面前的真实形态，揭示了"传统"与"现代"观念的巨大冲突给现代人心灵带来的扭曲与困扰。蓝玉在股市里赚过钱，也在股市里摔过跟头，但最后，蓝玉还是能够冷静对待股市，非常不容易。

容嵩的《股惑》描写某个证券营业部的一个大户室里四位散户股民的炒股生活。

许多谋原是省财政厅后勤处的副处长，官场不得意，自己没有生育能力，与银行职员妻子梁菲关系不好，离婚辞职，投身股市。早在七八年以前，他就悄悄入市了。最初的两三年买本省的几只原始股发了些财，资金从三四万元翻到了十几万。近一两年，许多谋也许因为官场的不如意，对二级市场股票的研究越来越上心了。进入 2000 年以后，股市开始走高，他的股票越做越顺，一年下来，收益大约有 30%，资金也就上了 20 万。

吴弘川作为出家人，为了报答恩情，要为圆寂的大师塑金身，他同样需要很多钱，所以他投身股市炒股赚钱。弘川炒股取得了非常好的战绩，他原有的资金在一年内翻了 10 倍。弘川对股市的认识非常有特色:

> 不犯错误的炒股人是没有的，贫道有时候甚至想:证券市场为什么在我们这个国家发展得这么快? 除了其他种种的理由，大概还有一个重要的原因，这就是:证券市场是一个最富有人性的市场，在这里，最起码绝大多数的散户是平等的，没有什么人可以居高临下地命令你、指挥你，没有什么人可以对你品头论足、说三道四，你就是自己的主宰、你就是自己的上帝，在这里，你完全可以不像在单位、在政府机关、在家里，你可以谁的眼色也不看，可以凭着自己的判断，不用征求任何人的意见，不用取得任何人的批准，在最短的时间就做出一个买或者卖的决定——有时，你明明知道自己的决定是盲目的，甚至十有八九已经知道自己的决定是为了碰运气的，但你还是果断地决定了——在那一瞬间，你只用思维的很小一部分去考虑由决定而将产生的结果，而你全身的细胞、全部的感官都在为你做出决定这一过程而兴奋、而自豪! 在那一瞬间，在你拍过板之后，你真想当着周围的人们这样大喊:"老子要的就是这个劲儿! 总算把头长在自己的两只肩膀上了!"……证券市场的神奇，就在于它不仅满足了国家的需

要，满足了各个行业的需要，同时也最大限度地满足了中国普通老百姓的人性的需要……

郭雪波本是著名生态文学作家，国家文化单位职员。某同事炒股赚了一辆豪华轿车，对他触动不小，于是他毅然杀入股市，尝尽了股市的酸甜苦辣，灵魂在股市每天承受着金钱的折磨，其结果是诞生了反映股市人生百态的《红绿盘》。

小说的主人公葛锐勇是从部队退役的军官，他是一个在中国很有代表性的股民。"开始真的一直下棋搓麻来着，后来棋友麻友都入股市了，我也就顶不住诱惑被拉下水了……"葛锐勇偷偷拿出家里的 5 万元钱，瞒着老婆炒股，"本想炒几个月挣点儿，添补一下买房不够的钱，再把钱还回去，谁想到炒股这么难，还把老本儿给亏进去了一些！"老婆发现后，逼他退出股市，"可是就这么让他退出股市，又不甘心"。葛锐勇的心理活动在股民中很有代表性："手中没有股票，没有挨套也没有赚钱，心里不慌也不急。""然而，手中没有股票，也没有盼头，没有等待，没有捂的也没有抛的，心中有一种空落落的感觉，怅然而寂寞。就如赌徒手中没有筹码一样，手痒痒，心里被老鼠咬般难受。"见多股市中的腥风血雨之后，葛锐勇对生活、对股市有了更丰富的认识和感触："远离股市吧，那里不是正常人待的地方。耗尽你的精神，耗尽你的心血，最后还耗尽你所有的财产。在那里，让人失去健康人的心态，变得疯疯癫癫，心浮气躁，心永远是提着悬着没有个安稳的时候；尤其是那里没有胜利者，昨天的胜者或许今天赔个精光，毁钱、毁人、毁人的真正情感、毁人的灵魂、毁人情和人间情谊、还毁人的家庭。"最后他对股市的心态趋于平和。当代中国人对金钱物质的渴望经过长期的压抑之后，释放出巨大的能量，赚钱效应催生了一批又一批新股民。投资者队伍像滚雪球似的膨胀，促进了证券行业的快速发展和壮大。股票投资逐渐成为当代中国社会经济生活中的大事。

俞天白的《不随行情起舞——何老先生"第二次就业"记》塑造了一个在股市摸爬滚打，积累了丰富炒股经验的散户股民形象。

小说表现一个散户股民的炒股成功经验。何老先生炒股有自己的套路，他集中只做几只股票，只做中国股市中成长性最好的几只股票，别的基本不做。他退休了，退休金每月只有 200 元。与此如影随形的，是不断上涨的物价，它无情地在吞噬着他一辈子的积蓄，使他的心态越来越不平衡了。他没有居华屋、坐私家车的奢望，只求保持那笔积蓄的价值。他也曾经想到用钞票赚钞票的手法，在马路旁收购国库券，牟取差价。可惜，自由买卖国库券，当时国家是不允许的，他不想做违法的事。他需要寻求一条合法的、符合自己体力与能力的途径，让存款保值。他投入的 1 万多元本金，很快变成了 4 万多元。到 1992 年 5 月，100 元面值的"电真空"，已经涨到了 2000 余元。1 万多元本金，4 年之后变成了 20 多万，翻了近 20 倍！在股市，何老先生积累了很多宝贵的炒股经验："如果损失 2% 而能获得 10%、20%，甚至更多的利润，为什么不可以再割一回呢？"几年来股市中的俯仰沉浮，已经教何老先生懂得"捂"是不足取的，应该寻找获利的机会，进进出出做短线。1997 年 3 月上旬，"深科技"启动，每股仅 20 余元，当时"湖北兴化"每股已经涨到 30 元，他即抛掉"兴化"买入"深科技"；一个多月以后即到 1997 年 4 月底，"深科技"到达 60 余元时，"兴化"却只有 50 元左右，他再抛掉"深科技"，买入"兴化"。从 1996 年 1 月到 1997 年 7 月，他的股市资本竟然增长了 250 倍。

　　时起时伏，拉出差价，创造机遇，吞风吐险，这就是股市的魅力，不这样，就不成其为股市，也就吸引不了成千上万的公众将游资投进来供上市公司去使用。在股票市场，人们获取收益的方式有两种，一种是通过上市公司派发红利等获取收益，另一种是通过股票价格波动带来的差额来获取收益。一般来说，如果一个人想通过第一种方式来获得收益，那么他一定会在一个他认为适当的价格买入股票，并且持有很长的时期，等待公司的红利派发，从而获得收益。而如果想通过股票价格波动来获得收益的人，他一定会努力去发现市场中股票价格和股票价值存在差额的股票，并会在一个适当的价位持有该股票，且在一个适当的价位卖出，从而获取价差收益。小说的独特价值在于表现中国股市初创时期股民的炒股智慧。

　　梁庆通的《看不见的风云人物》塑造了几个快乐炒股、轻松炒股的散户股民形象。

　　李先生掌握着外贸出口的审批权。一位做外贸生意的公司老总是一家上市公司的老板，还做东南亚一带的出口生意。生意上有求于李先生，于是送给李先生一张股票磁卡，里面有 5 万元本金。两个星期后，老总通过林某打电话给李先生，让他当天下午速去买进 1 万股由老总指定的、当时正以 10 元 4 角收盘、跌幅为 18.6% 的股票。3 天后老总又来向李先生报信，1 万股以低价位买进的股票已抛出，赢利 4 万元。那 5 万元本金过些时候还给那位公司老总。到了 1994 年底，李先生的账面上已有 36 万元。

　　陆某是本市一家有名公司的老板自备车的司机。一个和老板签了房地产合同的某股份有限公司的王先生，送给了老板 300 张股票认购证。老板给了陆某一个装有 10 万元的小包，要他帮自己炒股："从今天起你不用开车了，这钱你拿去玩股票，输了还来开车，不承担经济上的责任，赢了从利润中提取 20% 作为回报。工资吗，照发。"陆某明白自己的角色已变成了老板的炒股中介人。在王先生的指导下，6 月的第二次摇号，他手上的 1000 股新股，使他六七万本金猛增为 60 多万。到发薪水那天，陆某从老板手里拿到了十几万元的炒股利润。后来老板暂时结束在上海的生意，去了香港，他的炒股经纪人角色也因此终止。这时他已经拥有 250 万元的存款。这些钱中有一部分是他瞒着老板，用自己的资金炒作的。

　　这些女人是股民，可掏钱给她们玩一把的却是背后的男人。她们每人向丈夫集了 50 万。她们花钱请了一个经常在小报上写股评文章的炒股专家当自己的炒股参谋，她们各自的丈夫又每人扔出 100 万，献计让那个股评专家坐镇大户室，全权处理股票炒作。聘用的条件是每月 1 万元的月薪，再加赢利后 10% 的分成。利用短短三天紧张的炒作，300 万的投资，赢利 290 多万。当她们输钱的时候，她们并没像大多数工薪阶层股民那样，长吁短叹地为赔钱痛苦，为想法东拼西凑借钱而伤脑筋。她们各以 150 万投入股市，结果不但本金安然无恙，还像复印机一样，将本金翻了一番。

　　应健中的《股市中的悲欢离合》中的散户股民形象个个特色鲜明。

　　小说中住进"神牛花苑"的股民个个身手不凡。他们原来大部分属于工薪阶层，近 20 年的改革开放，给他们提供了机会，股市、出国、经商等使他们完成了"资本原始积累"。

　　忻阿根股龄很长、赌性很大，从乡下养猪的农民变为炒股大户，把买"神牛花苑"房产花费的钱拿到股市中去报销，成为股市中的知名人士。阿根炒股有几项重要战绩使其成为百万富翁。一是 1990 年年初买深圳股票；二是在 1993 年一轮大牛市中从 600 点赚到 1500 点胜利逃顶；三是"5·18"行情。最后悔的是 1992 年认购证买了 500 张，黑市中翻了一番就走了，少赚了 200 多万元利润。他通过盗听同住在"神牛花苑"的洪湖集团操盘手的电话，了解了庄家内幕，及时吸筹抛筹，赚得盆满钵满。忻阿根炒股大起大落。在阿根的个人资产 K 线图上，上影线最高处是 1200 多万元；下影线最低处是零以下的负 180 万元。忻阿根思想新潮，眼光独特。能够把握别人发现不了的赚钱机会。因为炒股很顺，得意忘形，在"路达汽车"新股的申购中因为贪，让煮熟的鸭子飞了。高位没有舍得抛，七个跌停板之后忍不住抛了，千万富翁可望而不可即，最后只赚了点小钱。

刘倩萍是一个离了婚的女人。她用离婚时分得的财产炒股，买认购证，赚了很多钱。进入股市后，闻黎瑛对金钱，对婚姻、地位、爱情、两性关系有了全新的认识。阿邓介入了 1995 年的国债期货市场。开始很顺，赢多输少，后来押宝押在做空上，跟着万国证券公司彻底赌一把，如果赌赢，阿邓的身家不会低于 5000 万元，但结果是输得一无所有。账面上的资金最高到过 480 多万元，后来 1994 年和 1995 年一直透支炒股，最后平仓出来时，账上只有 10 万元出头。老婆哭着喊着不让他再炒股票了，将钱提出来，全部存进了银行。后来阿邓出来开出租车了。黎小明和龚赟在日本打工时是患难夫妻，黎小明回到上海后股市中得意，情场中失意，龚赟则见异思迁，与黎小明发生了感情危机；主力庄家的操盘手秦俊营私舞弊，假公济私，为了使老爸的一万股股票盈利出局，竟然牺牲了公司的 4000 万元资金。忻阿根、刘倩萍、白一夫、黎小明几个股票大户既联手炒股，又钩心斗角。阿邓十分爽朗，在红庙子市场中身家最高之时达 800 多万元。他赌性最大，进货极为大胆，一路统刮过去，常令人刮目相看，而出起货来也毫不犹豫。在金钱成为大众的信仰的时代，中国当代股市小说形象地描摹了人们的财富欲望。股市参与者具有明确的角色意识。在市场经济条件下，自由发展取代了体制束缚，但必须遵循的市场规范俨如无形的枷锁一样规定着他们的命运。

五　描写中国股市的不断变化与成长

应健中的《股市中的悲欢离合》表现了当时政府对萌芽期的股市的调控。中国证监会推出搞好搞活市场的一系列措施：放缓新股发行和上市的节奏；研究对券商进行适当融资以增加市场的资金供应；股票交易印花税由 5‰降低至 3‰，小说反映了中国内地股市萌芽期的特点。特别是对当时的一级半市场的描写十分珍贵。"当初的钱真是好赚，尽管市场太小，交易又不活跃，但真正赚大钱的还是走南闯北去闯荡一级市场和被称为一级半市场的黑市交易。"

张泽的《扭曲的 K 线》描写当时的股民对中国股市特色和规律的把握是深刻而丰富的。上市公司的质量始终是中国股市的一个关键问题。"这年头也不知是怎么了，上市公司越来越多，公司的质量却越来越差。那些地方上管证券的更是好笑，只把个上市工程看着是扶贫工程，推荐上来的也大多是当地的'包袱'企业，还说是只有这样才能真正发挥股票市场为国企改革脱困的作用。"对股市参与者也有清醒的认识和把握："这个市场的现阶段是没有多少投资价值的。上市公司是这个市场的小赢家，国家是这个市场的大赢家，其他的最终都将是这个市场的输家，有的只不过是财富的重新分配。要想在这个市场上活得久些，除了投机以外别无他途。无论是主力庄家还是散民百姓，只不过是投机行为大小和资金拥有多寡的区别。"这时人们对股市的认识更加全面，更加深刻。

《扭曲的 K 线》中的韩杨作为医学博士，开办过生物医药方面的公司。他在家庭解体、实业梦破碎之后，一头扎进了股市，在"琼海实业"上大赚了一笔，在股市投入的那 100 多万已经变成了将近 3000 万。基于自己的股市生活，作为医学博士的韩杨对股市的认识和把握有自己的专业特色。他的"股市生物理论"有新意：

> 关于市场和股票，韩杨认为其实只是一个生命组合体。其中市场是整体，股票是细胞。……比如说单只股票是细胞，多只股票形成"概念"，同概念股票构成"板块"，多个"板块"组合为地方市场，不同的市场再构成整个市场体系。所以，股票市场也可以看成是由这许多的股票、概念、板块、市场等等而组成的一个有机体，是一个有生命的东西。市场上的很多现象，如果站在"生命个体"的角度来看，大多都会得到很好的解释，比如说股市的周期性波动、阶段性变化以及相似性重复，实际上就是股市内部的生物时钟和遗传规律在起作用……再如，细胞的损伤可以影响到个体，最终可导致个体的疾病；而在市场上，上市公司的败坏也会影响到市场，同样也可以导致对整个市场的伤害。

他认为可以把股价的波动看成股市生命运动的一个外在表现。

> 如果拿股市和酶促反应相比，上涨或下跌各是一个过程，这二者间可以互相逆转。……以上涨为例，首先是市场上有没有适宜运作的股票，也就是"底物"；接下来是资金，严格地说是主流资金，这是"酶"；这样一来，获利盘是"产物"。宏观环境和市场因素是反应的条件，一条条的均线是反应的记录曲线，而大势则是系统内这一个个反应的总体集合。
>
> 炒高了的股价之所以会跌下来，首先是因为获利盘也就是"产物"的增多，堆积的"产物"于是就诱发反向的酶促活动，表现在股市上就是股价的下跌，人们通常所说的"回档"就是指这种情形。但因为此时"底物"还有，"酶"也充分，反应条件也无大的改变，

于是当堆积的"产物"被消耗后原有的正向反应又会启动或加速,股价也就会重新上扬……直到最后,当"底物"完全被转化或者"酶"被完全消耗又或者反应条件完全改变时,原有的趋势才会发生根本性逆转。……反应条件的改变极其剧烈,但也正因其剧烈,才决定了这只能是暂时性的,否则危及的将会是整个生命体系的存在!

股市的增值功能主要体现在股票的增值功能上。股票有三种价格,即票面价格、账面价格和交易价格。资本市场具备增值功能是和赌场最重要的区别。只有明确这一功能的存在,投资人才会摒弃撞大运,学会判断和分析,做理性的投资人。

《扭曲的 K 线》表现中国股市监管层对股市的管理和调控,表现了中国政府调控股市的手段和方法。"一股即将到来的政策寒流,伴随着这篇可以载入史册的'特约评论员'文章的问世,势必将以极其冷酷和严厉的手段,结束这已经火了整整一年的牛市热潮!"紧跟在后面的是八条措施:"第一,进一步加强监管,第二,继续公开处理违规案件,第三,实行涨跌停板制度和完善市场信息公开制度,第四,建立证券行业禁入制度,第五,加强风险管理,第六,增加供给,第七,做好舆论导向工作,第八,实行集中统一的管理体制。"中国股市的中国特色之一就是政府调控的力度很大,也很起作用。政府政策做空,市场跌势不休,政策调控的效果非常明显。杜卫东的《右边一步是地狱》表现了中国股市的特点,庄家和散户的关系:"中国的股市实际上是个消息市,而股市的消息又极不对等。庄家机构先知先觉,中小散户却看不到一手资料,听不到一线消息,得不到一流服务。许多消息到了中小散户这里已是明日黄花。机构庄家也摸透了股民的心理,为了配合自己拉升或出货,不时通过各种渠道散布出各种各样的消息,十个有九个是诱骗你上当的。"潘伟君的《大上海的梦想岁月:一个操盘手的传奇》表现了中国股市当时的特点。技术设备和手段都很落后:"当时的证券商还没有专门用于接受和显示行情的软件,只是将交易所传过来的数据作一些简单的显示,主要是几个交易价格和成交量,也就是现在交易大厅内大墙上显示板的内容,大户室在电脑上看的也是这些东西,内容与大厅里的完全一样。"庄家炒作也形成了自己的模式:"自从有了股票市场以后,一些大资金的运作往往就采用所谓'坐庄'的形式,即首先在市场上大量收集筹码,然后大量的对倒(即自买自卖)上拉,最后配合一些上市公司的利多消息在高位出货,从而完成整个运作。""市场一片投机气氛,买卖决策的依据并不是业绩而是题材，而在题材的支持下，有没有主力以及主力的强弱才是市场资金流向的内在动力。"张华林的《金漩涡》描写当时的股民到证券公司开户的情形，当时要开一个户也很不容易："当时的开户资金高达 5 万元，需要昼夜排队有号牌才能办成代码卡，才允许参与交易。深沪两市均以 500 股为 1 手，每股价格 20 元左右，有 1 万元以上才能最低限度买到 1 手。"资金的门槛是不低的，后来"股本拆细、摊低股价；交易制度改革，100 股为 1 手。这样开户资金标准应声而落，一大批被拦在股市大门之外的股民汹涌而入"。

小说对中国当代股市成长时期特点的描写是准确的，也是珍贵的，把握住了中国股市当时的特色。股市制度建设日趋成熟，股市的监管更加科学。

第四节　成长期中国当代股市小说的代表作家及其作品

世纪之交以来，中国当代股市小说茁壮成长，已经拥有自己的作家群和代表性作品。

一　曾经海：中国散户股民的精神标本

俞天白既是知名作家，也是中国股市里最早的股民之一，其股票投资的成就及影响不亚于其文学成就。俞天白担任过《萌芽》杂志社编辑、副主编，也担任过《上海证券报》文学工作室主任。

在《大都市的性格与灵魂——城市作家俞天白访谈录》[①] 中，俞天白谈自己的炒股生活和股市小说创作：

> 改革开放这些年来，有不少作家这样做了，下海了，有的呛够了水，有的成了百万富翁。有的与文学分了手；有的则继续握笔在写，而且出了一些好作品，可惜和时代的发展步伐相比，是远远不够的。主要问题，大都写了自己下海经商中的体会，表述个人体验较多，没有把它作为反映整个时代、整个社会的切入口来处理。为了弥补这一不足吧，最近我进入了股市，亲口去尝一尝梨子的滋味。尝与不尝，的确是大不一样的。

---

① 《大都市的性格与灵魂——城市作家俞天白访谈录》，《博客中国》2006 年 2 月 2 日。

　　他的长篇股市小说《大赢家——一个职业炒手的炒股笔记》在中国当代股市小说中是非常有特色、非常有分量的一部。小说形象地表现了股市对当代普通中国人生活的影响，通过股市这个窗口表现了中国人灵魂的时代颤动。

　　小说的主人公曾经海是一个对生活有想法的人。他毕业于一所普通大学的行政管理专业。毕业时因为向往"自由"，他没有接受分配去当一名行政干部，而选择进了一家独资企业。他选择的理由是"据说，到了那种单位，没有人生依附关系，靠的是自己的本事，它的机制，就是最大限度地发掘人的自身价值。于是，他对自由职业的向往死灰复燃了"。但是在独资企业曾经海没有找到自己向往的"自由"，反而受到了老板的"凌辱"，于是他离开了独资企业，进了街道机关，当了一名基层机关干部。但是曾经海并不喜欢这种生活，他"太不安分"的灵魂在不断地寻觅着，寻觅自己更向往的生活。

　　曾坐过牢的老邻居杭伟炒股发了大财，并且告诉他："当今，做什么也没有像做股票生意这样自在！"曾经海向往"赚钱"，向往"自由"，因此他几乎是本性使然地对股市产生了浓厚的兴趣。第一次炒股，身为机关干部的曾经海还有一点顾忌，还有一点遮遮掩掩。妻子都茗给他出了一个主意："你是机关干部，朝着科长处长奔的，用你的名字开户，会影响你的前程，还是把我推到第一线去为好。"为了保护自己，曾经海听从妻子的意见，没有用自己的名字开户，而是用当商场营业员的妻子的名字开了户；他自己没有什么积蓄，因此炒股没有本钱，用的是妻子都茗上次离婚时所得的 12 万元"青春损失费"。这是曾经海灵魂的一次剧烈"颤动"，这是灵魂向金钱的颤动，这是灵魂向自由的颤动。这种"颤动"在曾经海看来意义重大，因为他不仅想在股市赚钱，而且想在股市里赚自由，赚自尊，帮他换一种"活法"。勇敢地投身股市，勇敢地追求金钱，对传统中国人来说意味着他们与"安贫乐道"传统的决裂，意味着他们与"耻言利羞言钱"传统的决裂。明明白白我的心，所有炒股的人都是为了赚钱，赚钱致富是一个人正当合理的愿望。

　　像所有初入股市的人一样，曾经海第一次炒股，在股市这个放大镜中，他身上的人性弱点暴露无遗。既贪婪又胆怯，心理承受能力差，只能赚，不能赔。他第一次进场买股就遇到股票连续下跌，他承受不了，割肉出局。一心只想赚钱、一心只想到股市里"捡钱"、以为股市里有钱捡的曾经海第一次进股市不仅没有赚钱，反而亏了大钱。

　　在股海里"呛"了第一口水的曾经海准备弃股上岸，回机关工作。

但现实告诉曾经海：要挽回自己在妻子面前的尊严和抵消自己在单位的失落，自己唯有在股市里赚一大笔钱，挽回自己炒股的损失。进了股市再想离开不是那么容易的，主要是因为不甘心。

曾经海为了炒股赚钱，静下心来学习股票知识，掌握炒股的基本功。第二次买股，曾经海买的股票大涨，"兴奋得直想哭"，他不仅把上次炒股的损失全部补了回来，"而且开始向上翻番"。随着自己在股市的成功，曾经海的身价也自然而然地上涨了。他不仅在家受到妻子都茗的"礼遇"，而且在社会上也受人追捧，一时身价百倍，曾经海因此品尝到了一个成功男人的滋味。

受这次成功的鼓励，曾经海炒股的胆子更大，对股市的期望值更高。在妻子都茗的支持下，把家里没有到期的5万元存款提前取了出来，"然后叫都茗请她爸爸、姐姐和弟弟拿出存款来也买了。总数近二十万"。钱在股市里投得越来越多，心在股市里陷得越来越深。曾经海把自己整个人、整个心灵全部交给了股市，以赚喜，以亏悲。悲喜交加，没有止境。

股市的"成功"使曾经海的灵魂不再在股市和机关单位之间徘徊。他毅然决然地辞去在街道机关当干部的公职，当了职业股民。从偷偷摸摸炒股到辞去公职炒股，曾经海灵魂的这次"颤动"源于对自由、尊严、财富的向往。在这时的曾经海看来，炒股既可以赚钱，又不需要求人，完全符合自己既想有钱，又想自由自在的生活愿望。在这两点的支撑下，他的身心完全进入了自由快乐的境界。

但是身在股市，就是身在水火之中。股票抛迟了后悔，抛早了后悔，踏空了后悔，割肉了后悔，悔无尽头。一次次追悔莫及，又一次次重蹈覆辙。人性的种种弱点在他的身上得到了充分体现，贪婪、恐惧、懊悔和随之而来的种种烦恼主宰着他。他的灵魂向往平淡，向往温柔，向往恬静，向往淡泊，向往稳定、宁静、和谐的生活。同时股市的"纸上富贵"让曾经海的"成功"不能持久。从成功和失败中，他似乎看到了自己身上存在的人性的弱点。股市的风险使他的灵魂萌生去意。中国人习惯的传统生活和这种新的股市生活有明显的差别和矛盾，面对这种差别和矛盾，曾经海的灵魂不可能平静安宁。

正当曾经海的灵魂在股市和机关之间、在风险和安稳之间徘徊的时候，他在股市遇到了一个名叫邢景的女人。她的随和、淡泊，她的不为得失操心，让曾经海看到了另外一种生活境界。他对都茗和邢景的取舍，是他的灵魂在两种生活态度之间的"颤动"。

经过股市的风风雨雨，经过自己的分析和比较，曾经海对这种充满风险和机遇的股市生活是肯定的。为了赚钱，不能怕风险；为了赚钱，必须要敢冒风险，因为赚钱不可能没有风险。曾经海的风险意识和心理承受能力在股市里茁壮成长。

被"贪婪"主宰着的曾经海为了赚更多的钱，违背自己当初进入股市定下的规矩，先向证券公司透支30万，后又追加透支15万买入"罗湖股份"，想以小搏大，赚个盆满钵满，没想到遇到政策调整，股价连续暴跌三天，因为透支，曾经海损失更加惨重，难以承受，当场晕倒，被送进医院。他的股票被证券公司强行平仓，"风云际会了大半年，留下的还不到两万元"。妻子都茗把剩下的这一点点钱全部拿走，离他而去。曾经海再一次变得身无分文。他似乎没有再涉足股市的勇气了。但是曾经股市沧海的曾经海已经难以接受其他生活，经过一段时间的心态调整，他准备重入股市，自己却已经没有本钱，万般无奈的情况下，他把母亲2万元私房钱用来作本，他相信只要进了股市就有东山再起的机会。一次炒作的成功给他带来了代客理财的机会。一群被股市深套着的富婆请他为自己解套。刚刚有一点起色，又遇股市大跌，曾经海代客理财，再次深度被套。绝境中他甚至想到了死。但不知内情的邢景仍然把他当成股市英雄，给他介绍了一笔代客理财业务，给了他再次翻身的机会。这次代客理财的成功为他带来了更大的机会。邢景所在的上市公司出资1亿，要曾经海登记注册了一家商贸公司，联手炒作股票。

炒股的过程就是与人性中的弱点作斗争的过程。经过股市的风风雨雨，曾经海的心态变得平和，不以涨喜，不以跌悲，逐步战胜人性中的弱点。钱财在他的心中似乎不再是那么重要。他代飞天公司炒股赚的5000多万元，因为收益来历不明，飞天公司无法入账，因此飞天公司没办法用，也不敢用，资金在曾经海开的公司名下，假如曾经海想据为己有，飞天公司是毫无办法的，但曾经海对此一点也不动心。战胜了贪婪，战胜了恐惧，战胜了自我，获得了自我，曾经海将自己的人性磨炼得越来越纯净。冷静、坚韧、理性、耐心，曾经海炒股票，同时也是在培育自己的好品德。曾经海炒股赚钱后投资开办连锁店，为大量的下岗工人创造就业机会。

小说表现了曾经海的灵魂颤动和人性变化，表现了这种灵魂颤动和人性变化在当代中国人中的代表性，表现了中国文化在当代的发展和变化。在对待财富、机会、风险等关键问题上，股市培育着中国人的投资意识、投机意识、风险意识和心理承受能力，培育着有中国特色的市场精神。就其形象意义和价值来说，曾经海是中国散户股民的精神标本。

二　矫健：中国当代股市小说作家的典型代表

矫健是中国当代股市小说作者的代表，他的生活经历和文学创作在中国当代股市小说作者中有很强的代表性。

矫健是中国作家协会会员，曾以《老人仓》、《河魂》等小说活跃在20世纪80年代的文坛。从1988年到1998年，这位天才的小说家踏上了他的经商之旅。十年弄潮，矫健于股市、邮市、外汇、期货、房地产，倒邮票、炒地皮、玩股票、卖楼花，品味了市场经济的酸甜苦辣咸。成功的时候，曾经一夜用坏了3台点钞机；失败的时候，一天之内可以赔出500万。曾在警方强制下蹲在墙角反思，曾被民工追赶得抱头鼠窜，曾在阳澄湖畔独自看守一片楼房。

矫健上岸后，谈到他十年经商的经历时，他认为是十年炼狱！他对那些失败没有丝毫的后悔与哀怨，他认为十年中最珍贵的恰恰是那些失败，给了他受用不尽的精神财富，完善了他足以安身立命的文化品格。失败才是他生命中最精彩的篇章，成功是用嗓子在舞台上唱，失败是用灵魂在夜半时吟哦。矫健认为成功和失败都是无尽的精神财富。这些财富的积累，使矫健的文学作品流淌着浓郁的时代生活气息。

20世纪90年代末，矫健转身上岸，再度拾笔，《金融街》、《换位游戏》等股市小说的问世，让人们看到了他对现实生活的体察和文化品格的日臻完善。矫健开始进入第二个创作高峰期，写出了一批反映经济生活的文学作品。

矫健的思维异常活跃，他在文学创作的道路上，极善于追求"新奇"，探寻新的创作领域。如果说矫健早期的作品以乡土题材为主，那么从20世纪80年代后期开始，他便把笔锋更多地转向了城市生活和经济领域。作为作家不能对经济生活形同陌路、一窍不通，必须深入体验改革开放给城市生活和经济领域所带来的翻天覆地的变化。

矫健小说的思想性在于他对时代的准确把握和对人性的敏锐审视。20世纪80年代，改革开放的大潮滚滚涌动，人们的思想观念开始挣脱传统思维方式的束缚，经济头脑突然活跃，纷纷跳入商海，淘金摸鱼。矫健循着人们的逐富思维用小说反映了中国人在变革中对待财富态度的转变和对人生追求的取舍。

矫健回归文坛后便把笔锋更多地指向了在经济生活中摸爬滚打的人，不断地从投身商界的经历中汲取养料，挖掘深意，在自己曾经留下过痛与泪的领域里寻觅生活的真谛。

矫健在《昨天的酒——创作谈》中谈到了自己的股市生活与股市小说创作的关系:

> 20 世纪九十年代我曾下海,做书商,炒股票,在深圳一个香港人开的地下公司炒期货,甚至开发房地产,在阳澄湖畔搞了一个文豪花园。喧嚣的日子,千奇百怪的经历,给我留下终生难忘的记忆。隔了二十几年,这段生活便如发酵的老酒,有了醇厚的香味。这也是创作的规律:离得远一些,看得更清楚。我看清了什么呢?商业旋涡把人们卷入一种处境:荒诞,扭曲。犹如面对哈哈镜,你都认不出自己了。重要的不是事物表面,而是背后隐藏着的东西。现代化浪潮使我们或多或少变成经济人,不可理喻的潜规则支配着我们,而我们习以为常,无异样感觉。我们被一大堆东西包围着:股票、期货、房产、保险、基金、银行利率……而这些东西也在改造我们的思维,使我们慢慢地从自然人变作经济人。这个可怕的过程并没引起我们的警惕,就像温水煮青蛙一样。青蛙们尚在欢快地游泳,水却渐渐开了。人患病,便有症状——灵与肉的分裂是时代病的主要特点。理想、情操、爱情如天上飘扬的雪花,落地便化作泥泞。我们难以控制欲望,在其驱使下做出种种匪夷所思的行为。为了幸福我们去拼搏,挣来金钱、权力,却并不快乐。我们想得到,结果却付出,人生变作一场荒诞游戏!表达这种精神困境需要好故事,思想应该藏在故事里。于是我想到了脑袋和身体,勾勒出一位可爱可悲的高人。

1989 年,正逢邮市低迷,他瞅准时机一下子吃进 2 万元的邮票。到了 1991 年春天,2 万元卖到 8 万元。之后又凑了 6 万元,将 14 万元投入股市,仅仅 3 个月,14 万变成了 112 万。"作为第一批股民,我成了实实在在的'矫百万'!"再到后来涉足房地产、期货,一夜之间赔进 500 万、炒期货输得遍体鳞伤。这都给矫健的内心留下了深刻的烙印,让他更加深彻地了解了世间万象,体悟了人生真意。

10 年商海弄潮之后矫健带着从商海挖回的一大堆"生猛海鲜",以独特的人生体验占据了一块绝佳的创作领地——股市小说,由此他赢来了自己文学之路上的二次辉煌。

《金融街》中 S 市的金融街,其实是改革时代中国金融界的缩影。银行、证券公司、期货公司、保险公司,幢幢高楼耸立于金融街,形形色色的投资家、投机客云集于金融街。小说讲述了一个名叫崔瀚洋的年轻人怎样从炒股发迹，一夜成为身家亿万的大富豪，又如何在志得意满之时中了"朋友"的圈套，瞬间沦落为身无分文的穷光蛋，然后又东山再起的故事。

崔翰洋是一个从散户成长起来的股市庄家。崔翰洋与东方银行行长萧长风有一个共同的爷爷萧永贵，爷爷曾在一家德国银行工作，混到相当高的职位。爷爷还从自己的父亲手中继承了一座老式钱庄，中华人民共和国成立前夕，爷爷使这座钱庄变为 S 市鼎鼎有名的永亨银行。但爷爷的新宠竟是一名妓女！妓女出身的小老婆也养了一个儿子，就是崔瀚洋的父亲。崔瀚洋的父亲是老知识青年，娶了当地一个农家姑娘，生下崔瀚洋。爷爷尽最大努力把崔翰洋送进红星木钟厂，并按照政策享受知识青年子女待遇，就这样崔瀚洋成为红星木钟厂的一名正式工人。崔瀚洋后来从木钟厂辞职当了太平洋保险公司的一名推销员。他潜心研究股市，为股民炒股支招，股民赚钱后买他推销的保险。

广东老板黄旭靠走私起家。靠炒地皮发了大财，29 岁时就有了一个亿的身家。他请崔瀚洋当操盘手，操作上亿资金。崔瀚洋选择一只小盘股坐庄。赚钱后黄旭不承认分红协议，崔瀚洋因此与黄旭分手。金泰证券公司的白帆总经理请他去操盘，做金泰证券公司的股票自营买卖。崔瀚洋善于观察主力资金的动向，牢牢把握大势。他像一只嗅觉灵敏的猎犬，总能及时发现获利的方向。经过咖啡期货一战，崔瀚洋的个人资产轻而易举地突破千万元大关。越来越多的人请他操盘做庄，股票、期货、国债……哪个领域都能够看见他活跃的身影。崔瀚洋成为股市的"神奇小子"，他的个人财富以惊人的速度增长。

红星木钟厂完成股份制改造，更名为红星集团股份有限公司，成功上市，融得巨资。

黄旭组建美隆投资公司，专门炒红星公司股票。黄旭当公司董事长，董事会由"十三太保"组成。崔瀚洋被黄旭请来当美隆投资公司的总经理。黄旭让红星公司董事长胡昆出资 2 亿，交给崔瀚洋操盘炒作红星股票。黄旭为了使胡昆同意把红星公司的 2 亿拨给美隆公司，让崔瀚洋出资1000 万给胡昆个人炒红星股票，胡昆因此同意从红星公司上市募集的巨资中拨 2 亿让崔瀚洋炒股。黄旭让崔瀚洋注意和利用好一条新政策：券商可以用股票作抵押，向银行申请贷款。黄旭让崔瀚洋炒高红星股价，然后用高价位的红星股票到银行抵押贷款，再炒另外一只股票。

胡昆虚构红星公司利润，以配合崔瀚洋的炒作。其实红星公司不仅没有赢利，而且处于亏损状态。胡昆炮制出一张漂亮的报表，并买通会计师事务所，拿到了审计报告。接着胡昆推出配股方案，力争十配八，为的是再从股市里圈两个亿！

实业家沈龙飞在崔瀚洋的劝说下，出资 2000 万炒红星股票。沈龙飞要崔瀚洋帮他设计一个兼并红星集团的方案。

崔瀚洋的方案是这样设计的：首先，沈龙飞与红星公司董事长胡昆谈判，说服胡昆出让部分法人股，使沈龙飞的龙飞实业公司成为红星集团第二或第三大股东。崔瀚洋对胡昆许诺："只要你让出 10% 法人股，我就能把红星炒到 50 元以上。"胡昆妻子麻大花的股票账户就可以多赚 800 万。其次，利用龙飞实业公司的中央空调高科技要素将红星股票改名为红星高科，在二级市场大肆炒作。最后，沈龙飞加大在崔瀚洋这边的投资，从二级市场获取高额利润，从而降低收购成本。沈龙飞当即划给美隆投资公司 5000 万元，由崔瀚洋随机使用。胡昆与沈龙飞签订协议，以 5.5 元的价格转让 1500 万股法人股，沈龙飞因此成为红星集团第二大股东。一切都在极其保密的情况下运作。

崔瀚洋精心地打造红星高科这只股票：龙飞加盟、红星改名、10 送 10 方案出炉，筹建商务网站，这些使得红星高科犹如一匹脱缰宝马，已经站在 82 元的价位上，名列沪深股市之首。但崔瀚洋随着红星股价的飙升，自己也陷入疯狂。

中国证监会接到举报信，揭发红星集团虚构利润，欺骗广大股民。证监会命令红星集团董事会准备好全部财务资料，由证监会指定的会计师事务所重新进行审计。金泰证券公司不再允许崔瀚洋继续透支。理由是东方银行拒绝接受一只涨得过高的股票作为贷款抵押物。

其实黄旭早就设下了圈套。他在与崔瀚洋合作的同时，又偷偷建立了一个巨大的老鼠仓。他的那帮狐朋狗友"十三太保"掌握着一批低价红星股票潜伏下来，然后，黄旭有步骤地从公司撤出他的资金，并利用崔瀚洋想独立的愿望分得一笔丰厚的利润，道一声拜拜从此不知去向。当红星高科成为中国第一只百元大股，当崔瀚洋头脑发热勇往直前之时，这颗埋伏已久的定时炸弹爆炸了！黄旭从红星高科获得了难以想象的利润，而崔瀚洋则面临万丈深渊。黄旭派美女龚晓月潜伏在崔瀚洋身边，把美隆公司买卖红星高科的每一笔数据摸得清清楚楚，都及时报告给黄旭。黄旭因此对崔瀚洋的一切炒作内幕了如指掌，可以从容地选择最佳时机出货。红星股票自 104 元最高点算起，一连跌了 15 个跌停板，一直跌到 9.5 元方站住脚。半个多月之前，崔瀚洋还身家过亿，现在只剩下一堆垃圾股票。这时沈龙飞拿出 1 亿元资金，到二级市场收购红星高科股票。又与国资局谈

判，希望能够达成国有股转让协议，沈龙飞的飞龙公司将全面控股红星高
科。沈龙飞全面收购红星集团之后，红星股价大幅飙升。崔瀚洋手中的一
大堆红星股票本已沦为垃圾，现在重新有了价值。沈飞龙十分支持崔瀚洋
做出的新的选择，并且买下他的股份。这样，崔瀚洋愉快地退出红星集
团，全身心投入新兴投资公司。

崔瀚洋炒期货兢兢业业，赴东北实地考察，到油脂企业深入调研，摸
透了新政策的根由，最终在与黄旭的大豆期货之战中取得了胜利。崔瀚洋
经过大豆一役，已拥有几千万元资金，收购了黄旭的万盟期货公司。黄旭
亏了两个亿，突发中风，半身不遂。由于债务沉重，万盟期货公司濒临破
产，不得不清盘出让。

小说塑造了一个具有开放眼光越挫越勇的股市英雄——崔瀚洋。先天
的禀赋和后天的勤奋，使他很快成为金融市场的英雄。但由于急于高速扩
张和商业伙伴的背叛，他不慎被金融市场巨大的潜在风险所吞没，由辉煌
迅速走向凄惶。在朋友和家人的帮助下，他终于走出失败的阴影，再次杀
向金融街，迎接更大的挑战。

矫健上岸以来，一直在静心写作，除了发扬原有的风格之外，他的股
市小说创作增加了现实的敏锐性与冲击力，强化了文化思索。这些又是靠
沉静、舒缓的叙述去实现，高而不险，锋而无刺，这大概就是他的审美追
求了。他的股市小说往往因其大起大落的戏剧性、直接触摸人性人情的底
蕴和宏大的气魄而格外引人入胜。矫健丰富的人生经历当然是他创作的富
矿，对他的文学创作影响极大。受时代生活的感召，矫健以股市人生为背
景，以金融、证券投资等为主要内容的股市小说，在股市空间新的环境中
描写股民的挣扎和追索，在灵肉挣扎的图景中品味人性的复杂，在商海沉
浮的浮世绘中彰显时代的脉搏。一个时代有一个时代的小说。只有书写最
具有时代气息的人事物景，小说才能有效刻画和展现时代的精魂。新时期
以来，中国社会最大的变化莫过于市场大潮的冲击和社会文化的转型。矫
健曾投身商界多年，在金融、投资、股票等领域屡试身手。这种刻骨铭心
的真实体验带给他比观望者更深入的了解和更深切的体会。不管是投资者
对市场的好奇试探，追逐巨大利益的高涨热情，还是像股市、期货这种抽
象的贸易形式带给中国普通百姓的难以抗拒的冲击力和诱惑力，矫健作为
一个"试水者"，他对参与其中的芸芸众生的心理波动有着常人无法企及
的第一手经验。《金融街》勾画了一个资本界的英雄传奇。股票、期货这
种新型贸易模式代表着世界经济的新趋势，其交易的抽象化极大冲击着中
国百姓心中对实物交换根深蒂固的痴迷心理。

矫健的股市小说创作没有停留在单纯抨击经济发展带来的道德滑坡、物欲横流的层面上，没有停留在简单批判各种拜金、享乐思想对淳朴乡村人性的侵蚀的层次上，而是时刻捕捉在经济大潮中普通人人性的新嬗变、人世的新势态，真实表现人在经济领域中的挣扎、反思、成长，从具体而微的小世界出发，窥探社会整体的发展趋势，人性的永恒景观。矫健股市小说极为突出的一个特点就是虚实相生、亦真亦幻，他很看重具有寓言性质的叙述笔法。矫健善于从政治的、历史的高度去俯瞰、观察和表现生活。在具有较大跨度的历史线索中，寻觅那些在两种力量的冲突中挣扎的人物，在他们的心理的、社会的矛盾中展示历史的、政治的思考。及时地、独特地反映市场经济给当代中国带来的深刻变化，使作品富有浓烈的时代感，是矫健股市小说创作的一个突出特色。

第五节　成长期中国当代股市小说艺术上的探索

21 世纪初，中国小说创作有自己的鲜明特色。它是在市场经济条件比较成熟的时代里成长起来的，在失去轰动效应后仍努力寻找突破口。新的文学环境改变了人们的思维方式和道德标准，作家告别神圣、庄重与豪迈，走向日常的自然经验的成熟和个人化的成熟，并且受到商业化、市场化的严重影响。

中国当代股市小说是中国社会转型时期出现的一股小说创作潮流。它犹如一枚标本，刻录了转型时期股市参与者阶层的思想、情感和生活状态。在 20 世纪 90 年代以来整个中国小说的发展脉络中，分析它的人物塑造艺术和审美特征，进而探索它的历史地位和文学史价值是中国当代股市小说史题中应有之义。

一　形成最富有生命力的艺术个性：为中国股市写真

成长期中国当代股市小说形成了自己最富有生命力的艺术个性是为中国股市写真，与中国市场化进程同步，瞄准、表现中国当代社会的市场化转型。

这种一个作者群对同一生活现象的持续关注、审视和艺术性的多元叙述的创作现象，这种小说与亿万读者个体之间产生如此密切的精神联系，发生如此有力与长期互动的"现在时"式的审美现象，是中国小说史上少见的。尽管这个群体不断有新的个体加入，作品的视角在不断地转换，但股市场域中人物的生活经历与内心世界在众多执着的股市小说作者笔下，不断得以深广的掘进与延伸，中华人民共和国的证券史与股民的心灵史在不断被文化审视与形象展现。成长期中国当代股市小说从物质与精神的双重层面上表达了当代中国人的股市生活，显示了别具一格的美学意义和社会价值。

　　成长期中国当代股市小说成为 21 世纪初中国当代小说中令世人瞩目的一股小说热潮。选择丰赡的现实生活作为自己的创作依托，在 21 世纪以来的中国小说创作中早已蔚然成风。许多作家对复杂的社会人生不约而同地做出自己的选择，对现实社会中出现的重大问题保持了浓厚的兴趣和书写的热情。作家们依照不断变化的社会现实，寻找自己的表意方向，传达着对人类命运的关注与人生意义的探讨。随着作家股市生活素材积累的增多、思考的更加深入，中国当代股市小说创作从无到有、从一元到多元，呈现出不断勃发之势，这不仅丰富了中国当代小说的创作和内涵，扩大了中国当代小说的表现深度，也体现了当代小说发展的多样化选择，逐步把中国当代小说创作推向一个新的高度。

　　成长期中国当代股市小说对 21 世纪初市场欲望化的表层生活的洞见和言说是准确的。它描写的种种生存表象涵盖了这个时代最本质的商业特征，并进而构成了 21 世纪初市场文化景观最具特色的一面。以对股市生存的体认来切入当下现实，使 21 世纪初的中国小说获得了再度繁荣的勇气和力量。如果中国当代股市小说对于市场生存的透视仅仅滞留在表层状态上，那么它存在的价值和意义将会大打折扣。因为作为一种精神性的存在，文学最终指向对人类生存境遇的思考。只有当中国当代股市小说触及生命个体在股市沉浮中的生存痛苦、困惑、尴尬等精神因素时，才能显示出其独特的文学品质，透过千奇百怪的欲望图景，对市场生存的深层内涵进行文化审视。

　　成长期中国当代股市小说首先从物质层面对人类的股市生存状态进行着最直接的表达。小说的主人公大多是热衷于物质利益的，在激烈的市场竞争中，他们急于要改变自己。他们的情感世界及其人性过程，与现实生活中的股市群落的心路历程同质同构，息息相关。

　　成长期中国当代股市小说对以实利原则为主体的财富欲望做了本质化的书写。尽管他们的冒险方式各不相同，但发财的愿望却同样迫切，对金钱的占有是他们全部的生活梦想。欲望是人性的枷锁，在各种欲望面前人性表现得尤其复杂。股市是人性表演的大舞台，一切丑恶的、美好的、纯真的、虚伪的都在这里表露无遗。所以无论股市表面多么浮华，多么诱人，但小说一定要透过表象去寻找人性上的根源，深刻挖掘人性的本质，只有这样才能创造出不朽的杰作。

作为时代精神在文学上的必然选择，中国当代股市小说具有丰富的思想价值。基于平等交换原则的市场文化所包孕的人格平等意识，与市场契约关系相维系的现代法制观念及市场竞争原则，是对守成型的农业文明心态的大胆超越。

成长期中国当代股市小说初步形成了自己既紧贴现实，又与现代化前景贯通的文学个性。反映股民的人生命运、精神遭遇、人性变异，由此而展开的生活形态复杂多样，蕴含着丰富的精神性与审美性。

伴随着市场经济的到来，股市小说作家将股市生活纳入自己的笔端，为股民树碑立传、塑造金钱神话，改变着人们传统的义利观念，传播了先进的市场文化理念，为市场社会的到来和人们对市场社会的接受作了舆论上的准备和思想上的动员。

股市小说从人物形象的塑造到细节的表现，都充满着浓烈的"股市"气息和意蕴。张成在《金叉》中成功塑造了年轻气盛、性格内向、恃才孤傲、迷醉于被赏识而陷入泥淖的操盘手程兴章；风度儒雅、信誉卓著、被员工奉若神明而实际上老奸巨猾的金董事长；碌碌无为却又自命不凡的宏光证券公司经理胡志刚；畏惧股市风险仍在股海中沉浮的股民李丽娟等。他们身上既有共同的经济品格，又有不同的禀赋品行，其命运与股市风波紧密关联。

中国当代股市小说为中国当代社会转型写真。改革开放引起了社会生活全方位的变化，新的职业、新的交际方式、新的谋生手段、新的价值准则在中国当代股市小说中都得到了淋漓尽致的表现。

二　形成"股市中人"写"股市中事"的作者队伍特色

中国当代股市小说作者队伍基本上由两部分人组成。一部分是从事或者从事过证券投资的作家，另一部分是爱好文学的证券财经专业人士。也就是说中国当代股市小说不仅有真正的小说家创作的股市小说，还有证券财经人士创作的股市小说。这两种作者并存的现象一直存在于中国当代股市小说创作的始终。中国当代股市小说再现了风起云涌的中华人民共和国证券市场，见证了上亿股民的共同生命历程，是一个由证券高手与专业作家联合组成的创作群体深刻的精神记忆与情感记忆的艺术性凝结。

股市专业知识和经验的获得并非朝夕之事，没有数载的股市沉浮是难成"正果"的，于是，一些非专业作家的写作群体，即所谓的"股市行业作家"便凭借自己熟悉股市生活的优势在股市小说创作上脱颖而出。他们以证券投资为主业,对股市生活有着一般人所没有的切肤感受,不仅娴熟地掌握证券专业知识,而且有着丰富的从业经验。操盘手、财经记者、职业经理人等财经证券行业精英是股市小说创作队伍的重要方面军。财经证券专业的股市小说写作群体,即所谓的"行业作家"、业余写手因为是写自己本行业的人物和自己的切身感受,所以能够得心应手,把自己笔下的人物写得真实,专业。张成既爱好文学,又是商界的成功人士,曾经在外贸企业、外资企业、合资企业及股份公司等做管理工作,历任部门经理、总经理,直到集团总裁、董事长,并两度在证券公司担任高层管理职务,对市场经济和证券行业有深透独到的理解,良好的文学修养和证券专业知识,丰富的股市生活积累,使张成在股市小说创作上崭露头角。《金叉——股市操盘手》讲述了一个年轻气盛的证券公司专业人员程兴章为人充当股市操盘手的故事。小说在《新民晚报》最初连载的时候,读者的电话不断,甚至证券协会都打来电话咨询。因为小说中操盘过程写得非常仔细,有很多人把报纸剪下来贴在本子上用以指导自己炒股。虽然这些股市小说表现的内容也未必是作者亲身经历的,但他们在写作方面都能做到"典型体验",在写实方面有刻意的追求,所以能给读者一种"亲历"的感受。小说描述的股市日常生活场景自然激起读者共鸣,并强烈地、深刻地触及了社会的敏感神经。中国当代股市小说作者深厚的证券财经知识背景,带领资金股海搏击的实战经历,跟踪市场深度采访的股市浸润,诸种因素使得中国当代股市小说不仅具有极强的可读性和真实性,而且富于股市启蒙、股市教育价值。

具有证券投资生活经验和积累的专业作家是中国当代股市小说创作的主力军。山东作家矫健历经8年资本市场沉浮,写出了《金融街》;上海作家俞天白是资深股民,又有经济杂志总编及证券报工作的经历,著有《大赢家——一个职业炒手的炒股笔记》;江苏作家沈乔生是中华人民共和国第一代股民,创作了系列股市小说《股民日记》、《就赌这一次》。矫健的《金融街》以S市的金融街为背景,演绎股民的事业成败、情感纠葛,揭起了金融证券界一层层神秘的面纱。其中颇多作者的真实历练,提供了从经济角度观察人类既独特新奇又无比真实的标本。

因为股市生活有它的特殊性,不懂股市的作家靠所谓的"深入生活"是写不出真实的股市小说的,同时文学修养不到家的股市专家也是写不出文学水平高的股市小说的。

股市生活成为股市小说创作的"铁门槛",中国当代股市小说形成了

"股市中人"写"股市中事"的作者队伍特色。

股市小说作家喜欢采用自传体、半自传体，不仅有明显具备自传体特色的作品，也有以自传为基础经过大量虚构加工的半自传体小说。将自己真实的人生经历、生活方式及体验大量穿织于小说中，并有意模糊作为作家本人与作品主人公之间的距离，使读者在阅读中产生了角色混同的幻觉。处于世纪之交的中国小说语境发生了很大的改变，个人的直接经验成为小说赖以生存的土壤。当代读者也越来越青睐、越来越依赖真实的故事，他们希望在股市小说中能够学到证券交易的经验，能够给他们的股市生活带来有益启示。20世纪90年代以来，现代传媒蓬勃发展，观看或阅读种种"真实的故事"的过程不仅轻松，而且还极容易满足心理补偿的需要。在现代媒体的调制下，"真实"已成为人们的"精神鸦片"。股市小说作家在股市小说创作中开始大胆甚至有意地暴露和敞开自己的真实经历、生活场景及人生体验，让读者对他们所描摹的事实产生一种强烈的认同感。

不管是作家类的股市小说作者还是证券专业类的股市小说作者都有一个共同特点，这就是他们都有亲自参与股市生活的"典型体验"，这种体验不仅使他们创作的股市小说获得至真效应，而因此产生独特的艺术征服力。股市小说的"纪实"特性就主要表现在作者对股市生活的亲历性体验基础上。这些作家都有过丰富的股市经历，再加之敏感的嗅觉、敏锐的眼光、敏捷的思维，在拥有了大量翔实、新鲜的第一手材料后以小说家的艺术气质进行全身心的感受和审美判断进行小说创作。不少股市小说带有明显的自传色彩，甚至是以作者现实生活中亲历的事实为素材，由于作者的介入——不仅仅是亲身经历，也是作者对社会、对人生深厚而独到的亲身体验，因此才使股市小说获得了厚重的思想价值和审美价值。

中国当代股市小说创作的"大众化"、"平民化"，人人可以参与，是伴随这一时期中国小说的去"精英化"和去"崇高化"而来的。"市场化写作"是"人人可以写作"时期的文学写作，从对文学的市场需求出发，为满足更多的读者的喜好而进行的写作，读者在阅读作品时主要是为了消遣，阅读是一种娱乐活动。

三　原生态地表现股市生活

股市对中国人、中国家庭、中国社会产生了深刻的影响，股市中的故事几乎就是当代中国人最耐人寻味的生态，可以从一个侧面更好地理解这个时代。用一种扎扎实实的平民化写作来呈现本真的股市生活原型，在对股市参与者生存状态的逼近和复活中，再现了市场欲望化的表层生活。成长期中国当代股市小说对股市生活种种或美好、或丑恶、或荒诞的现象没有煞费苦心地溢美或掩丑，而是坦坦荡荡、实实在在地展示出来，表现了一种求真务实的新的艺术精神，审美意识从理想境界向原生状态泛化。股市小说作者在写作姿态上"平实"化，不再高高在上充当"上帝"，读者也不必再对虚构出的至高至美的境界顶礼膜拜。在一种平等意义的交流中，小说实现了审美价值。

由于市场经济的介入，限制或约束了文学的艺术与精神上的纯粹个人化的神秘性，故事和情节开始显山露水，直观、写实、仿真成为股市小说的主导性风格，意味、抒情、灵悟成为远去的风景。运用纪实性的手法，忠实地记录股市的原生形态。成长期中国当代股市小说通过对个体生命在惊心动魄的股市博弈中释放的本真描写，把侥幸、贪婪、恐惧等人性中最隐蔽的弱点和劣根性暴露出来，把道德与欲望、理性与疯狂的冲突展现出来，淋漓尽致地传递出作者对于人与人性的理解，将个体的人推向广阔的精神空间立体展示。

股市小说作家在艺术上采取贴近现实的实录原则紧跟社会热点、股市热点，揭示股市奥秘，触摸股市中的人性人情。

贴近时代脉搏，表现现实生活，这是文学的职责。成长期中国当代股市小说以一种原生态的生活真实来书写股市人生，掀起了股市的面纱，发现了新的写作视角和视域，紧贴时代脉搏。从文学与现实的距离上看，中国当代股市小说创作习惯于从社会、国家、民族、阶级、历史的角度思考问题。对现实的近距离书写和近距离书写背后的远距离思考，表现了中国当代股市小说作家对现实的敏感和思想的深刻，表现了中国当代股市小说作家的责任意识和把握现实的力量。中国当代股市小说表现在商业大潮的冲击下当代中国人价值观与生活方式的深刻变化。如何"现在时"地把握并表现剧烈变动中的中国当代社会和文化，始终是中国当代股市小说不懈的追求。

20世纪90年代以来，随着全新的市场生活日益取代以往的生存境域，市场空间的日常人生成为小说关注的焦点。

股市小说的作者多与证券界有很深的瓜葛，熟知那些鲜为人知的幕后故事。股市小说创作需要文学修养与股市专业知识兼具。有股市生活经验的专业作家或者身处股海的业余作者，很有可能在股市小说的写作上先拔头筹。《天尽头》的作者老奇是专业作家，原来从事话剧创作。自1993年起，他涉足商海，逐渐具备了深厚的生活底蕴。在深入了解并研究中国股市特点和历史进程后,老奇对于股市有了自己独特的看法和感受。老奇认识到,中国处于社会转型阶段,随着时代的发展,反映股市生活的历史机遇已经来了。"我开始关注并研究社会深刻的变化所带来的人的变化。中国已经产生一批过去所没有的商人,那些人站在历史的潮头,新颖而独特。"① 老奇下海,最初没有写作意图,因此他才能真正深入下去,获得真知灼见,获得真切感受,并将其体现于小说中。"一个通俗的故事,但有严肃的写作笔调和作者对历史和人性的尽可能深入的开掘,这就是《天尽头》。"② 由于股市这一领域的特殊性,仅仅靠采访写作,是无法让作品具有恢宏开阔的视野以及生活的深度和厚度的。

中国当代股市小说对市场生存进行形象的描摹。在物质欲望不断挤兑精神操守的年代,市场的堕落与狂欢成为最耀眼的图景。市场可以提供欲望的满足、物质的享乐,却无法消除寂寞,安置灵魂,寻求救赎。何去何从的价值取向问题便成为股市参与者生存的一大难题。他们像一群孤独的流浪者苦苦挣扎于现实与欲望的对立冲突中,在无奈和自嘲中完成了对生存观念的选择。

中国当代股市小说对于世俗场景和股民生活的温情凝眸,对于日常琐事和生活细节的原生态展现,表现了一种新的艺术追求。

四 专业性、经济性过于浓郁,冲淡了文学色彩

股市生活这种专业性极强的题材很难把握,人物和故事往往要在实体经济和资本市场的舞台上同时展开,相关财经技术状态的描述和股权结构分析等,都是股市生活不可缺少的内容,因此都是股市小说创作不可回避的。如何驾驭这些与文学无关甚至犯冲的专业性内容,是横亘于股市小说作者面前的非文学难题,也因此造成股市小说在文学艺术水平上参差不齐、良莠并存。不少股市小说作者的主业是财经证券,他们的优势在于其股市经历,文学只是业余爱好,出自这些作者之手的股市小说文学性弱,在文学创作艺术上也就难免有一些缺陷。

专注描写炒股的过程,忽视人物形象的塑造是很多中国当代股市小说的一个艺术缺陷。很多股市小说在文学性上停留在讲故事的水平和层次,忽视人物形象的塑造。作者创作心态上的率性而为,使得一些股市小说像是形象化的股市实战"指导教材",甚至于更像一部股票实战操作指南。

---

① 舒晋瑜:《期待财商小说重整旗鼓》,《中华读书报》2003 年 6 月 18 日《我有话说》。
② 同上。

借助于网络的自由化、便捷化、大众化，股市小说具有鲜明的草根性、民间性特征。

股民形象塑造的主要障碍之一就是模式化。模式化倾向形成的最根本原因还是作家对生活的感悟和理性分析还不够深入。作家需要打破固有的思维定式，超越题材的制约，塑造股民形象的路子还需要拓宽。艺术功力恰恰是证券专业股市小说作者的薄弱环节，他们心爱的人物常常被生动的故事淹没，这也是他们未能塑造出典型形象的原因之一。股民人物形象的典型性不足，对社会生活的剖析和发掘还较肤浅，因而股市小说表现出一种"新闻化"特征，疏忽了股市小说作品前提性存在的审美距离感。

很多中国当代股市小说经济色彩过于浓郁，文学色彩不浓，股市人物形象塑造粗线条，不细腻，甚至部分中国当代股市小说作者只是把小说当作商品，当作在股市之外的又一赚钱工具，并不存在形而上的追求，因此认为股市小说故事粗糙也无妨，不那么深刻精要也无妨，使得中国当代股市小说故事中粗糙者为数不少。

中国当代股市小说创作一个不能忽略的问题就是诗性的缺乏。诗性消失是当代中国小说创作目前普遍存在的现象。在实用主义的指导下，"真实"成为中国当代股市小说的首要追求。他们原生态地反映股市生活，没有经过文学诗性地传译。它犹如一个片断一个片断的股市知识，是一份提供了新形象和新图景的说明书。有的股市小说的倾向是向着通俗"读本"衍变，损耗了文学的诗性性质。文学语言的个体感觉性、叙述方式的优雅性、物事意象的诗意性，这些作为小说的基本质素，往往被股市小说创作者所遗忘。小说排除了一切感性化、心灵化的细节、场景，干巴、冷漠，甚至带着几分居高临下地讲解着股市运作。一个主要原因就是股市小说的创作者多为股市专业人士，他们自身的文学修养并不高，他们只是尝试把炒股技巧和策略写成一本小说。中国当代股市小说既然是小说，就不能脱离小说本身的特点和美学规范，要在矛盾冲突中塑造生动的人物形象。

一个时期小说特征不仅与时代环境有关，也与小说的生产方式及生产机制密切相关。中国社会的市场化进程时间短暂，大部分作家对股市这一新兴行业感到困惑和隔膜。有些有过股市生活经验的写作者，虽然股市生活体验丰富，但在生活素材到小说创造之间的转化上，缺乏丰富想象力，缺乏在虚构基础上的艺术创造力。有股市生活素材者，缺乏文学表达力；拥有文学表达力者，缺乏对股市生活直接的体验与感受。优秀的股市小说作者必须同时具有深厚的股市生活积累和扎实的文学功底。

第六节 成长期中国当代股市小说表现的 中国文化嬗变

一 以交易为生成为一种生活模式和理想

在当代中国生活着这样一群人——他们非常自由,做投资或投机交易,依靠资产性收入生存。他们厌恶被别人剥削,所以没有老板和领导,他们似乎也不愿意去剥削别人,因此很少雇用员工。在别人眼里,他们就像是一些独行侠,天马行空,独来独往。如果他们不愿意,甚至可以不搭理这个社会中的任何人,而自顾自地生活和工作。这是中国当代社会成功的以交易为生的投机交易者的生活写照。

中国传统文化是一种人伦文化,也是一种倡导依附的文化。它使得传统中国人缺乏独立自主的意识,习惯于过一种依附于人的生活,而股民们闯荡市场,无所依傍,这种生活培养了股民的独立自主的品格。这是传统中国人最缺乏的一种品格。

在中国的传统社会里,人是不自由的。在这个注重家庭伦理道德的社会里,社会组织是独裁的、等级制的。一个人生下来,已经在道德上被赋予了某种角色。这种伦理制度虽然促进了社会的和谐有序,但从根本上也扼杀了个人的自由与个性。

中国传统价值观始终把谋求人与自然、社会的和谐统一作为人生理想的主旋律,反对人的独立意念和锐意进取,培养人的群体意识、顺从诚敬意识,具有很大的惰性。在中国的传统社会里,人是不自由的。在这个注重家庭伦理道德的社会里面,社会组织是独裁的、等级制的。在这样的社会中父亲的权威天然高于儿子,君主天然高于臣子,丈夫天然高于妻子。一个人生下来,已经在道德上被赋予了某种角色。这种伦理制度虽然促进了社会的和谐有序,但从根本上也扼杀了个人的自由与个性。个人的独立思考和自主意识往往被集体的名义所抹杀。

市场经济促进了社会的分化,孕育了市场主体自我负责的精神,从而催生了个体的觉醒。市场经济的发展带来了自由平等的人文精神,而自由平等又会激发人的创新和冒险精神。炒股不仅是为了赚钱,也是为了自尊。因为人只有首先在经济上独立,才有可能维护个人的尊严,保全自己的人格。股民把炒股赚钱作为实现自己人生价值的重要手段。急切地占有财富的背后隐含的是股民走向独立自强的自觉意志,是他们努力实现自己最大使用价值的个性追求。

中国当代股市题材小说大胆张扬股民独立自主的生活理想，表现股民人生价值观变化带来的自尊与自信。

我国社会结构的身份取向正在逐渐弱化，一种新的、具有可变性的、以职业身份为标志的身份体系正在逐渐取代以往社会的各种身份。于是，伴随市场化的深入，社会整体主义的文化体系被打破，人的主体地位被确定，个体主义的信念深入人心，个体主义的创造力被充分激发，而股民则首当其冲地演绎了这一时代的重大变革。这种变化是人类历史的巨大转折。

张华林的《金漩涡》的主人公赵秋生出身农村，大学毕业后，分到武汉，辞职下海，走投无路，"大学里四年培养起来的兴趣爱好，到社会两年时间就丢了；所学专业，因分配时不对口，一开始就废了；现在读书十几年来之不易的'铁饭碗'也稀里糊涂被自己葬送了。想起远在农村的父母兄弟一双双期盼的泪眼，他恐惧，痛不欲生，仿佛陷入了万劫不复的深渊之中"。万般无奈的他只得以炒股为生，成了股市里一个小小的股民。他凭自己的炒股本领，得到下岗女工马莲的信任，代她炒股，获利不菲。陈光是一个房产商，用 2500 万贷款委托赵秋生投资股市。当陈光的2500 万变成 8000 万的时候，陈光结束与赵秋生的合作。赵秋生获得赢利部分 10% 的佣金。在股市，曾经穷困潦倒的他收获了金钱，也收获了爱情，谱写了一首股市胜利者的欢歌。

对于生活在转型社会的人们来说，中国当代股市小说这样的话语实践显然是具有启迪民智之功效的。按一个股民影响 3 个家庭成员计算，中国当今至少有 3 亿人的日常生活与股市紧密相关。也就是说，将近 1/4 的中国人与证券市场关系密切。当 1 亿多投资人都在以平等身份参与经济活动时，当民众的经济民主意识日益增强时，它对中国社会的政治文明建设的推进作用是不言而喻的。当千千万万股民真正成为投资者、当股市与中国经济能够持久良性互动时，人们迎来的将不只是投资收益，而是一个新的文明时代。

二　股市成功与财富带来了自尊、自信和自立

在物欲横流的股海里，股市英雄不再是唯利是图、浑身充满铜臭气的小人，也不再是任人宰割、低三下四的弱者；他们多为精明智慧、长袖善舞的俊才和克己爱人、诚信重义的强者。他们凭借审时度势、权谋善断的大将风度和坚韧不拔、自强不息的开拓精神纵横股海，所聚集的智慧、资

本不仅令普通百姓引以为荣,整个社会也对此表现出应有的尊重。他们既因社会地位提升而生发自重感、责任感,也因时代变革而勃发趋利天性和市场智慧;在由忍耐、保守、依赖向抗争、进取、独立过渡的变化中,股民积极进取、勇于开拓的精神特质获得了前所未有的释放空间。

中国当代股市小说大胆张扬股民的生活理想,表现股民人生价值观变易带来的自尊与自信。俞天白的《大赢家——一个职业炒手的炒股笔记》的主人公曾经海是中国散户股民的精神标本。他辞职炒股,赚了一大笔钱,得意之情溢于言表:"我,曾经海,不再是一条游在海底的鱼啦!我身上长上了翅膀,飞上天啦!——要房子吗,我不要看分房小组长的脸色,不要悄悄上门去送钱送礼啦,只要到股市里伸手就是了!要出国吗?我也不需要向我们头头拍马,对同事们当面逢迎、背后拆台啦,股市会送我进国际旅游团的——反正,我要什么就有什么,懂吗?我就是上帝,上帝就是我!"从偷偷摸摸炒股到辞去公职炒股,源于曾经海对自由、尊严、财富的向往。"我的命运掌握在自己手上"。在这时的曾经海看来,炒股既可以赚钱,又不需要求人,完全符合自己既想有钱,又想自由自在的生活愿望。小说表现股市给人们提供了新的出路、新的机会、新的谋生方式,给人们提供了自主生存的可能。时代给予了股民新的机遇,股民可以凭自己的智慧、能力和勇气去开创自己的事业。股民是一群冲破了计划经济长期培育出来的体制化心理和思维方式束缚的人。市场经济不仅解放了人们抑制已久的人生欲望,也彻底改变了他们的生活方式。股市小说作者将这群搅动市场经济春潮的人们纳入自己的笔端,勾勒股民这个群体的精神风貌,起到了重塑社会市场价值观的作用。

当代中国人的生活方式发生了一个非常重要的变化,就是由群体性的生存方式向个体化的生存方式的转变。孔子的理论和学说是一种群体生存方式下的规则,而个体化生存方式使人与人之间的联系不再那么紧密,谁都管不了谁,谁都奈何不了谁,谁都不怕谁。个体化的生存方式是自由的,同时也是无所依傍,自生自灭的。自主性是市场化生存的突出特点,依赖性是传统或群体化生存的突出特点。群体化的生活方式在中国延续了几千年,从家族式的群体,到单位式的群体。市场经济的发展以及由此而来的人的个体意识、平等意识的茁壮成长,释放出了人们潜在的进取冲动,进一步触动了当代中国人实现自我价值的意识。

中国当代股市小说赞美股民不依附于人的自强自立精神,表现对自由、自主、自在生活的向往,弘扬一种独立自主的价值取向。

三　股市成为实现人生理想的新舞台

老莫的《股神》中的龙在田是一家证券类报纸的编辑，后来离开报社，从事证券咨询业务。他的这家咨询公司有代客理财、财务顾问、中介经纪、证券投资等多项业务，在社会上的影响不断扩大。雷鸣豫是得利集团的董事长，除去股市投资这一块，雷鸣豫还从事证券咨询。《财经周刊》的广告与发行收入每年不会少于500万元，而那份《大户室传真》是目前市场占有率最高的，固定订户已经500家，每份每年2万元，这半年的净利润摊下来也不少于500万。5家证券部仅手续费的收入，半年合计起来就有4000来万。雷鸣豫的得利集团的半年净利润应该在1.1亿左右。雷鸣豫在短短的5年多时间里，把一个小咨询公司发展到有20多亿总资产、10亿净资产的规模。凭借强大的经济实力，雷鸣豫在股市坐庄。他对自己的公司进行股份制改造，公开募股，然后策划上市。

《涨停板，跌停板》的主人公何开镰、石学刚和高岩三人是老乡，又同在深圳创业。何开镰来深圳先是替香港老板打工，后来自己当老板，开塑胶厂，买身份证参与新股抽签赚了几十万元，后来在深圳成立了康大实业公司，生意越做越大。高岩是金融专业的研究生，在深圳一家证券公司任职。他建议有一定经济实力的何开镰搞资本运作，建议何开镰收购家乡的上市公司"湘锆锶"："花三千万收购'湘锆锶'，然后再让它花五千万把深圳这个'高科技企业'买过去，这样你事实上等于收两千万把原来的企业卖了，但是一反一复你还是控股那家上市公司，且不说两次'资产重组'我们可以配合二级市场赚个几千万，就是将来上市公司实在被掏空了，三千万法人股也很难说一文不值，就是真的一文不值，不也是早就回本了吗？"后来他们以停产、停止供应矿石逼下游冶炼企业与之"整合"，零成本收购冶炼厂。

雾满拦江的《大商圈·资本巨鳄》刻画了一批活跃在当代中国资本市场上的布衣英雄，这些资本强人以其过人的胆略及智慧进行的资本运作是我们过去无法想象的。借助资本市场的辅翼，陈昭和执掌这家靠铁锤起家的长华汽车制造厂，然后果断选择了在美国纳斯达克上市，收购了一家壳资源之后，通过在股市上的圈钱迅速完成了对长华汽造的初期原始积累。当年长华汽造亏损了7个亿，历经10年打造，陈昭河使这家负债累累风雨飘摇的小作坊一跃成为挟有资产总额高达数百亿元、旗下显性公司数十家、隐性控股公司多达数千家的南江集团，扩张成几百个亿的大型财团。陈昭河从一介平民百姓奋斗起家，成为业界赫赫有名的资本巨鳄，是我们这个时代崇拜的商业奇才和资本英雄。小说洋溢着对这些市场英雄的赞美。

四　股市的变幻莫测与长远眼光的培育

在股市中,中国股民急功近利、缺乏远见和耐心的传统弱点显得更加突出。中国股民在股市最容易、最普遍犯的错误之一就是目光短浅。如果眼睛总是盯在股市每时每刻的价格变化上,就会缺少大局观,自然就会陷入价格迷局之中。中国当代股市小说中的"股市英雄"多是充满了市场智慧的精灵。这些人目光敏锐,思考缜密,善于审时度势,随机应变,长于把握赚钱机会。在对社会政治经济变化趋势的准确预测中,见人所不见,为人所不为。

马长旺的《股市英雄》的主人公大学毕业进了银行机关工作,单位下达了任务,要求他们推销当时卖不出去的股票认购证,"有的同事已经介绍亲戚朋友卖掉了几百本,非常得意,因为每推销掉一本股票认购证,推销者可得一元钱手续费。"他有头脑,有眼光,知道这个信息后马上发现了其中的发财机会,"我就匆匆取出了自己的 6000 元积蓄,毫不犹豫地买了 200 本股票认购证"。不久有人找到他,愿意出高价收购,"有人劝我何不赶快转让掉 100 本,先捞现钞再说。我不答应。很简单,别人愿出高价收购,说明认购证肯定已属珍贵物品。我捂着认购证不放。我竟然成了百万富翁"。不赚小钱赚大钱,丢芝麻,捡西瓜。在证券市场中投资者要想成功必须把眼光放长远,注重股市变化大的趋势,必须不计较小的得失,顺势而为。这其实是股市这个新玩意对我们骨子里的传统观念、传统思维的挑战。预测未来是人类自古以来的梦想,而投资就是比谁看得更远。

五　人性不得不接受股市痛苦的磨炼

股市的不确定性使生活在市场旋涡中的当代中国人饱受市场风险的考验和煎熬。股市交易中无论是买还是卖都有风险,都有可能犯错。生活在市场风险中,时时刻刻面临市场风险的威胁,时时刻刻都要防范市场风险是股民生活的常态。

上海作家俞天白是中国股市最早的股民之一,他的长篇小说《大赢家——一个职业炒手的炒股笔记》在中国当代股市小说中是非常有特色、非常有分量的作品。小说准确地表现了股市对当代普通中国人生活的影响,通过股市这个窗口表现了当代中国人灵魂的时代颤动和人性的市场修炼。

炒股的过程就是与人性中的弱点作斗争的过程，就是人性受市场修炼的过程。经过股市的风风雨雨，曾经海的心态变得平和，不以涨喜，不以跌悲，逐步战胜人性中的弱点。钱财在他的心中似乎不再是那么重要。他代飞天公司炒股赚的 5000 多万元，因为收益来历不明，飞天公司无法入账，因此飞天公司没办法用，也不敢用，资金在曾经海开的公司名下，假如曾经海想据为己有，飞天公司是毫无办法的，但曾经海对此一点也不动心。战胜了贪婪，战胜了恐惧，战胜了自我，获得了自我，曾经海将自己的人性磨炼得越来越纯净。冷静、坚韧、理性、耐心，曾经海是在炒股，同时也是在培育自己的好品性。因为炒股不需要很高的智商，只需要人类优良的品德，需要坚毅、耐心、毅力。曾经海炒股赚钱后投资开办连锁店，为大量的下岗工人创造就业机会。小说表现了曾经海的灵魂颤动和人性修炼，表现了这种灵魂颤动和人性修炼在当代中国人中的代表性，表现了中国文化在当代的发展和变化。

人性是每一个人都具备的精神层面上的东西。中国当代股市小说对人性的认识和把握更加深刻。股市投资真正的风险不是来自市场，而是来自人的内心。阻碍着一般人在股市成功的不是股票有多么复杂，而在于人本身有很多缺点。证券市场是最富哲学思辨的一个无硝烟的战场。世界上最伟大的力量是"选择的力量"。投资股票和人类其他大部分活动领域一样，想要成功，必须作出正确的选择。人有弱点并没有什么可羞辱的，世界上每个人都是被上帝咬过一口的苹果，都是有缺陷的。人性的弱点是日积月累形成的，克服人性弱点是一个漫长的反复的过程。要想在这个充满陷阱和诱惑的市场中长期生存，就得从克服人性的弱点做起。成熟的投资理念和心态不是学出来的，而是磨炼出来的，只有磨炼出来的东西才是最真实、最可靠的，经得起市场的检验。"修炼"是一个佛家、道家、儒家修身养性的专用词，是通过某种方法，达到身心合一的境界，真正达到贯通宇宙。市场修炼的最高境界就是生活的修炼，是对人生、对社会的理解。摆脱人性的弱点，通过市场修炼领悟到人生的真谛。

第三章　中国当代股市小说的成熟期（2005—2008）：以资本运作高手为主要描写对象的时期

第一节　成熟期中国当代股市小说成熟的股市社会背景

一　成熟期中国股市发展的大事概要

2005 年 4 月 29 日，解决股权分置的上市公司股权分置改革启动。经国务院批准，中国证监会发布了《关于上市公司股权分置改革试点有关问题的通知》，宣布启动股权分置改革试点工作。2005 年 6 月 6 日，上证指数跌破 1000 点大关，最低见 998.23 点。许小年的"千点论"终于成为现实。2005 年 9 月，《上市公司股权分置改革管理办法》正式出台。截至 2006 年年底，沪深两市共有 1269 家公司完成了股改或进入股改程序，市值占比 97%，股权分置改革基本完成。股权分置改革是中国资本市场完善市场基础制度和运行机制的重要变革。解决资本市场的陈年顽疾后，中国股市终于从熊市中挣脱。随之沪深股市开始了一轮波澜壮阔的大牛市。上证指数由 2005 年 6 月 6 日最低点 998.23 点上涨到 2007 年 10 月 16 日的 6124.04 点，最大涨幅为 513.6%。这也成为中国证券市场有史以来的最高点位。

股权分置的终结意味着经过 20 年的建设，中国 A 股市场真正迈入了全流通时代。2006 年和 2007 年的市场行情，也因此被市场称为"股改行情"。持续了一年之久的股权分置改革时代基本结束，沪深股市真正进入"后股改"时代。无论从融资额、投资者开户数，还是总市值、流通市值和成交金额来说，中国股市从 2005 年至 2007 年得到了一个空前大的增长。证券投资者开户数由 2005 年的 7336 万户猛增至 2007 年 13886 万户。

　　这个时期中国股市还进行了包括提高上市公司质量、大力发展机构投资者、改革发行制度等一系列改革。截至 2007 年年底，中国沪、深两市共有上市公司 1550 家，总市值达 32.71 万亿，相当于中国 GDP 的 132.6%，位列全球资本市场第三，新兴市场第一。

　　2006 年 4 月底，取消市值配售新股。5 月 15 日，沪市成交量 533 亿，创下历史天量。5 月 18 日，IPO（首次公开募股）新规正式实行。

　　2007 年，中国基金业达到了空前的繁荣与辉煌，呈爆炸式增长，基金开户数超过一亿，出现全民炒股、居民银行存款大搬家现象。存款准备金率屡次提高也难挡牛市。2007 年 5 月 9 日，上证指数突破 4000 点。5 月 21 日，央行出台调控"组合拳"，提高利率和准备金率，可大盘继续上扬。2007 年 5 月 30 日，财政部凌晨宣布，即日起将证券交易印花税上调至 0.3%。上午 9 点半，沪深股市开盘后出现了放量暴跌的态势，上证跌幅 6.5%，创出了中国股市历史上最大单日下跌，而两市 A 股有 850 只跌停。几百只股票连续 5 天跌停。6 月 5 日，指数大跌反弹，继续走高。2007 年 8 月 9 日，沪深总市值达到 21 万亿，超过 GDP。8 月 20 日，国家外汇管理局宣布港股直通车——允许内地股民购买港股，并拿天津作为试点。10 月 16 日，上证指数见高点 6124.04 点。中国石油、中国神华、建设银行、中国平安等 9 家 H 股或红筹股回归，每家募集资金超过 100 亿元。中石油上市后，沪深两市总市值超过 30 万亿元。

　　2007 年，党的十七大报告提出国家将创造条件让更多群众拥有财产性收入。它肯定了投资者（尤其是中小投资者）在股票市场中不可或缺的地位、追逐财富的正义以及利益保护的必要，为投资者（尤其是中小投资者）通过买卖股票以实现货币资产的保值增值提供了有力的保障。这时一场起源于次贷危机的金融冲击，迅速横越了大西洋两岸，把美国和欧洲市场都卷了进去。但在这一阶段，中国股市经历了"5·30"的夜半惊魂后，垃圾股的泡沫程度有所缓解，而蓝筹股的泡沫正在生成之中，股市依然亢奋、繁荣。沪深股市持续高位震荡，很多资金和散户依然持有牛市思维，对海外的此轮危机认识不够。大量的海外资金此时已经进行了大规模的减持，并将获利资金回援美国总部。

　　伴随全球金融危机的不断加深，2007 年年底开始，中国股市一路狂泻。2008 年 1 月 10 日，一场 50 年不遇的暴雪袭击我国南方的十一个省市，市场恐慌心理再次燃起。3 月 14 日，西藏拉萨爆发重大打砸抢烧暴力事件，全世界为之震惊，原本就处在下跌通道的股市飞流直下。2008 年 1 月 21 日，平安公司传出欲再融资 1600 亿元的消息，平安股票跌停，上证指数暴跌 5.14%。跌破 5000 点，22 日收跌 7.22%。

2008 年从 1 月初到 4 月中旬，不过三个月的时间，上证指数就已经从 5500 点左右掉到 3000 点附近，相比最高点时，指数已经被拦腰一刀，成为美国次贷危机爆发后全球资本市场中损失最为惨重的股市。4 月 23 日，财政部、国家税务总局决定从 4 月 24 日起，调整证券交易印花税税率，由 3‰调整为 1‰，这一政策被看作重大利好，股市强劲反弹。5 月 12 日，汶川发生里氏 8.0 级大地震。刚刚企稳的股市再次呈现盘整下跌的态势。北京奥运之前，股民们都期待着一波奥运行情，可大盘盘整了一个月后反而从 8 月 8 日开始大幅下跌。上证综指从 2007 年最高位 6124 点下跌到最低位 1664 点，下跌了 72%。沪深股市从 2008 年年底触底后，不断反弹。2008 年 9 月，美国金融危机全面恶化，并迅速波及全球实体经济，中国经济也同样受到波及，出现了快速的下滑。中国中央政府 11 月公布了今后 2 年总额达 4 万亿元的庞大投资计划，并出台 10 项强有力的扩大内需之举。央行连续 4 次下调金融机构人民币存款准备金率，5 次下调存贷款基准利率。2008 年 12 月 31 日，沪市收在 1820 点，深市收在 6485 点。两市全年跌幅约 65%。

二　成熟期中国股市发展的阶段性特征

成熟期中国股市最大的特点是繁荣。

股权分置改革——中国股市制度建设的进步带来了股市的繁荣。

由于历史原因，股改前中国股市高达 2/3 的股份不能流通，形成了一种股权分置格局。它形成了一种事实上的利益分割，对市场投资氛围的形成产生了极大危害：实体价值创造者（一般为公司的大股东代表及公司经营者）不能从股价的上升中获取利益。股权分置造成的流通股偏少又给投机者留下了一个巨大的投机杠杆。只要投机者在特定时间内控制一定比例的流通股筹码就可以操纵总市值庞大的上市公司股票价格，这一杠杆的存在使概念制造者操纵市场的难度大为降低，而且它也使投机者勾结不良大股东从二级市场获利的可能性大为增加。

股权分置的终结标志着中国股市进入全流通时代。

2005 年 5 月开始的股权分置改革，是中国股市重塑的一个过程。自股权分置改革完成后，中国股市进入了一个蓬勃发展的时代，资本市场的融资和资源配置功能得以实现，中国一大批公司成功上市，使中国资本市场进入了蓝筹时代。中国股市规模迅速扩大。截至 2007 年 10 月 25 日，沪深两市开户数突破 1.3 亿户。不到 1 年时间，新增开户数量增长了 2.5

倍。截至 2007 年 11 月 5 日中石油上市，沪深总市值已经突破 30 万亿元大关。这意味着不到两年半时间，沪深总市值翻了 10 倍。相对于我国 2006 年 21.09 万亿元的国内生产总值，我国的资产证券化率已经接近 150%。沪深两个市场的成交额在 2005 年仅为 31665 亿元；2006 年为 90469 亿元，同比增长了 186%；2007 年达到 460555 亿元，同比增长了 409%，较股改之前的 2005 年增长了近 14 倍。2007 年 8 月 9 日，沪深总市值达到 21 万亿，超过中国同年 GDP 总值。

中国资本市场出现了一大批资本运作高手，查处了一批大案要案。

股市大鳄的资本运作日益频繁，重点由炒股向资本运作转移。

2005 年 5 月，南方证券关闭，此后券商关闭或破产消息不断传出。5 月，＊ST 华圣（原名英豪科教，欧亚农业，广华化纤）因连续 3 年亏损而退市。该股票和两个显赫人物——杨斌和关百豪——相连。杨斌在 2001 年"福布斯中国大陆富豪排行榜"上排名第二；2002 年 9 月，这位荷兰籍华人又担任朝鲜首个经济特区新义州的特首；但不到一个月后，他因"荷兰村"造假诈骗案锒铛入狱。关百豪是香港精明商人，控股三家上市公司。在拍卖市场用 600 多万购买了 ST 华圣将近 30% 控股权。

2005 年 9 月，成功控股集团董事长刘虹因挪用湘酒鬼 4.2 亿元资金被刑事拘留，之前他曾掏空岳阳恒立。

2006 年 1 月，大鹏证券成破产首例，资不抵债近 28 亿。2 月 25 日，"飞天系"掌门邱忠保兄弟接受上海警方调查，随后被刑事拘留。2001 年 3 月至 2002 年 11 月，邱忠保以飞天集团为平台，先后收购了福建三农、中油龙昌及浙大海纳的股份，形成了一个拥有 3 家上市公司、70 余家控股及实际控制企业的资本大系。邱忠保本人曾在 2003 年、2004 年连续登上由《新财富》杂志评选的富豪榜，分列第 56 名和第 144 名。邱忠保不断套用上市公司现金，以维持"飞天系"资金链。至 2006 年案发，邱忠保等人制造了共 12 亿元人民币的资金黑洞。

2006 年 3 月 17 日，北京建昊集团董事长、亿万富翁袁宝璟及其兄弟袁宝琦、袁宝森在宣判后分别被押赴刑场采取注射方法执行死刑。袁宝璟曾被誉为北京的李嘉诚，在股市闻名是因为他控股比特科技和丽珠制药。因为早年在期货市场遭遇四川的刘汉，因亏损不服，雇用一刑警队长刺杀刘汉。刺杀未成，刑警队长反要索取报酬，于是遭袁氏兄弟暗杀。判决后，袁宝璟称他控股的在港上市公司在印度尼西亚拥有 400 多亿元人民币的石油资产，拟交给国家，换取宽大处理，但是未能如愿。

2006 年 3 月 1 日，原南方证券总裁阚治东，原南方证券总裁、董事长刘波，原南方证券总裁郭元先被深圳公安机关逮捕，涉嫌罪名是操纵证券交易价格。

2006 年 3 月，数码网络董事长钟小剑因挪用上市公司资金 4.3 亿，非法融资 10 多亿被捕。

2006 年 6 月，原中川国际董事长丛钢因诈骗罪和挪用资金罪被判处无期徒刑。丛钢用虚假的电力公司换取了中川国际的控股权和 2400 多万资金，又通过四川省副省长李达昌的女儿，让李达昌违规动用 429 万美元专项资金，拨给中川国际，解决非洲水电项目赔偿问题，李达昌因此被判刑 7 年。

2006 年 7 月，资本运作"高手"严晓群被刑拘，因南京斯威特集团及关联方占用上海科技的资金 5.98 亿元。斯威特曾控股上海科技、中国纺机、小天鹅、ST 长岭等。

2008 年 3 月 28 日和 4 月 28 日，证监会对三联商社和中关村股票异常交易行为立案稽查。调查中发现，在涉及上市公司重组、资产置换等活动中，鹏润投资有重大违法行为，涉及金额巨大。鹏润投资的实际控制人为黄光裕。黄光裕是一个商业奇才——初中没毕业却成就了中国的"商业帝国"，36 岁即戴上"中国首富"的桂冠。11 月 24 日，黄光裕涉嫌操纵中关村（琼民源变身）和三联商社（郑百文变身）股价被拘留调查。

2008 年 4 月 29 日，最成功的资本玩家魏东当着家人面跳楼身亡。魏东控股的涌金系先后控股了上市公司九芝堂和国金证券，和曾控股湘酒鬼的刘虹以及曾控股湖南泰阳证券的鄢彩宏并称为资本湘军三位高手。魏东早年靠国债期货起家，和中经开有很深的联系。2008 年 6 月 10 日，曾任证监会副主席的国家开发银行副行长王益被双规。传言王益和太平洋证券上市有关，并且王益和魏东来往密切。

2008 年 11 月 27 日，吉林制药宣告，和滨地钾肥重组失败，狂炒重组概念和钾肥概念的游资损失惨重。

中国经济与世界经济的联系越来越密切，中国股市与世界经济和股市的联系也越来越密切。

"金融海啸"对中国股市产生了很大的影响。2006 年春季就逐步显现的次贷危机，经过两年多时间的传播，愈演愈烈。幸好中国受次贷危机的影响微乎其微。2008 年 9 月，次贷危机终于引爆经济危机，雷曼兄弟的破产引发了美国、西欧的全面经济危机，众多投行和大银行岌岌可危。这场危机被众多经济学家称为百年一遇的"金融海啸"。到 2008 年 10 月底，上证指数从 6124 点跌到 1600 多点，跌幅已经突破了 70%。

基金行业得到迅猛发展。

2006 年被称为中国公募基金"元年"。这一年，股改的顺利推进启动了一轮气贯长虹的牛市，当年上证综指上涨 130%，冠居全球，基金行业获得超预期发展的历史机遇。在居民的财产分配中，基金第一次成为个人资产配置的重要工具。投资基金成为一种大众生活方式。截至 2007 年，公募基金规模突破 3.2 万亿，占 A 股流通市值比例逾三分之一，为投资者创造了巨额财富，演绎了一场"基"情燃烧的岁月，基金持有人数量突破 1.3 亿。

政策对中国股市的影响依然明显。

在中国股市的成长历程中，投资者感受最深的是"政策底"和"政策顶"画出的股市运行轨迹，其中政府监管者的喜跌怕涨情绪导致政府干预的"政策顶"打压是股市运行中无法跨越的鸿沟。

2001 年 6 月沪市 2245.44 点的下跌，源于国有股减持在新股发行中正式开始，当日股市暴跌，随后的阴跌持续了 4 年之久。

2007 年上证综指冲击 4300 点后，来自国内外关于中国股市的泡沫声不绝于耳，财政部调高股票交易印花税，股指应声直落 5 天，超半数股票连续 5 个跌停板。"政策市"直接影响着投资者对股票市场的投资信心。

2008 年 11 月 11 日，中国政府宣布 4 万亿投资计划，钢铁股、水泥股、工程机械股等强劲反弹。

第二节　成熟期中国当代股市小说的创作成就与嬗变轨迹

一　成熟期中国当代股市小说的创作成就

2005 年 5 月始，上市公司启动股权分置改革，从制度上弥补了中国证券市场的缺陷，股市又迎来了春天。中国当代股市小说进入成熟期，股市小说的创作日趋繁荣，数量几乎相当于前十几年的总和，成为文化市场的一大消费热点，倍受关注。

2005 年出现了内容非常独特的股市长篇小说——萧洪驰、胡野碧的《股色股香》①。它是中国第一本描述投资银行家（券商）生涯并揭示内地、香港证券业务内幕的小说，是中国第一部全方位描写股市一级市场的小说。

《从一万到百万要多久》② 的主人公张富贵是一个文人，在一家杂志

---

① 萧洪驰、胡野碧：《股色股香》，团结出版社 2005 年版。
② 渔火者：《从一万到百万要多久》，中国青年出版社 2005 年版。

社当文学编辑，在朋友的撺掇下进入股市。这是一个文人炒股的标本。

2006年有三部股市长篇小说问世。

《财道》① 描写证券公司主导的资本运作和竞争，表现了一种对待财富的新态度。

《暗箱》② 描写一家民营公司上市的过程，表现民营企业上市过程中的重重黑幕。这是中国当代股市小说过去较少涉及的内容。

《股殇》③ 描写股市中的庄家，描写他们发家的历史，描写他们坐庄的惊险过程，描写他们令人眼花缭乱的资本运作。

2007年是中国当代股市小说的丰收年。

《基金经理》④ 是当代中国第一部专门描写证券投资基金行业现状和内幕的股市小说。小说从基金公司及其基金经理这个独特的角度来反映股市生活，证券投资基金与本土私募基金、海外对冲基金等不同投资主体的激烈博弈，基金公司的利益输送、变相承诺收益、刻意控制业绩、夸大产品宣传等各种问题是小说表现的主要内容。

李德林是著名证券类刊物《证券市场周刊》的主任记者，创作出版了系列股市长篇小说。2007年他出版了3部股市长篇小说。

《阴谋》⑤ 描写中国股市的资本运作。东北滨海市湖岛县将一家亏损停产的小酒厂改造成岛泉酒业。众多资本运作高手通过弄虚作假，使岛泉酒业得以顺利上市，多股资金坐庄岛泉酒业，最后这些股市"高手"、"牛人"全部入狱。

《天下第一庄》⑥ 描写一个资本运作高手的资本运作故事，描写一个庄家在股市的崛起，兴风作浪，直至最后灭亡。

《迷影豪庄》⑦ 中神秘庄家萧水寒从海南岛发迹，成立了海南伟业集团，回到故乡投资。在关东市政府的支持下，萧水寒将一个年久失修的体育馆成功包装成为中国股市第一商业体育概念股——北方体育，顺利上市。他企图通过坐庄"北方体育"赚大钱，同时完成由庄家向实业家的蜕变。

丁力担任过上市公司董事局负责人，掌控过机构自营盘，同时他还是

---

① 葛红兵：《财道》，东方出版中心2006年版。

② 林夕：《暗箱》，长江文艺出版社2006年版。

③ 黄睿：《股殇》，中央编译出版社2006年版。

④ 赵迪：《基金经理》，清华大学出版社2007年版。

⑤ 李德林：《阴谋》，当代中国出版社2007年版。

⑥ 李德林：《天下第一庄》，江苏文艺出版社2007年版。

⑦ 李德林：《迷影豪庄》，中信出版社2007年版。

中国当代创作出版股市长篇小说数量最多的作家之一。《高位出局》① 作为一部探究股市内幕的股市小说，用 4 篇看似独立又紧密相关的短篇小说将股市的内幕一层一层地揭开。其中《高位出局》描写股市里的庄家如何坐庄，如何出货；《寻找巴菲特》描写庄家解套；《解套》同样描写庄家解套；《善庄》描写股市庄家的成长和资本运作。他的《高位出局·透资》描写资本运作。

花荣是中国第一代职业操盘手。在其几十年的股海生涯中，曾经有散户、大户、机构、攻击性大机构的多种传奇性经历，现为京城著名职业套利专家，为多家券商、企业的投资顾问，《证券市场周刊》、《证券投资周刊》专栏作者。他的《操盘手》② 专门描写中国股市中的操盘手，描写由他们主导的坐庄。

紫金陈的《少年股神》③ 是一部武侠风格的股市小说，缔造"股市江湖"传奇。小说描写私募基金，表现股市新人的成长。

沙本斋的《股海别梦》④ 以中国证券基金为背景，讲述了股市中的 8 个故事。"朱希文被捕"揭露股市中的诈骗行径，描写了当时的股市"牛人"帮人炒股的情形；"唐戈病逝"披露股票发行中的黑幕；"魏总裁气短"描写外资进入中国股市；"霍小青情长"描写证券公司员工违规炒股；"罗青松自杀"描写证券公司的资本运作；"张自贵赋闲"描写一部分从业者的心态；"李思恩改行"和"一种清静"是对股市及其从业者进行全方位的剖析。

李江曾是专业作家，后来专门炒股，再后来写股市小说，他的《绝色股民》⑤ 的主人公刘丽这个从散户股民中成长起来的股市精英形象很有文化意蕴。小说形象地表现了股市对当代中国人生活的影响，表现了股市对中国文化发展的影响，表现了当代中国人的市场意识在股市这块资本沃土上的茁壮成长。

周雅男的《纸戒》⑥ 表现股市新人的成长。小说描写一个懵懂少年从普通股民到学习坐庄操作，进而操纵大资金游刃在国内股市和国外期货市场，最终在"香港金融保卫战"中一举成名，得以报仇。

①　丁力：《高位出局》，清华大学出版社 2007 年版
②　花荣：《操盘手》，中国城市出版社 2007 年版。
③　紫金陈：《少年股神》，当代中国出版社 2007 年版。
④　沙本斋：《股海别梦》，北京出版社 2007 年版。
⑤　李江：《绝色股民》，文化艺术出版社 2007 年版。
⑥　周雅男：《纸戒》，中国工人出版社 2007 年版。

天行的《金融帝国1》①描写股市操盘手的成长。小说描写李锋作为一个操盘手的成长过程，描写他越来越丰富的股市"感觉"。

矫健的《换位游戏》②描写证券公司的操盘手，旨在揭露股市黑幕，鞭笞股市为非作歹之辈。

2008年中国当代股市小说依然丰收。

天行的《金融帝国2》③描写中外资金机构在期货市场上的争斗。

一扔就涨的《股剩是怎么练成的》④细腻地描写了股民在股海沉浮的心理活动，表现了股市人生百态。真实地表现一个普通股民的心理活动是本小说的特殊价值。

如果说丁力的《高位出局》是揭露庄家内幕的话，那么他的《上市公司》⑤就是进一步揭示上市公司的本质。小说以上市公司为中心，形象描绘了一个上市公司的生存状态，描写了一个上市公司的真实运转状况。

赵迪的《资本剑客》⑥描写资本运作高手导演的资本运作故事。小说以凯雷收购徐工案为原型，描写在一宗企业并购中，国企、私企、本土券商、私募股权基金和海外资金大斗法，各路资本高手运用各种资本运作手段，围绕股权利益展开激烈残酷的搏杀，收购与反收购，揭开层层资本黑幕。

李德林的《阴谋2》⑦描写上市公司和庄家合伙造假，上市公司、庄家跟QFII国际资金以及国内的机构联手，操纵西北生物的股价。小说揭露股市里的阴谋诡计，表现利益面前人性的贪婪、痛苦与无奈。

柳峰的《股神1》⑧、《股神2》⑨讲述一个普通投资者在股市这个弱肉强食的世界中的奋斗史、成功史，塑造了一个青年股神形象。初入股市的青年缪柳锋，凭借自己过人的天赋和对中国股市的熟稔，畅游股海，与幕后黑手斗智斗勇，斩获无数骄人战绩，终于笑傲股林，构建起一座属于自己的金融帝国。

王新平的《股路不归》⑩细腻地描写了"我"作为大机构的操盘手

---

① 天行：《金融帝国1》，花山文艺出版社2007年版。
② 矫健：《换位游戏》，江苏文艺出版社2007年版。
③ 天行：《金融帝国2》，花山文艺出版社2008年版。
④ 一扔就涨：《股剩是怎么练成的》，中信出版社2008年版。
⑤ 丁力：《上市公司》，清华大学出版社2008年版。
⑥ 赵迪：《资本剑客》，长江文艺出版是2008年版。
⑦ 李德林：《阴谋2》，当代中国出版社2008年版。
⑧ 柳峰：《股神1》，花山文艺出版社2008年版。
⑨ 柳峰：《股神2》，花山文艺出版社2008年版。
⑩ 王新平：《股路不归》，陕西科学技术出版社2008年版。

操盘的心理活动，同时描写"我"对股民心理活动规律的把握，对股市心理脉搏的把握，"我"的操盘主要建立在这种心理分析上。描写股市心理博弈是本小说的特色和价值。

纸裁缝的《女散户》①描写散户股民。主人公郭越是一个种牛场的普通员工——打字员，郭越的大姐郭延是另一个单位的财务人员。她们都非常需要钱，都到股市来"淘金"，最后把自己"淘"得伤痕累累，"淘"得跳楼自杀。

丁力的《散户》②描写散户股民，主人公翟红兵作为一个散户，他走向股市的心路历程在普通中国人中有代表性，他在股市中的心理活动在中国股民中也有代表性，他炒股成功的经验对中国股民有借鉴价值。散户心理活动描写真切细腻是本小说最值得重视的地方。

陈一夫的《热钱风暴》③是一本关于海外热钱对中国悍然发动金融战争的股市小说。小说描写以索撒为主席的美国巨蜂基金等国际热钱在中国股市上兴风作浪，中国政府组织反击，以保护国家金融安全。

《金融战争》④描写股市庄家。小说的主人公孟振荣与某银行行长的千金肖雅媛结婚之后，迅速实现了由小职员向投资公司总经理的转型。孟振荣在股市坐庄，胆大妄为：暗捧股评家，用以操纵股市；建老鼠仓，牟取不正当利益；行贿官员，以利权钱交易。短短五六年间，他就积攒了上亿元的资金，且一切都做得貌似天衣无缝。

财神的红袍是一位见证了十几年股市牛熊转换、潮起潮落的资深市场人士，也是一位创作出版了系列股市小说的非常有成就的股市小说作家。他的《解禁》⑤描写股市英雄演绎着激动人心的发财赚钱故事。小说的主人公梅逸之在公司的法人股上赚了几十倍，身家两个亿，又从一个纯粹的股市投资人向产业投资人转变。小说表现当今社会一个普通的中国人如何被逼着走向股市，表现了股市给普通人带来了改变生活的机会和可能。

黄恒是股市中人，1993 年年底进入股市，1998 年年底开始在证券公司做经纪人，创作出版系列股市小说《逃庄》、《金融道》、《大成功》。《逃庄》⑥描写机构庄家在股市的合作与斗争。

---

①　纸裁缝：《女散户》，重庆出版社 2008 年版。
②　丁力：《散户》，现代出版社 2008 年版。
③　陈一夫：《热钱风暴》，中国文联出版社 2008 年版。
④　顾子明：《金融战争》，新世界出版社 2008 年版。
⑤　财神的红袍：《解禁》，北京出版社 2008 年版。
⑥　黄恒：《逃庄》，北京出版社 2008 年版。

二　成熟期中国当代股市小说的嬗变轨迹

21 世纪以来，中国当代小说家置身在一种剧烈、持久的社会和文学转型中。从传统的农业文明和文化向现代工业文明和市场文化的嬗变；从作为主潮的乡村小说向现代城市小说的演变。在这场经济与文化的转型中，中国小说的格局、面貌发生深刻变化，一个以城市小说为主、乡村小说为辅的时代逐渐展开，中国小说变得更为成熟、强大、高雅起来。伴随着中国当代小说的发展大势，成熟期中国当代股市小说总的特征是成熟。成熟期中国当代股市小说的成熟不仅体现在股市小说作品数量大增，而且表现在对股市生活表现的深和广上，表现在出现了一批成熟的股市小说作家和股市小说作品上，表现在股市小说股市人物形象塑造艺术的成熟上。

成熟期中国当代股市小说对中国当代股市生活表现的面更广阔，内容更丰富。在散户、庄家、操盘手等股市参与者形象之外，成熟期中国当代股市小说出现了专门描写基金经理、上市公司、证券公司等更多股市参与者形象的作品，表现了国际金融较量。无论是描写散户、庄家、操盘手等原先已经出现过的股市参与者形象，还是描写基金经理、上市公司、证券公司等原来没有专门描写过的股市参与者形象，成熟期中国当代股市小说在这些股市参与者形象特征和本质的把握上更加深刻。

资本运作高手形象取代股市庄家形象成为成熟期中国当代股市小说的主角。

在成长期中国当代股市小说中已经出现了资本运作的描写。因为这个时期的中国股市有很大的发展变化，中国资本市场出现了一批资本运作高手，描写初级阶段的资本运作是中国当代股市小说在成长期的新内容。但是成长期中国当代股市小说中的资本运作高手形象只能说是资本运作高手的雏形。容嵩的《股惑》描写政府官员、公司高管、机构资金围绕方山股份展开幕后的活动和交易。上市公司方山股份有限公司的董事长秦枫、省国际信托投资有限公司总经理欧峻、卞副省长、财政厅马厅长、市国资局局长孙大魁都参与了方山股份的炒作，或跟庄、或插手国有股转让，最后都深受其苦。丁力的《涨停板，跌停板》是中国当代股市小说中第一部真正意义上描写资本运作的作品。几个在深圳打拼的湖南老乡，在收购兼并国营锆锶矿的资本运作中，翻手为云，覆手为雨，将这家上市公司的股票弄得几涨几跌。小说中三次收购活动就是三次成功的资本运作。雾满拦江的《大商圈——资本巨鳄》刻画了一批活跃在当代中国资本市场上的资本运作高手，描写这些资本强人以其过人的胆略及智慧进行资本运作的故事。

在中国当代股市小说的成熟期，资本运作高手形象不仅成熟了，而且取代股市庄家形象成为股市小说的主角。《股色股香》是中国第一部全方位描写投资银行家及股市一级市场的小说。小说描写这些股票一级市场的资本玩家具备超凡的智慧，王晓野和郑雄创立了新的投资银行——新大陆资本国际有限公司。《财道》描写证券公司主导的资本运作和竞争。《暗箱》描写一家民营公司上市的过程。《股殇》描写股市庄家发家的历史，描写他们坐庄的过程，描写他们的资本运作。《天下第一庄》描写一个庄家在股市的崛起，兴风作浪，直至最后灭亡，描写资本运作高手的资本运作故事。《迷影豪庄》中神秘庄家萧水寒将一个年久失修的体育馆成功包装成为中国股市第一商业体育概念股。他控股的中国第一商业体育概念股——北方体育顺利上市，他企图通过"北方体育"坐庄赚取利润，同时完成由庄家向实业家的蜕变。《资本剑客》集中笔墨描写资本运作高手导演的资本运作故事，描写在一宗企业并购中，国企、私企、本土券商、私募股权基金和海外资金大斗法，围绕股权利益展开激烈残酷的搏杀，揭开层层资本黑幕。

股市庄家形象更加丰富与深刻。

股市庄家仍然是成熟期中国当代股市小说描写的重要对象，股市庄家形象更加丰富、更加深刻。

股市庄家形象在中国当代股市小说萌芽期成为股市小说表现的重要内容，在中国当代股市小说的成长期取代散户股民形象成为股市小说的主角，出现了庞大的股市庄家形象队伍。股市庄家形象在中国当代股市小说的成熟期出现了分化，一部分股市庄家还是传统意义上的股市庄家，他们热衷于在股市坐庄，如《高位出局》中的王艳梅、许才江、陈开颜、胡君声、王星焰，《操盘手》中的吕太行、章子良等；另一部分股市庄家则演变为资本运作高手，他们一边在股市坐庄，一边在股市、资本市场进行资本运作，如《股殇》中的王云龙，《天下第一庄》中的欧阳笑天，《迷影豪庄》中的萧水寒，《阴谋》中的杜子明、王刚、刘冰，《资本剑客》中的楚明达、郝丹阳、林义荣、池万里、陈继良，《财道》中的崔钧毅等。后来这类形象的一部分进一步演变为资本英雄，成为中国当代股市小说中最重要的角色。《股色股香》中外号叫"锤子郑"的郑雄是香港股票圈内著名的庄家，后来和别的庄家一起在股市坐庄。陈邦华由副市长变身为私募基金的老总，在股市坐庄。《股殇》描写股市庄家王云龙在股市上坐庄、出货云龙股票的惊险过程。王云龙聘请的操盘手郭谦向王云龙提供了一个完整的坐庄操盘计划。这个计划共有投石问路、无中生有、虚张声势、金蝉脱壳四计连环。《高位出局》描写股市庄家操纵股价,高位出货,揭露股市庄家黑幕。《操盘手》中的股市庄家胆大包天,贪心不足,既互相利用,又互相斗争,都没有好下场。《金融战争》描写投资公司老总在股市坐庄,个人赚得上亿元暴利。《逃庄》描写资金机构在股市坐庄赚钱。

散户股民形象越来越有文化味。

散户股民是中国当代股市小说从自己诞生之日就一直聚焦的股市人群。成熟期中国当代股市小说中的散户股民形象越来越有文化味。散户股民的心理活动写得更细腻、更真实,形象塑造更接近生活,更有文化含量。《绝色股民》塑造了刘丽这个从散户股民中成长起来的股市精英形象。散户股民形象翟红兵(丁力《散户》)、郭越和她的姐姐郭延(纸裁缝《女散户》)等散户形象写得栩栩如生。

基金经理和职业操盘手形象趋于成熟。

股市的各种参与者受到普遍的重视和关注。在散户、庄家、操盘手形象之外出现了更多专门描写一类股市参与者形象的作品,这是中国当代股市小说在成熟期出现的新变化,是中国当代股市小说成熟的标志之一。

中国当代股市小说在萌芽期出现了专门描写散户、庄家形象的作品,在成长期出现了专门描写股市操盘手形象的作品,在成熟期则出现了专门描写基金公司、上市公司、证券公司等股市参与者形象的作品。

赵迪的《基金经理》是当代中国第一部专门描写证券投资基金行业现状和内幕的股市小说。紫金陈的《少年股神》塑造了一批基金英雄,描写私募基金之间的竞争。

成熟期的中国当代股市小说出现了三部专门描写操盘手的作品,与成长期同类作品相比较,内容更丰富、更深刻,人物形象更丰满、更成熟。矫健的《换位游戏》、花荣的《操盘手》、王新平的《股路不归》专门描写操盘手这个股市中特殊的、具有浓郁神秘色彩的人物角色。

揭开上市公司和证券公司的神秘面纱。

作为股市的重要参与者——上市公司在成熟期的中国当代股市小说中受到前所未有的重视,描写上市公司的作品大量涌现。李德林的《阴谋》描写围绕一家公司上市所进行的资本运作。众多股市资本运作高手通过弄虚作假,使岛泉酒业得以顺利上市。李德林的《阴谋2》描写上市公司、庄家跟 QFII 国际资金以及国内的机构联手,操纵西北生物的股价。丁力的《上市公司》形象描绘了中国上市公司的生存状态。小说描写当时的上市公司具有的优越性，描写上市公司的集团总公司与分公司的关系，这是中国当代股市小说较少涉及的内容。

证券公司的运作秘密受到关注。

《股海别梦》以中国证券基金为背景，讲述了股市中的八个故事，描写证券公司员工违规炒股，描写证券公司的资本运作。《股神1》、《股神2》描写一个普通投资者在股市这个弱肉强食的世界中的奋斗史、成功史，塑造了一个青年股神形象。柳峰等人接办仲富证券公司，通过走门道，改名为雁荡证券公司后顺利升为二级证券公司，在茅台股票和茅台权证的炒作上大获其利，接着又与大券商永泰中信合作，实力大增。

国际金融较量开始进入中国当代股市小说的视野。

成熟期的中国当代股市小说第一次描写国际金融较量。陈一夫的《热钱风暴》是一部关于海外热钱对中国悍然发动金融战争的股市小说。

第三节　成熟期中国当代股市小说的继承与发展

一　资本运作高手形象取代股市庄家形象成为
成熟期中国当代股市小说的主角

资本运作利用市场法则，通过资本本身的技巧性运作或资本的科学运动，实现价值增值、效益增长。发行股票、发行债券、配股、增发新股、转让股权、派送红股、转增股本、股权回购、企业的合并、托管、收购、兼并、分立以及风险投资等，资产重组，对企业的资产进行剥离、置换、出售、转让，以实现资本结构或债务结构的改善，是资本运作的一般方式。

《股色股香》的作者是资本运作高手。萧洪驰在20世纪80年代留学美国，获雷鸟商学院MBA，先后在纽约、香港、洛杉矶、北京、上海等地从事金融业务；胡野碧，荷兰皇家管理学院MBA，曾任金融分析员及新加坡发展银行投行业务董事、总经理，其间将大量中国民企和国企成功在香港上市，在内地和香港金融界有"B股之王"的称号。2002年创立了第一家以内地专才为主力的投资银行——博大资本国际有限公司，任董事会主席。《股色股香——一个投资银行家的欲望风景》是他们多年投资生活的形象总结。

《股色股香》是中国第一本描述投资银行家（券商）生涯并揭示内地、香港证券市场内幕的小说，是中国第一部全方位描写股市一级市场的小说。小说描写了这些股票一级市场的资本玩家所具备的超凡智慧，这是中国当代股市小说涉及不多的内容。

小说中的投资银行家形象特色鲜明。由于行业的特性，投资银行家拥有广阔的社会视野，他们纵横游说于各路权贵和精英之间，对社会及人性体验的深广、丰富和精微，是多数人难以企及的。投资银行家是一级市场的资本玩家，具备超凡的智慧、激情和想象力。

作者以独特的手法塑造了一个栩栩如生的矛盾人物：小说的主人公王晓野既充满灵性又充满肉欲、既邪恶又正义、既叛逆又传统、既坦率又狡诈、既好色又吃素。王晓野是美国十大投资银行之一曼哈顿证券香港公司负责中国投资银行的总裁。曼哈顿证券当时是中国市场上排名前五位的国外券商。王晓野是有史以来在曼哈顿证券职位最高的中国内地人，年薪60万美元。王晓野大学毕业后既当过乡村教师，又浪迹过西藏高原，直至留学美国并成为华尔街的一名投资银行家。这是个纵横游说于各路权贵和精英之间的奇特职业，让王晓野成为冒险和浪漫、神性和兽性、魔鬼和天使的结合体并茁壮成长。他很快从纽约转战香港，专门从事将国内公司包装到海外上市的工作。

香港回归前，十几家银行争夺中国内地渤大市的两个香港上市项目——渤大机械和华北食品。把持项目的渤大市主管副市长陈邦华和渤大机械的老总孙树和、华北食品的老总金建国都有自己的主张，王晓野以独特的东方智慧和西方式冒险精神，投其所好，各个击破。陈邦华在上市中介机构的选择上有自己的关系要照顾，主张香港裕兴证券同时做两家公司的国际协调人，因为裕兴证券与马省长的儿子马川及陈邦华近年的合作一直很好。王晓野发现作为主管副市长的陈邦华也不能为所欲为，渤大机械的老总孙树和一直在顶着陈副市长。因为孙树和和他的法国合资伙伴都想选标准证券为国际协调人。如果陈邦华向孙树和妥协，就意味着他将失去所有与此相关的利益，但如果陈邦华调头支持王晓野，而王晓野又考虑陈邦华的利益，结局就会好得多。王晓野对陈邦华诱之以利，帮助陈邦华购买了500万股非常紧俏的天乐仪表B股，让他不再坚持自己原来的主张，于是王晓野和陈邦华结成统一战线。他又发现了孙树和方案的缺陷，如果标准证券来做这个H股项目，必然会将渤大机械翻个底朝天，将其所有秘密一览无遗。凭着标准证券和ABF长达半个世纪的合作，又是同文同种，难免他们不泄露对ABF有利的秘密。这显然不是渤大机械想要的结果。孙树和不贪财不好色，但同样有自己的欲求和梦想：把渤大机械做大，做成全国第一。王晓野帮助他实现其事业上的梦想，帮他操作兼并珠江机械公司。因为珠江机械公司在华南市场占有率稳居第一，全国市场排第二，也是渤大机械最强的竞争对手。渤大机械兼并了珠江机械，就会成为机械行业的全国第一。然而珠江机械并不是那么好兼并的。王晓野研究分析珠江机械的一把手张越，同样发现了机会。张越是一个能人，是他一手把这个公司从一个乡镇企业做大的，但后来产权却一直不清晰，他对此心里一直不平衡。张越已经快59岁了，马上面临下课。为了使张越同意渤大机械兼并珠江机械，王晓野提出了张越最感兴趣的条件："一是保证您继续出任董事长至少五年，二是让您个人占20%的股权。"王晓野接着为他们设计了兼并操作的思路和办法：珠江机械将一笔款项委托给一家公司进行理财，然后这家公司倒几次手，最后将钱倒进张越自己控制的公司，然后由这家公司和渤大机械一起收购珠江机械。珠江机械被收购后，公司不再属于珠江政府。张越控制公司20%股权，每年就可以按20%分红，而分红的钱会还给负责理财的公司，该公司再还给珠江机械。钱这样转了一圈之后，窟窿就被填平了。王晓野让张越把自己用来收购的公司设在境外，以外商的身份和渤大机械一起收购珠江机械。张越先将公司的5000万元人民币交给当地一家熟悉的信托公司委托理财，然后由这家公司通过地下钱庄将这笔钱换成外汇转移到境外张越的情人杜玫所设的英属处女岛公司账上，杜玫再以外商的身份来洽谈收购珠江机械。就这样投其所好，各个击破，王晓野搞定了渤大市副市长陈邦华、渤大机械的老总孙树和、珠江机械的老总张越，顺利地拿到了渤大机械香港上市的中介业务。搞定华北食品的老总金建国，王晓野同样是采取投其所好的手段，承诺配给金建国一定的公司股票。王晓野知道金建国没有足够的港币认购王晓野配给他的股票，马上告诉他已经有人借钱给他，而且股票亏了人家承担损失，股票赚了利润归金建国。

上市公司与投资者作为股票市场的融资与投资双方，是利益相互依存的鱼水关系，只有互利共赢才能实现效率与公平的双重目标。作为上市公司，要想成为受社会公众投资者推崇的企业，必须树立责任融资与道德融资的主流价值观，以满足投资者的利益需求为己任，将自己的融资利益建立在广大投资者与上市公司共享财富的基础之上，真正实现投资者的公共利益与上市公司个体利益的内在统一。

小说描写大陆企业如何在香港上市，为这些企业上市服务的"中介机构"——证券公司、投资银行又是如何运作和竞争的。资本市场诚信建设的第一载体是上市公司，而上市公司的诚信与否与中介机构的审计、评估、律师、保荐人报告的信息披露的完整性、真实性密切相关。上市公司的诚信与中介机构的把关密切相关。上市公司的造假和不诚信更是离不开中介机构的助纣为虐。一个诚信的社会、一个诚信的资本市场，必须要有一个庞大的诚信的中介机构群体为前提。这是中国资本市场健康发展的根本保证。

葛红兵的《财道》塑造了一系列性格鲜明的股市人物形象。黄浦证券公司总经理武琼斯是老山前线的战斗英雄，既有军人的冷毅，又有商人的狡诈、自私与残酷。武琼斯嗜财，为了金钱不择手段，最终落得锒铛入狱的下场。奇女子邢小丽好强、泼辣、工于心计，孤身一人闯荡上海多年。她游刃有余地周旋于各种男人之间，用威胁手段从一个外省官僚手里获得大量青春损失费，又通过结识金融大亨周重天获得了房产和金钱。老范逍遥自在，隐姓埋名多年，其实原来是南京大学商经系的高才生，后来与崔钧毅联手威震上海滩，又在事业鼎盛之时，急流勇退。他对财富采取顺其自然、置之身外的态度，看似漫不经心，却深得中国传统财道思想之精髓。

小说的主人公崔钧毅是一个融中西文化于一身的资本运作高手形象。他出生在江北小镇，西北大学金融专业毕业后，回到家乡的学校教书。后来只身一人到上海闯荡，进入黄浦证券公司。进入黄埔证券公司后的崔钧毅给武琼斯出主意，使用"封锁航线，独家垄断"之计使公司在西藏金珠新股申购中大获其利。崔钧毅因此得到武琼斯信任，负责公司的自营盘，获利颇丰。

崔钧毅和在外资投行美铭投资公司工作的同学卢平等合作，炒作华钦水泥，进行了一场巧妙的资本运作。他们先是设计低价收购华钦水泥职工内部股。崔钧毅收购职工内部股，吃透了持股人的心理，因此十分顺当和巧妙。接着入主华钦水泥，同时设立法国公司，成立华钦投资公司，通过以贷充股壮大自己。崔钧毅让张梅在法国注册了一家公司，向华钦水泥发出收购函。崔钧毅除了在二级市场上快速套利，还想通过收购法人股，入主华钦水泥。如果掌控了华钦水泥这家上市公司，他就可以直接进入一级市场融资，可以通过华钦水泥担保从银行贷款。他们以净资产价格买下了当地政府手中所有的华钦水泥股份，加上二级市场上的股票，崔钧毅和卢平已经拥有了该公司51%的股权，可以正式入主董事会了。法国人白居埃和张梅、卢平也都成了华钦水泥董事会的董事。崔钧毅接着计划以华钦水泥的名义成立华钦投资公司，公司总部设在上海，由他和卢平直接操控。华钦水泥以800万现金注资，获得华钦投资公司40%的股权。王大贵、崔钧毅和卢平在这家公司的股份将各占15%，申江和张梅各占7.5%，但是，他们四个人并没有现金，于是向银行借，以贷充股。但是黄浦证券公司的同事申江向总经理武琼斯告密，事情功败垂成，崔钧毅的职务被申江接替。崔钧毅百般求情后，才得以被武琼斯推荐到电视台当股评人。

武琼斯与大航集团公司董事长周重天等人合伙坐庄鹰鸿股份失败，武琼斯涉嫌欺诈被捕，崔钧毅接任黄浦证券公司总经理。他大胆任用老范、吴单等人，在与周重天的斗争中获得了胜利。周重天用股票作抵押，通过女婿黄平在银行大量贷款炒股。股票下跌，被银行强行平仓，周重天破产，离家出走，女婿黄平自杀。周重天的女儿周妮失去了理智，用硫酸泼了崔钧毅的脸，用刀割了崔钧毅的脚趾煮食。劫难中的崔钧毅一方面积极治疗，另一方面通过老范牢牢地控制着黄浦证券公司。他主持的中国基金在国际上获得了最高评级，在世界财富大会上他被誉为中国股神。最后崔钧毅与张梅结婚，淡出证券界。

小说以写实手法描绘了股市奇人崔钧毅在逆境中崛起的历程，描写了一场令人眼花缭乱的资本运作，展现了人性的光辉与阴暗、高贵与卑贱，反映了 20 世纪 90 年代以来中国资本市场的面貌，同时展露了一幅生机盎然的当代上海滩风情画。

小说的主人公崔钧毅作为一个股市奇才，并不是一个通常意义上的投机者，他对于股市大势的冷静决断，展示了财道中人作为一名智者的另一副面孔。从一个历经坎坷、失意落魄的苏北大学生成为中国金融界的一代大亨，这本身就是一个具有传奇色彩的人生历程。小说描写资本运作，目的是表现资本运作背后的人。

从古至今，金钱与罪恶总是相伴相生的。在股市这样一个资本高度密集的地方，无疑也是一个滋生罪恶的地方。在中国股市这样一个不规范的市场里，丛林法则一再上演。股市是中国当代社会的一个缩影。在中国社会的转型期——钱——这个货币符号成了欲望者心中的神。崔钧毅就是因为没有钱，被岳丈赶出了故乡，在上海备受歧视。大航集团的董事长周重大，对钱更是顶礼膜拜，为了挽救自己的股票，不惜把女婿逼到绝路；为防止情人邢小丽分享自己的财产，不顾她有孕在身，断然与之分手。崔钧毅从穷人变成了大富翁，却没有获得预期的幸福，他失去了朋友，失去了爱人，失去了英俊和健康。经过这场劫难，崔钧毅浮躁和骚动的心平静下来，携手张梅隐居他乡。范建华是小说中最具传奇色彩的人物。他在闹市中卖盒饭，在崔钧毅接掌黄浦证券后出山，看到崔钧毅辉煌背后的隐患时，他毅然急流勇退。这种对财富超脱于物外的态度，颇有老庄之风，他是直面财富时的清醒者。这种清醒，是对人性深处的巨大欲望保持警惕。

崔钧毅无疑是个理想人物：他拼命挣钱不是为个人享受，为的是成就感、尊严感，为的是回报亲友，从未丧失自己的道德底线。崔钧毅之所以没有重蹈武琼斯和周重大的覆辙，就是因为他始终保有一颗善良之心。

葛红兵在就其股市小说《财道》的写作答编者问中说："我会为上海拍一张尽可能真实的照片。我要真实，要案例，要现实主义，要紧紧地抓住那些真实的残片，把它们缝合起来。长久以来，'富贵'一直是人类生活的重要梦想之一。崔钧毅代表了这种梦想，在我看来，对于真正意义上的人来说，此岸的天堂就是'自由'，而什么是自由的保证呢？财富。我希望我的小说赞美了这种时代新人，他们是真正的时代英雄。邢小丽在财道上搏杀，伤痕累累，甚至忍屈含辱，但是，她不怨恨，对伤害她至深的人，她也是如此，她的身心永远对着爱开放。《财道》与其说是关于一个小人物奋斗挣扎的命运史，不如说成是你给我们时代设置的一个神话。任何一个时代都需要英雄，英雄的存在是一个时代独特的景观，它既是一个时代的象征，又是一个时代的风向标，还寄托着一代人的梦想。"处于大转型状态的当代中国社会面对的是严重的精神失重和价值观迷乱，价值重构的重点应该是一种新型财富观的建立。所谓的新型财富精神，并不是指单纯的挣钱欲望和发财意识，而是一整套价值观念和理论体系。包括在核心观念上消除财富的罪恶感和不洁感，倡导以理谋利的价值观和维护社会正义的新型经济伦理，以及在制度上建立完备的法治、强烈的个人主义和商业进取精神所构成的有效竞争体制，从而充分激发全体国民的创造力和想象力，投身到财富创造的洪流之中。

林夕的《暗箱》描写一家民营公司上市的过程，这是中国当代股市小说较少涉及的内容。

在中国，一个公司要上市并不是一件容易的事情。因为当时我国股票上市主要是审批制，配套手段是"额度控制"，地方政府和部委拥有推荐上市公司的权力，但份额有限，监管部门——中国证监会负责审核，批准发行，所以企业要想上市，必须先在地方或部委争取到上市名额，然后上报证监会，证监会初审合格，允许企业做上市材料，报到证监会，审核批准后，准许上市。

权磊与姚明远是大学同学，毕业后他们合作办了一家民营公司——先锋科技股份有限公司。姚明远研究生毕业后，去了理工大学研究所，带领几名工程师创立理工大学新技术发展公司。权磊从一个拥有万名职工的国营大厂团委书记，成了只有他一人的皮包公司经理。他一手创建的蓝城先锋科技发展公司、对外贸易公司和广告公司，成为姚明远旗下最赚钱的龙头企业。在姚明远的领导下，公司先是改制，从集体企业变成股份公司，以后又三次增资扩股，除了原来的大股东理工大学，又增加了科委、外经委、北京天华和香港明诚四个股东，在纽约、香港、北京都开设了分公司。

公司董事会决定公司资产重组、上市融资。重新注册、成立先锋科技股份有限公司，将集团下属十一个公司作为子公司纳入名下，投资兴建先锋芯片生产厂，作为股份公司实体。权磊为股份公司总经理，主抓上市。权磊上任后的第一件事就是组建先锋科技股份公司，除了集团公司原有的五家企业法人股，又在员工内部发行部分个人股，筹资2000万元，用于芯片厂的投建。他们在蓝城竞争上市指标，通过时任蓝城上市办副主任的同学张棋，做通了副市长易小凡、市长林碧天的工作，争得了蓝城三个上市指标中的一个。接着委托证券公司、会计师事务所和律师事务所做上市申报材料，向证监会申报。在证监会审核的过程中，两次有人举报，先锋科技两次没有通过审核。权磊怀疑公司出现了内鬼，怀疑是公司的员工丛林所为。权磊指使人将丛林灌醉，污蔑他嫖娼，把他送进精神病院。丛林被真的精神病人推下楼去摔死。权磊因此被拘留，情人左岸托自己的高官父亲将权磊救出。权磊经此变故，淡出公司事务。姚明远的妻子因病身亡，他与石小祥同居，谁知石小祥是他在国外留学的儿子的恋人。儿子回国后得知父亲与石小祥的秘密关系后自杀。姚明远与京城部长离婚的千金陈冉结婚。怀了姚明远孩子的石小祥被姚明远用30万元买通石小祥的朋友林翘设计打掉。石小祥举报姚明远行贿上市办副主任张棋，张棋因此被查，自杀而亡。

先锋公司终于上市了，前后三次，第一次只有注册日期是假的，没有上成；第二次，几乎一半的利润都是虚构的，也没上成；第三次除了为做假账上交给国家的1600万元税是真的，其余都是虚构的，却奇迹般地上成了。但因为石小祥的举报，姚明远被收审。林碧天升任省长，易小凡升任省政府办公厅主任，权磊回到先锋，重新执掌公司。

权磊是一个资本运作高手。他以美籍华人摄影家、画家左岸状告商业银行为契机，一举化被动为主动，令目空一切的商业银行行长陆文鼎对其刮目相看。他是先锋公司上市的操盘手。深圳之行，用几箱啤酒吸引了众人的眼球，而最后以一尊玉佛将副市长易小凡轻松搞定。随后，他拉省市领导到先锋公司访问，领证监会官员进先锋公司考察。就是林碧天这样远近闻名的不好钱、不好色、不好玩"三不市长"也被他操作进来，成为他们公司上市计划的有力支持者，硬是从蓝城钢厂这样的大型国有企业手中夺得了上市公司的一个宝贵名额。

权磊本来不想将自己的爱情卷进来，可是他有时身不由己。最初，他与陆文鼎的较量就是借助了他的情人左岸，她的身份与身价成为射向陆文鼎的一发致命的炮弹。随后，尽管他心里不情愿，可还是用左岸稳住陆文鼎，使他不至于狠命追讨那1亿元贷款。权磊特别忌讳、仇恨别人挡道。谁要是坏了他的好事，他杀人放火都在所不惜。在他的上市计划因内部告密而破产后，他以为这是跟随自己多年的丛林所为，于是，全部的仇恨都倾泻到这个毫不知情的小人物身上。他把丛林操作进了精神病院，致使这个非精神病人被真精神病人推下楼去。就是妻子的反对与求情，也不能把他从这种疯狂的报复欲中拉回来，反而加速了他们感情的破裂和婚姻的崩溃。从他的身上我们看到权力欲会把人带到一个多么可怕的境地，也会使周围的人受到多么大的伤害。

张棋也是一个资本运作大师。他的长处是通晓地利，练达人情。他的至理名言是："只有走不通路的人，没有走不通的路。"没有他的指点迷津，权磊恐怕只能望市兴叹；少了他的穿针引线，姚明远也可能会举步维艰。不过，由于一开局就得了别人不光彩的赞助，随后又拿了不明不白的津贴，所以，他始终是被别人牵着鼻子走，为别人效犬马之劳，最后还因别人翻船而搭上了自己的命。他算尽了别人的路数，却没有料到自己的结局。

在小说中，最沉着老到、深谋远虑、心狠手辣、不计后果的资本运作者是姚明远。他的人生哲学是："英雄不问出处。只要成功了，谁管你是怎么来的。"一切似乎也都按照他的计划和操作顺利进行，眼看着就要马到成功，但是，他出了一个小小的意外，那就是与石小祥的一段恋情。他与石小祥交往不久，家里就出现了变故。妻子高龄怀孕，做人流手术时，流血不止，竟至死亡。而妻子的遗嘱又给了他一记闷棍，使他对妻子由爱转恨，使这种恨转移到得到最大份额遗产的儿子身上。随后，他的儿子因对父爱与情爱的极度失望而选择了轻生。妻子、儿子的死都没有令他伤心多久，而权磊即将登上公司权力的最高峰才是他关心的所在。此时，权磊与姚明远两个资本运作巨匠权力之争的实质才充分暴露出来。在生活与事业都处于劣势的情况下，姚明远使出了撒手锏——自己将公司上市操作的暗箱揭开。上市没有成功，而权磊迈向最高峰的步伐也被阻止或者至少被延缓了。姚明远重新娶妻，重新执掌大印，准备重新开始他辉煌的人生。没有想到，他还是跌倒在这个他瞧不起的石小祥身上。这个看似柔弱的姑娘，终于积聚起全部的勇气与力量，将姚明远告发，使他瞬间失去一切，被关进大狱。

这个时代很讲究操作。在很多人看来一切都是操作，或者说一切都是可以操作的。小说揭露权磊与姚明远两大操作巨匠的权力之争，以严峻的现实主义精神展现了他们这一飞蛾扑火般的过程与结局。作家对人性的洞察、对世界的透视确实已经达到了一个相当的高度。

李德林的股市小说主要描写股市庄家的资本运作。《阴谋》、《阴谋2》描写股市庄家的资本阴谋，《天下第一庄》描写一个庄家在股市的崛起，兴风作浪，直至最后灭亡，《迷影豪庄》描写股市庄家，描写一家公司的上市与围绕这家上市公司进行的资本运作。

赵迪的《资本剑客》集中笔墨描写资本运作高手导演的资本运作。

乾坤投资公司的楚明达、鸿鹄资产管理公司的郝丹阳和湘江省最大的证券公司湘江证券的林义荣三人号称湘江资本三剑客。紫金集团董事长池万里、紫金机械总经理蒋效化、美国瑞星集团大中华区首席执行官戈森·斯科尔斯、江工集团总经理陈继良都是小说中的资本运作高手。

江工集团旗下上市公司江工科技 2004 年在美国纳斯达克上市。同为湘江省工程机械行业龙头的紫金机械和江工机械竞争激烈。紫金集团下属公司紫金机械寻求重组，引进战略投资者。想成为紫金机械战略投资者的主要竞争者有四家，其中美国瑞星集团是私募股权基金，还有江工集团、乾坤投资公司、加拿大史蒂芬机械制造公司，最后瑞星集团胜出。瑞星集团在纳斯达克市场收购了江工科技 8% 的股权，危及江工集团的控股地位。江工集团总经理陈继良感到了很大的威胁。美国瑞星集团大中华区首席执行官戈森·斯科尔斯说出了自己收购江工科技股份的用意：

> 我这么做，第一，因为它们的股票价格不贵，即便长期持有也不算吃亏；第二，我有意表示要收购江工科技，必然引起市场投机者们的关注，江工科技的股价会出现快速地上涨，给我带来账面盈利；第三，我的行为已经引起了江工集团的警惕，他势必要增持上市公司的股份，而此时股价已经处于较高位置，这将占用集团大量流动资金，使他暂时无暇顾及收购紫金机械的计划。这时候，我便可以渔翁得利，在收购紫金机械的进程中少了一个强大的对手。

在海外市场中，像瑞星集团这样的私募股权基金被称作"站在门口的野蛮人"，它们经常充当不怀好意的收购者这样的角色。江工集团启动毒丸计划予以应对。江工集团陈继良在博客上发文，称自己愿出 25 亿收购紫金机械 49% 的股权，谴责紫金集团贱卖国有资产，逼得瑞星不得不加价。紫金集团与鸿鹄公司的郝丹阳合作，暗中收购江工机械股份，差点动摇陈继良的控股权。湘江证券的林义荣为江工集团谋划应对之策："江工集团对江工科技实施资产注入，同时向社会公开发行股份，借此实现江工科技回归 A 股市场。"江工集团回归 A 股市场，陈继良虚构工程合同，借以推高自己公司的股价。阴谋被揭露，江工科技出现危机，股价暴涨之后暴跌。紫金集团董事长池万里动用紫金集团的巨资收购江工科技的股权，并没有产生损失，相反由于江工科技的业绩提升而取得了相当大的投资收益。

林义荣给紫金集团副总经理柳骏提出紫金机械上市的方案：选择一家尚未股改的上市公司，采取定向增发的方式将紫金机械全部资产整体注入上市公司，实现借壳上市，同时也作为这家尚未股改公司的股改方案。这种方案的优点是速度快，不需要排队，不需要发审委的审批。紫金机械所借之壳 ST 风林有高达 7 亿的违规担保，成为紫金机械的负担。最后紫金集团以零价格接受了风林的不良资产，度过危机。

《资本剑客》描写了中国当代资本市场以控股权为核心的资本争夺，展现全流通时代股权之争中不同资本高手、利益主体的复杂较量。这些较量推动着中国资本市场的成熟及完善。在解决了股权分置这一历史遗留问题后，在一个全流通时代，并购重组案例不断上演，并购重组、股权之争成为现在和未来资本运作的主要内容。

二　股市庄家形象更加丰富与深刻

《股色股香》中外号叫"锤子郑"的郑雄是香港股票圈内著名的庄家。郑雄从做房地产生意起家，20 世纪 80 年代初将公司在香港交易所上市。他不断挪用公司资金，用这些钱去推高自己公司的股价，股价在高位时，再从市场上抽水集资，然后将集资的钱再挪到外面进一步推高自己的股价，如此循环往复。郑雄因为欺诈和盗用上市公司资金罪被判入狱 3 年。

郑雄出狱后依然炒股，他有自己一套独特的中国股票操作模式：

> 一方面他搞定一些上市公司的董秘，趁机猛炒内幕消息，另一方面，他利用中国股票流通量少的特点，对某些股票进行囤积、包围，然后幕后做庄操控股价。

华北食品准备在香港上市，其股票 90% 为私人配售，10% 公开发售。郑雄当即表示要介入，但前提条件是本次股票发行中私人配售的部分要全部卖给他。他要将所有筹码控制在手里，以便控制股价。华北食品 H 股顺利上市，他和华北食品的老总金建国将手头 3.6 亿股的股票全部出手，平均出货价格 0.45 港币。在短短的一个月内，郑雄赚了 4800 万港币，金建国赚了 600 万港币。

小说描写庄家在股市联合坐庄。陈融是省委秘书长的儿子，当过省长的专职秘书，后来被派往该省驻香港的窗口机构任总经理助理，不久升为副总，现在到了刚成立不久的南海证券当了投资银行部的副总。郑雄和陈融联合坐庄渤大机械。陈融的方案是，如果两家合在一起做，各自投入的资金只需原来的一半。既然是这样，他干脆不让自己任职的南海证券参与，而让他后面的几个庄家大户来做。其区别是，如果南海证券来做，赚了钱，他只会获得最多不超过 100 万元人民币的奖金；但如果交给他后面的庄家大户做，由陈融负责操盘，赚了钱，陈融将获得 15% 的提成。这个项目预计需要投入资金为 10 亿港币，他的客户分担一半就是出资 5 亿港币，若 5 亿港币赚 20%，就有 1 亿港币的利润，而 15% 的提成就是 1500 万港币，这是 100 万元人民币的奖金无法比的。郑雄和陈融约定：每天上午由郑雄买入，陈融卖出；每天下午则由陈融买入，郑雄卖出。这样每天上午郑雄买入的股票下午又回到了陈融那里，每天下午陈融买入的股票每二天上午又抛给了郑雄。如此循环往复，股票价格在两人不断的对倒过程中稳步向上。这时渤大机械正式对外公布：已经签约收购中国第二大环保机械生产厂家珠江机械，从此其市场占有率从 30% 上升到 50%，成为业内无与争锋的巨无霸。渤大机械股价就像脱缰的野马，迅速冲破 8 港币，直奔 9 港币，买盘气势如虹。此时郑雄和陈融手中各有近 9000 万股股票，各自的账面净利润都超过 3 亿港币。但就在这个关键时刻，珠江机械和当地工人发生冲突。在冲突中，渤大的老总孙树和突发心肌梗死去世了，收购珠江机械的事情可能因此流产。这些消息只要一公布，股价一定大跌。陈融知道和郑雄共同撤退也已经不可能，为了让不知情的郑雄为自己逃跑站岗，伪造王晓野知道变故却没有通知郑雄的假象，让王晓野喝了安眠药，无法通知郑雄。嫁祸于王晓野，让郑雄恨王晓野。结果整个下午郑雄一股也没卖出去，上午从陈融那里以高于 10 港币的价格买入的 1000 多万股，加上最初股票发行时所认购的 9000 多万股，郑雄目前拥有的股票总数接近 1.05 亿股，总成本为 6.5 亿港币，但股价在下午收市时已经跌到了 8 港币之下。陈融总共抛出 4800 多万股，几乎是他 9000 多万原始股的一半，收回资金 4.6 亿港币，是他认购 9000 多万原始股总成本 5 亿港币的 90% 以上。换句话来讲，他只差 4000 万元就可收回成本，但他手头还有 4200 万股，只要渤大机械的股价高过 1 港币，他就有钱赚。而郑雄此刻却满手股票，尽管从账面看他是赚钱的，但股票一抛股价一定大跌！共同坐庄坐成了仇人冤家。

小说中陈邦华由副市长变身为私募基金的老总，在股市坐庄。因为受贿受到查处的渤大市副市长陈邦华在官场混不下去了，在股市运气却不错。王晓野当初分给他的 500 万股天乐仪表股票将他套牢多年，但同样是这 500 万股股票让陈邦华鲤鱼翻身。天乐仪表 B 股股价回升，他让朋友将手中的 500 万股全部抛掉，套现 2500 万港币，卖出了该股的一个历史最高价。陈邦华因此决定从事股票投资，他利用自己的关系总共筹集到 3 亿资金，成立了一个私募基金，自己成了叱咤风云的私募基金老总。

陈邦华的坐庄模式，第一种是凭借其过去在政府的关系和背景，专门在各级政府部门收买内线，靠内幕消息炒作；第二种是狙击已上市的公司，先锁定一批经营不佳的上市公司，通常是所谓戴上 ST 帽子的公司，然后在市场上慢慢收集其股票，等到筹码收集完成后，就去找主管的政府部门，用包括金钱在内的各种手段把主管官员搞定，让他们公开表态支持其收购这家上市公司。陈邦华在股市的运作非常成功，到 2001 年年底，他的 3 亿资金变成了 5 亿，最后他的私募基金膨胀到 18 亿元人民币，他成了一个能量很大的私募基金老总。

陈邦华知道在中国控制一家证券公司对资本运作大有裨益。他开始暗中收集太阳电子的股票，准备既通过重组炒高太阳电子获利，又通过控制太阳电子来操控南海证券。陈邦华与太阳电子管理层沟通：准备花 2 亿购买太阳电子的产品，让销售额一下增长 100%，让太阳电子在半年内扭亏为盈。这 2 亿资金通过购买产品的方式付给太阳电子之后，要求太阳电子通过委托理财的方式再还给陈邦华。在太阳电子股价被拉高又不断跳水的过程中，陈邦华那 7000 万股竟然卖出了 2000 万股，套现 18 亿，已经将本钱赚回，并实现了 2 亿的利润。操控股价受到查处，陈邦华逃往国外，审判结果在国内正式公布：陈邦华的通才基金被罚款 4 亿元人民币，陈邦华被缺席审判，判处有期徒刑 5 年。已经移民到了加拿大的陈邦华在森林农场过着骑马打猎的悠闲生活。

小说中的股市庄家形象特色鲜明，唯利是图，胆大妄为。

黄睿的《股殇》描写股市中的庄家，描写他们发家的历史、他们坐庄的过程、他们的资本运作。通过股票市场这个特殊的战场，按照四条线索将故事层层展开，对事业、情感、欲望这些平常话题下深藏的人性进行了深刻的揭示和解剖，塑造了一批鲜活的股市庄家形象，既体现了人性中的真、善、美，也暴露了在欲望膨胀下人性的假、丑、恶。

小说的主人公王云龙是云龙集团的董事长。他靠地产起家，20 世纪

90年代初期，和一家银行的信贷主管王军二人合伙在西藏开发房地产赚了一笔。回到蓉城，王卫东又利用王军的关系搞到了几个黄金口岸壮大了他们的房地产事业。房地产赚了钱之后炒股，炒股赚了钱之后在股市坐庄。2000年，王卫东坐庄云龙股票，接着搞起了资本运作。他掌控了云龙股份的大部分股票，成为云龙股份的大股东之后，顺理成章地进入上市公司云龙股份的董事会，接着重组了云龙股份。王云龙的计划是要借助上市公司云龙股份这个平台营造一个属于他自己的资本王国，为今后的事业打造一个更方便、更廉价的融资平台。王卫东坐庄云龙股份并不顺利，云龙股票成了一个无底洞，他先期投入了5000万的自有资金，后期通过贷款投入了几个亿的借贷资金，全部深陷其中。为了建D国大厦，他要收购中药厂，资金紧张，国家宏观调控，贷款很难，于是王卫东想脱手云龙股票。郭谦是王云龙聘请的操盘手，向王云龙提供了一个完整的操盘计划。这个计划共有投石问路、无中生有、虚张声势、金蝉脱壳四计连环。郭谦的操盘计划得到了王云龙的认可。王云龙在郭谦计划的基础上还想了很多办法：一是用累计1000万的资金去做诱饵，诱骗更多的资金入局接盘。找10个可以依赖的彼此又互相不认识的人，安排他们各自带着100万资金分别去全国排行前十名的营业部开户，然后在各自所在的证券公司按最大比例进行融资，做出有内幕消息的神秘模样，并全力买进云龙股票，想办法诱使、引发所在地区的大户、机构最大限度地跟风。二是用金钱收买基金经理暗中接盘。王卫东付给基金经理的是每股2元的接盘好处费，要他们在涨停的时候接下500万股的筹码。为了防止基金经理反悔，王云龙手中握有和基金经理达成秘密协议的谈话录音。三是筹集资金，准备操盘的"子弹"。市住房公积金管理中心的5000万元，王卫东事先和李秘说好的，作为预防云龙股票出现意外时的最后救命钱。四是借助媒体，大造舆论。王卫东坐庄云龙股份漫长而痛苦，最后还是赚了钱，当年投入的5000万自有资金，而今将各种费用算尽，赢利有近1亿。王云龙把云龙股份出局回笼的资金补偿给了中药厂的职工和归还了金益证券，但他通过于薇行贿李秘的事情被李秘自杀的老婆刘丹在遗书里一一写了出来，最后李秘被"双规"，王卫东畏罪潜逃。小说表现了股市庄家的智慧，表现了他们对人性人心的洞悉。利用人性的弱点进行诱惑、欺骗是庄家坐庄的秘诀。

花荣的《操盘手》根据中国股市的真实事件演绎而成。小说中乔锋红马甲培训班的同学吕太行也是股市庄家。他的妻子赵熙利用资本运作高手吕太行这张王牌，使那些大型国企的领导更放心把资金交给她运作，赵熙成功募集了多达 1 亿元的资金。

吕太行用在浦东飞龙事件中赚取的 1000 万元作为启动资金,在一家证券公司成立了一个机构服务中心,人们把这种设在券商大户室里的咨询公司称为机构工作室。吕太行发现不用进行二级市场操作,仅仅依靠一级市场认购,就能获得每年 30% 以上的利润。

吕太行和章子良合作坐庄黑凤凰股票。章子良掌控了黑凤凰股票 90% 以上的流通股,而黑凤凰的流通股占了公司总股本的 29%。双方约定,吕太行操纵黑凤凰股票股价后,股价每达到一定价位,章子良要根据价位逐渐把股票按比例无偿地转让给吕太行。如果股价涨到 100 元以上,章子良最高将无偿转让给吕太行自己现在持有的股票 50%。章子良需要配合长期锁仓,还要帮忙安排收购黑凤凰部分国有股,最终实现对黑凤凰股份公司的控制与重组。吕太行完成了一份《长线投资,长线持仓》的联合坐庄项目运作书:第一,计划的最初阶段是广泛搜罗筹码。第二,择机购买部分法人股,进入公司董事会。第三,保持足够的资金,所有筹码一概通吃,控筹超过 90%,坐庄成功。第四,通过除权,将股票价格推高到复权价 1000 元一股。庄家控制了流通市值里的 90%,也就是 315 亿元,但是成本仅六七亿元。用这些钱即使按 1 : 0.3 的比例透支,也可透出 100 亿元的资金。用这些资金来打新股,扣除透支的成本,1 年可以有 9 亿元以上的净盈利。第五,用这些利润,可以控制公司股权,然后不停重组,将最好的项目注入公司,甚至可以注册影子公司,每年将数亿元利润转入公司。从流通股上每出 2.5% 的货,就可收回 7 亿元左右的现金。通过 5—7 年的操作,最初的 6 亿元,可能变成 400 亿元以上的收益。黑凤凰的股价在吕太行的操纵下一路高升,在吕太行接手的第三年股价高达百元,但章子良违约悄悄出货。吕太行的资金链中一个重要人物皇甫村受一位行长经济问题的牵连,受到查处。那个行长私自挪用信贷资金交给皇甫村炒作黑凤凰的股票。皇甫村的"老鼠仓"涉资多达数千万元,一旦进入调查就会被强行平仓。吕太行知道在自己统领的公司中,像皇甫村这类的"老鼠"绝不在少数。他下令在集团内部查"老鼠仓"。在太行发出通知后的次日,一些"老鼠仓"出货开始,黑凤凰的股价跌到 85 元以下。章子良看到黑凤凰出现了大抛盘,以为是股价挺不住了,便一改以往温和性质的减仓行为而变为不顾一切地抛售。先是因为章子良的"不配合",后是因为这批数目巨大的"老鼠仓"紧接着大规模平仓出货,之后偏偏遇见大盘出现暴跌,这又引发章子良的破坏性抛售。黑凤凰连续 9 个跌停板,跌去 50 亿的市值,引起"凤凰系"股票集体跳水,连续跌停。章子良在内地抛完黑凤凰的股票后，很快便去了香港。

疯狂、贪婪、运作能力强是这些股市庄家的共同特征。

顾子明的《金融战争》的主人公孟振荣大学毕业工作 10 年一直默默无闻，当他和某银行行长的千金肖雅媛结婚之后，事业发生了翻天覆地的变化。依靠岳父的关系，他当上了投资公司的总经理。借助证券市场法制机制尚未健全的时机，借助手中权力，孟振荣暗捧股评家，用以操纵股市；建老鼠仓，牟取不正当利益；行贿官员，以利权钱交易。短短五六年间，他就捞了上亿元，且一切都做得天衣无缝。他为情人王卿萍挪用 500 万元公款，一切都"操作"得滴水不漏：

> 孟振荣先将 1000 万元的资金以借款的名义借贷给一家公司，贷款利息为 8%，其实该账户是只有孟振荣一个人知道的做盘账户。孟振荣将其他账号的股票低价抛出，由该账户承接，再将该账户的股票高价抛出，由其他账户来承接。这样反复数次，用这种移花接木、偷梁换柱的手法，500 万就轻松到手了。不到半年，1000 万元资金连本带息悉数归还。

孟振荣被公安机关查办，可查来查去只查到他"擅自做主，将公司资产抵押后，将资金用作炒作股票"，他的挪用公款、巨额贪污、非法经营之事，却无据可查。最终，在情人的帮助下，他居然顺利地从被监视居住的医院出逃，连同他拥有的巨额财富一起人间蒸发。上级重新任命的钱董事长，竟然是收了孟振荣贿赂的人，或者说他们本就是一根藤上的蚂蚱。钱董事长向孟振荣露口风，传信息，暗示他守口如瓶，走为上策，孟振荣也果真就此逃脱了法律的制裁。小说表现唯利是图者在股市找到了更好的"舞台"，更多的"用武之地"。

《逃庄》的作者黄恒是股市中人，1993 年年底进入股市以后，几乎就没离开过。1998 年年底开始在证券公司做经纪人，选择股票行业作为职业。小说描写大机构和私募基金联手操纵股票的诸多内幕，揭露股市庄家的违法违规行为。对于自己的系列股市小说《逃庄》、《金融道》、《大成功》，黄恒谈道："这三部小说也是我本人十年炒股经验的浓缩，可以帮助股民认识股市。""行业内作家熟悉相关的专业知识，有着丰富的从业经验和切身感受，这是他们的优势。"

小说描写股市中的大机构庄家在股市的合作与斗争。陈红梅是海益科技开发有限公司董事长，公司的主要业务是投资股票。她的丈夫刘长平是海翔集团的副总裁，负责集团的证券投资业务。陈红梅在海翔集团涉足股市之初就开始帮丈夫寻找资金。她通过红云集团财务公司的总经理修京生募集了1.5亿元资金，但她这次没有把这笔钱给海翔集团，而是把这1.5亿元资金带到了金恒公司，陈红梅因此几乎间接控制了海翔集团和金恒集团在股市中的动作方向。林韵股份发行上市的时候，陈红梅知道海翔集团要控盘这只流通盘只有4000万的股票。她在林韵股份上市的第一天，就叫金恒集团的桑老板大量抢进筹码。海翔集团知道这样下去对谁也没好处，于是通过关系联系上金恒公司。刘长平和桑老板商议的结果就是联手把其余两家赶出去，然后齐心协力把林韵股份的股价做上去。因为林韵股份的董事长跟海翔集团的董事长是大学同学，今后会为海翔集团炒作林韵股份提供全面的支持，桑老板能攀上海翔集团自然是求之不得。海翔集团和金恒公司合作坐庄"林韵股份"。当红云集团可能撤资时，陈红梅鼓动红云集团从金恒集团收回1.5亿，使得金恒集团无法继续与海翔集团合作坐庄，海翔集团中途只能另找侯峰的天牛公司联合坐庄。天牛公司接下金恒集团的林韵股份大部分筹码，陈红梅则在金恒公司留下一部分筹码跟庄。海益科技开发有限公司是由陈红梅代表的海翔集团和由侯峰代表的天牛公司组合而成的。当年的散户侯峰开了天牛投资顾问有限公司，接受客户委托理财。去年操作了8000万资金，平均有40%的利润，赚了3200万元。根据委托理财协议，公司净收入600多万元，侯峰一人就分得450万元。侯峰他们的委托理财监管非常严格。委托理财的协议有甲乙丙三方签署，丙方就是某家证券营业部，属于资金监管方。侯峰必须在那家营业部有相当的股票，才能用一比一的抵押方式获得出资方的资金。如果侯峰用这笔资金投资股票亏损达到一定程度，在3天内又没有资金补足这些亏损，作为监管方的证券营业部有权强制平仓，卖出借贷方用作抵押的股票，使出资方不受任何损失。在签协议前，出资方要对侯峰提供的股票进行审核，主要看这些股票是不是炒得过高的庄股。因为有的庄家把5元的股票炒到30元，然后用这30元一股的股票去贷得30元的资金，再用这贷来的30元去接他手里的同种成本只有几元的股票，这就相当于几元的股票在15元卖出去。而作为监管方的证券营业部对这种事却无法监控，因为协议上没有相应的条款限制融资方买什么股票。刚涉足这个领域的企业很容易上这种当，他们没有想到庄家根本就不要这些用来抵押的股票了。出资方手里的股票看起来是多了一半，还挺合算，但庄家既然选择这种方式出货，就一定不会给你出逃的机会。侯峰则要求出资方的钱必须是企业合法的自有资金，绝对不能是银行的信贷资金，因为信贷资金是不准流入股市的。人民银行每年都要调查股市里的资金情况，用这类资金坐庄，很容易造成资金链断裂。

海翔集团和金恒公司共同完成的计划书，详细拟定了坐庄林韵股份的全过程——从怎样用利空消息打压股价，收集筹码，到拉升股价以后出大的利好完成出货。他们计划在完成筹码收集以后，用半年时间把股价从22元推高至复权后的48元。陈红梅在金恒公司退出时留下的300万股林韵股份，这时成功出货。金恒公司留下的300万股林韵股份的真实成本价是21元，平均卖出价是36元，毛利润一共有4500万元。除去10%融资成本和450万弥补场外转让损失，还有200万元其他开销，净利润是3200万元。陈红梅一人独得2000万元。海益公司手中的股票全部卖了出去，赚了1500万元。海翔集团则已经赚了6000万元了。

刘长青、陈红梅花钱制造假利好，跟林韵公司搞了个研制超导的公告，说它会给公司带来上亿美元的利润，以便公司出货，同时为了让合作者天牛公司在自己后面出货，设计把天牛公司的侯峰引开，套知天牛公司锁定自己公司的股票密码后大量出货。陈红梅事后安抚受了自己欺骗的天牛公司老总侯峰，因为她知道林韵股份迟迟不作澄清，在股价暴跌后肯定会激起公愤，证监会就有可能会派人调查此事。作为知情人的天牛公司，如果手上还有大量的股票是非常危险的，如果他们亏得太多肯定是不会善罢甘休的。联合上市公司制造虚假信息误导广大股民，跳水出货，极有可能引起证监会稽核部门的注意。刘长青专门从上海请来了资本运作高手顾大明，帮海翔集团处理善后事宜。侯峰结束了天牛公司。他提前终止了客户的委托理财协议，把今年赚的钱拿出来补偿客户的全部亏损。这些钱包括公司2000万元融资款赚的1300万元和公司老鼠仓赚的钱以及林韵股份封跌停板那天赚的300多万元。还清了贷款，把余下的资金全部划入了一家期货公司。

小说描写庄家坐庄的新模式。这时股市庄家操控联盟资金，不仅仅是坐庄某只股票，而是坐庄某个板块。海翔公司与江浙帮合作，从坐庄一只股票到合力炒作一个板块。以前是一两个机构联手坐庄一只股票，现在是一群机构联盟做一个板块，其实质都是坐庄，只是这个庄做得很大，所需资金也就更多。小说由真实的故事演绎而成，它揭示了大机构与私募基金联手操纵股票的诸多内幕以及庄家的违法违规行为。小说初步涉及了地下资金市场和上市公司通过购买国债套取募集资金等触目惊心的过程，全方位揭露了大机构与私募基金联手操纵股票的诸多内幕，展示了庄家的各种违法违规行为，再现了一个操盘手独具魅力的操盘过程。小说深刻地刻画了处于股市风口浪尖上形形色色的各类人物，既有小股民、股票经纪人、股票操盘手，也有庄家大鳄与私募基金老板。

袁非在当九洲证券公司益都营业部的股票经纪人时，代客理财，成绩不菲。在股市暴跌的时候，陈红梅父亲的股票损失惨重，不知道如何操作。袁非的分析非常准确，"满仓"的操作建议使陈红梅父亲的公司挽回了十多万元的损失。陈红梅因此对袁非充满感激和信任，在自己的公司决定要投资股票时，邀请袁非做了海益公司的操盘手。袁非作为海益公司的操盘手，他对大盘走势的判断和对股民心理的把握非常准确，他以此为基础提出的操盘策略也是非常高明的。袁非为机构当操盘手，机构的人也借钱给他跟庄，他因此获利不菲。

黄恒的《金融道》以 2000 年前后的股票市场为背景，以顾大明掌控、操作联盟资金操纵股市，不择手段地赚取巨额金钱为脉络，穿插了一帮游戏金融市场的红男绿女的爱恨纠葛。以袁非、钱晨、陈红梅、侯峰为代表的诸多人物，或为股市癫狂；或对股市爱恨满怀；或宁舍生命不弃金钱。神秘集团联手操纵股市，不择手段地赚取巨额金钱。股市是一面魔镜，它可以穿透人心，直击人性的最深处。股市的跌宕起伏、涨涨落落，除考量众多投资者的智慧外，也在拷问着每一个投资者的灵魂与良知。股市枭雄在操纵股市，不择手段地赚取巨额金钱的同时，也在经历着善与恶、罪与罚的双重考验。金钱与良知演绎疯狂的攫取与无情的掠夺。

小说的主人公顾大明炒股，1994 年亏掉了 100 万，离开了大户室。不久他抓住机会，找好朋友丁好远借了 15 万元，又找营业部透支，买了 32 万元的股票，赚了 3100 多万，到 1999 年时，成了亿万富翁。顾大明与丁好远合伙成立亿鑫源投资管理公司，加入江浙联盟。炒网络股，坐庄宝良股份。顾大明对全部联盟资金进行交叉管理，交叉管理可以防止各单位中途撤退。顾大明坐庄宝良股份不成功，转而炒银行股。他用自有资金炒民生银行，用联盟资金炒别的银行，掩护自己赚钱，获利 1.5 亿，接着解散联盟。加入联盟后不仅没赚到钱反而连本钱也没有了踪影的联盟参与者——同盛公司——为报复顾大明，指使人绑架了他，以索回本钱。同盛公司雇请的绑匪见财起意，进行二次绑架，顾大明和同盛公司的人都被绑匪杀了。

成熟期中国当代股市小说中的股市庄家形象具有自己的特色，他们在股市的能量越来越大，胆量也越来越大。

三　散户股民形象越来越有文化味

这个时候中国股市的散户股民，没有明显的性别和职业特点，也许是一名企业职工，也许是一名家庭主妇，也许是学生，也许是刚入职场的白领。证券公司的营业部里几乎找不到中小投资者的身影了，投资者买卖股票的地点是任何地方，家里、办公室、咖啡厅、公交车上，甚至是路边，只要有网络就可以交易。

李江的《绝色股民》形象地表现了股市对当代中国人生活的影响，表现了股市对中国文化发展的影响，表现了当代中国人的市场意识在股票市场这块资本沃土上的茁壮成长。

小说的主人公绝色股民刘丽的生活首先与股市无关。刘丽出生于普通家庭，因此没有政治和经济上的先天优势。她小时候不太会读书，只考上了一所师范学校，毕业后只能到幼儿园当幼师。长大后她嫁的人也很普通，丈夫王强原来在一个机关里搞后勤，后来下海经商，开了一家装潢材料店。她的家庭生活也不幸福，王强赚了一点小钱之后，让她从幼儿园辞职回家，自己却在外边有了情人。这时的刘丽对自己家庭和婚姻看得很重，知道后去抓、去吓、去闹，甚至吃安眠药自杀都无济于事。过去的同学和同事许翠仙为了帮助刘丽摆脱痛苦，撺掇她炒股。拿着丈夫给的 4 万块钱刘丽开始了自己的股市生涯。在股市刘丽认识了技工学校的老师胡正副教授，跟胡正学了一些股市的基本知识。谁知她故意买的垃圾股没跌，反而连续拉了两个涨停，两天赚了丈夫做两个月生意才能赚的钱。

刘丽第二次买的垃圾股，以为会亏大钱的，谁知道公司质押在银行的7000 多万法人股股权，银行拍卖时，被一家相当有实力的大公司买了去，股票复牌后大涨，刘丽不仅没亏，反而大赚了 11 万。聪明的刘丽初步接触股市就从股市学到了许多关于市场的新思想和新观念："股票市场的一项重要的功能，就是资本的优化配置。"股市给她提供了一种变化的思维，要敢于打破原有的秩序和配置，不断寻找更优的市场组合，因为同样的市场要素经过新的优化交易组合就会产生新的更高的价值。她主动追求有知识、有修养的胡副教授，因此被胡正分居但没有离婚的老婆羞辱了一番，于是她痛痛快快地与王强离婚，和自己老婆关系不好已经分居的胡正在事情闹大之后不敢和刘丽继续来往，又和自己的老婆住到一起去了。

朋友许翠仙把丧偶的法官吴大为介绍给孤寂中的刘丽。因为炒股不顺利，刘丽不仅没有赚钱反而亏了不少钱，丧失了自己的市场优势，丧失了对方需要的交易资本，这场婚姻交易难以顺利进行。已经和刘丽同居了不少日子的吴大为慢慢疏远刘丽，另外找了人。在这场交易失败的痛苦中，刘丽的市场意识进一步成长：市场不相信眼泪，没有交易资本，交易就没有基础，交易就不可能成功。

刘丽和王强离了，与胡正分手了，被吴大为耍了，接着又被周二贵骗了。年轻的来自浙江农村的小商人周二贵知道单身的刘丽有一点钱，就主动在感情上和刘丽套近乎。以和刘丽合伙做水产生意为名骗走了刘丽将近20万元。这钱是刘丽把自己在股市里套牢的股票抛了，把父母的钱挪借过来凑起来的。感情和经济上的受骗上当使刘丽明白了更多的市场道理：市场有风险，有陷阱，为了交易成功，一定要弄清楚对方的真正需要，这样才能看清对方的真实意图，才能掌握市场的主动权。

人生如股，不停地涨涨落落。这时的刘丽每月领200元救济金勉强度日，帮人家商店站柜台。在人生低谷，经人介绍，刘丽结识了丧偶的市政府接待处处长钱多。刘丽的年轻和美貌是钱多需要的，钱多的官职和经济实力以及社会关系是刘丽需要的，双方的需求有非常强的互补性。

这一次婚姻"重组"非常顺利，它对刘丽来说是重要的，也是"成功"的。和钱多结婚后，刘丽通过当市政府接待处处长的丈夫与市长权达建立了联系。权达帮助早就从市幼儿园辞职了的刘丽恢复工作，把她安排到临市工商局工作。权达利用自己掌握的内部消息，指导刘丽炒股，刘丽因此在股市上赚了不少钱。与权达交易的回报不仅仅是经济上的。刘丽通过权达给公安局施压，把当年骗了自己近20万块钱的周二贵捉拿归案，又通过关系把前夫王强从牢里假释出来。在权达的关照下，刘丽先后当上了市工商局办公室的副主任、主任。

像在股市上不断寻找新的实力股、潜力股一样，刘丽不断在官场寻找新的靠山、新的舞台。刘丽在国际滑翔节的接待工作中，精心照顾得了急病的前省委书记李老，得到了丰厚的回报。在李老的推荐下，刘丽出任临市接待处副处长。

随着市场意识的成熟，刘丽的买卖越做越大，越做越精。刘丽回玉关市当上了旅游局局长，掌控了上市公司"河西旅游"，公司的内幕消息是含金量更高的市场资源。没有相应交易资源的人自然不可能从刘丽这里得到任何有用的信息，但前省委书记李老的孙子能，他利用刘丽掌握的内幕消息在"河西旅游"股票上赚了大钱，作为回报，他受刘丽之托，利用自己的社会关系资源，使权达解除了"双规"。但刘丽为了自己的前途，拒绝了权达见面的要求，及时终止了与权达的关系。

小说以绝色股民刘丽的婚姻感情生活、股市投资生活和从政为官生活为中心，表现了在股市这块资本沃土上她的市场意识的茁壮成长。

市场交易是人类生活的一项重要内容，买卖在人类生活中具有悠久的历史，具有旺盛的生命力。人类的生活中之所以有市场交易，是因为人类的心中有欲望，是因为人类有欲望没有得到满足，因此希望通过市场交易以其所有，易其所无，易其所欲，来满足自己的欲望，改变自己的生活。刘丽是一个有文化含量的人物，从她身上，我们可以读解当代中国文化的发展和变化。自从有了社会分工和私有制之后，人们就不能无偿占有别人的劳动成果，人类社会就一天也没有离开过交易，一天也没有离开过买卖，一天也没有离开过市场，但中国传统文化是重道德轻利益的文化，主张模糊人我之间的利益界限，排斥赤裸裸的金钱买卖。买卖是市场的灵魂，市场意识就是一种买卖意识，就是一种交易意识，它主张遵循自由、自主、等价交换的原则通过市场交换实现互通有无，各取所需，一切要通过交换，既不能无偿或者强行占有别人的劳动成果，也不允许别人没有回报地享有自己的劳动成果。它突出人我之间的利益界限，彰显自由、平等、独立的个人意识，张扬不受侵害、不能随意被剥夺的个人利益，与中国传统文化标举的群体意识、群体利益相背离。因为受到中国传统主流文化的压抑，传统中国人的市场意识并不强壮。股市是买卖股票的市场，股市所有的活动简单地说就是两个字：买和卖，因此股市最大的特点就是买卖，就是交易。作为中国社会主义市场经济的试验田，不断繁荣发展的股市是一块资本沃土，在买和卖之间不断培育和强化着当代中国人的市场意识，推动当代中国文化的发展和变化。

渔火者的《从壹万到百万要多久》的主人公张富贵是一个文人，在一家杂志社当文学编辑，在朋友的撺掇下进入股市。这是一个文人炒股的标本。"柴博士早年以《远去的声音》获 80 年代全国短篇小说奖，后来埋头炒股，他通过北大同学了解到天山股份的内幕消息，12 元买进，到 28 元还没出，那时他的纸上富贵已经翻了两番，天山股份回跌到 20 元的时候，他以房产抵押又买了两万股，谁知风云突变，天山股份从 20 元一直跌到 3 元多，他在 10 元的时候终于斩了，从此和股票绝缘。"一扔就涨的《股剩是怎么练成的》描写在一轮十年一遇的大牛市中，一个初入股海、运气极背的小扔遇见了一位十成亏了九成、落魄潦倒的老师。他们师徒俩携手共战股海，结下了深厚的友情。小扔的炒股生涯充满酸甜苦辣，是当代中国想发财但在股市又很难发财的股民生活的真实写照，而老师对小扔的指点包含了丰富的股市哲理。

纸裁缝的《女散户》中的散户股民就像生活中的你和我。郭越是一个种牛场的普通员工——打字员。她出身于普通家庭，参加工作不久，因此积蓄不多。郭越凭着改变现状的勇气，在春节前把自己的奖金和积蓄全部投入股票市场里。她用自己的所有积蓄2万多元钱作本钱，根据在网上遇到的陌生人"那谁"的指点炒股。炒股给郭越的生活带来了很大的变化。郭越个人的资产神奇地从2万变成了20多万，不久又变成了60多万。郭越的种牛场的同事们大多炒股，"郭越单位由一个国家行政事业管理单位，摇身变成了N个不同的炒股兴趣小组"。这些渴望"发财"的散户们一年四季随着股市的涨跌而悲喜交加。

郭越的大姐郭延是一个单位的财务人员，由于丈夫的平庸无能，家无余财。但是郭延非常需要钱，丈夫得了重病，要做心脏搭桥手术，需要巨额治疗费用；小孩大了，现在住的房子太小，需要换大一点的房子。靠夫妻两人微薄的工资不可能改变家庭的经济状况。郭延只能想另外的办法。她看到自己的同事挪用单位的钱炒股发了财，于是也动了同样的念头。由于单位管理不严，郭延挪用单位的公款并不难。她孤注一掷，挪用公款400万炒股，账面上十几天的工夫就净赚了60万，"不但把心脏搭桥的手术费用赚出来了，而且还有富余。如果郭延这个时候全身而退，那将是一个皆大欢喜的局面。但是郭延开始有了新的祈望，那就是再利用半个月的时间赚一所房子出来"。郭延为了赚更多的钱，没有获利出局。不久股市大跌，郭延无法忍受，割肉出局，从净赚60万元变为净亏空150多万元，"郭延不指望波岛股份真的能涨到30元，郭延心里想，只要波岛股份涨到10元，自己就把钱归还给单位，洗手不干了。郭延不知道她已经掉到了一个陷阱里。恐惧和贪婪从来是一对孪生子，他们一个拉着另一个的衣襟，谁都离不开谁"。乱了方寸的郭延找妹妹郭越借钱，想在股市扳本。"现在唯一的办法就是找人借点钱，在低位买进去，摊低成本，等这只股票涨起来，自己就有救了。"郭越借给大姐自己一半资产30万元。谁知郭延在股市又亏了，她把"翻身"的希望寄托在妹妹郭越从"那谁"那里获得炒股的"消息"上。为了救自己陷入绝境的亲姐姐，美丽的、清纯的郭越甚至不惜屈辱地向"那谁"献上了自己的处女之身，郭延看到妹妹因救自己而受人伤害，跳楼自杀。在市场经济的要素市场中，股票市场最能反映出资本的逐利性以及人类追逐财富的欲望，这本无可厚非，因为股票市场的魅力就在于此。但是，股票市场的逐利必须以互利为前提，股票市场中投资者（个人投资者和机构投资者）、融资者（上市公司）、政府监管机构以及中介机构等各参与主体的互利与多赢格局应该是股票市场的常态。

丁力的《散户》的主人公翟红兵是一个散户股民，他走向股市的心路历程在普通中国人中有代表性，他在股市中的心理活动在中国股民中也有代表性。

《解禁》的作者财神的红袍是一个见证了十几年股市牛熊转换、潮起潮落的资深市场人士。小说的主人公梅逸之是个学历史的"书呆子"，不善交际，也不喜欢投机钻营。妻子白丽是一个美女幼师。为了改善生活条件，白丽不断怂恿梅逸之去炒股，还不断拿同学、朋友炒股赚了多少钱的事例来刺激他。初入股市，梅逸之赚了一点钱。白丽嫌梅逸之穷、呆，与梅逸之离婚。离婚不久，梅逸之又被单位精简，被安排到下属的集体企业去。梅逸之因此辞职当职业股民。

小说表现了股市给普通人带来了改变生活的机会和可能。梅逸之炒股半年之内赢利 19 倍。凭这个业绩，梅逸之到一家投资公司应聘当操盘手，月薪 5 万元。股市低迷，梅逸之和几个朋友注册一家公司，合股买下一家资源类上市公司的 200 万法人股。梅逸之所在的投资公司破产，他又到一家证券公司研发中心工作，其间，梅逸之发表大量证券研究文章。梅逸之的前妻白丽被人甩了发疯。印不凡是玩弄她的男人，白丽最后自杀。梅逸之从证券公司辞职，和几个朋友注册成立了一家投资公司，代客理财，收入颇丰。梅逸之炒股的技术非常高，这些股市英雄演绎着激动人心的发财赚钱故事。梅逸之在那家资源类上市公司的法人股上赚了几十倍，身家两个亿。印不凡与富家女薛美美结婚，设计害死岳父，掏空薛家上市公司潮涌集团。梅逸之有了属于自己的 2 亿多资金，受薛衣衣委托收购潮涌公司股票，控股，夺回经营权，尽最大可能把薛美美从董事长的位置上拉下来，使印不凡无法通过关联交易来增肥自己的公司。梅逸之已经从一个纯粹的股市投资人，向产业投资人的方向转变。

梅逸之从事业单位稳定收入的小职员到股市芸芸众生中的一个小散户，成长为投资机构的股票操盘手和著名的股票分析师，最终拥有自己的投资公司，成为一个身家过亿的炒股牛人。作为炒股牛人，他的正直、善良、英勇，赢得了年轻女孩薛衣衣、杀手雪莉等女子的好感，在她们的心目中，他不是一个炒股牛人，而是一个真的男人。

四　基金经理和职业操盘手形象趋于成熟

我国证券投资基金从 1998 年开始试点，2003 年开放式基金问世后，基金业的发展速度明显加快。在资本市场的转型过程中，以基金为代表的机构投资者在引导市场的投资理念、促进投资者成熟和理性等方面发挥了十分重要的作用。基金经理作为国内一个新兴的投资群体也开始被市场所关注。赵迪的《基金经理》是中国当代第一部描述基金经理的工作和生活状态、揭示基金行业现状和内幕规则的股市小说。此前的中国当代股市小说主要描写股市坐庄、操纵股价、内幕交易，这是和中国过去相当长一段时期新兴市场的不规范局面相吻合的，但随着证券投资基金队伍的不断壮大，这种局面得到了一定程度的改善。小说所描述的正是转型期的证券市场中，国内机构投资者逐步与国际接轨、走向成熟的过程。它是当时证券市场一个比较真实的写照。

《基金经理》的作者赵迪毕业于南开大学金融学系，就职于深圳证券信息公司，担任大型财经电视节目《交易日》编导，"基金视点"栏目制片人。研究证券投资基金，先后采访过十几家基金管理公司的数十位基金经理。《基金经理》是当代中国第一部全方位描写证券投资基金行业现状和内幕的股市小说。小说从基金公司及其基金经理这个独特的角度来反映股市生活，证券投资基金与本土私募基金、海外对冲基金等不同投资主体的激烈博弈，基金公司的利益输送、变相承诺收益、刻意控制业绩、夸大产品宣传等各种问题是小说表现的主要内容。小说的主人公是珠江财经大学的三位毕业生雷胜平、于淑云和李旭政。雷胜平毕业后进入基金管理公司工作，从交易员、研究员、助理基金经理、基金经理最后成长为投资总监。李旭政是雷胜平的大学室友，毕业后进入一家私募基金，形成了有别于公募证券投资基金的操作手法和理念。受雷胜平的邀请，李旭政加盟其所在的基金公司，与雷胜平并肩作战，其间屡次采取独特手段帮助雷胜平渡过难关。于淑云是雷胜平大学时的女友，毕业后四处奔波，现在终于和雷胜平聚在一起，重温旧梦。工作中，雷胜平认识了电视台的女记者方芳，两人相互仰慕，和于淑云的感情逐渐产生了裂痕。此后，雷胜平所管理的基金卷入一场股票的操控争斗之中，各博弈主体经历了从伙伴到对手的交替。方芳为了帮助雷胜平付出了惨痛的代价。最终，雷胜平一方取得了胜利，然而却不得不面对于淑云的离开和管理层的调查，公司总经理蒯金华银铛入狱，李旭政被取消了基金行业高管资格，黯然离开公司。雷胜平经历了这场风波，大彻大悟，重新对基金行业展开更加深刻的思考。李旭政抱着对管理层的痛恨加盟了一家通过非正规渠道进入中国市场的海外对冲基金公司，这是一家专业从事投资和资产管理的公司，总资产达200多亿美元，大中华区在香港、台湾和内地分别设有三个代表处。李旭政以出色的业绩通过了外国老板的考查，负责百亿巨资的操作，年薪是 15 万美元，不需要承担投资风险，却可以分享相应的利润。当他所管理的这部分基金的资产年收益率高于 30% 以上的时候，超出部分的 2% 可以作为他的奖金。收益每超出一个百分点可以给自己带来 200 万的收入，超出五个百分点就是 1000 万的收入。与雷胜平分手的于淑云回到上海，加盟了一家私募基金，担任私募基金经理。为了配合外国老板的收购计划，同时为了报复管理层对自己的处罚，李旭政决定重仓做空中国股指期货，打压中国股市，市场因此出现暴跌并陷入恐慌。管理层希望本土基金能够出手稳定市场。雷胜平认为公募基金的责任是为投资者赚取收益，并不赞成担任市场稳定者的角色。但此后，在公募证券投资基金屡战屡败、投资者亏损累累、市场面临崩溃之际，雷胜平终于决定挺身护盘，出任新成立的中国股指期货基金公司投资总监。本土基金纷纷响应，以于淑云为代表的私募基金也暗中参与到博弈之中。最终在本土公募基金、本土私募基金与海外基金的实力对抗中，本土力量没有再次面对失败的厄运。丧心病狂的李旭政与雷胜平发生了激烈冲突，方芳在冲突中受伤，弥留之际方芳告诉雷胜平，其实于淑云一直在帮他。

小说描述了国内基金行业的快速发展，对于基金行业所暴露的问题也进行了严肃地批评，例如基金的操纵股价、利益输送、变相承诺收益、刻意控制业绩、夸大产品宣传等，这对于促进基金行业的健康发展具有一定的参考意义。

中国当代股市小说对小说的真实性有执着的追求，这也是很多股市小说作家的长处。小说讲述了一个证券投资基金与本土私募基金、海外对冲基金等不同投资主体激烈博弈的精彩故事，给我们呈现出一个更加真实的基金世界，让"基金经理"褪去光环、不再神秘。作者是证券行业的资深研究人员，与数十位基金经理有过深层次接触，对于行业内幕十分了解。

《少年股神》的作者紫金陈，"80 后"怪才，浙江大学学生，顶尖财经机械分析师。紫金陈想把他的股坛偶像放到一个由自己创造的虚拟故事中，把偶像的故事写给大家看。

小说描写了一个股市复仇故事，塑造了一批股市英雄形象。这是一部武侠风格的股市小说，缔造"股市江湖"传奇。温州大财团决定组建一个超大规模的私募基金——华东第一基金，初步资金量达到 600 亿，通过股神大赛来选拔第一基金的总裁。一场规模空前的股神大赛由此拉开了序幕。为了争当股神，股市高手们使出了浑身解数。股市"华东三巨鳄"——浦东基金、宁波基金、杭城基金,还有深圳的红岭基金、鲁泰基金纷纷派出了顶级炒股高手——小徐哥、冷公子、姚娘子、进三少、金手指、古老师,各路英豪风云际会,家恨,爱欲,痴缠,演绎出一段股市江湖的传奇故事。

小说的主角名叫夏远,是一个21岁的大学生,他在股坛的经历是相当传奇的。夏远的父亲夏国标在美国念过博士,还在华尔街待过几年。回国后在大学教书,后来辞去了教授职务,进入股市专门炒股。他的学生沈进和陈笑云大学毕业后都进了夏国标的大户室,成为他的助手。古昭通是一个同样在股市上赢利非常丰厚的人,与夏国标合作,共同筹集了200万元,组建了杭城基金。短短一年时间里,杭城基金募集的资金就达到了上千万规模,已经可以和当时华东地区最大的庄家、金手指的宁波基金平起平坐了。这时古昭通分离出他的股份,到上海浦东自立门户,成立了浦东基金。在第一届股神大赛上,夏国标轻而易举地成为股神后,许多大资金纷纷加盟杭城基金,杭城基金因此迅速发展,再次稳居华东第一。夏冰是夏国标的养女,她怨恨夏国标的严厉管教。在沈进的引诱下,她偷出夏国标所有的股市操盘资料,沈进以此匿名举报夏国标涉嫌操纵股价,把夏国标送进了监狱。举报之前,沈进在夏冰的协助下,把杭城基金的巨额资产偷偷转到自己名下,又在夏冰的帮助下,做出假账目,嫁祸于好家伙他们三个,逼得他们在国内待不下去,跑到国外。夏国标被判刑一年半,在入狱后的第三个月,竟在监狱中被人毒死,至今也未查出凶手是谁。杭城基金的大资金几乎一夜之间全部撤走,旗下大小基金也几乎全部投靠到古昭通或金手指旗下。陈笑云跑到了深圳红岭中路,自立门户,成立了红岭基金。沈进留在杭州,重新组建新杭城基金。夏国标写了一本书,讲的都是自己多年对股票的理解,传给了夏远。夏远的朋友顾余笑也是一个股市奇才。他12岁的时候,他的养父母借了一大笔钱炒股票,却遇到股市几乎崩盘,输得很惨,结果双双自杀。少年夏远能够摸准庄家的脉搏,顾余笑能够非常准确地预测大盘指数,他们都是年轻的大学生。在这一届股神大赛中杭城基金推荐的夏远成为股神,当了第一基金的总裁。夏远当了股神后,挑选浦东基金、宁波基金、红岭基金,共同入主华东第一基金。夏远竟然没有让自己的东家——杭城基金入主华东第一基金。沈进对此非常气愤,设计把夏远从华东第一基金总裁的位置上赶下来,自己坐了上去。沈进为了请顾余笑帮助自己炒股,决定给顾余笑1000万的年薪。夏远从古昭通、金手指、陈笑云的基金里,每家借3000万,共9000万,成立了一个新基金,叫"第二基金",用来对付杭城基金。夏远、姚琴、小徐哥、陆枫四个操盘手操盘，每天只偷袭沈进的杭城基金的一只股票，使杭城基金坐庄基本上处于瘫痪状态。顾余笑建议沈进炒国际市场的股指期货。沈进挪用华东第一基金的资金在国际市场上买股指期货，损失了 20 亿，自杀身亡。这一切其实都是夏远和顾余笑共同设计好了的。夏远故意从第一基金总裁位子上退下来，让沈进当。"要不又怎么能玩死进三少呢？我虽然做了第一基金总裁，可以轻松对付你的杭城基金，可是如果你退出股市了，我就拿你没办法了。你有这么多钱，可以做其他许多事。只有我退下来，让你上去，让你爬得高，才能摔得重。"其实第一基金的 20 亿和顾余笑的 1 亿都只是暂时亏损。等几个月后，不但现在亏损的回来了，而且还有丰厚利润。这场戏最后，是沈进自己把自己吓死的。夏远是股神，继续做起了第一基金的总裁。

《操盘手》的作者花荣是中国第一代职业操盘手。小说描写中国股市中的操盘手。操盘手是股市中的一个特殊的、具有浓郁神秘色彩的人物。乔锋在上海证券交易所红马甲培训班上结识了美女章沁晖。章沁晖之兄章子良是万安集团公司总经理，注册了万安投资公司，专门从事认购原始股的业务。乔锋当上了万安集团的操盘手。他出主意，用买光机票的办法，在拉萨"西部明珠"原始股的申购中取胜。乔锋为万安投资公司操盘，同样非常成功，整个"西部明珠"项目完成后，万安投资公司获利 5000 多万人民币。章子良利用乔锋的名气，吸收了几股较大的资金作为合作者，然后利用核心资金抵押的方式成立了私募基金。乔锋后来离开万安集团，来到银赛港国际信托证券公司任投资部副经理。银赛港国际信托的总经理卓融经营有道。公司的一项业务是尽可能大量地融资，另一项是用这些融资来获得超出成本的利润。卓融只考虑两件事情，第一是千方百计地挖人，不惜一切代价把自己需要的人搞定，有了有用的人就能够有资源、有办法、有钱途；第二是打通一切融资的通道，在自己需要投入资金弹药的时候，敢于投入"手榴弹、炸药包、爱国者导弹"。银赛港国际信托把这种代人理财、代人投资的业务发展到了极致。在 1997 年到 1998 年，银赛港国际信托投资公司未经国家主管部门批准，采取超额发行、重复发行、变相发行的手段，擅自发行公司债券，数额巨大，已构成擅自发行公司债券罪。卓融一审被判有期徒刑三年。银赛港国际信托投资公司最终被关闭。

操盘手乔锋后来在股市自立门户，成立了"中国龙"私募基金，每年都为客户赚取了远远高于其他行业的稳定利润，从而形成了一批忠实的客户群体。乔锋的合作伙伴许惊雷又从山西煤矿老板那里募来了几千万资金。他们抓住机会，在股市的斩获非常丰厚。乔锋担任北京中国龙投资管理公司的董事长和执行董事，控制了公司 40% 的股份，主要负责公司的项目投资；许惊雷担任公司的副董事长和执行总裁，拥有公司 30% 的股份，负责公司的行政、财务与外联。公司已经从股市赚到了 1000 亿。

小说总结了中华人民共和国第一代操盘手的成功创业史，首次曝光了操盘手实战操作的全过程，详细描写了操盘手运用他们精确描述的交易规则所做的一些交易。小说是一部操盘手实战史，是一个操盘英雄的情感录。

《纸戒》的作者周雅男大学毕业后，于 2000 年进入证券行业，先后在山西证券、华煜期货、武汉新兰德等金融投资类公司任职，拥有证券和期货的双重执业资格，曾带领大型资金投资运作。

小说描写了一个年轻操盘手的成长历程，当主人公为了仇恨完成了一个又一个的金融计划后，却发现一切都不是他真正要追求的，他所追求的只是最初的那份爱。一个懵懂少年为报灭亲之仇、夺爱之恨，从普通股民到学习坐庄操作，进而操纵大资金游刃在国内股市和国外期货市场，最终在"香港金融保卫战"中一举成名，得以报仇。直到这时才发现自己追求的不是金钱与仇恨，而是曾经的真爱。

主人公常云啸出身于普通人家，老实的哥哥常云涛辞职炒股，赚过钱，但在一次基金阴谋中中枪，气不过自杀身亡，老妈听到大儿子死了也愁病而亡。于是常云啸离开北京寻找唯一的亲人舅舅。他的舅舅杨东是一个黑道上的人物，在外地开着舞厅、赌场。会武功的常云啸为救舅舅在黑帮争斗中伤人被拘，监禁六个月。在狱中他结识了股市高手潘国峰。常云啸的女朋友林晓雨出身于有钱人家，父亲林文和叔父林武开着一家上市公司。女朋友林晓雨因为误会，因为等不到常云啸的音信，改嫁他人——香正基金的投资经理唐浩。常云啸哥哥的死也与唐浩有关。出狱后的常云啸依靠舅舅的力量，从牢里捞出了潘国峰，跟他学炒股。潘国峰带常云啸代公司理财，报仇。潘国峰的师父当年坐庄给李总打天下，没有得到一点好处，后来出事了，李总不但不帮忙还落井下石，使得他的师父就这样进了监狱。潘国峰现在就是要报这个仇。在银丰发展股价只有 4 元的时候，潘国峰找到了常云啸的舅舅，得到了 1.5 亿的资金，全部买入银丰发展。然后用李总的钱将股价抬到 9 元，再将常云啸舅舅的股票都倒给了李总，让常云啸舅舅赚了近 1.7 亿，然后按协议从常云啸舅舅那里得到 5000 万的酬劳。潘国峰既得了钱，又报了仇，搞垮了李总。出师后的常云啸得到了舅舅朋友的信任，接受他们 3 亿资金的委托，代其炒股。常云啸在香港成立万国投资公司，在内地炒股。与松田公司合作，在股市期市上炒作，赚了 30 亿身家。在"香港金融保卫战"中，常云啸指挥巨资与国际游资抗衡，取得胜利。

《金融帝国》的作者天行，原名赵骞，因信奉"天行健，君子以自强不息"，故取笔名"天行"。小说的主人公李锋就读于一所大学的经济系，毕业后想先找一家金融投资公司上班。这样不但有机会多认识一些人，更可以在工作中提高自己的操作水平。如果能达到一定的水平，自己就可以积累大量的资金，到时再用这笔资金成立投资公司，最后将自己的公司做大。后来李锋受聘为华天证券部的副经理，主管国内业务。证券部分为国外业务和国内业务两部分，国外业务由李海军负责，国内业务由李锋负责。他们每人手下各有 10 个组，每组有 10 个人，由一个主管负责。华天证券公司的老总郑小华非常信任李锋，决定将证券部经理负责的 2 亿资金全部划到李锋那里，由李锋负责操作。作为公司的操盘手，李锋具有超人的预判能力。通过在期指市场上的成功操作，李锋为公司获得了 7500 万左右的收益。

操盘手也是人，是普通的人，有血有肉的人。他们有着不为常人所知的酸甜苦辣，享受着常人难以忍受的孤独。作为一个操盘手，主人公李锋是幸运的，也是做得最成功的。从一个小小的操盘手做起，李锋通过自己的努力，战胜了一个又一个对手，取得了一次又一次辉煌的业绩。他有过成功的喜悦，也有过失败的苦痛，品尝过爱情的甜蜜，也遭受过痛失亲人的打击。对手无时无刻不在算计着他，不放过任何打击他的机会。而他却能坦然面对所有的人和事，仿佛一切尽在自己的掌控之中。历尽千难万险，李锋终于登上了事业的最高峰，亲手打造了一个属于自己的"金融帝国"。

矫健的《换位游戏》描写一对在股海里沉浮的兄弟。哥哥辛遥是蓝天证券公司的操盘手，在过去的一年里，辛遥独自操盘坐庄，为营业部创造了上亿元的利润，作为公司最佳经纪人奖获得者，获得公司一只重达 1200 克的纯金地球仪（价值 15 万元）奖励。弟弟辛远是中学语文教师，与辛遥是双胞胎兄弟，外貌非常相似。辛远不甘寂寞，好奇哥哥的神奇际遇；辛遥向往清静，于是兄弟俩交换身份和场地，做换位游戏。弟弟辛远变身为"哥哥"，成为"股神"。这里有两种生活、两种人生的比较。

辛遥炒高天堂岛的股价，天堂岛公司每个季度送给辛遥 30 万元。因为天堂岛公司需要把公司的股票价格推高，才能够推出配股和增发方案，从股市圈走大把钞票。蓝天证券公司营业部的蔡经理掌控资金来源，掌控辛遥这个天才股神。资本力量左右这里的一切。辛远顶替哥哥辛遥后不久就不得不接受这一切。天堂岛公司董事长慕越峰弄虚作假。银行领导、国企领导用公款支撑天堂岛股价，自己暗地都有巨大的老鼠仓。他们只要自己赚了钱，不管公款的盈亏。蔡经理在股价回落时命令自己的操盘手："我说出货，是指那些特殊账户。辛遥我告诉你，这些人是我们的靠山，是我们的衣食父母，他们的利益绝对不能有丝毫的损失。没人接盘，咱们自己接。"辛遥作为公司的操盘手，对股票买卖中的"猫腻"心知肚明，"长久以来，我一直在计划建立一个空前未有的、巨大无比的老鼠仓。那些有权有势者，以老鼠仓的方式攫取丰厚利润，深深刺激着我的神经。我也要以同样方式，在现行不公平的分配框架中，拿走我应得的一份"。老晃是当地黑社会的老大，他通过贩毒等手段获得了大量黑钱。缺少资金的辛遥和老晃合伙，暗地里在天堂岛股票上建了一个1000万股的老鼠仓，赚了4亿。辛遥把天堂岛股价炒高之后，"我把股票卖给我自己！这自然是指老鼠仓里那一千万股天堂岛股票，至于其他股票我就管不了啦。换句话说，我准备用公家的钱在高位接货，以此完成财富转移——转入我和老晃的口袋"。

中国证监会通报批评天堂岛股份有限公司，最后这些股市里的作恶者都被绳之以法。小说旨在揭露股市黑幕，鞭笞股市为非作歹之辈。

《股路不归》的作者王新平是一位从1990年开始投资股票、期货、外汇市场的三栖人物。曾经经历了老八股时代一天几十元的震荡，也经历了"3·27"国债期货的洗礼，更是经历了外汇市场上9.11美元几分钟之内暴跌千点的暴力升华。

小说的主人公"我"出身农村，大学毕业后来到上海，在一家证券公司当操盘手。小说细腻地描写"我"作为大机构的操盘手操盘时的心理活动，描写"我"对股民心理活动规律的把握，对股市心理脉搏的把握，"我"的操盘主要建立在这种心理分析上，因此操盘十分有针对性，非常巧妙。描写股市心理博弈是该小说的特色和价值。

小说表现了一个机构操盘手的生存状态，他的孤独、他对乡村和对亲情的依恋和向往、他所承受的心理压力引人注目。一个一半是魔鬼一半是天使、具有双重性格的机构操盘手，通过与投资人进行心理博弈，有效激发投资人的贪婪与恐惧，让失去理智的大众投资人在低点卖出高点买入，终至倾家荡产，成就了一个职业操盘手的辉煌和巅峰。然而，这种辉煌和巅峰是毁灭大众之后带血的惨淡。小说揭露了许多鲜为人知的内幕，庄家对倒、舆论圈套、股价陷阱、老鼠仓、内幕交易等黑幕，再现股市腥风血雨。小说描写机构优秀的操盘手对股民心理的分析和把握准确而细腻，表现了他作为一个优秀的股市操盘手对人心人性的准确把握。

小说是一部股市投资心理博弈专著，更是一部股市投资哲学专著。小说从股市投资人心理博弈的角度阐述了哲学的斗争思想，其细致、精湛、恰到好处的心理行为把握始终贯穿了哲学斗争的全部思想，股市投资实际上就是一场知识和智慧的较量。作为一个投资者应该具有敏锐的洞察力，先人一步发现价值投资的机会。

中国当代股市小说中的操盘手形象非常有新意。他们是当代中国社会中的新人物，他们的生活充满神秘色彩，他们的知识和能力也是过去的中国人所不具备的，是当代中国人中间的佼佼者。

五　揭开上市公司和证券公司的神秘面纱

沙本斋的《股海别梦》以中国证券基金业为背景，描述了 8 个与股市相关的故事。

小说描写证券公司的资本运作。首诚证券公司的各分支机构都是非独立法人，没有自营权，其证券投资收入不合法，庞大的一块资产不敢入账。江西总部和武汉总部的老总将数千万的账外资金放高利贷。放款协议中相当于同期债券利息的部分归公，补充协议约定高出的部分则私下里归入老总个人的腰包，结果总部数千万元血本无归。有的是真的被骗走了，有的则是双方故意做好了扣，等于是私分了公司资产。为了改变这种状况，总公司以公司财务部 5 名经理级以上员工的名义，在上海浦东新区秘密注册了一家投资有限公司，注册资本金为 10 亿元人民币。将各分支机构的账外资金和小金库资金统统上划至该公司，由总公司派人统一操作，收益的一部分按各自上划资金所占比例，以奖金的形式返还分支机构，每年"分红"两次。首诚证券的两家大股东都是拥有高科技概念的上市公司，投资公司通过与上述两家上市公司股东的联手炒作，双方都在这两只股票价格的上涨中获得了巨大利益。然后，投资公司以净资产之上溢价100%的高价回购两家公司所持有的首诚证券的股权，并将其交由投资公司的上述 5 位员工股东代为持有。随着投资公司实力的不断壮大，所收购过来的首诚证券的股权比例将会越来越高，最后直至控股本公司，使首诚证券牢牢地控制在自己人手里。这些股份的最终所有权将落实到全体正式员工身上。

《股海别梦》描写了当时的股市"牛人"帮人炒股的情形。朱希文本来是经贸学院的老师，在大学里主讲金融改革课程，自己业余炒股，战绩不菲。他在 1992 年 10 月，接受了同事、亲朋好友 20 多人共 95 万元的委托资金，陆陆续续地全部投入了股市。朱希文有个学生叫丁宁，她的父亲是湖南一家大型国有企业的老总。这家企业进行了股份制改造，以图上市融资。1993 年年底，企业决定，由丁宁牵头，在北京注册一个投资公司，参与股票买卖。丁宁请老师朱希文操作，但不久就亏了一半。在股市亏了巨款的朱希文心态失衡了，在股市动起了歪心思。他来到远离城中心的首诚证券公司开户，交给证券公司营业部工作人员一张 350 万元的转账支票。朱希文把支票交到财务室入账，要求证券公司营业部据此允许他先行融资买入股票，马上把这 350 万元换成了股票。第三天中午开户行通知营业部说出票方是空户，银行已决定退票。这时营业部马上查到朱希文用营业部的 350 万元买入的股票已经在外地的证券公司营业部被全部抛出。朱希文利用 T+0 交易和上交所的证券托管制度漏洞，在 A 公司透资买入而在 B 公司相继卖出，然后提钱走人！几个月后，被捉拿归案的朱希文被判了重刑。

小说还描写外资进入中国股市，这在中国当代股市小说中非常罕见。

华信证券的总裁魏均平的妻子齐明霞在银行当处长，她与美国一家大型跨国金融集团中国总部的外国人戴维斯有来往，帮他们洗过黑钱，自己从中赚了几千万。齐明霞与外国资金的联系，这在中国当代股市小说中不多见。齐明霞为自己的同学、首诚证券华北管理总部总经理李思恩介绍了一笔业务：

> 外方手里有一家证券公司，证券公司的客户想分享中国 A 股市场的成长，资金的进出渠道我都安排好了，有的以项目投资的方式，有的由以货款的形式出现，汇兑成人民币后，以一家中资投资公司的名义进入 A 股市场，大约有十几个亿的规模。你要做的事是：第一，安排他们在你掌控的不同的证券营业部开户；第二，充当交易顾问，买卖什么股票，何时买卖，你是专家，由你来指点。事成之后，我的利益是，交易佣金的一半作为客户介绍费归我。而你的好处则比我多得多：帮助你们公司拉来了大客户，做大了交易量，于是你会升职，会多拿奖金；所有账户的操作都对你公开，你可以跟庄赚钱；还有，你可以按照外方的思路反向操作，即组织你的客户以外方证券公司为代理，让中国人直接参与美国的股票市场，买卖美国的股票赚钱，你

和你的公司则可以两头赚，没有一点风险。

李思恩拒绝了这笔利润丰厚但违法的"生意"。齐明霞与丈夫魏均平分居已经快两年了，与戴维斯秘密同居，被李思恩和魏均平发现。在魏均平的逼迫下，齐明霞吃安眠药自杀。她的车、别墅、现金、珠宝首饰等资产数额巨大而又来历不明，均被法院没收，法院认定齐明霞为自杀。

小说披露股票发行中的黑幕。唐戈是首诚证券公司华北管理总部总经理李思恩的研究生同学。毕业后在云南办了一家公司，准备上市。公司做了很多假账，发布了很多虚假信息，搞了很多内幕交易。1993年定向募集发行股份，内部职工股认购者不多，唐戈几个领导当任务认购了。1995年在上交所上市，唐戈拥有上千万的身价。后来唐戈身患癌症，公司在经营和上市过程中的问题暴露，公司垮了，唐戈也死了。

小说描写证券公司员工违规炒股。宏光证券北京总部的总经理郭槐说他们营业部来了一位大客户，带来了一张150万元的银行承兑汇票，要求马上开户买股。这位大客房本是当地一所中学的数学教师，县里农行的行长是他亲戚。行长听说他会炒股票，就跟他约定，行长负责提供资金，他负责炒作，赚了钱他和银行方面对半分成。于是他就用行长提供的银行承兑汇票进行质押炒股，以十个交易日为限，赚了钱农行那边就兑现汇票，把相当于本金的股票款划过来；亏了钱那边就止付，然后他再立马开溜，买的股票则扔给证券公司。

按照证券法规规定，证券从业人员不能为自己或私下里代别人买卖股票，尤其是不能利用内幕信息炒作股票；他们必须保证在代理客户交易中，保持客观中立地位。首诚证券对此规定执行得很严格，员工一律不准开户买卖股票，但其他券商则不然，员工往往和大客户或消息灵通的股民串通一气，甚至共同坐庄。首诚证券公司深圳管理总部的领导层挪用客户保证金，集体为个人炒股。他们都没有以自己的名义开立账户，而是以各自的远房亲戚的名义开户，他们只在幕后操纵，负责透资给这些"大客户"，赚了归他们自己，亏了由公司开发部将股票接过来，算作自营。按照挪用的资金数额和给公司造成的损失，这些人都要被判十年以上徒刑。但是看在他们过去为公司所做的贡献上，同时也为了公司的声誉，只对他们做了内部处理。他们分别交了5万至10万元的罚款，主动离开了公司。

霍小青到深圳管理总部任总经理，她发现当地的证券从业人员自己买卖股票是非常正常、非常普遍的事。这些人认为，如果证券从业人员自身不懂炒股票或没有成功的操盘经历就不具备从业的资格。营业部总经理,左手连着公司自营盘,右手连着手中的大客户,左右逢源,与交易所、当地监管机构人头熟悉,他们中谁若在股市里还没有赚得上千万的钞票,就要遭人笑话。霍小青绝不打公款的主意,只是想利用自己的智慧和关系网,用自己的钱赚钱。她向李思恩吹过几次风,李思恩就把太太弟媳的身份证复印件和500万元钱托付给了霍小青。霍小青把自己的200万也放进了这个账户,混在一起操作。到2000年年初,该账户的资金已经达到了3000余万,翻了两番多。两年后,李思恩辞职离开了首诚证券公司。又过了一年,霍小青也辞职了,到美国一所著名大学攻读博士学位。

这些证券公司中的人物是一个神秘领域中具有神秘色彩的新人物。

柳峰的《股神1》和《股神2》描写一个普通投资者在股市这个弱肉强食的世界中的奋斗史、成功史,塑造了一个青年股神形象。初入股市的青年缪柳锋,凭借自己过人的天赋和对中国股市的熟稔,畅游股海,与幕后黑手斗智斗勇,获得无数骄人战绩,终于笑傲股林,构建起一座属于自己的金融帝国。

缪柳峰大学医学专业毕业,求职不理想,在家乡温州乐清的一家舞蹈学校就职,任教务主任兼校医。妹妹的男朋友张周鹏是股民。同学陈科敏之父是上海排名第三的宝华证券的总经理。陈科敏的财大气粗和张扬刺激着缪柳峰,缪柳峰因此想到股市发财,但自己只有8000元本钱。初次炒股缪柳峰赚了不舍得抛,亏了吓得抛。被佛光照耀后,缪柳峰因此获得预知未来的特殊能力。以1.1万元本钱炒股炒权证,不到3个月,翻了100倍。他开户的仲富证券公司以250万的年薪,外加3%的收益分成,请他去操盘,被他谢绝。受仲富证券公司胡春毅经理的请求,缪柳峰指导仲富证券公司动用1000多万元炒权证,获利,但因此得罪了宝华证券公司,宝华证券公司派人绑架了缪柳峰,逼他染上了毒瘾,逼其离开乐清。缪柳峰在亲友帮助下,戒掉毒瘾,与准妹夫、妹妹及女友阿雪来到宁波,租房炒股炒权证,获利颇丰,收购经营不善的仲富证券公司,杀回温州乐清,与老同学陈科敏的宝华证券公司展开较量。研究癌症基因疗法的颜博士曾经治好过缪柳峰女友的病,因为受单位领导的嫉妒和压制,想脱离原单位。缪柳峰得知此消息后,带着颜博士拜访上市公司浙江医药,把浙江医药想重金聘用颜博士的录音透露给媒体。从媒体上得到此消息的陈科敏指挥宝华证券温州营业部重仓持有浙江医药的股票,而缪柳峰又带着颜博士来到海正医药,签下正式聘用合同。缪柳峰重仓持有的海正药业连续涨停,而陈科敏因为重仓浙江医药,无力再买海正药业,而浙江医药跌个不停。陈科敏失败，离开温州，回到上海。缪柳峰主持的仲富证券更名为雁荡证券。通过走门道，雁荡证券顺利升为二级证券公司，又通过走门道，获得上海证监会批准，能够提前介入茅台权证创设。雁荡和宝华证券公司都与证监机构的官员有密切联系，因此能够提前获知内幕消息，指导自己的股市操作。缪柳峰在茅台股票和茅台权证的炒作上大获其利，与大券商永泰中信合作，实力大增。陈科敏为了报复缪柳峰，派人在机场的厕所神不知鬼不觉地将硝酸甘油这种液体炸弹放入缪柳峰的口袋中。想通过机场公安将缪柳峰关进囚笼，从而使雁荡证券公司群龙无首，但阴谋被缪柳峰的保镖识破，没有得逞。

小说表现了证券公司之间的竞争。中国当代股市小说中的股民形象，大都认同交换逻辑，毫不避讳对货币金钱和基于货币金钱的物质财富的由衷喜爱，而且千方百计使二者的数量和质量永远呈现无限增长和逐级提升的态势。他们既具有《红与黑》中于连·索黑尔式的投机与雄心，又具有当下中国市场社会枭雄式人物的坚韧与进取精神，是中国当代小说作家对中国社会脉动准确感知和对社会肌理深刻洞察的结果。

六 国际金融较量开始进入中国当代股市小说的视野

中国当代股市小说第一次有了国际视野。

陈一夫的《热钱风暴》是一本关于海外热钱对中国悍然发动金融战争的股市小说。作者陈一夫是高级经济师，曾在航天工业部财务司、工商银行总行信贷管理部、北京市分行、光大银行总行营业部、重庆市城口县人民政府任职。现为金融公司职业经理人。

小说描写以索撒为主席的美国巨蜂基金等国际热钱在中国股市上兴风作浪，中国政府组织反击，以保护国家金融安全。美国巨蜂基金主席索撒通过建立和管理的国际投资基金积累了大量财产。

> 索撒的爱好是动辄就用 3000 亿美元的资金，玩弄一个国家。他喜欢把资金当成自己的呼吸，把一个国家当作自己的玩具气球。他喜欢用自己的资金把这个国家吹起来，再缩回去；缩回去，再吹起来。在每一次一吹一缩的过程中，数百亿美元的利润就成了他的口中物。

利用黄海银行的虚假报表事件，先推高中国股市，后又打压中国股市，以图自己获利。黄海银行上桥支行副行长张秉京违规向绿色农科集团发放贷款十个亿，无法收回。索撒指挥热钱袭击中国股市，花招百出，中国政府应对有章有法。最后从容化解危机，取得了胜利。

索撒除了动用德利金融公司中国部总经理亨利帮助他偷渡的数百亿元人民币，以及他通过合资、投资、收购等渠道合法进入境内的1万亿人民币进行大张旗鼓地拉高黄海银行股价操作外，还以合资的方式完全控制了拥有51%黄海基金管理公司股权的恢宏科技投资公司，从而控制了恢宏科技投资公司对黄海基金管理公司的话语权。同时，索撒以同样的手段又控制数十家中国优秀的民营企业，而其中两家民营企业是黄海基金管理公司的股东，拥有15%的股权。因此，索撒在没有经过工商局变更登记、没有撤换三家公司董事长的情况下，通过对他所入股的三家中国公司的控制，已经实际上完成了对黄海基金管理公司的基本控制。索撒还迫切希望收购或控制拥有黄海基金管理公司8%股权的杜鹏程的通达集团，这样他就可以百分之百地控制黄海基金管理公司，就可以为他在中国股市上合法地兴风作浪打好更加坚实的基础。

过热的经济带动世界各地的热钱通过各种渠道纷纷涌向中国。他们的目的就是用美元收购中国的优质企业，而后拿到国际市场上市，享受中国经济高速发展的资本利得。

电影学院美女冯卉不久前向国家安全部门提供的海外热钱通过地下钱庄偷渡中国和索撒企图用2万亿元人民币做空中国的情报，为中国政府反击国际热钱的进攻赢得了进行资金准备的宝贵时间。

和索撒的资金进行拉锯战，这样才能避免获利热钱外逃，并把他们已经套现的将近2万亿元人民币重新诱导回中国股市，并且压迫他们为了打压股市，被迫进行平买低卖式的极端型做空操作，最终让他血本无回！用于反击的资金由政府金融中心打入这家投资公司在中国银行的户头上，再由王洪通过网络银行直接划入交易所的资金账户，由冯卉直接操盘，进行股票买卖，掌握的资金高达1000亿元人民币。政府金融中心又给冯卉的账户上打入了两笔反击资金，每笔资金都高达5000亿元人民币！现在冯卉的资金账户上已经累计拨入了反击资金1万亿元人民币。亨利动用了100个个人账户和20个机构账户的股票和资金，与广大散户和小机构搏斗一天下来，逢低买入股票折合500亿元人民币，低价抛售股票折合600亿元人民币，带动股市再次暴跌10%。股指虽然被惨烈地打压下来，但是亨利第四天的亏损额，已经高达人民币30亿元！把1万个中国人个人和1000个中国机构的股票资金账户统统接到特别行动小组的10台计算机上，这10台计算机再连接到冯卉在亨利身后的计算机上。冯卉便可以使用自己的计算机，通过这1万个中国人个人和1000个中国机构的股票资金账户来悄悄地大规模吸纳被索撒和亨利砸得稀里哗啦的中国股市，而不被外人察觉。索撒一伙利用巨额海外热钱进行的砸盘行为，已经使我们的深沪两市总市值从去年最高峰的34万亿跌至今天的17.5万亿，损失高达16.5万亿，已经等同于中国去年的GDP水平。现在，虽然我们已经有了1.1亿元人民币的反击资金，而且在实施"诱敌深入计划"过程中，已经逢低吸纳绩优股3900亿元，让索撒回吐利润近百亿元。索撒为了制造中国的金融危机，抛光了自己的所有股票，损失了150亿美元。

　　小说把金融世界中人们的欲望和野心、贪婪和残酷、虚伪和真情刻画得入木三分，把小人物的心酸悲凉描绘得令人动容，把不见硝烟的金融战争描绘得淋漓尽致，讴歌了在重大危机和民族利益面前，中华民族团结一心的伟大精神。小说刻画金融世界中人们的欲望和野心、贪婪和残酷、虚伪和真情，揭露了索撒为做空中国而耍尽手段的内幕，揭示了金融产业在中国社会转型期进行改革的真实过程。小说把人性的丑陋、可憎、善良的多重性表现得淋漓尽致。小说站在国际金融的视角来描写中国的金融产业。这里是货币的战场，也是煎熬人性的战场。小说将人性的狡黠、张扬、苦恼与善良，以及人物心灵的多面性都付诸人物的刻画中。在资本市场，人性的变换及其深邃永远无法言说。

第四节　成熟期中国股市小说的代表作家及其作品

一　丁力：多产、丰富、深刻的股市小说作家

　　丁力2004年1月出版了自己的第一部长篇股市小说《涨停板，跌停板》，小说描写股市里的资本运作。在2007年和2008年接连推出了股市长篇小说《高位出局》、《高位出局：透资》、《上市公司》、《散户》。如果说《高位出局》是抖搂庄家黑幕，那么《高位出局：透资》就是连庄家和上市公司一起曝光，而《上市公司》则表现上市公司的本质。从数量上说，丁力是目前创作出版股市小说最多的作家之一。

　　《高位出局》由四个短篇小说组成。

　　"高位出局"描写股市里的庄家如何坐庄，如何出货。小说的主人公王艳梅从一个操盘手变成了一个股市庄家。王艳梅来自农村，天生丽质，在证券公司当上了操盘手。别的操盘手争着在老板面前卖聪明，只有她一路装傻，似乎什么都不懂，因此老板最放心她，不仅打电话不回避，而且

凡是关键性的进出大单都交给她下，她因此获得了老板很多坐庄的内幕消息，跟庄赚了很多钱。她一面从老板那里领到一笔笔不菲的赏金，一面筹钱偷偷跟庄炒股，两年下来实际收益率比老板还高出一截，净赚了七位数，成为亿万富妹。前年她的老板与一个潮州老板合作，共同坐庄皖南电力。当时皖南电力流通盘是 8000 万，股价 11 元，合作坐庄方式是：老板在 11 元到 12 元价位吸入 3000 万流通股，捂住不动，这样，8000 万的流通盘实际就变成了 5000 万，然后，潮州老板再用对敲的方式将这只实际上已是 5000 万流通盘的"小盘股"拉到 28 元，这时再通过上市公司董事局和某些股评人士，不断地发布正面消息和评论，潮州老板则在 28 元到 25 元价位分批出局，然后老板再慢吞吞地吐，直到 18 元附近基本出净。按照双方约定，老板不能在最高价位出，并且只能在得到指令后才出。另外，老板还必须将本次操作所得利润中的一部分交给潮州老板，考虑到在吸货和出局阶段为了稳定股价而进行的逆向操作成本，老板的实际受益率不到 50%。而王艳梅则不受任何约定限制，她可以在老板吸货之前以每股 11 元的价格买进，在潮州老板出货之前以每股 28 元卖掉，加上蒙在鼓里的老板给她的一大笔奖金，王艳梅本次操作的受益率接近300%！成为亿万富妹之后，王艳梅不当操盘手了当老板，自立门户，独立坐庄。作为操盘手出身的庄家坐庄坐得似乎滴水不漏：

> 王艳梅自立门户后，托人买了一大堆身份证，分几个证券公司不同的证券营业部开设数百个户头，每个户头每次下单不超出十手，挑选无知少女而不是天真少女充当机器人而不是操盘手。每次王艳梅要是建仓或出局，都是足不出户，电话指令无知少女们在指定的时间、按规定的价格、依限定的数量吸入或吐出，盘口上反映的完全是散户行为，即使是少数能够打开龙虎榜的通天人物，也分析不出坐庄迹象。王艳梅为了预防万一还特意将各个点的人分开居住，使她们之间根本就不认识。另外，她们接受指令的电话是只能打进不能打出，更绝的是，无论表现好坏，干三月一律"炒鱿鱼"，免得夜长梦多。王艳梅从不使用"对敲"来调控股价，她认为对敲成交额巨大，很容易被高手识破，弄不好就会替人家"抬轿子"，更要紧的是，如今有关部门的监管越来越严，一旦被查出就惨了！王艳梅要拉升一只股票，采用的是"击鼓传花"，而且是在不同证券公司不同营业部的不同账户间进行，几百个账户排列组合，绝对保证无重复。让你看不出，查不出，证据取不出，绝对安全。

　　小说描写中国股市出现的新人物。许才江在当庄家之前是专门做存贷的。这是一个高回报零风险的行当。当某公司要向银行申请贷款时，银行首先要求申请方在该银行开户，投放存款，办理结算，然后才能考虑贷款，当然，更通常的是交 50% 保证金开承兑汇票，然后再从其他银行贴现；然而，许才江"协助"贷款或开承兑汇票的公司往往是并没有结算业务的壳公司，这时候许才江就从中"通融"，说服银行让步——拉来存款也行。当然，"拉"也不是白"拉"的，除了银行的正常利息外，申请贷款的公司还须另付许才江几个点，这就是所谓的"存贷"。用自己的账户到指定银行存款，当然万无一失，一月做它两次，一年回报自然不菲。他一是替各证券营业部拉客户，二是替缺资金的公司跑贷款。他将这两项事业结合起来做，动员大户将资金用于存贷，以收取短期高利，给贷到款的董事长们透露点"消息"，鼓动他们在股市作一些短期投资。他们炒股赚到钱了，他自然有好处，即使炒股炒赔了，他在券商这边的佣金返还一分也不少。

　　小说描写股市庄家之间的算计和阴谋陷阱。做存贷赚了钱，许才江在股市当起了庄家，坐庄 ST 九钢。由于受中科系列暴跌的影响，许才江出不了货。许才江和三江证券的彭总商量，决定设局引诱王艳梅来接盘当替死鬼：

　　　　有一只股现价十六元，可以打压至十五元让你锁仓两千万，然后他们拉升到二十一元，再公布重大重组消息。
　　　　庄家先付你百分之十的保证金，万一跌幅达到百分之十，你斩仓就是，保证金正好弥补。

　　条件是事成之后双倍退还保证金。许才江和彭总知道王艳梅贪，不会只锁 2000 万。王艳梅果然多买了 3000 万。许才江把自己套在 ST 九钢的筹码都在高位出局了。这时股市因为银广夏造假被揭露而暴跌，王艳梅的筹码出不来。高位出局的许才江赚了一个亿，决定用 4000 万把 ST 九钢的股价拉升到 17 元以上，救一下王艳梅，也为自己骗王艳梅当替死鬼来赎罪。但股市大盘跌跌不休，王艳梅还有 2000 多万股跑不了。王艳梅承认按备忘录规定自己进的 2000 万早跑了，损失没有超过保证金，现在套在里面的是自己偷偷跟庄的部分。许才江向王艳梅求婚，王艳梅要许才江答应一个条件："我们俩做个笼子，把彭总这只老狐狸装进去。"

　　股市伦理体现在股市交易的各种关系中，其中最为基本的、亟待提倡和弘扬的伦理精神是诚信、公正和尊重主体财产权利。诚信意识是市场信用体系的核心和灵魂，是信用行为的内在精神支柱。作为一种市场经济的伦理规范，诚信要求市场主体以"真实"、"诚恳"、"善意"的态度参与市场交易活动，在交易中做到恪守承诺，讲求信誉，不欺不诈。

"寻找巴菲特"描写庄家解套，是根据中国股市的真实事件演绎而成的。

小说的主人公陈开颜是深圳本地人。20世纪80年代末，深圳率先在全国试行股票发行，当时陈开颜所在的蔡屋围村的村民都有深发展的原始股配售指标，但大多数村民都不想买。作为村干部的陈开颜说你们不买我买，他一下子从其他村民手中买过许多深发展的原始股。后来随着深发展的多次拆股、送股、配股，陈开颜成了超级富翁。有了钱的陈开颜长袖善舞，善于拉关系，善于用钱去赚钱。20世纪末中国股市的主力是各大机构，这些大机构的超级操盘手权力很大。陈开颜有钱，他认为这些机构操盘手可能都是他将来能用得着的人，所以对这些人就特别大方。他私下借钱给他们，一借就是几十万甚至上百万，当这些机构的操盘手用从陈开颜那里借来的钱和自己手中的信息间接发了财之后，陈开颜借出去的也不要操盘手还。陈开颜靠这一手，他获得的股市内幕消息是最准的，例如哪个机构最近要炒什么股票，他们在什么时候建仓，什么时候拉升，什么价位出货，甚至什么时候震仓都一清二楚。加之陈开颜做事情极有分寸，比如他已经准确地知道某只股票的操作计划，陈开颜并不在最低价进货，也不在最高价出货，更不会一下子跟进许多货。相反，他只跟进一点点，让庄并不感到很累，甚至根本察觉不出来有人跟庄了，反正他知道的消息多。与庄共舞，陈开颜在股市的收益率特别高。每次陈开颜自己坐庄，就必须事先买通几个机构操盘手，让他们在高位接自己的盘，这也是陈开颜的"撒手铜"。

刘益飞号称"中国的巴菲特"，陈开颜坐庄"深养殖"，因为香港暴发口蹄疫，其股价大跌，陈开颜找刘益飞为自己解套。刘益飞提出了"合作"的方案：

> 你按每股七元的价位划三百万给我，我给你三百万定金，我们签一个合同，合同让证券公司作监证，并请证券公司监管这三百万的股票，我可以拿这三百万作为质押，但绝不可以在你原来的三十五元以下卖出这些股票，等到"深养殖"达到每股三十五元价位了，我可以在那个价位将股票卖出，然后将剩下的一千八百万还给你。

陈开颜提出如果能将"深养殖"的股价从目前的每股12元拉回到每股35元，这300万股送给刘益飞了。刘益飞马上提出："那么我们合同上就要写清楚：如果到了每股三十五元，这三百万股就自动归我了，我想留就留，想卖就卖，想质押就质押。""达不到这个价位不但三百万股票不归我，就是我自己那三百万定金也全归你了。""如果拉升不到三十五元价位，那三百万股票就永远不是我的，而且我还白贴了三百万人民币的定金。"刘益飞接着提出了解套的操作思路：

> 首先必须要控股，然后才能重组，只有重组之后才能从根本上改变其基本面，只要基本面改变了，并且我们控制了董事局，又持有百分之九十的流通股，想拉升到三十五还是问题吗？就是拉升不到三十五，我们在二十几元的价位来一个十送十配十，不等于四十多了吗？

刘益飞知道股东大会投票权是按股份计算的，每股算一票，所以只要谁手中的股票多，就是谁说了算，要让谁当董事长谁就是董事长，然后再由董事长决定公司重组。刘益飞接着提出了重组方案：首先是改名字，由"深养殖"改为"深生物"，由养殖业改为生物制药业了。然后利用香港政府补贴的钱找北京、上海的一些科研院所和大型制药企业合作，研制开发生产销售对付艾滋病的"鸡尾酒"。刘益飞的解套方案市场反应非常好。"深养殖"更名还没有批下来，其股价已经连续来了七个涨停板；等到"深养殖"更名为"深生物"时，股价已经达到20多元。在这个价位，陈开颜不仅解了套，而且赚了几个亿。于是陈开颜违约开始偷偷出货。刘益飞发现如果陈开颜照这个势头向外抛售，一方面股价可能永远也到不了每股35元，刘益飞手中的300万股就永远只能是一个不能兑现的数字；另一方面等到下一届股东大会的时候，他们就达不到控股所必需的票数，就会被挤出董事局。刘益飞要求与陈开颜重新再签一个协议，继续合作。协议要求陈开颜必须对刘益飞公开所有账户，让刘益飞核实，不让陈开颜偷偷地出货。在刘益飞的炒作下，"深生物"的股价已经很高，但如果没有实质性业绩支撑，大庄家陈开颜其实就处于严重被套状态，而且价位越高他被套得越牢，因为他根本不敢出货，"纸上富贵"永远不能变现，而一旦有人出货，陈开颜怕崩盘，必须赶快接盘，吃尽了贪小利、不守信用的苦果。

"解套"同样描写庄家解套。常砥中是上市公司华夏在线的董事长。

庄家胡君声想让常砥中配合自己坐庄华夏在线。因为有常砥中"十送十"的承诺,胡君声才敢重仓华夏在线。华夏在线的流通盘是5000万股,胡君声现在已经持有3700万股。但现在常砥中突然被"双规","十送十"的承诺无法兑现。坐庄遇到这种麻烦,胡君声的谋士有的主张一路杀跌,强行出货;有的主张请人高位接盘。K先生是股评人士,私下在好几个证券公司营业部设有工作室,控制了大量散户的资金,在股市有一定的号召力,是接盘的理想人选。胡君声请K先生当公司的总策划,K先生具有胡君声所在的中融集团的资金支配权。胡君声将中融集团的一百万股华夏在线股票托管到K先生指定的证券公司营业部,K先生马上以此向营业部要求再透支1200万元,买入华夏在线,然后向自己麾下的工作室发出指令:卖掉所有的股票,在15元以内满仓华夏在线,想在中融集团建仓之前建一个大大的"老鼠仓"。在K先生的鼓动下,大量散户跟风,华夏在线股价上涨,胡君声成功解套,本来准备杀跌出货的华夏在线现在全部在13元以上顺利出局,获利是其成本的十倍。

"善庄"描写股市庄家的成长和资本运作。

小说的主人公王星焰经商多年。当年海南的房地产生意非常好做,王星焰在澄迈的老城以3万块钱一亩的价格买了1000亩海滩地,一转手就卖5万块钱一亩。事实上那1000亩地到底在哪里他也说不清楚,买卖的只是一套批文和图纸,钱也只是付了一部分定金,就赚了2000万。赚了钱的王星焰开始进军高科技,创办了万利通公司,公司还被他捣鼓上市了。王星焰计划拉升万利通的股价,然后来一个大分红,每股分配6毛。由于王星焰自己一个人差不多就占了公司60%的股份,只要每股分配6毛,王星焰就能提前套回上亿的现金。但上市之后,中期业绩那么好,万利通的股价还是跌破了发行价。正在这个时候,好多年没有联系的同学李东找上门来了。李东现在是加拿大魁北克镍矿资源保护基金会的亚洲代表。李东鼓动王星焰套现,尽快把自己的资源变成现金。具体来说就是要王星焰把一部分万利通的股份转让给李东代表的外资,这样不仅能够套现,还能利用"外资介入"这个题材把股价炒上去,正中王星焰的下怀。李东设计了操作方式和赢利模式:

　　　我现在就注册公司,把钱打进来后,倒腾成人民币,然后立马在现价位买进万利通,过一段时间我们再发布合作的消息,并且是隆重发布。只要外资介入这个题材一发布,而且是响当当的"加拿大魁北克镍资源保护基金会"介入,不用我们动作,涨百分之五十没有问题。到那个时候，我就开始出货，你就开始派现，咱哥们该发就发。等不到半年，最多三个月，我们再签一个退股合同，其实我的钱就是在你的帐上走一圈，然后加上利息，再打回加拿大，只要给他们加上百分之一，我在那边就是功臣了，而这边，咱哥们保守一点也有百分之三十的收益。

两人约好，这次资本运作的收益每人各得50%。加拿大基金会那边提出了更加苛刻的要求，要求这边的金融机构为这笔投资提供不可撤销的全额担保。证券公司答应了李东的请求，条件之一是这笔资金只能在他们证券公司内部运作，不能打走，除非直接打回加拿大它原来的账号。当它全部打回加拿大原来的账号的时候，就视为已经还款，证券公司的担保自动撤销；条件之二是为防止操作亏损，万利通公司必须为可能的亏损部分提供反担保。李东用加拿大来的钱开始建仓万利通。因为行情不好，所以李东收集了不少筹码，居然没有引起价格上升。李东发现万利通的筹码集中的速度超过自己建仓的速度，这就说明还有另一股资金也在建仓。王星焰发现是自己的妻子在得到这个内幕消息之后要别人建"老鼠仓"，因为妻子没有这么多资金。王星焰和李东设计震掉这个"老鼠仓"。李东配合王星焰在二级市场猛做了一把万利通，心想事成赚了钱之后，以"海归"的身份在深圳注册了"加和新技术开发有限责任公司"，真正的干新技术开发去了。

在经济的加速度面前，欲望、物质等一切最世俗的东西全都浮在表面，对人们构成巨大的诱惑，不少人在这巨大的诱惑下很轻易地从高高在上的心境跌落到最世俗的层面。丁力将精神的理想放逐在现实的激流中，眼看着理想在与激流的搏击中粉身碎骨。他对中国股市、中国股民的了解是准确的。

《高位出局》是四篇既相互独立又相互关联的中短篇小说。四篇小说从不同的层面和角度出发，充分揭露了股市的内幕，揭露了资金机构、上市公司和券商怎样相互勾结在股票市场上翻手为云、覆手为雨。四篇小说虽然独立却始终没有离开"高位出局"这个主题。无论是彭总找王艳梅来锁仓，还是陈开颜寻找中国的巴菲特——刘益飞；无论是胡君声请股评人士K来操盘，还是王星焰故意把内幕"透露"给老婆夏薇薇，他们的目的都只有一个，就是要在高位顺利出局。

丁力的股市小说创作特色鲜明。从操盘手到股市庄家，到散户，到上市公司，到资本运作，股市几乎所有重要参与者都进入了丁力股市小说的视野，反映股市生活的面比较广。

《上市公司》形象描绘了中国上市公司的生存状态。丁力既担任过上市公司核心高管，又掌控过机构资金，他对股市生活的表现从证券交易扩展到上市公司企业身上来了。上市公司的质量是中国资本市场的试金石。股民购买股票这一特殊的产品，是买其价值而非使用价值，而其价值的体现完全靠其公开披露的招股书、中期报告等信息，加上股票不能退、风险自负的特点，上市公司披露的各种信息关系着投资人的利益所在。市场本身并不能直接创造财富，真正创造财富的是企业，是上市公司。股民购买企业股票，其实是购买上市公司被等量分割化的股权。

小说的主人公黄鑫龙作为一个没有多高学历和任何背景的农民，能在深圳立足已属不易，成为一家上市公司的董事长更是奇迹。黄鑫龙是一个奇人，他原本是一个农民，没有任何背景、学历，当兵回乡当了供销社的营业员，辞职到深圳闯世界。曾想过偷渡去香港，在深圳的建筑工地当小工，到深圳一个供销社的进出口营业部当临时工，后来成为这家营业部的经理，不久成立"新天地实业（集团）股份有限公司"，完成股份制改造，率先在深圳挂牌上市，黄鑫龙成为国内最早一批上市公司的董事长。

黄鑫龙当了董事长后，把公司经营得红红火火。他知道深圳的地段离香港越近的地方就越金贵，而离香港最近的地方几乎全部掌握在边防局手里。于是，他在用粮食系统留下来的粮站和粮食仓库学会了做房地产开发之后，就主动与边防局合作。边防局出土地，新天地集团出钱，开发成功之后，双方按事先约定的比例分房产。用这种方式占了一大片与香港接壤的地段，使新天地公司拥有的土地在老五家上市公司中排名第一，股票价格也一路领先。

黄鑫龙的部下吴晓春为公司的经营和发展献上了非常重要的计策：另外组建上市公司，然后通过关联交易，进行资产置换，把优质资产集中在一个公司，甚至把业绩也做到另一个公司里面去，该公司因此就能获得配股资格。这时可以来一个十送十配八，一下子就可以从股市上圈走几个亿。如果跟证券公司或有关机构配合，在二级市场上再做一把，那收益更为可观。在资产置换之前先悄悄地在二级市场吸纳该股票，等公布消息之后再慢慢吐出去，价格完全有可能翻一番。第二年，同样的办法或者是稍微变一点的办法再用到另外一个上市公司上，又可以圈走几个亿。只要每年都可以从股市上圈走几个亿，日子自然滋润，关键是要多有几个上市公司。

小说描写当时的上市公司具有的优越性：

　　既然是公众的，那就等于说是没有主的，或者说那就没有人能否定主席的决定，因为中国的股民买股票的目的是低买高卖赚差价，主要目的是赚取利润，没有哪个股民会想到自己买了股票其实就成了上市公司的老板，更没有散户想到自己买股票是为了对公司管理或决策发表自己的意见或起到监督作用，即便真有这样的股民，那也是少数中的极少数，根本起不到任何作用。

　　上市公司不仅可以从大陆市场圈钱，而且还能到香港市场再圈钱，不仅能圈一次钱，而且能圈多次钱，关键是圈来的钱既不用付利息，还可以永远不用偿还。

　　它确实是资源，一种比金矿还要稀缺还要值钱的资源，因为再大的金矿也有开采枯竭的时候，而"上市公司"这个"壳"只要操作得当，不断变换花样地玩"资本运作"，就可能永葆圈钱的青春，成为永不枯竭的资金来源。

　　吴晓春因献计受到黄鑫龙的重用，被派到武汉组建子公司。武汉分公司的运作及其与集团上市公司的关系是中国当代股市小说较少涉及的内容。吴晓春首先在汉口火车站附近买了块地，然后又从银行贷到了款，开发建设商住楼，经营得红红火火。新天地的华东公司因为涉嫌虚开增值税发票而被冻结银行账户。集团总公司征调华中分公司的资金去救华东分公司。新天地集团今年继续亏损，已经PT（Particular Transfer 的缩写，意为为暂停上市股票提供流通渠道的"特别转让服务"）了，如果再没有起色，明年很可能就要退市。华中分公司受集团总公司拖累，因此想与集团总公司脱钩，寻求独立。新天地集团退市之前，华中公司与其脱钩，成为独立的责任有限公司，最终成功上市。吴晓春先是通过刘冬娅的亲戚"借"了一家壳公司，然后让壳公司来收购华中公司，由于华中公司本来就是负资产，所以收购也是"零收购"，不用掏一分钱，只承担全部资产和债权债务就可以了。他们自己收购自己，把华中公司从集团公司的麾下赎买到他们自己的手中，华中公司与集团公司顺利实现脱钩。华中公司为有限责任公司，吴晓春占51%的股份，余曼丽、刘冬娅各占10%的股份，刘冬娅的影子——壳公司的法定代表人占9%，另外还有20%做未来加盟者的预留期权。

　　小说描写了一个上市公司的真实运转情况。

　　《散户》是丁力股市小说中与普通股民生活最为接近的一篇。小说的主人公翟红兵是一个散户股民，他走向股市的心路历程在普通中国人中有代表性,他在股市中的心理活动在中国普通股民中也有代表性。

翟红兵属于一没背景、二没特长、三没胆量的男人。事业不成功腰杆子自然不硬。最后,老婆丢了,工作也丢了。老板按每年补助 1 万元人民币的标准给予翟红兵一次性补偿,并保留了他的社保关系,但每月的社保金完全由翟红兵个人承担。翟红兵因此一次性拿到七八万元的补偿费。事业不成功的他打算就靠这一小套房子和这七八万块钱生活,再熬几年,等社保工龄凑到 15 年,领退休工资拉倒。那天他到银行打算把自己的活期存款转成定期的,碰上了客户经理,被她鼓动着炒股票。翟红兵拿了其中的 5 万元用于炒股。

散户心理活动描写真切细腻是本小说最值得重视的地方。炒股于是成了翟红兵的一种生活方式,成为股民之后他的生活和心灵与过去有了很大的变化。"他最希望自己卖出去的股票跌,跌得越多他越高兴。就好比挤公共汽车,没有挤上去的时候拼命要前面的人往里面挤,而一旦自己挤上去之后,就希望车门赶快关上一样。""既然已经把炒股当成了事业,当成了目前唯一的事业,当然只能依靠自己。自己唯一的事业要是建立在依靠别人的基础上,那不是很危险吗?只有依靠自己,哪怕自己做错了,也可以积累经验,肯定比依靠别人和盲目听消息都要好。"翟红兵炒股赚了很多钱,那位客户经理建议他和自己一起到另外一家证券公司的营业部承包一个大户室,相当于他们一起搞一个小型的私募基金。

丁力是一位很有特色的股市小说作家。深圳是中国经济改革的前沿城市,长年生活在深圳的丁力在 2002 年前的十多年一直从事商业活动。他曾经作为上市公司高层管理者和证券投资机构主要负责人,同时具有职业作家身份。他所感受的生活比作家体验的生活更真切,因此,丁力股市小说的高产和畅销并非偶然。丁力一直对笔下形形色色的市场人物保持着一种平等、深切的人文关怀。从事市场活动的十年经历和如今作为自由作家的独立身份,是丁力创作大量股市小说的两大基础。贴近生活、观照人性是丁力股市小说的大众化创作方法;股市、股民、炒股赚钱是丁力股市小说的基本元素。

当代中国以股市生活为题材的好的小说作品并不多,主要原因是真正懂经济的作家不多,而专业的经济人士又很难写出具有专业水准的小说作品。丁力的股市小说主要以中国改革开放前沿城市深圳为背景,写发生于其中的股市生活。"我所经历的商场经历都是真实的,比作家为了写作去刻意体验的生活更生动、更具体、更有细节、更能激发创作热情。"① "我过去所经历的一切挫折和失败都变成可以兑现的宝贵财富了。仿佛是不良资产成堆的公司突然获准上市了,全部变废为宝了。"② 对丁力而言,股市已不只是生活,而是生涯;已不只是生活素材,早成了人生经历和感情烙印。"体验"的生活是"伪生活",而丁力的生活是真实的生活,特别是"下海之后"为了生存和发展在商业大海中拼搏的心理体验,是任何作家带着写作的目的去"体验"的生活无法比拟的。这种经验不是琐碎的生活经验,而是对社会生活的理性思考和对时代氛围的整体呈现。丁力集科技精英、股民、作家多重身份为一体,使他在看待股市生活时,多了一份比较和审视的目光,变得复杂而深邃。小说以对现实的深切关注、对人性的细致刻画和深刻的人文精神深深地抓住了广大读者的心。从精英知识分子到下海经商,使他对中国股民的生存状态和内心煎熬感同身受,体察和领悟了中国经济变动的深层奥秘;而从商人转变为作家后,当他思考和表现包括自己在内的知识分子时,又多了一重商人的思想视角,对知识分子的人生看得更加深刻、清晰。

丁力将自己的经验和体会作为小说素材,通过艺术概括,忠实、迅速地反映现实生活面貌,努力突破模式化,进行着个人化叙事的探索。深刻剖析了处于改革开放经济大浪潮中的国民性的变化,拓展了小说的多样格局和发展空间,是当代小说紧跟时代步伐前进的表现。

丁力自身的生活阅历是他的股市小说创作成功的基础,生活阅历的真实使丁力的股市小说有许多真实性的因素,也使他的小说面向大众,面向市场。丰富的职场经历和生活阅历使丁力自觉地将对大众话题的敏感和编造戏剧性故事的优点相结合。丁力自由作家的身份又使他的股市小说有很大的实录性质和亲历色彩。小说超越了对具体生活的描述和分析,从创作的自发状态进入自为境界。丁力关于股市与商业方面知识的丰富,造就了他股市小说里的各个鲜明的人物形象。王艳梅的贪婪、陈开颜的短视、K先生突然膨胀的欲望、黄鑫龙由一个没有学历和社会背景的农民到登上董事长的职位的经历,以及股市中的尔虞我诈等让人们很直观地看到了小说对真实世界的表达和探索。小说真实细腻,表现了商场上的人情世故,具有浓厚的生活气息。丁力股市小说中的人文精神不只有抽象的理念,而且还有对商业社会中的生存状态和人性问题进行的淋漓尽致的展示。浓厚的

---

① 白吉秀:《丁力小说的财经背景和人文精神》,《芳草》2008 年第 12 期

② 白秀吉:《大众文化语境中的商情文学——以丁力的作品为例》,硕士学位论文,山东师范大学,2009 年。

商业色彩和专业的经济术语掩盖不住其对人的灵魂的关怀。在丁力的股市小说中，既有积极进取、勇于开拓的精神，也有欲望膨胀、日渐沉沦的灵魂。丁力的股市小说创造贯穿着作家自己对人生的独特体味和对社会的深刻观察，倾注了作家的个人感受、认识、评价与理想，体现了对底层命运的关注以及对他们生存欲望的深刻理解和同情。正如作家莫言所说："丁力的小说栩栩如生地描摹出当代都市社会光怪陆离的浮世绘，可贵的是他一直对笔下形形色色的商场人物保持着一种平等、深切的人文关怀。"[①] 丁力对当下股市参与者人性的丰富性进行了更为深入和广泛的挖掘，体现人文精神的观照。财经背景和人文精神，是贯穿丁力股市小说的气质和灵魂。

站在改革开放30年风口浪尖上的人自己书写这30年的人和事。这是丁力现象，更是时代现象。这个时代是值得作家书写的，而只有真实参与这个实践的人，处在这个风口浪尖上的人，才能写出真正富有这个时代精神的好作品。丁力的股市小说描绘了社会转型期的股市众生相，从股市生活中提取话语资源，描写瞬息万变的股市生活，表现证券交易的种种神奇诡异，给商业时代的当代中国人以市场文化的启迪。

研究丁力股市小说创作在股市小说领域的独特贡献，分析其股市小说特色形成的原因，探讨丁力股市小说创作对当代股市小说发展的影响和启示。

丁力的股市小说有其独特的通俗化、大众化的艺术风格。

丁力的股市小说描述股市风云变幻，表现了证券领域中的人情世故。原生态的故事和发自切身经历的感悟使得丁力的股市小说叙事充满纪实色彩。着眼于改革开放时期人的思想、感情、命运、心理冲突和人与人之间关系的描绘与揭示，贯穿着作家自己对人生的独特体味，对社会的深刻观察，倾注了作家个人感受、认识、评价与理想。浓厚的商业色彩和专业的经济名词掩盖不住其对人的灵魂的关怀。

丁力的股市小说带给人们在新的经济形势和价值观念下新的定位和思考，表现出对现代市场生存中新价值的认同。小说过于固守真实，必然影响其文学性，对私人经验的痴迷会带来想象力的穷尽。真实和现实意义上的自我经验和表现只能是一次性的，多次表现就会陷入无意义的同义反复，小说创作最致命的缺陷就是丧失了生活和艺术经验的独特性以及丰富内在的审美想象力。不要把个人经验作为写作的唯一源泉，避免创

---

① 白吉秀：《丁力小说的财经背景和人文精神》，《芳草》2008 年第 12 期。

作陷入雷同的泥沼中。

二　李德林：专注揭露资本运作内幕的股市小说作家

李德林是一名财经记者，因此对中国证券财经界的内幕比较熟悉，为他的股市小说创作提供了大量素材，也形成了他股市小说创作的特色：专注揭露资本运作内幕。

李德林《天下第一庄》描写一个庄家在股市的崛起，兴风作浪，直至最后灭亡。小说的主人公欧阳笑天 1986 年大学未毕业，就与同学在家乡开了一家冲洗店，赚了 80 万元，接着创办鼎新农业公司，想获得大西北电脑经营权，被汉正义骗去巨款。女同学王婷婷利用自己汉正义情妇的身份，设计害死汉正义，汉正义生前签出的 3000 万贴现支票成为欧阳笑天和王婷婷的共同财产。1992 年，有了本钱的欧阳笑天和王婷婷合伙申购新股，认购权证，又做一级半市场，就此走进了股市，一发而不可收：套现、抵押、贷款、并购、信托、保险……一步步构建起了一座他梦寐已久的金融帝国，十多家金融机构及 200 多家公司在其掌控之中。然而，看似牢不可破的金融帝国却是无比脆弱，瞬息间多只股票集体暴跌，众股东仓皇出逃，坐庄失败，证监会调查人员找上门来，一切财富灰飞烟灭。

作为资本运作高手，欧阳笑天在股市嗅觉非常灵敏，捕捉到了很多股市赚钱的机会。欧阳笑天一旦入主西齐水泥，西齐水泥的上市资金就可以用于收购自己手上的一级半市场股票，被套牢的资金就能解套，变现的资金可以归还西齐信托的贷款，这样不但可以缓解所有资金问题，还将拥有一家上市公司，五只一级半市场股票只是左手倒到右手，还在鼎新的控制之下。一个月后，鼎新投资以每股净资产的价格受让了贸易公司持有的 300 万股西齐水泥，并利用西齐信托提供的 2000 万贷款中的 1300 万囤积在上海的一家证券公司营业部，在西齐水泥发行新股的时候低价买进了 450 万流通股。买入流通股的当天下午，欧阳笑天与营业部达成了市值 1：10 的抵押融资协议，获取一年期的亿元委托理财资金。这是欧阳笑天第一次真正坐庄股票。

西北石化要发行债券，主承销商就是西齐信托。如果鼎新投资公司能够按计划控制住齐昕，让他用西齐水泥股票的资金去正面收购正在洽谈承销的西北石化债券，再说服承销商西齐信托，采用暗箱操作，利用超卖石化债券的办法，几天就能将 1 亿元的窟窿全部给填补上了。欧阳笑天又琢磨出了一套新的融资模式，那就是利用代销西北石化债券的业务进行超卖债券，暗中扩大西北石化债券的销量，利用这些超额销售的部分反复到证券营业部进行抵押融资。西北石化债券这块肥肉由西北信托拿到手后，就是鼎新投资的印钞机，想卖多少就能卖多少。代销西北石化的8000万债券能够从中获得80万手续费，但是如果能超卖一倍西北石化债券，鼎新投资就能融到8000万的资金。西北信托代销西北石化债券时，原本代销的8000万债券，通过代保管单的方式，欧阳笑天共卖出了2.8亿元，超卖的2亿元动用3000个个人账户全部申购了银花股份和西北铜业，只要新股开盘股价上拉，欧阳笑天就迅速获利出局，超卖资金在未到期之前还可以用于申购别的新股。

欧阳笑天正酝酿着将西北信托、西齐租赁进一步与实业剥离，筹建一个金融控股集团，在实业与金融中间构筑一道防火墙，这样坐庄的风险就可以控制。欧阳笑天在资本市场越玩越大，不断收购控股三只股票的流通股，再用这些流通股到西北信托抵押融资，都是通过委托理财、国债回购等手段进行，一旦西北信托出现风吹草动就很容易引发挤兑危机，鼎新集团控制的那三只股票也就可能迅速崩盘，股价转眼间就会跌到底。鼎新集团现有三只股票，连同巴东实业的四只股票，还有一些持仓量不大的11只股票，鼎新集团通过136家证券公司、信托公司、租赁公司、保险公司、银行、基金公司等所有金融领域的公司，融资流水达到833亿元，每天的进账与兑现资金都维持在12亿元以上。

高价增发融资，砸盘低价吸筹，这是欧阳笑天的惯用招数。2000万股票在一个星期的震仓过程中基本换手，欧阳笑天在下跌20%的价位收集到1300万筹码。在随后的一个星期中，股价温和拉升，并在增发价位出手1000万的流通筹码，短短两个星期就获得1800万利润。鼎新国际控股已经控制了243家公司，掌握了134亿元的资本，总资产超过了2350亿元。鼎新系的股票鄂五星、西齐投资、黑水冶金、西齐水泥、巴东实业开盘跌停，鼎新系参与炒作的西北铜业、银花股份等13只股票开盘跌停。全国2000多家证券营业部，凡是质押鼎新系股票为其融资的营业部都在不断地将鼎新系股票挂到跌停板上。

股市没有专家，只有输家和赢家。往往前一刻在天堂，后一刻就进了地狱。顶级庄家兴风作浪，资本巨鳄疯狂上演空手套白狼。野心家、嗜血者是他们的代名词，也终将他们埋葬。

《迷影豪庄》描写股市庄家，描写一家公司的上市，描写围绕这家上市公司进行的资本运作。

神秘庄家萧水寒从海南岛发迹，成立了海南伟业集团，在家乡关东市市政府秘书长王琳的介绍下，回到故乡投资。在关东市出资修建亚洲最大的体育馆——北方体育馆，关东市政府承诺给五块土地予以补偿。在关东市政府的支持下，萧水寒将一个年久失修的体育馆成功包装成为中国股市第一商业体育概念股，由他控股的中国第一商业体育概念股——北方体育顺利上市，他企图通过北方体育坐庄赚取利润，同时完成由庄家向实业家的蜕变。

萧水寒的同学陈东明实际上是关东市副市长王平的私生子。陈东明移民马来西亚，王平和中工银行关东支行行长张克勤合谋，将虚假银行承兑汇票贴现后的巨资几经倒手转到马来西亚，转到陈东明的手上。陈东明携此巨资，回到关东市，成为关东市最大的民营企业——长白山集团的董事长，旗下有盛京仪表厂和长白山微生物高科技有限公司。

在萧水寒疯狂操纵北方体育二级市场的时候，一股神秘的跟庄资金死死地缠住萧水寒。萧水寒被拖入生死边缘，危急关头，前妻的神秘电话、红颜知己的无情背叛、清纯少妇的红颜一怒，笼罩着萧水寒的巨大洗钱阴谋被揭开。就在萧水寒等人疯狂瞒天过海，企图完美解救的时候，从北京调动的银行资金因为行长的落马而暴露，萧水寒操控的帝国股价全线跌停，金融企业遭遇债权人疯狂挤兑，萧水寒深陷牢狱。小说通过描写萧水寒从包装上市体育概念股票，并坐庄北方体育获得利润，完成亚洲第一体育馆的修建，到卷入重重阴谋之中，展示了股市操纵者的真实生活。

《阴谋》描写一家公司的包装上市，描写中国股市的资本运作。

东北滨海市湖岛县将一家亏损停产的小酒厂改造成岛泉酒业。杜子明原是北方大学的教授，股改名师，受到湖岛县县长宋如月的赏识，出任岛泉酒业的董事长。岛泉酒业为了上市，需要招商，杜子明通过京安证券投行部总经理许木引来了京都投资的法人代表王刚。王刚亲自担任岛泉酒业董事长，坐上董事长宝座不到一个月的杜子明黯然退下。王刚算计着，如果岛泉酒业上市三年就能圈一大笔钱，那些钱不但可以解北京项目的困局，自己还能得到一家上市公司。于是王刚请来股市奇人陈诚帮自己出谋划策。陈诚在美国的哈佛大学取得了金融博士学位后回了中国。他的第一次大手笔是将什么都没有的南海药业包装成规模达到 3 亿元的一家上市公司，通过二氧化碳临界值萃取的方式，生产出一种治疗性病的独家药物，南海药业迅速成为医药界一颗耀眼的新星，陈诚因此成为证券市场的传奇人物。陈诚现在受王刚的委托，为岛泉酒业上市进行"包装"：岛泉酒业先通过别的公司，将 1.5 亿元的资金分别打到至少三个经销商账户上，经销商再以货款的名义打到公司，公司通过购买原材料的名义，将现金打到原材料供应商的账上,供应商通过走账,将经销商手中的成品接过,供应商再将成品以原材料名义销售给岛泉酒业。这些股市资本运作高手弄虚作假,使岛泉酒业得以顺利上市。

多股资金坐庄岛泉酒业。海南洋浦投资的实际出资人是陈诚和陈诚的妻弟,完全是私募基金。在南海药业中,通过老鼠仓赚得了上亿元的真金白银。从陈诚接手岛泉酒业项目后,洋浦投资就秘密北上,在滨海市成立了滨浦投资,唯一的目的就是收集岛泉酒业的原始股。在陈诚的亲自操刀下,滨浦投资已经成功收集了1300万股岛泉实业的原始股。郑东在滨海秘密成立了京联投资,郑东亲自担任京联投资的董事长。一听说岛泉酒业已经得到肖副省长的签字,郑东就下令大肆收集岛泉酒业的原始股。当初约定,京美证券收集2600万岛泉酒业的原始股,其中1100万股在首次发行时用于炒作,故意将筹码散到市场中,达到新股发行的股东人数要求,给市场营造追捧的假象。郑东动用了800万国债回购资金,一次性收集了200万股岛泉酒业的原始股。第三天,郑东将200万股以每股8元的价格质押给国清证券,融资1600万,第五天迅速收集了400万原始股。杜子明的学生刘冰在广州成立了鹏潮集团,看中了岛泉酒业这个壳,想通过控制岛泉酒业,在股市增发融资,为自己的鹏潮集团房产项目弄来资金。刘冰拉来同学王明,在老师杜子明的帮助下,成功挤走王刚,控制了岛泉酒业。因刘冰食言,没有兑现成功融资后给王明500万元的奖励,王明与刘冰反目。刘冰违规从岛泉酒业抽调资金,违规让岛泉酒业为鹏潮集团项目贷款担保。王明则利用自己的董事长身份,与股市庄家合谋,出让实际控制人为刘冰的公司股权。杜子明接任公司董事长,乐见两个学生争斗,伺机控制公司。最后王明被刘冰的弟弟刘洋枪杀,刘冰被举报,这些股市"牛人"全部入狱。

小说描写一个上市公司充满阴谋与陷阱的包装过程,在上市公司股价瞬间的涨停与跌停之间,庄家与老鼠仓的多方博弈,展现了股市全流通背后的一场场阴谋诡计以及利益面前人性的迷失。

《阴谋2》描写股市里的阴谋诡计,表现利益面前人性的贪婪、痛苦与无奈。

20世纪90年代中期,李枭阳结识了当时是西周市医药管理局局长的徐桐。徐桐给李枭阳指了一条发财的路子——走私。徐桐负责牵线为李枭阳找销货的国内买家。李枭阳很快打开了西部市场和中亚市场,成立了天狼国际公司,出任天狼国际的总裁。徐桐遭遇举报,调查几年之后从西周市医药管理局局长被调到西周市最大的国有企业西北制药集团。他将西北生物从西北制药集团剥离出来，成功包装上市，出任公司董事长。西周市市政府招聘从海外归来的张天寿担任西北生物的总经理。张天寿的父亲张国信曾是西周市医药管理局的小干部，英子是张国信的未婚女友，被局长徐桐夺走。因为怀疑不是自己亲生的，徐桐遗弃了几个月大的李枭阳，妻子英子因此疯病而亡。李枭阳其实是张国信的血脉。李枭阳和张天寿是亲兄弟，只是他们都不知道。为了儿子张天寿能到美国留学，张国信接受了医药管理局副局长高登科的 8 万元，条件就是将高登科写好的举报材料递交给西周市纪委，时任医药管理局局长的徐桐因为举报被停职调查，高登科接任局长，后来升任西周市分管经济建设的副市长。

李枭阳坐庄西北生物是徐桐安排的。第一次李枭阳手上没有掌握足够的筹码，于是利用西周市知名股民常为民作诱饵，发动流通股股东投反对票。西北生物第一次股改失败后，李枭阳打压了几天股价，进行洗盘，收集了更多的西北生物流通股筹码，西北生物第二次股改的命运就掌握在李枭阳的手上。李枭阳向西北生物的总经理张天寿提出要求：股改的对价方案由每 10 股送 1 股上升到每 10 股送 3 股，同时提出只要送股到账，500万股每股提取 5 毛钱送给张天寿。张天寿嫌少，因为他知道李枭阳现在已经收集了至少 4000 万股的筹码，每 10 股送 3 股李枭阳就能免费获取 1200万股。就算 1000 万股，每股 5 毛钱，张天寿提出要 500 万元。张天寿知道李枭阳的底细："西北生物的流通盘现在是 1.6 亿股，你控盘在 1 亿股以上，仅股改你的收益就超过 1 亿元。除去我 200 万的疏通费，300 万对于你来说那简直就是毛毛雨。现在股价上了 12 元，你获利已经在 7 亿元，一旦股价上 30 元，你获利至少在 25 亿元。"李枭阳也掌握了张天寿的把柄。张天寿在萃取项目中拿了银行上百万的回扣，在西北生物股改的时候又从庄家李枭阳那里拿了 500 万好处费，现在为了让张天寿配合自己坐庄，李枭阳同意连同西北生物的全年利润给张天寿 1 亿元。上市公司和庄家合伙造假，放出消息说西北生物承接了安哥拉整个国家的医疗工程项目，项目标的在 200 亿元人民币以上。张天寿跟中间商——英皇海外投资基金亚洲区的总经理乔治·布朗签订意向性协议后，西北生物已经连续三天拉涨停板。上市公司、庄家跟 QFII 国际资金以及国内的机构联手，操纵西北生物的股价。公布一个意向性协议，拉升股价，等到价位合适时，让基金接盘。李枭阳联系了京都基金的经理杜子明。杜子明一次性拿走200 万，答应在 30 元价位上接盘，还要现金 3000 万。但这时西北生物被停牌了，拿不到与安哥拉医政部的正式合同，交易所就不让复牌交易。柳如烟是省监察厅专门负责盯大案的卧底监察。她和公安与证券监管部门的同志一起揭穿了徐桐等人的阴谋,将他们一一捉拿归案。让张国信的两个儿子互相残杀,最后一起进监狱,都是徐桐设计的。小说描写股市庄家的贪婪与疯狂。

李德林是财经证券专业人士写作股市小说的代表。作为股市资深人士,他对股市行业的深入了解和体验远非一般作家可比,其股市叙事以专业性、真实性、揭露性、实用性引人注目,散发着与传统文学小说不同的魅力。在小说的实用性和审美性之间,并没有不可逾越的鸿沟。注重满足普通人的日常感性愉悦需求的大众文化强调的是实用价值。文学作品应以生动具体的艺术形象,给人们以历史和现实生活的知识,从而扩大人的视野,发展人的智能,帮助人认识社会和人生。小说创作与经济规则之间似乎不是很容易结合,这种专业性很强的题材很难把握,人物和故事要在实体经济和资本市场的舞台上同时展开,相关财经技术状态的描述这些恰恰都和文学无关,甚至犯冲,枯燥乏味,完全不写又不太可能,这是股市小说作家都无法回避的难题。

李德林的股市小说创作发挥了自己作为财经记者、熟悉资本市场内幕的优势,专注于揭秘中国资本市场内幕,股市、经济的内容充实,但文学味不足,人物性格塑造用力不够。中国当代股市小说的证券专业创作者一般都有过股市生活经历,不是传统意义上的专业作家。他们对股市的了解和体验远非一般作家可比,但他们对小说的诗性要求并不高,通俗、有借鉴作用、能够引起经验共鸣,是他们的首要追求。股市小说作者对股市生活的深入浸润和体验,内化为作品丰富的财经知识。股市小说不仅能让人获得文学审美的精神愉悦,还能让人分享股市入门的启蒙知识和股票操作方法与技巧的实战经验,往往还给人以人生哲理的感悟,由是注定了股市小说财经专业背景知识和文学知识同台上演"二人转"的特征。

第五节 成熟期中国当代股市小说艺术上的探索

20世纪中国文学一直处在社会中心,被赋予了思想启蒙、政治宣传、伦理教育、知识教育、文化传播乃至信息传播等功能,人们重视文学、欣赏文学、利用文学,文学也一直忠实地履行着自己的义务和职责,并由此造就了一个文学的经典化时代,但同时也是文学的异化时代。

20世纪90年代中期，随着改革开放的不断深入，带来了大众文化的繁盛，也给文学带来了难以想象的冲击。"文学边缘化"是传统的"精英文学"或者"纯文学"失去了它在文学中的主流地位，是文学失去了它在文化中的显赫地位。很多自由撰稿人也拿起笔来，以他们敏锐的眼光，丰富的生活体验，来书写他们熟悉的生活，加入了写作的大潮之中，使得文学创作的主体队伍不断壮大。各行各业的社会人士纷纷加入到文学创作中来，使创作主体泛化。随着网络的推广和普及，互联网为更多的普通民众创造了自由写作的机会，文学创作的主体越来越平民化、自由化。专业作家的"社会代言人"的角色则在这一系列的作家群体泛化情形的冲击下，越来越走向了"边缘化"。文学的"边缘化"实质上是文学的政治功能的逐步淡化，是文学失去了过去那种特殊的社会政治地位的一种变化。"精英作家"不再是社会的焦点人物和主流意识形态的"代言人"，"主流文学"一统天下的局面也不复存在。"精英文学"的政治功能从中心走向边缘之时，也是文学大众化、市场化、平民化的开始。"个人化写作"的作者成为私人经验或个人欲望的表达者和倾诉者，一改传统精英作家那种传道士、启蒙者的形象，他们的写作就是表达一个个普普通通的个人的日常生活状态。在中国小说发展的这种大背景下，进入成熟期的中国当代股市小说在艺术上形成了自己的鲜明特色。

一 创作有越来越浓厚的作者个人生活色彩

与作者个人的股市生活的联系越来越紧密，是中国当代股市小说创作越来越明显的特征。成熟期中国当代股市小说创作有越来越浓厚的作者个人生活色彩。作家个人的生活经历、生命感悟、情感体验、价值判断、审美趣味以及语言习惯的个性色彩也得以在作品中更充分地体现，《女散户》的作者纸裁缝在小说卷首"作者的话"里说：

> 谨以此书献给2007年的散户们——
> 如果你没炒过股，没当过散户，没有经历过2007年的"5.30"，请不要买这本书。因为你不会了解我的痛苦。
> 这不是一本描写股市牛人的"传奇"书，也不是一本装大尾巴狼号称揭秘庄家的"神话"书。股市无秘籍，要找隔壁去。
> 这本书的主角只不过是像你我一样，被卷入中国炒股狂潮，并且被一连串的暴涨暴跌击打得头晕目眩的升斗小民。

本书中每一只股票、每一只"沽权"，其走势与分析全部来自于实盘。当你看到"杭萧钢材"这样的名字能够会心一笑，我就达到目的。

本书故事纯属虚构，如有雷同绝对巧合。

纸裁缝，小散户，老散户，女散户。个人认为最有魅力的是最后一个头衔。在股票市场上从无值得他人敬仰的辉煌业绩。

作者对该书的唯一保证就是："除了故事是虚构的之外，所有对股票市场的描写，包括对实盘的描写，都是真实的。"

作者此段告白非常有代表性，表现了中国当代股市小说创作一个突出的特点：与作者个人的股市生活经历联系得十分密切。

《操盘手》的作者是在证券界活跃多年的资深财经作家花荣，小说中的故事首次曝光了操盘手实战操作的全过程，记录了第一代操盘手的历史故事，包括许多从未透露过的细节。内容真实，数据可靠。花荣现为北京多家券商、企业投资顾问，他在小说中所写到的操盘手实战经验，成为读者眼中的中国股市孙子兵法。

萧洪驰、胡野碧的《股色股香》既是一个投资银行家跌宕起伏的人生记录，也是一个骚动的灵魂寻求寂静的探险历程。像是一本奇特的哲理和情爱小说，充满悬念、冲突和冥想、思辨。由于小说作者是资深投资银行家，小说中的股市生活描写真实、专业，被业内人士及MBA学生称为首部活生生的投资银行实战教科书。小说有关股市、股民出神入化的解析为股民提供了一个如何在低迷的股市中翻身的借鉴。小说从全新的角度对自由、婚姻、冒险、命运和幸福做了独特的另类演绎，贯穿对音乐的神奇描述和想象，让音乐与心境、情欲和灵魂交融、弥漫。

《股路不归》的作者王新平是中国股市创建初期股票、期货、外汇市场中的主操盘手。1990年开始为中国机构投资中国股票、期货、外汇市场，成为三栖人物，做了私募10年的孤独操盘手。回顾10年的私募生涯，王新平决定写这本《股路不归》，描写股市操盘手的新奇生活。

这些股市小说表现了股市小说作者独特的视角，"我"不再是启蒙者、审视者、宣教者，而是行动者、参与者、体验者。小说因其实录性质和亲历色彩，让人觉得真实可信，同时因为小说是股市参与者对自己股市生活经历的记录，形象表现了股市参与者的心态和立场，有着特殊的社会意义和美学价值。

成熟期中国当代股市小说与股市生活的联系越来越紧密，成为中国当代股市小说创作越来越鲜明的特征。

二　以自觉的文化意识去观照人类社会证券交易生活，揭示股市生活的文化蕴涵

成熟期中国当代股市小说创作越来越繁荣，成为继政治小说之后中国当代文学创作的又一大亮点。

中国当代股市小说描绘以股市为中心的社会生态圈，对其中人们的思想情感和心理状态进行艺术的传达，并通过这一过程艺术地展现人们的社会生态群落图，从而构建供读者阅读欣赏的审美观照对象。

股民实际上是商人的一种。中国当代股市小说股市参与者形象塑造有着深远而深刻的意义。它延续了中国小说中商人形象创作的文学传统，丰富和扩展了中国当代小说人物形象谱系，反映了中国当代社会的实际面貌和价值颠覆与重构的现状。小说叙事主题的更新与社会的嬗变和谐共振，既增强了股市小说的时代感，又强化了股市小说的感召力。

中国当代股市小说不仅描写了股市参与者蓬勃向上的欲望，而且对笔下的人物价值判断充满文化新意。他们不再以居高临下的态度来批判股市参与者道德的沦丧，也不再用悲天悯人的情怀来慨叹人性的迷失，而是从容地承认世俗欲望的合理内涵，用事实来昭示一个不断向物质利益倾斜的新人类的形成。"股市参与者"是一群"俗人"，具有强烈的世俗欲望。面对日益商品化的现实，他们果断地抛弃了知识分子的清高、自守，坦言自己对欲望的执着追求，着迷似的拥抱物质世界，梦想着一夜间改变自己的贫民形象，确立新的生存地位。这种迅速膨胀的世俗欲望使他们学会了在竞争中凭借智慧、胆量去争取一切利益。它表明了"股市参与者"对利益原则的认同，又标志着商品经济下一种新型的价值观的确立。

成熟期中国当代股市小说中的股民形象特色鲜明。这些股民形象具有鲜明的经济个人主义特征。经济个人主义者在世界文学尤其是现代小说中是非常重要的一种人物形象。"从人的现实独立性与依赖性角度认识人的历史存在，进而认识社会历史类型的思维方向。尽管在市场经济条件下人的独立性以对物的依赖性为基础，但是，物的依赖性毕竟是对人身占有与人身依附的人的依赖性的一种否定。人身独立与人格平等，这是市场经济所带来的最为深刻的人文价值影响。尽管以物的依赖性为基础的人的独立性最终将被自由个性所取代，但是，人的独立性自身却是人走向自由个性

的一个不可或缺的环节。"① 大多数股民形象出身社会的底层，备尝生活的艰辛与人生的屈辱，没有任何的政治资源或社会资源，唯有在政策允许下发家致富，甚至铤而走险。卑微的社会地位，卑陋的生存环境，卑贱的文化人格迫使他们近乎自发地服膺经济理性主义，投入到火热的股海之中，实现自我的财富梦想，创造股市人生传奇。一方面改善了自我及家人的生存条件，另一方面提升了自我的社会地位。这些股民形象具有冒险进取的英雄主义气质。大多具有不轻言败、绝不服输的英雄风范或枭雄气度。善于抓住时机，敢于冒险，锐意进取，在跌宕起伏、波涛汹涌的股海中劈波斩浪快意人生。他们审时度势、瞻前顾后，但绝不畏首畏尾，考虑周全、工于算计，但绝不踌躇犹豫，善于在冒险中求得人生的成功。矫健的《金融街》塑造了一个具有开放眼光愈挫愈奋的股市英雄——崔瀚洋。他来自乡村，虽然出身贫寒，但身上同样承袭了祖辈金融家的遗传基因，先天的禀赋和后天的勤奋，使他很快成为股市的英雄。由于急于高速扩张和商业伙伴的背叛，他不慎被金融市场巨大的潜在风险所吞没，由辉煌迅速走向凄惶。在朋友和家人的帮助下，终于走出失败的阴影，再次杀向金融街，迎接更大的挑战。葛红兵的《财道》塑造了一个有血性的行动中的英雄形象——崔钧毅，在他的身上寄托着作者试图精神超拔的理想。作为一个被上海人嘲弄为"外乡人"的乡下穷小子崔钧毅，在进入大都市上海后，在追求财富的道路上，始终坚持君子爱财、取之有道的理念，不屈不挠，最后成为中国股神。这些股民形象具有浓郁的世俗情怀，反映了强烈的物质主义。中国当代股市小说人物形象的形而上特征渐趋弱化，甚至淡薄于无，与之相对应的是世俗化特征和物化精神明显增强，个体主体更加关注自我的现实利益和世俗幸福。由衷热爱世俗生活，与先前各类小说中致力于思索社会问题与探寻人生价值的知识精英形象不同，他们尽量回避形而上的思考，而将非常实际的衣食住行和奢侈享受与时尚休闲作为除了股海打拼之外的全部。中国当代股市小说股民形象的塑造，反映了中国当代社会的实际面貌和价值颠覆与重构的现状。小说叙事主题的更新与社会的嬗变和谐共振，既增强了股市小说的时代感，又强化了股市小说的感召力，延续了中国现代小说中商人形象创作的文学传统，丰富和扩展了中国小说人物形象谱系。

---

① 高兆明：《伦理学理论与方法》，人民出版社 2005 年版，第 367 页。

三　对小说的专业性、真实性有执着的追求

中国当代股市小说对小说的专业性、真实性有执着的追求。

成熟期中国当代股市小说的作者多是证券行业的资深从业人员，对于行业内幕的了解十分充分，具有丰富的金融证券行业的感性经验。

在实用主义的影响下，"真实"成为当代股市小说的首要追求，以个人经验的形式介入现实是股市小说创作的一个显著特征。股市小说的经验化是指小说中的人物大都带有作家个人自传的色彩，同样的生活和经验被重复摹写，小说的人物形象和故事情节相似。这种创作尽管在市场需求的利益驱动下动力强劲，却导致了艺术想象力的孱弱和匮乏。小说作者和人物在很大程度上进行同构，如丁力股市小说中的男主人公大多有部队经历，大多婚姻生活不幸福，大多来自外省农村，怀揣发财的梦想，奔走在充满欲望的大都市里，渴望融入城市，收获财富和爱情。这种建立在个人经验基础上的写作，从特定角度切入了当下社会和个体的生活真实。丁力的股市小说是通俗的、大众的，是来源于生活的，然而，当他过多地被市场经济俗化和限制时，他的小说也表现出越来越浓郁的商业气息，这就使他的作品很难做进一步的提升。因为很多股市小说作者本身就不是文学专业出身，因为他们都有着长期的证券交易活动经历，甚至仍然在证券交易活动之中，所以，他们的小说在带有鲜活的股市生活气息的同时，小说本身也被股市专业化了，追求专业性、真实性，从而削弱了其文学性。

中国当代股市小说有不少作品是根据现实生活中的真实事件演绎而成的。赵迪的《资本剑客》展现的是一部现实生活股权之争的真实案例。徐工并购案是当代中国资本运作的高透明度的样本，并购过程中的每一步、谈判交易的每一个细节、协议文本上的每一个字，都被人们拿到聚光灯下、解剖台前详细检查。这在国际资本市场上也是史无前例的。作者以其独到的专业视角，敏锐而朴实的语言将这个真实案例全面而周密地展现在读者面前。小说表面上描绘的是股权之争，但实质上却是通过"凯雷收购徐工"这一现实案例，揭示了全流通时代股权之争中不同资本高手、利益主体的复杂较量及国企改制中充满波折的本质。赵迪正是这样一位用他的小说来让广大的投资者提高投资理财水平的财经专家。成熟期中国当代股市小说对股市生活进行原生态表现，追求亲历性、体验性、平易性。赵迪的《基金经理》在宣传中称小说中涉及的所有细节和人物都来自真实事件。小说既描述了国内基金行业的快速

发展，同时对于基金行业所暴露的各种问题，例如基金的利益输送、变相承诺收益、刻意控制业绩、夸大产品宣传等，也进行了严肃的批评，是当前证券市场尤其是基金市场一个比较真实的写照。小说创作毕竟不同于报告文学，太过于固守真实，拘泥于现实，缺乏空灵的想象，都影响了这些作品的文学性，造成诗性的消失。

中国当代股市小说追求贴近时代，真实客观地反映社会的发展。随着计划经济向市场经济的转变，在新时期经济大潮突飞猛进的背景下，证券交易活动成为人们关注的焦点，具有写实性、当下性的中国当代股市小说从文学创作的边缘走向人们关注的中心地带。自从以经济建设为中心的基本国策确立以来，随着市场经济的发展，经济生活在整个社会生活中的基础地位日益被突现出来，文学与经济联姻，文学写作以经济生活为主要源泉日益成为作家关注的重心之一。

中国当代股市小说从经济利益的角度来审视人的思想行为，描写经济利益对于人际关系亲疏、恩怨、离叛与聚合的潜动力。这类作品中簇拥着众多的、富有股市特征的细节，经济数据多，财经知识突出。操盘手、财经记者、职业经理人是股市小说创作队伍的主力军。《操盘手》作者花荣是中国股市第一代职业操盘手中的唯一职业幸存者；《股色股香》的作者萧洪驰、胡野碧是身经百战的投资银行家；《股神》的作者老莫是经济刊物主编，曾兼职机构操盘手；《阴谋》、《天下第一庄》、《迷影豪庄》的作者李德林是财经报的主任记者。财经专业的股市小说作者资本生活积累深厚，在对股市生涯的悲喜甘苦有了文化审美认识后，开启写作的闸门，宣泄心灵的诉说。

许多中国当代股市小说作者为证券界资深人士，其股市小说创作由于过分追求实用而忽略文学性。实用性大于文学性，实用主义影响文学价值，这是中国当代股市小说存在的普遍问题。在实用主义的指导下，"真实"成为这些股市小说的首要追求。

实用性大于文学性，这是中国当代股市小说存在的一个普遍问题。在中国当代股市小说中，有的人物几乎都淹没在故事中了。造成这种情况的原因之一是作者的商业化。一些股市小说作者写作都是"玩票"性质，并不想成为专业作家。股市小说创作需要作者既拥有丰富的股市生活经验，又有很好的文学素养。读者阅读的功利性也是造成这种情况的原因之一。和过去相比，生活节奏的加快，使人们缺少完整的时间规划读书；网络技术的发达，使人们面临的诱惑比过去增多了，休闲娱乐方式也变得多样化。面对就业压力，知识的急剧更新使人们需要看一些对工作有直接作用的书。生活的压力日趋加重，能够让读者感兴趣的只有那些"快餐文学"。读者现在更多的是把阅读当作一种生活手段，这与传统的阅读仍然存在很大距离。读书应该是一种积累，是一种习惯，是一种生活方式。

追求真实性与虚拟性的统一。股市是中国社会的一个缩影，是一个真实的虚拟世界，真实和虚拟缠绕融合。股市这个真实的虚拟世界改变了当代中国人的生存方式和生活观念。中国当代股市小说，不论其成就高低，单就它对股市资本空间的文学表达来说，其小说史意义就非常重要。股市是现代资本的运作空间之一，使得全民都能参与这种资本的博弈，由此让中国人在这种虚拟资本市场得以淋漓尽致地展示现代人性。

一些股市小说强烈的证券专业性，强烈的证券功利性，影响股市小说对文学价值的追求。财经证券特色强于文学特色是不少股市小说的弊病。

对于小说家来说，能否对当下生活发言、能否揭开生活表象背后的人生密码，或者说揭示当下市场生存的内在精神，是衡量小说作品成功与否的关键所在。

作为社会精神生产主体的文学的边缘化导致创作主体被隔离在主流经济生活之外，导致个体社会经历和创作资源的匮乏，并对财富产生难言的心理障碍。

第六节　成熟期中国当代股市小说表现的
中国文化嬗变

一　理性地追逐金钱成为时代风尚

要敢于发财，同时也要靠正当的手段和途径发财，股民的生活表现了这样一种理想。它宣扬的是一种对待财富比较合理的态度。一方面，如果在一个社会里，人们都不想发财，也不敢发财，这种观念势必妨碍人的才能的施展、创造性的发挥，不利于社会生产力的发展，因为这种观念束缚了人，实际上就是束缚了社会生产力的主要因素；另一方面，如果社会成员都想发财、敢发财，但又不想靠自己的劳动、采取正当的手段来发财，而是只想把"他物"据为己有，这种对待财富的态度违背人类正义，滋生大量腐败丑恶现象，极大地挫伤社会成员的生产积极性和创造热情，同样会阻碍社会生产力的发展。在中国当代股市小说中理性地追逐金钱、追求欲望的满足成了"股市精英"的一个重要性格特征。

中国传统文化倡导"重义轻利"，这种义利观的理论前提是道德理性同感性欲望的对立，着眼点是用理性去克制、压制欲望，把义和利绝对地对立起来，认为一个人讲义就不能讲利，就不能讲个人的欲望和利益。很明显，这种义利观有绝对化和片面性之弊。在"欲"和"利"这个任何人都回避不了的问题上，中国传统的主体文化形成了一个基本统一的态度和观念，即抑制自己的欲望，不要追求物质财富。这种"轻欲"、轻物资利益的价值取向有利于维护社会秩序，有利于保持社会的静态稳定，但不利于激活作为生产力主要因素的人的活力和创造力，使得传统中国人形成了偏执义理一端的人格缺陷，缺乏进取心和创造力。中国传统文化的这种弊端必然与现代市场理性产生不可调和的矛盾。一种耻言商、耻言利、对物资利益不屑一顾的观念和价值取向是不可能建立先进的市场经济体制的。

市场的繁荣带来了市场交易的泛化，权钱交易、权权交易、权色交易、钱色交易，是当代中国社会并不鲜见的现实。将尊严、肉体、爱情、信仰、知识乃至良心，这些为中国传统文化所看重的一切都当作商品拿去交易，导致道德伦理的失范、正义和良知的失落。人们从不讲效益、不讲金钱的误区中走出来。然而，一部分人又步入了另一个金钱至上、金钱万能、钱能通神的误区。为了赚钱，他们可以不要人格、国格，出卖肉体灵魂，可以尔虞我诈、欺行霸市。有了钱，便为所欲为，为富不仁，甚至胡作非为。在中国股市一些劣质公司之所以能够通过行政监管部门的审批上市，一些违规公司之所以能够避免处罚或不怕处罚，一些庄家之所以能够肆无忌惮地在股市兴风作浪，大多与钱权交易的黑幕有关。

中国当代股市小说肯定合理的人欲，塑造了一大批敢于大胆追求欲望满足的股民；同时从以理制欲视角，坚决否定过度放纵的欲望，倡导义利并重、理欲并重的价值观。

葛红兵《财道》描绘金融奇人崔钧毅在逆境中崛起的历程，在追逐财富、追逐个人利益最大化中保持人性的高贵。崔钧毅凭借超常的智慧和"君子爱财，取之有道"的理念从城市特有的舞台——股市——的金融搏杀中脱颖而出，终于赢得了财富上的辉煌，并以大爱化解了人生恩怨。小说的主人公们摆脱了"财富即罪恶"的传统文化观念的束缚，坚信财富意味着尊严和自由，将对金钱的把持和占有作为最重要的人生目标，在个人能力的张扬中获取金钱并获得成功。金钱欲在这些股市小说中并不是作为使人沉沦的因子受到严峻的理性审视和批判，而是作为人的合理欲望被予以理性认同，不仅如此，人们执着于金钱追逐所生成的智慧和才能亦获得了出神入化的艺术传扬。崔钧毅无疑是个理想人物：他拼命挣钱不是为个人享受，为的是成就感、尊严感，为的是回报亲友，从未丧失自己的道德底线。崔钧毅之所以没有重蹈武琼斯和周重大的覆辙，就是因为他始终保有一颗敞开的善良之心。中国当代股市小说挑战当今社会的金钱崇拜和物质至上，演绎的是既富且仁的财富神话。《财道》充满哲理思考和灵魂忏悔的精神特质。葛红兵开始用小说的方式琢磨外面的世界，要把社会剖析出来给人看。葛红兵俨然成了一个社会经济学家和具有批判精神和建构精神的严肃作家，他不仅在熟悉的文学领域挥斥方遒，还把他的笔触伸向了社会的各个纵深面。

沙本斋的《股海别梦》描写外资试图违规进入中国股市。华信证券的总裁魏均平的妻子齐明霞在银行当处长，她与美国一家大型跨国金融集团中国总部的老外戴维斯有来往，帮他们洗过黑钱，自己从中赚了几千万。齐明霞为自己的同学、首诚证券华北管理总部总经理李思恩介绍了一笔业务，可以让他多方获利，李思恩拒绝了这笔利润丰厚但违法的"生意"，因为他认为自己可以重利，但求利必须合法合理。

中国传统文化中的理性利益观是中国当代市场文化的重要构成元素。中国传统文化认为必须以审慎理智的态度来对待利益，在获取利益的过程中应该充分自律，使求利行为符合社会公认准则。这种理性的利益观与市场经济建设的要求是一致的。所有的市场行为都必须遵守一定的市场规则，所有的市场行为主体都应该理智、审慎、自律。

在中国股市小说中有很多书写金钱方面的内容。以往的很多小说中都是非常排斥这种价值取向的，甚至没有出现必要的金钱书写。其实在这种文学现象的背后实际是在探讨金钱在社会中的一个合理的取向问题。在我们的现实社会中是离不开金钱的。作为商品交换中的重要条件，金钱的发展是顺应了商品经济的规律的。金钱作为商品，在其身上也凝结了人类的一般劳动，是具有价值的。但是更多的时候，由于在社会中充斥着权钱交易的买卖，拜金主义的价值取向，很多的人没有能够以一种客观的态度来审视金钱在社会中的真正的地位。中国股市小说将金钱和其他的社会因素结合起来，既有正面人物在金钱的诱惑面前表现出的正直和磊落，也有反面人物在其中演绎的尔虞我诈的光怪陆离景象。对金钱的书写拓开了对金钱的认识边界。中国传统的社会观念中对金钱存在很大的偏见。但在中国股市小说中，很多的作家开始以一种真正客观的态度去认识金钱在社会中的重要作用，金钱是衡量人类物质文明的发展程度的重要标尺。金钱在社会中的影响显然不再是一切罪恶的根源。由于社会长时间处于抑制资本发展的状态，很多中国人的发财欲望沉寂了太久。在一夜的改革春风吹过之后，人们开始畅想金钱的梦想。对金钱思想上的转变，反映了金钱在现实中对社会生产力的重要推动作用。中国股市小说中出现大量对金钱的书写是符合当代社会的发展趋势的。在社会的不断进步中，以往过分压抑的金钱观念得到了释放。很多的股市小说从一个新的角度去关注这个现实社会，由于得到了金钱的鼓励和策应而获得了强劲的生命力与扩张力。这种创作理念实际上是在尊重历史发展规律上的一次成功的尝试，为中国当代小说创作开拓了更宽的视角。

二　资本市场的日趋成熟与法治精神的成长

　　资本市场是一个法治市场、一个讲究经济民主程序和原则的市场。当一亿多投资人依照"公开、公平、公正"的原则，以及权利均等、责任自担的精神参与证券投资时，它对当代中国的意义早已超过了经济范畴。股民的自主权益意识、理性选择意识、法治程序意识与当代民主政治的要求天然交集。这种经济民主思想对当代中国的政治文明建设是意味深长的。

　　中国的资本市场需要真正的市场化、法治化和规范化。中国证券市场的投机行为，尤其是内幕交易证券欺诈是非常严重和普遍的。资本市场公开、公平、公正的目标与法治的价值理念具有天然的同质性和一致性，一个成熟的资本市场必然是一个高度依赖法治的市场。

　　萧洪驰、胡野碧的《股色股香》中原副市长陈邦华后来成为一个能量很大的私募基金老总。陈邦华知道在中国控制一家证券公司对资本运作大有裨益。他开始暗中收集太阳电子的股票，准备既通过重组炒高太阳电子获利，又通过控制太阳电子来操控南海证券。陈邦华与太阳电子管理层沟通，准备花2亿来购买太阳电子的产品，让销售额一下增长100%，让太阳电子在半年内扭亏为盈。这2亿资金通过购买产品的方式付给太阳电子之后，要求太阳电子通过委托理财的方式再还给陈邦华。在太阳电子股价被拉高又不断跳水的过程中，陈邦华那7000万股竟然卖出了2000万股，套现18亿元，已经将本钱赚回，并获得了2个亿的利润。2004年7月，太阳电子操控股价案审判结果在国内正式公布：陈邦华的通才基金被罚款4亿元人民币，陈邦华被缺席审判，判处有期徒刑5年。小说赞美法律惩治股市上的胡作非为之徒。在现代社会，法律意识作为一种文化价值观念，作为一种现代人文精神，已经成为社会政治生活、经济生活和精神生活的重要内容。

　　资本市场是最有活力的市场，但它的活力是建立在法治保障的基础上的。市场经济是竞争经济，而竞争离不开规则，离不开法治。没有好的法治环境，市场主体的独立性、市场竞争的有效性、政府行为的规范性和市场秩序的有序性都将缺乏根本的保证。市场经济与高度集中的计划经济不同，在计划经济中，生产、流通、分配、消费之间基本上是靠计划指令联结起来的，而在市场经济中则是靠自主的市场主体间的契约联结在一起。为保证契约的公正和得到遵守，就需要有完备的法律来规范和保障。中国传统文化在法治思想上强调实行人治，法律仅作为治国的某种辅助手段。因长期受封建专制制度的影响，我国传统文化明显带有专制色彩，家长作风盛行，喜欢搞一言堂，重人治，民主作风淡薄。市场经济将法治经济作为其始终追求的目标，因而它对我国法治化进程也起着巨大的推动作用。

三　陌生人世界与传统契约、公平观念的现代转型

中国的经济结构形态从古至今经历了自然经济、计划经济和市场经济三个阶段，与此相对应，伦理实体也由自然经济中的"礼"、行政性交往中的"计划"或"指令"过渡到市场交往中的"契约"。

中国人的传统信任是建立在亲缘关系或准亲缘式的个人关系上的，是一种凭借血缘共同体的家族关系和宗族纽带而形成和维系的特殊信任。市场经济的发展大大动摇了中国传统社会长期以来形成的血缘、地缘以及熟人社会网络关系，陌生人之间的信任逐渐增加，契约意识也已渗入交易活动的每一个角落。契约精神所蕴含的个体本位、意志自由、独立平等、反对特权等价值理念逐渐深入人心。

当代中国市场经济的发展大大动摇了传统社会长期以来形成的血缘、地缘以及熟人社会网络关系，陌生人之间的信任逐渐增加，按规则办事成为越来越多的中国人的行为习惯，契约意识也已渗入交易活动的每一个角落。证券是一种现代信用工具，作为一张纸片或一个电脑数字，它的价值几乎为零，股票的价值都是建立在一定的可以信赖的承诺基础上的，即信用基础上的。这种普遍的非人格化交易，对参与者的信用程度无疑有着更高的要求，信用缺失对市场交易的影响也更为严重，因而弘扬和构建信用秩序也更为重要和迫切。在日常生活之中，普遍地违背公共道德和公共规范，其实并不意味着公众普遍丧失了道德的感觉，而只是他们将价值相对化和实用化了。价值的内涵、道德的标准成为一种权益性的、可变通的工具。在这种普遍的价值实用主义的氛围之中，人们便习惯了按照道德的双重标准乃至多重标准生活，道德人格趋于分裂而又不自觉地按照某种实用理性统一起来。在当代中国一部分价值虚无主义者那里，连价值和道德本身也被唾弃了——崇高和伟大开始成为可笑和虚伪的代名词，道德的神圣

性开始剥落。在公民社会，契约取代身份成为人们设定权利义务关系的常规手段，当事人不是倚仗特权，而是凭借自身的努力，通过自由竞争，自己设定权利、履行义务和承担责任。每个人都可依法主张自己的意志，捍卫自己的权利。社会关系契约化从根本上解除了人对人的依附，造就了独立自主的个人。

《高位出局》中的陈开颜坐庄"深养殖"，控制了其流通股的90%，因为香港暴发口蹄疫，其股价大跌，陈开颜深度被套。陈开颜找号称"中国的巴菲特"的刘益飞为自己解套。陈开颜提出如果刘益飞能将"深养殖"的股价从目前的每股12元拉回到每股35元，他现在就以每股7元的价格转让300万股给刘益飞。刘益飞接受委托后提出的解套方案，市场反应非常好。等到"深养殖"更名为"深生物"时，股价已经达到20多元。在这个价位，陈开颜不仅解了套，而且赚了几个亿。于是陈开颜违约开始偷偷出货。刘益飞发现如果陈开颜照这个势头向外抛售，股价可能永远也到不了每股35元，刘益飞手中的300万股就永远只能是一个不能兑现的数字。刘益飞要求与陈开颜重新再签一个协议，继续合作。协议要求陈开颜必须对刘益飞公开所有账户，以便刘益飞核实陈开颜买卖股票的真实情况，不让陈开颜偷偷地出货。在刘益飞的炒作下，"深生物"的股价已经很高，但如果没有实质性业绩支撑，大庄家陈开颜其实就处于严重被套状态，而且价位越高他被套得越牢，因为他根本不敢出货，"纸上富贵"永远不能变现，而一旦有人出货，陈开颜怕崩盘，必须赶快接盘，吃尽了贪小利、不遵守契约的苦果。

股市的建立和发展培育了数以千万计的具有公平意识的投资者，极大地提高了当代中国人的公平意识。股市让中国的普通投资者真切地关心国家大事，深入地了解国家政策的变化，富有理性地行使经济民主权利，所以，在中国，股市既是投资者的乐园、经济前行的发动机，也是现代社会公民意识孕育的摇篮。市场意识获得空前的社会心理认同，市场文化逐渐成为时代文化的主潮。市场活动与财富在社会中的地位和重要性迅速增强，而这正是中国社会迈向文明、现代社会的重要基础。

四　股市繁荣与资本意识的泛化

在中国传统文化的认知视野里，金钱是人性与道德的试金石，"资本"则往往是罪恶的代名词。植根于农业文明的中国传统价值观念从不隐晦对经商谋利、资本积聚行为的厌恶。中国当代社会对资本的认识有一个明晰的历史过程。中华人民共和国成立初期，为了尽快恢复国民经济，采取了没收官僚资本收归国有，利用、限制并改造民族资本的政策，逐步以公私合营的形式实现了初级形式的国家资本主义向高级形式的国家资本主义的发展。之后，由于"左"的思想影响，人们把社会主义社会的所有制结构简单地理解为单一的公有制，用公有制取代私有制，使全部生产资料公有化，甚至认为单一公有制条件下不存在商品生产与交换，否认商品、价值、资本、剩余价值等范畴在社会主义经济中的地位。在相当长的时期里，人们对"资本"一词仍然讳莫如深。对社会主义条件下资本概念的简单否定与排斥长久地占据着理论界的主导地位。认为社会主义制度下不要发展商品经济、不承认资本作为生产要素的地位。中国传统文化从农耕经济的直观感受，认为劳动创造价值，劳动是创造价值的唯一源泉。甚至进一步地推理出这样的结论：只有农业劳动和工业生产才会创造价值。这直接导致在中国文化背景下，缺乏对资本的尊重，对资本以及从事资本创造价值活动作用的低估和轻视，更进一步导致对侵犯资本权益行为的漠视甚至纵容。

要用钱去赚钱，要把钱变成资本，变成资本的钱才有可能带来利润，才有意义和价值。中国当代股市小说形象地表现了股市作为中国当代社会的新元素所具有的文化新意。中国当代股市小说表现因为股市的出现资本意识在当代中国人的生活中日益普及，日益重要。投资、用钱来赚钱成为我们这个社会中一种新的游戏，玩的人越来越多。股市培育了数以千万计的具有风险意识的投资者，极大地提高了中国投资者群体的资本意识。丁力的《上市公司》描写一个上市公司董事长的成长史。黄鑫龙是一个奇人，他原本是一个农民，没有任何背景、学历，当兵回乡当了供销社的营业员，辞职到深圳闯世界。他曾想过偷渡去香港，后来在深圳的建筑工地当小工，接着到深圳一个供销社的进出口营业部当临时工，后来成为这家营业部的经理，对公司进行股份制改造，率先在深圳挂牌上市，黄鑫龙因此成为国内最早一批上市公司的董事长。吴晓春因献计受到黄鑫龙的重用，派到武汉组建子公司。吴晓春首先在汉口火车站附近买了块地，然后又从银行贷到了款，开发建设商住楼，经营得红红火火。吴晓春先是通过部属刘冬娅的亲戚"借"了一家壳公司，然后让壳公司来收购华中公司，由于华中公司本来就是负资产，所以收购也是"零收购"，不用掏一分钱，只承担全部资产和债权债务就可以了。他们自己收购自己，把华中公司从集团公司的麾下赎买到他们自己的手中，华中公司与集团公司顺利脱钩。新天地集团退市之前，华中分公司成为独立的责任有限公司，最终成功上市。中国当代股市小说描写生活中资源和机会不多的普通人被逼着走向股市，表现了股市给普通人带来了改变生活的机会，带来了经济上独立、生活上自主、人格上自尊的可能。

这些股市英雄演绎着激动人心的发财赚钱故事，弘扬独立自主的人生价值。在当代中国走向市场经济的历史征程中，股民敢于张扬自己的个体价值和物质欲望，敢于追求致富理想。他们在股市拼搏，凭借自己的勤奋、胆略和才华，开创自己的事业，受到世人的尊重和仰慕。

五 市场化生存与市场文化的成熟

股市演绎着市场经济的精髓，它将一切复杂的关系简化为跳动起伏的指数，简化为金钱货币关系，简化为买卖关系。市场文化是市场条件下人的价值观念、道德准则、思维方式的总和。在社会一切变化中，价值尺度的变化最深刻、最根本。市场文化的茁壮成长是当代中国文化发展的一个趋势，是中国社会主导价值观变化的最重要表现。市场经济的运行给予当代中国的巨大影响莫过于孕育了一套与传统宗法社会截然不同的价值观念和全新的人格范型。股市是中国市场经济的试验田，是先进市场文化因子的培育园。

中国当代股市小说跻身到推动历史发展的时代先锋的行列，从股民群体中发现"英雄"，领悟他们对于市场竞争品格嬗变的深刻认识，关注勇气、胆识和竞争精神在交易活动中的重要作用，充分认识股民价值观所蕴含的历史进步性。

从事证券投资活动的股民无不以求利为本业，以竞争为天职。市场经济体制的建立，市场主体的多元带来竞争的日益普及，竞争的态势已成燎原之势不可阻挡。中国当代股市小说中最常见而又最惊心动魄的故事就是"股市斗智"。一出出精彩的"斗智"，既演绎了主人公独特的生命经历和获取财富的天赋才干，更彰显了他们对事业成功的执着、证明自己比别人优秀的冲动和赢得业界赞誉的价值期盼。

中国当代股市小说里的每一场股市激战，每一次对手交锋，无不记录了主人公的生命故事，同时也彰显了他们的价值追求与财富伦理自觉。

股市是买卖股票的市场，股市所有的活动概括地说就是两个字：买、卖。作为中国社会主义市场经济的试验田，不断繁荣发展的股市是一块资本沃土，在买和卖之间不断培育和强化着当代中国人的交换意识，推动当代中国文化的发展和变化。

李江的《绝色股民》形象地表现了当代中国人的交换意识在股票市场这块资本沃土上的茁壮成长。小说以刘丽的婚姻感情生活、股市投资生

活和从政为官生活为中心，表现了在股市这块资本沃土上她的市场意识的
茁壮成长。刘丽是一个"悟性"很高的股民，她把自己从股市中"悟"
出来的"市场秘诀"运用到生活的各个方面。在股市中"选股票"，与在
婚姻中"选对象"、在官场中"选靠山"的共同"诀窍"被刘丽这个
"绝色股民"琢磨得很透彻，因此她在婚姻、官场、股市生活上都取得了
辉煌的"胜利"，都取得了"成功"。刘丽是一个普通股民，但她在当代
中国人中有一定的代表性。刘丽是一个有文化含量的人物形象，从她身
上，我们可以读解当代中国文化的发展和变化，可以看到市场意识在当代
中国的茁壮成长。

市场交易是人类生活的一项重要内容，买卖在人类生活中具有悠久的
历史，具有旺盛的生命力。市场交换意识的茁壮成长是当代中国文化发展
的一个趋势。

六　心理承受能力在股市风浪中不断增强

中国传统意识浓重的股民一般心理承受能力非常脆弱。一遇到熊市便
惊慌失措，不问青红皂白就争相抛售，市场利空传言一出，信息即可被无
限放大，以讹传讹，结果是加速市场走出非理性恐慌抛售行情。中国股票
市场常常在短短的 2 至 3 年间从一个极端走向另一个极端，演绎一场过山
车式的癫狂悲喜剧，不能不说反映了中国众多股民尚未成熟、对市场普遍
缺乏耐心、缺乏心理承受能力等致命弱点。

中国当代股市小说培育当代中国人的心理承受能力，不再汲汲于小的
得失。与中国经济的不断增长、中国社会的全面转型相一致，中国人的价
值观和社会心态也在发生着传统向现代的嬗变和跃升，中国人的价值观和
社会心态变得越来越理智而成熟，社会心理承受力不断提高。

以"手中无股，心中有股"的智者心态，超然于股市寒流之外，这
是炒股的最高境界。炒股要做到心态良好，实在不是一件容易的事情，唯
有大彻大悟的人，才可以置得失于度外，欣然面对红绿变幻。炒股炒的是
股，煎的是心。你如果挣脱了心魔，炒股就会永远快乐了。"心中无股"，
心中无得失挂牵才能更客观冷静地分析大盘的变化。成功的人生并不仅仅
是取得财富，它是一种心态，在这个心态中你觉得安详、宁静、满足。金
钱能引出人类善良的一面，但金钱更经常暴露人性的丑恶面。对金钱过于
强烈的追求将使人失去内心的安宁与平静。市场的风险可以回避，但内心
的风险却如影随形，而这才是最致命的风险。趋利避害是人的天性，股市
常常利用人的弱点捉弄人，挑战人的天性。

　　沙本斋的《股海别梦》中的丁宁的父亲是湖南一家大型国有企业的老总，该企业进行了股份制改造，以图上市融资。1993 年年底，企业决定，由丁宁牵头，在北京注册一个投资公司，参与股票买卖。丁宁请曾经上自己证券课的老师朱希文来掌舵操盘，但他们买进的股票不久就被套了个严严实实。朱希文急于解套，打起了金融诈骗的歪主意。他来到一个新的证券公司营业部开户，把一张 350 万元的支票交到证券公司营业部财务室入账，要求营业部根据支票上的金额允许他先行买入股票。证券公司营业部负责人见有大客户来开户，有大额资金将要入账，十分高兴，马上同意了朱希文的要求，电话通知电脑部，给中户室朱希文的保证金账户空划 350 万，以便他尽早建仓，同时叮嘱部下要监控好朱希文买入的股票，"因为在他的款项到账之前，买入的股票所有权是营业部的，而不是朱希文的"。朱希文利用 T + 0 交易和上交所的证券托管制度漏洞，在 A 公司透资买入而在 B 公司相继卖出，然后提钱走人。几个月后，朱希文被捕，被判了重刑。谁知道这之后才过了一周，股市开始暴涨。丁宁投资公司的账户里朱希文给买的股票，涨幅都超过了大盘，不仅没有亏钱，反而赚了钱，浮动盈利超过了 15%。"如果朱希文真能够准确预测到如命运般无常的股市变化，如果他不是那样'志在必得'，而是能够以恬淡的心态遇事拖一拖，等一等，甚至是后退一步，那么，结果都会比已得到的更好。"其实，买股票就是买未来，成败盈亏不在于现在，而在于将来。将来的势才是归宿。"自然"和"无为"是很多股民一辈子也难以达到的境界。在证券市场中投资者要想成功必须放眼长远，注重股市变化大的趋势，必须不计较小的得失，顺势而为。这其实是股市这个新玩意对我们骨子里的传统观念、传统思维的挑战。中国人的价值观和社会心态变得越来越理智而成熟，社会心理承受力将会进一步提高。

第四章 中国当代股市小说的新变期 (2009—):以资本英雄为主要 描写对象的时期

第一节 新变期中国当代股市小说新变的 股市社会背景

一 新变期中国股市发展的大事概要

2009 年,随着上市券商的增多和融资融券、股指期货等新业务的推出,中国股市真正走上了规范发展的道路。10 月 30 日,创业板正式揭开帷幕。创业板的成功推出,不仅为高科技企业提供了融资渠道,为风险投资提供了退出平台,有利于促进科技发展,还使中国证券市场形成了一个由主板、中小板和创业板构成的多层次市场。

2009 年,伴随着金融危机的跌宕起伏、全球经济的大落大起、货币政策的适度宽松、中国经济的逐步复苏以及监管层的深度改革,中国股市经历了止跌、企稳、上扬、急跌、再企稳回升的轨迹,表现出良好的上升势头。中国股市与其他境外市场的一体化程度日益提高,美欧经济状况和股市与中国股市之间的相互影响日趋明显。为了使中国经济尽快走出金融危机冲击的阴影,中国政府在出台 4 万亿经济刺激计划的基础上,不仅始终实施极其积极的财政政策,以信贷超常规扩张为特征的极度宽松的货币政策,而且陆陆续续推出十大行业振兴规划及其实施细则、新股发行制度改革、国有股转持等重大举措,中国股票市场的流动性呈现前所未有的宽裕。监管层史无前例地加快了中国资本市场制度创新的步伐。针对发行制度的不合理,对新股发行制度进行改革;针对大小非减持带来的不利冲击,实施国有股转持;推出并不断完善创业板实施办法,创业板平稳着陆成为中国资本市场制度创新的里程碑。监管层推进中国资本市场制度建设的决心之大和力度之猛前所未有。这一年股票的成交额达到 48.33 万亿元，超过历史最高的 2007 年全年的股票成交额。无论是对于整个中国经济的有效支撑，对于企业体系的股权融资，还是对于中小投资者和机构投资者的投资渠道，甚至对于广大消费者的信心恢复，股票市场所起的作用越来越大。中国资本市场的制度建设日趋完善，为股市进一步发展奠定了良好的基础。

2010 年，中国股市一项项创新业务先后面世：3 月，证券公司融资融券业务正式推出；4 月，股指期货正式上市交易，拉开了中国建立金融衍生品市场的序幕；9 月，《关于深化新股发行体制改革的指导意见》正式发布，包括"摇号制度"、"扩大询价对象范围"等具体举措一并实行，表明了管理层完善市场功能、提升市场质量的勇气和决心。至 2010 年 11 月底，A 股市场上市公司 2026 家，总市值超过 26 万亿元，跃居全球第二。

从 1990 年开始的中国股市第一个 10 年里，沪综指从 99.98 点涨到了 2001 年 6 月 26 日的 2233 点。又一个 10 年过后，2010 年上证指数却依然在 2200 点左右徘徊，似乎又回到了原点。在这个 10 年里，中国 GDP 从 2001 年的 9.9 万亿元增长至 2010 年的 39.798 万亿元，增幅高达 302%。从规模上说，此时中国 GDP 已经世界第二，股市也是世界第二，债市世界第五。

2010 年、2011 年，连续两年中国股市一直处于调整状态。从 2007 年大牛市的高点算起，上证指数更是经过了长达 4 年的调整，跌幅仍然超过 60%。尤其是 2011 年，股市基本上处于单边下跌状态，成为 A 股 4 年来的第二个熊市年。继上年度 2000 年下跌 14.31% 之后，上证综指 2011 年再度大跌 21.68%，创下了历史上第三大年度跌幅。在此前的 20 年里，上证综指全年跌幅超过 20% 的只有三次，分别是 1994 年的 22.3%、2001 年的 20.62% 和 2008 年的 65.39%。2011 年里，相继出现的意外冲击，对 A 股市场的下跌起到推波助澜的作用。日本核泄漏余波未平，欧债危机愈演愈烈，中东、北非形势紧张，这些因素实实在在地左右着 2011 年全球的资本市场，A 股市场亦未能幸免。

2012 年 8 月 3 日，经国务院批准，非上市股份公司股份转让（"新三板"）试点扩大。除北京中关村科技园区外，首批扩大试点新增上海张江高新技术产业开发区、武汉东湖新技术产业开发区、天津滨海高新区。

继 2010 年、2011 年、2012 年之后，2013 年 A 股在全球主要市场当中，再度垫底，这也是 A 股连续第四年跑输全球股市。

2014 年 4 月 10 日，中国证监会与香港证监会就开展沪港通试点发布联合公告。同年 5 月 9 日，国务院印发《关于进一步促进资本市场健康发展的若干意见》（"新国九条"），表示进一步促进资本市场健康发展。10 月 17 日，证监会正式发布《关于改革完善并严格实施上市公司退市制度的若干意见》，标志着新一轮退市制度改革起航。截至 2014 年 12 月 19 日，上证指数从 1 月 2 日的 2109 点涨到 3108 点，涨幅达 47.3%，而这一轮大涨主要是由于资金推动造成的。多层次资本市场建设对经济结构转型是一个重要的支撑，不仅体现在能够更加合理地将资源配置到代表未来产业升级方向的企业，而且能够实现新产业、新模式、新业态、新技术的优胜劣汰。

二　新变期中国股市发展的阶段性特征

中国从一个资本贫国建设成了资本大国。

中国证券市场经历了一个从无到有、从小到大、从低级到高级、从简单到复杂的曲折前进的运动过程。

当代中国的股市是一个"新兴 + 转轨"的市场，从姓"社"姓"资"的长期争论，到邓小平的"坚决试，不行可以关"的英明决策；从股份制改革的争论，到开放股市为国企改革服务，直到完成股权分置改革，中国股市走过了 20 多年的风雨成长历程。

摆脱了股权分置桎梏的中国股市焕发出空前的活力，特别是借着中国经济一枝独秀的光辉，迎来了灿烂无比的创新发展阶段。1990 年，中国社会的金融资产只有区区 3.8 万亿元，证券化金融资产几乎可以忽略不计，20 年后的 2010 年全社会金融资产超过了 100 万亿元人民币，其中证券化金融资产超过 40 万亿人民币。股市作为引导居民储蓄转化为有效投资、优化资源配置、分散风险共享收益的重要平台，有力地促进了我国产业结构升级和创新型国家的建设。据统计，1991 年境内上市公司总数为 14 家，总市值 109 亿元，到 20 年后的 2011 年底，境内上市公司总数为 2342 家，境外上市公司总数为 171 家，开户数 14050 万户，位居全球第一。

股市制度建设稳步推进。

完善创业板退市制度。深交所在 2011 年 11 月 28 日推出《关于完善创业板退市制度的方案（征求意见稿）》，明确 36 个月内累计被交易所公开谴责三次以及成交价格连续 20 个交易日低于面值的股票将终止上市。融资融券扩容。2011 年 12 月 5 日，融资融券的标的证券扩容到 285 只，并且首次把中小盘股纳入。强制分红政策。证监会要求所有上市公司完善分红政策及其决策机制。强制分红政策立即从首次公开发行股票的公司开始，在公司招股说明书中细化回报规划、分红政策和分红计划，作为重大事项加以提示。"小 QFII"（合格的境外机构投资者，可以在外管局允许的额度内将外汇换成人民币进行境内投资，额度比 QFII 少，故称小 QFII）推出。中国证监会 2011 年 12 月 16 日下午宣布，证监会、央行、外汇局即将联合发布"小 QFII"试点办法及配套文件。

"零容忍"打击股市违法交易取得成效。

证监会对内幕交易和证券期货犯罪始终坚持零容忍的态度，发现一起坚决查处一起。绿大地造假上市被罚，董事长获刑。绿大地于 2007 年 12 月上市，上市前绿大地虚增资产 7011 万元，虚增收入 2.96 亿元；上市后虚增资产 2.88 亿元，虚增收入 2.5 亿元。绿大地涉嫌欺诈发行，违规披露、不披露重要信息，伪造国家机关公文、有效证明文件和有关单据、凭证，隐匿、销毁会计资料等多项违法犯罪行为。中山公用内幕交易案女市长落马。2007 年，中山公用借重组的消息连拉 16 个涨停板，中山市的女市长李启红及其亲属利用内幕信息买卖股票获利近 2000 万，2011 年 10 月 27 日，李启红在广州中院被判处有期徒刑 11 年，并处罚金 2000 万元、没收财产 10 万元。李旭利老鼠仓案发被批捕。李旭利先后担任南方基金和交银施罗德基金的投资总监，2009 年 2 月 28 日到 5 月 20 日，在交银施罗德基金任职的李旭利利用老鼠仓非法获利超过千万。汪建中操纵市场判罚过亿。汪建中是原北京首放的控股股东，利用公司影响力，采用"先介入，推荐后再卖出"的方法，使用多个账户操纵交易 55 次之多，违规获利超过 1.25 亿元。北京中院于 2011 年 8 月判处汪建中有期徒刑 7 年，并处罚金 1.25 亿元。

股市文化建设取得长足进步。

股市文化是在股市投融资活动中，由投资者、融资者、政府监管者以及中介机构形成的共同体中体现出来并反映其投资理念、价值观念、行为规范等文化规则的集合。中国股市文化蕴含着中国股市成长的历史积淀，集中表达着这一特定市场文化体系的核心价值。

股市的作用日益显现，日益受到社会的重视。

中国股市的发育、发展，是中国经济从计划体制逐渐向市场体制转型过程中最为重要的成就之一，股市改革和发展的经验，也是中国经济改革成功经验的重要组成部分。

资本市场作为现代金融的核心，推动着中国经济的持续、快速增长。到 2010 年年底，中国经济总规模达到 37 万亿元人民币，超过 5.5 万亿美元，总规模超过日本。没有资本市场的发展，很多今天看起来很成功的企业可能已经破产、倒闭。资本市场是企业腾飞的翅膀，又是中国经济前行的动力。

资本市场给全社会提供了多样化的、收益风险不同匹配的、可以自主选择并具有相当流动性的证券化金融资产。

资本市场使单个股东或由少数几个股东组成的企业成为社会公众公司。资本市场使中国的企业不仅有了股东意识和公司治理的概念，有对收益与风险匹配原则的深切理解，而且通过强制性的透明度原则使其开始具有经济民主精神。

资本市场发展培育了数以千万计的具有风险意识的投资者，极大地提高了中国投资者群体的金融意识、民主意识和政策观念。从来没有一所学校，也从来没有一种教育方式能像资本市场那样，让中国的普通投资者那样真切地关心国家大事，那样深入地了解国家政策的变化，那样富有理性地行使经济民主权利。所以，在中国，资本市场既是投资者的乐园、经济前行的发动机，也是现代社会公民意识孕育的摇篮。而这正是中国社会迈向文明、迈向现代社会的重要基础。

第二节　新变期中国当代股市小说的创作成就与嬗变轨迹

一　新变期中国当代股市小说的创作成就

2009 年，中国出现了多部以股市生活为题材的小说。

著名作家周梅森是股市风云人物，他的《梦想与疯狂》① 描写当今资本时代的资本英雄，是中国当代股市小说进入以资本英雄为主要描写对象时期的标志。

柴火棍的《玩偶》② 描写康南这个赌性极强的浪子，凭着自己的经验和聪明在海外创办了一个对冲基金公司，管理操纵着上亿美元的资金，并在"9·11 事件"之后席卷全球的股灾中立于不败之地，却被动地卷入了弟弟康北的非法集资炒股事件中。

黄恒的《金融道》③ 以 2000 年前后的股票市场为背景，以顾大明掌

---

① 周梅森：《梦想与疯狂》，作家出版社 2009 年版。
② 柴火棍：《玩偶》，上海人民出版社 2009 年版。
③ 黄恒：《金融道》，北京出版社 2009 年版。

控、操作联盟资金赚取巨额金钱为脉络，塑造了袁非、钱晨、陈红梅等股民形象。

《出师：投资家培训班日记》①的作者扬韬是一位征战多年的股市老手，他应邀来到好友孙大老板的公司，主持了一个培养投资家的学习班。出类拔萃的金融系高才生被扬韬一步步领入了投资的殿堂。

朱昭宾、梁丽华的《股惑》②描写庄家在股市里的资本运作，描写这些资本运作高手在股市里围绕股权进行的争夺和斗争。

陈思进、雪城小玲的《绝情华尔街》③从一个曾经的留学生、在华尔街闯荡多年的金融机构高管的经历和视角来观察华尔街。小说描写一位在华尔街投行工作的中国人，从满怀希望到梦想破灭，最终绝望离开。小说从一个中国人的视角来窥探华尔街内幕，是中国当代股市小说很少涉及的内容。

丁力的《生死华尔街》④的主人公是一对孪生姐妹。姐姐石晓雨从北京某名牌大学毕业后去美国留学，成了华尔街金融精英，后来因为向祖国和亲人推销了大量的"垃圾债券"而备受良心和道德的煎熬。妹妹石晓晴担心姐姐轻生，决定亲自去美国阻止姐姐的荒唐举动。

沈乔生是一位有意识地创作系列股市长篇小说的专业作家，也是目前中国创作股市小说的时间跨度最长的作家。他在1997年11月出版了自己的第一部股市长篇小说《股民日记》⑤，2009年8月出版自己的第三部股市长篇小说《枭雄》⑥，时间跨度有十多年。《枭雄》与《股民日记》、《就赌这一次》共同构成了他的"中国股市三部曲"。《枭雄》描写股市里的庄家，塑造了楚南雄这位集中国国粹和当代资本理念于一身的股市枭雄形象。

郭现杰是一家私募基金公司的职业经理人，熟悉私募基金运作潜规则。他的《私募》⑦描写具有神秘色彩的私募基金，描写私募基金之间的博弈。

王海强是资深股民，现为某期货公司高层管理人员，拥有丰富的股

---

① 扬韬：《出师：投资家培训班日记》，新世纪出版社2009年版。
② 朱昭宾、梁丽华：《股惑》，花山文艺出版社2009年版。
③ 陈思进、雪城小玲：《绝情华尔街》，北京大学出版社2009年版。
④ 丁力：《生死华尔街》，清华大学出版社2009年版。
⑤ 沈乔生：《股民日记》，春风文艺出版社1997年版。
⑥ 沈乔生：《枭雄》，上海文艺出版社2009年版。
⑦ 郭现杰：《私募》，花山文艺出版社2009年版。

票、期货实战经验，拥有指导客户团队操作的管理经验。他的《股剩战争》[①] 描写股市新人的成长。

熊昌烈是中国资本市场的拓荒者之一，担任过期货公司、上市公司和证券公司的高层管理工作，了解许多普通投资者无法了解的资本内幕，而小说所写也多为作者本人的所见所闻和真实经历。他的《资本圈》[②] 讲述当代中国资本市场草创期从无到有过程中发生的惊心动魄的故事，真实再现了中国资本市场上震惊世界的重大事件的场景、矛盾和冲突。

杜树的《胜负》[③] 描写资本博弈，再现了中国大陆企业海外上市的运作过程。

2010 年，中国当代股市小说出现了十多部长篇小说。

《大成功》[④] 是黄恒系列股市长篇小说三部曲的最后一部。小说描写经历了重重打击的袁非重入股市，在短短几年间赚得上亿资产。在惊心动魄的股海搏击过程中，作者用浪漫主义手法描述了一场荡气回肠的爱情故事。

鲁晨光的《沪吉诃德和深桑丘——戏说中国股市二十多年》[⑤] 把沪深股市比作充满熊妖的大山——股指山，把沪深股市灵魂形象化为堂吉诃德和桑丘。小说通过两位主人公的趣味对话，揭示了美好理想和丑陋现实的冲突，道出了作者的投资理念和人生哲理。

财神的红袍的《股奕》[⑥] 描写一个炒股高手因遭遇暗算步入股市陷阱而落败潦倒，但不气馁、不放弃，凭借"炒股九式"以及藏市捡漏迅速积累财富、成功复仇的故事。

晚秋天的《期货十年》[⑦] 描述中国第一代期货操盘手的风雨历程，展现第一代期货人的欲望和疯狂，勾勒投机者们欢笑背后的隐痛和忧伤，还原他们游走在剃刀边缘的惶恐。

曹洁的《生还者》[⑧] 描写中国期货市场，小说的主人公"吴宏们"是血雨腥风的期货市场中的弄潮儿，也是历经生死的生还者。

---

① 王海强：《股剩战争》，中国华侨出版社 2009 年版。
② 熊昌烈：《资本圈》，江苏人民出版社 2009 年版。
③ 杜树：《胜负》，花山文艺出版社 2009 年版。
④ 黄恒：《大成功》，北京出版社 2010 年版。
⑤ 鲁晨光：《沪吉诃德和深桑丘——戏说中国股市二十多年》，清华大学出版社 2010 年版。
⑥ 财神的红袍：《股奕》，中国经济出版社 2010 年版。
⑦ 晚秋天：《期货十年》，山西经济出版社 2010 年版。
⑧ 曹洁：《生还者》，清华大学出版社 2010 年版。

　　许枫的《期货风云》① 以 2008 年金融风波下的白糖产业链的巅峰对决为背景，生动讲述了甘志强、何言等一批优秀期货工作者运用专业的期货知识开发产业大客户过程中经历的多空集团大战及情感纠葛。

　　狼牙瘦龙的《涨停》② 描写资本强人的资本运作。欧阳是阳立公司的总经理兼老板，做风险投资的同学巴永乐主动提出要入股阳立公司。资产重组后的阳立公司实力大增，进行了一系列令人眼花缭乱的资本运作。

　　白丁的《股市教父》③ 描写股市英雄。小说的主人公上海证券业的龙头老大亿邦证券董事长金山和经济发展部组建的经发证券的总经理马跃进都是中国证券市场的风云人物。亿邦证券和经发证券在"3·27"国债期货中多空对决，掀起中国证券市场的惊涛巨浪。

　　周倩在 2010 年一年之内创作出版了两部股市长篇小说。《操纵》④ 描写庄家在股市上坐庄，进行资本操作。《投资总监》⑤ 塑造基金公司的投资总监形象，描写基金公司与上市公司合作进行资本运作。

　　杨鹏是大学教师，同时又是证券机构的投资策略总监。他的《投资家》⑥ 描写了股市英雄的成长，描写他们为财富而搏杀的生活。

　　袁谅的《大年代》⑦ 描写股市庄家的成长经历和他们演绎的股市阴谋。

　　仇子明的《潜伏在资本市场》⑧ 专门描写股市一个新的参与者——财经记者。

　　顾子明的《资本的魔咒》⑨ 描写企业为了上市而进行的竞争，描写企业上市后的风云变幻。

　　沈良是股市中人，他的《裸奔的钱》⑩ 描写中国当代年轻的一代在股市期市的拼搏和成长。

　　周其森的《借壳》⑪ 描写企业的资产重组，描写在资产重组中资本的梦想及其疯狂。

---

① 许枫：《期货风云》，江苏文艺出版社 2010 年版。
② 狼牙瘦龙：《涨停》，华文出版社 2010 年版。
③ 白丁：《股市教父》，华夏出版社 2010 年版。
④ 周倩：《操纵》，大众文艺出版社 2010 年版。
⑤ 周倩：《投资总监》，武汉出版社 2010 年版。
⑥ 杨鹏：《投资家》，作家出版社 2010 年版。
⑦ 袁谅：《大年代》，国际文化出版公司 2010 年版。
⑧ 仇子明：《潜伏在资本市场》，中信出版社 2010 年版。
⑨ 顾子明：《资本的魔咒》，华文出版社 2010 年版。
⑩ 沈良：《裸奔的钱》，浙江大学出版社 2010 年版。
⑪ 周其森：《借壳》，中国工人出版社 2010 年版。

2011 年，中国当代股市小说的创作依然繁荣。

狼居士的《坐庄》① 对股市庄家的生存状态有独特的描写，揭秘股市庄家生态圈。

墨石的《操盘》② 描写股市中的内幕策划人这个新的股市参与者。内幕策划人利用金主手中的资金，通过媒体乃至对上市公司的掌控参与股票以及权证中短期的炒作，更多的是通过公司重组、对外投资、关联交易、股权转让，利用制度空当让金主利益最大化。

尚烨的《绝杀局》③ 描写股权争夺和股市阴谋。路远炒股发家，办起了自己的投资公司。公司投资部的经理罗绍阳偷梁换柱，争夺路远的公司资产。

《血色交割单》④ 是仇晓慧股市小说的处女作，细腻的女性视角和宏大的历史叙事串联起资本市场的大事件，塑造资本英雄形象，揭秘中国股市。

迷糊汤 2011 年一年之内出版了两部股市长篇小说《纳斯达克病毒》⑤ 和《裸钱》⑥。《纳斯达克病毒》描写中国企业境外上市，塑造年轻一代学贯中西的资本英雄形象。《裸钱》揭露股市黑幕，表现资本的疯狂。

昆金的《交易日 1940》⑦ 是我国首部展示抗战时期中日股票战争的股市小说，揭开 1940 年上海经济战线中日本人的惊天骗局。

鲁小平的《重组》⑧ 描写资产重组，讲述主人公云开宇离开银行下海后在资产重组领域纵横驰骋的经历及情感困顿。

高力的《暗庄》⑨ 描写一家外资背景的公司艰难的上市之路，描写围绕上市进行的资本运作。

孟悟的《逃离华尔街》⑩ 描写外国股市，表现中国资本市场与外国股市的联系。

欧阳之光的《我在私募生存的十二年》⑪ 描写私募思维及生存法则，

---

① 狼居士：《坐庄》，云南人民出版社 2011 年版。
② 墨石：《操盘》，武汉出版社 2011 年版。
③ 尚烨：《绝杀局》，武汉出版社 2011 年版。
④ 仇晓慧：《血色交割单》，中信出版社 2011 年版。
⑤ 迷糊汤：《纳斯达克病毒》，重庆出版社 2011 年版。
⑥ 迷糊汤：《裸钱》，金城出版社 2011 年版。
⑦ 昆金：《交易日 1940》，武汉出版社 2011 年版。
⑧ 鲁小平：《重组》，湖南人民出版社 2011 年版。
⑨ 高力：《暗庄》，东方出版社 2011 年版。
⑩ 孟悟：《逃离华尔街》，河南文艺出版社 2011 年版。
⑪ 欧阳之光：《我在私募生存的十二年》，机械工业出版社 2011 年版。

用人性的密码解读股市运作的规律。

2012 年，中国当代股市小说的创作精彩纷呈。

苏肃的《股市套中人》① 描写股市散户，塑造散户股民群像。

狼牙瘦龙的《创业板》② 和周倩的《财务总监》③ 描写股市出现的新角色，塑造股市新形象。

稻城的《色变》④ 描写股市庄家，描写股市的血腥与疯狂。

王天成的《股惑》⑤ 描写了最普通的散户股民在股市中的徘徊挣扎。

网络写手 Priest 的《资本剑客》⑥ 的主人公大龄女青年杨玄是纵横资本圈的"资本剑客"，年少得志，在资本市场几经大起大落。

郝文的《上市》⑦ 揭露民营公司上市背后的黑暗内幕，充分展现了钱、权、欲纠结背后资本与人性的碰撞。

杨小凡的《天命》⑧ 描写天泉集团的改革改制、兼并扩张、重组上市、产权出让。

陈楫宝的《对赌》⑨ 取材于真实案例和作者的亲身经历，展示了企业融资和上市的全过程，暴露了股权融资过程中无所不在、令人触目惊心的猫腻和潜规则。股权融资和对赌都是当代中国资本市场的新玩意、新玩法。

《股市奇缘》⑩ 的作者陈学连早年供职于一家上市公司，亲历了该公司由辉煌走向衰败的过程，后来辞职做了一名职业投资人。小说描写诡谲莫测、风云变幻的股市将几个本不相识的人紧紧联系在一起，他们在股市联合炒股赚钱，是当代中国普通人一种新的生活。

2013 年，中国当代股市小说创作成果丰硕。

易楼兰的《上市赌局》⑪ 描写企业上市，描写企业上市引发的种种离奇故事以及因一场上市赌局而显露的扭曲人性。

李正曦的《操控》⑫ 塑造资本英雄形象，揭秘超级庄家的翻云覆雨，

① 苏肃:《股市套中人》，作家出版社 2012 年版。
② 狼牙瘦龙:《创业板》，广东经济出版社 2012 年版。
③ 周倩:《财务总监》，江苏人民出版社 2012 年版。
④ 稻城:《色变》，大连出版社 2012 年版。
⑤ 王天成:《股惑》，中国经济出版社 2012 年版。
⑥ Priest:《资本剑客》，光明日报出版社 2012 年版。
⑦ 郝文:《上市》，安徽人民出版社 2012 年版。
⑧ 杨小凡:《天命》，安徽文艺出版社 2012 年版。
⑨ 陈楫宝:《对赌》，湖南文艺出版社 2012 年版。
⑩ 陈学连:《股市奇缘》，阳光出版社 2012 年版。
⑪ 易楼兰:《上市赌局》，江苏人民出版社 2013 年版。
⑫ 李正曦:《操控》，江苏文艺出版社 2013 年版。

展示资本大鳄操控资本市场的惊人本领。

仇晓慧的《大时代·命运操盘手》① 描写股市天才袁得鱼不停地去索求父亲的死亡真相,揭开股市血腥内幕。

熊星《投资高手》② 的主人公杨子俊是华尔街的投资高手,一场奇遇使他得以加盟国内一个庞大的家族企业。小说描写他在国内资本市场左奔右突,很快成为市场的一头抢钱狼。

朱子夫、徐凌的《谁是庄家》③ 讲述一个关于上市公司股权争夺的高智谋故事。

姜立涵的《CBD 风流志》④ 以国际著名投资银行在华分支机构为背景,以奋斗在北京 CBD(中央商务区)金融圈的主人公许家祺为主线,揭秘在华投行、证券公司、律所、会计师事务所、审计评估等机构的真实生活。

刘晋成《投资人》⑤、《投资人 2》⑥ 描写私募基金经理林东的成长,描写私募基金之间的争斗。

2014 年,中国当代股市小说创作势头不减。

财神的红袍的《资本玩家》⑦ 描写资本玩家游走在股改政策边缘,尽享制度缺失所创出来的"制度红利",游戏人生,最终沦落为丧家之犬。

黎言的《老鼠仓》⑧ 塑造股市庄家形象,描写资本市场的尔虞我诈,揭露幕后黑手操纵股市的各种玩法和猫腻,展现了权力和资本、欲望和道义之间的纠结和疯狂。

孙玲的《激情停牌》⑨ 描写股市庄家的疯狂与风险,描写一个北漂少女思珏和一位资深操盘手潘家昌之间的爱情故事。小说将操盘坐庄的整个过程融于故事中,表现股市坐庄的风险,也表现了股市中人性的贪婪。

顽石的《不作不死》⑩ 描写重庆啤酒在 2011 年年底演绎的一幕精彩绝伦的黑天鹅,公募基金、私募基金、保险公司、上市公司、财经媒体、

---

① 仇晓慧:《大时代·命运操盘手》,浙江大学出版社 2013 年版。

② 熊星:《投资高手》,九州出版社 2013 年版。

③ 朱子夫、徐凌:《谁是庄家》,中国经济出版社 2013 年版。

④ 姜立涵:《CBD 风流志》,作家出版社 2013 年版。

⑤ 刘晋成:《投资人》,光明日报出版社 2013 年版。

⑥ 刘晋成:《投资人2》,光明日报出版社 2013 年版。

⑦ 财神的红袍:《资本玩家》,北京出版社 2014 年版。

⑧ 黎言:《老鼠仓》,江苏文艺出版社 2014 年版。

⑨ 孙玲:《激情停牌》,清华大学出版社 2014 年版。

⑩ 顽石:《不作不死》,中国发展出版社 2014 年版。

监管机构和投行以及各类资本市场寄生物,都在本能利益驱动下,联合演绎了一场从丑小鸭到白天鹅,进而嬗变为黑天鹅的资本游戏。

二　新变期中国当代股市小说的嬗变轨迹

随着改革开放的不断深入,商品经济的不断发展,整个社会日趋世俗化。改革开放后西方的反崇高、反英雄、反主流意识形态的现代主义和后现代主义思想促使"新写实小说"的诞生。新写实小说改变了中华人民共和国成立后17年以来形成的那种把塑造英雄人物形象放在首位、以反映社会主义革命和建设事业为创作主旨的"社会主义现实主义"的创作传统,淡化主流意识形态,放弃对宏大政治背景的关注,而把普通人的普通生活展现出来。在对普通人的凡俗人生进行表现时,更多的是关注普通人的生存方式和生存状态,描写普通人的平凡生活、探寻他们普通的生命意义和价值。这种个人"小我"的写作,把个人感觉和文化想象加以提升,更好地释放了个人的想象力和创造力,使得文学表达方式更加自由民主,也成为传统文学向现代性文学转型的重要标志。

进入21世纪,数字技术的进步,网络的盛行,改变了作家们的写作方式,网络时代促成了"人人都可以成为作家"的局势,进入了作者群体最为多元的一个时期,一批爱好写作的"自由撰稿人"诞生。这些自由撰稿人大多拥有自己的职业,他们的写作,很多人完全是出于个人的爱好,以及对文学的热爱。一时代有一时代之文学,也有一时代之文学观念。从文学的外部关系看,文学是随着时代社会环境的发展而发展的,每一个时代都会有体现这一时代精神状况的文学样式出现;从文学的内部因素看,每一种文学反映生活、表现思想情感和创造的审美意味也不是一成不变的,要随着时间的推移不断做着内部的自我调整,以适应外部社会大环境带来的种种变化。

新变期中国当代股市小说总的特征是创新发展。

资本英雄形象取代资本运作高手形象成为新变期中国当代股市小说的主角。

资本英雄不同于在股市小打小闹的散户,不同于在股市上简单地打压吸筹拉高出货的庄家,在能量上也超越了资本运作高手,他们是这个时代的资本大鳄和枭雄,在资本市场上呼风唤雨,大展雄图。这些资本英雄形象与此前的股市炒家、股市庄家、资本运作高手形象一脉相承,由他们发展而来。

著名作家周梅森是股市风云人物,也成就了这个资本时代的《梦想与疯狂》，成就了中国当代股市小说描写资本英雄的巅峰之作。小说塑造了当今资本时代孙和平、杨柳、刘必定等一系列资本英雄形象。沈乔生的《枭雄》塑造了楚南雄这位集中国国粹和当代资本理念于一身的股市枭雄形象。杜树的《胜负》描写国内企业到境外上市，塑造具有中西文化背景的资本英雄形象。白丁的《股市教父》描写上海证券业的龙头老大亿邦证券董事长金山和经发证券的总经理马跃进两个资本英雄在股市的搏杀，在中国资本市场掀起了惊天巨浪。杨鹏的《投资家》描写了年轻一代股市英雄的成长，描写他们为财富而搏杀的生活。迷糊汤的《纳斯达克病毒》描写熟谙国内国外两个资本市场并在其中纵横驰骋的资本英雄。李正曦的《操控》描写两大金融集团的生死搏斗，塑造了一系列股市英雄形象。仇晓慧《大时代·命运操盘手》描写在股市呼风唤雨的资本英雄。熊星的《投资高手》的主人公杨子俊是华尔街的投资高手，回国后在国内资本市场纵横驰骋。姜立涵的《CBD风流志》描写国际上著名投资银行在中国的活动，塑造了具有西方文化背景的资本英雄形象。

资本运作不断绽放新花样。

股权争夺是新时期资本运作的重头戏。这些资本拥有者玩的资本魔方是当代中国社会的一种新玩意。

朱昭宾、梁丽华的《股惑》描写股市里的庄家，描写这些资本运作高手在股市里围绕股权进行的争夺和斗争。周倩的《操纵》描写企业为了借壳上市而进行的上市公司股权争夺，尚烨的《绝杀局》描写公司内部的股权争夺。高力的《暗庄》描写公司资产的真正拥有者受到阴谋者通过股市、通过资本市场"巧妙"的夺取。朱子夫、徐凌的《谁是庄家》描写众多资本力量争夺一个上市公司的股权，表现了资本市场的残酷。

上市、融资、重组是新时期资本运作令人眼花缭乱的新玩法。

狼牙瘦龙的《涨停》描写中外资本运作高手联合导演的资本运作。顾子明的《资本的魔咒》描写企业围绕上市进行的残酷竞争。周其森的《借壳》描写上市公司的资产重组。鲁小平的《重组》的主人公云开宇离开银行下海以后在资产重组领域纵横驰骋。郝文的《上市》揭露民营公司上市背后的黑暗内幕。杨小凡的《天命》描绘了另一种国企改革的生动图景，颂扬国企人任何力量也难以压垮和毁灭的变革意志和向上的激情。易楼兰的《上市赌局》描写意风集团曲折的上市故事，表现资本世界的复杂凶险和人性在其中的扭曲。

股市新角色、新形象、新人物不断涌现。

随着中国股市的创新发展，股市中不断有新的角色出现，股市小说中就不断有新的股市形象和新的股市人物出现。

新变期中国当代股市小说出现了描写私募基金的巅峰之作——《私募》，仇子明的《潜伏在资本市场》专门描写财经记者，这是过去的中国当代股市小说中并不多见的内容。周情对中国股市的新发展十分敏感，创作了描写投资总监的新作《投资总监》和塑造上市公司财务总监形象的《财务总监》。墨石的《操盘》中出现了新的股市参与者——内幕策划人的形象，有开创之功。迷糊汤的《裸钱》描写财经记者，显示财经媒体在中国资本市场中的日趋活跃。狼牙瘦龙的《创业板》描写中国股市的新名堂——创业板，表现创业板上市公司这个股市的新成员。陈楫宝的《对赌》描写资本市场股权融资和对赌这种资本新游戏。

描写期货市场这个资本市场新成员的作品集中出现。晚秋天的《期货十年》描述中国第一代期货操盘手的风雨历程，揭露第一代期货人的欲望和疯狂。以方中在期货市场十年的经历为线索，将期货史上被人遗忘和鲜为人知的"画卷"一幕幕展现开来。曹洁的《生还者》的主人公"吴宏们"是血雨腥风的期货市场中的弄潮儿，也是历经生死的生还者。许枫的《期货风云》塑造了甘志强、何言等一批优秀期货工作者形象，演绎了一场在资本运作、期货交易斗争中的爱恨情仇。

表现中国当代资本新人的新成长。

关注人、关注股市中的人、关注股市中的人的成长是中国当代股市小说一个悠久的传统。《出师：投资家培训班日记》、《股剩战争》、《资本圈》、《股奕》、《裸奔的钱》、《血色交割单》、《我在私募生存的十二年》、《资本剑客》、《股市奇缘》、《投资人》、《投资人2》描写中国当代年轻的一代在股市期市的拼搏和成长。

揭示股市庄家坐庄的新模式。

股市庄家形象的队伍在中国当代股市小说中不断分化，因此不再庞大，但仍然是新变期中国当代股市小说描写的重要对象。新变期中国当代股市小说中的股市庄家形象与此前的股市庄家形象相比较已经有不少的变化，因为他们现在的坐庄已经不是过去庄家坐庄那么简单。

黄恒的《金融道》以2000年前后的股票市场为背景，描写顾大明掌控、操作联盟资金操纵股市、不择手段地赚取巨额金钱。黄恒的《大成功》、袁谅的《大年代》和狼居士的《坐庄》描写庄家新的生存状态。稻城的《色变》中庄家的能量之大令人惊叹。财神的红袍的《资本玩家》、黎言的《老鼠仓》、孙玲的《激情停牌》、顽石的《不作不死》中的股市庄家形象精彩纷呈，股市庄家是中国股市舞台永不退场的角色。

新变期中国当代股市小说对散户股民生活的表现更有深度，从文化高度观察散户股民的生活。

《资本圈》、《借壳》、《股市套中人》、《股惑》中的散户股民形象身上有更多文化的内涵，他们表现了更多的人性在股市中的裸露。

表现全球化背景下中外股市的新联系。这是新变期中国当代股市小说一个重要的创新发展，是过去的中国当代股市小说很少涉及的内容。

《玩偶》、《绝情华尔街》、《生死华尔街》、《胜负》、《涨停》中中外资本拥有者联合进行的"资本运作"是中国当代股市小说新鲜的内容。《交易日1940》描写中日股市战斗，《逃离华尔街》以一个中国人的眼光来观察分析外国股市，使我们观察分析中国股市股民的时候多了一个比较，多了一个国际视野。《CBD风流志》描写外国资本高手在中国资本市场的风采。

新变期的中国当代股市小说还有一个重要的新特点，有向连续小说发展的趋势。黄恒在2008年至2010年3年之内创作出版3部以股市庄家为主要描写对象的系列股市小说《逃庄》、《金融道》、《大成功》；财神的红袍在2008年至2010年3年之内创作出版了2部以资本新人成长为主题的股市长篇小说《解禁》、《股奕》；周倩在2010年至2012年3年之内创作出版了3部股市长篇小说《操纵》、《投资总监》、《财务总监》；狼牙瘦龙的《涨停》（2010年）、《创业板》（2012年）描写股市的资本运作。

第三节　新变期中国当代股市小说的继承与发展

一　资本英雄形象取代资本运作高手形象成为新变期中国当代股市小说的主角

新变期中国当代股市小说内容上最突出的特点是充分表现了中国资本市场的创新、发展、变化。

资本英雄形象取代资本运作高手形象成为新变期中国当代股市小说的主角。

股市小说中的资本英雄，大多具有不言败，不服输的英雄风范或枭雄气度。他们善于抓住时机，敢于冒险，开拓进取，在波涛汹涌的股海中劈波斩浪；他们审时度势、瞻前顾后，但绝不畏首畏尾；他们考虑周全、工于算计，但绝不踌躇犹豫，善于在冒险中求得人生的成功。

周梅森的《梦想与疯狂》是描写中国股市资本运作的巅峰之作，塑造了当今资本时代的资本英雄。

《枭雄》是作家沈乔生继《股民日记》、《就赌这一次》之后，又一部反映中国股市生活的长篇力作。小说中儿子寻找父亲的过程，不仅演变为一场腥风血雨的资本博弈，更成为一种近乎宗教的灵魂拷问和陀思妥耶夫斯基式的心灵倾诉。

沈乔生是一位很有文化眼光的作家。他之所以对股市生活这个题材情有独钟，是因为他觉得自己在股市中找到了一个人性的试炼场。毕竟在和平年代里，人性不可能有太多飞扬的表现，但在股市这个合法化与技巧化的"赌场"内，即便是一个凡夫俗子，心中那点点滴滴不甘蛰伏的欲望也能够充分地展现、扩张，甚至变形，所以，沈乔生在小说中形象地表现了股市特有的"魅力"，它给予了现代人一种变相的自由，让一部分人得以暂时抛开刻板的生活程式。股市是当今中国经济最重要的市场，它与最急切脱贫致富的那个人群联系在一起，那是中国当今最富有冒险精神的一群人。描写他们，无疑可以展示当代中国最富有活力的现实侧面。沈乔生说这部花费他 5 年心血完成的长篇小说《枭雄》，是以股市为背景的人生故事：

> 我们都知道，人性有许多弱点，恐惧和贪婪就是相应的一对。那么，人性的贪婪和恐惧之间的距离有多大？举个例子，一个股票涨到一百元了，已经严重脱离它的内在价值了，还在疯狂买进，还说要涨，等它连续暴跌，跌到十元以下了，却还在拼命割肉。这种例子比比皆是。由此可以说，恐惧和贪婪的距离在十倍以上，但也离得很近，彼此是影子。我见过许多股民，他们在股市上备受煎熬，那个痛苦不是人能忍受的。有个股民对我讲过很生动的话，她说，当手中股票暴跌的时候，她满仓，头皮发麻；而当股票上涨的时候，她又是空仓，就像猫爪抓心。所以，我觉得大多数人是不适合做股票的，更不用说，到最后结账的时候，十个人中有七个人是要赔的。在这种折磨和挣扎中，人性的种种弱点，当然也包括优点，都将暴露无遗，还会被放大。

小说中谭少灵的老爸梁羽石是一家国企老总。谭少灵 15 岁生日那天，梁羽石突然从人间蒸发。8 年后儿子从股市崛起，开始探寻老爸的失踪之谜。

　　楚南雄是集中国国粹和当代资本理念于一身的股市枭雄。他原是一个普通教师，从换汇起家，靠炒股发家。当年派人到农村去向农民借身份证，开了几万个账户打原始股，使自己的资金在 3 年之内翻了几倍。楚南雄在创业未发达的时候，其妻有外遇，对象是谭少灵担任大型国有企业老总的父亲梁羽石。楚南雄为了报复，没有阻止患有精神隐疾的妻子驾摩托车，让妻子 10 年前车祸身亡。楚南雄派自己的副手和义子汤一坤收买证券公司营业部的经理，指使经理给梁羽石的部下小冯融资 1000 万元，汤一坤又指派手下的人接近小冯，向他推荐股票，诱使小冯重仓买了一只股票，而这个股票是楚南雄把持的老庄股，正打算出货。小冯上当了，重仓的股票急剧下跌，证券公司清了他的仓，收回融资。梁羽石挪用公款融资炒股，血本无归，无法向公司交账，只得仓皇逃往国外。谭少灵与楚南雄的女儿楚珊珊相爱，遭到楚南雄的反对。楚南雄想把独生女儿嫁给自己的副手和义子汤一坤，让他们继承自己的家产和事业。谭少灵与楚珊珊冲破阻挠，终成眷属。谭少灵寻父救父心切，只想在股市多赚钱、早赚钱去寻父救父。谭少灵在用集团名义贷来的款项中私自挪用了 600 万元用于个人买股，赚了不少钱。汤一坤发现后要把谭少灵挪用的 600 万元贷款全部收回去，用这 600 万元炒股赚的所有的利润也要拿走。谭少灵早有提防，两个月前就从账上划走 100 万元利润，还通过多次进账出账的方法做掩盖。

　　当年是楚南雄用阴招，使梁羽石遭受了灭顶之灾。现在又是楚南雄，为了女儿的选择和谭少灵的拯救计划，为了救在股市陷入困境的女婿，与自己的副手和义子汤一坤反目。汤一坤早就把公司不少账户改到他自己的名下，挟带着大部分资金反水了。楚南雄与汤一坤在股市进行了一场恶战。谭少灵在岳父的帮助下，在股市赚到了替老爸赎罪的钱。市里有一家城市商业银行要进行股份制改革，正在寻找合作伙伴。现在以一元钱一股的价格买入法人股，将来股改了，过个三五年上市，有很大的升值空间。经过一位副市长的牵线搭桥，楚南雄入股 5000 万股，等到三五年后上市就可能翻五倍十倍，这次与义子争斗的巨额亏损就能补回来，他将重新成为股市上的一条大鳄，而且更凶猛、更强壮。

　　小说描写楚南雄与梁羽石之间的恩怨情仇、谭少灵与楚珊珊的爱恨别离、汤一坤的忠诚与背叛。作者沈乔生曾说过，他写股市，但他关心的是人。他写的是投身于股市中的人们的情感交锋，他们内心的渴望与激情，他们的失败与命运。

　　小说塑造了楚南雄这个资本市场一代枭雄形象，描写他如何与各路"英豪"周旋，如何搬弄资金，如何坐庄坑害散户。楚南雄为人果敢，他可以放弃中学教师的身份下海,从倒卖外汇到涉足股市,到资本市场冲锋陷阵,终成一代资本大鳄。透过楚南雄的经历,小说展示了中国资本市场高速且无序的原始积累时期的情形,这段历史实在是中国走向市场经济最精彩的历史阶段,这一侧面也是中国民众脱贫致富最疯狂的景观。

小说对楚南雄刻画得最为有力的,着墨最多的,是他的精神世界。他对亡妻的愧疚,与梁羽石之间的较量,对女儿的关切,使这个在股市中呼风唤雨的英雄内心显得十分复杂丰富。尤其是对薛爱妮的爱怜,写尽了中年男人内心的悲凉。一方面是叱咤风云,另一方面却是内心荒凉,是这位当代资本枭雄的生命体验。

小说表现老一代的资本市场弄潮儿的精神气度和意志格调,描写年轻一代的资本市场拼搏者谭少灵对父亲的感情。他的苦苦寻父与自我成长,这些又与他渴望证明自己的力量联系在一起,使这个人物显示出独特个性和性格深度。

作者沈乔生自己有炒股经历,他能体味股市沉浮的甘苦。这是中国当代股市小说作家最值得肯定的一点,它形成了中国当代股市小说的一个优点:有非常贴切的生活的本真性。沈乔生此前的《股民日记》和《就赌这一次》,就写出了资本市场的众生相,写出了在中国经济和资本市场化的关键时期,那些在股市里沉浮的人们的现实情状和心理。沈乔生并不过多描写炒股的琐碎过程,而是在人物精神冲突层面上来展开他的小说叙事。小说的故事在这些人物的精神冲突和情感碰撞中展开。沈乔生的股市小说有紧张的情节,时而刚健,风卷残云;时而浅吟低唱,也有柔情闲笔,有一种舒缓的气韵与内敛的激情交合于其中,赋予人物较多的理想化品质,人物有时会有神化特征。

小说描写惊心动魄的股市博弈,描写小人物的伎俩和阴谋,所有这些,都是在楚南雄的精神挣扎与渴求中,在与梁羽石这个老对手的较量中来展开的。这种冲突转化为人物内心的冲突,那些无法清理的复杂的感情纠葛。在楚南雄云起云落的传奇中,小说十分真实生动地再现了那段历史场面。

小说中的谭少灵是年轻一代的资本市场的拼搏者。他对父亲的感情,他苦苦地寻父与他的成长,与他渴望证明自己的力量联系在一起。小说试图写出新一代的资本市场的弄潮儿的精神气度和意志格调。

杜树《胜负》描写国内企业到境外上市。小说的主人公沈吟丰是一个资本运作高手,是一个具有中西文化背景的资本英雄。他将家族企业京西铜冠改造为东方铜业股份有限公司。"在资本市场上,一家公司的业务模式和经营状况被视为'讲一个故事'，上市则被视为'卖掉一个故事'。企业上市是否成功？进展是否顺利？很大程度上取决于这个故事讲得是否足够精彩、足够动人、同时又足够严密。"在沈吟丰的运作下，东方铜业成为第一家以龙筹形式在新加坡上市的 MBO（管理者收购，公司的经理层利用借贷所融资本或股权交易收购本公司的一种行为，从而引起公司所有权、控制权、剩余索取权、资产等变化，以改变公司所有制结构，通过收购使企业的经营者变成了企业的所有者）公司，两大富豪股东可以说分别代表"铜"和"资本"，前者是董事会主席，子承父业的李暮松，父亲有 30 余年铜业从业经验，精于实业经营；后者是董事会副主席，女承母业的林佩瑶，曾在美国某金融集团任职的基金经理，长于资本运作。东方铜业的股权之争，以公司第二大股东林佩瑶的退出而尘埃落定，一位神秘的战略投资者"青铜王朝"却横空出世，成为这场争夺战的"渔翁"。以 6.47 亿美元（约 50.47 亿元人民币）高价，全数购入林佩瑶手上 8.2 亿股份。林佩瑶 1.8 亿元的投资，最后套现高达 50 亿元的真金白银。这个名叫"青铜王朝"的神秘投资者是沈吟丰和朱迪。

　　白丁的《股市教父》塑造证券市场失败了的英雄，虽然失败了，但他们仍然是英雄。小说披露了当年震惊全国的"8·10"事件、"3·27"事件等证券市场重大事件的内幕。

　　上海证券业的龙头老大亿邦证券董事长金山 1982 年从上海财经学院毕业后，被分配到上海市信托投资公司工作。不久金山办理停薪留职手续出国深造，被美国哥伦比亚大学工商管理学院录取，3 年后，他顺利地拿到了工商管理和法学双料硕士文凭，立即在华尔街的投行 JP 摩根找到了工作。在华尔街工作了 2 年后，金山接到了市里的邀请，请他回来主政即将成立的一家证券公司。亿邦证券公司取得营业执照和经营金融业务许可证后，金山被任命为副董事长兼总经理。金山在初创时期的中国证券市场开拓创新，玩出了很多资本新花样。他发现此前的许多公司发行股票都是自办发行，由于拟设公司一般知名度都不高，影响力在本省或本市之外非常小，因此股票发行风险较大，常常有募集资金达不到法定要求而无法顺利注册的事情发生。国外的证券发行全部是通过投资银行也就是在中国被称为证券公司或信托投资公司之类的机构代办的。在金山的主持下，亿邦证券公司设立了中国大陆第一家投资银行部，专司股票承销业务。个别年份曾一度占到全国股票承销总额的 60%。金山研究发现，中国法律并没有限制证券公司炒作股票，于是金山在很短的时间内就设立起了自营业务部，专营公司的二级市场自营业务，不仅经营股票，而且经营国库券。在金山的直接指挥下，亿邦证券公司的二级市场业务曾经占到全国国库券业务总份额的 40%。亿邦证券公司因为规模和业绩，1991 年、1992 年、1993 年连续 3 年被美国、英国的权威机构评定为中国第一大证券公司。

马跃进中央经济研究院研究生毕业后被分配到了经济发展部，当金副部长的秘书，后任经济发展部组建的经发证券的总经理。亿邦和经发在深圳新股抽签表认购上激烈竞争。亿邦证券起码动员了 10 万民工到深圳去扑认购抽签表，但所获不多。经发证券则通过马跃进的同学、深圳人行副行长李卫国轻易拿到 5 万张抽签表，引发 1992 年的"8·10"事件。

亿邦证券和经发证券在"3·27"国债期货中多空对决。"3·27"是国债期货合约中一期国债期货合约的代号，它对应的是 1992 年发行并将于 1995 年 6 月到期兑付的 3 年期国库券。上市后"3·27"国债期货的价格一直在 148 元左右徘徊，市场传言，财政部认为与同期银行储蓄存款利率 12.24% 相比，"3·27"的回报太低，可能到时会提高利率，以 148 元的面值兑付。国债利率的不确定性，为炒作国债期货提供了空间，大量机构投资者由股市转入债市。多方阵营以经发证券为首，马跃进任总指挥，纠集了北京飞黄集团以及北京一些后起的证券公司、信托投资公司和江苏、浙江一些实力雄厚的私人大户。空方司令金山有强大有力、敢作敢为的同盟军，这之中有东北的高氏兄弟、温州的江白龙，还有上海本地的一些大型证券公司、信托投资公司等一些成长中的本土力量。马跃进通过关系力图影响财政部的国债利息政策。春节期间，马跃进带着李卫国、林芙蓉把主要精力放在了北京，放在打探、影响、左右这一期国库券到期时的保值贴补率上。他们请了一些相关的官员出国旅游，几十万的费用，换来承诺：积极配合他们控制消费品物价指数和国库券的保值贴补率。同时马跃进隐蔽自己一方的多单，诱使亿邦证券一方多下空单。马跃进自己不在北京待着，也不在上海待着；经发证券的自营账户全都不在经发证券的席位进出。马跃进为了引诱金山及其同盟军上钩，组织写手在证券媒体上发表了大量采访、论证保值贴补率将要发生历史性转折的文章，为了把戏演得逼真，还组织了一些反对文章。财政部宣布本期国库券保值贴补率为12.98%，比上一期高了 5 个百分点。金山的盟友东北国发在最后的关键时刻空翻多，在短短一分钟之内，把价格推高到了 151.98 元的天价。金山被逼入绝境，为了扭转败局，不惜违规操作，拼死一搏，把价格打压到 147.40 元，捅出了个惊天大案。当晚，上交所紧急宣布：1995 年2 月 23 日 16 时 22 分 13 秒之后的"3·27"国债期货的交易统统无效。

把"3·27"的结算价定在 151.30 元，而不是实际收盘价 147.40 元。如果按实际收盘价计算，亿邦证券将净赚 152 亿元。而按交易所修改过的价格计算，亿邦证券将赔 136 亿元。金山不仅输光了亿邦证券七八年来辛辛苦苦打拼下来的家业，亏损 136 亿元，还险些毁掉了上海证券交易所。亿邦证券在被联合调查组调查之后，上海市政府指定由上海的另一家券商全面接管，人员和剩余资产全部并入新公司。最后金山被判刑 17 年，马跃进被刺，亡命天涯。

经发证券和亿邦证券是国内成立时间最早、规模最大的两家证券公司。为了争夺市场龙头地位，双方在各自的掌门人马跃进和金山的带领下，调集数百亿资金，在国债期货上展开了一番无比惨烈的金融战争。马跃进凭借人脉和政策优势，将金山逼入绝境。金山为了扭转败局，为亿邦证券求得一线生机，不惜冒险违规操作，弄出了中国证券市场违规金额最大的恶性事件，致使许多投资者一夜之间倾家荡产、一无所有。两家曾深刻影响过中国证券业市场化进程的公司瞬间轰然倒下，两位曾在中国股市叱咤一时的"教父"级人物从此消失在资本江湖之外。

《投资家》的作者杨鹏是经济学硕士，大学教师，证券机构的投资策略总监。

小说栩栩如生地描写了股市精英为财富而搏杀的工作与生活。小说的主人公东方证券公司成长型基金管理人秦枫是一个年轻漂亮、高学历、高智商、优秀的女投资家。她发现了"随机数据中的偏向性数据模型"，理论上能够战胜股价波动的随机性。在葡金赌场的老虎机上，秦枫用这个"模型"，斩获了 1200 多万元的大奖。她的这一举动引起了葡京赌场老板的重视，并意识到这一"模型"会给股市投资带来巨大的影响与变化。有人了解秦枫投资模型的价值，要与秦枫个人合作："我提供给你足够的资金，你只需要保证你的投资模型只用于这些资金。""如果我们单独设立投资公司，由你来掌管，无论盈利与否，管理资金的百分之二作为固定报酬。"每年 200 亿元的投资额，仅仅管理费的收入，秦枫每年就可以得到 4000 万元以上。中东联合投资公司即将在中国股市投资 200 亿美元，本土基金管理公司中的大鳄都在争取管理这笔基金，东方证券公司决定由秦枫代表公司出席次日的中东联合投资公司的投资见面会。秦枫向中东联合投资公司的代表阐述了自己的投资交易决策体系的框架，两公司最终签署了投资协议。中东联合投资公司与东方证券投资基金管理公司合作成功。

秦枫的男朋友古天牧非常优秀，其父母均为外交部高级官员。他大学毕业后进入富海证券，"他成功运作多起大手笔项目，不仅使富海证券在自营业务上成为证券行业的翘楚，古天牧也以不足三十岁的年龄稳坐公司投资策略总监的交椅"。他与秦枫在"中投"五期学习时开始相识、相知、相爱。但在 6 年前，秦枫在一次金融阻击战中因她的失误导致公司遭到惨重损失。秦枫的上司白云山闻讯赶往公司，在途中与秦枫通电话时，被一辆违规行驶的大货车撞翻，几乎成了植物人。秦枫深为自责，拒见任何人。自闭一段时间后，秦枫开始将全部精力投入数据模型的开发上。经过 6 年的治疗，白云山终于康复。白云山受伤治疗时期，他的母亲生活困顿，在秦枫的帮助下在公司做临时工，但实际上白云山的母亲非常富有：

> 沈露露就是我母亲，是中国有线的第三大股东。我父亲很有头脑，在多年前就开始用我母亲的账户不断买入中国有线的股票，当时中国有线还只是两元一股，他前后总共买了三百多万股，花光了所有的积蓄，甚至变卖了祖传的古董。他从来就没有卖出过一手股票，直到七年前他去世的时候，才告诉我这件事，并告诉了我交易密码。我当时将交易密码记在笔记本上，一直没有用过，所以怎么也想不起密码。

现在白云山康复了，他父亲留在他母亲名下的财富也复活了。白云山和秦枫合作成立上海昆仑投资有限公司，开始独立在资本市场上驰骋。

迷糊汤的《纳斯达克病毒》描写中国企业境外上市，塑造年轻一代具有国际视野的资本英雄形象。小说的主人公乔博思是加州大学伯克利分校毕业的硕士生，在国内他一方面经营着博美金融顾问公司，一方面经营着金融圈网站。他是为中国公司海外上市提供服务的，有着广阔的人际关系和公司海外上市运作的丰富经验，成功的运作让他和他所服务的企业都戴上了令人眩晕的光环。在金融圈乔博思就是钱，找到乔博思就找到了纳斯达克的门。"他的手伸出去就有钱进来，他的嘴一张开，就能让钞票说话。"他开始运作自己的网站在纳斯达克上市：

> 乔博思的想法早就有了，他在互联网最寒冷的时节，悄悄地埋下了种子，他在金融圈这么久，能从一个小喽啰到今天呼风唤雨，除了他的专业之外就是眼光，在新浪、网易和搜狐把互联网都网尽的时候，他看好了金融，他要做的恰恰是自己最擅长的。金融类网站已经很多，成气候的就是那几个，叫得上名的也就是和讯和金融街，他没

有用钱买，而是自己投资做了个小得不能再小的网站，名字虽然很大，可名气很小，"金柜"。

他知道纳斯达克面对同一题材的企业不可能容纳两家，至少短时间内不能，他的竞争对手就是金融街网站，他开始了与竞争对手的战斗。美国耶鲁大学法学院毕业的硕士梁斯琪的律师事务所是中国大陆被纳斯达克认可的几个事务所之一。她手里的律师事务所只是一个工具，她的翅膀是资本，她认识的资本大鳄比乔博思还多，乔博思用她手里的关系比自己还多。王华宇是谷帝公司的创始人和大股东，谷帝公司准备在纳斯达克上市，但和承销商的议价一直悬而未决。王华宇找乔博思帮忙，一是请乔博思帮忙找个战略投资人，二是请乔博思帮忙找个承销商。乔博思是一个资本能人：

> 他在金融圈是很火，不仅是上市顾问这一块，还有对冲基金，当每一个公司即将上市的时候，或者刚刚上市的时候，他就会利用瞬间的价差把对冲基金请进来，让上市公司很快就把股价摸高，这是一个双赢的投资，上市公司需要曲线，对冲基金需要业绩，而乔博思恰恰就是中间人，这种贷杠的方式让乔博思得心应手，也正是这个中间人才使乔博思在资本和企业之间的桥梁作用更加凸显。

在纳斯达克上市前，王华宇最着急的就是和承销商的议价，他看着Google的发行价是80多块，他对以前的发行价不满意了，现在是15块，他要30块。王华宇是要自己的股权增值，要增值就必须市场化，市场化就要竞争。盘子3亿多股，他占30%多的股权，翻一倍就是15亿。出让1亿美金的股权会让自己的盘子更大，同时也让投资者看到更多的希望。王华宇的议价已经从15块升到32块，这个数字让王华宇的资产涨了一倍。

段奇是金柜网的元老，从金柜网创立他就是技术总监，他没有投一分钱，乔博思给了他5%的股权。对于乔博思来说，段奇既是股东，又是朋友，还是搭档，而且一搭档就是4年。金柜网的注册审批进展顺利，已经在美国开始运作发行了。乔博思必须要在上市之前拿出更新的服务才能让金柜网顺利在纳斯达克飘红：

> 全球财经全景图，就是把期货、外汇以及发达国家的证券市场的分析交易系统形成一个信息与交易平台，让中国人可以在这个平

台上操作任何交易品种，也可以让外国人在这个平台上操作中国的交易品种。

这个概念可以让金柜网在美国形成热点。"坐在家里看天下，这是互联网今天的成就，可坐在家里炒天下，就是金柜网的目标。"这样的题材让纳斯达克不认可都不行。"'全球财经全景图'是金柜网在纳斯达克最大的炒作概念，如果用数字计算，那就是几十个亿。"金柜网在纳斯达克战败了金融街，一举超越金融街，成为中国最大的财经网。"自从美国之行，金柜网已经是首屈一指的财经网，尤其是'全球财经全景图'几乎是炒股必备的，金柜的纳斯达克表现比金融街好，八十多块美金的股价已经让金柜网的市值超过了两百亿。"小说表现资本的力量及其博弈，描写金融圈里无形的资本是如何左右企业、如何左右人的。

小说以赞美的笔调描写当代中国新一代资本高手，他们熟悉国内国外资本市场运作的奥秘，操作海外上市得心应手，游刃有余。小说表现当代中国人的价值观和社会心态变得越来越开放和多元，他们对各种外来文化和其他亚文化的接受能力也不断提高。资本的全球化就是资本在全球范围内的运动，带动了所有生产要素的全球化。资本承载着增值的使命，带着其他的各种要素在全球奔走，缩小了全球的差距，缩小了文化的差距，同时缩小了国家和国家、种族和种族之间的隔阂。

李正曦的《操控》塑造了一系列股市英雄形象：天才操盘手范腾、商业奇才魏杰、隐形金融巨鳄"钱隆系"掌舵人林新天、滚金国际董事长范晓华，描写两大金融集团的生死博斗，挖掘人性中那些纯净的、美好的情感。

魏杰是国内最年轻的投资银行家，为了"建构国内金融秩序"的理想而放弃了令人艳羡不已的华尔街 MG 公司的工作回国创业。燕世锦只用了一段话就打动了魏杰，令他放弃了华尔街的锦绣前程回国。"中国加入世贸之后，会成为全球新兴经济的最大爆发点，你在华尔街最多是个出色的投资家，玩得再好也是在别人的框框里玩，但是在中国，你却有可能成为最先建立秩序和规则的那一拨人。"如果成功，这是可以记载到中国金融史里的标志性事件。他以前的投行业务主要是公司改制，管理咨询和公司上市涉及的投资银行业务，如何将银行、信托、证券、金融租赁和保险公司等集成在一个服务体系，为客户提供全方位的综合金融服务，对他的智慧、能力、知识、资源和经验都是一个巨大考验。

范笑云是私募江湖上公认的第一高手，在民国时期曾是一个旧上海证券交易所的经纪人。钱隆系是国内最大的民营企业集团。20 来家金融机构，上百家企业，3 个上市公司，近 10 万的员工，涉及资产超过千亿。钱隆系的真正当家人是曾经在国内掀起大风大浪、被称为"营销界黄埔军校"的校长——广东新天保健集团董事长林新天。范腾是林新天的小儿子，神秘的风云资本的当家人。范腾 1993 年以 14 岁稚嫩之龄入市，在当年的"宝延风波"中一战成名，一夜暴富。到 1994 年王府井百货上市时，范腾这个名字已经在几次神话般的炒作中如日中天了，但在"3·27"国债事件中输掉上亿身家。而后仅用了一年就东山再起，成为后庄家时代的猎庄大鳄，1999 年还拿下了全国首届网上炒股实盘大赛的冠军。这一家子十分奇怪，大儿子改名刘璨，躲在南国地产和崇信证券的背后，小儿子改名范腾，躲在风云资本的背后，而身为他们父亲的林新天如今连姓啥外界都不知道。滚金国际虽然注册资金只有 5 亿，但范晓华和范腾加起来有上百亿的身家。

《大时代·命运操盘手》描写股市英雄。神秘私募人韩昊在股市影响很大，尤其是在上市公司年报、季报出来时，如果哪家上市公司十大流动股东中出现韩昊公司的名字，那定能热炒一番。秦笑逃到香港后，先是蛰伏了几年。2002 年年初，动用大约 20 亿港币收购了两家香港上市公司的控股权，随后把这两家上市公司改了有上海特色的名字——上海置业与上海贸易。秦笑是真正的白手起家，凭借自己的天赋，打下了自己的江山，着实有份能耐。秦笑在狱中死于心脏病突发。

唐子风是最早在中国做私募的，现在几乎成了中国金融界第一梯队的航空母舰。他的泰达证券先是通过一系列股份化改制，让股本增至 15 亿股。在 2007 年实现了三步跨越：增资扩股、成为规范类券商、上市。挂牌上市首日股票涨幅就达到了 424%。从 2007 年 2 月以后增资进入泰达证券的一些股东，获得了约 40 倍的回报。泰达证券已经开创了一种全新的证券市场造富模式。唐子风把泰达证券扩张成了泰达集团。泰达证券只是其中一家全资控股的子公司。他们一手掌握了泰龙实业、泰兴医药等上市公司，还并购了云南一家信托公司，改建成了泰达信托。泰达信托是泰达系中最重要的金融平台，泰达系中的资本魔术都在这个平台下运作。如今的泰达系，就像一艘坚不可摧的大型资本航母，可以在资本界敲山震虎。唐子风的二儿子唐烨是财恒基金的副总，曾在一家国际知名投行做对冲基金经理，业绩在布隆伯格上还排到过年度前十名，排名范围网罗了全球的投资高手。

袁得鱼是一个少年资本英雄。在袁得鱼操盘的两年时间内，大时代基金赚了 534％。袁得鱼为父报仇，与唐子风达成对赌协议。对赌协议赌的是，如果在 2008 年 4 月 30 日，泰达证券股价在 30 元协议价格以上，那么，唐子风只需支付 2 元，就可以用 30 元的成本价格认购 1 亿份当天价格的泰达证券。如果唐子风赢了，他的 10 亿元资金将足足翻 7 倍。泰达证券总股份不过 1.5 亿股，唐子风就能直接掌控 70％的股权，从而实现自己曲线控股的目的。然而，这 10 亿元资金如果全都是唐子风自己的也就算了，危险之处就在于这是一个打包的信托产品，有十几个认购这个信托的主子。现在的情况是，股票价格是 29.99 元，低于当时约定的 30 元。按协议规定，如果低于合同价，那认股权证自动无效。这也就意味着，唐子风这份信托投出去的 10 亿元成本，最后只能拿到 5 亿份可分离债，再减去 1 年期无担保债券的 10％的利息和 5％的手续费，只剩下 500 万元。如果泰达证券的收盘价在 30 元以上，那唐子风单单认股部分的获益就从 10 亿元变成了 30 亿元。如果价格在 60 元，他的 10 亿元就变成了 60 亿元，这是一个相当可怕的杠杆。袁得鱼另外与 4 家不同的投行签署了内容几乎一样的协议，每份协议都称，袁得鱼以 250 万元的成本，买下价值每份杠杆数为 10 倍的泰达证券认沽权证。每份认沽权证的价格为 30 元，意味着如果在 2008 年 4 月 30 日这天，泰达证券股价在 30 元以下，那袁得鱼就能拿到价值 2.5 亿元的泰达证券，相当于投行要支付给袁得鱼成本 10 倍的认股资金，若是高出 30 元，那袁得鱼的损失就是这张合同价格，相当于白白送给他们 250 万。因为如果泰达证券的价格在 30 元以上，那认沽权证宣布自动无效。这份合同是唐子风之前所签订的合同最完美的对冲协议。这份设计巧妙的协议，无形中让唐子风与四大投行的利益直接对立上了。唐子风知道如果让自己赢，这四家投行就要亏损 30 多亿元，如果让袁得鱼赢，自己就要损失 10 亿元，这四大投行到最后关头不砸唐子风才怪。唐子风无论如何也想不到自己最后竟会败在这个在 4 年前还一文不名的小子手上。

《投资高手》的主人公杨子俊是华尔街的投资高手，一场奇遇使他得以加盟国内一个庞大的家族企业——中企集团。他在投资部从事期货买卖，几笔操作即赚得千万利润；成功拦阻中企集团风险极大的国际并购，化解并购中出现的难题；在销售决战中一役奠定胜局，巧妙处理了旗下企业的剽窃风波。董事长欧阳桐提拔他为中企集团最年轻的副董事长。然而杨子俊却急流勇退，毅然辞职，创建红树林投资公司。欧阳桐与他的表弟星火投资总裁慕容文赏识杨子俊，将儿子欧阳一秋和女儿慕容韩佳托他调教，并给他投了数亿资金。在杨子俊的操盘下，红树林投资公司声名鹊起，很快成为市场的一头抢钱狼。接着，杨子俊转战 IT 行业，大举进军互联网，低价收购宝葫芦网和网络前线，又以蛇吞象的霸气收购上市公司现代商务，进军搜索引擎，开创了网站的盈利模式，促使行业重新洗牌，将互联网大鳄玩弄于股掌之中。就在经济危机猛然来袭之时，杨子俊却剑走偏锋，突破国内同行的围剿，在美国收购了一家颇有实力的 B2B 网站"世界贸易网"，一举站在了互联网行业的巅峰，终于雄睨世界。这就是当代中国的资本神话，这是当今社会并不少见的资本神话。

姜立涵《CBD 风流志》是以国际上著名投资银行在中国的活动为主轴和背景的股市小说。

许家祺是 BGC 亚太区投行部最年轻的副总裁，他剑桥的同班同学陈子城的父亲陈大成是当地数一数二的地产开发商。许家祺为大成集团策划了先融资拉战投、再海外上市的两步走计划。BGC 的直接投资部有一个分部专做商业地产投资，天天拿着钱找好项目。GREI 的中国区业务，已经排名亚太地区（不含日本）首位，累计投资达十亿美元，年均回报率25%。这样骄人的成绩，让 BGC 全球商业地产投资部的中国首代程蔚连跳三级，刚刚 36 岁，已经升任了投行里的最高级别。如今在国内房地产金融圈里，程蔚已经是个能够呼风唤雨的人物。大成的 IPO 计划和预期一样，有 BGC 保驾护航，港交所聆讯顺利通关。大成集团此次拟发售 20 亿新股，另可超额配售约 3 亿股，集资额将近 150 亿港元，各金融机构对未来的估值都集中在 1200 亿美元上下。以 BGC 为首的五大国际金融机构作为集团战略投资人，已经累计投资大成股权约 6 亿美元，不上市，按照股权回购价条件，日息 12%。陈大成自从与战投签下对赌协议，上市似乎越来越不受自己控制。大成集团上市最终折戟而归，陈大成不接受西方投资者压价，宣布暂停路演，成了金融危机加地产调控这口热锅上的蚂蚁。当初为了上市，在 BGC 的建议下，大成集团在全国拿下 69 个新项目，其中 40 个将在今年推出，土地储蓄比 2007 年增长 8 倍，资产负债率超过90%。上市融资失败，大量到期欠付的土地款追在身后，销售回款随着市场进入寒冬急速收缩，各家银行的贷款到期日也接踵而来。一方面要求政府宽限土地付款期限，另一方面求战投延迟贷款期，再做一轮新融资。五家战投有的濒临倒闭，有的面临被收购，有的急于撤出海外市场。平均售价低于 7000 元每平方米，就触发战投所持股权的选售权，大成集团的回购价格以日息 15% 计算；一旦上市不成功，3 个月内，战投就有权无条件要求大成偿还所有贷款，并回购股权。随便哪条，都能瞬间置大成集团于死地；而这随便哪一条，都是"和平年代"里谁都觉得不可能发生的事。

五家战投的领头人 BGC 算是很给面子，一边摁着叫嚣撤资的其他几家投资人，一边摁着不服监管的大成集团。和谈派主张再做一轮私募，帮大成渡过难关，如果现在退出，必然导致市场恐慌，大成只能破产，各家连本金都不能 100% 收回；强硬派的主张是市场尚未见底，无论如何不能再等，更别说再融资，再等下去，恐怕血本无归。与其他几家战投不同，BGC 还是大成上市的主承销商，大成的胜利，不仅影响着直投部的利益，还决定着投行部的利益。

许家祺收到了新日盛基金发来的意向书，连本带利置换出原有出资人海石基金，按 12% 溢价收购许家祺与陈子城持有的各 5% 股权。3 年后，基金 50% 的投资按照固定收益 12% 退出，其余 50% 的投资按销售收入清算退出。许家祺和陈子城发现新日盛 GP 公司的两大自然人股东是陈大成的妹妹和程蔚的父亲。陈大成断了他在 BGC 的前途，却给了他另一条生路。

资本英雄是我们这个时代的英雄，受到社会成员的普遍崇拜。新变期中国当代股市小说把握时代文化发展的脉络，浓墨重彩塑造资本英雄形象，吸引了社会的目光，引领中国当代市场文化的发展。

二　资本运作不断绽放新花样

股权争夺是新变期资本运作新花样的重头戏。

朱昭宾、梁丽华的《股惑》描写股市庄家，描写他们的资本运作。陈少泽是海天集团的董事长。他的妻子乔冠瑛的父亲乔瀛洲是省里的高级干部。海天集团的副总裁潘世凯是乔瀛洲的养子。陈少泽过去的情人徐乃珊开办联华投资顾问有限公司，在股评节目中配合陈少泽，推荐陈少泽坐庄的股票"海天高科"，有股民受骗亏去巨资自杀。徐乃珊也是受陈少泽的欺骗，她因此受刺激发疯。海天集团操纵股价受到证监会的调查，不便继续操作"海天高科"。泉州兴泰集团董事长冀承宗想接盘"海天高科"。兴泰集团是一家合资公司，印度尼西亚方面占总股本的 85%。在海天集团向兴泰集团倒筹的时候，有人抢筹 500 万股。兴泰集团收购"海天高科"，海天集团向兴泰集团转让股权，"海天高科"变为"兴泰科技"。因为对陈少泽与徐乃珊的关系不满意，因为在经营上与陈少泽有不同意见，因为不满自己在公司无权的地位，潘世凯与陈少泽分开经营。潘世凯离开海天，注册成立"天海投资咨询公司"，与冀承宗合作，共同坐庄"海天高科"变身而来的"兴泰科技"。陈少泽聘请股市高手"红鱼"为自己操盘，他暗中持有"兴泰科技"920 万股。记者郭伟揭露海天集团坐庄"海天科技"操纵股价的内幕，证监会调查后作出处罚决定。郭伟不受收买，被潘世凯雇凶毒打。陈少泽派人收买冀承宗的秘书夏进，掌握了冀承宗和潘世凯坐庄的秘密。兴泰集团花 7000 万元投资 "海南创意"，因银行行长受贿被抓，兴泰集团向银行借款计划告吹。在证券公司的融资款不能及时还上，被威胁将被强行平仓。侦知这些内幕的陈少泽抢先抛售 "兴泰科技"，引起股价跳水。潘世凯和冀承宗无钱护盘，只能忍痛抛股。冀承宗清空股票，把资金转回印度尼西亚。潘世凯因买凶伤害记者被抓，想把陈少泽坐庄、操纵股价的内幕供出，乔父出面使他改变主意。徐乃珊跳楼自杀。陈少泽为了逃避惩罚伪造跳海自杀假象，实则整容苟活。

《绝杀局》的主人公路远会炒股，从 5000 元本钱炒到了 5000 万，赚了一万倍，然后办起了自己的投资公司。他招打扫卫生的清洁工罗绍阳进自己的公司，不到两年，便把他从一个普通员工提拔到风险评估部的部门经理，后来又当投资部的经理。罗绍阳从到投资部的那一天起，便开始了偷梁换柱的计划。首先罗绍阳拟定了一份股票的操作计划书，在路远同意后便开始建仓。经过几个月的操作，手里已经有了足够的筹码，这时如果按照原计划，已经可以抛出赚一大笔钱了。但是罗绍阳又找到路远，说他非常看好这只股票，要求再加大投入力度。由于罗绍阳到了投资部以后，曾经非常成功地操作过两只股票，所以路远对他非常信任，再加上当时大盘形势非常好，所以路远同意他不断地追加资金买入那只股票。后来终于遇上了 2003 年 6 月那次股市的暴跌。罗绍阳这时提出了两条方案，一是不计成本地抛售，由于自己的操作失误造成了公司的损失，他将会引咎辞职；二是举牌收购公司重仓持有的那只股票，全面进入该公司的董事会，参与公司的业务。路远当时也想把自己这个单纯的投资公司转型，因为只投资股票风险太大。举牌后，路远的公司占有了这家上市公司 23% 左右的股权，但因为另外几家大股东的背后控制者是一个人，他们总共持有的股份要比路远的多一些。于是路远决定从二级市场继续增持该公司股票，以便拿到对该公司的绝对控制权。《中华人民共和国证券法》规定：通过证券交易所的买卖交易使收购者持有目标公司达到法定比例的 30%，若继续增持股份，必须依法向目标公司所有股东发出全面收购要约。如果继续增持，肯定会触发全面要约收购，这家上市公司会进行反收购，势必增加路远的收购难度和成本。于是路远决定在另外一个城市再成立一家独立的公司来完成这次增持计划。让新成立的公司买进 28% 的股份，然后再转让给路远。这样既可以完成对这家上市公司的控制，又可以降低收购的成本。这家新公司的法人路远选定的是罗绍阳，但是实际控制人仍然是路远。为了能够完全掌控财务状况和罗绍阳，路远便让一直和罗绍阳有些矛盾的刘红越去做了财务总监。

路远先后从朋友那里拆借了 4000 万的资金，又通过银行的朋友担保贷款了 6000 万，这样凑齐了钱，然后把这一个多亿的钱通过地下钱庄转给了罗绍阳名下的公司。后来路远突然接到了一张法庭的传票，上面称罗绍阳要求路远的公司按照股权转让协议付清罗绍阳转让股权应得的资金。罗绍阳名义下的公司买股票的钱本来都是路远暗中出的，现在股权转给路远了，路远当然不需要付钱，而现在罗绍阳就是要这笔钱。法院判定路远付清罗绍阳股权转让款 1.1 亿。就这样罗绍阳和刘红越合手，把路远的公司骗到自己的手中。路远因此一贫如洗。罗绍阳吞并路远的公司后，几年间资金量翻了十多倍。"割肉机"的儿子在一家公司操盘，因为中了罗绍阳的计，给公司造成了巨大损失，跳楼自杀。"割肉机"因此也要找罗绍阳报仇。他了解路远被罗绍阳欺骗的内幕后，变卖自己所有的家产，得款210 万元，交给路远作翻身报仇的资本。路远找自己原来帮助过的朋友林方，以 200 万为抵押，以 1：10 的比例融资 2000 万，期限是一个月。首先，路远把 200 万的资金划到林方的账户上，作为融资的保证金。然后，林方把 2000 万的资金带过来，由路远操作股票，林方那边派个人来全程监督，随时核定操作成本。等到融资期限一到，路远会把赢利的 1/3 分给林方作为酬谢，但是在操作期间，不管哪一天，只要股票跌幅超过成本的8%，监督的那人就会接管操作，把股票全部清盘，路远的那 200 万的保证金也就没有了。

找来了资金的路远炒权证，罗绍阳设计打压，要置路远于死地：

> 当我从"割肉机"的口里知道了你的计划后，我便不断买进信安股份这只股票，等到今天，"割肉机"在借口去卫生间的时候给我发信号，我便知道了你已经全仓进入信安权证了，到了下午，我用我的筹码砸开涨停板，迅速打压下来。我知道你和刘强之间的协议，所以，只要把权证价格打压到你持仓成本的 90%，你就一无所有了。我这样不计成本和你斗，就是要你输得心服口服，我要让你自己去死，去跳楼！

其实路远早就识破了罗绍阳的阴谋，用计保存了自己的实力。"是故意败给你，但并没有输掉钱，我找朋友连夜做了个仿真交易软件。当天我所做的所有交易，都是在仿真交易平台上完成的。那两千万的本金，我压根就没动。""割肉机"其实不可能被罗绍阳收买，因为他的儿子就是被罗绍阳逼着跳楼的那个操盘手。

在创业板开盘之后，路远引诱罗绍阳大量融资重仓计风农具。仅一个月的时间，罗绍阳便把股价从开盘时的 31.46 元拉升到今天的 96.98 元，拉升了 3 倍。因为涉嫌操纵股价，深交所对其实施三个月的限制交易措施。罗绍阳大量的高息短期融资无法归还，最终破产自杀。

小说作者尚烨是股票期货市场资深玩家，具有丰富的理论实践知识。小说对人的剖析可谓入木三分，是一个充满人生智慧的故事。股市是一面镜子，它透视着人们内心的一切，金钱、渴望，甚至是欲望、贪婪，在这里纤毫毕露。

《暗庄》的作者高力曾担任上市公司"九江化纤"投资部部长、重组改制办公室负责人，现为某大型民企集团董事副总经理。从 1996 年至 2005 年，作者长期参与上市公司投融资规划和实施，作为操盘手之一，亲历了上市公司并购重组的全过程，有着丰富的资本运作实战经验和对上市公司并购的深切感悟。

小说的主要人物有南华新都投资控股集团有限公司董事长兼总裁赵嘉铭，江南药业集团常务副总经理、江南药业股份有限公司董事长、总经理蒋少卿，以及《新商报》首席记者骆飚。

江南药业是宁江市唯一一家上市公司，年轻的职业经理人蒋少卿受命接任董事长兼总经理。江南药业上市时，把历史债务全部剥离到江药集团，后面的两次配股，江药集团又把剩余的经营性资产全部注入上市公司，只剩下一个空壳，现在负债率已经超过 200%，完全丧失了融资能力和造血能力。江药集团限售流通股的上市时间最早要到明年，现在不能减持。如果市场行情好，还可以通过向战略投资者转让部分股权、套现部分资金，或是采取股权回购和以股抵债的方式来化解这一难题，可是现在，由于股票市值大幅缩水，无论采取上述哪种方式来偿还债务，都会使江药集团丧失对江南药业的控股地位，甚至会演变成重大资产重组项目，需要上报证监会审批。江南药业与江药集团的关联交易数额巨大，这些关联交易形成的江药集团对上市公司的资金占用问题，江南药业连续三年的实际亏损就会浮出水面，公司将会面临被摘牌的风险。

外资公司南华新都的总裁赵嘉铭今年刚满 30 岁，出生在中国，10 岁以前一直生活在湖南的一个偏远山村，后随父亲去了马来西亚，定居在吉隆坡。他的父亲赵启航是马来西亚南华集团的董事会主席，坐拥几十亿美元的家产。赵嘉铭以一个华裔马来西亚商人的身份，又回到了阔别 18 年的中国。赵嘉铭的助手刘伟，原来是华盛证券的副总裁，是国内资本市场上的运作高手，曾多次操盘上市公司的兼并收购，后因华盛证券涉嫌违规操作，受到证监会的查处整顿，刘伟玩了个金蝉脱壳，离开了华盛证券。赵嘉铭请他帮助南华新都集团上市。赵嘉铭开出的条件是：聘任刘伟担任南华新都集团副总裁之职，基础年薪 100 万元，如上市成功则另外赠送 5% 的股份。赵嘉铭决定尽快实现南华新都在中国 A 股市场的上市，根据刘伟的建议，聘请了国内知名的安泰证券，对南华新都进行资产整合包装和上市辅导。

现在最快的上市途径只有借壳上市。根据江南药业 1.5 亿的流通盘以及目前 6 块多钱的价格，估计投入 3.5 个亿就能够达到控盘。但是千万不能以南华新都的名义操作。如果在前台运作收购江南药业，又明目张胆地运作二级市场，会受到证监会的查处。假如借助私募基金操盘，就相当于在监管部门和南华新都之间建了一道"防火墙"。与私募基金合作只不过是借用它们的账户和专用交易通道，将这些账户控制在自己手中，所有操盘运作都是自主实施，不可能让私募基金参与。

如果按照第一套方案，收购江药集团 1.7 亿股的全部股权，至少要支付 2.7 亿的现金去购买。在第二套方案中，可以不用投入现金交易，只需按照董事会决议公告前 20 个交易日的股票均价，计算交易对价，甚至还可以向下浮动 10%，将神女湖项目的资产折价注入即可。既保留了江药集团的股权和江南药业的原有资产，又使南华新都获得相对控股地位，并将自己的资产注入上市公司。赵嘉铭终于得到了父亲的同意，允许南华新都投入 3 个亿进入市场操盘。

有人在利用这次重组题材坐庄操盘。证监会已经掌握了南华新都与私募基金串通操纵市场的内幕。所有与南华新都合作的私募基金，已经全部受到证监会的立案调查，租用的十几个证券资金账户也被全部查封。

夏雨曾经给蒋少卿的爷爷蒋为民当过秘书。蒋少卿的母亲陶岚原来是夏雨的未婚妻。30 年前，陶岚还是市歌舞团的一名舞蹈演员，经人介绍认识了市"革委会"秘书科的夏雨。从怀孕的时间推算，陶岚肚子里的孩子不是蒋正文的，而是夏雨的。赵启航就是 30 年前宁江市第一医院的外科医骆志强。许美珍和骆飏是赵启航离散多年的妻儿。赵嘉铭就是蒋正文的儿子，是骆志强把他偷走的。事发后，蒋正文把事故的责任完全推到骆志强身上，同时受到诬陷的还有骆志强的妻子、当值护士许美珍。尽管骆志强再三劝说，许美珍和骆飏最终还是决定留在中国、留在宁江。但骆志强无法放弃南华集团的产业，他只好伤感、无奈、孤独地返回吉隆坡。赵嘉铭因为坐庄江南药业操纵市场，受到了证监会的严厉处罚。后来，骆飓的父亲转让了南华新都的全部股权，把赵嘉铭和欧阳琴都接到马来西亚去了，赵嘉铭跟欧阳琴已经结了婚。

小说描写 30 余年的冤孽情仇，资本市场的风云变幻，上市公司的并购黑幕。

朱子夫、徐凌的《谁是庄家》描写上市公司的股权争夺。"宝莱生物"成功研制出新型军用疫苗，为在股东大会前获得足够筹码，资本大鳄、军方代表、操盘精英、国际货币联盟等各路英豪际会深圳，而某巨型跨国公司更是派出杀手组织，只为得到宝莱生物的控股权。燕南飞是宝莱生物董事长之子，在与母亲决裂后，迫于生计为地头蛇刘劲操盘。他发现宝莱生物股价接连出现异动，追查得知是私募大佬龙九洲为夺取疫苗配方而利用其设在深圳、上海等地的分公司进行疯狂炒作。在商业巨贾罗枫、电脑天才幺零三、财经记者谢凌凌、军方代表杜宇等人的帮助下，燕南飞与龙九洲展开了一场没有硝烟的股权争夺大战。在股东大会上，龙九洲夺得宝莱生物公司控股权，却得知公司涉及疫苗研发的核心技术早在 4 个月前就已成功剥离出去。燕南飞和幺零三经过几个月的努力，赶走了施罗德斯家族的不良资金。两代人多年的恩怨和秘密也就此揭开了。"当年关于宝莱生物与纽约方面即将合作研发疫苗的消息，早已被施罗德斯家族获悉，于是派出杀手组织'七圣徒'安排了一场车祸，想要得到合约，不想合约在爆炸中被毁。"而燕鹏程也是被人潜入医院注射了蛇毒才死的。

上市、融资、重组是新时期资本运作令人眼花缭乱的新玩法。

狼牙瘦龙的《涨停》描写资本运作。欧阳是阳立公司的总经理兼老板，在中关村电子城先卖计算机，后开发软件。巴永乐是欧阳的同学，是做风险投资的。巴永乐主动提出要入股阳立公司，要求占 51% 的股份，绝对控股。资产重组后的阳立公司实力大增，收购电子厂的地皮，进行电子城二期的项目运作。资本方成立阳立投资公司，控股阳立电子股份公司。巴永乐等人的资本运作是当代中国社会的一种新玩意。他们将 ST 道格更名为阳立电子，大肆炒作。欧阳提出"星际贸易"新概念，与官商"城市投资公司"合作，与红顶投资合作，运作航天城项目，进而与国外资本合作，大魔投资银行和 UST 公司加入炒作航天城项目。

> 改造现有生物科技园区，增大区域面积，将这里的垃圾场改成一个新城，按照"航天"理念做成高品质的城区，道路、城市规划等等都要上水平。红顶投资的钱到位之后，我们再加上现阳立公司的资本金，整体运作，假设你们红顶投资出四十五个亿，再把其他的资

金都加上，就是五十个亿，再将这笔钱一比一发行债券，或从银行信贷，就会变成一百个亿。

当然，前期我们的五十亿可能已经用作基础设施建设了，会产生航天城一期民宅、二期民宅等等。……按照十倍的增值计算，会变成一千个亿。我们将这些概念的50%拿出来与UST公司合作，那它的价值在五百亿左右，让UST公司的航天基金投入进来，进行等值的投资，那么他们需要投入六十亿美金。他们可以将这六十亿美金的项目放入股市，我们阳立公司与他们各自持有50%，如果理想的话，我们可以从国外的股市上拿回三十亿美金的资金，合人民币二百五十亿；前面已经提到，我们把整个航天城的价值做到一千亿，我们拿回了二百五十亿，原先只拿出了50%的概念与UST合作，只要UST合作后，就可以证明航天城的价值是成立的，剩下的50%概念，我们可以在国内按照零售的方法将这些概念批发给各个银行及信托公司，那可要20%—30%的溢价，但是我们按照五百亿的最低希望值来算，整个项目我们融资七百五十亿，也就是说，红顶投资通过信托或者什么方式提供四十到五十亿资本，与"星际贸易"项目结合，可以撬动七百五十亿的资金。

"UST公司是拿中国人做幌子骗全世界人民，阳立公司是拿美国人做幌子骗中国人民。"

欧阳因受不了资本这般疯狂，这般大胆，这般异想天开，精神崩溃，跳楼自杀。

顾子明的《资本的魔咒》描写企业为了上市而进行的残酷竞争。小说的主人公孟浩森当年愤然辞去公职，却在短短十几年之间，摇身一变成了全市的首富。市长段春光是孟浩森的妹夫，想把市里唯一的一个上市指标批给自己的大舅哥孟浩森，未能如愿。宇光上市的事情终于尘埃落定，新任市长冼翰霖的升官梦、宇光公司董事长童焕阳的坐地发财经，都与宇光公司的上市紧密地联系到了一起。自从公司上市以来，童焕阳就在不断地考虑着一个十分敏感而又急迫的问题——如何能将国有股份巧妙地转移到自己的名下。童焕阳清楚，所谓的管理层收购是玩一种空手套白狼的把戏。这种游戏就是通过银行提供给收购人一笔过桥资金，收购人将其收购的股权作为抵押品抵押给银行，以股份所得的分红偿还银行的本金和利息。如果收购人无法偿还银行的本金和利息，银行也可将股权拍卖掉，以收回自己的资金。童焕阳用股权抵押，向银行借了5亿。把股权抵押了，然后从银行弄到收购的资金，自己一分钱不用掏，就将一只下金蛋的母鸡弄到了自己的手里。宇光公司突然陷入亏损是童焕阳为了尽可能地降低收购成本而作的巧妙安排。银行行长付润泽贷给了童焕阳 2 亿元的资金，却要了他 20% 的股权来抵押。孟浩森自己的公司上市失败，现在一心打着上市公司宇光公司的主意，他知道只要自己的股份超过童焕阳现在 10% 的持股份额，就可以提出进驻宇光公司董事会的要求，并在其中占据一定的席位。孟浩森用了近 3 亿的资金，将宇光公司 7% 的股权收入囊中。童焕阳为了解决收购 20% 国有股权的资金问题，悄悄地挪用了宇光公司的钱。孟浩森把一幅赝品当作真迹送给了冼市长没多久，一个千载难逢的机会突然从天而降。童焕阳收购的宇光公司国有股权，已经被国资委判为非法，全部予以收回，童焕阳被捕入狱。这时如果孟浩森控股宇光公司，既可以解决国有企业的困境，又可以将宝贵的上市资源留存在本市。在收购价格上，孟浩森提出以资产净值的 70% 作为标准，冼市长将 70% 改成了50%，为孟浩森又省下了 5 亿多。现在宇光公司已经从一家国有企业转变成了民营企业。孟浩森让黄锦升注册一家网络公司，本来以为只要向人们宣传一下自己成立了网络公司，并准备把这家网络公司注入到上市公司当中，就可以从证券市场一下子赚 10 亿元。孟浩森把公司的这些土地价值重新评估了一下，再拿到银行去做抵押，贷了 20 亿，大举杀入风起云涌的铁矿石炒作浪潮之中。一不留神，把铁矿石给玩砸了，亏损了大笔的钱。童焕阳的女儿童佩佩借嫁给孟浩森的机会，深入虎穴收集到了孟浩森的违法证据，这些证据能够让孟浩森锒铛入狱。提供虚假信息、进行内幕交易、操纵股票价格这三项，就已经触犯了法律，要是判刑，最少都得判5 年，还要没收所有非法所得，并处以数额不等的罚款。在孟浩森的操作下，冼市长小姨子的账户上原来的 100 万现在已经差不多涨到了 5000 万了。孟浩森要用这样的方法讨好巴结这些人，而又不至于被指责为行贿，当事人不必回避受贿的罪责，却能达到各自的目的。孟浩森的全部资产也才 1 个多亿，却在银行行长付润泽这里借了差不多 15 个亿。付润泽被中纪委盯上了，仓皇出逃。童佩佩向证监会举报了孟浩森，孟浩森被判有期徒刑 15 年。

中国当代股市小说通过截取新兴市场中国股市这一领域特定的经济活动来反映当代中国社会市场化转型带给中国社会的巨大震动和对人的深刻影响，扩展了中国文学的表现题材。对生存状态的关注和对终极意义的探寻是文学的永恒母题。中国当代股市小说对当下中国现实有着敏锐而深切的认识和洞察，这是中国当代股市小说创作一个值得充分肯定的优点。

《借壳》描写上市公司的资产重组，描写股市的生态环境和股民的生存状态，表现股民在这种生存状态下的心理存在和行为方式。小说的主人公牝乎是上了美国《福布斯》"皇榜"的人物，他的公司全称为牝乎房地产集团公司。他品尝过资本运作的甜头：

> 前几年上市，正赶上房产企业红火，股票蹦着跟头往上涨，不到一元钱的发行价，几天的时间就飞到了十多元。牝乎成了中国富人群里的新贵。上市的经历也给了这位年轻富豪一种暗示和启发：要想富必修路。在中国乃至地球上，要想实现财富的超常规跳跃式发展，必须搞资本运作。而资本运作的最好途径就是在股市这条路上，谁走得快，谁走得稳，不在于谁的车大，而在于谁把路铺好。……但是偏偏不就是自己一枝独秀成了唯一的上市公司，大把大把的票子一夜之间往自己的口袋里飘？也就是从那时起，他知道了什么叫资本运作，什么叫资产膨胀，什么叫资本泡沫，也彻底明白了只有会资本运作，才能成为人中富贵、商界精英。否则，老老实实盖房子就只能挣点辛苦钱，八辈子也别想尝到大富翁的滋味。

现在牝乎果断做出了一项决策，将自己的公司由房地产向农业靠拢。精通资本运作之道的牝乎也知道："现在有多少企业想上市上不了？现在我们提供个现成的壳，还会没人要。"牝乎经过深入接触和暗中侦察，最后选中了马城市的一家农业集团——蝌蚪农业发展有限公司，是蝌蚪村的集体企业。合作双方对合作的前景十分看好：

> 只要结合成功，牝乎公司将变身为国家扶持的农业类公司，一系列政策优惠先甭管他——到时你不要都不行——光是那上亿的置换股份，转手之间就变成了实打实的真金白银。蝌蚪公司呢？瘫痪在地的那些破铜烂铁也都成了上市流通热得发烫的股份。一元钱的废物，稍微那么一运作，马上就能带上个尾巴，十倍甚至二十倍的市价触手可得。十多亿的票子就划到了账上。更重要的是蝌蚪公司摇身一变就成了上市公司的第二大股东，所有的资产都可以源源不断地往这个壳里装，就像一架庞大的造钱机器一样，经过这个壳的一番消化，哗哗啦啦地，就印出大把大把的票子来。

　　牤乎的战略是：第一步，借国家扶持农业政策的壳，逐步把房地产剥离出去，装进农业项目。第二步，借蝌蚪集团的壳，实现资产置换，把牤乎集团的股份换给蝌蚪集团，这样就有了一个农业外壳。现在是"三农"热，这种重组模式易于通过。第三步，借市场的壳，也就是在重组之前尽量炒作，抬高牤乎的股价，陆续将牤乎的股票兑现，把空壳抛给那些散户们。牤乎对自己部下和合作伙伴说："这个壳借成之后，我敢保证，各位的身价会翻十倍、二十倍……"

　　大学教授潘鲁、私营企业主水波涛、职业炒股人应凡是、公路局长谭国家都是公司股东，在牤乎的操控下，都同意公司的重大战略决策。蝌蚪公司的董事长古东因为要与上市公司牤乎集团合作，一下子身价翻了百倍，各色人等纷纷巴结他，想从他这里弄一点原始股。一干大小股民，甚至各色公务人员，都想从"借壳"中分一杯羹，其结果是大家一起来画了这个巨大的饼。

　　作者周其森先后从事过教师、记者、村委会主任、企业总经理、大学教授等工作，丰富的生活经历使他在文学创作中可以游刃有余地描写各类人物的内心世界，其独特的企业经理人背景也使他对经济生活的分析具有独到之处。作者表示，《借壳》意在"借壳说事"——借股市说经济、社会、人生和审美——凡有人群之处，皆谈股市，意在折射股市介入社会生活的程度。

　　小说表现了对小人物命运的关注。股民的苦乐辛酸、"借壳"背后的隐秘玄机，都化作《借壳》里一幕幕荒诞反讽的故事。小说围绕资深股民圆圆、"牤乎股份"董事长牤乎、试图借壳上市的乡镇企业老总古东三位核心人物展开，其重点又在于女股民圆圆。她在借壳的"内幕消息"刺激下，不顾女儿出走和丈夫阻拦，一步步走向疯狂。人性的弱点、阴暗面以及股市本身的诡异凶险都被小说放大。而作家与蒲松龄不同之处在于，他笔下刻画的已经不是单线条的人物命运，而是股市群像，人们在欲望的驱使下，合演了一出股市狂欢。当然，狂欢之后迎接他们的是悲凉与落寞。

　　在股市庄家等资本运作高手看来，股市就像一个变废为宝的加工厂，面对一堆垃圾，把它们收集来，清洗干净，再刷上油漆，进行包装后，再贴上名牌标签，然后放在精品店里，高价卖给那些喜欢追求时髦的股民。资本的想象空间确实大得惊人。促使人们进行交易的最直接的原因就是赚钱，同时交易是一项令人着迷的智力游戏，交易容易吸引那些喜欢冒险的人，相反，那些厌恶风险的人是会远离交易的。很多普通的人在正常情况下，都是按部就班地生活，如果多挣了一点钱，就存起来。而以交易为生者的生活完全不同，他喜欢把钱都拿去冒险。他放弃了当前的安逸，转而选择了不确定的未来。交易本身的乐趣和赚钱的诱惑，激起了交易者战胜市场的斗志。

鲁小平是金融专业本科毕业，做过银行、证券（红马甲）、房地产、教师、国企及上市公司高管，任某报副刊编辑多年。他的《重组》描写资产重组，描写主人公云开宇离开银行下海以后在资产重组领域的纵横驰骋和情感困顿。他以银行剥离到资产管理公司的不良资产为切入点，运用投资银行技巧与手段，与师妹张娜一道，在师姐房慕容、结拜兄弟汪作鹏、刘建军等人的帮助下，调动一切可资整合利用的资源，进行有效的资产重组，从不良贷款到烂尾楼、到 ST 上市公司，涉及债权资产、实物资产、股权资产，化腐朽为神奇，资产不断膨胀，最后却遭遇了情感和经济上的双重打击。他与妻子的离婚，和师妹张娜的相遇，与同门师姐房慕容的感情纠葛，与房慕容私生女儿晓禾之间的微妙关系，剪不断理还乱。小说勾勒出现实社会中人们在感情与财富、道义与金钱、朋友与利益之间权衡、折腾的心态与无可奈何的处境。

郝文曾在国内资本市场上工作多年，深谙资本运作和上市之内幕，他的《上市》是一部揭露民营公司上市背后黑暗内幕的股市小说，充分展现了钱、权、欲纠结背后资本与人性的碰撞。

天元公司是一个民营建筑材料供应商，总经理钱德培为将其运作上市，请来了高级财务经理丁建中。丁建中曾经作为一家证券公司特大户室的操盘手在股市中沉浮了几年，大起大落之后终于看清了中国股市的本质，于是捏着几年在二级市场犯傻的经验和人脉，投身到管理咨询行业，做起了一级市场，成了上市的推手。丁建中在对这家公司进行股份制改造、组建分公司的过程中，发现了其专利技术涉及剽窃、偷税漏税、高层人员为个人事业利益设计爱情陷阱等层层黑幕。游走于理智和情感间，丁建中巧妙处理隐患，拨云见日，实现上市目标，却换来悲凉的命运结局。在丁建中的帮助下，天元公司经过一系列的股权出让、资产重组让公司的资产在两三年之内扩大了 20 倍，营业收入从不到千万元成长到上亿元，后来竟然达到了在主板股票市场上市的条件。

《天命》的作者杨小凡是某顶级酒业集团董事、总裁助理，深谙国企体制的利弊和发展中遭遇的挑战，对国企领导者的个人素质和企业兴衰之道颇多领悟和心得。小说围绕天泉集团的企业改制、兼并扩张、包装上市等当前社会的热点和难点问题以及矛盾冲突展开描写，集中塑造了故原市副市长、天泉集团董事长戚志强这个不屈服于强权、不相信天命、勇于进取、为了国家集体和职工的利益敢作敢为的艺术典型。

《上市赌局》的作者易楼兰是某财经类报纸的主笔，资深媒体人。小说描写民营企业艰难的上市之路。意风集团的主业是服装，集团董事长张潮涌白手起家，集团总裁朱玫出现在意风集团陷入发展瓶颈的关键时刻。张潮涌突破重重阻碍立誓改革，朱玫与张潮涌在这改革换血的工作过程中结合在一起。除了公司，张潮涌把其余的财产都给了前妻周燕萍，与朱玫结合。为了上市，急于寻找利润新大陆的张潮涌夫妇投资入股辉腾，一起研发游戏。朱玫是一个资本运作高手，提出将辉腾公司的主业由游戏改为社交网络。前往香港地区和美国面见了投资人。"这缘于朱玫从华尔街回来半年内只做了一件事，就是加大了广告投放和软性宣传。她给媒体强调了一个概念，洽洽网是一窝蜂而起的同类网站中的领头羊和希望之星，资本正对恰恰网趋之若鹜，但是为了强调业务的扎实和稳健，目前还不想引入更多的投资者，怕浮躁的资本妨害业务的健康。"她认为，"投资人和企业就像情人间的博弈，你主动它就矜持，你怠慢它反而热情"。当投资人不断上门的时候，她反而像不愁嫁的小姐百般挑剔。她说："一个信誉破产的人怎么可能给我的品牌增值，但是一个好的战略投资者却可以烘托我们的品牌，还能帮我们上市。企业上市遴选 PE（私募股权投资）就像明星找好的经纪人。"她这么运作的效果不错，"半年前造访的华尔街著名机构现在回访来了"。"只是因为仅仅过了半年，华尔街已经风向大转，对中国互联网概念产生了狂热的想象。"朱玫和张潮涌操持的公司终于进入了上市的轨道。"钱来了，很多钱，多得有点让人乱了方寸。""著名机构联合体投了 3 亿美元给了洽洽网。"洽洽网向着上市的方向冲刺。而正在这时，《财经周刊》记者邹秀娜在做一个意风集团的财务造假选题，主要是意风和辉腾洽洽网的财务造假，这两条负面消息足以毁掉意风的发展之路。朱玫愤怒地放出豪言："谁挡了我上市的路，我就送谁进监狱。"她约见邹秀娜和崔燕南，并用金钱收买她们，崔燕南被先知道消息的林大同拦住没有去参加这场鸿门宴，邹秀娜却不幸中了朱玫的圈套，被警察以"索贿"罪名拘捕。朱玫拿着这个筹码要求交换："我们现在可以做交换吗？你不再追究洽洽网，我放过记者，我手里还有录音等很多证据。"半年后，"洽洽网成功登陆纳斯达克，制造了几十个千万富翁"。"摸鱼公司针对洽洽网发布了一份做空报告，指责洽洽网 IPO 报告存在虚假信息披露，由此导致洽洽网股价大跌，市值在数个交易日就蒸发掉了几十亿美元。"被过度包装的洽洽网终究没能逃过做空者的局。小说通过崔燕南的采访活动来表现意风集团曲折的上市故事，表现资本世界的复杂凶险、人性在其中的扭曲。

意风的上市过程其实就像一个不断往里打气的气球，越膨胀、越美丽就越危险，最后只好爆炸了。意风公司女掌门朱玫深谙资本运作之道，设下了一场上市赌局，为了赢得这场上市赌局，进行了一系列运作。上市公司上市本身就是要走向透明和规范，很多公司却不惜业绩造假背负原罪这颗定时炸弹上市。

中国当代股市小说提供了一类解剖现代人性的文学新范本，通过对股市场域人物群体的形象塑造，跌宕起伏的命运描绘，为中国小说的人物长廊增添了散户股民、股市庄家、操盘手、资本运作高手、资本英雄等一批资本"新人"，透视了中国市场经济模式下的股市、世相和人性的变异，表现了财富对信仰的侵蚀，揭示了现代人的内心诉求和价值取向，对于形成新的市场经济价值观、道德观起着先锋探求的作用。

新变期中国当代股市小说对资本运作的描写有一个突出特点，这就是表现了资本运作在当代中国的普及。资本运作高手越来越多，能量越来越大，花样越来越多，社会影响越来越大，社会的认同度越来越高。准确、形象地表现了中国当代社会的市场化转型，具有独特的社会意义和文化价值。

三　描写股市新角色、新形象、新人物

《私募》是描写私募基金的巅峰之作。作者郭现杰是某私募公司职业经理人，熟悉私募基金运作潜规则，参与过多起股市并购与反并购事件。

小说描写具有神秘色彩的私募基金，描写私募基金之间的博弈。赵云狄是经济学家，大学教授，又是私募基金"金鼎投资咨询中心"的总经理。林康是他的学生，担任金鼎投资的总经理助理。赵云狄炒罗邦股票，谁知罗邦股票中已有资金介入。王雨农就是争庄罗邦股票那个神秘资金的幕后人。以赵云狄、林康为首的私募基金——金鼎投资，和以王雨农为首的私募基金——鑫利投资，达成锁仓协议，分食利益。由于媒体出现揭底文章，罗邦股票崩盘，王雨农的鑫利投资背信弃义，买通了第三方监管的营业部偷偷地高位出货，还和那家借钱给赵云狄的地下钱庄串通好了。由于借了高利贷无法偿还，赵云狄被逼跳楼，林康被开小饭店的梁小婉救下。

谭援朝人称江湖第一私募，资助落魄的林康到美国留学。才三年多一点儿的时间，林康就提前获得了纽约大学商学院经济学博士学位。林康在

美国股市赚了钱，到富普林投资银行实习，受到重用，路演成功。获得机会，国内无线灵通公司的老总徐冠飞与其合作，成立私募基金——"鹏达"风投公司。徐冠飞出两个亿，林康一分钱也不用出，只要林康答应出任公司总经理，林康就可以占公司51%的股份。徐冠飞的能量确实很大，除他自投的2亿外，又利用自己的关系为公司拉进了5亿多。回国后的林康在事业上有很大的发展，"这一年不算风投的房产和矿业，单单A股市场上，林康所在的鹏达公司帐户上就有三个亿的收益"。他与王雨农继续争斗。林康用重金使王雨农的部下肖福禄成为自己的眼线，了解王雨农的投资操作秘密，使王雨农的许多见不得人的违规违法行为暴露出来，"我已经将王雨农的骗贷材料、裴天路的性爱录像、他与裴天路谈话的录音，连同他谋害肖福禄的证据都寄给了纪检委和公安局"。林康在王雨农坐庄ST化工之前，偷偷潜伏下来，等王雨农将股价拉到高位，便不计成本地往下砸盘，让ST化工连续十多个跌停，王雨农被迫自杀身亡。10年之前林康还是一个刚出校门稚嫩的学生，10年之后已是手握几十亿资金的顶尖私募。

小说的主人公林康有些才气、有些深情、有些善良、有些温柔，也有些懦弱，喜欢安于现状，但生活总是逼迫他，使他不停地在被动中反抗。

仇子明的《潜伏在资本市场》描写财经记者。

潜伏于资本深处的财经记者们，游离于资本市场的各个角落，有的怀抱着新闻专业主义冒着生命危险追寻真相，有的暗地配合庄家步伐发布新闻搅浑资本市场，有的利欲熏心身担记者和庄托双重角色。肖川大学毕业后便进入《吴越晨报》时尚新闻部供职。研究生毕业后，又回到报社，进入财经新闻部。肖川知道现在的记者和20世纪80年代的不同，在党报为王的时代，记者就是钦差大臣，而现在，都市报需要自力更生，除了政治高压线不能碰之外，广告商的利益也不能碰。导师周海清教授就委婉地告诉过肖川，作为财经记者，一定要打入证券业的圈子，和采访对象要推心置腹地交朋友，而不是把采访对象作为一次性的采访资源。《吴越晨报》财经新闻部主任平涛擅长利用职位牟利，总是和记者们交代，采访时搞到什么消息，大家共享，有钱大家一起赚。刚从《22世纪财经》跳槽而来的资深记者李清如和券商基金都很熟，其实李清如自己也是做私募的。欧阳婷是金陵证券重组部助理，她的父亲是南京最大的证券公司、全国十大券商之一的金陵证券公司的老总欧阳江海。大西洋制药的借壳上市只是一场资本市场的洗钱游戏。肖川的《葫芦里的药——大西洋制药财务迷局》被各大网站争相转载。大西洋制药在肖川的新闻发布后，又被其他媒体纷纷跟进，被推到了风口浪尖。老虎传播集团旗下的老虎地产与上市公司西湖雨伞进行换股。在西湖雨伞董秘孟德的办公室里，肖川同时采访了重组双方孟德和陈鄂虎。全国媒体都是抄抄公告，最多找上一两个研究员点评几句，而肖川的稿子却采访到重组双方。肖川判定西湖雨伞背后一定有庄家在操纵舆论，老虎传播集团的借壳方案里对资产质量的交代本身就有虚假。作为一名记者，究竟是以报道新闻、深度挖掘为己任呢，还是借助媒体的平台广结人脉呢？揭露了财经圈的不真诚，就成了记者个人的不真诚，长此以往，口碑就差了，一个记者在自己采访的领域里口碑差了，也就混不下去了。肖川是一个新闻的孩子，也是一名新闻的战士。追求新闻理想的肖川受到来自各个方面的压力，甚至伤害，萌生去意。周海清教授去美国任教，邀请肖川前去攻读金融学博士学位。

周倩《投资总监》和《财务总监》描写资本市场出现的新角色。

《操盘》描写股市出现的新角色——内幕策划人。小说的主人公高易是被金融圈子称为内幕策划者的那类人。内幕策划人利用金主手中的资金，通过媒体乃至对上市公司的掌控参与股票以及权证中短期的炒作，更多的是通过公司重组、对外投资、关联交易、股权转让，利用制度空当让金主利益最大化。一般的策划方案是专门针对中小盘股，残杀对象主要是散户；如果金主资金和影响力较强，策划人甚至可以把基金和一些私募列为残杀对象。因为大盘股的策划牵扯面广，势必影响到一些基金和私募的利益，这种局面相当复杂，也最考验内幕策划人的能力。依照行规，内幕策划人不能参与任何证券买卖。他们不会使用自有资金投资，不会卷入金主之间的纠纷，不会去触碰金融业的潜规则。内幕策划人不能同时接两个策划案，这是惯例。高易的老师是马萧。马萧的投资咨询公司招助手，其实是要找一个徒弟。马萧填鸭式地培训了高易半年后就开始带高易做策划案，同时疯狂地带他参与各种应酬，让他熟悉自己的关系网。做了几个策划案之后，马萧就缩回别墅，悠哉地过起了田园生活，凡接手的策划委托全部转给高易。接下来的一年多高易自己打拼，独立做策划，但是每个月都会按马萧的要求去深圳见一次马萧。马萧当初选择高易就是因为高易是一个控制欲极强而占有欲不强的人。做内幕策划的，必须要有极强的控制欲，有很强的欲望去控制证券市场上某只股票甚至板块的涨跌，但又不能太过贪婪，时时计较利益得失，不能为了提高策划收入而冒险过分追求利益。高易在巴钢系上就改变初衷，放弃高盈利的诱惑，中途改成短期小幅盈利的方案，高易放弃了近400万的提成，算是没能按计划操作的补偿，最后只能拿到1000万。林雄是高易的金主。军人出身的林雄做实业起家，公司海外上市以后便组建了证券部，由他的准女婿肖明负责，平时利用公司闲余资金在国内市场做一些炒作，做得不怎么顺利，于是便想请内幕策划人，通过熟人介绍找到风头正劲的高易，开始了彼此的第一次合作。林雄的公司操作新野银行，在最关键的时候合作方华南证券突然清仓出局，使林雄极度被动，还好最后顺利脱身，不过为此林雄欠了很多人情。林雄认为自己完全是被华南证券陷害了，为了报复，请高易为自己做一个操作方案，可以承受1亿的亏损，并且给高易的报酬可以提高到2000万。

高易是一个奇才，就像股市中的发明家，股市中影响股价的因子就像棋子那样被高易在手中摆弄，拼凑出让人瞠目结舌而又颇具创意的策划案，但是高易还远远不够成熟，他太自傲，始终让自己游离在圈子之外，而不融入圈子，去织一张牢固的网，成为金融圈子的一分子，这是马萧最放心不下的。没有织起牢固而又复杂的关系网的高易相当脆弱。高易终究放弃了顶级内幕策划人的诱惑，如果要织一张关系网，那么自己也将成为这张网的一个节点，高易不愿意走那些内幕策划人的老路。

唐骏也是内幕策划人，比高易出道要早两年。唐骏有意识地在证券市场的大本营上海频繁地和这里的机构以及产业资本合作，没几年就在上海积累起庞大的稳定客户群，然后沿着圈内策划人的老路，唐骏开始结网，将自己的客户群织连起来，组成了一个当时在国内证券市场能排进前十的庞大团体。作为这样一股势力的指挥者，唐骏在市场中纵横捭阖，帮那些金主斩获利益。

高易是一个出色的内幕策划人，他像一匹纵横驰骋的独狼，在股市与中小投资者、私募基金、公募基金、证券公司博杀。在资本市场上高易是一个冷漠的独行剑客，在生活中却是看重亲情、爱情的温和男人。他有自己的理想，但与内幕策划人圈子既有的模式产生了冲突，面对一心让他成为顶级内幕策划人的老师，他面临着艰难的选择，是割裂还是同化？是捍卫尊严还是从此淡出？一个接一个的股战在他身边展开。小说演绎着内幕策划人的精彩人生。

小说作者墨石是投资人士，热衷于金融衍生品研究，喜欢到上市公司进行调研，预判公司发展战略，寻找结构性投资机会。

迷糊汤的《裸钱》描写财经记者。周寂因调查红蓝证券老总杨德康的跳楼事件而卷入股市黑幕的调查中。他目睹了一系列证券市场操作的潜规则，发现了一个个股市神话背后那些持有游资的地产商、证券监管部门的官员与股评家沆瀣一气的事实。作者以财经投资人的专业背景，展现如火如荼的股市背后那复杂纠结的利益与情欲，铺展出当代资本风情的活画卷。

《创业板》是《涨停》的姊妹篇。作者狼牙瘦龙是一家大型国有企业的事业部主任。小说描述明智科技公司如何为上市力谋业绩，如何与私募资本合作和博弈，如何与竞争对手在市场上明争暗斗，如何应对内部泄密问题，如何取得产品技术突破，再现了一家企业从徒手创业到准备上市再到成功上市的蜕变历程。小说表现了以中关村科技企业为代表的民营公司上市之路，描写其中之艰难和险阻，表现一场激烈真实的上市争夺战。

李明是北京明智科技股份有限公司的董事长，公司主要经营工业控制类计算机，正在筹划创业板上市。公司需要制造一些业绩来满足上市需要。在上市前的第二轮股份制改造的时候，忠信孟投出资入股明智科技。忠信孟投用将近明智科技 5 倍的价格持有了明智科技股份。假若创业板上市成功，发行价市盈率定在 30 倍，那么他们持有的资产价格至少增长 5 倍；如果二级市场的股票价格涨到发行价的 2 倍，那么他们持有的资产价格至少增长 10 倍。投资明智科技，等于抱回一只下金蛋的母鸡，前提是明智科技能够顺利上创业板。明智科技上创业板的保荐人是忠信证券。慧金投资公司用现金溢价增资明智科技，李明保持股比不变的情况下，用一部分无形资产作价评估入资到明智科技，同时忠信孟投通过合同方式，分别从慧金投资公司和李明手里溢价买走部分股份，然后慧金投资公司和忠信孟投公司再以现金的方式增资明智科技，这样，忠信孟投公司成为明智科技的第三大股东，李明的股份相对稀释，但依然是最大股东，慧金投资公司和李明都享受到溢价带来的收益。刘利伟是聚宝盆公司的董事长，是李明的老对头。聚宝盆公司上市后的股价表现比较好，开盘后价格一路上扬，最好的时候达到 78 元，几乎是发行价的 3 倍。按道理，明智科技应该在聚宝盆之前上市，结果中了刘利伟的计，被推迟了近 2 个月，先机都让聚宝盆公司抢走了，很难再吸引股民的注意力。尽管顺利上市了，但是接二连三的负面消息，还是造成了明智科技股价的波动，投资方动用了大量资金来操作股票，企图护盘，但效果并不明显。内外交困下明智科技最终跌破了发行价，这时两个投资方带着律师找上门来，要求李明按照对赌协议赔偿损失。按照双方约定的投资条款，如果被投资方在经营过程中，不能实现约定的赢利目标，投资人有权要求赔偿。上市难，上市之后也有风险。

股权融资和对赌是资本市场的新玩法。

《对赌》的作者陈枬宝是创业家，投融资研究专家和实践者，成功操盘某公司 A、B 两轮股权融资。财经记者出身，曾供职于商务部研究院、《21 世纪经济报道》等，亲历了当年非常有名的某户外传媒公司的崛起与沉沦，见证了中国户外传媒行业黄金十年的兴替。

　　小说的主人公秦方远从美国常春藤名校普林斯顿大学金融专业毕业后直接进入摩根士丹利总部工作。本科的同班同学中，石文庆是和秦方远同一年申请来美国读研的，去了哥伦比亚大学念 MBA，毕业后毫不犹豫地选择了回国发展，在北京选择了一家投行公司，主要做项目中介，现在是华夏中鼎投资集团公司投资总监。华夏中鼎投资集团公司的老板李宏回中国创业之前，已经在美国硅谷创建了一家提供领先的局域网服务的企业，并成功在纳斯达克上市。华夏中鼎投资集团以提供投融资顾问为主业，帮助准备在纳斯达克上市的公司成功运作前期风险投资融资和私募股权投资融资，还运作一些中国公司在纳斯达克上市，在华尔街华人圈的名头较响。钱丰毕业后去了深圳一家创投基金，帮助老板投了一家做移动软件的企业，在创业板上市，他个人按照收益的 1.5% 拿佣金，一下子拿了 300多万元。石文庆给秦方远找的下家是铭记传媒。在国内的安家费 100 万元，年薪 120 万元，管理层的期权池有 10%，秦方远可以分得一杯羹。设立期权池就是允许持有者按照约定的价格，在规定的时间内，购买一定数量的公司股份。秦方远听了这个条件有些心动，提出了一个更苛刻的条件：希望自己能获得占总股比 10% 的期权。铭记传媒董事长兼总裁张家红过去搞了个户外广告公司，在北京四处竖立广告牌子，挣得盆满钵满。一个朋友给她出了个主意——学分众传媒，未来也弄一个纳斯达克上市公司玩一玩。于是就有了这个高档写字楼卫生间液晶屏媒体的铭记传媒。秦方远在铭记传媒的职务是董事长特别助理兼投融资总监。华夏中鼎推荐的是两家美国基金，主投基金是森泰基金，跟投是大道投资。股权融资的本质就是对公司股权的变更，当公司的股权变动时，必然会影响公司的控制权和管理权。融资是玩概念，是画饼，胆大且技艺高超的丹青手永远卖的是高价。如果原股东坚持原有估值，则建议对赌，如果在第一年达不到预期业绩，原股东需向 B 轮股东转让 10% 的股份。秦方远的女朋友于岩在一家美国基金公司工作，于岩的父亲是这只基金公司最大的 LP（有限合伙人）。在犹豫徘徊之余，是自己的女儿给自己打了个电话，让一个可投可不投的项目在一念之间生死转变，做出这个决定是由于自己孩子的承诺。这个承诺实际上来自秦方远，来自于岩对秦方远的信任和支持。这次成功的融资，奠定了秦方远在铭记传媒的稳固位置。对深圳焦点传媒的收购，是秦方远在铭记传媒职业生涯的一个转折点。最终签署的收购协议，是 2500 万元现金加上铭记传媒出让价值 2500 万元的股权，同时焦点传媒占有一席董事席位。投资者们向铭记传媒公司派出顾问金仲良，被授权代表投资方对公司经营状况进行全面了解。焦点传媒提供的那个与力量传媒合并的协议是假的，实际交易金额是 1000 万元，根本不是 4500 万元，那是他们的障眼法。"董事会已经拿到了关于这宗交易的不少材料，现在严重怀疑你们公司故意联手被收购方抬高收购价格，然后内部洗钱，从中获利。"铭记传媒公司的现金收入不到 3000 万元，仅完成了预期承诺的销售 3 亿元的 10%。鉴于公司目前的经营状况，一是免掉张家红的董事长和 CEO 职位，二是立即执行对赌条款。秦方远决定主动辞职，打算休息半年再找工作，无论是在国内还是回到华尔街。猎头公司为秦方远推荐的是一家著名的投资银行，他们在香港的亚洲总部招聘一个高级管理人员，对这个人的要求是熟悉中国资本市场。因祸得福，秦方远顺利出任这家投资银行亚太区分管中国市场的执行董事。

中国当代股市小说以市场经济为审美大环境，在一种市场文化语境下，通过对证券行业的动态扫描，透视更为广阔的精神空间，将人和人性放置在社会漩流中冲击和涤荡。如果说股市是中国当代股市小说构筑的一个平台，那么人性的复杂与幽深则是中国当代股市小说演绎的主调。随着股市的进一步发展，股市与人们经济生活的互动性将越来越强，关系将越来越直接，这样通过股市透视整个时代的发展脉搏、透视人性的不同侧面将变得越来越有意义。

描写期货市场是新变期中国当代股市小说的新贡献。

晚秋天 1993 年开始从事期货交易，是全国第一批期货高级管理人员。他的《期货十年》描述中国第一代期货操盘手的风雨历程，揭露第一代期货人的欲望和疯狂，试图捕捉其背后投机资本的身影，勾勒投机者们在欢笑背后的隐痛和忧伤，还原他们游走在剃刀边缘的惶恐。

小说以方中在期货市场 10 年的经历为线索，将期货史上被人遗忘和鲜为人知的"画卷"一幕幕展现开来。以"住友事件"作为开篇，描写了沈阳啤酒大麦交易的过程；以邓卫东的交易，演绎了北京绿豆的博弈事件；以方中在天鹰公司的经历，引出了"海南咖啡"、"天胶"等期货交易战；以"天津红小豆"为背景，反映了当时中国期货市场弱肉强食的状况。在这些接连不断的期货事件中，深刻而全面地展现了期货人独特的生存方式和心路历程。小说不仅仅讲的是期货，更多讲的是一种人生。期货中空军和多军的对弈，就如人生的理想与现实、灵魂与肉体的对弈，充满矛盾又耐人寻味。小说从商场、情场、职场全方位地展示了期货人多姿多彩的另类人生。

　　曹洁是二字头的期货人，期货市场投资顾问，就职于光大期货有限公司，长期从事期货市场投资和分析研究工作。先后成为《证券时报》、《期货日报》、《理财周报》、《股市动态分析》等知名财经报刊的特约撰稿人，具有深厚的理论功底和丰富的实战操作经验，是和讯期货最年轻的财道女专家之一。《生还者》是一部描写中国期货市场的股市小说。海南批发市场总经理武剑飞突然失踪，留下了一个再也无法弥补的黑洞。对于帮助韩清的林峰来说他怎么也不会想到，杀身之祸已经悄悄地降临在自己身上。云新集团疯狂炒作橡胶，最后终因没有后续资金而爆仓。云新集团的老总秦雄被监视居住，这个韩清一直想要报复的人最终被关进了铁窗。期货市场变幻莫测，身在其中的人永远不会知道下一刻等待你的会是什么。唯有深陷旋涡而从容，穿越浪尖而不惊，始终顺势而为的人才是真正的生还者。"吴宏们"是血雨腥风的期货市场中的弄潮儿，也是历经生死的生还者。

　　许枫被称为期货界的"才女"，毕业于浙江财经学院金融专业。白糖分析师，现为中辉期货公司宁波营业部副总经理。她的《期货风云》以2008年金融风波下的白糖产业链的巅峰对决为背景，塑造了甘志强、何言等一批优秀期货工作者形象，演绎了一场在资本运作、期货交易斗争中的爱恨情仇。

　　文学作品最关键之处在于揭露人间的真相，揭示人性的根本。中国当代股市小说是小说创作行业化的范例，是股票投资这一特定的经济活动在小说作品中的反映，以股市为叙述空间、以股票买卖为故事题材、以股票投资者为活动主体，紧紧围绕股市这个现代空间，描述形形色色的股市众生及其股海搏击的喜怒哀乐。

四　表现中国当代资本新人的新成长

　　扬韬的《出师：投资家培训班日记》描写出类拔萃的金融系高才生被资本高手一步步领入了投资的殿堂。

　　《股剩战争》的作者王海强是资深股民，现为某期货公司高层管理人员，拥有丰富的股票、期货实战经验，拥有指导客户团队操作的管理经验。

　　主人公在读大学生王天出身贫寒，在火车站遇见身患绝症的股市奇才鬼龙。鬼龙是中国证券金融界的第一批操盘手。鬼龙送他100万元和自己的炒股心得《风云金股》。《风云金股》是鬼龙呕心沥血的作品，在书中鬼龙写了操盘十八计,每一计都附有实例操盘说明。鬼龙想让王天代自己完成成为中国股神的心愿。王天在股市崭露头角,在精通黑客技术的同学乔四的帮助下切入美国财经的官网,预先知道美国气候变化趋势,王天用这条消息不仅做成功了第一笔期货的单子,在期货上做对方向,他本金也就24万,短短20分钟的时间就赚到了15万元,更重要的是王天利用这条信息交下了期货市场上的实力大佬中天期货的老总韩三元这个重要的朋友。因为王天的这条信息,韩三元不仅避免了大的损失,而且赚了大钱。自此以后韩三元的中天期货成为王天的资金后方支援。

福缘深泽的王天手持《风云金股》初露锋芒时,迅速引来金牌操盘手、证券公司老总、期货公司老板的不安与嫉恨。商场上的暗算,股市里的排挤,王天能屡次逢凶化吉,源于身边红颜知己的鼎力援助。港澳与内地首次联合举办的一次股神大赛,获胜者不仅能得到5000万元的个人奖金,而且可以成为联合基金会的掌舵人,这个基金会的基金额度已经达到了近50亿元。王天荣登上了中国股神的宝座,不仅赢得了金奖,而且成为基金联合会的掌舵人。

《资本圈》的作者熊昌烈是中国资本市场的拓荒者之一,担任过期货公司、上市公司和证券公司的高层管理人员,了解许多普通投资者无法了解的资本内幕,而小说所写也多为作者本人的所见所闻和真实经历。作者说:"我们可以看到社会各阶层在这个资本大时代中的表现。"

小说描述中国大陆资本市场草创初期从无到有过程中发生的惊心动魄的故事,真实再现了中国资本市场上震惊世界的重大事件的场景、矛盾和冲突。

小说的主人公普通投资者赵呆呆,以2万元起家投身股市,历经磨难最终成为亿万富翁。赵呆呆原来是湖北某大型国企的三产公司的总经理,因同学钱无忌在上海炒股赚了钱,资本新观念对他影响很大,促使他辞职到深圳天行健国际期货经纪有限公司应聘,当了副总经理。在1992年的深圳街头,赵呆呆见证了新股认购抽签表抢购的"8·10"事件。赵呆呆的2万元本钱在同学钱无忌的运作下迅速增值,炒股票、炒国库券、炒认购证,炒来炒去,一年多时间已经变成十多万了。30万在期货里滚成121万。赵呆呆自己炒期货,一小时赚了109万。赵呆呆受期货公司委派,到香港参加高级证券培训班,世界级的大师亲自授课,与许多董事长都是同学,因此结识了很多有用的人,积累了人脉。回到深圳天行健国际期货经纪有限公司,为了救出了事的银行杨行长,赵呆呆在期货上赌了一把,结果爆仓,卖房还债,被降职,索性辞职,离开深圳出家。

赵呆呆香港高级证券培训班的同学、上海红旗股份有限公司的董事长亓延生为了把自己的公司运作上市，请赵呆呆出任红旗股份公司副总。赵呆呆重新出山，在北京新股申购中，赵呆呆个人赚了 500 多万。红旗公司上市成功，赵呆呆受命组建红旗证券公司，炒作红旗股份公司的股票。在钱无忌的指点下，赵呆呆利用亓总的关系在银行贷款，又通过钱无忌的关系，组建私募公司，"我们这个红旗私募基金，100 万一个基金单位，封闭运行了一年，用于股票投资，坐庄红旗股份"。炒作成功。他们花钱扶持了两个股评专家陈教授和李二毛，成为引导股民的工具。因为有杨行长的消息，赵呆呆大胆跟庄上海延中，在深圳宝安收购上海延中事件中赚得盆满钵满。赵呆呆分得了 3000 多万，他此前交给钱无忌跟庄操作的那笔钱，也从 1000 多万滚成了 3000 多万，加起来，赵呆呆的资产就有 6000 多万了。赵呆呆提了 1000 万出来做自己的风险准备金，到银行存了定期，把存折交给了妈妈。

很多股资本势力在国债期货"3·27"品种交易中搏斗，钱无忌等资本大鳄在里面孤注一掷，深陷其中，无法回头，"我现在已经是开弓没有回头箭了，我的仓位太重，如果让我空翻多，一平仓损失太重，就在这个价位平掉全部持仓，就算情况好也只能落个几百万，最多千把万。要是行情回落，我就能赚一两个亿！我已经把三处房子和车子都抵押贷款了，融到的资金也全部投了进去，几百万救不了我的命！"赌的结果自然有赢有输，钱无忌失败、自杀。赵呆呆胜利，他发现自己户头上的总资产已经超过一个亿。赵呆呆讲的故事充满血腥，但也值得资本圈中人细细品味：

> 有个猎人冬天去狩猎，他设的陷阱套住了一匹狼，他靠近陷阱去解决这匹狼的时候，被另外的猎人在附近下的套套住了一只脚。这样，猎人和狼相隔近在咫尺，在冰天雪地里四目相对僵持了一天，到了晚上，猎人已经冻得奄奄一息。那匹狼也开始烦躁起来，月光下，那匹狼仰天长啸了几声，回过头，下定决心嘎吱嘎吱把自己被套在铁夹子中的脚齐小腿啃断了。狼解了套，获得了自由的狼拖着血淋淋的瘸腿，挪过去把那个一条腿套在铁夹子里奄奄一息的猎人吃了……

《股奕》描写一个炒股高手因遭遇暗算步入股市陷阱而落败潦倒，但是不气馁、不放弃，凭借"炒股九式"以及藏市捡漏迅速积累财富，成功复仇的故事。

小说的主人公仲善文出身于书香门第，父母在国外定居，留下的不少收藏都被仲善文通过多次的拍卖而兑换成现金。仲善文在大学学的是金融专业，在学校里就喜欢上了股票和期货，每天都拿着个本子作模拟盘的交易，还如饥似渴地看各种投资大师的传记。在经历了无数次失败的磨砺后，仲善文在股市慢慢找到了适合自己的操作方式，并开始走向赢利。入市不久便碰上了以325点为起点的大循环牛市，他的财富在短短的时间内因多次分享到市场主流炒作热点而获得了惊人的增长。他的未婚妻方敏儿发现他与空姐宁小馨约会，由爱生恨，与自己的追求者赵大伟联手报复，在股市弄得他倾家荡产。身无分文的仲善文不愿向国外的父母求助，流落街头。富家美女夏滢莹救助他，因为他们是校友，夏滢滢在读大学时曾经听过这位成功校友的报告。穷愁潦倒的仲善文去公司应聘，救了公司高管美女苏璟。因为欠证券公司的钱，仲善文不能使用自己原来的证券账户，也不能用自己的身份证在别的证券公司开新的证券账户，所以想借夏滢莹的身份证开个股东账户。夏滢滢把自己的股票账户借给仲善文用，包括里面的资金和股票。除了股票，账面上还有60多万的资金。仲善文帮夏滢滢操作股票，同时把自己出卖祖传的翠戒得到的15万存入了股市账户，资金在很短的时间内翻了一倍。他又在街头遇见了拾破烂的孤老婆婆，突然想起了自己没钱买饭吃时捡垃圾就是从这老人身上得到的灵感。他救助拾破烂的孤老婆婆，意外发现老婆婆家装咸菜的罐子是雍正粉彩罐，仲善文帮她卖了1000万。老人捐出作慈善基金，先委托仲善文炒股。仲善文办好了老人的期货和股票账户，用一部分资金投资于债券及纸黄金。在仲善文的操作下，夏滢莹股票账户的总市值快接近300万了。仲善文把欠证券公司的债务偿还清了。夏滢滢家的公司上市，赵大伟打压吸筹，被仲善文获知。仲善文通过赵大伟的情人鲍静获得赵大伟操盘的内幕，联合老方等私募阻击赵大伟，举报赵大伟在股市的违规交易。赵大伟在股市里大败，雇凶杀仲善文，蓝萱替他挡住了子弹。随着赵大伟被抓，他的集团也面临土崩瓦解。赵大伟被捕后在狱中自杀，接着方敏儿在家中跳楼自杀。报了仇的仲善文出家修行，爱上了青灯伴佛、与世无争、没有恩怨、没有欲念的生活。

《裸奔的钱》的作者沈良是期货中国网的创办人，他说自己体验过投资的惊喜与惊险。小说描写中国当代年轻一代在股市期市的拼搏和成长。小说的主人公韩子飞和东方俊是中山大学的同学，毕业后都去了广州银星证券工作。东方俊离开广州的银星证券之后，去上海的太华期货公司当经纪人，把一些在熊市中赚不到钱的股票投资者引入期货行业。2004年底，他辞掉业务经理职务，当起了公司编制外的居间人。东方俊的赌性很重，透支交易，操作的几个账户全线爆亏。东方俊加入韩子飞筹建的公司，他建议韩子飞搞一个期股争霸论坛，组成一个"股票期货俱乐部"。东方俊为陈老板炒期货，铜期货价格大幅反弹，陈老板的账户因为仓位太重而损失惨重。陈老板300万的账户之前差不多已经赚到350万，但现在只剩下200万，短短几天就亏150万。期货铜价连续大涨4天，东方俊不肯平仓，陈老板的账户出现巨大浮亏，里面只剩不到50万。韩子飞后来与东方俊推荐来的富家女唐雨秋坚持办"期股争霸论坛"，在网上介绍一些股市期市高手的操作艺术，影响日益扩大。东方俊以欺骗的手段找岳父弄来的200万资金被强行平仓后只剩下不到3000块了，又找妻子的老板曹万庭拉来200万。曹万庭先拿50万给东方俊，东方俊很快就赚了10万，于是曹万庭卖掉了所有的股票，凑足200万给东方俊操作，最多的时候东方俊做到280万。最后那280万只剩1000多块了！东方俊不敢回家。朋友小钟介绍东方俊去绍兴华茂五星石化有限公司当期货操盘手，大赚，东方俊分得1700万元。赚钱之后他做的第一件事就是往白灵的银行卡上打过去200万还给岳父，然后把曹万庭那亏掉的钱也还了。后来求得妻子白灵谅解，不再炒期货，和妻子等人组建了一个房产策划和销售公司。韩子飞与唐雨秋把论坛经营得非常好，在业界很有影响。韩子飞在股市期市的经验越来越丰富，收获也越来越大。唐雨秋悄然离开韩子飞，因为她得了白血病。韩子飞痴情寻觅，恰好韩子飞和唐雨秋的干细胞吻合，唐雨秋因此得救，有情人得到上天的垂爱，终成眷属。

资本就像裸奔的钱，追逐它可能奔向幸福天堂，也有可能被迫裸奔着通往残酷地狱。韩子飞稳重谨慎，稳扎稳打；东方俊头脑灵活，野心勃勃。他们用惨痛的人生代价去体验投资的惊喜与惊险，用全然不同的投资方式展现股市、期市人生的跌宕起伏。

《血色交割单》是仇晓慧股市小说的处女作。人称"证券教父"的父亲袁观潮卧轨自杀后，16岁的袁得鱼在父亲遗留的手表后盖中第一次见到了那张沾着血迹、写着7个人名的交割单。揣着那张写着复仇密码的交割单，袁得鱼被命运拉扯着进入证券业，展开了征战上海金融证券界的旅程。他一次次接近真相，一次次与狼共舞，一次次绝地搏杀，走出一条沾满血色的复仇之路。中间，他得到一位驰骋资本市场多年的大师的帮助，后又交到一个可以让数字跳舞的天才操盘手当兄弟，另有不为利益所动的红颜与他相守相知。交割单上的7个名字与父亲的死大有关联，在探寻真相的过程中，交割单上的人物接连出现，牵引出数年的股市风云变幻和投资家间的恩怨情仇。

小说塑造了袁观潮、唐子风、魏天行、常凡、袁得鱼等股市英雄形象。袁得鱼成长于宁静悠远的小渔村,在这里度过了愉快轻松的少年时代,认识了后来对他有巨大帮助的初恋情人乔安。乔安作为财经周刊的记者,在袁得鱼的帮助下揭露了很多基金黑幕,引起了几场不小的风波。袁观潮对之有知遇之恩的魏天行,在海元证券工作勤恳,对袁观潮忠心耿耿,在袁观潮去世之后一直寻找机会为他报仇,恢复海元证券往日的辉煌,后来他又帮助袁观潮的儿子袁得鱼学习股票操作技术,希望他能继续袁观潮和自己未完的宏大事业。袁得鱼在证券投资领域天赋异禀。在魏天行操作中邮科技、想做成一只史无前例的百元大股时,袁得鱼虽然开始也感到了复仇的快感,可随着情势的不断发展,跟风买中邮科技的股民越来越多,股价被越炒越高,老鼠仓也越来越多,大有一发不可收拾之势。他看到这只大股背后贪婪的笑脸,他意识到自己必须阻止这个泡沫继续膨胀,他必须尽快揭穿这个谎言。袁得鱼戳破了这个不断胀大的气球,归还给股市一片纯净,至此,他由憨厚的小子变成力挽狂澜的大侠,他继承的不仅是父亲炒股的天赋,还有这一股正气。

仇晓惠用武侠的手段书写股市风云变幻,塑造了一批侠肝义胆的股市侠客。小说创造了一个宏大的历史背景,使故事有高屋建瓴的气势。

欧阳之光的《我在私募生存的十二年》结合作者自己的经历和感悟,描写私募这一神秘的行业,同时引起人们对人性、人生和财富的思考。小说采用倒叙的方式,从现在写到过去。1997 年,欧阳光的父亲在银行做信贷工作,跟随一个叫周波的客户进行股票投资,受骗,亏去巨额公款,被捕入狱。欧阳光屈辱又愤怒,先后到小饭店当学徒,到麻将馆当小二,最后到了哀思投资公司学习炒股。在这期间,他认识了对他的人生影响极大的两个人——冯国忠和邢国辉。冯国忠对股票预测特别准确。邢国辉是哀思投资的老板,家财万贯却不外显,装扮邋遢,举止幽默,拥有非同一般的炒股思维和忍耐力。路宏旭是旭日投资公司的董事长,是欧阳光父亲的战友,欧阳光后来来到路宏旭的公司工作,继续学习炒股,茁壮成长。

Priest 的《资本剑客》的主人公杨玄大学毕业之后顺利地进入了基金公司,一年后跳槽到国内一家元老级的券商。工作几年后,出国留学,拿了金融硕士的学位,进入了一家大投行纽约本部工作。杨玄专门搞合资并购,评估项目,购买被低估的资产。请专门的管理人才组成一个团队,把生产线路和资产重新组合,让它恢复应有的价值后再转手卖出去。她更专注于某个项目本身的价值、赢利能力、里面的资金如何运营、当中的风险如何评判对冲等。他联系了几个朋友，打算注册一家公司，专营资产评估、管理和并购专卖的业务。年底，杨玄的公司首战告捷，做了一个多年后被写进教材的经典并购案。

刘晋成的《投资人》、《投资人2》描写股市基金公司之间的争斗，描写股市阴谋，描写股市新人的成长。

林东在元和证券公司干得风生水起，成了一个名副其实的投资顾问。正当大家纷纷向他投来羡慕的目光时，他却被公司炒了鱿鱼。原来，林东到海安证券公司散户大厅拉客户，刚巧被监控录像逮个正着，一状告到了证监部门，被元和证券公司炒了鱿鱼。就在他迷茫彷徨之际，元和证券公司原总经理温欣瑶邀请他加盟自己新成立的金鼎投资公司，并且担任副总经理、首席投顾，公司的利润会分三成给他。不久温欣瑶为了留住林东，将林东更改为合伙人，送给他公司股权。私募基金公司若想募集更多的资金，就必须塑造出一个有影响力、有号召力的金融界明星，而林东无疑是唯一的人选。高宏私募基金的老板是倪俊才，汪海之所以投资给他，只是为了泄恨。倪俊才买通了金鼎投资公司的一名员工，开始关注对方操作的股票，倪俊才对林东的选股能力佩服之极，开始利用眼线传来的消息，跟着金鼎投资公司买进卖出股票，狠赚了一大笔。他压根没向汪海汇报那笔资金的动向，赚来的钱也都落入了私囊。倪俊才从金鼎内鬼那里获得准确消息，预先埋伏在国邦股票中，准备出其不意给林东来个迎头痛击。内鬼被林东利用了，连累倪俊才损失惨重。汪海挪用了5000万公款，还拉着万源投资了5000万，一共凑成一个亿，投给了倪俊才。林东弄清楚倪俊才的背景，又挖出了内鬼周铭，开始采取反制措施。他向内鬼周铭摊牌，收罗他为自己的眼线，弄清楚倪俊才的操盘计划。倪俊才提出联手方案，林东顺势而为，化干戈为玉帛。倪俊才操盘的国邦股票股价已经翻了6倍，骄人的业绩已让他的高宏私募起死回生，越来越多的客户投钱给他。金鼎公司在国邦股票上一共赚了15亿3000万，而属于公司的利润是其中的20%，总计3亿多。员工的奖金和工资发放不超过800万，剩下的3亿利润林东与温欣瑶一人一半。他转身联手国邦集团高管曝出国邦财务作假的负面消息，导致国邦股票直线下跌。林东利用从高宏私募内线得到的消息，曝光倪俊才私下挪用客户资金牟利，客户不知真假，纷纷赎回，高宏私募资金短缺，无奈抛售国邦股票，导致新一波大跌。随着负面消息不断曝光，本来香饽饽的国邦股票一下子成了众矢之的，各大基金公司为了保全所得，大量抛售。倪俊才对自己太过自信，居然反向操作，拼命吸筹，极力拉抬，要求汪海再追加一个亿。倪俊才斩不了仓，断不了尾，高宏私募宣布倒闭，汪海投资血本无归。倪俊才被人追截讨债，车毁人亡，高宏私募烟消云散了。汪海先后挪用了公司一两个亿的资金，却被倪俊才弄得血本无归，这个消息如果透露出去，其他股东肯定会要求查账，那么汪海的日子就不好过了。汪海作为第一大股东，持有亨通地产40%的股权，第二大股东名叫宗泽厚，第三大股东名叫毕子凯。阴差阳错躲过一劫、大难不死的林东仔细研究了亨通地产的股权结构，主动拜会了宗泽厚和毕子凯，向他们透露自己有意进军亨通地产，取代汪海成为第一大股东，三人维持三足鼎立的局面，希望获得他们的支持。林东又告诉他们汪海背着股东私下拆借资金给高宏私募血本无归的事情。三人决心联手驱赶汪海。汪海除了向刘三借了8000万的高利贷之外，还从溪州市一个国有银行那里借了5000万的贷款。汪海背着董事会拆借巨款的事情终于曝光，宗泽厚和毕子凯等人在董事会上向他发难，逼他筹款还债。汪海走投无路，向黑社会刘三拆借1.5亿高利贷去填补亏空，将他持有的亨通地产40%的股权抵押给了刘三。按照事先约定，林东用两个亿从刘三手中买回了汪海所持有亨通地产40%的股权，顺利入主亨通地产。

中国股市新人的成长是中国股市成长的标志，是中国股市成长的动力。中国当代股市小说对股市新人成长的描写贯穿中国当代股市小说始终，是中国当代股市小说一个常写常新的题目，是中国当代股市小说一个越写越精彩、越写越深刻的题目。

五　揭示股市庄家坐庄的新模式

黄恒的《金融道》的主人公顾大明在股市浮沉，1994年亏掉了100万，离开了大户室。他找好朋友丁好远借了15万元，又找营业部透支，买了32万元的股票，赚了3100多万，到1999年时，成了亿万富翁。顾大明与丁好远合伙成立亿鑫源投资管理公司，加入江浙联盟，炒网络股，坐庄宝良股份。后坐庄宝良股份不成功，转而炒银行股。他用自有资金炒民生银行，用联盟资金炒别的银行，掩护自己赚钱，获利1.5亿，接着解散联盟。因为加入联盟，不仅没赚到钱，反而连本钱也没有了踪影的联盟的参与者——同盛公司——因此找顾大明的麻烦，绑架顾大明，以索回本钱。同盛公司雇请的绑匪见财起意，进行二次绑架，顾大明和同盛公司的人都被绑匪杀了。

黄恒的《大成功》中袁非在股市的业绩非常好，有良好的口碑，成立了一家以代客理财为主的公司，赢利能力对某些人来说比信誉还来得重要些。刘长青要将海翔集团的 2 亿资金交给袁非打理，石磨子集团又要给袁非 2 亿。有了这么多的钱，袁非想再次坐庄林韵股份，开始筹备自己的金桃投资公司。金桃投资公司坐庄林韵股份的收益有近 2 亿元，除掉该分配给股东的钱，袁非划了 1 亿多给金桃环保基金会。

袁谅的《大年代》的主人公左川注册成立骞州伟询经贸有限公司，把仪表厂的地全部转让给一家香港房地产开发公司，一把就赚了四五百万。随着实力的不断增强，他开始涉足资本市场。傲中服装是中国最大的服装厂之一，先后在纽约和香港上市。骞州服饰公司是本地为数不多的几家上市公司之一。左川开始意识到似乎自己一直追求的江湖就是股市，这里才是真正让自己施展手脚、成为大商的一个天地。傲中服装此次通过曲线收购的方式控股骞州服装，下一步准备通过骞州服饰实现借壳上市，傲中服饰现在虽然在纽约和香港都已经上市，但迟迟无法登陆内地股市。当初孙成、孙伟兄弟依靠豪叔在铁路局的职权，在火车站开托运站，靠着垄断经营迅速发了财，然后又和对方合伙开了成欢夜总会。左川利用孙家兄弟急需巨款的机会，答应借钱，但又拖延了一周的时间，使孙家兄弟已经没有了任何的退路，逼迫孙家兄弟同意转让成欢夜总会。孙伟铤而走险，抢劫杀人，鉴于有自首表现，被判无期徒刑。这个仇在孙成的心里一直埋藏了 7 年。7 年后，当他再次回到骞州的时候，身份已经是国外某私募基金的重要成员。在短短两年的时间里，操盘舜城轮胎就为左川带来了逾 3000 万的利润。骞州的江湖老大、千谦发典当行的大老板成亮先期出资 3000 万元，交给左川用来在股市上坐庄。左川负责监督和指导操盘手丁杰的日常操盘，并享有或承担坐庄全部利润或风险；成亮负责提供最新最准的内幕消息，并在资金短缺时随时注入新的资金，但并不提取分成或分担亏损，而是收取固定的利率——月利 10%。左川真正成了名扬骞州的资本大鳄，开始了他的私募之路，操盘资金已经上亿。骞安实业成为骞州最大的地下私募。成亮利用左川曲线制造期货市场上铜价的做多盘，以达到其获利的目的。左川将前期在股市上被套的资金全部割肉套现，然后又立刻通过郭华安将所有资金打入境外机构，全仓做空股指期货。这意味着，仅仅不到三个月，左川的浮亏就已经超过了 3000 万。此时，赌红了眼睛的左川也根本没有退路。在期货市场中，要想不把浮亏变成真正的亏损，只有一个办法：那就是不断增加保证金。左川的期货保证金已经被冻结了，平仓就亏了 5000 多万。左川被警方限制出境，银行行长张建新由于违规向左川贷款而被警方调查。成亮设下大计，在股市上兵不血刃地逼死了仇人左川，结束了两人之间这段延续多年的恩怨。

　　狼居士的《坐庄》以第一人称的方式讲述了主人公如何进入庄家这个圈子，以及混迹其中的所见所闻，对股市庄家的生存状态有细致的描写。狼居士是《坐庄》匿名作者的笔名，自称是混迹股票庄家行当数十年的业内人士，是一个外人无法知道其真实姓名的职业股票投资人，曾经与中国股市的大庄家们共同战斗近 10 年时间。小说讲述的是庄家与庄家之间的故事，是作者与坐庄朋友近 10 年的战斗历程，完全真实地还原了这个隐秘行业中人的生活状态，并对各派庄家的坐庄手法和心得作了全面详细地评析。老孔是"我"的棋友，老孔所在公司的老总张跃明是股市里的庄家。张跃明在股市出货时套住了一个黑社会头目高老板，被逼着拉抬股价，让黑社会头目平仓出货。张跃明为了拉抬股价，作出了一系列周到的安排，让高老板顺利出逃。当张跃明的公司因此满仓这只股票时，这家上市公司的老板要低价收购张跃明手上的筹码，否则要无限期停牌，甚至退市。张跃明无奈只能应承，公司因此解散。"我"和公司招聘的人员经张跃明介绍到另一家投资公司工作，这家新公司的老总是唐施芳，她是股市大佬唐居士的女儿。唐施芳被公司的副总江舒燕设计害死后，按照唐施芳的遗嘱，江舒燕继承了唐施芳的公司和所有的财产。后来唐居士招继承人，吸引了众多股市高手参与竞争。在得知女儿死亡真相后，唐居士放弃了一切，解散了自己的一归集团。江舒燕也出家为尼。

　　《色变》的作者稻城从事证券业多年，深谙股市内幕。一个叫石凡的读书人带领乡里兄弟放弃了原有的教书职业，从乡下跑到大上海炒股，无意间闯入了股市黑帮之中，并得知股市黑帮用非法手段掠夺像他一样的小股民的财富。偏偏这个黑帮在北京有个大官当靠山，上面下令凡是知情者都要赶尽杀绝，于是制造了一场又一场的合理车祸。一面是黑帮源源不断地掠夺财富，另一面是无辜的股民不断倒下。神奇的是，石凡仅凭怀揣的一把石子在无数次车祸与刀枪的围攻里击毙杀手，得以逃生。逼得黑帮头子欧阳崇不得不提着手枪亲自出马，结果依旧死在石凡复仇的石子下。石凡出身革命世家，从小练过武功，用甩石子射鸟、赶猪、吓唬鸡，是家常便饭。

　　小说的第一部"大盗"，描写股市黑帮与中小股民的打斗场景。第二部"小虫"，描写草根股民与股市黑帮的祖先战斗的片段。第三部"地狱变"，是最后的较量。小说以上海某交易所为切入点，揭露其腐败的乱象。小说挖掘腐败的深层原因，发现像欧阳崇这样的黑帮，从他们祖辈开始就是叛徒和汉奸，在抗日战争时期就开始把革命的军饷盗窃到我们的敌对国日本。小型私募基金管理人石凡和他的基金遭到算计，他在失去一切只身回到故乡时，才知道最初的原因居然是 66 年前的一笔军费案。1943 年，他的伯父奉命暗运一大笔军费几乎牺牲了全家，大笔军费却离奇失踪。伯父的宁死不屈损害了一个团伙的利益，这个团伙虽几经历史潮流的颠簸却依然立于操纵者的地位。郑盛春是证监会前准副主席，因为犯了事被欧阳崇摆平而投奔在其门下。欧阳本是欧阳崇的大儿子，33 岁，却已经是一家大型央企的一把手了。欧阳崇谋划把自己的公司弄上市去圈钱：

> 大地房地产的另一块业务，也就是生物制药业务，我跟证监会发审委的人讨论过，他们同意我的意见：分离出来，单独上市。这样我们就可以同时操作两个公司上市，弄得好，可以搞到四百亿元人民币。

这是爆炸性产生百亿千亿富翁的时代，重要的是要抓住市场机会赚钱。金志义是欧阳崇的小儿子，齐思凡是北方电视台专题部的记者，韩风是大信投资基金的主要管理人。石凡与韩风、一鸣都是大信投资基金的管理人，是公司的投资总监。

小说塑造了众多股市人物形象。郝仁原本是市政府下边一个经济研究部门的工作人员。刚开始的时候上海的股票满天飞但没人敢买。上海财院的一个女学生，家在贫困县，同学介绍她帮人卖股票，可以赚点辛苦费补贴零用，不想她跑了几天一股也没卖出去。郝仁也是工人家庭出身，母亲一生信佛行善，从小就教育他慈悲为怀。正巧他那天身上有钱，刚发了一季度的奖金，还有一笔稿费，于是出于同情，他买下姑娘手中的 3000 股"深发展"。后来股票大涨，国债也涨，他整天数钱都来不及了。他换了房子，买了车子，后来老郝干脆停薪留职，专门炒股了。成功让他坚信一点，只要抱着救人的心，人弃我取，人取我弃，就一定会赚到钱。不久郝仁有一千多万了。欧阳崇旗下的上市公司聚金生物的增发规模超过了首次公募的规格，募集 75 亿。其中募资最大的一个投向就是收购银海黄金公司。公司用 29 亿从大股东手里买个价值不足 300 万元的公司——用从老百姓手中圈来的钱买走自己手中的"破烂"。欧阳崇为了把自己的大地房产公司弄上市，利用自己的关系，为证监会的官员解决提拔难题，并且贿以巨额金钱。中国资源集团董事局主席苏黄锦的发家史引人注目，"后来他收了一个街道办的小工厂，组装电脑，当然是从香港进零件弄好了再卖。卖多了自己就开了店，这店一开，止都止不住。然后就开始买矿山。先是煤矿，后是锌矿，再后来又是金矿、钨矿……二十多年下来，他可以在‘维加斯之花’上输得起40个亿”。范伟达在大学挂教授衔，其实他早就不在学校做事了。挂有大学教授、著名经济学家、经济研究所所长等头衔的范伟达到某个“论坛”讲一两个小时就可以有二三十万的收入。他的资产已经十几个亿了。欧阳崇的大地房产上市需要范伟达在证监会发审委会上的配合，他们设下桃色陷阱，威逼利诱：“你不会不知道在当今中国能把企业搞上市的背后几乎都有通天的关系。”石凡曾经在证券市场将朋友的钱和借来的钱亏得一塌糊涂，一次次赔得精光，失去的不仅仅是金钱，还有人格和对这个社会的信心，当然还包括有生以来形成的善恶价值观。王乃大和石凡是儿时的小伙伴，穷愁潦倒，投奔石凡。他们对自己人生道路的选择和设计其实在普通人中有很大的代表性。与王乃大同一屋炒股的郝仁跳楼自杀了，因为投资南航权证让他几乎血本无归，第二天王乃大也从五楼跳了下去。

财神的红袍的《资本玩家》中童桐的父亲在一只股票上亏掉了家里所有的钱，还欠了一身的债，最后跳楼自杀了。童桐的母亲急火攻心精神失常，入院治疗。家里把房子都卖掉了还债，外婆在乡下四处借了钱来维持母亲的住院费用。童桐高考成绩年级第三，本来能上很好的大学，但家里这种状况哪来钱再供她上学？造成家里这种惨状的，都是那只害死人的股票，而操纵这只股票的罪魁祸首就是荆石，利用假重组的消息设了个局，吸引像童桐父亲这样的小散户进去，所以童桐要报复。

> 如果收到这封可以临时取消的定时发送邮件，就意味着我有不测，可能已经不在这个世上。你把卡上的本金拿回去，这只股票上赚到的钱，就麻烦转交给我妈，她住医院很缺钱，可惜我已经不能再赚钱给她了。附件里是一些荆石公司操作股票的成交记录，能得到的也就这么多，是付出惨重的代价换来的。不知道能不能成为控告这家公司的证据，如果可以，请你以匿名方式公布出去。

荆石公司举牌这家公司5%的披露公告也出现在财经媒体上。作为收购公司的知名猎手，荆石资本的知名度远高于名不见经传的山风资本，举牌公告在市场激起了巨大的反响。无数资金涌入这只股票试图分杯短线暴利的羹，股价在大批资金的热捧下连续涨停。各类关于该公司和荆石的消息不断出现在媒体上。大股东连续减持，荆石资本遭监管机构入驻调查，荆石资本涉嫌非法集资，山风资本属荆石隐形出资控股。一系列重磅新闻刺激着市场中关注该股的所有人的神经。这家被举牌的公司，涉嫌故意将隐蔽的资产内幕散播出去，然后通过钓鱼的方式吸引买家进入，以完成高位套现的真实目的。最后违法犯罪者都受到惩处。

《老鼠仓》的作者黎言在 20 世纪就加盟华夏证券，先后担任过华夏证券、方正证券的中层管理者，这种经历使他见证了中国股市的风云变幻和资本市场人物命运的跌宕起伏，从而解读出一个个对普通读者来说讳莫如深的资本故事。作者黎言说自己像个新闻记者，"讲述了这个圈子里真实的男女关系，也警示大家应注意资本背后的无耻欺诈"。

小说一层层慢慢剥开资本市场的尔虞我诈，揭露幕后黑手操纵股市的各种玩法和猫腻。"老鼠仓"是股市有代表性的不诚信行为。小说展现了权力和资本、欲望和道义之间的纠结和疯狂，真实展现了国企、政府、股市的复杂纠葛，以及庄家、官员、媒体的利益斗争。

江东高新投董事长赵毅夫妇家中失窃，警方侦破案件后发现赵毅挪用公司上千万巨款而将其抓获。正在追踪赵毅案的记者孙尔雅意外得知此案牵涉到将会引发政坛商界地震的织云科技老鼠仓事件。孙尔雅的赵毅案内幕报道，被收受了织云科技贿赂的报社社长撤下。正在孙尔雅的调查不断深入之际，神秘网友"AK47"向她爆料，说真正的幕后庄家是"东南西北四大庄家"之首的章陕。根据"AK47"透露的资料，孙尔雅写成重磅报道，却受到了死亡威胁。为了继续揭开章陕"老鼠仓"黑幕，孙尔雅与"AK47"一路向西，开始了一场生死大逃亡。行至吐鲁番，两人遭遇杀手袭击，孙尔雅受伤。他们奋起反击，"AK47"调查出章陕资金链死穴，孙尔雅又一篇重磅报道问世。在此后的较量中，黑庄章陕虽然屡次巧妙地金蝉脱壳，成功逃脱了一次又一次法律的惩罚，但最终在神秘的佛光中翻车身亡，受了天谴。

一次国际投资论坛上，赵毅攀上了大名鼎鼎的庄家章陕，章陕给赵毅推荐了一只股票织云科技，赵毅虽是副厅级干部，但也没多少闲钱，七拼八凑才够 700 万。赵毅夫妇俩于是又在高新投公司想办法挪出 1300 万资金。他挪用了 1300 万公司资金，但回来 7000 万。在长达半年以上的坐庄过程中，如果没有上市公司的配合，庄家绝不敢这样随心所欲。上市公司勾结庄家操纵股价，是重罪。《织云疑云》终于登上了《财经新闻周刊》封面。面临着上百亿的坐庄利益，章陕不可能束手就擒，反而很可能狗急跳墙，对"AK47"痛下杀手。织云科技股票连续五个一字跌停。邢智是章陕的三号操盘经理，也是这次坐庄织云科技的五大仓位负责人之一。

小说塑造了章陕这个神秘庄家形象。章陕佛学院研究生毕业后在佛学机构里任职。他跟当时炙手可热的远方证券老师金彤聊到资本市场,说想见识佛的智慧在资本市场会放出怎样的光芒。资本市场变幻莫测,但章陕的解读很独到,也很透彻。当他看到国库券在黑市打折出售时,他提醒金彤说机会来了,国库券无法流通,就像一池积蓄起来的水,谁敢挖开一个缺口,让水流动起来,谁就能获得这笔巨大的财富。章陕出任远方证券自营部副总,主持自营业务,提出了秘密抄底深发展、带动深万科的操盘计划。从远方证券入驻到出局,深发展在一年时间之内就让股价从 30 元之下翻到 90 元之上,章陕为远方证券成功赚进数亿真金白银,自己也坐上了自营部总经理之位。在"5·19 行情"中,第一波井喷到顶之后,号令群雄的大庄家章陕花了好几个月的时间,准备从所有热门股全身而退,此时他却一边对市场密集发布"大三浪行情"的言论,把包括"西道"、"北妪"在内的盟友都骗得团团转。就在他点燃所有人希望的时候,却又命令手下五大主力仓位悄悄减持股票,当他只剩下 30% 总仓位的时候,才对核心盟友传出撤退的信号。

章陕早年追随远方证券老板金彤,纵横大江南北,闯下了"魔鬼"的称号,与"天使"彭剑、"血狼"高荒原并列,号称金彤的三大门徒。在"5·19 行情"中,他先知先觉,大赚暴赚,赢得了"东南西北四大庄家"之首"东僧"的称号。章陕本是金彤的三大门徒之一,在"3·27 风波"中是空头司令金彤旗下的主力,在最后也是最紧要的关头,跟高荒原双双被多方中发投成功策反,临阵倒戈,背叛了自己的老师金彤,并陷金彤于绝地。

邢智的祖父被枪决,母亲自杀。金彤出资让邢智上学,让邢父住院接受治疗,并帮助邢家还清所有债务。金彤夫妇没有子女,干脆认了邢智作义子。邢智为了给义父复仇,要老师传授操盘绝学,老师不肯,就自断食指以示决心,结果感动了老师。邢智跟老师苦学了 5 个月,才转投到仇人章陕门下去。邢智在章陕对内部下达减仓令的时候,觉得这是一个揭穿章陕嘴脸的大好机会,于是第一时间给"西道"和"南童"分别发送了"章陕开始减仓"的绝密匿名信函。此次坐庄惊动了监管层,后来追查下来发现"西道"唐千年和"南童"叶晓天的公司存在重大市场操纵嫌疑,于是对两公司法人唐千年和叶晓天给予两年市场禁入的惩罚。两人公司在"5·19 行情"中虽然暴赚,但行政罚没和杀跌出货带来的损失都在四五亿元以上。经此一役,两大主力恨透了章陕,却跟章陕门徒邢智成为倾心相交的朋友。

在章陕秘密坐庄织云科技之时,邢智故技重施,又给"西道"和

"南童"发去与"5·19行情"时一模一样的绝密信函，只不过这回不再是匿名，而是实名。于是分别组织数千散户账户，悄悄跟随章陕在低位买进织云科技。

章陕在资本市场发明了靠股票市值来融资的邪门歪道，股价越高融资额就越多。这种融资方式最大的风险在于经不住风吹雨打，一旦遭到外界风险因素打压，股价大幅受挫，很容易弄成资不抵债，这是他的第一个灾难。而且，章陕为了笼络合作方，大肆承诺老鼠仓利益，每遇风吹草动，老鼠仓都会争先恐后出逃，这是章陕亲手种下的第二个灾难。另外，越是灾难时刻，就越需要资金护盘，但这时就更难找到资金，这是资金趋利避害的天性决定的，也是章陕的第三个灾难。

在资本市场里，利字当头，在K线涨跌的背后，对财富的梦寐以求会把内心深处的魔鬼纷纷释放出来，这是人最软弱的时刻，也是极易被操盘手杀戮的时刻。

章陕给门下制定了"四废"训练目标：废目、废耳、废口、废情。废目就是把自己练成瞎子。众生眼里看到的世界，只是"水中花、镜中月"，本质往往被表象掩盖，看见的机会往往是风险，看见的风险则又是机会。操盘手就像看不见滚滚红尘万般色相的瞎子一样，眼不见为净。瞎子往往比常人更能直抵最本质的真实，任何障眼法在他们面前都会失效。废耳就是把自己练成聋子。声色娱人更误人。资本市场上看到的都是假象，听到的也都是假话。操盘手在这个市场上只有两条出路：要么像聋子一样充耳不闻，能自行屏蔽一切信息源，不让任何声音影响到自己，令任何尔虞我诈都不起作用；要么做一个成功的谎言传播者，把谎言说得像真话一样，让人深信不疑。废口就是把自己练成哑巴。操盘手要懂得沉默是金，少逞口舌之快。废情就是把自己练得像宦官一样。自古以来，无情无义方能成就大事。克制欲望是一条效率最高的成功捷径，随心所欲只会半途而废。要把人活生生训练成瞎子、哑巴、聋子和太监。章陕性格过于刻薄、狭隘、狠毒和小气，早已在内部丧失人心，最终也会丧失天下人心。

在《财经新闻周刊》刊出《章陕诡异融资揭秘》一文的当天，向章陕追债的几十家融资客户迅速聚集起来，一致要求归还融资款。仅隔一天，章陕夫妇暴卒九华山。章陕死亡的消息出来之后，一些融资户抢光了公司的所有东西，也抢光了章陕的家。

一座矿山富含铜锂矿，特别是锂矿储藏量可能居全国之最，开发价值高达数千亿。曹宜妃的公公洪老爷子说先让赵毅以国资形式把这个矿山控制起来，对外严格保密，等章陕完全控制织云科技之后，再慢慢以增资扩股引进战略投资者的方式把矿山注入进来，然后在二级市场通过股票交易的方式把矿山转卖出去。他说这叫溢价转让，上千亿就变成了上万亿。章陕坐庄织云科技原来并不是想在 5 年之后出货，而是想通过控制流通股，利用今后的转赠配股机会扩大持股额度，最终达到绝对控股织云科技的目的，织云科技只是他们的壳资源。邢智不想告诉孙尔雅章陕背后还有"北妪"曹宜妃和洪老爷子。

　　小说的真实感首先来源于财经领域的专业性。作者黎言亲眼见证了中国股市的风云变幻和资本市场人物命运的跌宕起伏，以及权力与资本联袂共生的可悲现实。"老鼠仓"对于黎言来说，该是剪不断的纠结和痛恨。像剥洋葱一般，一层层慢慢剥开资本市场的尔虞我诈，揭露幕后黑手操盘股市的各种玩法和猫腻及其间各种畸形的爱与欲望。小说既可看作是近十年来中国股市操盘者的缩影，也是资本市场里爱情的脆弱和畸形的写照。小说有对市场的认真解读和对资本市场的专业诠释。财经女记者孙尔雅内心坚强，有些以自我为中心，一度梦想找到柔软的爱情。她为揭露黑庄，遭到黑庄势力的死亡威胁和报复，上演西部大逃亡，更经历了爱情、友情的背叛，直至伤痕累累。

　　从社会主义计划经济转入社会主义市场经济，当代中国人的生活因此发生了前所未有的深刻的变化。文学是人类灵魂的栖息地，文学作为反映生活的一面镜子，它折射的不仅是生活表象，还必须立体地、多角度地去表现经济生活中的方方面面，因而要求作者把自己的文学触角伸到社会生活的各个层面，把自己的创作灵感注入各种人物的复杂心灵。

　　《激情停牌》的作者孙玲经历了中国股市 1999—2008 年激情燃烧的岁月，洞悉股票操盘、庄家坐庄和内幕交易的背景和细节。

　　小说主人公潘家昌祖籍安徽，自幼家贫，读大学期间遇见生命中的贵人萧合伦，大学三年和读研的费用全部来自萧合伦的资助。萧合伦是北京华阳集团董事长，早年做箱包生意，几年的辛苦经营，掘得了第一桶金。他真正发家是 20 世纪 90 年代初期利用机构账户挂接个人股票账户认购新股，中签率很高，大发了一笔。

　　小说主要讲述潘家昌和萧合伦、王卫疆等人坐庄天池轻纺这只股票的故事。王卫疆是天池轻纺董事长。在双方达成联合坐庄协议后，潘家昌对王卫疆说："萧总知道王总的儿子在加拿大求学艰苦，他已准备 200 万助学金给公子，如果王总需要我们帮助'理财'的话，我们会使您和家人的积蓄在短时期内数倍增值。另外，萧总决定把坐庄利润总额的 20% 分给贵公司，我会安排某个公司与贵公司进行贸易往来，由第三方将这笔资金分批转入贵公司，合理合法，不会有麻烦的。"王卫疆接受了。经过几个月的吸筹、洗盘、吸筹，天池轻纺 3500 万的筹码落入潘家昌手中，动态成本大致在 14 元左右，完成了建仓目标。此时的萧合伦不满足于仅仅从天池轻纺获得大笔的钱，他渴望权力，他渴望踏足房地产业，打算接手鼎立房地产开发公司的京西银座项目，需要筹措 5.6 亿元的转让费。萧合伦让潘家昌将投入天池轻纺的资金尽快套现，用来支付京西银座项目，因此天池轻纺不断下跌。王卫疆十分着急，他轻信了萧合伦，命令全公司员工购买本公司股票，结果只能是炮灰。最后醒悟的王卫疆抱定"生当作人杰，死亦为鬼雄"的豪情慷慨赴死。自萧合伦被缉后，天池轻纺的股票以决堤的方式宣告其庄股时代的结束。出国后的潘家昌电话遥控国内的关系，将萧合伦托付的赵小娥母子安置到了澳洲后，自己从太平洋小岛辗转来到了土耳其，思珏带着儿子到伊斯坦布尔与丈夫相聚。可两人的夫妻关系已名存实亡。

小说描写一段惊心动魄的坐庄过程，描写了人在股票市场中的贪婪与疯狂。股市使人变得无情，金钱让人丢失了最简单的生命乐趣，利益化、权利化的世界冰冷又危险。

顽石的《不作不死》描写重啤三年暴涨三周暴跌的神话，那些部分产业资本与股市庄家暗中联手，阴谋设局，勾引、戏弄、掠夺贪婪无畏的股民。

公募基金的运作内幕是小说关注的中心。在中国，公募基金盈利模式在规模，而不是盈利。公募基金最怕规模名落孙山，而不是亏损。公募基金追求膨胀规模，因为它维系生存的关键是可以计提手续费的规模。公募基金主要生活来源是按照规模提取的手续费。无论盈亏，只要有规模，什么都不耽误，这是公募基金的制度和机制问题。牛市到来，公募基金就像"袋鼠"，袋内老鼠窝窝昌盛。熊市到来，"让列宁同志先走"成为公募基金保驾护航的潜规则。权力下的灰色福利，权力下的老鼠仓利益，权力下的豪赌个人利益，这一切都在践踏和牺牲基民利益基础上，铸就了一个扭曲机制和蚕食信誉的公募王国。年度排名第一的公募基金经理，可以获得 500 万至 1000 万的奖金，足以小康一生。在没有惩罚只有奖励的机制下，年度排名比赛必定是血腥豪赌的角斗场。大乘基金为了度过全面危机，抛掉了 60% 的重啤股票。大乘基金止血了，保住了流动性，没有人谈及 30 亿浮盈被洗劫的责任。基金资产从事发前的 780 亿元，锐减到 500 亿元，股票基金净值跌去 20%。

由齐勇贵任董事长的"超一资本"公司完成一份绝密的郁金香融资模式的方案。重啤，半个月，十个跌停，265 亿灰飞烟灭，亏损 66%。佳世博和重阳啤酒控股公司转托管的两个机构——国泰平安和忠信资本，一定与两大股东有着特殊的新业务关系。黑天鹅是资本市场的特有产物，突发事件引发股价暴跌，导致投资巨额亏损。30 亿的利润不兑现。黑天鹅出现后，无法逃离的重仓机构，自寻救助，与私募谈好场外补偿对价，然后在暴跌底部，私募与游资快速冲开跌停板，一次巨额放量，机构逃亡，私募接盘，短期制造大幅波动，以蝇头小利，聚集人气，形成最高 50% 的反弹游戏，然后对敲快速撤离。有时放量冲开跌停，机构逃亡后，私募也快速撤离，因为场外有补偿协议，私募不计盈亏走人。

大乘基金改革方案和新基金获批。大乘发行三只新基金，它们的管理费仅为大乘基金的 20%，盈利提成部分比过去提高 5 倍。参与小乘基金管理所有人的工资仅仅是过去的 70%，其中基金经理的工资是过去的 25%。不仅如此，参与管理者必须出资，或与公司借钱参与出资。小乘基金所有人的利益紧紧地与投资人捆绑在一起，与投资人共担风雨，共享盈亏。小说层层剖析了中国股市博弈的机理、结构和本性，将中国股市 23 年的精华融汇其中。

中国股市庄家是一个与中国股市有同样生命长度的股市参与者群体。中国当代股市小说对股市庄家生活的关注与中国当代股市小说有同样的生命长度。股市庄家形象在中国当代股市小说中成长性最好，从股市庄家形象衍生出了资本运作高手、资本英雄等形象；股市庄家形象本身也越来越丰满，能量越来越大，社会影响也越来越大。

六　从文化的高度观察散户股民的新生活

《借壳》中某银行营业部的主任圆圆是省行评的先进工作者，在老同学的鼓动下开始炒股。

> 但心到底是肉长的，跟钱也没有仇，老同学三说两说，她的死心眼也活动开了：是啊，这么多炒股的，都说钱来的容易，自己何不也玩玩呢？……她再也不怕家里财政干部的反对，翻箱倒柜地把全部家当翻弄出来，该兑的兑，该卖的卖，该换的换，七凑八凑，弄了二三十万两银子，上下牙一磕巴，一口气没喘都投进了股市。……没几天，她的股票不仅吞噬了全部的赢利，连本钱也打了个折价。

进入股市后的圆圆开始迷上了股市：

> 每天下了班，随便填填肚子，第一件事就是打开电脑研究股市，一坐就是几个小时，连屁股都不带抬。一直到夜里十二点多还不歇工……挑灯夜战意犹未尽，黎明即起，饭也不吃就往所里逃，所里的业务基本上一推六二五，全放手给边副主任，自己霸占着那台电脑，与她的牡乎股份拼搏内功。

圆圆在好朋友方芳的鼓动加诱惑下，终于决定孤注一掷，凭着自己多年的业务技巧和银行制度上的漏洞，神不知鬼不觉地在营业部挪借了100万元，投进了股市。圆圆炒股走火入魔，她的女儿娜娜初中毕业考高中，因为自己升学考试的时候母亲圆圆失信没有去陪她没有去接她，娜娜一气之下离家出走，圆圆也不在乎。圆圆又与夏经理谈妥，利用他们那里的贷款额度再套出200万，继续投入股市。牡乎股份资产重组失败，一连八个跌停后又被强行停了牌，圆圆赌在牡乎股份上的300多万只剩下十几万。

股市制造了无数一夜暴富的神话，也制造了无数瞬间赤贫的悲剧，它是强者博弈的天下，也是弱者挣扎的地狱。股民欲望的膨胀、奋斗的艰辛、抗争的尴尬以及由此带来的精神的萎靡共同构筑了一幅令人炫目的生存景观。在股市小说作家笔下，股民善于抓住时机，敢于冒险，锐意进取，在跌宕起伏波涛汹涌的股海中劈波斩浪，善于在冒险中求得人生的成功。

《股市套中人》的作者苏肃是一位业余作家，现为多家企业的投资人、董事以及战略顾问等。担任过合资企业、民营企业的总裁或总经理等职，并有政府机关及上市公司的工作经历，在投资领域富有实践经验。

小说描写普通人的投资生活，表现一个特定时代背景下特殊群体的无奈，深刻解剖了日常表象下隐藏的人性。芸芸众生为了追求财富增值和幸福自由所付出的惨痛代价，陷入生命旋涡中的痛苦与挣扎，启发人们思索如何摆脱"股市套中人"，以及如何避免在生活中沦为"套中人"。

小说中各类人物的命运受到了全民炒股浪潮的冲击，迷失了自己的本性。多数人被股市深深套牢，被情感套牢，被工作套牢，陷于困境。小说对现实投资领域内的社会热点给予充分关注，着重刻画股市对人性的改造和对生活的冲击，告诫人们炒股不要把自我炒没了，千万不能被赌徒心理所左右，迷失生活方向，成为新时代的"套中人"。

　　古锋为了实现个人理想辞掉了政府公职,试图通过股市积累合法财富,获取创办实业的第一桶金。郝杰偷偷将爱人预备用于婚礼开支的资金买了股票,结果被深度套牢,他陷入刚领了结婚证就要办离婚证的窘境中。胡蒙大学毕业后依靠股市的收益来谋生,连一元的生活消费品也要从股市资金中抽出来,因为参与权证炒作弄得身无分文。小说表现了人们在面对变幻莫测的股市时的脆弱无力,不止是在股市中,生活中在诡计与欺诈面前,人们常常没有选择,而只是被无形的力量推着走,哪管前边是不是布满了地雷阵。

　　小说意在表现股民众生相,从人性和情感视角探讨股市对于普通人生活潜移默化的改变。小说展现了一个恢宏阔大、风云变幻的“舞台”——全民炒股年代的大中国,表现当今我们这个社会各阶级各阶层的人的思想、性格、心理、命运及其走向。一方面展现了改革开放30年发展至今的中国社会的最新画卷,另一方面也用极为深刻、犀利、入微,甚至细腻的笔触将作品里各阶层人物的思想、性格、心理,置于自己“观察的显微镜”和“解剖的手术刀”下。

　　陈学连早年供职于一家上市公司,亲历了该公司由辉煌走向衰败的过程。因感怀于职业经理人的诸多艰难和不易,后辞职做了一名职业投资人。他的《股市奇缘》描写某证券公司的一家营业部几位股民合作炒股,取得骄人战绩。

　　《股惑》的作者王天成大学毕业后从政,长期在省政府工作,曾任杂志主编、研究室主任、军转办主任等,是一位副厅级退休干部,业余从事文学创作。

　　股市的红绿变幻吸引了梦想在股市淘金、发财的亿万股民。李忠怀着妻子死后的沉痛心情,凭借自己不低的智商进入大户室;风流倜傥的高才生将其失恋后搏击商海赚的几百万砸向股市,损失大半;从小受到商业熏陶的回民妻子放着好端端的生意不做炒股票赔了钱,还说赚了,和父亲要钱欺骗丈夫;受不了股市狂跌的打击从椅子上溜下来的邢胖子,又被漂亮的小媳妇陪着来到股市;不做学问、以炒股为生的大学老师孟教授,在股市屡战屡败。这些栩栩如生的人物仿佛就在你我身边,一起体验着股市和人生的变幻无常。

　　小说描述了最普通的散户在股市中的徘徊挣扎,生动地阐述了“股性”与“人性”的深刻关联。借助股市、股票、股民之间千丝万缕的情感纠葛和一幕幕悲喜交加、跌宕起伏的故事,展示了中国资本市场的发展历程,站在更理性的角度去审视股市,审视人生。在功利主义世风昂扬的社会背景下，传统的重农轻商和重义轻利的观念大为动摇，股民阶层日益活跃与扩大，显示出前所未有的创造活力；滋生于传统小农经济土壤的中国股民裹挟着传统文化的世袭因子，以相似的精神品格和行为特质，在对文化传统反叛与传承的交互演绎中，上演了中国社会舞台上惊心动魄的话剧。

七　表现全球化背景下中外股市的新联系

全球化是 20 世纪 80 年代末以来在世界范围日益凸显的新现象。任何一个国家，作为人类世界组成的一个部分，都不是孤立的，其存在与发展，不能不对别的国家有所影响，也不能不受到其他国家这样那样的影响。自古以来中华文明大多数时候都处于一种自给自足的几乎封闭的状态。由于地缘的因素和经济基础的关系，几千年来中国人形成了一个牢固的意识，遵循古训、安于现状、"日出而作"、"日落而息"，很少能够接纳别的民族和种群的文化和文明。中国封建统治阶级从来都把自己视为"天朝上国"，别的民族都是异邦；从来都把自己的文化奉为经典，对外民族文化不屑一顾。近现代科学的发展突破了人类千百年来的地域限制，中国已经不可能再孤立于国际社会。随着经济改革的深化和全球化趋势的发展，中国正在进一步融入世界经济体系之中。中国经济与世界经济的联系越来越密切，中国股市与世界经济和股市的联系也越来越密切。

中国当代股市小说表现股市生活具有国际视野，着力描写资本市场的国际风貌。

柴火棍的《玩偶》的主人公康南是一个赌性极强的浪子，凭着自己的经验和聪明在海外创办了一个对冲基金公司，管理操纵着上亿美元，并在"9·11"事件之后席卷全球的股灾中立于不败之地。春风得意的他却被动地卷入了弟弟康北的非法集资炒股事件中。所有的一切只不过是幻影和泡沫，而人也不过是天地间一个被自己身上的人性顽疾所操控的玩偶。因为人们对待金钱和感情时或多或少都有一些"赌徒"的心态，喜欢把赌注都压在那个被自己看好的股票或对象身上，又或者希望用这一次的"赌"来弥补上一次的"亏"。一开始都抱着"玩玩"的心态，却渐渐身不由己，最终被深深套牢。赌徒的可悲不在于他知道自己在赌，而在于他已经没法控制自己不去赌。赌了一辈子，事业、情感，最后赢的还是庄家，我们全是输家。人永远摆脱不了沦为玩偶的结局。

陈思进、雪城小玲的《绝情华尔街》的作者之一陈思进曾任美洲银行证券公司副总裁、瑞士信贷（Credit Suisse）证券投资部助理副总裁、

纳斯达克所属 BRUTECN 高级金融软件工程师。目前定居多伦多，任宏利
金融财团全球投资部资深顾问。小说描写一位在华尔街投行工作的中国
人，从满怀希望到梦想破灭，最终绝望离开。小说以雨航进入华尔街到最
终离开华尔街的经历为主线，以一个中国人的视角来窥探华尔街内幕：大
投行暗箱操作，给衍生产品裹上了美味的糖衣，目露凶光的金融大鳄嗜血
成性，不断累积的罪恶最终引爆了金融海啸，把华尔街的遮羞布撕得粉
碎。作者之一的陈思进曾在华尔街奋战了十几年，华尔街背后盘根错节的
阴暗复杂，他了若指掌。他以自己多年的亲身历练为基底，细致入微地刻
绘出在世人眼中披就无数耀眼夺目光环的华尔街那令人触目惊心的真实内
幕。小说的人物并不多，但每个人物都代表华尔街的一个层面，都是小说
揭秘华尔街不可缺少的一个分子。小说的主人公雨航代表着无数投身海外
追求人生理想的年轻人，他所具有的聪敏、纯朴、勤奋、自立、自强、自
尊是有抱负的年轻人的特质。小说表现华尔街生活的残酷，塑造了一个个
具有丰富文化含量的人物形象：在华尔街的明争暗斗中被逼上灭门绝路的
彼得、贪婪狠毒的杰森、戒毒后卷土重来出书揭露金融黑幕的华尔街天才
山姆、解析金融理论如同庖丁解牛的哈佛教授亚当、机智正直对生命充满
激情却丧生于"9·11"恐怖袭击的孙郅奇、和雨航背道而驰被贪婪吞噬
最终和华尔街狼狈为奸的志高、性格刚烈却得不到爱情的女强人芸云、聪
慧娴熟的现代女性楷模紫苓。华尔街大鳄们的贪婪是具有狼性的，他们阴
险狡诈、凶狠残忍。雨航从踏入华尔街的那一刻起，就开始与狼斡旋——
阴谋如暗流汹涌，华尔街的狼性更为阴森——它获取猎物是建立在摧残同
类的前提下的。华尔街上，狼性与狼性的交锋，谁最贪、谁最狠，谁就是
胜利者。贪婪和恐惧是驾驭华尔街的两种情绪。华尔街的投资银行不仅放
松信贷，而且还把贷款打包成债券出售。华尔街每一个新"产品"的诞
生，每一个不能再满足日益膨胀的赚钱欲望的旧"产品"的终结，都会
带来狼烟过处般的惨象，华尔街的最大欲望是赚取最高利润，华尔街大鳄
们永无上限的战利品是建立在华尔街内外经济金融领域的哀鸿遍野之上
的。雨航最终从初入华尔街的天真美好的幻梦中警醒，理想如凤凰涅槃般
重生，他毅然放弃华尔街的"宏利"，弃商从文，如山姆一样用笔把华尔
街的真相大白于世。

　　小说表现人性的贪婪具有国际视野。从华尔街股市大跌，到全球性的
金融危机；从经济大鳄们在华尔街上演的一出出"覆巢之下，安有完卵"
悲情剧，到普通百姓的生活恐慌，通过打拼华尔街十几年的主人公王雨航
一一道来。从雨航应聘洛克证券开始，到后来雨航参与其中的"章鱼"

计划，及至金融风暴席卷而来后洛克证券的倒塌，彼得为此付出家破人亡的代价，起伏的人生，无时无刻不充满现实欲望的悬念。小说描述这一场金融危机的来龙去脉，撕碎华尔街蒙骗世人的金碧辉煌的面具，揭露繁杂的讹诈圈套、令人咋舌的欺骗事实，看清金钱私欲膨胀的残酷后果。小说把华尔街的"绝情"——冰冷、残酷、黑暗彻底地挖掘出来，让人看穿这场蔓延全世界的灾难的百分百人为孽根——华尔街肆虐的物欲下人性的贪婪和丑恶。雨航在华尔街凭着自己的智慧和才华，一路乘风破浪，经受磨砺和考验，最终抵达巅峰，获得无数人艳羡的"成功"的同时也把华尔街的肮脏龌龊真相看得一清二楚，因而决然退出，促使人们开始理性地审视社会中的迷失、混乱和颠倒。小说透彻解析金融危机的症结所在，参透了华尔街的游戏规则和本质。

丁力的《生死华尔街》的主人公是一对孪生姐妹。姐姐石晓雨从北京某名牌大学毕业后去美国留学，成了华尔街金融精英，现在，却因为向祖国和亲人推销了大量的"垃圾债券"而备受良心和道德的煎熬。妹妹石晓晴在20岁之前就赚了几百万，目前正遭遇难以逾越的经济危机。而这一切，都是由爆发在美国的金融海啸引起的。妹妹石晓晴担心姐姐轻生，决定亲自去美国阻止姐姐的荒唐举动。可是，由于金融海啸的影响，石晓晴的股票狂跌、房产断供，无法出具资金证明，办不了签证。而当她打算借钱时，才发现经济危机已经影响了几乎所有的朋友。

中国当代股市小说描写中国企业走出国门，到海外上市，意在表现随着经济全球化而来的是文化上的相互影响。在这个过程中，中国人、中国企业学到了很多国际资本市场的新套路和新玩法，同时也必须接受国际资本市场的新考验。

杜树经过十年的军旅生涯，后弃戎从商，从事有色金属国际贸易工作多年，曾旅居新加坡。他的《胜负》是一部描写资本博弈的股市小说，描写中国企业海外上市的运作过程。京西铜冠面临破产，总经理李泰跳楼身亡，其女儿李颖彤临危受命。摩根士丹利驻华首席代表沈吟丰获知京西铜冠面临破产的消息，作为李颖彤的初恋男友，至今还单身的沈吟丰不惜辞去待遇优厚的首席代表职位，毅然投入京西铜冠，通过重组等一系列资本运作，来挽救京西铜冠。香港惠桐矿产的掌门人林佩瑶的母亲林娜是李泰昔日的恋人，现在又是京西铜冠的债权人，为了一解被抛弃的切齿之恨，命女儿在京西铜冠危难之时赴京讨债。铜矿老板郭子豪是李泰大学时期的好兄弟，因为李泰年轻时的一时糊涂，而被发配到了贫困落后的山沟沟，导致妻离子散，此刻也来报仇了。在沈吟丰的操作下，京西铜冠历经艰险,终于成功上市,一出生就没有父亲的沈吟丰,也找到了自己的生身父亲。

中国当代股市小说中的股民形象,大多自觉或本能地将经济理性主义当作安身立命的价值准则和获胜法宝,认同交换法则、重视货币金钱对个体主体自我实现和世俗幸福的重要性,并且甘愿为之辛苦奔走。

狼牙瘦龙的《涨停》描写中外资本运作高手的合作与疯狂。迷糊汤的《纳斯达克病毒》描写中国企业境外上市,塑造年轻一代具有国际视野的资本英雄形象。

昆金的《交易日1940》描写抗战中期的1940年初秋,上海租界内各路势力云集,藏污纳垢,经济上却畸形繁荣了好几年。上海知名证券所华商证券所,为扶持汪伪的日本人秘密掌控,他们联合本地财团、黑帮势力和汪伪当局坐庄,肆意操纵股市。中共秘密特工奉命乔装在上海投资股票,却不幸陷入圈套。中共高层制订了挽救计划,派出小分队,唤醒沉睡的潜伏人员,暗中配合肖华的挽救工作。利用日本人和本地财团、黑帮的势力,以及汪伪当局的利益链矛盾,让他们相互钳制。利用当局中爱国人士的协助,在对方转移资金前,抢先冻结证券所和上市公司的银行账户,迫使证交所宣布停牌,最后彻底摧毁骗局,追还本金,粉碎了日方的阴谋,维护了上海乃至整个中国金融环境的稳定。

《逃离华尔街》的作者孟悟是旅美作家。小说描写了一个中国女人在华尔街的艰辛奋斗历程。小说的主人公何霜和大多数中国女性一样,对前途怀着无限美好的憧憬,而她憧憬的方向是赴美留学,然后在陌生的土地上实现自己人生的价值。何霜和她的两个好朋友从大学时期开始就心怀美国梦。或许命运不济,最优秀的她屡屡签证失败,而秦桑和叶梅早就拿到签证到美国留学去了。家里本就不宽裕,自己也到了适婚年龄,在各方压力之下何霜无奈选择了结婚。在常人看来,何霜的婚姻是幸福的,然而由于心中未实现的梦想,她总觉得自己的人生缺了点什么,于是她开始暗度陈仓,瞒着家里所有人准备留学美国。这次她成功了,终于拿到去美国的签证,但丈夫无法放弃国内的前程,两个人只得分道扬镳,最后何霜离了婚离开了上海,只身奔赴美国。

何霜一个人在美国孤独奋斗,经历了各种磨难后,她在朋友刘天王的帮助下打入了华尔街,进了世界知名投行——MGS公司。通过不懈的努力,几年后何霜成了MGS的高管,已是名副其实的华尔街精英,事业上获得空前的成功。华尔街有华尔街的价值观念,华尔街有华尔街的规矩:"这就是华尔街,像一头冷漠而贪婪的野兽,永远改不了嗜血的本性。"

"在华尔街没有性别、年龄、国籍、种族的区别,华尔街只有一个标准,那就是美元,美元,美元。你是否有能力为公司带来效益,你是否能在竞争中帮公司打败对手。"中国的黄海集团在华尔街上市,何霜所在的美国MGS公司作为账簿管理人和后市稳定代理人,50亿美元单子中的利润着实诱人。

"造壳上市"是当今中外资本玩家的一种新玩法。中国的企业在海外证券交易所所在地或允许的国家,独资重新注册一家中资公司的控股公司,国企就以该控股公司的名义申请上市。造了一个壳,使国企摇身一变成了外资企业,国企老总们以一种看似合理合法的手段把国有资产光明正大地转移到海外,最终造成国家财富和税收的大量流失。黄海集团原来从事的是传统的远洋运输业,集团已经在国内上市,然而集团老总王总不满意过于缓慢的进钱速度,他上任的第一个大手笔就是扩展企业的组织机构,很快,公司的经营版图扩大了好几倍,投资领域更是纵横驰骋,从高科技到工业资源,从金融证券到国际贸易,从房地产到旅游。"王总怎么会不爱赌呢?多年前,当他感到圈钱上市的一夜暴富超过了几十年的艰苦奋斗时,他开始有了想法,并且立刻行动,于是也尝到了市场蛋糕的美味。"经过中外资本高手的一系列包装,黄海集团就像是集万美于一身整装待嫁的姑娘:

> 按照协议书,黄海集团在海外上市将采用"海外红筹"的方式进行,MGS投行将协助黄海集团重组一个海外控股公司,控股公司设在美属的维吉群岛。按照当地法律,在维吉群岛的任何公司都将享受税收豁免的优待,这样操作下来,更容易被国际投资人和美国监管机构接受。对于投资人而言,如果上市公司受美国法律制度下的司法管辖,也不用担心安全问题,对黄海集团的融资有好处。海外重组计划初步定在一年之内,对黄海集团的部分股权或资产将分批转移到海外控股公司,这个新组合的海外控股公司将代表黄海集团在海外上市。另外,黄海集团下属的一家能源公司将以"海外发行"的方式上市,也就是说,通过MGS的运行操作直接IPO上市,直接上纽约证券交易所。

他们通过"运作",让美国运输会在行业年度的排名表中给黄海集团一个漂亮的排名;需要中国的银行为黄海集团提供贷款100亿以上,收购合适的国际运输公司,为黄海集团增添国际实力与影响力,再吸纳国际资本进入公司,使其成为一家综合的、跨国的国际型大运输企业;在克曼岛注册一家新公司,在纽交所上市后,那市值是不可估量的。谁知资本市场风云变幻,资本博弈刀刀见血。资本游戏不是那么好玩,也不是那么容易玩的,说不定玩来玩去到头来玩的就是自己。海外上市后,黄海集团的股票跌停,让不少持股股民倾家荡产,走投无路的黄海集团王总坠楼身亡。后来美国 MGS 公司向黄海集团注资 80 亿美元,以重振曾经风光无限的黄海集团。

小说揭露华尔街的罪恶,揭开国有资产流失海外的秘密通道,反省贪婪对人类社会和个人幸福的危害,呼唤良心的回归。经济全球化趋势强化了各国、各地区之间的社会联系,促使各国之间、各地区之间在经济和文化上相互影响。每一种民族文化在长久的历史进程中,一方面通过自身的创新变革文化,另一方面还不断地吸收外来的文化,因此,每一种民族文化都是多种文化的混合物,一方是本民族所固有的,另一方是世界的。经济全球化背景下,文化交流和互动使文化在全球的传播速度和规模空前增加,各民族文化都将在与他族文化的交往中吸收他族文化的精华来优化自己民族的文化,进而又会出现不同文化的相互融合趋势,全球文化也会在冲突与融合的交互中走向与经济全球化相适应的新阶段。

小说描写职场上的角逐、商战上的尔虞我诈、情感上的爱恨情仇、婚姻上的取舍去留等人间平凡故事,探讨和透视人的社会价值观和自我价值观。

姜立涵的《CBD 风流志》描写国际著名投行在中国的活动,表现了中外股市的联系。

中国当代股市小说表现股市参与者冒险进取的英雄主义气质、浓郁的世俗情怀和强烈的物质主义,描写一个个小人物奋斗挣扎的命运史,给我们的时代编织了一个个财富神话。

全球化对当代中国文化的影响有其明显的两面性。一方面,全球化拓展了中外文化交流的空间,使中国文化更容易与世界各国文化进行平等的交流和竞争;另一方面,全球化也对中国传统文化和社会主义主流文化造成震荡和冲击,在一定程度上导致人们对中国传统文化更加怀疑,也使社会主义文化的主流地位受到挑战,导致西方的基督教思想、现代性价值观和后现代思潮越来越对中国人的思想观念和生活方式产生深刻的影响。不同的社会制度、不同的社会文明、不同的思维方式、不同的发展道路,都将在全球化大潮中经受冲击和考验,从而决定自己的发展走向和历史命运。它推动着不同社会制度中的人们,努力寻求更多的符合人性和人类共同需要的共识。市场经济所孕育的普世价值作为社会发展的精神动力,一方面它不断地涤荡旧的价值观念体系，另一方面它又在其扩展过程中，在与其他文明不可避免的大碰撞中，不断汲取其优秀成果，实现其与不同文明的结合。经济全球化为中国文化与西方文化的对话、交流和融合提供广阔的空间。

第四节　新变期中国当代股市小说的
代表作家及其作品

一　周梅森：塑造资本英雄的高手

《梦想与疯狂》的作者周梅森被誉为中国作家中的经济专家，中国作家协会一级作家。周梅森是中国文坛的一位奇人，初中毕业在煤矿上当工人，走上文学道路全靠自学成才，自嘲"只认得 3000 汉字就敢写小说"，崭露头角后在《青春》月刊当编辑，此后创作了一系列畅销小说，被认为是"官场小说"的领军人物。而更让人称奇的是他在文学之外的经营才能。他经过商，早在 1992 年就揣着 16 万元积蓄，拉着另一位江苏作家凑够 20 万，在大户室开了户，开始证券投资，成为江苏最早的大户之一。在这 20 多年里，周梅森见识了资本市场的风浪，也体会了其中的万般诡谲。他在小说的序言中阐述了自己创作《梦想与疯狂》的意图：

> 一个资本时代来临了，已经在以一种势不可当的力量改造中国，也改变着人们的生活和命运。谁都不可能置身于世界之外，也不可能逃避这个已经到来的资本新时代。在参与市场博弈的过程中，我和所有中小投资者一样，一直徘徊在天堂和地狱之间。这部小说要讲述的是资本博弈者们争夺市场话语权的故事，要塑造的是以孙和平、杨柳等人为代表的资本新人，要表现的是这个资本时代的某些本质特征，人性深处的贪婪和恐惧，财富对信仰的侵蚀。

小说揭示资本内幕和资本人格，表现产业资本与金融资本的竞争，表现股改中各种资本力量的博弈。孙和平、杨柳、刘必定这三个典型人物使这部小说接触了当今中国社会变革中的一系列敏感问题：国家发展和社会正义的博弈，各种社会力量在利益和精神两个层面上的博弈，产业资本和金融资本的融合与博弈，财富欲望与道德坚守的博弈。

故事发生在中国南部一个虚构的省份汉江，三个男人怀抱着迥异的理想闯入风起云涌的资本市场。孙和平、刘必定与杨柳是大学同学。孙和平是北柴股份的董事长。平州柴油机厂改制成为北柴股份划入北重集团后，孙和平先是挤进北重集团党委做了委员，后来建立集团董事局，他以北柴股份董事长的身份进来做了董事还不满意，还想做董事局副主席。现在为了从其控股母公司——北方重型机械装备集团中独立出来，孙和平来到狱中与上市公司希望汽车的大股东刘必定谈判，希望刘必定把他手中的希望汽车的控股权转让出来，因为希望汽车控股 K 省的正大重机厂，孙和平想通过控股希望汽车进一步控制 K 省的正大重机厂。孙和平虽说是省管副厅级企业干部，但更是香港上市公司的董事长，这董事长的职务不容易撤，对此孙和平很有底气:

> 北柴股份虽说是国有控股，可股权只占百分之二十四，华尔街两家基金和一家欧洲银行加在一起的持股量达到了百分之三十一，香港汇丰下属一家公司还持股百分之十二，这就是说他们四家海外机构的持股量共计百分之四十三。我预测这百分之四十三的股权不会听您和省委的指示——撤掉我这个能拼命扩张给公司创造利润的董事长，而接受一个你们指定的董事长。更糟糕的是，当我成了海外大股东提名的董事长以后，北柴股份将不再是国有控股公司，而只是参股公司。我这段时间收购希望汽车，控股正大重机，也和国有股权没太大关系了。

刘必定也是一个非常张狂的资本英雄，曾经以大中华宏远投资控股集团的名义，控股包括希望汽车在内的港沪深三地五家上市公司:

> 在自由的日子里，刘必定是何等嚣张啊，在资本市场上呼啸而来呼啸而去。以大中华宏远投资控股集团的名义弄出个"宏远系"，鼎盛时曾控股包括希望汽车在内的港沪深三地五家上市公司，旗下资金滚到哪里哪里就是一场金融风暴。狗东西真叫牛啊，在上海设立了决策本部，把全国划分为四大战区，设四个集团军，动辄就是"资本决战"。
>
> 更牛的是，在刘必定面对黄浦江的大办公室，一面墙的文件柜里都装满了房产证，足有几千本，而房产证上标明的房子竟连一块砖都没有。刘必定也不隐瞒，说是马上就盖，全国各地银行总计给他们宏远系放贷二十七亿元，他最近又在沿海某地一举圈地三十平方公里，

建国际开发区。

刘必定犯了证券欺诈、操纵市场罪，被判了 5 年徒刑。

中外公司围绕希望汽车和正大重机的股权展开激烈争夺。北重集团的董事长杨柳派集团旗下的北方重工加价争购希望汽车的控股权，以阻止旗下的北柴独立。杨柳的北重曾经救过陷入危机的北柴，并出巨资支持它在香港上市。杨柳向省长推荐孙和平，想把他挤出北柴。国际重卡机械巨头 JOP 想收购正大重机厂。孙和平成功地说服正大重机的总经理任延安拒绝 JOP。美籍华人简杰克是 DMG 国际投资公司的董事长，也是一个长袖善舞的资本英雄。杨柳派人悄悄地从广东一个县国资委手上拿下 8200 万股希望汽车股权。孙和平成功地把北柴从北重独立出来，他以掌握了其受贿证据来要挟、逼迫 K 省副省长汤家和把正大重机的国有股权转让给北柴。

北柴不但如愿以偿地合并吸收了希望汽车和正大重机，实现了香港和内地的整体上市，而且和国际接轨，实施了期权激励和员工持股计划，他和田野等高管全因持股和被授期权成了亿万大款，持股员工也一个个奇迹般富了起来。

合并吸收希望汽车和正大重机时，搞了员工持股，低价向高管层和包括希望汽车、正大重机在内的两万员工定向增发了一亿多股，构建了一个超稳定的股权结构。汉江国资委虽说再次增资，勉强保住了第一大股东地位，股权也只占百分之十八。孙和平控制的职工持股倒占了百分之十七，加上海外大股东的百分之十五，构成了三足鼎立之势。在这种股权结构下，北柴真正控制人成了高管层，说白了，就是孙和平。所以，孙和平和他麾下高官不但能拿上几百万上千万的年薪，还能搞期权激励，一批亿万级富翁拔地而起了。

在北柴独立后，杨柳把文山柴油机厂收归旗下，又通过省政府把宁川路机和林业机制厂收归旗下。刘必定一出狱，就受孙和平之托到 K 省找老朋友副省长汤家和帮忙，用 5000 万元了结了 K 省国资部门要求的 3.8 亿乃至 6 亿的补交款，回报是孙和平把这省下的 3 亿借他用三个月。孙和平又把 5 亿交由刘必定炒作北柴。刘必定携 8 亿资金，又利用北柴老厂员工闹事的机会操纵北柴股价，低吸高抛，赚了 5 亿多，刘必定分得 3 亿多。刘必定从 5 亿委托理财上分走了近 7000 万元，北柴融借给刘必定的那 3 亿账上，更大赚了 2 亿多。此番操作的总利润也许达到 5 亿元以上。

炒高北柴股价后,北柴增发圈钱 97 个亿。

作为北重集团的董事长,杨柳是国有大中型企业管理者的典型代表。在金融资本日益成为市场主导的大背景下,他的手中拿捏着政府与市场的双重筹码,身上维系着国有经济的原始准则,同时也面临着新型资产模式的艰巨考验。杨柳的选择集中体现出了中国传统企业管理者的浪漫梦想遭遇经济转型浪潮时的困顿与彷徨,他针对北柴股份公司倒戈叛逃而做出的种种暗中谋划,在表现出了一个铁腕领袖应具有的魄力和智慧的同时,也无奈地揭示出固有的国有经济准则在新型市场经济模式下不得不做出的妥协和屈从。

杨柳的冤家对头——北柴股份公司董事长孙和平,是渴望冲破既定经济模式束缚走向金融资本主宰的大市场的先锋人物,也是小说中将梦想与疯狂主题诠释得最为淋漓尽致的一个人物形象。在他身上既有一个企业家在金融旋涡之中破釜沉舟的惊人魄力,又有一个资本冒险家营私舞弊不择手段的骇人虚妄。他可以为了获得正大重机股份而程门立雪,也可在其失去利用价值时背信弃义,弃之如履。在孙和平的价值观里,始终存在着个人理想与个人利益的尖锐矛盾,那种建立一个伟大民族企业的雄心壮志常常在蝇营狗苟的过程中被巨大的经济利益所瓦解和腐蚀。孙和平属于这个资本为王的新时代。

刘必定所代表的股市庄家,协同孙和平这样的资本大亨暗中操纵着股票指数的涨落,影响着大盘的走向,并从中获利无数,在这个充满癫狂的冒险家的乐园中,将梦想的激情堕落为贪婪的飨宴。

小说是资本时代在中国的真实写照。小说揭露了资本时代资本对人的扭曲,揭露资本的阴暗面和罪恶面。资本推动了社会生产力的快速发展,这是它的进步性所在。但是,另一方面,资本的本质之一,就是对人的异化,对社会的异化。刘必定本是个铤而走险的小野心家。他出狱后受到孙和平的礼遇。当他得知孙和平的扩张算计后,立即以"暂借"为名,要孙和平出资 3 亿元给他。他再利用孙和平的其他资金,在股市上兴风作浪,大发横财,很快实现了亿万富翁的梦想。资本把刘必定异化成为无法无天的、无耻掠夺钱财的坏蛋。孙和平在事业上是英雄。他梦想成为中国重型机械行业的老大,这个梦想并不坏,而且他确实把北柴集团搞得红红火火,轰轰烈烈。但他为了实现这一梦想,策划利用刘必定和 K 省副省长汤家和之间行贿者和受贿者的关系,冒充知情人讹诈汤家和,一举取得对"正大重机"的控股。资本又把孙和平异化成了英雄兼混蛋。杨柳本是个好干部,但在资本时代的激烈竞争中,他一方面派人打入北柴集团内部，掌握对方的动静，该出手时就出手；另一方面眼见上边派来的裴小军即将取代他的"一把手"位置，他心里也出现了"魔鬼"，准备一旦离开北重集团后即到 JOP 国外公司当高管，取得年薪千万元的报酬。杨柳也开始被资本所异化。特别是"正大重机"的老总任延安，原是位优秀党员企业家，既精通业务，又作风正派。但当"正大重机"成为北柴集团的一部分、他自己成为高管拿到数百万年薪后，竟不自觉地、逐渐地异化成为工人的对立面。最后，他受到良心谴责，主动到检察院自首自己造成国有资产流失的罪行。

周梅森借作家马义的嘴巴宣言"我有一个梦"，在这个梦中，国家能给她的公民一个法治的、既属于融资者又属于投资者的健全市场，公民的资本投入能得到正当的回报；强势资本集团大腹便便的肚皮和中小股东尚不丰满的钱袋，能得到平等的投资机遇；金融资本和产业资本的评估体系能达到一致；历史原罪能得到清算。

作家紧紧抓住了当下全球金融危机的背景下，企业和股市、国家发展和社会正义这一核心矛盾，鞭辟入里地揭示了深入转型期各种社会力量在利益和精神两个层面上的博弈。周梅森深入国家经济生活和股市改革的第一线，不仅用一个高度凝练的故事表现变幻莫测的股市风云，而且有鲜明生动的人物刻画，更有深邃独到的人性剖析，可称得上是一部真实可信的中国股市传奇。

周梅森说他几乎全程参与了小说中描写的这场资本市场大博弈。

　　许多年来，我一直密切关注着这个市场，并作为一个普通中小投资者身不由己地深深卷了进去，拿出自己的稿费一次次参加博弈。这里的一切是那么令我痴迷，令我震撼。对一个作家而言，我不知道生逢这么一个资本时代到底是福是祸？但它注定让我活得惊心动魄。在参与市场博弈的过程中，我和所有中小投资者一样，一直徘徊在天堂和地狱之间。

　　这种专业性很强的题材很难把握，人物和故事要在实体经济和资本市场的舞台上同时展开，相关财经技术状态的描述和股权结构分析等等，都是不可回避的，而这些恰恰都和文学无关，甚至很犯冲，如实写了，枯燥乏味，影响阅读情绪；完全不写又不太可能，因为从动笔开始，我就告诉自己，这部小说要讲述的是资本博弈者们争夺市场话语权的故事，要塑造的是以孙和平、杨柳等人为代表的资本新人，要表现的是这个资本时代的某些本质特征，人性深处的贪婪和恐惧，财富对信仰的侵蚀，它不是一部用财经外衣包装起来的生活故事或者爱情故事。所以，这种非文学难题，我必须面对。

周梅森作为一名有道义、有担当的作家。在小说中显示了自己思想的高度、生活的深度和广度，演绎着人物的不同命运和情感走向，抓住了中国资本市场中人们的心理和行为，揭示了历史发展和社会进步中的偶然和必然。小说聚焦中国当下的股市改革，具有极强的时代特色。小说描述了一个有几分梦想，也有几分疯狂的世界。孙和平身上凝聚了许多属于这个时代的元素。他是资本市场时代的霸主，有着极强的市场适应能力。在杨柳身上，寄托着作者周梅森的民族主义精神，寄托着他对于中国资本市场的理想。刘必定曾经是草莽时代的"枭雄"，他有着敏锐的市场嗅觉和极强的操盘能力，在股市上翻手为云覆手为雨。小说抓住了时代的本质。

周梅森是一位时代感和介入意识很强的作家，他的小说创作总是能紧贴社会发展的脉搏。关注国计民生的宏大主题和纵横捭阖、挥斥方遒的宏大叙事风格。

他安排故事情节的能力很强，既从容不迫挥洒自如，又扣人心弦细致绵密。大开大合的蒙太奇镜头转换和极具戏剧张力的人物对话，视觉冲击强烈的时空切割，挖掘资本时代人性。创作中，周梅森把力气都用在了"塑造人物"上。"怕太专业了，力求通俗化，力求用大众都能懂的语言，不是写经济教科书，不是论述资本属性，就是讲资本故事给你听。"① "作家应该是这个时代的毛细血管，对于这个社会的冷暖变化，文学都应该有所反映，应该有自己的声音。"②

二　周倩：瞄准中国股市新发展的股市小说作家

周倩既是知名财经作家，又是私募人士，为多家职业机构做过投资和企业分析，为大户资金的运作做过操盘策划，有独特的资本经营经历和能力，接连出版股市长篇小说《操纵》、《投资总监》、《财务总监》。

周倩的股市小说创作特色鲜明，瞄准中国股市的新发展，不断表现中国股市的新特点，描写中国股市出现的新角色。

---

① 冯秋红：《作家周梅森"续写"〈子夜〉，沉浮股市多年有感悟》，《扬子晚报》2009 年 6 月 3 日。
② 同上。

《操纵》描写股市庄家的资本运作，描写股市庄家的合作与争斗。小说中海州 ZT 投资公司总裁方锐与黄顶实业公司老总吕国华是研究生同学。方锐 5 年前经济学硕士毕业，进入海州证券公司投资银行部，结识后来的岳父陈一南，和陈一南联手创立了 ZT 投资公司，专做股票投资。吕国华研究生毕业后进入黄顶实业公司出任投资部门主任，5 年前的牛市使他战功显赫，因此升任公司总经理。他当总经理后把公司实业部门分步卖掉，筹集了不少资金，全部投入股市。他在股市上孤注一掷，集中公司所有资金坐庄 NH 酒业。没想到十几个亿投进去，完全没人跟风，大量资金深陷 NH 酒业，陷入困境，找方锐求救。方锐设计了一些非常规的方案为吕国华解困。ZT 与黄顶、NH 酒业合作，操作成功，现在黄顶实业和 NH 酒业不光脱困了，而且盈利颇丰。吕国华又有了新的梦想，想让黄顶实业上市。方锐和吕国华准备先对上市公司海州医药实现控股，然后通过增发股份筹集资金反向收购黄顶实业的资产和业务，借壳海州医药上市。为此他们首先要从海州证券公司手里夺下海州医药股权。方锐指使江风携 6 亿资金到海州证券开户炒股，对见证他开户的海州证券的袁副总提出透资 6 亿的要求。海州证券公司的老总范铁等人以为有机可乘，爽快地同意了江风的透资要求，准备等江风把股价拉起来之后，自己在高位出掉一部分筹码，然后用剩余的筹码打压股价，逼迫江风强行平仓，再收回垫付出去的 6 亿。范铁做梦也没想到，江风是在有计划的亏损，以配合方锐的夺筹阴谋。范铁把最后的筹码砸向江风，江风竟然也跟着砸。每次接近江风强制平仓的临界点，很快就被大额买单托起。几次三番下来，范铁手上的筹码消耗殆尽，悉数落入方锐的口袋。范铁故意透资给江风，想让江风亏损过了止损线，强制平仓，吃下江风的 6 亿。谁知不仅没能让江风暴仓，反而使自己的海州医药筹码全部被方锐暗中接走。方锐和吕国华与海州医药的大股东陆静芳组成共同基金，炒作海州医药。股市强人李中组成"战隼兵团"也炒作海州医药，准备通过增持股权，掌握公司的经营权。李中受到方锐等人阻击，失败自杀。在把海州医药的股价炒高之后，吕国华认为和方锐共同撤退已不可能，因为市值十几亿的股票不可能在短期内套现。于是吕国华与陆静芳合谋，欺骗方锐，悄悄出逃，让 ZT 投资成为最后的接盘者，让方锐在海州医药上亏了 8 亿。接着 ZT 投资又正式接到证券监管机构关于公司涉嫌操纵股价的立案调查通知书，认定方锐涉嫌金融诈骗。最后方锐移民新加坡，淡出股市。

资本市场的争夺如此赤裸裸。一个高明的操盘者，必须将盘做得神出鬼没，让所有参与的投机客都无法把握。任何资本运作都不可能单独作战，他们只是巨大利益链条上的一环。股市是个不确定的世界，凶险程度不亚于真实的战争。

《投资总监》描写一个股市新角色，塑造基金公司的投资总监形象。

海泰基金管理公司总经理刘忆如与山西泰达集团的总经理卓荣泰经中河煤业李文忠董事长撮合，达成资本运作合作协议。卓荣泰实际上是中河煤业的大股东，海泰基金的真正幕后老板是李文忠、卓荣泰。表面上看，海泰基金共有四家股东，中河煤业 30%，滨洲证券 20%，海福投资25%，天信信托 20%。然而在这样一个简单的股权结构背后，有一个不为人知的秘密。海福投资和天信信托的那一部分股权其实是替第一大股东中河煤业代持的，而滨洲证券的秦总又是卓荣泰的儿女亲家，李文忠和卓荣泰完全主导海泰基金，海泰基金管理公司的投资总监何涣负责泰达集团合作项目的运作。5 年前何涣滨州大学经济学硕士毕业，海泰基金管理公司总经理刘忆如很欣赏何涣，不久将他揽入公司，从研究员做到公司的投资总监。薛凌是滨洲端华实业公司的老总，是卓荣泰的表妹，她要与海泰公司做交易，要海泰公司拉升中河煤业的股价，让自己公司的投资解套，回报是自己的公司出资一个亿让海泰管理一年。

牛犇犇原来是一个个体户，曾经卖过注水猪肉，贩过劣质白酒，攒下了一笔黑心钱。20 世纪 90 年代中期炒股发了一笔小财，摇身一变成了知名股评人士，后来还成立了犇犇投资顾问公司，做一些咨询和资产管理，专骗那些无知散户的钱。牛犇犇同时为刘忆如的前夫、市财政局副局长林国庆操盘。表面上看，牛犇犇是金牛私募的老板，但实际上牛犇犇的上面还有老板林国庆。林国庆用受贿来的钱投入股市中又赚了不少钱。为了确保对金牛私募的绝对掌控，林国庆控制了公司所有交易用的资金账户，只将股票账户单独分离出来供牛犇犇和他手下的操盘手使用，牛犇犇再怎么拼命赚钱，也没法兑现一毛钱，所有相关的银行卡掌握在林国庆手中。牛犇犇设置了很多私密的人头账户，平时操作股票时，他会故意让私密账户建仓，然后动用公司资金拉抬；或者干脆就是私密账户低买高卖，公司账户高买低卖，进行有意识的利益转移。现在牛犇犇想来个彻底了断，一次性在盘面上将大部资金技术性地挪走。牛犇犇找何涣合作，通过股市交易把林国庆账户的钱转移到自己的私密账户上。牛犇犇提出的方案并不复杂：在中河煤业上由牛犇犇高买低卖，何涣低买高卖，利益由金牛私募向海泰基金输送；在另一只小盘股上，两人再采取相反的操作，利益又输回去，唯一不同的是，牛犇犇用的是他的私密账户。这样，通过一轮复杂的盘面操作和利益交换，牛犇犇转走了金牛私募大部分资金，何涣也能从中河煤业中解套。林国庆被查处，牛犇犇的金牛私募也被证监会查处，理由是在不具备证券投资咨询业务执业资格的情况下，非法从事证券投资咨询业务，非法刊登推介股票的信息。牛犇犇跟黑道有些瓜葛，偷渡去了台湾。中河煤业将一笔款项委托给一间公司进行理财，然后这间公司倒几次手，最后将钱倒进李文忠自己控制的公司，然后由这家公司和泰达集团一起收购中河煤业。李文忠控制20%股权，每年就可以按20%分红，而分红的钱会还给负责理财的公司，该公司再还给中河煤业。记者谢斌揭露中河煤业出现资产外流，国资遭到侵吞，里面卓荣泰和李文忠就是内鬼。卓荣泰和李文忠刚动手就被抓了。随着调查进一步深入，股权代持，中河煤业是海泰基金实际控股股东的内幕被曝光，其国际业务又受美国次贷危机牵连，因为海泰的品牌基金海泰国际配置的担保人正是雷曼兄弟。何涣首先出来宣布海泰国际配置暂停赎回。不久刘忆如毫无征兆地将何涣解除职务，何涣彻底淡出公募基金圈子。刘忆如开除何涣，是因为爱他，要保护他，不让他爱牵连。小说通过对投资机构项目运作真实案例的细致描写，深刻揭露了资本市场运作的内幕。

《财务总监》塑造上市公司的财务总监形象，表现上市公司运作的核心内幕。作者周倩谈自己创作的缘由：

> 我最开始关注财务问题，还是源于2005年一次错误的投资。当时正是A股市场最艰难的时候，股票不论品质好坏，似乎对一切的"利好"毫无反应，仍旧在下行通道中阴跌不止。我在公众对股市彻底失去信心的时候，投资了一家理想的公司，但是不久该公司公布了惨跌的业绩和一则资产重组的消息。我当时不懂会计，据此判断公司陷入了经营危机，于是持股三个月后愤然割肉离场。不料这只是该公司在进行组织改造，不久就恢复到优良的经营状态，并在不久的大牛市中涨了10倍以上。事后，我真是羞愤不已，反思这次教训，完全是因为我不懂"资产重组"的实质意义，更不懂由此带来财务上的变化。

精工实业正处于扩张期，积极整合资产筹备上市，计划收购母公司优质资产，实现集团化经营，然后进行兼并扩张甚至风险投资。这些规划的执行要是没有一个强有力的CFO（首席财务官），会有很多麻烦和后遗症。经过一系列的暗斗，韩琦总算得到了蔡董事长的信任，出任精工财务总监。和许多做假账偷税漏税的公司不同，精工实业总是想方设法为国家多缴税,因为这样才能有效编制一份令人振奋的报表,从而配合投资机构制造出惊人的资产泡沫,同时,以虚假的大额度现金流获取银行的高额度授信,套取贷款。新任财务总监韩琦晚上变得很难安眠了,因为那个用数据和想象力构建起来的货币帝国,随时都可能因资金链的断裂而轰然倒塌。精工实业上海公司每年销售份额相当惊人,可以占到公司总量三成出头,近一年来增长尤其迅猛,为公司的财务报表添了不少的彩。半年前曾有人怀疑这种高速增长背后可能暗藏隐忧,只是公司正在紧锣密鼓筹备上市,为了让公司股票首次公开发行能卖一个好价钱,财务做账的时候就没有过多计较。业绩竟是和上海本地一家叫东方电器的零售商合伙做出来的。蔡董事长想把招股书上过去三年的财务数据做漂亮点,就默许各地区分公司往账目里渗水。东方电器完全就是公司"创造"利润的"托儿"。东方电器获得的好处是得到精工实业连续 5 年低折供货的承诺。如何处理好这些历史包袱是对财务人员能力的极大考验。代表总公司来上海解决难题的韩琦提出了好办法:若是趁东方电子陷入财务危机之际,低价将其收购,而后只要稍加运作,完全可以被操作成利好。这不仅能有效化解黑账危机,或许还能产生不少正面效果。江惠贞是中江资产管理公司的执行总裁。精工实业就要上市了,中江证券作为主承销商,旗下中江资产管理公司一定会重仓精工实业。精工实业一旦完成上市,就不能像过去那样只顾埋头抓生产、跑市场,其间任何重大决策都必须考虑投资机构的部署、经营业绩的起伏、财务数字的调节,这些都要尽量配合投资机构的炒作。精工实业未来的再融资计划能否顺利实现,投资机构买不买账尤为关键。财务是能够敏感反映企业未来运行趋势乃至兴亡成败的关键部分,很多商业机密集中于此。上市公司财报是要接受社会检验的,财务总监要对财报的真实、严谨、翔实负最终责任,当然其中也包括法律责任。上市公司是众人觊觎的珍稀资源,其独有的筹资能力、二级市场差价以及治理结构缺陷,使其成为容易获利的工具。总裁林全被迫黯然下台,由蔡煌琅兼任精工总裁,持有精工实业 1/4 股权的精工控股竟无一人进入董事会,被彻底边缘化。董事长蔡煌琅惊喜地发现:"资本运作是个很有钱途的玩法,上市公司只需简单地靠收购、扩张和发行新股,就可以在 A 股市场轻松赚大钱。"在一些上市公司看来,股市就像个蓄水池,接通之后打开水龙头,资金就会哗啦啦流出来。精工实业想兼并南方电子,收购行为一旦完成,则意味着精工实业一跃成为所处细分行业的巨无霸,公司的市场占有率会立刻超过 80%,几近垄断了整个行业。精工实业的董秘黄馨慧认为南方电子股权太过分散,造成创业者的利益很难得到合理保障,为了让南方电子的董事长吴乃仁同意被兼并，她向吴乃仁开出了这样诱人的条件："我想合并至少满足两个基本条件：一是保证您继续出任董事长至少五年，二是让您个人占南方电子20%以上的股权。"为了兼并成功，他们又开始进行财务方面的"运作"：各种预提都是隐藏利润的好地方，因为预提一般作为费用"花掉"，然后"存"在资产负债表的"负债"一栏。接着就是资金被逐渐释放，混大支出中抵消正常费用，形成虚幻的费用率减少、利润率提高的假象。通过"预提"手段的调节，最后南方电子的评估收购价值为5.5亿元人民币，比以前的账面净资产少了3.5亿。合并决议很快在公司董事会获得过半支持，此次并购成功将成为精工实业股份进一步向上突破的催化剂。韩琦的妻子王加佳很早就从韩琦这里获知这个利好，提前进行布局，享受到了这波行情。精工实业股价在7至11元之间整整来回了三趟。抓住这个脉动的投机客无不大获其利。而众多被惯性线形麻痹的股民正准备大举介入，并判定这是庄家战略性洗盘。了解这一切内幕的精工高管趁机减持股份，韩琦手上的精工股票为韩琦兑现了200多万。

作为上市公司的财务总监，韩琦参与或了解公司诸多资本运作内幕。白云酒业母公司买货之后，就安排一笔周转资金以销售额的形式进入公司，这样销售额就被做大了。销售额做大后，成本依旧，公司的税前利润就做大了。之后，白云酒业每年税后利润100%用来分红，这就构成了整个假账游戏的另外一个关键。公司上市前，母公司是它唯一的股东，税后利润如果100%分红，等于这笔钱全部又回到了母公司手中，又成为下一年再做大的销售额所需要的周转资金。整笔周转资金在公司里面走了一圈，最后以分红的方式出来，然后再进入公司，再出来，如此循环往复。作为财务总监的韩琦亲历了精工上市的整个过程，有一点他非常清楚，财务就是"做账"，或者说财务是做出来的。毫无疑问，"做账"带有很大程度的欺骗性。半个月后，韩琦获聘成为珠江财大前沿研修学院专职讲师，从此正式踏入学界。

小说对上市公司财务总监这个中国当代社会的新角色进行了形象的描绘，角色特点得到了准确地把握。

周倩的股市小说创作瞄准中国股市的新发展，塑造股市新人物、新形象。股市小说作家用手中的笔描绘和刻画股民的生存状态和生命样态。股民形象的塑造表现了中国股市小说作家直面现实、秉笔直书的勇气与自信，彰显了强烈的时代使命感和历史责任感。

第五节　新变期中国当代股市小说的艺术创新

进入 21 世纪之后，中国当代小说创作出现了一些新趋势，作家的创作主体性突出，重要作家都有自己的切入视点，都在寻找适合自己又有所体悟、有所发现的生活对象，小说题材空前丰富，社会各个阶层的经验都得到了前所未有的书写和表达。发现人并极度地展开人生的无限可能性，使精神性重新回到中国小说，使它获得了难得的写作尊严和精神气度，显示着强劲的自我超越的艺术潜能，表现出强烈而执着的探索精神和独立自治的内省空间。

一　与社会政治经济文化的联系越来越密切，用小说去 反映、影响、干预社会生活的意图越来越明显

新变期中国当代股市小说与现实的政治话语和社会主题有着密切的联系，具有深刻锐利的政治识见，对现实具有一种穿透力。这是中国当代股市小说创作一个越来越明显的发展趋势。

新变期中国当代股市小说中的人物形象日趋复杂，身上的政治文化含量越来越厚重。作家描写股市生活，表现出一种政治识见，表现出一种文化眼光。股市小说的关注点从一个人、一类人逐渐扩大到一种普遍的社会现象，扩大到整个社会，表现了关注国计民生的宏大主题，纵横开阖的宏大叙事风格。

周梅森的《梦想与疯狂》聚焦当今股市改革过程中的热点事件，蕴涵着作者对当代经济体制改革的敏锐洞察与深刻思索，体现了作者对当今股市变革现状的精准判断与大胆批判精神，用一个高度凝练的故事将读者带入风雨如晦的股市狂潮中。小说直指当下政治的核心——资本，果敢地抓住了中国资本市场中人们的心理和行为，揭示了历史发展和社会进步中的偶然和必然。在当代中国，资本正在成为一股自由泛滥的洪水，中国需要建立起一个让资本良性运行的机制。在资本时代，资本就是最大的政治。小说中的人物，无论是国内的孙和平、杨柳、刘必定这样的资本英雄，还是国外简杰克这样的国际金融投机者，都是出现在中国当代社会中的具有文化新意的人物。凭借敏锐的政治识见，作者对这些人物并没有采取简单的褒贬，而是充分表现人物发展的多种可能性。他们有可能为社会创造财富，推动社会经济的发展，他们也有可能贻害无穷。中国需要建立

起一个真正具有中国特色的、真正体现了人文精神的、真正为广大人民群众带来幸福的社会主义经济体制和资本运作体制。这是一个最具现实意义的政治课题。

周梅森一直关注着资本市场，并作为一个投资人身不由己地卷了进去，深深扎在市场中，徘徊在天堂和地狱之间，和这个市场共存亡。小说聚焦中国当下的股市改革，具有极强的时代特色。周梅森凭借多年来扎根市场经济的生活积累，以他关注大生活的气概，书写了这部中国社会经济转型时期的"人间喜剧"。以资本市场为载体，描写资本大潮中当代中国人的心灵史。"我就要通过我的故事融入我看到的、我想到的，这个时代感染了我，有些事情让我震撼，有些事情让我愤怒，于是我把这些事情写出来，如此而已。"周梅森是一名有道义、有担当的作家，小说显示了作者思想的高度、生活的深度和广度，演绎着人物的不同命运和情感走向。

就生活在这类被文学称为题材的现实场景中，这是几乎所有中国当代股市小说作家的优长。他们不是为了写小说而去体验生活，而是有了生活体验之后再去表现它。创作大都接触到中国社会转型发展过程中的敏感问题、棘手问题。周梅森在《梦想与疯狂》的代序"面对资本时代"中说自己："不是如何接近这些问题，而是我一直就处在问题之中，我几乎全程参与了小说中描写的这场资本市场大博弈。""这可不是所谓体验生活，而是深深扎在市场中，和这个市场共存亡。""我和所有中小投资者一样，一直徘徊在天堂和地狱之间。"这种经历使他亲眼见证了中国股市的风云变幻和资本市场人物命运的跌宕起伏。

新变期中国当代股市小说的审美特质在于对当下世界采取了主动性的介入，迅捷地跟踪社会变革的脚步，敏锐地发现和暴露经济改革中存在的社会问题。从小人物的命运中触摸大时代的脉动，这是文学的魅力。了解时代，研究社会，真正把握住这个时代的脉动，是中国当代股市小说作家及其创作最值得肯定的一个特色。

二　创作视野越来越开阔，表现股市生活的面越来越广

新变期中国当代股市小说对股市参与者多样化生存状态的摹写丰富多彩。日趋多样化的股市生活现实源源不断地产生着新的职业、新的人群、新的面孔、新的灵魂，这更诱发了作家们摹写现实、洞察人性的欲望，也就使中国当代股市小说成为真正的"人"的文学。这些股市新角色不断地改变活法，不断地自我选择、自我设计，使生命在行动中变得愈加鲜活

灵动。尽管他们的行动带有浓厚的功利目的和个人倾向,但也不能就此而否认他们内心深处自我肯定、实现自我价值的愿望。

随着中国股市的创新发展,股市中不断有新的角色出现,股市小说中就不断有新的股市形象和新的股市人物出现。新变期中国当代股市小说出现了很多描写股市新角色、新形象、新人物的作品。郭现杰的《私募》描写私募基金,仇子明的《潜伏在资本市场》描写财经记者,周倩对中国股市的新发展十分敏感,创作了描写投资总监的新作《投资总监》和塑造上市公司财务总监形象的《财务总监》。墨石的《操盘》中出现了新的股市参与者——内幕策划人的形象,有开创之功。狼牙瘦龙的《创业板》描写中国股市的新名堂——创业板,表现创业板上市公司这个股市的新成员,陈楫宝的《对赌》描写资本市场股权融资和对赌这种资本新游戏。

描写期货市场这个资本市场新成员的股市小说在新变期集中出现。晚秋天的《期货十年》描述中国第一代期货操盘手的风雨历程,揭露第一代期货人的欲望和疯狂。曹洁的《生还者》的主人公"吴宏们"是血雨腥风的期货市场中的弄潮儿,也是历经生死的生还者。许枫的《期货风云》塑造了甘志强、何言等一批优秀期货工作者形象,演绎了一场在资本运作、期货交易斗争中的爱恨情仇。新变期中国当代股市小说敏感于中国股市的新发展,不断表现中国股市的新变化,描写中国股市的新角色,塑造中国股市的新形象。对人性的丰富性进行了更为深入和广泛地挖掘,对价值观念进行了新的定位和思考,表现出了重建价值理想的努力。对人性的洞察已经达到了一个相当的高度,注重人性挖掘,注重对人物的人性的开掘。

新变期中国当代股市小说作家的思维空前开阔,多视角地观察生活,社会生活的丰富性得以更广阔地展现,从而使得股市小说创作从内容到形式都称得上真正的丰富多彩。创作主体构成的多元化,小说风格的多元并存,使得新变期中国当代股市小说精彩纷呈。

三　从近乎生活实录的描写到别具匠心的形象塑造,股市人物形象的塑造日趋成熟

新变期中国当代股市小说创作从实到虚,从近乎生活实录的描写到别具匠心的形象塑造,股市人物形象的塑造日趋成熟。人物形象的塑造从凝固性到流动性,从单色素到多色素,无论是散户股民形象的平凡性,还是股市英雄形象的超常性,中国当代股市小说在人物形象塑造艺术方面日趋成熟。

　　新变期中国当代股市小说作家关注热爱生活，站在时代的高度，以博大的胸怀，把握社会发展的脉搏，将自己的审美激情和审美理想浇筑到股市艺术形象之中，股市人物形象生动、丰满，日益成熟。

　　孟悟的《逃离华尔街》把中国资本市场与外国资本市场结合起来描写。小说写职场上的角逐、商战上的尔虞我诈、情感上的爱恨情仇、婚姻上的取舍去留等人间平凡故事，探讨和透视人的社会价值观和自我价值观。孟悟笔下的人物，不会被神化，不会太梦幻，更不会刻意地把人雕琢成一块无瑕疵的美玉一般。她塑造的人物总是活生生地存在于现实中，仿佛就是读者的某一个邻居、熟人、朋友、同事、同学、上司、家人等。抑或就是一面明亮的镜子，站在这面镜子跟前，清晰地看到了自己的曾经、现在或将来。主人公何霜是一位蕙质兰心、知性达礼、精明睿智的女人，她既有清雅脱俗的高贵品质，也有一般市井平民女子善良、淳朴、真挚的俗世情感。

　　新变期中国当代股市小说顺应时代发展需要，塑造时代英雄形象。任何一个时代都需要英雄，英雄的存在是一个时代独特的景观。时代英雄既是一个时代的象征，又是一个时代的风向标，还寄托着一代人的梦想。在社会主义市场经济建设进程中，由于商业主义突如其来的侵袭，英雄主义精神曾一度弱化，人们对英雄行为和品质束之高阁、敬而远之。新变期中国当代股市小说作家们极力弘扬英雄主义精神。周梅森的股市小说以其磅礴大气的英雄形象和深刻的理性力量直面崇高，用一种理性的光芒来重新点燃英雄之火，从而提升自己的文学价值和人文观念，表现出了与社会鱼水不分的现实品质。一方面表达了积极的社会意识、国家观念和坚忍不拔的生存拼搏精神，另一方面也体现出了向文学永恒主题的复归。

四　形成了自己的叙事风格和美学追求

　　新变期中国当代股市小说形成了自己的叙事风格和美学追求。受市场文化语境的影响和制约，新变期中国当代股市小说在叙事策略、叙事方式和叙事语言等叙事的各个层面上都向读者的审美趣味和阅读心理倾斜。它是中国社会和文化转型的产物，它所呈现出来的文化价值内涵和审美特征映射出了转型期中国社会和文化的变迁，表现为写作境域社会与文化的世俗化变迁、消费性文化语境的生成、价值取向日常生存哲学的阐释与张扬、凡人话语的平民化建构、物质诉求的多元化认同。

　　中国当代股市小说的审美特征在于对市场"风景"的发现。

　　新变期中国当代股市小说创作日趋成熟，从当初的呈现股市生活原貌到弘扬一种市场精神，股市生活意义和价值的开掘逐步深化。20世纪八九十年代股市横空出世时，许多作者以其反映股市生活的创作自觉，忠实地记录了这个中国当代社会的新玩意。随着股市的起伏涨落，作家们对股市生活的认知不断深入，探索更为理性，作者形象地表现了股市生活的文化意味，不仅使小说的艺术品位大大提升，对于我们民族构建新的市场精神也不无启迪。

与中国当代社会市场化转型和股民群体的崛起相伴随，中国当代股市小说创作日趋繁荣，呈现出类型化特点，即成为"一组时间上具有一定历史延续、数量上已形成一定规模、呈现出独特审美风貌并能在读者中产生相对稳定阅读期待和审美反应的小说集合体"①，开拓了一个新的题材领域，表现了中国当代小说的"与时俱进"。

中国当代股市小说大多采用通俗化的叙事模式，情节曲折离奇，充满悬疑、神秘等通俗元素，使得小说故事跌宕起伏，引人入胜。

传统人物叙写方法追求"典型性"，注重对外貌、神态和性格等方面的描写和刻画，股市小说家更多放弃了对"典型人物"的塑造，不再期待小说中有丰满人物形象的出现，而只是出场人物的"轮廓"，这些人物只不过是股市小说家随机选择的人物"个体"，这在很大程度上具有了书写代码的形式意味。

从叙事时间、叙事角度和叙事结构上延续了传统小说"讲故事"的叙事模式。叙事时间的线性因素，采用了线性的因果顺序，按照开端、中间和结局的发生顺序讲述一个故事。

中国当代股市小说常常采用善恶终有报的故事模式，一方面热衷于描写股市的一夜暴富，满足了小市民阶层飞黄腾达的富贵梦，另一方面揭露了这些突然暴富的富贵阶层的真面目——他们的财富是通过阴谋和投机获取的非法收入，这些人最终会人财两空，一无所有，试图通过这种善恶报应的故事模式，批判那些通过出卖灵魂、逾越道德来获取财富的做法。

把中国当代股市小说置于中国当代小说发展的历史序列中，探索中国当代股市小说的历史地位和文学史意义。中国当代股市小说承接了20世纪三四十年代市场文学的传统，又开启了20世纪末21世纪初的市场书写，是中国市场文学发展过程中极为重要的一环。

---

① 葛红兵、赵牧：《中国经验·现实维度·反思视角——2008年文学理论批评热点问题评述》，《当代文坛》2009年第1期。

第六节　新变期中国当代股市小说表现的
中国文化嬗变

一　资本英雄成为时代英雄，受到普遍崇拜

当代中国大部分社会成员的人生理想从追求政治上的成功、道德上的完善转移到追求经济上的成功，做一个精明的交易者，做一个有抱负的交易者，做一个呼风唤雨的市场英雄。资本英雄成为时代英雄，受到普遍崇拜。

郭现杰《私募》中的谭援朝人称江湖第一私募，慧眼识珠，资助林康到美国留学。林康提前获得了纽约大学商学院经济学博士学位，在美国股市赚了钱，到富普林投资银行实习，受到重用。国内无线灵通公司的老总徐冠飞与其合作，成立私募基金——"鹏达"风投公司。回国后的林康在事业上有很大的发展，"这一年不算风投的房产和矿业，单单A股市场上，林康所在的鹏达公司账户上就有三个亿的收益"。10年之前林康还是一个刚出校门稚嫩的学生，10年之后已是手握几十亿资金的顶尖私募。

杨鹏的《投资家》描写了股市精英的成长。小说的主人公东方证券公司成长型基金管理人秦枫是一个年轻漂亮、高学历、高智商、优秀的女投资家。她发现了"随机数据中的偏向性数据模型"，理论上能够战胜股价波动的随机性。白云山的母亲沈露露是中国有线的第三大股东，因为他的父亲很有市场头脑，在多年前就开始用他母亲的账户不断买入中国有线的股票。当时中国有线还只是2元一股，他父亲前后总共买了300多万股，花光了积蓄，甚至变卖了祖传的古董，从来就没有卖出过一手股票，因此积累起巨额股票资产，富甲一方。白云山继承父亲的事业，自立门户，成立上海昆仑投资有限公司，从事资本投资。

这些资本英雄在社会上的影响越来越大，受到普遍崇拜。

中国当代股市小说运用自己作为具体社会意识形态代言人的身份，创造财富英雄奇观，让叱咤股市的成功人士以生动可感的方式满足社会对于财富和成功的想象与梦幻、成为大千世界芸芸众生理想和目标的化身，从而在将股民群体明星化的形象建构中，完成对社会价值观念与社会生活的整合与重构，使突出经济建设的主流意识形态与向往财富的民间意识形态空前一致起来。

二　人类普世价值观的交流与吸收

全球化是 20 世纪 80 年代末以来在世界范围日益凸显的新现象,它是一个以经济全球化为核心,包含各国、各民族、各地区在政治、文化、科技、军事、意识形态、生活方式、价值观念等多层次、多领域的相互联系、影响、制约的多元概念。全球经济、政治、文化的一体化,物质和精神产品的流动冲破区域和国界的束缚,逐渐影响到地球上每个角落的价值观念和生活方式。资本和市场经济体系在全世界范围内的扩张是全球化的实质,其他一切方面的全球化都从资本全球化衍生而来。

当代中国正处于经济全球化、文化多元化的时代,民主、法制、平等、公正、自由等内容都是不同国家、不同民族人们的普遍价值共识。我们民族要走向复兴,融入人类文明进步的潮流,也必须吸收这些价值观,借以提升、滋养我们的精神世界。

中国文化在与世界文化的交往中因差异而产生冲突,由沟通而形成融合,这是一种趋势。当代中国不管是经济崛起还是制度崛起,都依赖于核心价值的崛起。这种核心价值就是民主自由、公平正义、人道和谐、开放进取。在与世界接轨的形势下,当代中国人应建立起新的价值判断体系:一方面要继续尊重"德先生"和"赛先生",加强民主和科学的教育;另一方面则应该请进"马(Market)先生"和"骡(Law)先生",即加强市场和法制的观念。中国人的价值观和社会心态变得越来越具有世界意识,精神生活中的全球化特征日渐明显,如风险意识、诚信意识、平等意识、公正意识及对其他文化的宽容意识逐渐养成。

中国当代股市小说描写中国企业走出国门,到海外上市,意在表现随着经济全球化而来的是文化上的相互影响。迷糊汤的《纳斯达克病毒》描写中国企业境外上市,塑造年轻一代具有国际视野的资本英雄形象。乔博思在上市之前拿出更新的服务让金柜网顺利在纳斯达克飘红。"全球财经全景图,就是把期货、外汇以及发达国家的证券市场的分析交易系统形成一个信息与交易平台,让中国人可以在这个平台上操作任何交易品种,也可以让外国人在这个平台上操作中国的交易品种。"这个概念可以让金柜网在美国形成热点。"坐在家里看天下,这是互联网今天的成就,可坐在家里炒天下,就是金柜网的目标。""'全球财经全景图'是金柜网在纳斯达克最大的炒作概念,如果用数字计算,那就是几十个亿。"金柜网在纳斯达克战败了金融街,一举超越金融街,成为中国最大的财经网。小说以赞美的笔调描写当代中国新一代资本高手,他们熟悉国内国外资本市场运作的奥秘，操作海外上市得心应手，游刃有余。小说表现当代中国人的价值观和社会心态变得越来越开放和多元，他们对各种外来文化和其他亚文化的接受能力也不断提高。

中国当代股市小说描写外国资本精英在中国资本市场演绎资本运作的精髓，带来了文化上的巨大冲击。

姜立涵的《CBD风流志》以国际上著名投资银行在中国的活动为主轴和背景。

市场经济所孕育的普世价值作为社会发展的精神动力，一方面它不断地涤荡旧的价值观念体系，另一方面它又在其扩展过程中，在与其他文明不可避免的大碰撞中，不断汲取优秀成果，实现与不同文明的结合。在人类道德中存在一种共同的善恶标准，存在一种作为"人"都必须信奉的"普世伦理"。人类有相同的价值追求，不分国界、不分种族，而是基于同为"人类"而希望建立的普遍伦理。现在世界上的不同国家、民族、阶级的人就共享着许多基本相同或相似的道德原则和道德观念，如"仁者爱人"、"以义制利"、"孝悌"、"平等"、"尊重"、"仁爱"、"诚信"等，这些为人类所共同信奉的道德评价的标准和基本指导思想与方法，具有超越时空的普遍的指导作用。

三　资本的张狂与资本文化的茁壮成长

中国证券市场的诞生、成长、成熟顺应了社会转型和经济改革发展的需要，极大地提高了人们的市场意识，有力地推动了资本市场的发展。当千千万万股民真正成为投资者、当股市与中国经济能够持久良性互动时，人们迎来的将不只是投资收益，而是一个新的文明时代。

《梦想与疯狂》是资本时代在中国的真实写照。北柴股份以其产业自身的资本价值发行股票，作为"上市公司"进入股市，取得融资；而后又以获得的融资，购买"希望汽车"的股份，再以"希望汽车"的股份实现对"正大机械"的控股，再发行新的股票。很短时间内，它的产业资本和金融资本都成倍增长。北重集团也不落后，它先收购K省国资委的8200万国有股，再和DMG公司联手，同样企图实现对"正大机械"的控股，对平州钢铁厂实行兼并，其实体经济和虚拟经济也有较大发展。资本推动了社会生产力的快速发展，这是它的进步性所在。

小说表现了当今社会的时代特点："资本没有国界，也不具有民族属性。它在这个日益开放的世界上四处流动，哪里有价值洼地就流向哪里，谁给它带来最大的利润它就和谁结盟，这很正常。""现在勤劳不会致富了，劳动也不再创造价值！创造财富价值的是资本，是大脑。""平常年头需要人们用一生的劳动和创造积累的财富，现在一年或几个月甚至几天就挣到了手。企业更是如此，我们现在一次增发就能拿到五六十个亿，甚至是七八十个亿，而北柴总厂从清末在洋务运动中创立直到今天，一百多年的积累也没这么多！"投资成为当代中国人生活的一个非常重要、非常普遍的内容，不会投资理财的人在现代社会里是落后于时代的人，股市与当代中国人生活的联系越来越密切，越来越广泛。现代社会，一个人怀有事业和财富的梦想是正当合理的；现代社会，又给每一个怀有事业和财富梦想的人实现自己梦想的机会。

资本市场作为现代金融的核心，推动着中国经济的持续快速增长。资本市场是企业腾飞的翅膀，又是中国经济前行的动力。资本市场加快了社会财富特别是金融资产的增长。以资本市场为基础的现代金融体系，不仅是经济成长的发动机，还为社会创造了一种与经济增长相匹配的财富成长模式，建立了在经济增长基础上人人可自由参与的财富分享机制，这是经济民主的重要体现。

资本市场为中国企业特别是国有企业的改革和机制转型提供了市场化平台，从而极大地提升了中国企业的活力与市场竞争力。没有资本市场，中国企业，特别是国有企业就不可能建立起真正意义上的现代企业制度。因为正是资本市场使单个股东或者少数股东组成的企业，成为社会公众公司，对中国企业来说，这就是一种彻底的企业制度变革，是一种观念的革命，形成了既有制约又有激励的现代行为机制。

资本市场使中国的企业，不仅有股东意识和公司治理的概念，还有对收益与风险匹配原则的深切理解，而且通过强制性的信息透明度原则使其开始具有经济民主的精神。以资本市场为基础构建的现代金融体系，已然具有资源配置特别是存量资源调整、分散风险和财富成长与分享三大功能，这就是在中国为什么必须发展资本市场的根本原因。

因为造就了巴菲特、杨百万类的一代股市枭雄，编造了百万、亿万的童话般的故事，所以这么多渴望发财的人义无反顾地投身股市。

熊昌烈《资本圈》的主人公普通投资者赵呆呆，以2万元起家投身股市，历经磨难最终成为亿万富翁。赵呆呆原来是湖北某大型国企的三产公司的总经理，因同学钱无忌在上海炒股赚了钱，资本新观念对他影响很大，促使他辞职到深圳天行健国际期货经纪有限公司应聘，当了期货公司的副总经理。赵呆呆2万元本钱在同学钱无忌的运作下迅速增值，一年多时间已经变成十多万了。赵呆呆自己炒期货，一小时赚了109万。在北京新股申购中，赵呆呆个人赚了 500 多万。赵呆呆受命组建红旗证券公司，又通过钱无忌的关系，组建私募公司。因为有银行杨行长的消息，赵呆呆大胆跟庄上海延中，在深圳宝安收购上海延中事件中赚得盆满钵满，分得了 3000 多万，他此前交给钱无忌跟庄操作的那笔钱，也从 1000 多万滚成了 3000 多万，加起来，呆呆的资产就有 6000 多万了，获得了经济上的成功和生活上的自主自由。

四　股市的赚钱效应与实用化、功利化思维的蔓延

"商业社会"是一种新的社会形态，在文化意义上，它与传统的以生产为主导的农业或工业社会的本质区别在于："商业社会"是世俗型社会，它常常跟金钱崇拜、物质利益至上的观念联系在一起，它代表了一个新的社会形态、一种新的价值取向。

当经济成为当代中国社会的主题词之后，商业、利润、股份、消费、信贷、资本共同作为显赫一时的概念重组了社会话语光谱。中国当代股市小说正是诞生于这样的世俗氛围之中，以新潮的话语顽强地分割出新的文化空间，昭示了当代中国人价值体系的嬗变。

《枭雄》中楚南雄炒作生态农业这只股票，需要上市公司配合。楚南雄的手下汤一坤收买生态农业的总经理袁山，送给他一张 300 万的支票，要他买股。"等你的股票翻了倍，你就卖了它，把本还给我们。我们就两清了。"行贿还不露痕迹。他们这次炒作净赚几千万元。人人把利字放在跟前，无利而不谈，无利而不欢，凡事皆以利当头。当经济权力以无所不能的态势占据了社会生活的统治性地位时，当市场规律、利益原则开始成为整个中国社会生活的基本逻辑和行为驱动时，实施了对社会市场价值观的重构。

王天成的《股惑》表现金钱盈亏这些世俗的考虑左右着人们的精神，支配着人们的生活。小说描述了最普通的散户在股市中的徘徊挣扎，生动地阐述了"股性"与"人性"的深刻关联。在功利主义世风昂扬的社会背景下，传统的重农轻商和重义轻利的观念大为动摇，股民阶层日益活跃与扩大，显示出前所未有的创造活力。

苏肃的《股市套中人》中各类人物的命运或多或少地受到了全民炒股浪潮的冲击，迷失了自己的本性，多数人被股市深深套牢，被赌徒心理所左右，迷失生活方向，成为新时代的"套中人"。

当代中国人生活在新旧道德的历史嬗变期，承受着新旧道德冲突，一面被新生活诱惑，一面又被旧心态所禁锢，陷入无法回避的道德困境。作

为主导伦理思想的功利主义对处于社会转型期的人们的人生价值观的影响是双方面的。一方面,人们的功利观念被大大强化了,义利并重的价值取向正在逐步取代重义轻利的倾向,人们从视金钱为"鄙欲"、视钱财为"不义"转向在付出劳动的同时期望占有更多的财富。个人的积极性、主动性和创造性得到了前所未有的提高;平等与竞争观念深入人心;时间与效率观念得到充分重视。但与此同时,也有很多的人把金钱作为人生的唯一追求,过分地看重物质利益。人生价值和评价标准趋于实用化、功利化,人生价值目标和价值体验趋于短期化、感性化,以致社会上一切事情都以功利的眼光加以评价,金钱成为衡量人与事物的唯一尺度,致使现实生活中利己主义、拜金主义、享乐主义等现象泛滥成灾。

五　人性的市场修炼成为生活的自觉

股市是上帝根据人性的弱点而设计的一个陷阱,是对人性的一种挑战。

在某种意义上来讲,炒股是人类这种动物为了争夺生存资源而进行的斗争,因此在股市中一切人性都是赤裸裸的。一个人格低下、道德猥琐的人,一个斤斤计较、患得患失的人,一个懒惰贪婪、机关算尽的人,一个野心勃勃、不择手段的人,不可能在股市上获得最终的成功。股市是炼狱,股市投资需要战胜人性。真正的专业化投资、专业化操作需要丢掉人性。当然这需要一个修炼过程,一旦战胜自我,自然就能很轻松地战胜市场了。

人性弱点和不良习气在股市中的具体表现多姿多彩。人性弱点中最突出的几项都是炒股人的致命软肋:贪婪、恐惧、冲动、盲从和执迷不悟等。股市风云变幻,拒绝一切单一和重复。股市是一种放大器,在放大财富的同时,也放大风险。股市是人性的放大器,在放大美德的同时,也放大邪恶。股市的一切变化离不开人性,因为所有的股票都是人在买进卖出,因此股市永远都会带着人的性格,带着一个时代、一个民族的性格。

人有很多缺点,这些缺点的形成有些源于动物的本能,有些是长期生活中培养出来的习惯。在股市中,人的缺点无所遁形。股票投资联系着许多做人的道理,折射出更多人性的斑点。在社会生活的其他方面,人性的弱点可以用许多方法掩饰,但是在股市上,人性中太多的东西会在金钱的力量下不堪一击,溃不成军。赤裸裸面对的,是生命最实质的那一部分。

中国传统文化的基本精神之一是贵"和"持"中"。注重和谐,坚持中庸,是浸透中华民族文化肌体每一个毛孔的精神。《中庸》将孔子所主张的持中的原则从"至德"提到"天下之大本"、"天下之达道"的哲理高度。不偏不倚谓之中庸。中庸观念主张不偏不倚，无过不及，恰当适度，强调对欲望行为有所节制，找到最佳的平衡点。做事不走极端，成为人们的普遍思维原则。懂得"自制"，适可而止，传统的中庸思想有利于证券投资。《裸奔的钱》中新加坡籍华人方梦龙在美国华尔街管理一家私募对冲基金公司，他的阴阳交替理论颇有哲学意味："因为西方人的思维是一元的，而华人的思维是二元的，万物分阴阳，有从无中生，并且阴阳和有无又是相生相克、你中有我我中有你的，不像西方人认为的一就是一、二就是二，涨就是涨、跌就是跌。其实华人更容易找到阴阳发展、转变的基本规律，找到价格涨跌的基本规律，涨与跌不就是阳和阴！"证券投资需要讲一点中庸之道。投资者有多少资金赚多少钱，不要幻想一夜发大财。可以一次争取赚到更多的钱，但不能期待一次赚到最多的钱，更不能期望一次赚尽所有的钱。不要贪心不足蛇吞象，能在恰当的时机买进或卖出就行了，这就是证券投资的中庸之道。

　　炒股的过程就是与人性中的弱点作斗争的过程，就是人性受市场修炼的过程。人性是每一个人都具备的精神层面上的东西。中国当代股市小说对人性的认识和把握更加深刻。股市投资真正的风险不是来自市场，而是来自人的内心。人有弱点并没有什么可耻辱的，世界上每个人都是被上帝咬过一口的苹果，都是有缺陷的。成熟的投资理念和心态不是学出来的，而是磨炼出来的，只有磨炼出来的东西才是最真实、最可靠的，经得起市场的检验。"修炼"是一个佛家、道家、儒家修身养性的专用词，是通过某种方法，达到身心灵合一的境界，真正达到贯通宇宙。市场修炼的最高境界就是生活的修炼，是对人生对社会的理解。摆脱人性的弱点，通过市场修炼领悟到市场的真谛。

附录 中国当代股市小说书目

1. 钟道新：《股票市场的迷走神经》，《当代》1991 年第 6 期。
2. 毕淑敏：《原始股》，《青年文学》1993 年第 5 期。
3. 林坚：《股市大炒家》，上海文艺出版社 1994 年版。
4. 李其纲：《股潮》，上海文艺出版社 1996 年版。
5. 瓜子：《股城风流》，海天出版社 1997 年版。
6. 沈乔生：《股民日记》，春风文艺出版社 1997 年版。
7. 瓜子：《股市大枭》，海天出版社 1998 年版。
8. 应健中：《股海中的红男绿女》，上海人民出版社 1998 年版。
9. 老莫：《股神》，百花文艺出版社 1999 年版。
10. 俞天白：《大赢家——一个职业炒手的炒股笔记》，作家出版社 1999 年版。
11. 沈乔生：《就赌这一次》，春风文艺出版社 1999 年版。
12. 张华林：《金漩涡》，花山文艺出版社 1999 年版。
13. 应健中：《股市中的悲欢离合》，上海人民出版社 2000 年版。
14. 上海证券报文学工作室：《股海沉浮》，上海远东出版社 2000 年版。
15. 张成：《金叉：股市操盘手》，上海人民出版社 2001 年版。
16. 张成：《金雾：庄家龙虎斗》，作家出版社 2002 年版。
17. 容嵩：《股惑》，时代文艺出版社 2002 年版。
18. 郭雪波：《红绿盘》，群众出版社 2002 年版。
19. 老奇：《天尽头》，中国青年出版社 2003 年版。
20. 张成：《金圈》，上海人民出版社 2003 年版。
21. 矫健：《金融街》，山东文艺出版社 2003 年版。
22. 张泽：《扭曲的 K 线》，花城出版社 2003 年版。
23. 李唯：《坐庄》，中国青年出版社 2004 年版。
24. 岳明：《别跟着我坐庄》，民族出版社 2004 年版。
25. 丁力：《涨停板，跌停板》，群众出版社 2004 年版。

26. 乔峰：《时光倒流》，华艺出版社 2004 年版。

27. 雾满拦江：《大商圈·资本巨鳄》，花城出版社 2004 年版。

28. 杜卫东：《右边一步是地狱》，作家出版社 2004 年版。

29. 潘伟君：《大上海的梦想岁月：一个操盘手的传奇》，重庆出版社 2004 年版。

30. 萧洪驰、胡野碧：《股色股香》，团结出版社 2005 年版。

31. 渔火者：《从壹万到百万要多久》，中国青年出版社 2005 年版。

32. 葛红兵：《财道》，东方出版中心 2006 年版。

33. 林夕：《暗箱》，长江文艺出版社 2006 年版。

34. 黄睿：《股殇》，中央编译出版社 2006 年版。

35. 赵迪：《基金经理》，清华大学出版社 2007 年版。

36. 丁力：《高位出局》，清华大学出版社 2007 年版。

37. 李德林：《阴谋》，当代中国出版社 2007 年版。

38. 花荣：《操盘手》，中国城市出版社 2007 年版。

39. 紫金陈：《少年股神》，当代中国出版社 2007 年版。

40. 沙本斋：《股海别梦》，北京出版社 2007 年版。

41. 李德林：《天下第一庄》，江苏文艺出版社 2007 年版。

42. 丁力：《高位出局：透资》，清华大学出版社 2007 年版。

43. 李江：《绝色股民》，文化艺术出版社 2007 年版。

44. 李德林：《迷影豪庄》，中信出版社 2007 年版。

45. 周雅男：《纸戒》，中国工人出版社 2007 年版。

46. 天行：《金融帝国 1》，花山文艺出版社 2007 年版。

47. 矫健：《换位游戏》，江苏文艺出版社 2007 年版。

48. 天行：《金融帝国 2》，花山文艺出版社 2008 年版。

49. 一扔就涨：《股剩是怎么炼成的》，中信出版社 2008 年版。

50. 丁力：《上市公司》，清华大学出版社 2008 年版。

51. 赵迪：《资本剑客》，长江文艺出版 2008 年版。

52. 李德林：《阴谋 2》，当代中国出版社 2008 年版。

53. 柳峰：《股神 1》，花山文艺出版社 2008 年版。

54. 柳峰：《股神 2》，花山文艺出版社 2008 年版。

55. 王新平：《股路不归》，陕西科学技术出版社 2008 年版。

56. 纸裁缝：《女散户》，重庆出版社 2008 年版。

57. 丁力：《散户》，现代出版社 2008 年版。

58. 陈一夫：《热钱风暴》，中国文联出版社 2008 年版。

59. 顾子明：《金融战争》，新世界出版社 2008 年版。

60. 财神的红袍：《解禁》，北京出版社 2008 年版。

61. 黄恒：《逃庄》，北京出版社 2008 年版。

62. 周梅森：《梦想与疯狂》，作家出版社 2009 年版。

63. 柴火棍：《玩偶》，上海人民出版社 2009 年版。

64. 黄恒：《金融道》，北京出版社 2009 年版。

65. 扬韬：《出师：投资家培训班日记》，新世纪出版社 2009 年版。

66. 朱昭宾、梁丽华：《股惑》，花山文艺出版社 2009 年版。

67. 陈思进、雪城小玲：《绝情华尔街》，北京大学出版社 2009 年版。

68. 丁力：《生死华尔街》，清华大学出版社 2009 年版。

69. 沈乔生：《枭雄》，上海文艺出版社 2009 年版。

70. 郭现杰：《私募》，花山文艺出版社 2009 年版。

71. 王海强：《股剩战争》，中国华侨出版社 2009 年版。

72. 熊昌烈：《资本圈》，江苏人民出版社 2009 年版。

73. 杜树：《胜负》，花山文艺出版社 2009 年版。

74. 黄恒：《大成功》，北京出版社 2010 年版。

75. 鲁晨光：《沪吉诃德和深桑丘——戏说中国股市二十多年》，清华大学
出版社 2010 年版。

76. 财神的红袍：《股弈》，中国经济出版社 2010 年版。

77. 晚秋天：《期货十年》，山西经济出版社 2010 年版。

78. 曹洁：《生还者》，清华大学出版社 2010 年版。

79. 许枫：《期货风云》，江苏文艺出版社 2010 年版。

80. 狼牙瘦龙：《涨停》，华文出版社 2010 年版。

81. 白丁：《股市教父》，华夏出版社 2010 年版。

82. 周倩：《操纵》，大众文艺出版社 2010 年版。

83. 杨鹏：《投资家》，作家出版社 2010 年版。

84. 袁谅：《大年代》，国际文化出版公司 2010 年版。

85. 仇子明：《潜伏在资本市场》，中信出版社 2010 年版。

86. 顾子明：《资本的魔咒》，华文出版社 2010 年版。

87. 沈良：《裸奔的钱》，浙江大学出版社 2010 年版。

88. 周倩：《投资总监》，武汉出版社 2010 年版。

89. 周其森：《借壳》，中国工人出版社 2010 年版。

90. 狼居士：《坐庄》，云南人民出版社 2011 年版。

91. 墨石：《操盘》，武汉出版社 2011 年版。

92. 尚烨:《绝杀局》,武汉出版社 2011 年版。

93. 仇晓慧:《血色交割单》,中信出版社 2011 年版。

94. 迷糊汤:《纳斯达克病毒》,重庆出版社 2011 年版。

95. 昆金:《交易日 1940》,武汉出版社 2011 年版。

96. 鲁小平:《重组》,湖南人民出版社 2011 年版。

97. 迷糊汤:《裸钱》,金城出版社 2011 年版。

98. 高力:《暗庄》,东方出版社 2011 年版。

99. 孟悟:《逃离华尔街》,河南文艺出版社 2011 年版。

100. 欧阳之光:《我在私募生存的十二年》,机械工业出版社 2011 年版。

101. 苏肃:《股市套中人》,作家出版社 2012 年版。

102. 狼牙瘦龙:《创业板》,广东经济出版社 2012 年版。

103. 周倩:《财务总监》,江苏人民出版社 2012 年版。

104. 稻城:《色变》,大连出版社 2012 年版。

105. 王天成:《股惑》,中国经济出版社 2012 年版。

106. Priest:《资本剑客》,光明日报出版社 2012 年版。

107. 郝文:《上市》,安徽人民出版社 2012 年版。

108. 杨小凡:《天命》,安徽文艺出版社 2012 年版。

109. 陈楫宝:《对赌》,湖南文艺出版社 2012 年版。

110. 陈学连:《股市奇缘》,阳光出版社 2012 年版。

111. 易楼兰:《上市赌局》,江苏人民出版社 2013 年版。

112. 李正曦:《操控》,江苏文艺出版社 2013 年版。

113. 仇晓慧:《大时代·命运操盘手》,浙江大学出版社 2013 年版。

114. 熊星:《投资高手》,九州出版社 2013 年版。

115. 朱子夫、徐凌:《谁是庄家》,中国经济出版社 2013 年版。

116. 姜立涵:《CBD 风流志》,作家出版社 2013 年版。

117. 刘晋成:《投资人》,光明日报出版社 2013 年版。

118. 刘晋成:《投资人 2》,光明日报出版社 2013 年版。

119. 财神的红袍:《资本玩家》,北京出版社 2014 年版。

120. 黎言:《老鼠仓》,江苏文艺出版社 2014 年版。

121. 孙玲:《激情停牌》,清华大学出版社 2014 年版。

122. 顽石:《不作不死》,中国发展出版社 2014 年版。

参考文献

一 著作类

1. ［英］亚当·斯密：《国民财富的性质和原因研究》，郭大力、王亚南译，商务印书馆 1981 年版。
2. ［美］弗里德里克·詹姆逊：《后现代主义与文化理论》，唐小兵译，陕西师范大学出版社 1987 年版。
3. ［美］丹尼尔·贝尔：《资本主义文化矛盾》，赵一凡等译，生活·读书·新知三联书店 1989 年版。
4. ［德］马克斯·韦伯：《经济与社会》，商务印书馆 1997 年版。
5. ［美］詹明信：《晚期资本主义的文化逻辑》，陈清侨等译，生活·读书·新知三联书店 1997 年版。
6. ［法］皮埃尔·布迪厄：《文化资本与社会炼金术》，包亚明译，上海人民出版社 1997 年版。
7. ［法］让·雅克·卢梭：《社会契约论》，何兆武译，商务印书馆 2003 年版。
8. ［德］格奥尔格·西美尔：《货币哲学》，陈戎女等译，华夏出版社 2003 年版。
9. ［德］马克斯·韦伯：《新教伦理与资本主义精神》，于晓、陈维纲译，陕西师范大学出版社 2006 年版。
10. ［美］露丝·本尼迪克特：《文化模式》，王炜译，社会科学文献出版社 2009 年版。
11. 畅广元：《文学文化学》，辽宁人民出版社 2000 年版。
12. 谭桂林：《转型期中国审美文化批判》，江苏文艺出版社 2001 年版。
13. 谭桂林：《长篇小说与文化母题》，湖南师范大学出版社 2002 年版。
14. 田中阳：《百年文学与市民文化》，湖南教育出版社 2002 年版。
15. 王义祥：《当代中国的社会变迁》，华东师范大学出版社 2006 年版。

16. 杨继绳：《中国当代社会各阶层分析》，甘肃人民出版社 2006 年版。

17. 吴晓波：《激荡三十年》（上、下），浙江人民出版社 2007 年、2008 年版。

18. 郭宝亮：《文化诗学视野中的新时期小说》，河北人民出版社 2007 年版。

19. 阿奎：《喧哗与骚动——新中国股市二十年》，中信出版社 2008 年版。

21. 李国清：《文化嬗变的时代色彩》，人民出版社 2008 年版。

23. 茅于轼：《中国人的道德前景》，暨南大学出版社 2008 年版。

24. 张柠：《中国当代文学与文化研究》，北京师范大学出版社 2008 年版。

25. 郭丽双、曲直：《商人道德决定中国未来》，山西人民出版社 2009 年版。

26. 俞雷：《追寻商业中国》，中信出版社 2009 年版。

27. 吴晓波：《跌荡一百年》（上、下），中信出版社 2009 年版。

30. 陈平原：《小说史：理论与实践》，北京大学出版社 2010 年版。

31. 杨虹：《叛逆与超越：近 20 年中国商界小说的文化阐释》，湖南人民出版社 2013 年版。

二　论文类

1. 马丽：《读〈原始股〉》，《理论与创作》1994 年第 1 期。

2. 李兆忠：《现代都市的寓言——〈股潮〉启示录》，《小说评论》1998 年第 2 期。

3. 方克强：《李其纲：都市性的探索》，《当代作家评论》1998 年第 2 期。

4. 贾丽萍：《欲望之境与生存之象——论 90 年代新都市小说》，《浙江师范大学学报》1999 年第 6 期。

5. 张理明：《股市文学：作者走入经济的一道履痕》，《厦门商报影视文艺》1999 年 7 月 31 日。

6. 巴人：《〈金漩涡〉掀起股市的面纱》，《人民日报》2000 年 7 月 14 日。

7. 唐燕能：《第一部揭示股市坐庄内幕的小说》，易文网 www. ewen. com. cn. 2001 年 7 月 27 日。

8. 刘纪鹏：《股市文化批判》，《中国投资》2002 年第 10 期。

9. 唐燕能：《让我们为行业作家喝彩》，《上海文学报》2003 年 9 月 11 日。

10. 阎文教：《一部悲剧色彩浓厚、充满社会批判意识的严肃作品——评容嵩长篇小说〈股惑〉》，《小说评论》2003 年第 2 期。

11. 罗能生、肖捷：《中国股市的伦理审视》，《道德与文明》2004 年第 6 期。

12. 张建术：《文学走近身边的历史——读杜卫东长篇小说〈右边一步是

地狱〉》，光明书评网 2005 年 2 月 25 日。

13. 程树榛：《藏书点评：右边一步是地狱》，光明书评网 http：//reader. gmw. cn/2005 –02/25/content_ 185449. htm. 2005 年 2 月 25 日。

14. 胡喜盈、唐伟：《我要钱 我要过得富贵——读解中国第一部真正意义上的财道小说》，《经纪人》2006 年第 3 期。

15. 许纪霖：《世俗社会的中国人精神生活》，《天涯》2007 年第 1 期。

16. 刘纪鹏：《股市新文化理论初探》，《首都经济贸易大学学报》2007 年第 4 期。

17. 韩志国：《中国正在进入资本主义时代——21 世纪的中国资本宣言》，《上海证券报》2007 年 8 月 29 日。

18. 李海燕：《世纪之交：现代性伦理与大陆长篇商界小说研究》，博士学位论文，山东师范大学，2007 年。

19. 蒲甄芳：《股市小说：资本空间与现代人性》，《上海文化》2008 年第 6 期。

20. 吴禹星：《颠倒与错位——葛红兵小说〈财道〉细读》，《当代文坛》2008 年第 2 期。

21. 马书琴：《中国股市文化构建思考》，《求是学刊》2008 年第 4 期。

22. 杨六荣：《错位的英雄及诗性的消失——转型期金融商贸小说研究》，硕士学位论文，湖南师范大学，2008 年。

22. 周晓虹：《中国人社会心态 60 年变迁及发展趋势》，《河北学刊》2009 年第 5 期。

23. 王韬：《评沈乔生新书〈枭雄〉》，沈乔生的 BLOG2009 年 9 月 1 日。

24. 周梅森：《面对资本时代》，《小说界》2009 年第 1 期。

25. 蒲甄芳：《中国新时期股市小说研究》，硕士学位论文，华东师范大学，2009 年。

26. 陈辽：《资本时代在中国的真实写照——读评周梅森长篇小说〈梦想与疯狂〉》，《小说界》2009 年第 1 期。

27. 贺绍俊：《政治识见与现实穿透力》，中国作家网 http：//www. chinaw-riter. com. cn. 2009 年 6 月 11 日。

28. 牛玉秋：《梦想离疯狂到底有多远》，中国作家网 http：//www. chinaw-riter. com. cn. 2009 年 6 月 11 日。

29. 肖惊鸿：《勇敢面对现实生活》，中国作家网 http：//www. chinawriter. com. cn. 2009 年 6 月 11 日。

30. 汪政：《周梅森的变与不变》，中国作家网 http：//www. chinawriter.

com. cn. 2009 年 6 月 11 日。

31. 懿翎：《三个人的疯狂照进一个时代的梦想》，中国作家网 http：//www. chinawriter. com. cn. 2009 年 6 月 11 日。

32. 岳雯：《资本时代"三剑客"》，中国作家网 http：//www. chinawriter. com. cn. 2009 年 6 月 11 日。

33. 陈晓明：《以虚写实的小说艺术》，中国作家网 http：//www. chinawrit-er. com. cn. 2009 年 11 月 29 日。

34. 杨新刚：《新都市小说中"经济人"形象特征及意义》，《东岳论丛》2009 年第 7 期。

35. 周梅森：《金融危机下的文学机遇》，《雨花》2009 年第 10 期。

36. 张昭兵：《资本时代的虚假博弈——评周梅森新作〈梦想与疯狂〉》，《阅读与写作》2010 年第 2 期。

37. 南焱、李国魂：《五主席的关键时刻》，《中国经济周刊》2010 年第 22 期。

38. 吴晓求：《曲折向前二十年，扬帆已过万重山——写在中国资本市场 20 周年之际》，《光明日报》2010 年 11 月 9 日。

39. 徐果：《股民的狂欢与落寞——评周其森新作〈借壳〉》，《海内与海外》2011 年第 1 期。

40. 吴晓求：《中国资本市场六大作用与五大发展背景》，《中国证券报》2011 年 2 月 22 日。

41. 邵向阳：《试论中国当代"股市文学"》，《太原师范学院学报》（社会科学版）2011 年第 2 期。

42. 白雪瑞：《从自利到互利：中国股市文化转型的思考》，《求是学刊》2011 年第 3 期。

43. 王民：《周梅森："作家要把握时代的脉动"》，《名人传记》2011 年第 4 期。

44. 周可：《当代中国社会资本概念的嬗变及其启示》，《江汉论坛》2011 年第 12 期。

45. 黄岚：《论股市小说中女性人物形象塑造》，《传播与版权》2014 年第 1 期。

46. 王韬：《沈乔生小说主题之整体结构分析》，《江苏师范大学学报》（哲学社会科学版）2014 年第 5 期。

47. 叶小文：《在市场经济中激活中华民族的精神基因》，《人民论坛》2014 年第 9 期。